COLLECTION FOLIO

Bernard Simonay

LA PREMIÈRE PYRAMIDE

I

La jeunesse de Djoser

Gallimard

© *Éditions du Rocher, 1996.*

Bernard Simonay, né en 1951, est marié et père de trois enfants. Il a pratiqué différentes activités professionnelles avant de se consacrer uniquement à l'écriture. Passionné par l'histoire et la mythologie, il a publié, aux éditions du Rocher, plusieurs romans fantastiques (*Phénix, La porte de bronze, Les enfants de l'Atlantide...*), ainsi qu'un thriller (*La lande maudite*).

À mes parents...

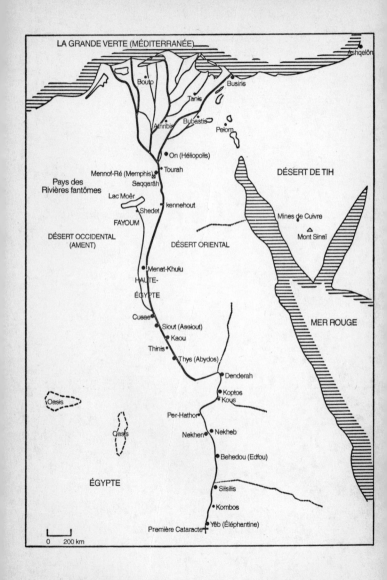

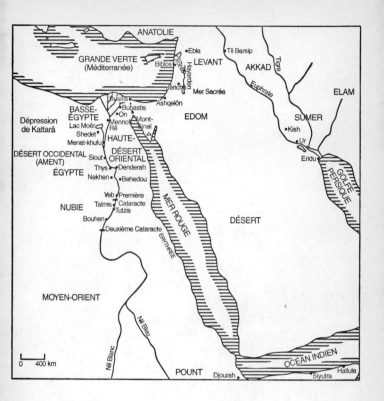

AVANT-PROPOS

Bien qu'elles paraissent avoir été construites de toute éternité, il fut une époque très reculée où nulle pyramide ne s'élevait sur le sol d'Égypte[1], que les habitants appelaient alors Kemit — la Noire —, du nom du limon sombre et fertile que les crues du Nil apportaient chaque année. De même, l'énigmatique Sphinx, représentant le dieu Rê-Harmâkis, ne dressait pas encore sa silhouette majestueuse face au soleil levant, non loin des rives du fleuve.

Selon la légende, Horus, dieu venu du fond des âges, fils d'Isis et d'Osiris, avait combattu et vaincu son oncle, le terrible Seth, symbole des Forces du Mal, et meurtrier de son père. Il avait ensuite fondé sur la terre sacrée d'Égypte une civilisation de lumière. Par la suite, les rois régnant sur les deux royaumes, alors séparés, de Basse et de Haute-Égypte, prirent le nom de cette divinité, signifiant par là qu'ils étaient son incarnation vivante[2].

---

1. Selon certaines hypothèses, le nom d'Égypte dériverait d'un temple construit en l'honneur de Ptah, Hit-ka-Ptah, qui aurait donné le nom grec d'Aigyptos.
2. L'appellation de pharaon, qui signifie littéralement «Grande

Une longue période s'écoula avant que le grand Horus-Narmer — le roi Ménès de la légende — ne parvînt, il y a cinq mille ans, à unifier les deux royaumes, déchirés par des guerres incessantes. Narmer fonda la première dynastie et Thys (Abydos) devint la capitale du double pays. Alors la légende se dilua dans les brumes du temps pour devenir l'Histoire. Mais, dans l'empire magique de Kemit, qui peut dire où finit la première et où commence la seconde ?

L'Égypte connut rapidement un essor prodigieux. Tandis qu'ailleurs les peuples vivaient encore dans des huttes grossières et polissaient la pierre pour chasser, de puissantes cités s'élevaient déjà sur les rives du fleuve divin : Thys, Mennof-Rê, Nekhen, Dendera, Behedou...

Vers la fin du XXVIIIe siècle avant J.-C., un homme du nom de Peribsen s'empara du trône d'Horus après avoir tué son prédécesseur, Sekhemib-Perenmaât. Devenu roi, il viola les sépultures des Horus de la Première et de la Deuxième Dynasties[1], accapara leurs trésors et établit le culte de Seth[2], le dieu rouge, divinité de la violence et des combats. De même, il s'appropria le cénotaphe de Sekhemib-Perenmaât, à Thys, où il fit installer des stèles représentant la divinité guerrière à tête de monstre. Il réprima ensuite dans un bain de sang

---

Demeure », ne sera employée qu'à partir de 1350 avant J.-C., au Nouvel Empire. Elle est l'équivalent de l'« Élysée », ou de la « Maison Blanche » de notre époque. C'est pourquoi le terme pharaon ne sera pas employé dans cet ouvrage.

1. La classification en trente et une dynasties, établie au IIIe siècle avant Jésus-Christ par Manéthon, ne correspond pas forcément à une réalité historique.

2. Ultérieurement, Seth deviendra Shaïtan, le génie du mal des musulmans, et le Satan des chrétiens.

la révolte des princes féodaux de Haute-Égypte et fit de Mennof-Rê[1] (Memphis) la nouvelle capitale, où il instaura un pouvoir monarchique absolu.

Ivre de gloire et de conquêtes, l'usurpateur voulait étendre le culte du dieu sauvage sur l'ensemble des deux royaumes, et s'engagea dans une campagne contre les derniers rebelles, dirigés par Khâsekhem, le propre fils de Sekhemib-Perenmaât, qui avait trouvé refuge à Nekhen, l'ancienne capitale prédynastique de la Haute-Égypte. Au terme d'une terrible bataille, les troupes de Peribsen furent vaincues. Khâsekhem devint roi à son tour sous le nom de Khâsekhemoui, ce qui signifie : «*les dieux se lèvent pour lui*».

Afin de concilier les partis religieux en présence, Khâsekhemoui conserva les deux cultes, plaçant les divinités face à face. Pour cette raison il fut également appelé Neteroui Inef, *celui qui a réconcilié les deux dieux* (Seth et Horus).

Cependant, cette position mitigée n'était pas du goût des prêtres et du peuple, qui n'appréciaient guère que l'on plaçât le dieu maudit sur le même plan qu'Horus, divinité bienfaisante, qui de tout temps avait régné sur les Deux-Terres. On redoutait que ce retour en force du culte de Seth n'apportât d'imprévisibles malheurs. Ne disait-on pas en effet que l'anniversaire de sa naissance, troisième des jours *épagomènes*[2], était un jour à

---

1. Memphis fut le nom donné bien plus tard par les Grecs à Mennof-Rê. Dans la mesure du possible, j'ai conservé les noms anciens des cités, tels qu'ils apparaissent dans les hiéroglyphes.
2. L'année égyptienne était divisée en trois saisons : Inondation, Semailles et Récolte, chacune divisée en quatre mois de trente jours. Les jours épagomènes, au nombre de cinq, complétaient l'année, afin qu'elle en comportât 365.

jamais néfaste ? Beaucoup estimaient qu'il devait regagner son véritable royaume, l'Ament, le désert rouge et effrayant qui borde la vallée du fleuve-dieu à l'ouest.

À cette époque, les tombeaux des rois n'étaient encore que des mastabas, des édifices trapézoïdaux de faibles dimensions, construits en brique. Sous le règne du grand Djoser, au début de la Troisième Dynastie, apparut un homme au génie incomparable, Imhotep, qui révolutionna l'architecture en y intégrant la pierre taillée. Alors s'éleva, sur le site de Saqqarâh, la première de toutes les pyramides. Grand prêtre d'On (Héliopolis), Imhotep fut également un grand médecin, auquel plus tard on érigea des temples. Deux millénaires après sa disparition, les Grecs firent de lui leur dieu guérisseur, Asclépios, repris par les Romains sous le nom d'Esculape.

Certains affirment que le règne de Djoser fut comparable à un âge d'or. En vérité, on dispose de peu d'informations précises sur cette période lointaine. Bien que j'aie tenté de respecter au maximum ces données, cet ouvrage n'a aucune prétention historique. Il évoque simplement, sous une forme romancée, le monde de cette époque reculée, et les événements qui — peut-être — amenèrent l'édification de *la première pyramide*...

À Jean-Paul et Sylvie Bertrand pour leurs conseils et leur soutien.

À la fée Viviane, pour avoir eu la patience de me partager, pendant près d'un an, avec Djoser et Thanys...

PERSONNAGES PRINCIPAUX

AGGAR, *roi de Kish*
ASHAR, *bédouin, chef de caravane*
AYOUN, *marchand égyptien*
BERYL, *esclave akkadienne, amie de Thanys*
CHEREB, *esclave d'Imhotep, jumeau de Yereb*
DJOSER, *second fils de Khâsekhemoui*
ENKIDU, *ami de Gilgamesh*
GILGAMESH, *roi d'Uruk*
HAKOURNA, *roi de Nubie*
INMAKH, *fille de Pherâ*
IMHOTEP, *voyageur, savant, architecte, médecin, grand prêtre égyptien*
ISHTAR, *sœur d'Aggar*
KHACHEB, *roi de Siyutra*
KHÂSEKHEMOUI, *pharaon, père de Sanakht et de Djoser*
KHIRÂ, *fille de Thanys*
LETHIS, *princesse nomade*
MELHOK, *capitaine sumérien*
MENTOUCHEB, *marchand égyptien*
MERITHRÂ, *précepteur de Djoser*
MERNEITH, *mère de Thanys*
MEROURA, *général égyptien*
MOSHEM, *jeune Bédouin, fils d'Ashar*
NEKOUFER, *oncle de Djoser*
OUADJI, *pygmée, ami d'Imhotep*

PHERÂ, *noble égyptien*
PIÂNTHY, *ami de Djoser*
RAF'DHEN, *chef hyksos*
SANAKHT, *fils du roi Khâsekhemoui, puis son successeur*
SEFMOUT, *grand prêtre de Mennof-Rê*
SEKHEM-KHET, *fils de Djoser et de Thanys*
SEMOURÊ, *cousin de Djoser, et neveu de Khâsekhemoui*
SENEFROU, *régisseur de Djoser, à Kennehout*
SESCHI, *fils de Djoser et de Lethis*
THANYS, *fille de Merneith*
YEREB, *esclave de Thanys*

PREMIÈRE PARTIE

La prédiction

1
Vers 2680 avant J.-C...

Une inquiétude pernicieuse commençait à gagner les esprits. La langue sèche comme de l'étoupe, les muscles broyés par la fatigue, les hommes attendaient. L'air avait pris la consistance du sable rouge du désert des morts et craquait sous les dents. Depuis quatre jours, un vent surchauffé, étouffant, soufflait avec violence depuis les étendues angoissantes de l'Ament, l'horizon occidental où, le soir, le disque d'or d'Horus se teintait de pourpre et se métamorphosait pour un court instant en Atoum l'insaisissable, celui qui existe et qui n'existe pas. Assurément, ce vent suffocant n'était autre que l'haleine de Seth le Destructeur. Dans les tornades infernales qui dansaient au loin s'exprimaient les contorsions des affrits, ces esprits malfaisants qui hantaient les solitudes désolées pour égarer le voyageur.

On attendait avec impatience la venue d'Hâpy, la divinité bienfaisante. Mais celle-ci tardait. Alors, avec la lassitude, le doute s'installait dans les esprits. L'Ament n'était-elle pas la terre infernale où les morts survivaient, à l'image du dieu soleil, Rê, qui mourait chaque nuit, traversait les régions obscures pour renaître à la vie au matin ? Et si Apophis, le serpent monstrueux, la créature de Seth le Rouge, parvenait à anéantir le dieu solaire…

Sous le souffle brûlant et incessant de l'impitoyable divinité, la terre se fissurait, se fendillait, se crevassait pour se fondre peu à peu au désert mortel qui la bordait, de part et d'autre du fleuve. Les eaux lourdes et lentes du Nil s'écoulaient, s'insinuaient, mornes, entre d'interminables langues de sable. Sur leurs crêtes desséchées veillaient, parfaitement immobiles, de longues créatures sombres aux mâchoires implacables : les fils de Neith, la Mère des dieux, images vivantes du terrible Sobek, le dieu crocodile.

Les rives mêmes du fleuve se craquelaient sous l'effet de la tempête. Une mort sournoise rampait le long des canaux à sec. La nature, avide d'une eau devenue rare, s'économisait pour préserver la vie réfugiée dans les herbes roussies, dans les spectres des arbres couverts de poussière, dont les feuilles sèches se déchiraient sous l'action des vents arides.

Dans les champs et les prés, les paysans harassés erraient tels des fantômes. Les récoltes étaient heureusement terminées, et Renenouete, la déesse serpent qui présidait aux moissons, s'était montrée généreuse. La gorge déshydratée, les membres alourdis de fatigue, la peau usée par les grains de sable apportés par le *khamsin*, les hommes travaillaient encore, pour préparer la venue des eaux noires et limoneuses qui fertiliseraient les champs. Mais on ne pourrait semer de nouveau que lorsque ces eaux bénéfiques auraient commencé à se retirer. Parfois, un paysan, dont le seul vêtement consistait en un rustique pagne de fibres de palme tressées, plissait les yeux, regardait en direction du sud, puis reprenait son ouvrage en adressant une prière muette à Hâpy, dieu du Nil.

Sur la rive occidentale du fleuve-dieu s'étendait la ville, Mennof-Rê, nouvelle capitale des Deux-Royaumes, accablée de chaleur et noyée dans une brume mouvante de sable et de poussière. Derrière les fragiles remparts de brique, les activités s'étaient ralenties.

Accroupi dans une petite salle de la demeure du seigneur Merithrâ, Aouat, un scribe ventripotent, posa son calame, s'épongea le front, et leva les yeux vers le fleuve, dont il apercevait les eaux vertes par la fenêtre. D'après les estimations des prêtres astronomes, on comptait déjà neuf jours de retard. Comme chaque année, la venue du dieu bénéfique serait annoncée par un vent léger et frais soufflant du nord. Mais la tempête s'éternisait… Une sourde angoisse gagna Aouat. C'était impossible. Jamais les dieux n'avaient ainsi abandonné leurs enfants.

Puis il reprit son labeur minutieux, qui consistait à tenir à jour les avoirs du seigneur Merithrâ, Sage parmi les Sages, *ami unique* du roi, le dieu vivant Khâsekhemoui. Le gros homme s'estimait grandement honoré par cette fonction et y consacrait tout son zèle et sa connaissance des *Medou-neters*, les signes d'écriture.

Soudain, la silhouette hiératique du seigneur Merithrâ apparut à la porte et le fit sursauter. Il tenait en main son *med*, le bâton honorifique qui disait sa fonction. Outre son pagne de fine toile de lin blanc, il portait un châle léger qui le protégeait du vent de sable. Son chef se couvrait d'une perruque longue qui lui retombait sur la nuque. Aouat releva la tête et sourit à l'arrivant, qui lui répondit de même.

— Tu me sembles bien nerveux, mon ami. Quel tourment trouble donc ton cœur ?

— La crue se fait attendre, ô mon maître.

Merithrâ hocha la tête gravement.

— Je sais. Cette tempête ne semble pas vouloir cesser. Mes élèves sont-ils arrivés ?

— Le seigneur Djoser et la jeune Thanys t'attendent dans le jardin.

Merithrâ quitta la pièce et se retrouva sur la terrasse qui longeait sa demeure, d'où l'on devinait l'ensemble de la ville. Il observa un instant les silhouettes des ouvriers qui descendaient vers les canaux, armés de pelles de bois et de paniers. Leurs chants lui parvenaient, étouffés par les grondements de la tourmente. Le vieil homme essuya d'un geste las les grains de sable que l'ouragan avait incrustés dans la peau de son visage, puis se dirigea vers son jardin, objet de sa fierté.

De tout temps fascinés par la beauté de la nature, les Égyptiens adoraient les arbres et les fleurs, et aimaient à en parer leurs demeures. Les personnages importants avaient à cœur d'orner leurs jardins d'essences diverses, pour le plaisir des yeux et des narines.

Entièrement clos d'un épais mur de brique qui le protégeait un peu du vent sec et chaud, le jardin de Merithrâ était assez grand pour accueillir en son milieu un étang artificiel alimenté par un canal venant du Nil. Malheureusement, le niveau de l'eau était au plus bas, et menaçait d'asphyxie les quelques poissons qui y vivaient. Autour du bassin se dressaient toutes sortes d'arbres : palmiers, sycomores, figuiers, grenadiers, tamaris, acacias, et perseas. Un superbe saule laissait pendre sa longue chevelure jaunie par la sécheresse sur l'eau basse de l'étang. Dans les branches s'abritaient des oiseaux : ibis, pigeons, colombes. Le long de la demeure grimpait une vigne superbe qui donnait un raisin aux énormes grains bleus, et dont on tirait un vin léger.

Au fond du jardin s'élevait un cèdre magnifique, importé bien longtemps auparavant par le propre grand-père de Merithrâ, à l'époque du roi Ni-Neter. L'arbre dominait le domaine de sa masse glorieuse, et semblait défier la tempête qui courbait sa frondaison. Assis en tailleur près du tronc massif, deux enfants attendaient, un garçon et une fille. Derrière eux se tenait un Nubien à la peau brune, l'esclave Yereb, qui ne quittait jamais sa jeune maîtresse.

Le garçon s'appelait Djoser. Il était vêtu d'un double pagne de fine toile blanche, serré par une ceinture dont une partie allongée, tombant sur le devant, masquait les parties génitales. Par-derrière était fixée une queue de léopard telle qu'on en voyait aux soldats royaux. La stature robuste de l'enfant, dont les muscles noueux et puissants roulaient sous la peau dorée, démentait ses quatorze ans. La mâchoire carrée et volontaire, les yeux noirs, il bénéficiait déjà d'une incomparable adresse au maniement des armes, résultat de l'entraînement intensif que lui faisaient subir les meilleurs maîtres du général Meroura, aujourd'hui vieillissant, mais auquel le père de Djoser, Khâsekhemoui, devait sa victoire sur l'usurpateur Peribsen.

Aux côtés du garçon, la jeune Thanys paraissait bien fragile. Son seul costume consistait en un pagne court, de couleur verte, retenu par une ceinture à boucle de cuivre. Elle en était très fière. Jusqu'à une époque encore récente, comme les autres enfants, elle ne portait souvent aucun vêtement. Une lueur de tendresse illumina un instant le regard de Merithrâ lorsqu'il se posa sur le visage aux traits fins, encadré de cheveux courts d'un noir de jais. Il remarqua avec satisfaction, sur la poitrine nue de la fillette, les deux renflements couronnés de rose des seins naissants.

À douze ans, Thanys venait tout juste de pénétrer dans l'âge de la fécondité. C'était chez lui, Merithrâ, que s'était écoulé son premier sang, à peine trois lunes plus tôt. L'événement avait surpris la petite, qui portait encore les cheveux rasés et la mèche enfantine recourbée vers l'oreille droite, alors qu'elle suivait avec attention les enseignements du vieil homme. Sous l'écoulement nouveau qui faisait d'elle une femme, son pagne s'était soudain taché d'un liquide couleur rubis. Ému, Merithrâ l'avait confiée aux soins de ses servantes, sous l'œil inquiet de Djoser, auquel il avait expliqué ensuite le cycle mensuel des femmes.

Ainsi Thanys avait-elle atteint l'âge où un homme pourrait la prendre pour épouse. Cependant, hormis Djoser, personne ne s'intéressait à elle. Elle n'était qu'une bâtarde, ainsi qu'on aimait à le souligner avec mépris, et l'Horus Khâsekhemoui n'appréciait guère qu'elle assistât aux leçons que Merithrâ dispensait à Djoser, son second fils. Mais un sentiment puissant unissait les deux enfants. Pour Thanys, Djoser n'hésitait pas à braver les foudres de son divin père. Il désapprouvait l'ostracisme dont elle était victime, et tenait beaucoup à sa présence. Il s'était obstiné, et avait obtenu gain de cause.

Il avait en cela reçu le soutien de Merithrâ. Celui-ci avait usé de son influence et de sa diplomatie pour expliquer au roi que la fillette ne le gênait en aucune manière, et incitait même son fils à se montrer encore plus attentif. L'érudition du vieil homme était telle que Khâsekhemoui avait souvent recours à ses conseils. Par respect pour cette sagesse, le roi avait cédé au désir de son fils.

Merithrâ s'en était félicité. Rarement durant sa longue existence le vieux précepteur n'avait rencontré d'élève plus intelligente et plus ouverte. Il émanait d'elle un charisme et un charme inné auquel on ne pouvait rester insensible. Au mépris, Thanys opposait l'indifférence. Il lui suffisait d'être aux côtés de Djoser. Son caractère heureux et enthousiaste l'incitait à s'intéresser à tous les sujets avec passion. La lumière qui brillait dans ses yeux sombres captivait ceux qui l'approchaient, et seuls les imbéciles pouvaient ignorer la séduction qui se dégageait d'elle. Djoser n'avait nullement besoin d'encouragement pour l'étude. Mais la présence de Thanys aiguisait sa curiosité naturelle, qui trouvait un écho surprenant chez sa petite compagne. Ils bavardaient, échangeaient leurs idées, s'entraînant mutuellement sur les voies de la compréhension. Pour Merithrâ, les deux enfants bénéficiaient de la bienveillance de Thôt, le neter à tête d'ibis, qui favorise la Connaissance. L'un comme l'autre maîtrisaient à présent l'écriture hiéroglyphique, dont ils savaient interpréter les multiples finesses.

De même, il avait tenu à ce que tous deux suivissent les enseignements de maîtres artisans auprès desquels ils avaient découvert les secrets de la poterie, de l'ébénisterie, du tissage, ainsi que l'art de la taille des pierres, dont on fabriquait de lourdes vasques. Il ne partageait pas l'opinion des scribes détenteurs du savoir, qui selon lui avaient trop tendance à confondre l'érudition et l'intelligence, et qui n'affichaient que dédain à l'égard des artisans.

Merithrâ avait gravé dans l'esprit de ses deux jeunes disciples une idée qui échappait à ceux qu'il ne considérait que comme des fonctionnaires zélés, aveugles à la subtilité.

— Savoir, disait-il, c'est se servir de sa mémoire pour retenir toutes sortes de notions. Mais connaître, cela signifie assimiler, comprendre avec conscience, de manière à ne faire qu'un avec ces notions; c'est nourrir son esprit un peu comme on nourrit son corps.

Au cours de longues promenades, il leur avait appris à observer la nature et à l'écouter. « Percer ses secrets aide à comprendre la puissance des neters », expliquait Merithrâ. Ainsi Djoser et Thanys avaient-ils découvert que les neters n'étaient pas, comme se l'imaginaient les individus crédules, des dieux dominateurs auxquels il fallait obéir stupidement, mais des principes d'énergie invisibles qui faisaient vivre et vibrer l'univers. Ils n'exigeaient pas des hommes qu'ils se soumissent aveuglément à leur volonté, mais ils ne dévoilaient leurs secrets qu'à ceux qui savaient les comprendre.

Cependant, même si, au-delà de leurs représentations étranges, ils avaient perçu la véritable nature des dieux, Djoser et Thanys n'avaient pas encore accompli un chemin suffisamment rempli d'expériences pour atteindre ce que Merithrâ appelait l'état de Makherou, c'est-à-dire celui de l'Initié touché par la parole de Maât, déesse de l'harmonie et de la justice. Ils étaient trop jeunes. « Et puis, avait-il précisé, peu d'hommes étaient capables d'atteindre ce niveau de sagesse. »

Une bourrasque brutale bouscula Merithrâ, qui s'enveloppa dans son long châle de lin. Il cracha un peu de sable et s'avança vers ses deux élèves, qui l'accueillirent avec affection. Le jeune garçon demanda :

— Ô Merithrâ, crois-tu que Hâpy sera bientôt de retour ?

— Je le pense, mon fils. Rê va bientôt atteindre le sommet de sa courbe. Dans deux ou trois jours au plus, le niveau des eaux commencera à monter, et apportera la vie, comme chaque année. Inutile de te tourmenter.

La voix cristalline de Thanys intervint :

— Mais il fait chaque jour plus chaud. Seth ne tente-t-il pas de détruire Hâpy ? S'il parvenait à vaincre, que se passerait-il ?

Le vieil homme sourit.

— Les dieux m'ont accordé déjà plus de soixante-dix années de vie. Depuis tout ce temps, jamais le dieu du fleuve n'a abandonné ses enfants. À chaque nouvelle année, j'ai vu les eaux se gonfler, devenir noires, et inonder le pays de Kemit pour lui insuffler une vie nouvelle. Pourquoi en serait-il autrement aujourd'hui ?

— Ce vent infernal dure depuis plusieurs jours…, reprit la fillette, anxieuse. J'ai peur que le dieu rouge n'ait vaincu.

Utilisant la chaise aux pieds sculptés en forme de pattes de bœuf qu'un serviteur avait apportée à son intention, Merithrâ s'assit auprès des deux enfants et prit le temps de méditer ses paroles. Enfin, il déclara :

— Écoute bien, ô Thanys ! Seth ne peut rien contre Hâpy. Hâpy n'est pas le Nil lui-même. Il est son esprit, sa puissance, la crue bienfaisante qui apporte avec elle ses eaux régénératrices. Il est à la fois homme et femme ; homme quand il est l'eau sombre qui fertilise la terre, et femme, parce qu'il est aussi cette terre qu'il féconde. Avec Hâpy, le cycle de la création du monde recommence chaque année. Ses eaux sont celles de Noun, l'océan du chaos primordial, qui, lorsqu'elles se retirent, laissent derrière elles apparaître des terres généreuses. Sous les eaux, c'est le souffle formidable d'Osiris, le dieu ressuscité, qui redonne la vie à l'Égypte.

Son visage parcheminé s'étira sur un sourire. Il ajouta :

— Non, Seth ne peut rien contre Hâpy l'hermaphrodite. Ne vous alarmez pas, les eaux noires vont revenir, mes enfants. Et avec elles la vie.

Inquiet et sceptique, Djoser demanda avec une légère pointe d'agressivité dans la voix :

— Mais n'est-il pas dangereux de conserver à Mennof-Rê le culte du dieu maudit ? Son royaume est le désert. Or, celui-ci tente de nous engloutir. Les prêtres assurent que la crue a déjà plusieurs jours de retard. N'est-ce pas la présence de Seth qui l'empêche de revenir ?

— Il en était déjà ainsi à l'époque des premiers Horus, mon fils, rétorqua Merithrâ. La sécheresse précède toujours l'inondation. Cela fait partie du cycle de la vie.

Le garçon hocha la tête, guère convaincu. Merithrâ joignit lentement ses mains devant son visage et respira profondément. Puis il déclara d'une voix douce :

— Djoser, ne laisse pas le sable de la peur et de l'ignorance aveugler les yeux de ton esprit. Les neters ont plusieurs visages, selon ce que les hommes discernent en eux. On imagine en Seth le dieu sauvage de la guerre et de la violence, celui de la sécheresse et du désert des morts. Mais… imagine une coquille d'œuf.

Djoser regarda le vieil homme, interloqué.

— Une coquille d'œuf ?

— La coquille est sèche, elle aussi, tout comme Seth. Elle est l'une de ses manifestations. Pourtant, elle protège la vie. Osiris, le dieu fécond, est la puissance de vie qui sommeille à l'intérieur de la coquille. Mais, sans elle, il ne pourrait accomplir son œuvre. Ainsi, Seth est indispensable lui aussi à la vie, tout comme Osiris.

Djoser eut une moue dubitative. Merithrâ poursuivit de sa voix rassurante :

— Seth détruit pour mieux engendrer la vie, Djoser. Il est le complément naturel d'Osiris et d'Horus.

Le garçon baissa les yeux. Il n'avait pas envisagé les choses sous cet aspect.

— Mais alors, pourquoi est-il maudit ?

Le vieil homme soupira.

— Les hommes ne savent pas toujours interpréter la puissance des neters. Ils redoutent Seth et lui élèvent des temples. Mais ils ne le comprennent pas.

— Comment cela ?

— Il ne faut pas imaginer les neters comme des personnes. Il est très difficile de les comprendre. On les représente par des personnages, un homme à tête de faucon pour Horus, à tête de monstre, pour Seth, ou un taureau Apis, pour Ptah. Mais ce ne sont que des images destinées aux esprits simples. La réalité est beaucoup plus complexe. Seuls les initiés connaissent la signification profonde des dieux. Ils sont des puissances invisibles qui s'expriment de différentes manières, et qui toutes se complètent et s'harmonisent selon Maât. Ainsi, la véritable nature de Seth n'est pas mauvaise. C'est l'interprétation que l'on en fait qui est néfaste. Car les hommes jugent souvent au travers de l'écran aveugle de leurs préjugés.

— Alors, d'après toi, il faut conserver le culte de Seth en Égypte ?

— Seth est la mort, mais aussi la résurrection. Il est l'autre visage d'Horus. C'est cette image qu'il faudrait garder. Pourtant, qui le sait aujourd'hui ? Depuis le règne de l'usurpateur Peribsen, on ne voit en lui que le dieu des batailles et de la guerre. Voilà le dieu qu'il faut éloigner de l'Égypte.

— Pourquoi mon père ne l'a-t-il pas fait ?

— L'usurpateur Peribsen a réveillé une ancienne croyance qui a rencontré beaucoup d'adeptes dans la population. Lorsque le général Meroura, au nom de Khâsekhemoui — Vie, Force, Santé —, a vaincu les armées de Peribsen, ton père a dû composer avec cette croyance, afin de ramener la paix. Le roi a rétabli le culte d'Horus, que son prédécesseur avait supprimé, mais il a préféré conserver celui de Seth, et placer les deux divinités sur un pied d'égalité. C'est pour cette raison qu'on l'a appelé Neteroui-Inef, celui qui a réconcilié les deux dieux.

Djoser resta un moment silencieux, puis déclara :

— Je crois que je comprends, ô Merithrâ. Cependant…

Il hésita, puis poursuivit :

— Cependant, j'ai l'impression que l'esprit de Seth, celui de la destruction, nous ronge peu à peu, et dévore notre cité pour qu'elle retourne au désert.

— Précise ta pensée ! demanda Merithrâ.

— Mennof-Rê est la capitale des Deux-Terres.

Pourtant, on n'y construit rien. La muraille qui la protège est détruite en plusieurs endroits. Les temples et les demeures s'écroulent un peu plus chaque année lorsque revient la sécheresse. N'est-ce pas là le travail de Seth ?

Le vieux précepteur répondit avec un sourire amusé :

— C'est plutôt l'absence de travail des hommes.

Le jeune garçon s'obstina avec véhémence :

— Ptah est pourtant l'un des principaux neters de l'Égypte.

— Explique-toi !

— Ptah est le forgeron, le dieu créateur. Pourquoi n'inspire-t-il plus les habitants de Mennof-Rê ? Seth l'empêche-t-il d'inciter les habitants à construire de nouvelles demeures, de nouveaux palais ?

Le vieil homme ne répondit pas immédiatement.

— Ta remarque est juste, mon fils. Mais Seth n'est pas en cause. Les grands seigneurs d'aujourd'hui se sont endormis sur le souvenir de leurs victoires passées. Ils ne construisent plus rien.

— Moi, si j'étais à la place de mon père, je serais un bâtisseur, comme Ptah. Je ferais de cette ville une cité magnifique, qui saurait résister aux assauts de Seth. Une cité devant laquelle les voyageurs qui arrivent d'au-delà des frontières resteraient en admiration. Elle serait la plus belle ville du monde.

Merithrâ soupira :

— Mais tu ne pourras jamais réaliser tout cela, ô Djoser. N'oublie pas que tu n'es que le second fils du roi. Ce n'est pas toi qui lui succéderas lorsqu'il rejoindra les dieux.

Une nouvelle fois, le jeune garçon baissa la tête. Il se sentait pris en faute. Mais il ne voulut pas abandonner aussi facilement. Une voix hurlait tout au fond de lui qu'il avait raison. Il ajouta :

— Je sais qu'il me destine au métier des armes. Mais je vois… je vois tellement de choses. Cette cité pourrait devenir si belle.

Merithrâ lui posa la main sur la tête.

— Tu ferais mieux de chasser ces pensées de ton esprit, mon fils. S'il les apprenait, l'Horus risquerait d'en prendre ombrage.

— Mais il m'aime. Il m'écoutera !

Il y avait presque de la détresse dans la voix de Djoser. Merithrâ hocha la tête, mais ne répondit pas. Il savait, quant à lui, que les sentiments du roi envers son fils cadet n'étaient guère chaleureux. Quatorze années plus tôt, Nemaat-Api, la seconde épouse de Khâsekhemoui, était morte en mettant son fils au monde. Depuis, le roi rendait inconsciemment Djoser responsable de la mort de cette femme qu'il aimait particulièrement. Il s'était détourné de sa première épouse, mère de son premier fils, Sanakht, et négligeait ses concubines. Au nom de cette rancune informulée, il avait écarté Djoser en le destinant à la carrière militaire. Malgré cela, le jeune garçon voulait encore croire, de toutes ses forces, à l'amour de son père, même s'il n'ignorait pas, au fond de lui, que le roi lui préférait Sanakht, de dix ans son aîné. Or, celui-ci détestait Djoser, et ne ratait jamais une occasion de le lui faire sentir. Mais la nature généreuse du jeune prince refusait d'admettre que Khâsekhemoui pût le rejeter totalement parce qu'il avait pris la vie de sa mère. Lui-même souffrait trop de ne pas l'avoir connue. Il poursuivit :

— Je ne désire pas succéder à mon père. Mais je pense qu'il faudrait renforcer les défenses de Mennof-

Rê. Si les pillards du Sinaï ou les bédouins du Désert des morts venaient à nous attaquer en nombre, comme cela s'est déjà produit par le passé, nous ne pourrions leur résister. L'enceinte qui la protège n'est que ruines, comme beaucoup de demeures. Thys, l'ancienne capitale de Haute-Égypte, est plus puissante.

— C'est Peribsen qui a choisi de s'installer à Mennof-Rê, et ce ne fut pas un mauvais choix, parce que cette ville se situait sur la frontière des deux royaumes du Nord et du Sud. Ainsi s'affirmait-il comme leur souverain.

— Mais il n'a rien fait pour qu'elle devienne une capitale. Il ne songeait qu'à la guerre. Mon père, lui, pourrait développer cette cité. Au lieu de cela, les scribes se contentent de consigner par écrit toutes les transactions, de prélever des taxes exorbitantes afin que les nobles puissent vivre dans l'opulence.

— Tu fais toi-même partie de la noblesse, Djoser.

— Mon cœur saigne lorsque je vois les paysans et les artisans qui souffrent de la faim. Ce sont eux pourtant qui fournissent la nourriture dont se gavent les seigneurs, ce sont eux qui fabriquent les objets magnifiques, les meubles, les vasques, les statues qui ornent leurs palais. Je ne crois pas que cela soit très juste. Maât ne doit pas être très satisfaite, ô Merithrâ.

Le vieil homme eut une moue dubitative. Il n'avait pas le cœur à contredire son élève, dont il partageait largement l'avis. Ce n'était pas sans arrière-pensée qu'il l'avait amené à partager la vie des artisans et des paysans. Mais n'avait-il pas commis une erreur ?

— Continue, mon fils.

— Le roi est l'incarnation de Maât, la vérité et la justice. Son rôle est de maintenir l'équilibre entre le

Bien et le Mal. L'Égypte est un empire où doit régner l'harmonie. Chaque homme peut y tenir sa place, en fonction de ses capacités, afin de respecter cet équilibre voulu par les neters. Mais il doit rester libre et digne. Ainsi s'unissent tous les esprits, pour n'en former qu'un seul, celui de Kemit. C'est toi qui m'as enseigné tout cela, ô Merithrâ !

Le vieil homme demeura silencieux. Lui-même n'approuvait pas la politique menée par Khâsekhemoui, esprit faible et soumis à l'influence des grands propriétaires terriens, qui profitaient de leur position pour s'enrichir de manière éhontée. Cet état de fait avait commencé sous le règne de Peribsen, qui souhaitait s'appuyer sur une aristocratie puissante. Khâsekhemoui, lorsqu'il avait repris le pouvoir, aurait pu revenir aux anciennes valeurs. Mais il avait trouvé très pratique de conserver les nouvelles règles mises en œuvre par son prédécesseur. Depuis, chacun ne voyait pas plus loin que son intérêt personnel, et, malgré les efforts de quelques sages, dont Merithrâ faisait partie, la fortune de l'Égypte se concentrait peu à peu entre les mains de grands seigneurs qui l'absorbaient avidement telles de monstrueuses sangsues.

Le vieux précepteur avait utilisé sa position pour inculquer à son jeune élève les principes des anciens Horus, ceux qui avaient fait de l'Égypte un double royaume puissant et respecté. Mais cet élève n'accéderait jamais au trône de Lumière. Enfin Merithrâ déclara :

— Je comprends tes sentiments, mon fils. Cependant, crois-moi, il serait plus sage de les garder pour toi.

Djoser releva les yeux vers son maître.

— Alors, cela veut-il dire qu'Isfet, déesse de l'injustice et du désordre, continuera de régner sur l'Égypte ?

— Nul ne connaît l'avenir, Djoser. Cependant, tu ne peux juger les décisions de l'Horus, répondit le vieil homme, embarrassé. N'oublie pas qu'il est d'essence divine.

Djoser soupira :

— Je le sais, ô mon maître.

Merithrâ se leva, imité par les deux enfants. Tous trois firent quelques pas dans le jardin balayé par les vents chargés de sable, puis le vieil homme posa la main sur la tête de la fillette et déclara en s'adressant à Djoser :

— Souviens-toi, mon fils, de l'histoire du père de Thanys. Il n'était qu'un jeune noble de famille modeste, et il a osé aimer Merneith, une dame de haute lignée. On ne le leur a jamais pardonné. L'Horus a laissé s'exprimer sa colère, quand bien même cette jeune femme était la fille de sa cousine. Mais écoutez-moi bien tous les deux : ce n'était pas la seule raison ! Ce jeune homme débordait d'imagination et de créativité, et son enthousiasme le rendait aveugle à la méfiance du roi, suscitée par l'hostilité de la Cour. Lui aussi préconisait le développement de Mennof-Rê, la construction d'une grande muraille, l'édification de temples d'une conception totalement nouvelle. Selon ceux qui l'ont connu, c'était un fou.

— Ce n'est pas vrai, ô Merithrâ, s'insurgea la petite.

— Je le sais, ma fille. Ton père n'était pas fou, loin de là. C'était même, malgré son jeune âge, un personnage extraordinaire. Il avait imaginé, disait-il, un système qui permettrait de savoir à l'avance quelles seraient les conséquences de chaque crue. Il avait beaucoup travaillé avec les artisans, notamment les tailleurs de pierre, auxquels il n'hésitait pas à se mêler en toute simplicité.

Merithrâ sourit.

— On aurait dit que l'esprit de Thôt l'habitait. Il lui suffisait d'observer le travail d'un artisan pour comprendre aussitôt les secrets de son art. Il s'intéressait à tout avec passion, avec la soif d'apprendre d'un enfant, mais aussi la lucidité d'un homme inspiré par les dieux. Une ardeur formidable vibrait en lui, qui faisait briller une lueur extraordinaire dans ses yeux. Merneith était jeune et belle. De grands seigneurs souhaitaient en faire leur première épouse. Pourtant, elle les ignorait tous, parce qu'elle avait été séduite par le charme irrésistible de ton père, Thanys. Pour lui, elle a osé braver la colère de sa famille pour vivre une aventure passionnée avec ce jeune noble sans fortune. Tu es née de leurs amours. Lorsqu'il apprit que sa fille était enceinte, ton grand-père, Nebrê, demanda à Khâsekhemoui de punir les coupables. Ta mère fut offerte, en tant que simple concubine, au vieux général Hora-Hay, qui ne lui donna jamais d'autres enfants. D'ailleurs, chacun sait qu'il préfère les jeunes hommes. Quant à ton père, il fut condamné à l'exil, et l'Égypte perdit un homme de grande valeur.

Le vieil homme soupira, et ajouta :

— Voilà ce qui peut arriver aux inconscients qui bravent la toute-puissance du roi.

Les deux enfants restèrent un long moment silencieux, méditant les avertissements de leur précepteur.

— J'aurais aimé le connaître, dit enfin Djoser. Mon père a certainement commis une grande erreur en le chassant.

Thanys prit la main du vieil homme dans les siennes.
— Ô Merithrâ, sais-tu où il se trouve à présent ?
Il secoua la tête.
— Personne ne le sait plus, ma fille. Il est parti avant ta naissance, emportant ses secrets avec lui.
La fillette baissa le nez. Elle aussi aurait aimé connaître ce père admirable. Son nom ne quittait pas sa mémoire.
Il s'appelait Imhotep.

2

Dans l'après-midi, la tempête cessa de souffler aussi soudainement qu'elle avait commencé, quatre jours auparavant. Une brume de sable flotta encore quelques instants dans l'air surchauffé, puis se déposa avec la lenteur d'une caresse, dévoilant un ciel d'un bleu profond. Les lointaines collines de l'ouest recommencèrent d'exister, griffonnées d'une végétation décharnée. Alors, une activité pleine d'espoir reprit dans les échoppes des artisans soulagés, et s'étendit le long des quais et dans les canaux asséchés.

Après avoir pris congé de Merithrâ, Djoser et Thanys profitèrent de l'accalmie pour effectuer une promenade dans la cité. Ni l'un ni l'autre n'éprouvait l'envie de revenir vers le palais royal où ils rencontreraient immanquablement les zélés courtisans de Khâsekhemoui, qui n'hésitaient pas à faire remarquer avec ironie que Djoser avait bien tort de s'encombrer de cette fille malingre qui le suivait partout comme un petit chien. Djoser avait maintes fois éprouvé l'envie de leur enfoncer leurs stupides réflexions dans la gorge. Mais il n'était encore qu'un enfant. Et surtout, bien qu'il fût le second fils du roi, il ne bénéficiait guère de la protection de son père, qui se souciait peu de son sort. Cette indifférence présentait toutefois un avantage : elle permettait aux deux enfants de se rendre où ils le souhaitaient sans devoir rendre de comptes à qui que ce fût.

Ainsi se dirigèrent-ils vers le quartier des artisans, où régnait toujours une joyeuse animation. Derrière eux suivait le fidèle Yereb. Offert par Imhotep à Merneith peu avant son départ en exil, il avait vu le jour en Nubie, bien loin vers le sud, au-delà de la Première cataracte. Capturé encore enfant, il ne gardait qu'un vague souvenir de ce pays lointain que les Égyptiens nommaient avec mépris : *la Misérable Koush*. Après avoir servi avec dévouement ce maître pour lequel, malgré les années, il conservait une admiration sans borne, il avait été affecté par la jeune femme à la protection de sa petite fille. Pour Thanys, Yereb était plus qu'un esclave. Au fil des années, il était devenu l'ami, le confident. Seul serviteur auquel sa condition de bâtarde lui avait donné droit, il remplissait, d'une certaine manière, le rôle de ce père absent, et avait reporté sur sa fille l'affection qu'il ne pouvait plus offrir à son ancien maître. Peu à peu, au travers des récits rapportés par Yereb, Thanys s'était fait une idée merveilleuse de son père.

Le quartier artisanal se composait d'un dédale de longues demeures basses de briques rouges, ordonnées autour de ruelles au milieu desquelles coulait un ruisseau évacuant les eaux usées. Djoser et Thanys connaissaient nombre des ouvriers qui travaillaient là. Ils saluèrent ainsi Heryksê, qui leur avait enseigné l'art de monter les poteries, à l'aide d'un tour que l'on faisait tourner de la main gauche tandis que de la droite on modelait l'argile docile, grise ou brune, extraite des rives du Nil ; Mernak l'ébéniste leur avait appris à travailler le bois — dans le sens des lignes — ainsi que la manière et l'époque où il fallait abattre les arbres ; Barkis le tisserand les avait initiés à la fabrication des toiles de lin, si fines qu'elles laissaient transparaître la forme du corps, et de celles, plus grossières, que l'on tissait avec des fibres de palme. Chacun d'eux les salua avec un mélange de déférence et de familiarité. Bien que Djoser fût prince, on appréciait sa simplicité et sa générosité.

Délaissant ses ouvriers, Barkis leur offrit des galettes au miel et des dattes qu'ils acceptèrent volontiers. Ils n'avaient rien avalé depuis le matin et la faim commençait à les tenailler. Ils s'installèrent devant l'échoppe de l'artisan pour bavarder. L'homme était un gaillard au visage strié de rides creusées par le rire. Comme la plupart des Égyptiens, Barkis était d'une nature joyeuse, prompt à s'amuser de tout.

Cependant, sous la conversation joviale du tisserand, Djoser sentait poindre l'inquiétude. Il n'avait pas besoin de le questionner pour comprendre ce qui le tourmentait. Même si la fin de la tempête lui avait redonné un peu d'espoir, Hâpy se faisait attendre, et Barkis s'angoissait pour la récolte de lin dont dépendait son activité.

Depuis que l'ouragan avait cessé, on voyait partout resurgir les silhouettes agiles et furtives des chats, que les habitants de Mennof-Rê affectionnaient particulièrement, car ils représentaient l'image vivante de Bastet, déesse de l'amour et de la joie. De plus, leur présence interdisait la prolifération des rats. Aussi les nourrissait-on volontiers. Une légende racontait qu'ils avaient suivi les lointains ancêtres orientaux des Égyptiens lorsqu'ils étaient venus s'installer dans la vallée sacrée.

Les petits félins ne se laissaient pas apprivoiser facilement. S'ils se montraient familiers, ils demeuraient farouchement attachés à leur indépendance. Cependant, Thanys semblait exercer sur eux une étrange fascination. Lorsqu'elle tendait la main vers eux, ils venaient se frotter contre ses jambes nues sans aucune méfiance, et avec des ronronnements sonores. Lorsque Barkis et Djoser tentèrent d'approcher les petits fauves, ils s'éloignèrent dédaigneusement. L'artisan et l'enfant éclatèrent de rire.

— Dame Thanys possède un don magique avec les animaux, déclara Yereb avec un large sourire.

Djoser ne l'aurait certes pas contredit. Les bêtes familières, chiens, ânes et bœufs, venaient manger dans la main de la fillette. Mais il avait eu l'occasion d'assister à des scènes insolites lors des parties de chasse que ses compagnons et lui-même menaient hors de la ville.

Un jour, la petite bande se retrouva face à un loup de taille respectable. Inquiets, ils armèrent leurs arcs, sachant très bien que leurs armes d'enfant ne risquaient pas de faire grand mal au superbe fauve qui les observait du haut d'un promontoire rocheux. Ils commençaient à reculer lorsque l'animal sauta à bas de son piédestal. Avec stupéfaction, les jeunes garçons le virent hésiter, puis s'approcher lentement de Thanys, qui n'avait pas bougé. Pétrifiés, ils n'osaient plus faire un geste, persuadés que le monstre allait la déchiqueter d'un coup de sa puissante mâchoire. Djoser voulut se porter à son secours. Mais la fillette lui fit signe de rester en arrière. Puis elle s'avança vers le loup en parlant à mi-voix. Celui-ci gronda doucement, et vint se frotter amicalement contre Thanys, qui lui caressa la tête sans aucune frayeur. L'instant d'après, il repartit vers les profondeurs du désert, laissant les garçons plus morts que vifs.

— Comment as-tu fait ? demandèrent-ils à la fillette.
— Je ne sais pas. Je sentais qu'il ne me voulait pas de mal. C'est tout.

Cette aventure avait valu à Thanys l'admiration de ses compagnons. Mais ce don étrange se traduisait également par une pléthore d'animaux de toutes espèces, qui envahissaient sans vergogne la demeure de Hora-Hay, époux de sa mère. On y trouvait des chiens et des chats, mais aussi des rongeurs, des oiseaux, des lézards, et même quelques serpents. Cette passion pour les animaux n'était guère du goût des serviteurs. Mais ils n'osaient récriminer, parce que le vieux général, atteint de sénilité avancée, trouvait plaisante la compagnie des animaux.

Sortant de la ville, Djoser et Thanys se dirigèrent vers les canaux d'irrigation, où s'affairaient de nombreux ouvriers et des esclaves, pour la plupart des ennemis capturés lors des batailles. Armés de pelles et de corbeilles, les travailleurs s'acharnaient à ôter des canaux asséchés la terre lourde qui les engorgeait, afin que les eaux noires puissent irriguer les champs et les prés. Un chant rythmé s'élevait de leurs rangs :

— « *Préparons le lit d'Hâpy, afin que les eaux d'Isis nous apportent la vie. Que reverdisse la feuille, que s'épanouissent le lotus et le papyrus.* »

Ils tentaient de se donner ainsi du cœur à l'ouvrage, mais les voix s'éraillaient à cause des gorges arides.

Plus loin, les enfants croisèrent un groupe de pêcheurs qui vidaient les poissons pris dans la journée. Une odeur puissante agressa leurs narines. Lorsque l'inondation serait là, les prêtres immoleraient de grands taureaux noirs en l'honneur d'Hâpy, et ils jetteraient des lotus dans le fleuve. Pendant quarante jours, une odeur fétide se dégagerait des eaux nouvelles, et l'on ne pourrait plus lancer les filets. Aussi les pêcheurs se hâtaient-ils de capturer un maximum de poissons.

La fin de la tempête avait ramené la paix dans les esprits. Hâpy allait bientôt se manifester. Pourtant, l'inondation elle-même constituait un danger. Nul ne pouvait prévoir où elle s'arrêterait. Dans un jour, deux peut-être, la couleur du Nil changerait, virerait au brun sombre. Les eaux commenceraient à s'élever, lentement, inexorablement, emplissant les canaux d'irrigation creusés depuis des temps immémoriaux pour tenter de dompter les caprices du fleuve-dieu. Mais personne ne savait les maîtriser. Les années fastes, elles étendaient une nappe lumineuse dans laquelle la ville venait se refléter. Alors se formaient d'innombrables îles sur lesquelles avaient été bâties les demeures paysannes. Les habitants et les troupeaux s'y réfugiaient. On attendait la décrue, qui abandonnait derrière elle une terre merveilleuse, une boue fertile dans laquelle il suffisait de plonger le pied pour semer orge, épeautre et froment. Les arbres reprenaient vie, se couvraient de feuilles, les branches croulaient sous les fruits. L'offrande généreuse d'Hâpy…

Mais parfois, le niveau des eaux ne cessait de monter. Alors, les îles se réduisaient, s'effaçaient, les demeures étaient englouties, les troupeaux isolés se noyaient, avec les bergers et les cultivateurs, comme si Noun, l'océan primordial, tentait une nouvelle fois d'avaler le monde. Bien sûr, le Nil finissait toujours par baisser. Mais il laissait sur les terres abandonnées des myriades de cadavres d'hommes et d'animaux mêlés. C'était le tribut qu'il fallait parfois payer aux dieux.

Cette fois encore, nul ne pouvait prédire quelle serait l'ampleur de la crue attendue avec tant d'impatience.

Sa petite main glissée dans celle de Djoser, Thanys contemplait la surface encore claire du fleuve. Était-il possible que son père, Imhotep, ait imaginé un système qui permettrait d'estimer l'amplitude des crues divines ? Et le roi, le propre père de son compagnon, avait chassé cet homme exceptionnel...

Elle observa Djoser à la dérobée. Bien qu'il n'eût pas encore atteint l'âge adulte, aucun homme ne pouvait être plus séduisant que lui. Il lui semblait l'avoir toujours connu. Du fond de sa mémoire, elle se souvenait de chaque instant partagé.

Parmi les innombrables enfants qui hantaient le palais, elle l'avait remarqué alors qu'elle n'était encore qu'une toute petite fille. Elle avait été attirée par sa force tranquille et par la lumière émanant de ses yeux sombres et volontaires. Les enfants des autres seigneurs la traitaient avec, au mieux, une condescendance méprisante. Certains la molestaient avec méchanceté, la rejetaient comme on rejette un animal ou un esclave. Jamais Djoser n'avait eu cette attitude. Pas une fois il ne lui avait fait remarquer qu'elle n'était qu'une bâtarde, fille d'un exilé et d'une princesse réprouvée. Au contraire, il s'était montré délicat avec elle. Ennemi par nature de l'injustice et de la lâcheté, il avait pris plus d'une fois sa défense.

Alors, elle s'était attachée à ses pas. Parce qu'il était le fils cadet du roi, nombre d'enfants grouillaient autour de lui. Au début, il ne lui avait guère accordé d'importance. Mais elle s'était obstinée, le suivant comme son ombre, fidèle comme une petite chienne. Bravant sa propre frayeur, elle l'avait accompagné sur les chemins du désert lorsque ses compagnons et lui allaient chasser la gazelle. Elle portait avec dévotion le carquois où il gardait ses flèches. Peu à peu, elle avait su se rendre indispensable. Chaque regard de son idole faisait couler dans ses veines une onde chaleureuse qu'elle ne savait expliquer. Sans le savoir, elle l'aimait déjà, de toute son âme, de toutes les fibres de son corps. Elle lui appartenait.

Cependant, durant des années qui lui avaient semblé des siècles, il s'était peu intéressé à elle. Jusqu'à un jour qui resterait gravé en lettres de feu dans sa mémoire.

Elle n'avait pas encore atteint sa septième année. Ce jour-là, elle portait fièrement le bâton qui tenait lieu de lance à son idole. Comme bien souvent, la petite bande dont il était le chef incontesté se rendait, pour jouer, dans les vestiges d'un ancien village s'étendant au sud de Mennof-Rê.

À peine avaient-ils franchi les limites des ruines que de hautes silhouettes se dressèrent devant eux. Parmi elles, Thanys reconnut le prince Sanakht, en compagnie d'une demi-douzaine de ses camarades. Elle le détestait. Plusieurs fois déjà, elle l'avait vu prendre plaisir à humilier son jeune frère en profitant de sa supériorité physique.

Son regard fourbe luisait comme celui d'un chacal à l'affût de sa proie. Manifestement, il avait suivi la petite bande afin de s'amuser à ses dépens. Thanys hurla de terreur lorsque les agresseurs, armés de bâtons, se lancèrent avec de grands cris à la poursuite des enfants comme des fauves chassant le gibier. Épouvantés, les gamins détalèrent en tous sens au milieu des murs éboulés. Ignorant la douleur de ses pieds nus sur les cailloux, Thanys tâcha de demeurer près de Djoser, partagée entre la colère et la peur. La respiration haletante, la vue troublée par le sable et la chaleur, il lui sembla que Sanakht et ses complices s'étaient métamorphosés en affrits. Abusant lâchement de leur force et de leur rapidité, ils coincèrent tour à tour plusieurs enfants, auxquels ils appliquèrent quelques solides coups sur le dos et les fesses. Ceux-ci, mortifiés et dolents, repartaient en pleurant. Puis les chasseurs se lançaient à la poursuite d'une nouvelle proie.

Désemparé, Djoser tenta de rameuter ses troupes en déroute. Mais la perspective des coups de bâton n'enchantait personne. Lorsqu'il voulut faire face, il était bien seul, hormis son inséparable Piânthy et son cousin Semourê, neveu du roi. Mais la colère avait fait son œuvre. Ivre de rage, il se jeta contre son frère, qui se saisit de lui comme d'un chiot agressif. Sanakht éclata de rire. Il savait qu'il n'aurait pas à redouter la colère de son père.

Thanys était la seule fille de la bande. Mais, lorsqu'elle vit Sanakht s'attaquer à Djoser, elle ne le supporta pas. Elle bondit hors de l'abri où elle s'était réfugiée et se précipita sur les adolescents auxquels elle flanqua des coups de pied et de poing, de toutes ses forces, ce qui eut pour effet de redoubler leur hilarité. Comme le voulait la coutume, elle ne portait aucun vêtement. Elle ne comprit pas ce qui se passa ensuite, sinon qu'une nausée sans nom lui bloqua la respiration lorsque les jeunes gens la saisirent. Elle se retrouva projetée violemment sur le sol rocailleux, des pierres lui éraflèrent le dos et les fesses. Des mains lui griffèrent les cuisses pour les écarter. Un sentiment d'horreur la submergea quand une écœurante odeur de transpiration la fit suffoquer ; des doigts avides pétrissaient sa peau écorchée. Des rires obscènes retentirent. Elle hurla, se défendit à coups de dents, mais elle ne pouvait lutter. Une terreur incommensurable s'empara d'elle.

Soudain, il y eut un choc. Puis un liquide chaud et salé, au goût âcre, coula sur sa bouche, puis dans sa gorge. L'adolescent qui se tenait au-dessus d'elle laissa échapper un hoquet sinistre, puis s'écroula sur elle. Ce sang était le sien, ruisselant d'une plaie soudaine taillée dans son front par une pierre bien ajustée. L'instant d'après, les autres la lâchaient. Elle eut le temps d'apercevoir Djoser, à quelques pas, sa fronde en main. Une seconde pierre jaillit, qui frappa Sanakht à la tempe avec une précision terrifiante. L'esprit en déroute, Thanys se dégagea du corps de son agresseur et se faufila auprès de son compagnon, lui-même couvert d'ecchymoses. Il était parvenu à échapper à son frère. Piânthy et Semourê s'étaient déjà enfuis, mais lui était resté pour la protéger.

Reprenant leurs esprits, les adolescents se lancèrent à leur poursuite. Tenaillés par la peur, les deux enfants détalèrent. Le cœur de la fillette battait à ses tempes, comme s'il allait exploser. Un curieux mélange de terreur et d'exaltation la tenait. Djoser avait saisi sa main et l'entraînait toujours plus loin, toujours plus vite.

Soudain, un ravin s'ouvrit devant eux, dont la pente abrupte menait vers un cours d'eau à sec, encombré d'arbustes. Sans hésiter, ils dévalèrent au fond du vallon et s'évanouirent sous la végétation. Par chance, les autres ne les avaient pas vus sauter. Cachés sous un arbuste épais, les deux enfants les entendirent passer, haletant et jurant, puis leurs grognements de dépit s'estompèrent dans le lointain.

Plus tard, réfugiés dans un renfoncement rocheux situé en amont de l'oued, Djoser et Thanys reprirent leur souffle. Alors la fillette éclata en sanglots. Une douleur violente lui vrillait la chair, entre ses cuisses, et sur presque toute la surface du dos. Djoser la sermonna :

— Tu es folle. Ils auraient pu te… faire beaucoup de mal.

Elle hoqueta :

— Je ne voulais pas qu'ils te frappent.

Le regard mouillé de larmes qu'elle leva vers lui provoqua chez le jeune garçon une sensation étrange, inconnue jusqu'alors. Jamais il n'avait remarqué les yeux si brillants, si jolis de sa compagne. Pendant un court instant, il oublia sa mèche d'enfant recourbée vers l'oreille. Une chaleur mystérieuse s'empara de lui, qui irradia son corps tout entier. Il la prit contre lui et murmura :

— Je sais me battre, Thanys. Mais toi, tu es une fille. Et tu es si fragile…

— Je ne voulais pas qu'ils te frappent, répéta-t-elle.

Maladroitement, il essuya le sable et les cailloux incrustés dans la peau de la petite, zébrée de griffures. Puis il l'entraîna vers un étang qu'il connaissait, où il entreprit de la laver, avec des gestes d'une douceur infinie. Thanys oublia alors sa souffrance et ses membres endoloris.

Depuis ce jour, Djoser avait considéré différemment sa petite compagne de jeux. Il lui avait appris à manier la fronde et le boomerang, armes avec lesquelles elle accomplit bientôt des prodiges. Très rapidement, elle fut capable d'abattre un oiseau en plein vol. Elle s'attira ainsi l'admiration de ses camarades, qui la traitèrent comme l'une des leurs.

Une véritable complicité s'était tissée entre Djoser et elle. Elle savait rester immobile lorsqu'il se tenait à l'affût, lui tendait ses flèches au bon moment, l'encourageait lorsqu'il faiblissait. Peu à peu, le jeune garçon en était venu à ne plus pouvoir se passer de sa présence. Il affirmait à qui voulait l'entendre qu'elle lui portait chance. Lorsqu'il se retrouvait seul dans ses appartements royaux, la nuit, l'écho de son rire léger demeurait dans sa mémoire et lui donnait le goût de vivre jusqu'au lendemain, où il était certain de la retrouver.

Thanys lui avait conté l'aventure merveilleuse qui avait réuni sa mère et cet inconnu du nom d'Imhotep. Djoser, ému et touché par l'injustice dont la jeune femme et sa fille avaient été victimes, s'était rapproché d'elles. Avec le temps, Merneith avait fini par remplacer pour lui sa mère trop tôt disparue. Il ne l'avait jamais connue, mais il aurait aimé qu'elle lui ressemblât. Merneith était douce, accueillante, généreuse, et, malgré les années, elle savait se conserver belle. Sans doute gardait-elle, au fond d'elle-même, l'espoir qu'Imhotep reviendrait un jour et l'arracherait à son sort.

Elle ne dévoilait ses souvenirs que pour sa fille et pour Djoser. Au travers de ses récits, Imhotep devenait un personnage de légende, un homme hors du commun dont le savoir dépassait de bien loin celui du plus érudit des savants de l'Égypte.

L'histoire malheureuse de Merneith avait influencé l'imagination de Djoser. Ce qu'elle n'avait pu vivre avec Imhotep, il le vivrait avec sa fille. Thanys était rejetée par tous. Alors, son esprit frondeur l'avait porté vers elle. Avec les années, cette réaction de défi s'était muée en un amour véritable. Dédaigné lui-même par son père, il avait trouvé en Thanys un réconfort, un soutien qu'il ne se serait pas attendu à rencontrer chez une gamine. En dépit de sa fragilité apparente, il avait découvert en elle une prodigieuse réserve de vitalité, d'énergie et d'audace, que venait renforcer un naturel optimiste et généreux. Thanys refusait de voir le mal. Tout au moins, elle n'y attachait aucune importance. L'ostracisme dont elle était l'objet aurait pu générer chez elle amertume et rancœur. Il n'avait fait qu'aiguiser son amour de la vie.

Djoser ne se rendait pas compte qu'il était lui-même la raison de cet appétit de vivre. Tant qu'il était à son côté, Thanys ne redoutait rien. Sa présence suffisait à la combler. Et cela se traduisait par une humeur toujours égale, un esprit prompt à s'émerveiller de tout, qui s'exprimait largement lors des leçons du vieux Merithrâ, auquel il l'avait imposée. Mais le vieil homme s'était, lui aussi, laissé séduire par la petite.

Avec le temps, leur relation avait évolué. Une autre image revint à la mémoire de Thanys.

Moins d'un an auparavant, elle avait eu peur d'une soudaine tempête de sable. Ils s'étaient alors réfugiés dans les ruines d'un vieux mastaba abandonné. Elle s'était blottie contre lui, la peau griffée, énervée par les gifles de sable. Parce qu'elle s'était tordu la cheville contre une pierre, il avait massé ses muscles endoloris. Mais la douceur de sa peau, l'odeur subtile et enivrante qui en émanait avaient bouleversé les sens du jeune garçon. Ce n'était plus la petite compagne de jeux qui frémissait sous ses doigts, mais une femme en fleur, dont le parfum tiède éveillait en lui une émotion nouvelle, inconnue. Alors, la fièvre s'était emparée d'eux. Et leur jeu innocent s'était métamorphosé en un autre, bien plus chaleureux, plus fascinant. Émus et surpris, ils avaient découvert que leurs corps pouvaient leur offrir des sensations hallucinantes, d'autant plus fortes qu'elles conservaient un étrange goût d'interdit.

Depuis, Djoser ne pouvait plus s'endormir sans évoquer l'odeur des cheveux de Thanys. Il ressentait sous ses doigts la douceur soyeuse de la peau de son ventre, la finesse et la fermeté des muscles de ses cuisses. Il entendait encore son rire cristallin dont il savait ne plus jamais pouvoir se passer.

Ils n'avaient pas immédiatement compris qu'ils

s'aimaient. Ils savaient seulement qu'ils étaient merveilleusement bien ensemble, comme deux enfants qui éprouvent du plaisir à goûter la présence de l'autre. Puis ils avaient établi un parallèle entre l'histoire de Merneith et la leur. Et ils avaient su que le sentiment mystérieux qui les unissait s'appelait l'amour.

Alors, ils s'étaient juré de ne jamais se séparer. Un jour, ils seraient unis l'un à l'autre. Pour toujours.

Délaissant les bords du Nil, les deux enfants remontèrent en direction d'un plateau que l'on appelait l'Esplanade de Rê, d'où l'on pouvait admirer de splendides couchers de soleil. Ce spectacle les avait toujours fascinés. Là se dressaient les vestiges de mastabas où, disait-on, avaient reposé les corps des anciens Horus. Ainsi pouvaient-ils conserver leur corps pour la vie qui les attendait au-delà de la mort. Mais, au nom du dieu rouge, l'usurpateur Peribsen les avait détruits.

Une émotion étrange envahit Djoser. Quelque chose de magique, d'inexprimable, flottait sur les lieux.

— Cet endroit est sacré, dit-il soudain. Nous ne les voyons pas, mais les neters sont présents ici plus qu'ailleurs.

— Je les ressens aussi, répondit Thanys.

Instinctivement, leurs mains se serrèrent. Ils n'éprouvaient aucune angoisse. Seulement une impression inexplicable, comme si le lieu saint tentait de leur transmettre quelque chose.

Soudain, comme surgie de nulle part, une silhouette claudicante se dirigea vers eux. L'inconnu ne portait qu'un débris de pagne, une couverture de poils de chèvre élimée aux couleurs délavées, et s'appuyait sur une canne aussi tordue que lui. Thanys étouffa un cri lorsqu'elle distingua son visage. La face de l'homme se creusait de deux orbites vides. Un court instant, l'envie de fuir les saisit. Mais une fascination malsaine les retenait sur place.

— J'ai peur, Djoser ! Il se dirige vers nous comme s'il nous voyait. Mais c'est impossible !

— Calme-toi, ma sœur. C'est un mendiant. Il désire seulement la charité.

Yereb voulut chasser l'inconnu, mais Djoser le retint d'un geste qu'il ne sut expliquer. Lorsqu'il fut près d'eux, le vagabond huma l'air tel un chien à la recherche de son gibier, puis il tourna sa face détruite vers Thanys et sa voix résonna, singulièrement grave.

— Je t'effraie, petite fille. Mais tu n'as rien à craindre de moi.

— Que nous veux-tu ? demanda Djoser d'un ton sec.

Le mendiant ignora la question. De sa démarche gauche, il fit le tour du couple en hochant la tête. Sa peau desséchée comme un vieux papyrus se striait par endroits de traînées blanchâtres, reflets d'anciennes cicatrices. Djoser se demanda s'ils n'avaient pas affaire à un affrit, l'un de ces esprits funestes qui hantaient les abords du désert. Il serra Thanys contre lui, et posa la main sur le manche de son poignard. Yereb l'imita. Mais l'individu ignora leur manège. Soudain, il commença une histoire étrange :

— Autrefois, j'avais des yeux, comme vous. Mais un jour, il y a bien longtemps, les pillards de l'Ament sont venus dans mon village. Ils ont massacré les hommes et violé les femmes avant de les égorger. J'étais bien jeune alors. Ma mère s'est dressée devant moi pour me protéger. Alors, ils l'ont frappée à coups de hache, et ils l'ont éventrée. La dernière image que je conserve d'elle est celle de son sang qui maculait mon corps, tandis que les rires de ses meurtriers retentissaient dans ma tête comme celui de Seth le Rouge découpant Osiris. J'étais terrorisé. J'ai hurlé. Alors, ils m'ont attrapé, ils m'ont plaqué sur le sol... et ils ont enfoncé une torche enflammée dans mes yeux.

Thanys laissa échapper un cri d'épouvante. Pétrifiés, les deux enfants n'osaient plus faire un geste. Soudain, le mendiant éclata d'un rire grinçant, qui s'étouffa dans une toux rauque. Djoser l'apostropha :

— Pourquoi nous racontes-tu cela ?

— Ne crains rien, petit prince. Je ne suis pas un esprit mauvais. Je ne suis qu'un pauvre aveugle. Mais — le croirais-tu ? — les Bédouins m'ont rendu un grand service en me privant ainsi de la vue. Car à présent je vois bien mieux qu'aucun d'entre vous.

Assurément, le malheureux n'avait plus toute sa raison. Djoser fouilla dans le sac que portait Yereb et tendit au mendiant l'un des pains offerts par Barkis. L'autre s'en empara avec avidité.

— Tu es généreux, mon jeune seigneur. Mais le renseignement que je veux te donner vaut beaucoup plus que cela.

— De quel renseignement parles-tu ? demanda Djoser, intrigué malgré lui.

L'autre reprit sa marche saccadée et poursuivit d'une voix exaltée :

— Je vous vois ! Je vous vois bien mieux qu'avec les pauvres yeux dont ces barbares sanguinaires m'ont privé. Vous êtes jeunes. Vous êtes beaux. Et vous vous aimez.

Il fit entendre un petit rire grelottant et ajouta sur un ton incisif :

— Mais prenez garde ! Avant que Hâpy, le dieu du fleuve, n'ait par cinq fois recouvert la terre sacrée de Kemit, de grands bouleversements se produiront. Vous suivrez alors deux chemins solitaires, à la recherche de vous-mêmes. Et si vous échouez dans cette quête, vous demeurerez séparés l'un de l'autre à jamais !

— Nooon ! hurla Thanys.

— Tu mens ! s'exclama Djoser. Comment peux-tu savoir tout cela, toi qui ne perçois plus la lumière ?

L'aveugle émit un ricanement.

— Les yeux du cœur et de l'âme voient bien plus loin que les autres. Ils savent percer le secret des forces cachées. Les dieux me parlent dans mes songes, et me montrent l'avenir. Bientôt, ce monde connaîtra des événements hallucinants, auxquels vous serez mêlés tous deux. Vous serez arrachés l'un à l'autre. Pour survivre, il vous faudra obtenir la protection des dieux, vous allier à eux afin de ne faire plus qu'un avec leurs esprits. Alors peut-être parviendrez-vous à vaincre les Forces du Mal.

Il leva vers eux un doigt décharné et chargé de menaces.

— N'oubliez jamais ! Avant que le Nil n'ait recouvert par cinq fois cette vallée, vous serez séparés ! Votre seule chance d'être de nouveau réunis sera de marcher dans les traces des dieux !

— Que veux-tu dire ? demanda Djoser d'une voix angoissée.

— Vous devrez le découvrir par vous-mêmes !

Avant que le garçon n'ait pu l'interroger plus avant, l'aveugle poussa un grognement puis, indifférent, tourna les talons et reprit le chemin du désert, comme si les deux jeunes gens n'existaient plus pour lui.

Bouleversés, Djoser et Thanys se réfugièrent à l'ombre d'un petit mastaba abandonné, suivis par le Nubien. La fillette se blottit dans les bras de son compagnon et éclata en sanglots.

— Ce n'est pas vrai. Il a menti. Nous ne pouvons pas être séparés.

— Mais *rien* ne peut nous séparer, Thanys. Tu es ma sœur bien-aimée. Je te garderai toujours près de moi.

Il risqua un œil dans la direction de l'aveugle. Mais il n'y avait plus rien. Rien qu'une colonne de sable que soulevait encore un résidu de la tempête. Au loin, les collines se teintaient de sang, tandis que l'image rouge et accourcie de Rê descendait lentement vers l'horizon du désert occidental, le redoutable Ament, royaume des morts.

3

Avec la tombée du jour, un calme angoissant s'était abattu sur le plateau désert, sur lequel l'astre déclinant faisait jouer un kaléidoscope de contrastes, entrelaçant des ocres et des fauves lumineux à des ombres longues d'un mauve ténébreux. Vers l'ouest se découpaient les silhouettes décharnées de quelques arbres, dont les branches noires et sèches griffaient le crépuscule sous l'assaut de tornades résiduelles. Parfois, le silence se déchirait sous l'appel d'un chacal, auquel répondait le cri strident d'un rapace nocturne. C'était l'instant mystérieux où les prédateurs se mettaient en chasse, le moment subtil où Rê-Atoum s'enfonçait dans l'inquiétant horizon occidental pour entreprendre sa périlleuse course de la nuit.

Après la tourmente, une odeur de poussière persistait dans l'air tiède, rehaussée de parfums aquatiques émanant des marais septentrionaux. Dans le ciel d'une pureté de cristal, le disque d'argent de la lune s'était levé, inondant déjà les lointains territoires de l'Orient d'une douce clarté bleue.

Plus que jamais, les deux enfants fascinés ressentirent la magie qui se dégageait du plateau, s'étendant comme une tapisserie de sable et de rocailles à la frontière du jour et de la nuit. Depuis l'altitude où ils se trouvaient, la cité de Mennof-Rê, étirée sur les rives du fleuve, paraissait minuscule face à l'immensité du désert qui la cernait, un foyer humain dont seul le Nil dispensateur de vie avait permis l'existence. Vers le nord s'étendait la perspective étale du Delta, avec ses marais innombrables qui abritaient des nuées d'oiseaux.

Pourtant, malgré la beauté sereine des lieux, un désarroi total avait envahi les deux enfants. Les paroles terribles du mystérieux aveugle demeuraient incrustées dans leur mémoire. Djoser prit la main de Thanys, et tous deux revinrent vers la ville, la mort dans l'âme, suivis de l'esclave nubien.

Tandis qu'ils redescendaient dans la vallée, un vent frais et léger venu du nord se leva, qu'ils ne remarquèrent pas. Les mains soudées l'une à l'autre, ils ne disaient rien. Les mots eussent été bien faibles en regard de la douleur que la prédiction de l'homme aux yeux arrachés avait fait naître en eux.

— Peut-être s'agissait-il d'un affrit…, hasarda enfin Thanys.

Djoser ne répondit pas. Il avait eu la même idée. Si c'était exact, cette prédiction n'était qu'un leurre destiné à leur jouer un vilain tour. Mais le jeune garçon savait, au plus profond de lui, que l'aveugle n'avait rien d'un esprit mauvais. Sa voix vibrait au contraire de l'accent de la plus terrifiante sincérité.

— Nous devrions demander conseil à Merithrâ, dit-il enfin.

— Cet homme était peut-être un fou, ô Merithrâ. À cette heure tardive, le vieil homme les avait invités à partager son dernier repas de la journée. Dans une petite salle qui jouxtait le jardin, les serviteurs avaient installé de petits récipients de granit dans lesquels brûlait de l'huile. Posées sur des colonnes de calcaire taillé, ces lampes diffusaient une lumière douce et dorée qui baignait la pièce, illuminant les murs blancs garnis de nattes aux motifs colorés. Devant les trois dîneurs étaient disposées des tables basses en pierre, sur lesquelles les esclaves avaient apporté des plats contenant des cailles grillées, des assiettes de haricots aux herbes, ainsi que des corbeilles remplies de fruits — dattes, figues, abricots —, sans oublier les pains odorants aux formes compliquées. Près de chacun, une cruche de bière parfumée reposait sur sa selle percée.

Merithrâ secoua la tête.

— Non, cet homme n'est pas fou. Je le connais. Ce mendiant est un sage qui a reçu des dieux le don de percevoir l'avenir. Il vit de l'autre côté du plateau, dans une grotte. Parce qu'il n'a plus ses yeux, il a appris à écouter le sens caché des choses. Les neters s'expriment par sa voix. Nombreux sont ceux qui vont le consulter, même parmi les plus grands seigneurs. Ses prophéties doivent être prises au sérieux. Mais c'est étrange ; d'ordinaire, il ne quitte jamais sa tanière. Peut-être avait-il deviné votre présence.

— Alors, nous serons séparés…, demanda Thanys d'une voix brisée.

— C'est possible.

— Il a dit que notre seule chance de nous retrouver était de «*marcher dans les traces des dieux*». Cela n'a pas de sens, insista Djoser.

— Les énigmes divines sont parfois difficiles à traduire, mon fils. Elles ne prennent toute leur valeur que si l'on sait interpréter les signes. Mais la plupart des hommes restent aveugles à ces signes. Il faut beaucoup d'humilité et d'intuition pour les comprendre.

Après s'être lavé les mains dans des aiguières présentées par de jeunes esclaves nues, ils commencèrent le repas sans grand appétit. Même Djoser, dont la robuste constitution et l'âge exigeaient une nourriture abondante, ne fit pas honneur aux mets. Il se tourna vers Merithrâ.

— Que pouvons-nous faire, ô mon maître ?

— On ne peut lutter contre les desseins des dieux, hélas ! Cependant, vous devriez demander la protection d'Isis, mère d'Horus. Elle est la Grande Initiatrice, qui ouvre les yeux de l'esprit et du cœur. Peut-être vous éclairera-t-elle sur la signification de cette prophétie.

Il donna un ordre à un serviteur. Quelques instants plus tard, celui-ci revenait avec un petit coffret de cèdre, dont Merithrâ tira deux colliers de lin tressé qu'il passa autour de leur cou. Au bout de la cordelette pendait une amulette étrange de couleur rouge.

— Ces nœuds Tit vous protégeront désormais. Ils représentent le *«sang d'Isis»*. On les porte pour conjurer les Forces du Mal. Leur pouvoir est puissant.

Après le départ des enfants, Merithrâ demeura un long moment à méditer, observant la danse affolée des insectes attirés par la lueur mortelle d'une lampe à huile. Parfois, l'un d'eux s'y consumait avec un petit grésillement. Une douceur infinie avait succédé au tumulte de la tempête. Avec la nuit, des parfums nouveaux s'élevaient du sol, senteurs d'herbe sèche, effluves subtils des fleurs du jardin proche. Une brise légère agitait les frondaisons des grands arbres que le dieu lunaire, Thôt, éclairait d'une lumière irréelle. À quelques pas, une jeune esclave jouait avec une guenon apprivoisée, laissant échapper de grands éclats de rire étouffés par la nuit.

Cependant, pour une fois, Merithrâ ne goûtait pas ces plaisirs délicats. Songeur, il pensait aux bouleversements évoqués par l'aveugle. Il n'avait pas vraiment su quoi répondre aux enfants, parce que cette étrange prophétie confirmait trop ce qu'il avait lu dans la course des astres. Une conjonction exceptionnelle se préparait, qui allait apporter toutes sortes de cataclysmes et troubler la paix retrouvée de l'Égypte. Mais ces perturbations ne seraient pas limitées à la vallée. En fait, la menace pesait sur l'ensemble du monde connu, et peut-être au-delà. Il s'était longuement interrogé sur la nature de ces événements, sans obtenir de réponse. Les astres n'avaient pas dévoilé leurs mystères.

Malgré la chaleur accablante, un frisson mystérieux le saisit, et il resserra autour de lui son vêtement de lin.

Le lendemain, la fillette n'eut aucune peine à quitter la demeure du seigneur Hora-Hay sans attirer l'attention. Celui-ci n'était plus guère en état de s'inquiéter de ce qui se passait chez lui depuis qu'il avait reçu une mauvaise blessure au cours d'une partie de chasse. Sa sénilité avait laissé la direction de la maison entre les mains de sa première épouse, l'autoritaire Nerounet, qui exerçait une insupportable tyrannie sur les domestiques et les autres femmes du harem. Nerounet était une grosse femme braillarde qui adorait abattre la badine qui lui servait de sceptre sur le dos des récalcitrants, esclaves ou non. Mais sa corpulence généreuse et sa maladresse étaient souvent fatales aux poteries, lampes à huile et autres objets fragiles qui se substituaient aux derrières tendres visés par la trajectoire de sa baguette vengeresse. Les serviteurs agiles et moqueurs n'hésitaient pas à se soustraire à sa vindicte en fuyant vers les cuisines ou les jardins. Elle entrait alors dans des fureurs noires, s'égosillait, puis recherchait un autre sujet de mécontentement.

Seule Merneith osait lui tenir tête, imitée en cela par Thanys, que les colères grotesques de la mégère amusaient plutôt. La fillette bénéficiait de la complicité des esclaves, qui l'adoraient. Après être passée rendre visite au boulanger qui, bien avant l'aube, avait mis ses premiers pains à cuire, elle s'éloigna dans les ruelles encore désertes, nantie de quatre fougasses aux fruits dont la chaleur bienfaisante lui réchauffait le flanc.

Au nord de la cité, en un lieu proche du Nil, s'élevait une petite chapelle de briques rouges dédiée à Isis. Le sanctuaire était de dimensions modestes. Djoser et Thanys s'y étaient donné rendez-vous à l'aube. Ils arrivèrent presque en même temps et pénétrèrent dans la chapelle.

À cette heure matinale, les lieux étaient déserts. Seul un vieux prêtre somnolent s'étonna de voir les deux enfants entrer dans l'édifice. Mais, reconnaissant le second fils du roi, il s'esquiva discrètement.

Dressée contre le mur du fond, une statue de la déesse accueillit le jeune couple. L'effigie représentait une femme aux seins nus, dont la tête était surmontée par deux cornes en forme de lyre enserrant un trône de bois de sycomore. Ses vêtements étaient teintés de noir, la couleur du limon généreux fertilisant l'Égypte, et de rose, couleur de l'aurore. Deux ailes blanches paraient la silhouette fine de la divinité. Sur le socle, l'écriture hiéroglyphique racontait la naissance d'Isis, fille de Nout, déesse des étoiles, sous la forme d'une femme vêtue de noir et de rose.

Thanys et Djoser s'agenouillèrent devant la statue. Ils dénouèrent les nœuds Tit et les posèrent devant eux. Leurs mains s'unirent, puis Djoser parla.

— Ô vénérée mère d'Horus, toi dont l'esprit luit dans l'étoile Sedeb, toi qui apportes la vie sur la terre sacrée par la puissance de tes larmes généreuses, accepte de nous protéger, ma sœur Thanys et moi-même. Étends sur nous tes ailes protectrices afin que jamais nous ne soyons séparés.

À cet instant précis, les rayons d'or du soleil levant pénétrèrent à l'intérieur du temple, et vinrent illuminer le visage de la déesse *douce d'amour*. Deux pierres d'obsidienne lui conféraient un regard perçant, donnant l'illusion de la vie. Sous l'action de la lumière, les yeux noirs se mirent à luire, comme si la statue avait pris vie.

Impressionnée et émue, Thanys ne sentit pas les larmes qui coulaient sur son visage. Elle était certaine que la déesse les avait entendus. Sa main serra plus fort encore celle de Djoser. Alors, le garçon se tourna vers elle et déclara d'une voix tremblante :

— Ô Thanys, ma sœur, toi mon aimée unique et sans rivale, tu es comme l'étoile qui surgit au début d'une année féconde, pleine de lumière et de perfection, tu resplendis de couleurs et de joie, la lumière de tes yeux me fascine, tout comme ta voix m'enchante.

Alors, que sous la protection de la déesse, nous soyons à jamais unis l'un à l'autre, par un lien que nul ne pourra défaire…

— Ô Djoser, mon cœur s'échappe de ma poitrine lorsque je pense à toi, il vit en harmonie avec le tien et je ne peux me détacher de ta beauté. Seul ton souffle donne vie à mon cœur, et, à présent que je t'ai rencontré, qu'Isis, reine des étoiles, me fasse tienne à jamais[1].

Puis Djoser se pencha sur Thanys, et leurs lèvres se joignirent pour un baiser, symbole de l'unification de leurs âmes.

Lorsque les deux enfants sortirent du temple, l'aube n'était plus qu'un souvenir. Une lumière blanche inondait la cité qui s'éveillait. Des cris et des appels joyeux retentissaient un peu partout. La fraîcheur apportée par la nuit s'évanouissait déjà sous l'ardeur du soleil. Des odeurs matinales se répandaient alentour, effluves aquatiques, senteurs de la brique tiède et humide à peine fabriquée, fumets tièdes et appétissants sourdant des demeures où l'on cuisait le pain, parfums des fruits et de la bière s'échappant des modestes maisons des artisans, fragrances délicates des fleurs, exhalaisons des herbes brûlées apportées par les vents depuis les champs… Ces différents arômes entrelacés composaient une symphonie invisible qui faisait chanter la ville.

---

1. Ces répliques sont inspirées par des poèmes d'amour égyptiens. Bien souvent, les époux ou les amants s'appelaient entre eux « frère » et « sœur », ce qui amena certains à conclure trop hâtivement que l'inceste était chose courante dans l'Égypte antique.

Tandis qu'ils erraient sans but précis, Thanys, qui n'avait pas lâché la main de son compagnon, demanda :

— Crois-tu que l'Horus va m'imposer un époux, à présent que mon sang de femme a coulé ?

Djoser se raidit.

— Non ! Il ne peut faire cela ! Tu es mienne. Et Isis nous protège. Son regard s'est posé sur nous. Elle ne nous abandonnera pas.

Thanys baissa la tête.

— Je suis stupide, ô Djoser. Je dois avoir confiance en elle. Mais j'ai si peur…

— Rien ne prévaudra contre nous, ma sœur.

Thanys haussa les épaules et émit un petit rire.

— De toute façon, nul courtisan ne voudra de moi. Ils répètent assez que je suis une bâtarde.

Djoser arrêta ses pas et la prit contre lui.

— Tu n'es pas une bâtarde, Thanys. Pour moi, tu es la femme que j'aime, et tu es le fruit de l'amour. La déesse Bastet aussi te protège. Et si quelqu'un voulait nous nuire, elle se métamorphoserait et deviendrait la déesse de la colère, Sekhmet. Alors, malheur à ceux qui se dresseraient contre nous !

Ils étaient parvenus devant les temples jumeaux dédiés à Horus et à Seth. Soudain, Thanys aperçut la statue géante du dieu rouge, érigée à l'entrée du sanctuaire. Haute comme trois hommes, elle dominait la place où se pressait une théorie de prêtres aux crânes rasés, qui les saluèrent au passage. Le corps imposant de la divinité se surmontait d'une effrayante tête de monstre dont le regard noir semblait la percer. Un frisson la saisit et elle recula. Merithrâ leur avait expliqué que les statues n'étaient que les représentations des neters, et ne possédaient en elles-mêmes aucun pouvoir. Pourtant, un étrange malaise s'était insinué en elle à la vue de l'effigie, comme si une force maléfique s'y était amassée.

Thanys prit la main de Djoser et l'entraîna plus loin. Ils parvinrent ainsi au bord du Nil, dans une anse quasi déserte. Alors, parce qu'ils étaient seuls, elle noua ses bras autour du cou de son compagnon et se dressa sur la pointe des pieds pour déposer un baiser léger sur ses lèvres. Puis elle plongea son regard fiévreux dans le sien et demanda d'une voix sourde :

— Je sais que nous devrons lutter, ô Djoser. Aussi, je voudrais… je voudrais que tu m'apprennes quelque chose.

— Quoi donc ?

— Instruis-moi dans l'art des armes. Un jour peut-être, cela pourra m'être utile.

Il la contempla avec stupéfaction.

— Les armes ? Mais tu es une fille. Les filles ne portent pas d'armes.

— Je le sais. Pourtant, je sais aussi que je devrai me battre pour survivre. Si je ne peux me défendre, je mourrai.

— Personne n'est aussi adroite que toi à la fronde, Thanys, répliqua-t-il faiblement.

— Mais j'ignore l'art de l'arc et de la lance.

— Mes maîtres risquent de me punir pour cela. Une femme ne doit pas porter d'armes. Elles sont réservées aux guerriers.

— Nous pourrions nous rendre dans le désert, là où nous allions jouer quand nous étions plus jeunes. Personne ne le saurait.

Il était difficile de résister à l'éclat de son regard. Il savait déjà qu'il céderait. Il soupira, puis répondit :

— C'est entendu, je t'enseignerai ce que je sais.

Peu après une étrange rumeur monta de la ville, qui s'amplifia rapidement.
— Que se passe-t-il ? demanda Thanys, inquiète.
— Regarde ! répondit Djoser, les yeux fascinés.
Il désignait les eaux du Nil qui, du vert glauque qu'elles présentaient la veille, avaient viré au brun sombre. L'instant d'après, une foule enthousiaste, avertie par les pêcheurs, envahissait la grève avec des cris de joie. Les femmes poussaient des ululements stridents pour remercier Hâpy de ne pas avoir abandonné ses enfants. Bientôt, des cohortes de prêtres descendirent à leur tour vers le fleuve, dans lequel ils jetèrent les étoiles mauves des fleurs de lotus. Dans la journée, un taureau noir serait sacrifié en l'honneur du dieu bienfaisant, afin qu'il se montrât clément.

Les deux enfants remarquèrent que le niveau avait déjà monté. Une puanteur fétide se répandait lentement, l'odeur du limon généreux qui allait fertiliser les champs et les prés, grâce aux canaux d'irrigation. Les jours suivants, le fleuve n'allait cesser de s'élever, pour engloutir d'abord les bandes sablonneuses, puis la vallée se transformerait en un lac immense, miroir gigantesque à la dimension des dieux. Pendant quarante jours, il n'y aurait rien d'autre à faire qu'attendre la décrue. Alors commenceraient les semailles.

Cependant, Thanys ne pouvait partager la joie populaire. Pour elle, la montée des eaux revêtait une nouvelle signification. Bien sûr, Isis semblait leur avoir accordé sa protection. Mais la surface sombre du Nil prenait à ses yeux l'aspect de la carapace monstrueuse d'un démon inexorable et patient qui avait déjà commencé à tisser son piège. Et elle savait, tout au fond d'elle-même, qu'elle ne pourrait lui échapper.

« Avant que le Nil n'ait par cinq fois recouvert le sol sacré d'Égypte... »

DEUXIÈME PARTIE

Les amants déchirés

4

Cinq ans plus tard...

Installés autour d'un feu maigre, les bergers déchiraient à belles dents la chair d'une oie capturée la veille. Ces êtres à demi sauvages passaient le plus clair de leur temps dans les régions farouches du Delta, où l'eau et la terre se mêlaient intimement. À l'inverse des citadins qui accordaient un soin tout particulier à leur toilette et leur propreté, les hommes des marécages se laissaient pousser moustaches et favoris, et ne portaient pour seul vêtement qu'un grossier pagne de fibres de palme tressées, quand ils n'allaient pas entièrement nus. Leurs longs cheveux, noués en chignon, étaient retenus par des peignes et des épingles en os ou en corne. Leur dentition fantaisiste, causée par le travail des fibres, ne contribuait pas à rendre leur aspect plus engageant. Ils possédaient comme personne l'art du tressage du papyrus, dont ils confectionnaient toutes sortes d'objets, et particulièrement des embarcations légères utilisées pour la chasse aux oiseaux dans les marais. Les fourrés de papyrus en abritaient d'innombrables espèces, que les hauts personnages des Deux-Terres prenaient plaisir à chasser.

Les habitants de Mennof-Rê considéraient les bergers comme des brutes inquiétantes ; cependant, ils ne pouvaient se passer de leurs services. C'était à ces individus marginaux que l'on confiait les grands troupeaux de bovins lorsque l'herbe de la vallée devenait trop sèche. Ils amenaient alors les bêtes dans les pacages encore verts du Delta, traversant les bras à sec ou envahis par les eaux. La rumeur affirmait qu'ils avaient conclu un pacte avec les crocodiles.

Dès qu'ils aperçurent Djoser et ses compagnons, les bergers se levèrent et vinrent baiser le sol devant lui, ainsi que le voulait la coutume. Leur chef redressa la tête et s'exprima avec volubilité.

— Grand parmi les grands, aimé d'Horus et de Seth, sois le bienvenu. Les serviteurs que tu vois attendaient ton arrivée avec impatience.

— C'est bien, Mehrou, répondit le jeune homme. As-tu préparé les nacelles ?

— Ton serviteur les a tressées lui-même, ô seigneur bien-aimé.

Il désigna, en lisière des eaux marécageuses, quatre petites embarcations faites de tiges de papyrus fermement liées entre elles, assez solides pour emporter deux personnes chacune. Équipées de bords relevés de chaque côté et à l'arrière, ces frêles esquifs pouvaient se faufiler aisément sur les eaux peu profondes des marais. De même, leur légèreté permettait à ses occupants de franchir tout obstacle terrestre. Une natte épaisse posée sur le fond préservait quelque peu de l'humidité.

Djoser observa le ciel et se tourna vers ses amis.

— Je crois que la journée sera belle, compagnons. Les pluies étranges de ces derniers jours semblent s'être calmées. Ce soir, nous mangerons de la bonne chair d'oie sauvage. Suivez-moi !

Bien que l'on approchât de la fin de l'année, une fraîcheur mouillée restait suspendue dans l'air, conséquence des averses abondantes qui s'étaient abattues les jours précédents sur Mennof-Rê et le Delta. On avait même assisté par endroits à de violentes chutes de grêle. Ce phénomène insolite n'avait pas manqué d'inquiéter les prêtres, toujours à l'affût de signes annonciateurs de catastrophes. De telles précipitations ne s'étaient pas produites depuis bien longtemps. Les récoltes en avaient beaucoup souffert. Les épis de blé et d'orge étaient abîmés, voire détruits. Prises dans de soudains torrents de boue, plusieurs têtes de bétail avaient été emportées et noyées. On avait retrouvé les restes de nombreux cadavres dévorés par les crocodiles, que cette inhabituelle montée des eaux incitait à envahir les rives. L'on avait également signalé la disparition de plusieurs enfants et même d'adultes.

On associait ce phénomène mystérieux au fait que, depuis cinq ans, les crues du fleuve-dieu montaient chaque fois plus haut. Des villages entiers avaient été anéantis, et les semailles étaient chaque fois retardées. Les moissons se révélaient moins fructueuses et la famine frappait plusieurs nomes[1]. Cette dégradation inexplicable du climat provoquait un malaise dans la population, qui scrutait les cieux avec anxiété lorsque des cohortes d'énormes nuages sombres dévoraient

---

1. Nome : division administrative de l'Égypte, dont le découpage géographique provient vraisemblablement de l'époque prédynastique, où l'empire était morcelé en plusieurs dizaines de petits États. À sa tête se trouvait un nomarque, ou gouverneur.

un ciel d'ordinaire immuablement bleu. Noun, l'océan originel, n'allait-il pas tenter d'engloutir de nouveau le monde des vivants ?

Ces perturbations mystérieuses n'empêchaient pas les jeunes nobles de s'adonner à leur distraction favorite : la chasse. Suivant le berger Mehrou, Djoser se dirigea vers la rive encombrée d'épais fourrés de papyrus[1], auxquels Rê donnait les reflets somptueux de la malachite. Les multiples bras du Nil semblaient ainsi un gigantesque joyau étalé sur les eaux pour le seul plaisir du dieu solaire.

À dix-neuf ans, Djoser était devenu un colosse qui dominait ses compagnons d'une bonne tête. La discipline rigoureuse exigée par le général Meroura lui avait modelé un corps d'athlète, qu'il entretenait grâce à la lutte à mains nues, son sport favori. Lors des fêtes organisées par le Palais ou par un grand seigneur, Djoser n'hésitait pas à se mesurer aux lutteurs chargés de distraire les convives.

Le menton volontaire, la figure carrée, encadrée par une abondante chevelure bouclée d'un noir de jais, il se dégageait de lui une sensation de force tranquille et rassurante. Parmi les jeunes nobles que les hasards de la fortune avaient destinés eux aussi à la carrière militaire, il était devenu le meneur, celui auquel on se ralliait. Ce statut informel n'était aucunement dû à sa filiation, mais à sa seule autorité naturelle. Meroura ne s'y était pas trompé, qui l'avait nommé capitaine depuis un an.

---

[1]. Bien que sa fabrication n'ait aucun rapport avec le papyrus, c'est de ce terme que provient notre mot papier.

Djoser et Thanys prirent place sur la première nacelle, aussitôt rejoints par un superbe lévrier dont la tâche consistait à rapporter le gibier. Piânthy et Semourê embarquèrent sur la seconde, et leurs compagnons sur les deux autres. Puis, à l'aide de pagaies courtes dont la palle se terminait en pointe, la petite flottille quitta la terre ferme pour s'engager dans le labyrinthe végétal.

Comme à son habitude, Piânthy se montrait bavard, évoquant pour ses camarades les animaux fabuleux que tout chasseur rêvait d'inscrire à son tableau de chasse, mais que personne n'avait jamais abattus. Ainsi, on était persuadé qu'une gazelle ailée vivait dans les hautes combes des montagnes de l'Ament, tandis que les profondeurs du désert abritaient des bêtes pharamineuses telles l'*achech*, moitié félin moitié oiseau, ou encore la *sag*, dont le corps de lionne supportait une énorme tête de faucon. Les récits de Piânthy, qui affirmait toujours connaître un voyageur ayant aperçu ces êtres extraordinaires lors d'une expédition dans la lointaine Koush ou le mystérieux pays de Pount, captivaient ses compagnons, car il avait l'art de narrer les histoires.

Thanys adorait ces parties de chasse, au cours desquelles elle partageait toujours la nacelle de Djoser. Celui-ci, au grand désespoir de ses amis, n'acceptait jamais d'autre compagnie. Leur adresse à tous deux leur valait régulièrement de rapporter la plus importante part de gibier. Avec un sourire complice, les deux jeunes gens préparèrent leurs arcs et leurs flèches à pointe de silex ou de cuivre.

Djoser avait tenu parole. Depuis bientôt cinq années, lorsque le scarabée Khepri, le dieu de l'aube, se levait vers l'*àabet*, l'orient, il entraînait sa compagne hors de la ville, dans une combe rocailleuse située en limite du désert de l'ouest. Selon une antique coutume, les femmes ne devaient pas avoir de contact avec les armes. On pouvait se demander pourquoi. Thanys s'était rapidement révélée une excellente élève. Elle avait acquis une parfaite maîtrise de la lance et même de la hache courte à lame de cuivre. Mais son extraordinaire adresse à la fronde et au boomerang s'était reportée sur l'arc. À ce jeu, elle avait même fini par surpasser Djoser. Aussi résistante que les jeunes hommes, elle était souvent la première à décocher ses traits, et n'hésitait pas à bondir dans les eaux glauques pour récupérer la proie abattue, lorsque Amoth, le lévrier de Djoser, était déjà occupé. Sa témérité lui avait d'ailleurs valu quelques superbes cicatrices.

Djoser et Thanys n'avaient partagé le secret des armes qu'avec leurs deux plus proches amis, Piânthy et Semourê. Tous deux étaient du même âge que Djoser. Thanys éprouvait pour les deux garçons un sentiment fraternel. Avec sa mère, Djoser et le fidèle Yereb, ils constituaient ce qu'elle appelait sa famille.

Piânthy, le blond, était le fils de Khounehourê, un négociant que le roi avait depuis peu élevé au rang de Maître du Grenier. Sa charge consistait à contrôler, par l'intermédiaire d'une armée de scribes méticuleux, le contenu des silos à grains appartenant au roi. Piânthy, son fils aîné, avait été versé dans l'armée dès l'âge de treize ans. D'une nature gaie et insouciante, il s'était lié d'amitié avec Djoser, qui appréciait sa joie de vivre.

Semourê, le brun, appartenait à la famille royale. Cousin direct de Djoser, il était le fils cadet d'une sœur de Khâsekhemoui. D'apparence fragile, il la compensait par une élégance naturelle qu'il soignait en portant des vêtements à la dernière mode, qu'il créait parfois lui-même. Ainsi, il avait lancé le pagne double de lin plissé et agrémenté de rayures verticales. Bracelets et colliers resplendissaient à ses bras et son cou, qui lui valaient de francs succès auprès des demoiselles, dont il ne se privait pas d'accumuler les faveurs. Nourri de l'esprit de la Cour, il en conservait une attitude empreinte de cynisme, qui lui faisait porter sur le monde un regard quelque peu pessimiste. Tout comme Djoser, la dégradation lente de la cité l'attristait. Mais, à l'inverse de son cousin, il ne se sentait pas de taille à y changer quoi que ce fût. Les discours enflammés de Djoser amusaient beaucoup Semourê, qui n'hésitait pas à contenir l'enthousiasme de son cousin par des railleries affectueuses, et en lui rappelant que ses idées délirantes n'avaient aucune chance d'être concrétisées.

Ses sentiments vis-à-vis de lui étaient complexes. Appartenant à sa famille, il se sentait sur un pied d'égalité. Il considérait extravagants les projets de construction destinés à métamorphoser Mennof-Rê. Cependant, tout au fond de lui, et bien qu'il se refusât à l'avouer, Semourê admirait Djoser. Il lui enviait cette force lumineuse et cette formidable exaltation qui aspiraient les autres vers lui.

Avec le temps, Thanys était devenue une très belle fille, à la peau dorée, qu'une vie de sauvageonne plus occupée à courir les marais et le désert qu'à hanter le palais avait idéalement sculptée. Comme le voulait la nouvelle mode lancée par l'élégant Semourê, elle avait adopté la veste courte de lin brodé d'or fin. Cependant, lors des parties de chasse, elle la quittait pour ne porter qu'un pagne solide qui ne cachait pas grand-chose de sa féminité. Ses seins fermes et sa silhouette fine attiraient l'attention des hommes. Pourtant aucun ne se serait risqué à l'importuner. Elle était la compagne attitrée de Djoser.

Merneith considérait comme une petite revanche secrète le fait que le second fils du roi fût amoureux de sa fille. Au début, elle avait redouté qu'il ne donnât un coup de hache dans leurs relations et n'imposât un époux à la jeune fille. Mais il n'en avait rien fait. S'il n'approuvait pas leur union, il la tolérait, et jamais n'avait tenté d'imposer une épouse à son cadet. Cependant, alors que les autres filles de son âge étaient le plus souvent mariées, Thanys devait se contenter du titre de concubine. Ainsi en avait décidé le roi. Djoser ne pouvait épouser une bâtarde sous peine d'attirer la colère des dieux. Les deux jeunes gens en avaient pris leur parti, puisque cette situation leur permettait d'être toujours ensemble.

Pourtant, depuis quelque temps, Khâsekhemoui affichait une attitude différente vis-à-vis de Djoser. Le vieux général Meroura lui avait fait part avec chaleur des rares qualités de commandement du jeune homme et avait obtenu sa nomination au grade de capitaine. Insensiblement, le roi s'était rapproché de son fils, et sollicitait parfois son avis. L'étrange mélange de fougue et de lucidité de Djoser le séduisait, et il en venait à se reprocher son comportement passé.

Ce revirement étrange s'était aussi manifesté vis-à-vis de Thanys. Plusieurs fois dernièrement, Khâsekhemoui avait eu pour elle des paroles aimables, comme si l'approche de la vieillesse l'avait rendu plus tolérant. Soucieux d'imiter le roi, les courtisans zélés s'abstenaient désormais de lui adresser des paroles désobligeantes. Ainsi la situation de Thanys s'était-elle améliorée. Ces subtiles marques d'attention lui avaient rendu l'espoir. Avec le temps, elle espérait qu'on lui accorderait le droit d'épouser Djoser.

Ils avaient presque oublié l'étrange prédiction de l'homme aux orbites vides, qui semblait s'être évanoui dans les sables rouges du désert. Personne ne l'avait jamais revu ; des rumeurs affirmaient qu'il était mort, mais on chuchotait que de grands personnages continuaient à le questionner. Peut-être par crainte de voir resurgir un vieux fantôme, les deux jeunes gens n'avaient pas voulu en savoir plus. Et le souvenir du crépuscule maudit s'était dilué dans les brumes de leur mémoire.

N'avaient-ils pas appelé sur eux la protection d'Isis ? Celle-ci, en tant que mère d'Horus, était assez puissante pour écarter les événements funestes de leur route. Ils portaient toujours précieusement le nœud Tit, l'amulette rouge symbolisant le sang d'Isis. Et depuis près de cinq années, rien ne s'était produit qui pût les inquiéter.

Une formation d'oies sauvages s'envola tout à coup à distance, dans un grand froissement d'ailes. Avec des gestes assurés, Thanys et Djoser bandèrent leurs arcs. Les flèches précises sifflèrent et vinrent frapper chacune un volatile. Piânthy et quelques autres jurèrent : leurs traits avaient manqué leur cible. Amoth se jeta à l'eau, aussitôt suivi par Thanys.

— Attends ! hurla Djoser. Les crocodiles…

Mais elle n'écoutait pas. Si l'un d'eux errait dans les parages, le chien les aurait déjà prévenus. Rivalisant de vitesse avec Amoth, la jeune femme nagea en direction de l'endroit où étaient tombées les oies. Bientôt, elle atteignit une bande de terre ferme, sur laquelle elle prit pied, ruisselant d'eau. Elle s'ébroua avec un grand éclat de rire, ignorant les avertissements de son compagnon, qui tâchait de la rejoindre, empêtré dans les hautes tiges de papyrus.

— Cherche, mon chien, lança-t-elle à Amoth, qui se mit à fureter sur le sol, puis partit en courant vers un fourré de hautes herbes.

Thanys le suivit, ses pieds nus pataugeant allégrement dans la terre boueuse. Soudain, elle se figea, poussa un cri, puis se détourna pour vomir.

5

Dès qu'il entendit le cri de sa compagne, Djoser dégaina son poignard, abandonna la nacelle et bondit à terre. Il n'eut aucune peine à la repérer. Elle semblait pétrifiée par un spectacle qu'il ne voyait pas. Arrivé près d'elle, il découvrit, allongé sur le sol, le corps d'un homme, sans doute un berger, dont une jambe avait été arrachée par un crocodile. Peut-être était-il parvenu à se traîner hors de portée du monstre, mais il avait succombé. Le visage défait, Thanys se jeta dans les bras de Djoser, tremblant de peur.

Examinant le mort, le jeune homme ne put réprimer un haut-le-cœur. Le malheureux avait certainement été tué deux ou trois jours auparavant, et les chairs avaient commencé à se décomposer. Les corneilles s'étaient acharnées sur son visage, dont les yeux avaient disparu. Il ramena Thanys vers les autres, qui avaient déjà débarqué.

— Un berger a été tué par un crocodile, dit-il. N'y allez pas, ce n'est pas beau à voir.

Il installa sa compagne sur la nacelle. Celle-ci se blottit contre lui, incapable de prononcer une parole. Son regard fixe, presque halluciné, inquiéta Djoser.

Ce n'était pas la première fois qu'elle voyait un cadavre. Dans cet univers impitoyable, il était fréquent de retrouver les corps d'infortunés, massacrés par des pillards ou déchiquetés par un fauve.

Mais un détail horrible restait gravé dans la mémoire de Thanys. Les yeux arrachés de l'homme lui avaient rappelé le visage effrayant de l'aveugle du plateau. Alors qu'elle pensait l'avoir oubliée, la funeste prédiction venait de rejaillir brutalement à la surface, engendrant une angoisse violente chez la jeune femme. Elle était persuadée qu'elle n'avait pas découvert ce cadavre par hasard.

— C'est un signe, parvint-elle enfin à articuler. Je suis sûre qu'il va se passer quelque chose.

— Calme-toi ! C'est un accident bien triste, mais cela arrive malheureusement assez souvent. Parfois, les bergers chassent seuls. Ce n'est guère prudent.

— Non ! C'est un avertissement. Je sens... comme une menace sur nous. Oh, Djoser, je voudrais rentrer !

Le jeune homme hésita. Avec le temps, il avait appris à se fier aux intuitions de Thanys. Il déclara à ses compagnons :

— Nous retournons à Mennof-Rê, compagnons ! Tant pis pour la chasse.

Peut-être ne s'agissait-il que d'une coïncidence...

Lorsque Djoser et Thanys arrivèrent devant le palais royal dans l'après-midi, un serviteur affolé vint se jeter à leurs pieds.

— Ô seigneur bien-aimé, grand parmi les grands, ton serviteur a de bien mauvaises nouvelles à te transmettre. Le dieu vivant dans son horizon, ton père, est frappé d'une maladie étrange. Il te réclame.

Un flot d'adrénaline inonda le jeune homme. Il se tourna vers Thanys. Était-ce là le sens du présage… ?

— Va m'attendre dans mes appartements, dit-il. Il faut que j'aille le voir. Je te rejoindrai plus tard.

Thanys regagna la chambre de Djoser, la mort dans l'âme. La prédiction de l'aveugle la hantait. Tous ses espoirs reposaient sur le changement d'attitude de Khâsekhemoui à son égard. S'il lui arrivait quelque chose, elle n'osait imaginer ce qui se passerait. Sanakht deviendrait roi à son tour. Et il détestait Djoser. Quant à elle, il la considérait toujours comme une bâtarde, et ne se privait pas de lui manifester son mépris. Une angoisse insidieuse s'était emparée d'elle, dont son fidèle Yereb ne parvenait pas à la détourner. Les heures qui la séparèrent du retour de Djoser lui semblèrent des années.

Enfin, vers le soir, son compagnon revint, livide.

— Mon père se meurt, dit-il en serrant la jeune fille dans ses bras.

Il aurait voulu éviter les larmes qui s'étaient mises à ruisseler sur ses joues.

— C'est arrivé il y a deux jours, immédiatement après notre départ pour les marais. Une mauvaise fièvre l'a saisi après le repas du soir. Tous les médecins se sont déclarés impuissants. La maladie empire de jour en jour. Il ne peut plus s'alimenter.

Ils restèrent un long moment silencieux, dans la pénombre du crépuscule. Puis Djoser ajouta d'une voix sourde :

— Ô Thanys, il m'a parlé. Ce qu'il m'a dit est terrifiant.

Il ravala son chagrin et expliqua :

— Il sait que je t'aime, et il regrette de ne pas m'avoir encore accordé de t'épouser. Il m'a avoué que, pendant longtemps, il m'a haï parce que j'avais pris la vie de ma mère. Jamais avant aujourd'hui il n'avait osé m'en parler. Mais la souffrance lui a ouvert les yeux, m'a-t-il dit. Il estime avoir été injuste envers moi.

Il baissa la tête.

— Toutes ces années perdues... c'est trop stupide.

Thanys lui posa la main sur la joue. Elle le connaissait trop bien pour ne pas deviner qu'il y avait une autre raison au bouleversement de Djoser.

— Mais il t'a dit autre chose...

Le jeune homme hésita, puis répondit :

— Il m'a recommandé de me méfier de mon frère Sanakht. Il sait qu'il me déteste, et qu'il fera tout pour me nuire lorsqu'il sera monté sur le trône d'Horus. Mon père... a ajouté qu'il aurait souhaité que ce fût moi qui lui succédasse. Mais il est trop tard à présent...

Elle se blottit dans ses bras.

— Ô Djoser, je préfère que tu ne deviennes pas roi. L'Horus ne pourrait épouser une bâtarde.

Il la prit brusquement par les épaules.

— Je t'interdis de parler de la sorte, Thanys. Tu es ma sœur, et je désire te prendre pour épouse. Ta naissance m'importe guère. Isis a approuvé notre union, te souviens-tu ?

La jeune fille ne répondit pas. La prophétie de l'aveugle l'obsédait. Il avait prédit de profonds bouleversements. Avait-il eu le pouvoir de deviner la mort de Khâsekhemoui ?

Djoser déclara :

— Mon père m'a envoyé te chercher. Il désire te voir.

Lorsqu'ils pénétrèrent dans la chambre du roi, une assemblée importante et silencieuse occupait les lieux. Sanakht, le visage impassible, était entouré de ses fidèles, parmi lesquels le fourbe Pherâ, un riche propriétaire terrien, et surtout le sinistre Nekoufer, le demi-frère de Khâsekhemoui; Sefmout, le grand prêtre Sem, le plus haut religieux de l'empire, se tenait tout près de la couche royale, en compagnie de trois médecins; au fond de la salle, les princes et les grands seigneurs affichaient des mines où se mêlaient une tristesse parfois sincère et un profond malaise. Avec l'avènement d'un nouveau roi, les faveurs allaient tourner. Chacun s'inquiétait pour son propre sort avant celui du roi.

Khâsekhemoui reposait sur un lit en bois de cèdre, aux pieds sculptés en forme de pattes de lion. Sa tête s'appuyait sur un chevet couvert d'un coussin pour atténuer la dureté du bois. L'aspect de l'objet rappelait un hippopotame, symbole de Thoueris la Blanche, la Grande Déesse qui préside à la naissance et à la mort. Une vilaine couleur jaune avait envahi les traits creusés de rides du roi. De fines rigoles de sueur ruisselaient sur son front, qu'une esclave épongeait avec douceur. Il l'écarta d'un geste.

— Approche, Thanys, dit la voix affaiblie de Khâsekhemoui.

La jeune femme obéit et s'agenouilla près du roi. Celui-ci posa la main sur les siennes.

— Tu es devenue très belle, Thanys. Et je me réjouis que mon fils t'ait choisie entre toutes les femmes pour te faire sienne. Ta présence et ton rire ont apporté de la joie dans ce palais durant ces dernières années. Et je voudrais te dire combien je regrette d'avoir été injuste envers ta mère et toi.

Thanys courba la tête, puis la releva, les yeux brillants de larmes.

— Ô grand roi, ta servante ne conserve aucun souvenir de cette injustice.

Khâsekhemoui soupira et sourit.

— Laisse-moi parler pendant que j'en ai encore la force, ma fille. Bientôt, je vais rejoindre mon père Osiris dans le mystérieux royaume de l'Ament. Mon tombeau est déjà prêt. Mais avant de partir, je voulais que tu saches que j'approuve ton union avec mon fils Djoser. Tu es digne de lui.

Sanakht s'avança. Des yeux sombres et trop grands luisaient dans son visage anguleux, lui conférant l'aspect d'un batracien. Ses lèvres minces et méprisantes accentuaient l'impression de cruauté qui se dégageait de lui. Il siffla :

— Lumière de l'Égypte, tu n'y songes pas ! Cette fille n'est qu'une bâtarde ! Elle ne peut devenir l'épouse d'un prince du sang.

Un sursaut de colère redressa le souverain sur sa couche. Il apostropha sèchement Sanakht.

— Que mon fils se taise ! Tant que Selkit m'accorde un souffle de vie, je reste le roi. Et je t'ordonne de ne rien tenter pour empêcher le mariage de Djoser et de Thanys lorsque j'aurai rejoint les étoiles. M'as-tu bien entendu, Sanakht ?

Blême de rage, Sanakht voulut riposter. Mais le regard sombre de Khâsekhemoui le figea sur place. Il n'était pas encore roi, et il convenait de demeurer prudent. Il s'inclina et répondit :

— Ta volonté sera respectée, ô Horus vivant.

— J'exige que tu me donnes ta parole !

Sanakht hésita, puis ajouta :

— Tu as ma parole, mon père. Djoser épousera celle qu'il aura choisie.

Puis il recula. Thanys lui jeta un bref regard. Ce qu'elle découvrit dans ses yeux globuleux déclencha en elle une angoisse quasi incontrôlable. Khâsekhemoui se tourna vers elle et ajouta :

— Va en paix, petite Thanys. J'aurais souhaité pouvoir assister à ton union avec mon fils. Mais les dieux ne me l'ont pas accordé. Sans doute ont-ils voulu me punir de mon aveuglement. Puissent-ils te protéger.

Bouleversée, Thanys n'osait dire un mot. Jamais le roi ne lui avait parlé aussi longuement, avec une telle bonté. Et il fallait que ce fût à l'instant de sa mort. Elle comprenait à présent ce que pouvait ressentir Djoser lorsqu'il évoquait les années perdues. Le père et le fils avaient vécu l'un à côté de l'autre sans se connaître vraiment. Une profonde tristesse l'envahit et elle se mordit l'intérieur des joues pour ne pas céder aux larmes. S'il n'y avait pas eu ce terrible malentendu, elle aurait aimé Khâsekhemoui. Elle aurait été cette fille qu'il n'avait jamais eue. Depuis la mort de sa dernière épouse, Nemaat-Api, il n'avait jamais accepté de reprendre d'autre femme. Peut-être était-ce pour cette raison qu'il n'avait jamais eu le cœur d'entreprendre de grands travaux à Mennof-Rê. La vie avait perdu toute signification pour lui. En ce court instant, Thanys comprit qu'avant d'être le dieu vers lequel se tournait tout un peuple, le roi était un homme, capable de céder à la douleur de la perte d'un être cher. Elle se jura de vénérer sa mémoire.

Dans un élan spontané, elle porta la main brûlante du souverain à ses lèvres et l'embrassa.

— Je t'aime, grand roi.

Un sourire chaleureux étira le visage de Khâsekhemoui, puis il ferma les yeux et prit une respiration profonde. Ses traits s'étaient détendus.

Une longue procession remontait vers le plateau des morts, où s'élevait le mastaba érigé pour le roi défunt. En tête marchaient les femmes de la maison royale, parmi lesquelles Thanys avait — enfin — été acceptée, ainsi que sa mère, Merneith. Des lamentations lugubres montaient de leurs rangs. Puis venaient Djoser et Sanakht, marchant silencieusement l'un à côté de l'autre sans se regarder, suivis par les hommes de la famille royale et les grands dignitaires des Deux-Terres. Derrière eux s'avançaient les prêtres qui psalmodiaient des litanies à la gloire du souverain défunt. Ils entouraient une gigantesque litière portée par vingt des meilleurs gardes royaux. Sur la litière était posé un sarcophage recouvert, selon la coutume, de couronnes de fleurs.

Derrière le cortège funèbre suivait le peuple, accablé par la douleur et la chaleur. On approchait des jours épagomènes et la sécheresse sévissait à présent sur le pays.

Enfin, la procession parvint sur le plateau de Rê où se dressait le mastaba de briques rouges, de forme trapézoïdale, dont la seule porte ouvrait vers l'ouest, en direction du royaume des morts[1].

---

1. Les Égyptiens étaient intimement convaincus que la mort ne signifiait pas la fin de la vie. Une autre existence les attendait au-delà, dans

Pendant les jours qui avaient précédé, les prêtres avaient préparé le corps du défunt pour le long voyage qui l'attendait. On avait vidé ses entrailles, que l'on avait soigneusement disposées dans quatre jarres de pierre protégées chacune par les divinités présidant à la mort, Amset, Hâpy, Douamtef et Kebehsenouf. Ces dieux, fils d'Horus, étaient censés préserver le mort de la faim. On avait ensuite enduit le corps de natron, puis on l'avait emmailloté dans des bandelettes afin de le préserver de la destruction. Selon la tradition égyptienne, le Kâ, c'est-à-dire le double spirituel de l'homme, devait pouvoir se réincarner dans la dépouille privée de vie afin de jouir encore des plaisirs quotidiens.

La voix grave de Sefmout, le grand prêtre, déclara :

— *Semblable aux dieux, il s'est caché dans son horizon. Tous les rites d'Osiris ont été accomplis pour lui. Il a navigué sur la barque royale et il est allé reposer à l'ouest. Hathor la Belle, l'Âme féminine aux quatre visages, l'a accueilli sous son arbre, le sycomore sacré, dont les feuillages l'abritent désormais éternellement. Elle lui fait boire son vin et son lait, et, par elle, il vivra à jamais !*

Puis l'on amena un grand taureau noir auquel on lia les pattes pour l'immobiliser. Un maître boucher s'approcha de l'animal et lui trancha d'un coup la veine jugulaire, dont on recueillit le sang dans des vasques. La bête fut dépecée et chacun des morceaux fut porté

---

le royaume d'Osiris, premier roi d'Égypte. Parce que le dieu soleil se couchait à l'ouest, ils en avaient déduit que ce royaume se situait dans cette direction.

dans la première salle du mastaba, où l'on déposait les offrandes.

À l'intérieur de cette première chambre, on installa également toutes sortes de mobilier et d'ustensiles dont le défunt pourrait avoir besoin dans sa vie future : un trône en bois de cèdre afin qu'il puisse s'asseoir, des coffres, des bijoux, des objets usuels, de la vaisselle.

Une seconde chambre plus petite, appelée le *serdab*, contenait une statue représentant le Kâ du souverain. À l'instar d'Anubis, le dieu des morts, elle était de couleur noire, et parée de bijoux d'or. Un petite fente reliait les deux pièces, à hauteur d'homme, afin que le Kâ puisse veiller sur ses richesses. Dans la première salle seraient déposées régulièrement des offrandes de nourriture et de boissons, afin que le mort puisse se restaurer. Une ancienne croyance affirmait qu'un mort qui ne recevait pas d'aliments risquait d'être tourmenté par la faim et la soif jusqu'à en être réduit à dévorer ses propres excréments et à boire son urine. Cette perspective faisait frémir d'horreur, et chacun avait à cœur de porter des victuailles au défunt, fût-il roi ou homme du peuple. On disposa ensuite des cassolettes dans lesquelles on fit brûler de l'encens, dont les effluves étaient censés réjouir le Kâ du disparu.

Devant la foule silencieuse, les prêtres saisirent le sarcophage où dormait le corps embaumé du souverain et pénétrèrent dans le mastaba. Dans une troisième salle s'ouvrait un puits au fond duquel on descendit le cercueil. Seuls les prêtres initiés, sous la conduite de Sefmout, avaient le droit d'entrer dans la chambre funéraire. Lorsque le sarcophage fut en place, on combla le puits avec des pierres et on le recouvrit d'une lourde dalle.

Les prêtres apposèrent ensuite, dans la première salle, une stèle sur laquelle avaient été inscrits le nom de Khâsekhemoui ainsi que des poèmes chantant ses hauts faits. Pour ses sujets, il deviendrait *le dieu bon, le dieu grand.*

Au premier rang, Djoser, le visage fermé, observait les rites funéraires. Il ne doutait pas un instant que son père eût rejoint Osiris, souverain du royaume des morts. Pour lui comme pour tous les Égyptiens, la vie après la mort était une certitude. Osiris lui-même n'avait-il pas été le premier des ressuscités, lorsque son épouse, la belle Isis, avait rassemblé les morceaux épars de son corps et leur avait redonné vie avec l'aide de sa sœur Nephtys et d'Anubis, le dieu à tête de loup ?

Mais une boule lourde bloquait la gorge et l'estomac du jeune homme. Pourquoi avait-il fallu que Khâsekhemoui atteignît le terme de sa vie avant de s'apercevoir qu'il aimait son second fils ? Que de choses n'avaient-ils pu partager ensemble, à cause de l'aveuglement dans lequel il s'était enfermé ?

Il ne remarqua pas, à quelques pas de lui, Sanakht qui l'observait d'un regard sombre.

6

Rê, Atoum et Ptah le couronnent en qualité de seigneur des Deux-Terres à la place de celui qui l'a engendré. Le pays est tranquille, joyeux, dans une paix parfaite. Les Égyptiens se réjouissent, parce qu'ils voient le souverain des Deux-Terres, de même Horus, lorsqu'il accéda au pouvoir sur les Deux-Terres, à la place d'Osiris.

Un nouveau roi régnait sur les Deux-Royaumes. Son sacre avait eu lieu le lendemain même de l'ensevelissement de Khâsekhemoui. Kemit ne pouvait demeurer sans souverain.

Le premier acte de Sanakht fut de faire graver des stèles en l'honneur du dieu rouge, Seth, affirmant par là sa volonté de mener une politique guerrière. Cette initiative effraya les anciens ministres de Khâsekhemoui, qui tentèrent, en vain, de lui faire entendre raison. Les Égyptiens n'étaient pas un peuple agressif. La prudence conseillait d'attendre. L'état des finances des Deux-Royaumes ne permettait guère d'envisager de grandes opérations militaires. De plus, l'armée royale était peu nombreuse. Elle se composait de la garde royale et de l'armée régulière, aux faibles effectifs cantonnés à Mennof-Rê. Chaque nome possédait ses propres troupes ; les grands domaines et les temples entretenaient leurs milices. Mais la plupart du temps, les soldats étaient également paysans, et ne prenaient les armes qu'en cas de nécessité absolue. Hormis les Bédouins du désert de Libye et les pillards venus des montagnes d'Orient, l'Égypte ne comptait guère d'ennemis.

Mais Sanakht rêvait de gloire. Conseillé par le sinueux Pherâ et le belliqueux Nekoufer, le jeune monarque avait décidé qu'un souverain n'était grand que s'il menait ses troupes à la victoire et agrandissait son territoire. L'Égypte devait être un pays puissant, le plus puissant du monde. Seules de nouvelles conquêtes pouvaient lui apporter la richesse. Dans le sud, la Nubie, source de l'or, faisait montre d'un esprit trop indépendant. À l'ouest et à l'est, de nombreuses troupes de brigands s'attaquaient aux caravanes. Il fallait affermir la souveraineté de l'Égypte sur ces différents territoires, et poursuivre une politique d'expansion dans les pays situés au-delà du Sinaï lui-même.

Peu avant l'arrivée des jours épagomènes, de nouveaux impôts furent décidés, et de jeunes hommes furent enrôlés dans l'armée.

Djoser essaya lui aussi de raisonner son frère. L'Égypte avait souffert des mauvaises récoltes de ces dernières années. Les crues du Nil avaient été trop abondantes, inondant des villages entiers, détruisant les troupeaux, noyant les habitants par dizaines. Une bonne partie du peuple mourait de faim. Certains prêtres y voyaient les signes avant-coureurs d'un cataclysme plus terrible encore. Mais Sanakht refusa d'écouter son jeune frère, auquel il ordonna de préparer son régiment pour le début de l'année suivante.

Avec le temps, Merithrâ s'était affaibli. Toute sa vie semblait s'être réfugiée dans son regard, qui n'avait pas perdu une parcelle de l'énergie et de la sagesse qui y vibraient. Ses membres se raidissaient chaque jour un peu plus, et il n'avait plus la force ni le courage de se rendre au palais. Les deux jeunes gens le soupçonnaient cependant de n'avoir plus guère envie de paraître à la Cour. La compagnie de ses serviteurs fidèles, dont quelques-uns étaient aussi âgés que lui, et de ses animaux familiers, le satisfaisait. Il passait le plus clair de son temps dans son jardin, qui n'avait jamais été aussi beau, grâce aux pluies inhabituelles du dernier mois.

Ce jour-là, Djoser le retrouva sous les frondaisons du grand cèdre, installé dans son fauteuil. Le jeune homme avait grand besoin de soulager son cœur.

— Sanakht est aveugle, confia-t-il à Merithrâ. Il refuse de voir les souffrances de son peuple et d'entendre ses cris de famine.

— Je le sais, mon fils. Malheureusement, nul ne peut aller contre les décisions du roi. Il est l'incarnation d'Horus. Lui désobéir, c'est offenser les dieux.

— Sanakht écarte un à un les anciens conseillers de mon père. Il a désigné Pherâ grand vizir. C'est une véritable catastrophe. Ce Pherâ est un intrigant qui compte sur les victoires futures de l'armée pour accroître encore sa fortune. Semourê était présent lorsqu'il a fait consentir à mon frère de lui remettre le dixième des richesses et des esclaves capturés, en raison des services rendus. Sanakht ne sait rien lui refuser. L'autre le couvre de présents. Quant à mon oncle Nekoufer, il a été nommé chef de la garde royale et ministre des armées. Mon père, qui connaissait son goût pour la guerre, l'avait écarté du pouvoir. Mais il a su s'attirer les grâces de mon frère. Meroura lui-même lui doit désormais obéissance.

Merithrâ sourit.

— J'imagine que cela ne doit pas beaucoup plaire à ce vieux lion.

— Il est d'une humeur exécrable. Il crie bien haut que les guerres envisagées par Sanakht constituent une grave erreur. Le pays n'est pas prêt, les gens manquent de nourriture. Mais c'est un homme loyal, qui a juré fidélité à Khâsekhemoui. Il obéira donc à son fils.

— Et toi, Djoser, que comptes-tu faire ?

Le jeune homme serra les poings.

— Que veux-tu que je fasse ? Même si je désapprouve sa politique, il demeure le roi. Meroura a suggéré de me faire nommer commandant d'une garnison. Sanakht a repoussé sa proposition. Je demeure donc capitaine, et dois me tenir prêt à partir en campagne.

— Contre quel ennemi ?

— Tous ceux qui lui passeront par la tête, j'imagine. Les Bédouins, les Nubiens, les pillards... Il a adressé un message aux gouverneurs des nomes pour leur demander de mettre leurs milices à sa disposition.

Le vieil homme soupira. Sanakht détenait un pouvoir absolu qui risquait fort de l'amener à commettre des erreurs. Ce système, mis en place bien des générations auparavant par le grand Horus Narmer, et renforcé par ses successeurs, comportait de graves faiblesses. Merithrâ hésita à dire tout haut ce qu'il pensait depuis longtemps : Djoser était bien plus digne que

Sanakht de succéder à son père. Mais il y renonça. La situation des Deux-Terres était déjà suffisamment critique sans y ajouter un affrontement entre les deux frères. Et puis, le jeune homme avait raison : il ne pouvait agir.

— A-t-il fixé la date de ton mariage avec Thanys ?

Djoser étouffa un grognement de dépit.

— À chaque fois que je lui en parle, il élude mes questions. Il affirme avoir des préoccupations plus importantes. On dirait qu'il cherche à gagner du temps.

Il fit quelques pas nerveux.

— Je redoute le pire, ô Merithrâ. Je commence à croire que la prédiction de l'aveugle était vraie. De profonds bouleversements vont se produire en Égypte. Cela veut-il dire que Thanys et moi allons vraiment être séparés ? Crois-tu que mon frère refusera de me la donner ?

— En tant que prince du sang, il te faut l'accord du roi pour épouser Thanys.

— Il ne peut pourtant pas trahir l'engagement qu'il a pris au chevet de notre père mourant, devant Sefmout et les grands princes. Il a donné sa parole ! affirma Djoser avec force.

Le vieil homme écarta les bras en signe d'impuissance.

— Je n'ose en effet penser qu'il trompera la mémoire de Khâsekhemoui. Cependant, il vaudrait mieux que ce mariage soit célébré le plus tôt possible. Tu dois insister, mon fils.

Le visage de Djoser s'éclaira.

— Je veux profiter de la fête d'Hathor qui se déroulera pendant les derniers jours de l'année pour demander à Sanakht de confirmer une date devant toute la

Cour. Il ne pourra se dérober. Me refuser Thanys risque de provoquer la colère des dieux.

Le vieux précepteur hocha la tête.

— En effet, il ne peut se permettre d'offenser Hathor. En elle sommeille toujours la déesse de la colère, la terrible lionne Sekhmet.

— Auparavant doit avoir lieu une grande chasse pour capturer un taureau en l'honneur de Ptah, repartit Djoser. Je dois y prendre part.

— Voilà l'occasion de te couvrir de gloire, mon fils.

— Mais Sanakht y participera également. Il veut prouver au peuple qu'il est un grand chasseur et un grand guerrier.

Selon la croyance égyptienne, Ptah, *le dieu au beau visage*, s'imposait comme l'un des neters principaux de Mennof-Rê. Dieu de la sagesse, il inspirait le souverain, dont le rôle consistait à assurer la bonne marche de son royaume, dans la vérité, la justice et l'harmonie, symbolisées par Maât.

On reconnaissait en lui le Maître des artisans, des forgerons et des orfèvres, auxquels il avait offert le pouvoir de la création, qui se traduisait par le travail de la pierre, du bois, de l'argile… Ne disait-on pas du sculpteur qu'il est « celui qui donne la vie » lorsqu'il taille une statue ?

Ptah était également Tatenem, c'est-à-dire la première terre issue de Noun, l'océan primordial. Ce fut lui qui, à l'origine, créa le ciel, la terre, les dieux et les hommes par la puissance de sa pensée. Puis il prononça leur nom et, à partir de la substance inerte de Noun, qui recelait potentiellement toutes les énergies vitales, ils existèrent. Mais, au-delà de l'apparence matérielle,

Ptah les dota également d'un esprit et de l'immortalité[1].

Pour les Égyptiens, Ptah s'incarnait dans le corps d'un taureau, Apis, qui était considéré comme son image vivante. À Mennof-Rê, un pré accueillait un troupeau commandé par ce taureau sacré. Lorsqu'il mourait de vieillesse, son corps était momifié et enseveli dans une vaste galerie souterraine[2].

Après sa disparition, il fallait le remplacer par un animal sauvage, que l'on devait capturer vivant. Ainsi Sanakht avait-il ordonné une chasse, destinée à ramener dans la cité l'incarnation vivante de Ptah. Le taureau devait présenter des caractéristiques bien particulières : un pelage noir, avec le ventre et les pattes blanches, une tache en forme d'aigle sur le dos, un triangle blanc sur le front et, sous la langue, la marque du scarabée divin, Khepri, symbole de renaissance. Aussi des éclaireurs étaient-ils partis repérer un animal correspondant à cette description.

La veille de la chasse, Djoser, Thanys et leurs compagnons, Piânthy et Semourê, effectuaient une promenade dans la cité. En dépit de la saison, il ne faisait guère chaud. Un vent puissant soufflait du nord, annonçant la crue prochaine. Cependant, malgré les festivités prévues pendant les jours épagomènes, consacrés aux dieux, une atmosphère d'angoisse et de malaise pesait

---

1. Ptah deviendra bien plus tard pour les Grecs l'équivalent d'Héphaïstos, forgeron des dieux. Cependant, Ptah le démiurge possédait une puissance incomparablement plus élevée que celle de son avatar grec.
2. Il s'agit de l'imposant Serapeum situé au nord-ouest du plateau de Saqqarâh, retrouvé par Auguste Mariette au XIXe siècle. Il contenait de grands sarcophages renfermant des momies de taureaux.

sur la ville. Dans les rues, des prédicateurs improvisés annonçaient la fin des temps et le retour imminent de Noun, le Chaos. D'ordinaire, ces personnages illuminés n'inquiétaient nullement les citadins, que leurs discours enflammés avaient plutôt le don d'amuser. Les Égyptiens constituaient un peuple heureux, persuadé de retrouver la vie dans l'au-delà, ce qui ne les empêchait pas de profiter pleinement de ce que leur existence terrestre pouvait leur offrir.

Cette fois pourtant, on prêtait une oreille attentive aux prophètes de tout poil qui haranguaient la foule, perchés sur des murets de brique. Parmi eux se trouvaient aussi de pauvres hères qui dénonçaient fermement la politique royale.

Lorsque Djoser et ses compagnons arrivèrent sur la place du marché, un homme en haillons vitupérait, accusant les grands de s'enrichir d'une manière éhontée sur le dos du peuple.

— Malgré les mauvaises récoltes, les impôts ont été doublés. Les scribes exigent toujours plus, ils prennent vos terres, vos animaux. Les grains sont stockés par les prêtres et les nobles pour leur seul profit ! Il faut que cela cesse, sinon, nous mourrons tous de faim.

Apercevant Djoser, l'homme le prit à témoin.

— Écoute le serviteur que voici, ô fils et frère de roi, noble entre les nobles ! Je sais que ton cœur est pur. Est-il normal que les enfants crient famine pendant que les grands seigneurs conservent les semences pour les revendre toujours plus cher à ceux qui les plantent ? Nous sommes obligés de leur céder nos terres pour pouvoir subsister.

Un profond malaise envahit Djoser. Il était déjà parfaitement conscient de l'iniquité des grands propriétaires, pour lesquels ces dernières années avaient représenté une aubaine. Abusant de la faiblesse de Khâsekhemoui, ils avaient thésaurisé pour leur propre compte une importante partie des récoltes, dans le but de parer à la disette. Les silos regorgeaient encore de semence. À présent, avec l'assentiment de Sanakht, ils revendaient le grain aux paysans en faisant jouer une spéculation éhontée, ce qui amenait ceux-ci à négocier leurs terres à vil prix pour pouvoir obtenir de quoi semer. Inexorablement, les paysans libres se transformaient en travailleurs assujettis aux puissants propriétaires terriens, qui agrandissaient peu à peu leurs domaines. Le sinistre Pherâ était le plus riche d'entre eux. Il entretenait autour de lui une véritable armée de scribes, d'espions et d'hommes de main à sa solde. Sa fortune dépassait sans doute celle du roi lui-même.

Malgré son écœurement, Djoser ne pouvait rien y changer. S'il avait été à la place de son frère, il aurait tout fait pour se débarrasser de ce personnage impitoyable et calculateur, véritable pieuvre insatiable qui drainait pour son seul usage les richesses de l'Égypte. Mais Pherâ savait flatter Sanakht, qu'il comblait de compliments et de bienfaits. Le nouveau souverain n'entreprenait plus rien sans demander son avis.

Au moment où Djoser allait tenter d'apaiser l'orateur et la foule, une escouade de gardes investit la place et encercla le revendicateur. Le malheureux fut jeté sans ménagement à bas de son estrade improvisée. Des bâtons s'abattirent sur son dos, malgré les huées de l'assistance. Révolté, Djoser se dressa devant les soldats et tonna d'une voix puissante :

— Je vous ordonne de relâcher cet homme ! Sa colère est légitime !

Le capitaine des gardes posa une main déterminée sur l'épaule du paysan à demi assommé et répliqua d'une voix hautaine :

— Seigneur Djoser, le seigneur Nekoufer a donné pour consigne d'emprisonner tous les fauteurs de troubles. Je ne fais qu'exécuter ses ordres.

— Silence ! N'oublie jamais qui je suis, capitaine, et quel est ton rang ! Si tu n'obéis pas immédiatement, je saurai t'y contraindre.

Le garde insista encore, moins assuré :

— Le seigneur Nekoufer est ton oncle, et le chef de la garde royale. Tu ne peux t'opposer à ses décisions. Il sera furieux.

— Sache que je me moque de ses états d'âme. À présent, quitte les lieux immédiatement, ou je te fais arrêter par mes soldats !

Il saisit la hache qui pendait à son flanc et la brandit d'un geste menaçant. Semourê et Piânthy l'imitèrent. Autour de leur chef, les gardes observèrent une prudente neutralité. Se voyant lâché par ses hommes, le capitaine abandonna sa victime en grognant.

— Sois certain que le seigneur Nekoufer n'appréciera pas ton geste !

Puis il tourna les talons et s'en fut sous les moqueries. Djoser leva les bras et obtint rapidement le silence.

— Citoyens libres de Mennof-Rê, je connais vos malheurs. Je vous promets de parler en votre nom au roi.

Une ovation enthousiaste lui répondit.

Quelques instants plus tard, Djoser et ses amis quittaient la place à leur tour. Semourê haussa les épaules et ses lèvres dessinèrent un sourire sarcastique.

— Une fois de plus, ô mon cousin, tu as assuré ta

popularité auprès du bon peuple. Mais tu sais parfaitement que Sanakht refusera de t'écouter.

Djoser s'insurgea :

— Il ne peut rester insensible à la famine et à la spoliation qui menacent les paysans.

— Il s'en moque.

— C'est faux. Ce serait une grave erreur. Les gens travaillent beaucoup plus consciencieusement une terre qui leur appartient.

— En ce qui me concerne, je partage tout à fait ton avis. Malheureusement, Sanakht se fiche du sort des paysans. Il n'écoute que Pherâ et ses amis. Tes arguments ne pèseront pas lourd face aux cadeaux dont ils couvrent ton frère.

— Il m'écoutera ! s'obstina Djoser.

— Comme il t'a écouté lorsque tu lui as parlé d'abandonner ses projets guerriers.

Semourê éclata d'un rire cynique et passa le bras autour de la taille de Thanys.

— Ô ma belle cousine, explique-lui, toi, à cet entêté, que son action n'aura pas plus d'effet que d'écrire sur l'eau du Nil.

Thanys ne répondit pas. Elle aimait beaucoup Semourê, mais elle n'appréciait pas sa manière de contrarier Djoser. Il ne croyait à rien. Elle était forcée d'admettre qu'il avait raison, mais elle ne lui donnerait pas la satisfaction de l'approuver. Elle se dégagea et revint vers son compagnon. Piânthy posa une main apaisante sur le bras de Djoser. Son visage était grave.

— Ton initiative était généreuse, mais combien imprudente, ô mon ami. Bien que cela me coûte de l'avouer, je pense que Semourê a dit vrai. Tu n'auras pas l'oreille du roi. Et tu viens de te faire un ennemi en la personne de ce capitaine. C'est une créature de Nekoufer. Ne crains-tu pas que ton action d'éclat ne t'attire sa colère ?

Djoser haussa les épaules.

— Nekoufer n'est que le demi-frère de mon père. Il m'a toujours détesté, comme je le déteste. C'est un être ambitieux, qui ne voit que par le dieu rouge. J'aurais plaisir à le corriger.

Piânthy ne répondit pas. Djoser voulait croire, de toute son âme, qu'il y avait encore moyen d'influencer son aîné dans le sens de la justice. Il refusait d'admettre que son rang de frère du roi ne le mettait pas à l'abri. Or, Nekoufer jouissait de la faveur du souverain. Il eût été plus prudent de s'en méfier. Mais Djoser, porté par son esprit généreux, ignorait la prudence.

7

Le deuxième des jours épagomènes, anniversaire d'Horus, la Cour se porta dans les plaines marécageuses du Delta, où les éclaireurs avaient signalé un taureau correspondant aux critères d'Apis. Des odeurs aquatiques planaient dans l'air, remugles de végétaux en décomposition, senteurs puissantes émanant des eaux glauques.

Effrayés par le tumulte des humains, des nuées d'ibis et de flamants s'envolèrent dans un vacarme de battements d'ailes. Guidés par des cohortes de prêtres, les courtisans pénétrèrent sur le sol fangeux. On acclama longuement les chasseurs, vêtus de peaux de léopard dont les pattes se nouaient sur la poitrine.

Au milieu de la foule avançait la litière royale, portée par douze gardes. Sanakht posait un regard satisfait sur ses sujets, auxquels il lui tardait de prouver sa valeur. Selon la tradition, il portait un pagne court tissé de fils d'or, retenu par une ceinture avec un tablier de cuir dissimulant les parties génitales. Sur sa tête reposait un châle retombant sur ses épaules, serré par un diadème décoré de l'uraeus, le serpent sacré, symbole du pouvoir royal. Selon la légende, c'était sous cette forme que Rê avait fixé, sur son propre front, sa fille, la terrible lionne Sekhmet, lorsqu'elle était revenue auprès de lui. Elle était son œil divin, qui foudroyait ses ennemis.

Sur la droite de la litière marchait le *porteur d'éventail*, qui tenait à la main un instrument symbolique qui disait sa charge et le titre honorifique dont Sa Majesté l'avait comblé. Mais il n'accomplissait pas son office lui-même. Deux esclaves lui appartenant, debout près du roi, s'en acquittaient.

Thanys demeura le plus longtemps possible en compagnie de Djoser, regrettant de ne pouvoir participer elle-même à la chasse. Mais les femmes n'y étaient bien sûr pas admises.

On arriva enfin sur les lieux vers lesquels des rabatteurs avaient poussé le troupeau dans la matinée. Comme bien souvent lors des chasses royales, les bêtes avaient été encerclées afin qu'elles ne pussent s'échapper. L'arme utilisée se composait d'un lasso solide destiné à entraver l'animal.

Sanakht ordonna aux gardes de déposer la litière, confia ses parures aux serviteurs, et s'empara de la corde que lui tendait avec déférence un capitaine promu depuis peu au rang de *porteur des armes du dieu souverain*.

Plus loin dans la plaine, un petit groupe de bovins attendait avec inquiétude. On devinait, tout autour d'eux, des silhouettes humaines armées de bâtons qui travaillaient à les pousser en direction des chasseurs.

Bien décidé à capturer le taureau lui-même, le roi commanda aux jeunes nobles participant à la chasse de se tenir derrière lui. Puis il donna l'ordre au chef des rabatteurs de ramener le taureau vers lui et se mit en marche. Devant lui avançaient des guerriers choisis parmi sa propre garde. Ils avaient pour tâche de maintenir la bête en respect tandis qu'il lancerait son lasso.

Sanakht raffermit sa prise sur les lourdes tresses de palme et serra les dents. Une joie sauvage l'imprégnait. Il devait prouver à tous qu'il était un grand chasseur, comme il prouverait plus tard qu'il était un monarque puissant.

Harcelé par les rabatteurs, le taureau se dirigea vers les chasseurs. C'était un animal d'une taille impressionnante, dont le pelage noir écumait en raison de la course qu'il venait de fournir. Les manœuvres habiles de ses poursuivants avaient réussi à le séparer de son troupeau. Il marqua un temps d'arrêt, gratta furieusement le sol de son sabot, puis se rua soudain vers l'un de ses tourmenteurs. L'homme tenta de s'enfuir, mais le monstre le rattrapa, baissa la tête et le souleva violemment. Par chance, le rabatteur bascula sur le dos de l'animal, où il effectua une cabriole involontaire avant de retomber lourdement sur le sol, à demi assommé. Le taureau se retourna, voulut le charger. Mais déjà d'autres silhouettes apparaissaient, hurlantes, qui le repoussèrent vers le roi.

Furieux, il distingua, au loin, la horde vociférante de ses ennemis. Il chargea de nouveau. Sanakht et ses compagnons empoignèrent solidement leurs lassos et se tinrent prêts. La masse grondante de l'animal s'enflait à vue d'œil, tandis que le sol résonnait sous ses sabots.

Tout à coup, au dernier moment, la bête obliqua vers le groupe des guerriers armés de longues perches. L'un d'eux poussa un hurlement d'angoisse. La boue entravait sa fuite. Sous les regards horrifiés de l'assistance, la corne gauche du taureau le frappa de plein fouet dans les reins, et s'enfonça d'un coup dans la chair et les os.

Le malheureux lança un terrifiant cri d'agonie tandis que son corps désarticulé s'élevait dans les airs. Sous la puissance de l'attaque, le garde s'arracha de la corne meurtrière et vint s'écraser devant Sanakht lui-même. Le mourant tendit une main désespérée vers le roi, qui, pétrifié, n'osa faire un geste. Un flot de sang s'échappa de la bouche de l'homme, dont la tête retomba en arrière. Mais le taureau n'avait pas achevé son œuvre destructrice. Excité par l'odeur du sang, il chargea de nouveau les gardes, et en culbuta plusieurs. Les chasseurs voulurent se ruer vers lui pour tenter de l'immobiliser, mais Sanakht les arrêta d'une voix furieuse :

— Que personne ne bouge ! Il est à moi.

Puis il s'avança vers l'animal qui revenait à la charge. Malgré l'interdiction, Djoser suivit son frère. Jamais il ne parviendrait à le capturer seul. La démarche de Sanakht n'était guère assurée. La mort du garde sous ses yeux l'avait impressionné. Il devinait en lui un mélange de peur et de colère, qui risquait de lui être fatal. Pas un instant Djoser ne songea que, au cas où son frère serait tué, il lui succéderait.

Repoussé par les lances de bois, l'animal revint vers les chasseurs. Sanakht affermit sa prise sur son arme, une corde équipée d'un nœud coulant, et attendit. Il ne put cependant s'empêcher de trembler. La bête était monstrueuse. Il fit tournoyer le lasso, mais ses gestes manquaient de sûreté. Soudain, il lança son piège. Maladroitement. Sous les yeux impuissants des spectateurs, la corde vint s'enrouler autour du roi, qui trébucha et s'écroula dans la boue en hurlant de terreur. L'animal était sur lui.

Mais Djoser avait vu le danger. Il se rua sur la bête, qui s'était déjà attaquée au roi tombé à terre. Le jeune homme bondit sur l'animal et le saisit par les cornes, tandis que les autres venaient arracher leur souverain à la fureur du monstre. La lutte entre l'homme et la bête dura de longs instants. Djoser parvenait à peine à maintenir le contact avec le sol dont l'état glissant ne lui assurait pas une bonne prise. De plus, les cornes couvertes de sang lui glissaient entre les doigts. Mais il bénéficiait d'une force hors du commun. Enfin, au prix d'un effort surhumain, il parvint à tordre la tête du taureau vers le haut. Pesant de tout son poids, il le força à se coucher sur le sol.

Piânthy, Semourê et d'autres passèrent leurs cordages autour des pattes de la bête, qui s'immobilisa sans cesser de souffler de colère. Ruisselant de boue et de sang, Djoser, hors d'haleine, put enfin se redresser.

Pendant ce temps, on avait tiré le roi à l'écart. Il gémissait de douleur. Djoser revint vers lui et l'examina. Par chance, les cornes ne l'avaient pas atteint. Sanakht en serait quitte pour la peur et quelques côtes enfoncées.

— L'animal est capturé, ô mon frère. Mais j'ai craint pour ta vie. Tu t'es montré imprudent.

Sanakht ne répondit pas immédiatement. La souffrance et la peur se lisaient dans son regard affolé. Puis, fixant Djoser, il cracha d'une voix rauque :

— C'est toi le grand vainqueur aujourd'hui, mon frère. Sache que je ne n'oublierai jamais ce que tu as fait pour moi.

— Ô Lumière de l'Égypte, la gloire te revient aussi. Je ne suis que la main que tu as guidée.

Les lèvres de Sanakht, couvertes de terre, s'étirèrent sur un rictus, qui se transforma bientôt en une grimace de douleur.

Tandis que l'on emportait le roi sur un brancard, Thanys, indifférente à la boue qui le couvrait des pieds à la tête, vint se jeter dans les bras de son compagnon. Une ovation triomphale salua son exploit. En ce jour, il avait sauvé la vie du roi. Sefmout, le grand prêtre, le félicita avec chaleur.

— Prince Djoser, tu as prouvé une nouvelle fois ta valeur. Depuis le royaume d'Osiris où il poursuit sa vie à présent, ton père, l'Horus Khâsekhemoui, sera fier de toi.

La chasse revint vers Mennof-Rê. Thanys ne lâchait plus son compagnon. Après un tel exploit, Sanakht ne pourrait faire autrement que d'accepter leur mariage. Elle n'accorda aucune attention aux regards fixés sur elle. L'amour la rendait encore plus attirante, et nombre d'hommes s'apercevaient aujourd'hui qu'elle avait hérité de la beauté de sa mère. Parmi eux, les yeux de rapace de Nekoufer ne la quittaient pas.

Soudain, Semourê s'approcha de Djoser et lui glissa :

— Méfie-toi, ô mon cousin bien-aimé. J'ai la vague impression que notre roi n'apprécie guère que tu lui aies ravi le succès de cette capture. Sa prestation frisait le ridicule. Se prendre ainsi les pieds dans son propre piège…

— Cesse tes sarcasmes, Semourê. Il a failli y perdre la vie.

— Il eût mieux valu qu'il capturât ce taureau lui-même. Cela aurait porté son humeur au beau fixe. Tandis qu'à présent, il risque même de t'en vouloir de l'avoir sauvé.

Djoser haussa les épaules.

— Ne dis donc pas de sottises, mon cousin.

8

Rê regagnait immuablement son horizon occidental, inondant la cité d'une lumière chaleureuse, faite d'un mélange subtil d'ocre, de rose et d'or. Elle baignait la chambre royale, découpant en ombres pourpres les silhouettes des sycomores sur les parterres du jardin extérieur. Des parfums légers émanaient des massifs de fleurs, roses, lys, dahlias, hibiscus... Après la fureur de la chasse, une infinie douceur s'était répandue sur la ville.

Pourtant, Sanakht ne voyait rien de la beauté du crépuscule. Il souffrait dans sa chair. Le souffle lui manquait. Le taureau lui avait enfoncé trois côtes, et chaque inspiration lui coûtait. Les médecins avaient fait les frais de l'humeur irritable du monarque, qui les avait traités d'incapables et de tortionnaires.

Mais surtout, Sanakht souffrait dans son âme. Cette journée qu'il aurait voulue glorieuse s'achevait sur un échec cuisant. Il s'était montré grotesque lors de l'attaque de l'animal. Chaque instant lui revenait cruellement en mémoire. Il avait tremblé de peur. Son hésitation avait failli lui être fatale. Mais Djoser était intervenu. Djoser, qui le dominait d'une tête. Djoser, et son courage inexcusable, qui lui avait ravi sa gloire et l'avait humilié.

Cet imbécile n'avait même pas imaginé une seconde qu'en le laissant massacrer par le taureau, il aurait pu s'emparer du trône. Il avait fait preuve de générosité, d'abnégation pour le sauver, lui, son frère, et son souverain. Il était noble, dans tous les sens du terme. Et lui, Sanakht, avait soudain conscience de n'être guère qu'un simulacre de roi. Djoser venait de lui en fournir la preuve irréfutable. Cela plus que le reste était impardonnable.

Il ne pouvait même pas le punir pour son acte héroïque. Il aurait voulu hurler, dégorger la haine et l'envie qui lui dévoraient les entrailles. Mais le moindre de ses cris se transformait en un lamentable chuintement.

Près de lui se tenaient Pherâ et Nekoufer. Plus loin veillait la silhouette sombre de Sefmout. Sefmout et son regard perçant, indéchiffrable. Le seul qu'il ne pouvait rejeter sans se mettre à dos toute la puissance de la religion.

Sanakht savait désormais qu'il n'était pas un meneur d'hommes, comme il s'était plu à le croire jusqu'à aujourd'hui, et comme l'aurait souhaité son père Khâsekhemoui. Celui-ci s'était aperçu trop tard de son erreur en le choisissant pour successeur. Avant de mourir, il lui avait craché à la figure qu'il n'était pas digne de devenir roi. Mais il était trop tard. La maladie avait déjà fait son œuvre.

Lui, Sanakht, indigne de régner sur les Deux-Royaumes ? Alors qu'il rêvait d'agrandir l'Égypte ? Le monde reculerait, plierait devant ses armées. Mais lui-même avait cédé devant un taureau. À cause de sa maladresse, il s'était couvert de ridicule. *De ridicule !*

Et ses conseillers...

Il les connaissait bien, tous autant qu'ils étaient. De rusés calculateurs, qui ne songeaient qu'à profiter de ses largesses. Nekoufer, son oncle, qui ne voyait en lui que le moyen d'assouvir sa soif de batailles et de conquêtes. Guerrier dans l'âme, il ne rêvait que de sang et de victoires. Pherâ, le tortueux courtisan, qui tissait ses pièges comme une araignée dans sa toile. Mais il avait besoin d'eux, comme ils avaient besoin de lui.

Pherâ s'avança et s'agenouilla près du lit du souverain.

— Ton frère est devenu très populaire, ô Lumière de l'Égypte. Le peuple l'aimait déjà, mais que sera-ce demain ? Son exploit est sur toutes les lèvres.

— Je le sais ! grimaça Sanakht. Et alors ?

— Ne crains-tu pas que cette gloire ne te porte ombrage, ô noble fils d'Horus ?

— Que veux-tu que j'y fasse ? Je ne peux tout de même pas le faire mettre à mort pour m'avoir sauvé la vie...

— Quelle idée effrayante, mon seigneur bien-aimé ! Mais, fort de cette popularité qui ne cesse de croître, ne risque-t-il pas d'être tenté par le pouvoir ? Souviens-toi de Peribsen l'usurpateur. Djoser n'apprécie guère le renouveau du culte de Seth. Il désire que seul Horus règne sur l'Égypte. Il t'est opposé en tous points.

Sanakht serra les dents pour ne pas laisser échapper un gémissement de douleur. Puis il saisit la main de Pherâ.

— Tu as raison, mon ami. Nous ne pouvons prendre un tel risque. Djoser pourrait devenir un danger.

Le grand prêtre intervint.

— Ô grand roi, dit-il, le prince Djoser t'a prouvé aujourd'hui une fidélité sans faille. Pas un instant il n'a songé que ta disparition lui permettrait d'accéder au trône. Il aime la petite Thanys. Accorde-lui de l'épouser, comme tu en as donné ta parole à ton père. Il ne désire rien d'autre, et une telle récompense t'assurera de sa loyauté et de son dévouement à jamais.

Sanakht fixa Sefmout, qui soutint son regard sans laisser transparaître la moindre émotion. Il finit par baisser les yeux. Il n'aimait pas le grand prêtre. Nekoufer s'interposa :

— L'Horus n'a nul besoin qu'on lui dicte sa conduite. Il sait ce qu'il convient de faire. Peut-il laisser son propre frère, un prince du sang, épouser une bâtarde ?

Sanakht hocha la tête.

— Tu as entendu, Sefmout. Les paroles de mon oncle sont celles de Maât. Je réfléchirai à ta suggestion. Mais n'oublie pas que désormais, je suis le nouvel Horus. À moi seul appartient la décision.

Sefmout s'inclina, puis se retira sans bruit. Inquiet, il regagna le temple. Les oracles avaient parlé, et il savait qu'il n'y pourrait rien changer. Mais il n'aimait pas ce qui se préparait.

9

Le soir du quatrième des jours épagomènes clôturait les festivités consacrées à la déesse Hathor. Représentée soit par une femme à tête de vache[1], soit par une femme surmontée par des cornes en forme de lyre enserrant le disque solaire, Hathor symbolisait l'amour, comme Isis, avec laquelle elle se confondait parfois. Épouse d'Horus, elle était également la demeure, l'enceinte sacrée où la vie prenait forme.

Divinité aux multiples visages, elle pouvait revêtir des personnalités différentes. Appelée Ouadjet, elle devenait la femme dans toute sa splendeur et sa séduction. Sous le nom de Bastet, elle se faisait chatte, et symbolisait la douceur de l'amour tendre et des caresses.

Mais sa forme la plus redoutée était Sekhmet, la lionne, image de la colère des dieux, la Dévoreuse de sang dont le souffle brûlant, disait-on, pouvait dévas-

---

1. Chez les Égyptiens de l'Antiquité, la vache était un animal sacré, considéré comme le symbole de la tendresse maternelle et de la vie. Pour bien le comprendre, il faut se défaire de la vision un peu péjorative que nous, Occidentaux du XXe siècle, pouvons avoir des bovins.

ter des pays entiers. Pendant les cinq jours qui terminaient l'année, sa fureur pouvait se manifester sous la forme d'épidémies ou de cataclysmes. Aussi la fête d'Hathor, destinée à maintenir la déesse dans de bonnes dispositions vis-à-vis des hommes, revêtait-elle une grande importance. On la qualifiait de noms tous plus resplendissants les uns que les autres : la Belle, la Dame de l'Amour et de la Joie, la Dame de la Musique, l'Or des Dieux, la Maîtresse des Ballets et des Gais refrains.

Les réjouissances débutèrent, dans l'après-midi, par une longue procession qui fit plusieurs fois le tour du temple dédié à la déesse. Les jeunes prêtresses d'Hathor marchaient en tête en agitant des sistres, sorte d'instruments inspirés des papyrus, et dont les tiges de métal produisaient un bruissement caractéristique. Divinité de la fertilité et de la fécondité, sa puissance devait redonner vie, force et santé à la terre d'Égypte et à ses habitants.

La fête se poursuivit, au crépuscule, par une représentation de la légende de Sekhmet. Cette année, Thanys avait été choisie pour jouer le rôle de la déesse. L'organisateur du spectacle, un vieil homme bougon du nom de Shoudimou, avait découvert que la jeune fille possédait une voix magnifique, seule capable d'interpréter les chants de la pièce qu'il avait composée pour l'occasion. Il avait commencé à lui faire répéter le rôle avant même la mort de Khâsekhemoui, qui approuvait son choix.

Parvenu au pouvoir, Sanakht avait tenté d'évincer la jeune femme pour imposer l'une de ses protégées. Mais le vieux Shoudimou l'avait rejetée sans ménagement. Elle n'était pas digne d'incarner la déesse, avait-il rétorqué fermement au monarque. Shoudimou avait été l'organisateur des spectacles de son père, auquel il avait consacré toute son existence. Il était hors de question de remettre en cause la qualité de ses créations pour satisfaire les caprices d'un roi qu'il avait connu au berceau. Sa nouvelle situation n'impressionnait guère le vieil homme, qui ne vivait que pour la mise en scène des mystères sacrés. Thanys *était* Sekhmet, et jouerait le rôle. Ravalant sa hargne, Sanakht s'était incliné.

À l'heure où Rê-Atoum déclinant inondait la cité de ses rayons d'or rose, une foule aussi imposante qu'impatiente se réunit sur la grande place qui s'étendait devant le palais. Dans la tribune royale, le roi avait pris place sur un fauteuil en bois d'ébène incrusté d'ivoire. Coiffé de l'uraeus et des magiciennes, les deux couronnes rouge et blanche symbolisant la réunion des royaumes du Nord et du Sud, il tenait en main la crosse et le flabellum, insignes de son pouvoir. Selon la tradition, il portait une courte barbe postiche, comme c'était le cas pour toutes les manifestations officielles. Le visage fermé, Sanakht ne dissimulait pas sa mauvaise humeur, que les blessures reçues deux jours plus tôt ne contribuaient pas à améliorer. Il ne pardonnait pas à Shoudimou d'avoir imposé cette petite traînée de Thanys, et encore moins de l'avoir menacé, lui, le dieu vivant, de tout abandonner s'il ne cédait pas à sa volonté. Il était trop tard pour cette année, mais l'an prochain connaîtrait un nouvel organisateur des spectacles.

Tout autour, ses courtisans, assis sur des chaises pliantes, guettaient la moindre de ses paroles avec avidité. Le caractère lunatique du nouveau souverain incitait à se montrer prudent et à abonder dans son sens si l'on tenait à demeurer en grâce. Pherâ et Nekoufer, les deux *amis uniques* du roi, installés de part et d'autre du trône, toisaient les autres avec un mélange de mépris et de condescendance. Très rapidement, ils avaient su s'imposer comme les favoris de Sa Majesté, et entendaient bien conserver leurs prérogatives. Ils auraient pu devenir rivaux. Ils avaient très vite compris qu'ils se complétaient admirablement et avaient tissé entre eux des liens de complicité, sinon de confiance. La ruse de l'un s'associait à la force brutale de l'autre. On savait désormais que pour obtenir une faveur du roi, il était indispensable de s'adresser en priorité à eux.

De l'autre côté de la place, face à la tribune, se dressait une estrade de bois magnifiquement décorée, et tendue de toiles peintes. Des panneaux mobiles illustraient les différents décors de la pièce, que des esclaves déplaceraient au fil de l'évolution de l'action. Sur la gauche de la scène, Khounehourê, le père de Piânthy, vêtu d'une longue robe de lin rehaussé de fils d'or, tenait le rôle de narrateur. Shoudimou l'avait choisi en raison de sa voix grave et puissante. Des vasques à huile avaient été installées un peu partout, qui baignaient la grande place d'une lumière dorée.

Lorsque Shoudimou le fit avertir que tout était prêt, Sanakht leva ses insignes royaux, donnant ainsi le signal du début de la représentation. Alors la voix de Khounehourê résonna et la scène s'anima.

Selon la légende, Rê, furieux de la conduite des hommes, avait déchaîné contre eux sa fille Hathor, qui s'était alors métamorphosée en une lionne terrifiante, Sekhmet.

Le premier tableau, représentant une cité, décrivait avec force détails les exactions des humains : crimes, vols, viols, unions contre nature, et autres. Soudain retentit un formidable coup de tonnerre déclenché par les tambours. Thanys bondit sur la scène, revêtue d'une peau de lionne et le visage grimé d'une manière effrayante. Tandis que les citadins impressionnés commençaient à reculer, la jeune fille se mit à souffler sur eux dans un grand vacarme de percussions et de sistres. Des feux s'allumèrent alors comme par enchantement tout le long de la scène, semblant dévorer les humains, qui se tordirent de douleur en hurlant, simulant une mort atroce. L'illusion était si parfaite que, dans l'assistance, on se mit à frissonner. Des femmes crièrent de terreur lorsque des taches de sang apparurent sur les corps nus des comédiens, issus de petites fioles habilement dissimulées dans le plancher.

Puis les feux diminuèrent pour se mettre à rougeoyer, renforçant encore l'atmosphère de désolation. Tandis que la voix chaude de Khounehourê déclamait un long poème illustrant la colère de Rê, la déesse s'avança au milieu des cadavres en reprenant d'une manière chantée certaines paroles du conteur.

Jusqu'au moment où elle prenait conscience de l'acte terrible qu'elle venait d'accomplir au nom du dieu soleil. Aussi loin que pouvait porter sa vue, ce n'était que mort et tourments. Tous les humains avaient péri. Alors, le remords la prenait, et elle décidait de se retirer dans une contrée lointaine pour expier sa faute. Imperceptiblement, le décor de la ville s'effaça, pour être remplacé par la vision d'un désert sombre et rouge, illuminé par de nouveaux feux ingénieusement disposés par les artificiers. Seule au centre de la scène, Thanys chanta un long poème dans lequel elle exprimait sa tristesse et sa souffrance.

— *Ô mon père divin, que m'as-tu obligée à faire ? Toute vie a disparu de la surface du monde, et je reste désespérément seule...*

La pureté de la voix de la jeune femme troublait la foule, et nombreuses furent les femmes qui laissèrent leurs larmes couler devant la détresse de la déesse. Malgré son crime, on la comprenait, on l'aimait.

Le premier acte s'acheva sur un tonnerre d'applaudissements.

Dans la deuxième partie, à laquelle Thanys ne participait pas, le décor illustrait une nouvelle cité, symbolisant cette époque légendaire où les neters vivaient au milieu des hommes. Le dieu Rê, incarné par Nehouserê, le père de Semourê, se montrait inconsolable de la disparition de sa fille bien-aimée. Il désirait qu'elle revînt près de lui. Mais tous les éclaireurs qu'il envoyait étaient systématiquement dévorés par la terrible déesse, qui refusait de voir personne. En désespoir de cause, Rê demandait à Thôt, le dieu magicien à tête d'Ibis, et à Bès, le nain qui préside aux naissances, de tenter de raisonner Sekhmet. Thôt et Bès se mettaient alors en route pour le désert lointain.

Profitant de sa liberté temporaire, Thanys rejoignit Djoser. L'éclat de son sourire contrastait avec son maquillage terrifiant.

— Tu as été magnifique, dit le jeune homme, impressionné. À certains moments, j'ai vraiment cru que Sekhmet elle-même était sur la scène.

La jeune femme acquiesça.

— J'avais la sensation de ne plus être tout à fait moi-même, comme si la déesse elle-même exprimait sa souffrance par ma voix. La vue du sang répandu me faisait horreur. Je ne voyais plus les spectateurs, je ne voyais que ces corps étendus, sans vie, couverts de sang. Le remords et la douleur de Sekhmet m'ont si bien envahie que je me suis mise à pleurer. Je comprends ce qu'elle a pu éprouver.

L'enthousiasme vibrant dans la voix de la jeune femme exaltait sa beauté. Dans la tribune royale, les visages étaient fixés sur elle. Sous sa peau de lionne, elle ne portait rien qu'un pagne très court qui ne dissimulait pas grand-chose de sa féminité. Elle ne remarqua pas le regard luisant de Nekoufer, qui la dévorait des yeux.

La troisième partie commença. Thanys avait repris sa place sur scène. Thôt et Bès s'avancèrent au-devant d'elle. On aimait beaucoup ces dieux, et l'on tremblait pour eux. Une nouvelle fois, les tambourins retentirent, reflétant la colère de Sekhmet. Mais il en fallait plus pour impressionner le Magicien. En revanche, le nain tremblait exagérément, de manière comique, ce qui fit beaucoup rire l'assistance. Selon la légende, Thôt et Bès avaient offert de la bière égyptienne à la déesse lionne. Celle-ci, rendue nostalgique par le goût du breuvage, avait accepté de boire. Mais la bière magique l'avait enivrée. Lorsqu'elle avait sombré dans un profond sommeil, Thôt et son compagnon l'avaient enchaînée afin de la ramener vers son père, vers l'Égypte.

Tous trois se mirent en marche. Tandis que les deux divinités chantaient des poèmes à la gloire de la beauté des Deux-Terres, Sekhmet-Thanys, chargée de chaînes, titubait entre eux, puis reprenait lentement les chants mélodieux. Peu à peu, derrière eux, le décor se modifia. Le désert s'évanouit pour laisser apparaître, derrière une brume artificielle, le reflet de la vaste cité habitée par les dieux. Simultanément, Thanys abandonnait avec lenteur sa dépouille de lionne pour se métamorphoser en chatte, incarnation de la déesse Bastet. À mesure que la ville se précisait, des danseurs et danseuses investirent la scène, hurlant leur joie de voir revenir leur déesse bien-aimée sous les traits de la plus douce des divinités. Shoudimou n'avait rien laissé au hasard. Des pétales de fleurs de lotus jaillirent, illuminant de leur couleur mauve le chemin de la déesse apaisée. Enfin, Rê apparut dans toute sa splendeur pour accueillir sa fille, qui se jeta dans ses bras. La foule hurla son allégresse. La terrifiante Sekhmet avait une fois de plus oublié sa fureur, redevenant la tendre Bastet.

La représentation s'acheva sur un triomphe.

Parmi les noms innombrables d'Hathor, l'un revêtait une signification particulière : la *Dame de l'Ivresse*. Il était coutume en effet, à la fin des festivités, d'honorer la divinité en buvant force vin et bière, afin d'entrer en communion avec sa puissance régénératrice. Dès que la représentation fut terminée, la foule se dispersa à grand bruit dans les ruelles. Des jarres firent leur apparition, et les citadins de Mennof-Rê commencèrent à boire joyeusement.

Abandonnant le peuple à ses libations, Thanys, Djoser et leurs compagnons regagnèrent le palais, où le roi s'était déjà retiré. Une vive émotion habitait les deux jeunes gens. Cette fois, Djoser était bien décidé à obtenir de son frère la main de sa compagne.

10

Dans les appartements de Djoser, la jeune femme prit le temps d'abandonner son costume de scène avant de se présenter devant le roi. Des esclaves la baignèrent, l'oignirent d'huiles parfumées, la maquillèrent, puis la revêtirent de sa plus belle tenue. Une jupe de lin d'un blanc transparent révélait la finesse de ses jambes, tandis qu'une cape courte à parements d'or nouée très bas laissait deviner le galbe parfait de sa poitrine. Parée d'un magnifique collier d'or et d'un diadème d'argent orné de malachite, dont le vert mettait en valeur sa longue chevelure brune, Thanys semblait l'incarnation de la déesse aux multiples visages à laquelle elle avait prêté sa voix et son corps.

— Jamais tu n'as été plus belle, ô ma sœur, dit Djoser lorsqu'elle parut enfin devant lui. L'éclat de tes yeux rappelle celui des étoiles.

À dix-sept ans, Thanys ne comptait aucune rivale à la Cour d'Horus. Les autres femmes, que la gourmandise portait plutôt vers les gâteaux et autres douceurs que vers la chasse ou la pêche, présentaient des corps trop vite empâtés. Devant une telle beauté, le roi ne pourrait que s'incliner et leur accorder ce qu'ils souhaitaient. Deux jours plus tôt, Djoser ne l'avait-il pas sauvé de la mort ? Et aujourd'hui, Thanys avait définitivement conquis le cœur des citadins et de la Cour en incarnant brillamment la déesse Sekhmet.

Ce fut avec confiance et fierté que Djoser prit la main de Thanys dans la sienne pour l'entraîner vers les vastes jardins du palais, où le roi recevait ses courtisans.

Au bord de l'étang artificiel, une multitude de tables basses en pierre avaient été garnies de plats de viandes rôties : oies, bœufs, cailles, hérons, cygnes, pigeons. D'autres proposaient des fruits, des galettes et gâteaux parfumés au miel. Une nuée de serviteurs se pressaient autour des grands seigneurs et de leurs épouses et concubines, porteurs d'éventails, de sandales. Les nobles étaient en grande majorité des propriétaires terriens dont certains vivaient parfois dans un autre nome, mais avaient effectué le voyage par bateau pour venir saluer Sa Majesté. Depuis la mort de Khâsekhemoui, deux mois auparavant, toutes sortes de petites intrigues de cour avaient eu lieu pour obtenir des charges honorifiques convoitées telles que Directeur des vêtements, Blanchisseur en chef, Grand Lessiveur du roi, et surtout Gardien du diadème, qui avait échu à Pherâ. C'était à lui que revenait la garde de la Double Couronne rouge et blanche. À ce titre, il pouvait se prétendre *parent d'Horus*, et *Front de son dieu*, titre qui lui avait valu sa propre cour.

Les vêtements des courtisans offraient une symphonie de couleurs chatoyantes, où dominaient le vert et le rouge, et de joyaux innombrables, en ivoire, en or, et surtout en argent, métal encore plus rare que l'or à cette époque.

En différents endroits, des danseuses nues se livraient à des évolutions lascives au son des harpes et des flûtes, pour le plus grand plaisir des invités. Ailleurs, des lutteurs rivalisaient de force.

Face à l'étang, sur lequel venaient se refléter les ocelles lumineux des lampes à huile sur pied, avait été installé le trône royal. C'était un siège cubique de cèdre équipé d'accotoirs en forme de tête de lion, et pourvu d'un dossier bas et de coussins de cuir.

Le torse emmailloté de bandelettes, Sanakht accueillait un à un les hauts personnages de l'empire. Malgré la souffrance qui se lisait sur ses traits, il gardait le corps droit. Il n'avait pas quitté la double couronne. Pherâ se tenait à ses côtés, toujours aussi cauteleux. À quelques pas, Nekoufer, le visage sombre, observait l'assistance. Son œil d'aigle épiait les gestes de chacun, notait les rencontres, donnait des ordres à ses espions.

Lorsque Djoser et Thanys parurent, les conversations s'arrêtèrent, les visages se tournèrent vers eux. Les deux jeunes gens s'avancèrent vers le trône et, suivant la coutume, s'agenouillèrent pour baiser la terre devant les pieds royaux. Celui-ci regarda le couple, tandis qu'un fin sourire étirait ses lèvres minces.

— Sois le bienvenu, mon frère, dit enfin Sanakht. Ton souverain te sait gré de lui avoir épargné de mourir, il y a deux jours. Une fois de plus, tu as prouvé ta valeur et ton courage.

Djoser se releva, imité par Thanys.

— La vie de mon roi m'est sacrée, ô Lumière de l'Égypte...

— Mon désir est donc de te récompenser.

Le cœur des deux jeunes gens se mit à battre plus vite. Le monarque semblait enfin décidé à leur accorder ce qu'ils désiraient. Sanakht poursuivit :

— Le général Meroura m'a confié ton souhait de prendre le commandement d'une garnison, et il nous semble que tu en es tout à fait digne. Tu auras donc ce commandement.

Djoser inclina la tête.

— Le serviteur que tu vois remercie son roi.

Sanakht sourit de nouveau, puis se tourna vers Pherâ, indiquant clairement par là que l'entretien était terminé. Interloqué, Djoser insista.

— Ô noble roi, il est une autre chose pour laquelle ton serviteur voudrait obtenir également ton consentement.

Sanakht le fixa, feignant ostensiblement la surprise.

— Eh bien, n'est-ce pas ce que tu souhaitais ?

Djoser dut faire un violent effort pour réprimer le début de colère qui l'envahissait.

— Non, ô grand roi. Je désire que Thanys devienne mon épouse. Tu le sais déjà. Et je sollicite de ta bienveillance que tu fixes toi-même la date de notre mariage.

Sanakht marqua un temps d'arrêt. Le regard sombre de son frère démentait son attitude respectueuse. L'autorité naturelle qui émanait de lui provoqua chez le roi un étrange malaise. Un court instant, il faillit céder. Mais un brusque accès de fureur le saisit. Comment cet individu osait-il exiger plus que ce que l'Horus avait accordé ? Mais les mots avaient peine à sortir. Sanakht serra les dents, fit appel à tout son courage et laissa tomber d'une voix blanche :

— Cela, je ne puis te l'accorder.

11

Djoser et Thanys crurent qu'ils avaient mal entendu. Un silence glacial s'était abattu sur les jardins. Un mouvement de stupeur se dessina dans la foule. Personne ne comprenait la décision royale. Que lui importait donc que Djoser épousât Thanys ? Khâsekhemoui avait donné son accord peu avant de mourir. À l'écart, Sefmout blêmit, mais ne dit rien.

— Je… je ne comprends pas, mon frère, rétorqua Djoser.

— Tu m'as parfaitement entendu, cingla Sanakht d'une voix agacée. J'ai dit que tu ne pouvais épouser Thanys. Tu oublies que tu es de sang royal, Djoser. Tu ne peux donc épouser une bâtarde.

Une rougeur subite monta au front du jeune homme. Sanakht insultait délibérément sa compagne. Il nota que, sur un ordre discret de Nekoufer, plusieurs gardes s'étaient rapprochés insensiblement. Il respira profondément et refréna l'envie qu'il avait de sauter à la gorge du roi.

— Ô mon frère, riposta-t-il en mettant volontairement leur parenté en avant, je ne considère pas Thanys comme une bâtarde. Elle est celle que je désire prendre pour épouse.

— C'est impossible !

Djoser s'insurgea et hurla :

— Et toi, n'oublie pas que tu as donné ta parole à notre père. Tu ne peux la trahir.

Pris d'un soudain accès de fureur, Sanakht se dressa, puis grimaça sous l'effet de la souffrance. Tremblant de colère, il hurla :

— Qui es-tu pour oser discuter la décision de ton roi ? Ne suis-je pas l'incarnation des dieux sur la Terre d'Égypte ? Si notre père fut aveuglé par cette… cette fille, il m'appartient de rétablir la vérité et la justice. Tu prendras l'épouse que je te désignerai, lorsque j'aurai choisi de t'en offrir une. Quant à elle, dont la mère s'est autrefois compromise avec un homme de basse extraction qui fut condamné à l'exil, elle ne peut épouser le frère du roi. Aussi ai-je résolu de la donner à mon oncle Nekoufer. Il la désire, et je lui suis reconnaissant de la prendre pour concubine.

Sanakht toisa l'assistance, puis clama d'une voix forte :

— Que ceci soit écrit et accompli.

Un scribe s'avança, qui commença à noter les paroles du roi.

— Jamais ! hurla Thanys.

En une fraction de seconde, la prédiction de l'aveugle s'était concrétisée dans toute son horreur. Djoser et elle allaient être séparés. Mais elle le refusait de toutes ses forces. Elle se jeta aux pieds de Sanakht.

— Noble roi, tu ne peux pas faire ça ! s'écria-t-elle.

— Silence ! rugit Sanakht, au comble de la fureur. Enlevez-moi cette traînée.

Des gardes surgirent, qui voulurent se saisir de la jeune femme. Djoser les repoussa et tonna :

— Tu avais donné ta parole à notre père, Sanakht ! Tu dois lui obéir, même après sa mort. N'oublie pas que je t'ai sauvé la vie, il y a deux jours. Est-ce ainsi que tu me remercies ?

— Tais-toi ! s'égosilla soudain le roi. Tu me dois obéissance. Ce sont les dieux qui parlent par ma voix. Oserais-tu t'élever contre leur volonté en me défiant ?

Djoser hurla :

— Ce ne sont pas les dieux, mais la haine que tu as toujours éprouvée pour moi. Mais prends garde, toi, de ne pas avoir éveillé leur colère !

— Il suffit ! Gardes ! Que l'on emmène cet homme !

C'était le signal qu'attendait Nekoufer. L'instant d'après une escouade de guerriers entourait Djoser, dont la haute stature les dominait tous d'une tête. Thanys se dégagea des mains des gardes et se jeta dans ses bras.

— Ô Djoser, il peut faire ce qu'il veut, je ne serai jamais à un autre que toi.

Elle se tourna vers le roi et clama d'une voix où vibrait la colère la plus noire :

— Tu entends, Sanakht ! Jamais Nekoufer ne me touchera ! Jamais ! J'appartiens à Djoser depuis toujours ! Et je préfère mourir, plutôt que d'être souillée par ce chien !

— Que l'on fasse taire cette femelle ! rugit le roi. Elle insulte mon oncle !

Les gardes tentèrent de la reprendre. Djoser s'interposa. L'instant d'après, Semourê, Piânthy et une demi-douzaine de leurs compagnons se rapprochèrent du couple. Semourê s'adressa au roi.

— Tu commets aujourd'hui une injustice flagrante, mon cousin. La parole de Maât t'aurait-elle déserté ?

Pétrifiée, la foule des courtisans n'osait intervenir. Certains auraient volontiers porté secours à Djoser et ses amis, mais la présence de nombreux gardes les en dissuadait.

— Que l'on emmène ces hommes, cracha Sanakht. Ils ont osé se dresser contre mon autorité. Ils seront châtiés comme ils le méritent.

C'était plus aisé à dire qu'à faire. Le groupe des rebelles avait fait cercle autour de Thanys et s'apprêtait à la défendre à la moindre provocation des gardes. Soudain, l'un d'eux se rua en avant. Djoser se saisit de lui, le souleva dans les airs et l'expédia sur un groupe de guerriers. Sur l'ordre de Nekoufer, l'escouade se lança sur les jeunes gens. Une violente bataille se déroula sous les yeux de l'assistance affolée. Beaucoup de courtisans préférèrent prendre la fuite. Après tout, le roi était le seul maître des Deux-Royaumes et il n'était guère avisé de s'élever contre son autorité.

Malgré leur vaillance, Djoser et ses compagnons succombèrent sous le nombre. Le visage tuméfié, les membres endoloris, le jeune homme sombra dans l'inconscience. Ses amis se rendirent. Deux d'entre eux avaient été tués par les haches des gardes, qui pour leur part avaient perdu cinq hommes. Sanakht se dressa une nouvelle fois et clama :

— Que ces hommes soient emmenés et emprisonnés dans la Maison de la garde royale. Je statuerai plus tard sur leur sort. Quant à cette fille, qu'elle soit ramenée chez Hora-Hay, où elle devra se préparer pour rejoindre la demeure du seigneur Nekoufer.

Thanys hurla. Des mains brutales s'emparèrent

d'elle. Elle se défendit en mordant et griffant tout ce qui passait à sa portée. Mais elle ne pouvait lutter contre la force des quatre hommes qui l'avaient saisie. Tout à coup, la haute silhouette de Nekoufer se dressa devant elle. Un sourire de carnassier étira ses lèvres.

— Une véritable lionne, gronda-t-il. Ce vieux fou de Shoudimou a eu raison de te confier ce rôle. Mais je prendrai plaisir à te dompter, ma belle.

Elle lui jeta un regard enflammé et tenta de se dégager, en vain. Alors, elle lui cracha au visage. Il s'essuya d'un revers de main et la gifla à toute volée. Une violente douleur fit vibrer la tête de la jeune femme, tandis qu'un liquide chaud et salé se mettait à ruisseler de sa bouche. Étourdie, Thanys entendit à peine Nekoufer rugir :

— Emmenez-la !

À demi inconsciente, elle sentit des mains la soulever et l'emporter. Elle aperçut, comme dans un cauchemar, le visage grimaçant de Sanakht qui serrait les dents sur un rictus de satisfaction.

Un curieux mélange d'exaltation et de mécontentement agitait le roi. La satisfaction dominait : il avait fait preuve d'autorité en humiliant publiquement ce frère qu'il détestait depuis toujours. D'ailleurs, Djoser n'était que son demi-frère, le fils de la seconde femme de Khâsekhemoui, une épouse que son père avait aimée plus que sa propre mère. Sanakht ne le lui avait jamais pardonné, mais il avait épousé sa rancœur lorsque Khâsekhemoui avait rejeté ce fils cadet qui avait pris la vie de Nemaat-Api. Et surtout, Djoser s'était toujours montré plus brillant que lui. Plus grand, plus intelligent, plus beau, plus populaire. Sanakht savait tout au fond de lui que, sans l'animosité de

Khâsekhemoui, celui-ci eût désigné Djoser pour lui succéder. Il fallait donc l'éloigner du trône, l'éliminer. Il y était parvenu. Il connaissait par avance la réaction de son frère devant sa décision. Il avait espéré cette rébellion. Mais une colère incontrôlable subsistait en lui. Comme tous les faibles investis d'une puissance qu'ils ne maîtrisent pas entièrement, Sanakht n'acceptait pas que l'on discutât ses ordres. Tout devait plier devant lui. N'était-il pas l'image vivante de Seth et d'Horus ?

Plus tard, lorsque les courtisans eurent quitté le palais, la colère ne l'avait pas encore quitté. La douleur qui lui vrillait la poitrine et ses difficultés à respirer aiguisaient sa fureur. Il réunit ses conseillers dans la salle du trône.

— Il est inconcevable que l'on ose ainsi se révolter contre ma parole, éructa-t-il. Que jamais plus ces chiens ne reparaissent devant moi ! Général Meroura !

Le vieil homme s'avança et répondit d'une voix lasse.

— Ton serviteur t'écoute, ô Lumière de l'Égypte.

— Tu reprendras son commandement à Djoser. Il n'est plus rien aujourd'hui qu'un simple guerrier. Il en sera de même pour ses compagnons, y compris Semourê. Tiens-toi prêt à partir pour la destination que je t'indiquerai. Il est temps de préparer l'armée à de grandes batailles.

Meroura s'inclina. Son visage de marbre ne laissait rien transparaître de ses pensées.

— Il en sera fait selon ta volonté, ô mon roi.

Il se retira sans bruit. Après son départ, Pherâ s'approcha.

— Voilà une manœuvre habile, ô grand fils d'Horus, mon maître. Elle te permet du même coup d'éloigner ce vieux radoteur. Tu peux compter sur lui pour câliner les esprits de tous ces jeunes gens. Les combats leur feront le plus grand bien. Leur hargne nous apportera des victoires.

Sanakht poussa un grognement pour toute réponse. Cependant, sa colère commençait à se calmer. Pherâ poursuivit :

— Ta décision était empreinte de la plus grande sagesse. Djoser représentait un grave danger pour toi. Que serait-il arrivé s'il ne t'avait sauvé voici deux jours ?

— Le trône d'Horus lui revenait, grommela Sanakht.

— Précisément. À présent, c'est une idée qui pourrait l'effleurer. Je pense que…

— Quoi, que penses-tu ?

— Djoser est impétueux, presque inconscient. Une mauvaise blessure est souvent vite reçue dans une bataille.

Sanakht regarda son conseiller avec des yeux ronds. Sa fureur contre Djoser était grande, mais il était impensable de le faire mourir.

— Tu voudrais qu'il lui arrive… un accident.

— Par les dieux non, ô Lumière de l'Égypte. Mais nul ne peut prédire qui reviendra d'une guerre meurtrière. Ce que je veux dire, c'est que, au cas où Djoser… disparaîtrait, seul le fils que tu auras un jour pourra te succéder.

— Donc, il conviendrait que j'aie un fils…

— Exactement, seigneur. Et si tu le souhaites, je suis prêt à t'offrir ma propre fille, Inmakh.

— Elle n'a que douze ans.

— Mais elle est déjà féconde, ô grand roi. Et tu as pu juger toi-même de sa beauté.

— J'y réfléchirai.

La sécheresse du ton indiquait clairement qu'il était plus prudent de se retirer. Pherâ s'inclina très bas et recula. Sanakht rumina les paroles de son conseiller. Il n'avait pas tort. Djoser représentait un danger tant que lui-même n'avait pas d'héritier. Il allait accepter l'offre de Pherâ. Inmakh n'était pas déplaisante. Cependant, un curieux malaise le tenait. Il ne parvenait pas à oublier la vision de Thanys lorsqu'elle était apparue devant lui, dans tout l'éclat de sa beauté. Il devait s'avouer que jamais il n'avait vu de femme aussi resplendissante. Il aurait pu la prendre pour lui, en faire sa propre concubine. C'eût été une épreuve encore plus humiliante pour Djoser. Mais il avait donné sa parole à son oncle. Sur lui reposait toute sa puissance. Il ne pouvait s'en faire un ennemi. Et puis, de toute manière, cette fille n'était qu'une bâtarde. Il secoua la tête avec rage. Puisqu'il ne pouvait l'avoir pour lui, il valait mieux qu'elle fût offerte à Nekoufer, dont il connaissait la brutalité. L'orgueil de cette fille serait rapidement dompté entre ses mains.

Soudain, la silhouette sombre de Sefmout se dressa devant lui. Le grand prêtre Sem s'inclina sans ostentation, puis le fixa dans les yeux.

— Que me veux-tu ? demanda Sanakht.

— T'ouvrir les yeux, ô Horus vivant. J'estime que tu as eu tort de t'opposer à ce mariage.

— Comment oses-tu…

— Écoute-moi ! dit le grand prêtre sans se départir de son calme. Des signes étranges sont apparus dans les astres. Je comprends que tu aies été… déçu par ton échec lors de la capture du taureau sacré, et je connais tes craintes en ce qui concerne ton frère. Mais Djoser et Thanys sont aimés des dieux. Et tu viens d'offenser gravement Hathor et Bastet en leur refusant de se marier. Je redoute que l'esprit de Sekhmet ne s'éveille.

La voix froide de Sefmout désarçonna quelque peu Sanakht. Le vieil homme était réputé pour sa sagesse et sa clairvoyance. Mais il ne pouvait lui permettre de le contredire.

— Je suis moi-même un dieu, ô grand prêtre. Que Sekhmet se déchaîne si elle le désire. N'oublie pas que Seth me protège et m'inspire. Bientôt, grâce à son aide, nos armées déferleront sur nos ennemis, et l'Égypte s'agrandira.

— Quels ennemis, seigneur ? riposta Sefmout.

— Les hordes sauvages du Sinaï, les Nubiens, les Bédouins de Libye… Ils ne manquent pas.

— Une guerre ne s'improvise pas. Il eût été plus sage d'accorder satisfaction à ton frère. Il serait devenu le plus dévoué de tes sujets et aurait mené tes armées vers la victoire. À présent, tu n'es plus que l'objet de sa haine. Prends garde que ta décision ne se retourne un jour contre toi.

Sefmout s'inclina, puis, sans attendre de réponse, se retira discrètement. Sanakht le regarda partir, les dents serrées. Au fond de lui, une voix lui hurlait qu'il avait commis une grave erreur. Mais il refusait de l'écouter. Une colère sourde monta de nouveau en lui, contre lui-même. Il avait satisfait son orgueil et sa haine, mais à quel prix ? Il s'en voulait de cette fureur, la rejetait. Il fallait qu'elle s'exprimât, qu'elle trouve une victime expiatoire. Il interpella sèchement son oncle.

— Je compte sur toi pour veiller à ce que mon

frère comprenne qu'il a eu tort de se rebeller contre moi. Qu'il soit châtié comme il convient.

Nekoufer se prosterna servilement devant Sanakht, tandis qu'un sourire étirait ses traits.

— Tes ordres seront respectés, ô grand roi.

12

Djoser n'avait pas fermé l'œil de la nuit. Dans la cellule où il avait été enfermé avec ses compagnons, il tournait comme un fauve en cage. Des ecchymoses marquaient ses bras et ses épaules, du sang coulait de sa lèvre éclatée, mais il ressentait à peine les multiples douleurs qui irradiaient son corps. Une terrible sensation d'avoir été trahi le hantait.

— Mais que lui fallait-il ? Ne l'ai-je pas arraché à la mort il y a deux jours ? Sans moi, les cornes du taureau l'auraient éventré. Et ses tripes se seraient répandues dans la boue.

— Le roi te hait, répondit Semourê d'une voix calme. Ne t'en étais-tu pas aperçu ? Il craignait sans doute que tu ne tentes de lui dérober le trône.

— Mais je n'en ai jamais eu l'intention. Si tel avait été le cas, je l'aurais laissé mourir.

Semourê ricana.

— Alors, tu es stupide, mon cousin. Combien de fois t'ai-je averti de ne pas lui accorder ta confiance ?

Djoser se tourna vers lui, furieux.

— Et qu'aurais-je dû faire, à ton avis ?

Semourê haussa les épaules.

— Ce que tu as fait, malheureusement. Tu vis dans la vérité de Maât, mais d'autres ne partagent pas ton honnêteté. C'est pour cela que je t'aime, malgré ta naïveté.

Djoser allait répliquer, puis il s'aperçut de la vanité de leur querelle. Il prit Semourê dans ses bras et le serra avec force.

— Pardonne-moi, mon bien-aimé cousin. C'est toi qui as raison. Je ne suis qu'un imbécile. Mais je ne pouvais accepter que Thanys ne fût que ma concubine! Mon père avait donné son accord!

Soudain, il remarqua l'absence de deux d'entre eux.

— Où sont Nebrê et Moukhar?

Piânthy répondit d'une voix affligée :

— Ils ont été tués par les gardes lors du combat.

— Ils ont donné leur vie pour moi...

Djoser s'effondra. Les deux morts étaient ses camarades d'enfance. Nul ne les avait contraints à se rallier à lui. Et ils y avaient perdu la vie...

Soudain, il explosa. Ivre de fureur, il se jeta sur la porte épaisse de la cellule et se mit à hurler :

— Sanakht, sois maudit! Tu n'es pas digne d'être roi! Tu as trahi ta parole. Tu n'es qu'un être immonde. Que Sobek, le dieu crocodile, te bouffe les tripes! Que les hyènes t'arrachent les yeux et la langue!

Il y eut un remue-ménage de l'autre côté. Ils n'avaient pas été emmenés à la caserne commandée par Meroura, mais dans celle des gardes du palais, où ils ne comptaient que des ennemis. Il existait en effet une sourde rivalité entre l'armée régulière et la terrible garde royale.

Tout à coup, la porte s'ouvrit et une escouade de gardes s'engouffra dans la cellule. Djoser en fut extrait sans ménagement et traîné dans la cour après avoir été entravé. Clignant des yeux sous la lumière vive du soleil, il aperçut le visage satisfait de Nekoufer qui grinça :

— Tu as osé insulter le fils d'Horus, mon neveu. Un tel crime mérite la mort. Seule ta condition de prince de sang t'épargnera de mourir. Mais tu seras puni, ainsi que tes compagnons.

Il s'adressa au chef des gardes de la prison, dans lequel Djoser reconnut le capitaine qu'il avait éconduit quelques jours plus tôt.

— Khedran ! L'Horus a ordonné de châtier cet homme. Il recevra cinquante coups de fouet. J'exige que tu les donnes toi-même.

L'autre s'inclina :

— Bien, seigneur !

Khedran n'avait pas oublié l'humiliation subie quelques jours plus tôt sur la place du marché. Nekoufer savait ce qu'il faisait en lui confiant le fouet. Des gardes entravèrent le jeune homme ; des coups violents commencèrent à pleuvoir sur son dos. Les yeux aveuglés par la sueur et les larmes qui ruisselaient sur son front et ses joues, Djoser retint les gémissements de souffrance qui lui brûlaient les lèvres. Il ne donnerait pas cette satisfaction à ses bourreaux.

Une éternité plus tard, il eut l'impression de basculer dans un gouffre noir et sans fond. Malgré sa résistance, il n'avait pu s'empêcher de lâcher quelques cris de douleur, qui avaient grandement réjoui le redoutable Nekoufer. Immédiatement après le supplice, celui-ci se pencha et lui glissa :

— Il me tarde de goûter à la douceur de la peau de cette petite Thanys. N'aie crainte, je saurai lui faire connaître des plaisirs dont elle n'aurait osé rêver.

Ivre de fureur, Djoser, libéré de ses liens, trouva la force de se redresser et se rua sur son oncle, auquel il assena un violent coup de poing. L'autre bascula sur le sol et s'étrangla de fureur :

— Khedran ! Inflige-lui trente coups supplémentaires !

Djoser avait perdu connaissance. Lorsqu'il s'éveilla, la peau de son dos n'était plus qu'une plaie à vif dont les élancements insoutenables lui donnaient la nausée. C'était comme si l'on avait versé de la poix enflammée sur ses épaules et son torse. La vue brouillée par la souffrance, il rechercha ses compagnons. Mais il était seul. La nouvelle cellule était humide et empuantie par les relents du Nil proche. À gestes douloureux, il se tourna sur le ventre. L'esprit en déroute, il tenta de rassembler ses idées. Sanakht avait tout fait pour l'humilier, l'écraser, le détruire. Il savait très bien ce qu'il faisait en lui refusant Thanys. Il avait prévu sa réaction.

— Mais pourquoi ? Pourquoi ? gémit-il, incapable de hurler. Isis, pourquoi nous as-tu abandonnés ?

Les dieux eux-mêmes semblaient s'être détournés de lui. Pour quelle raison ? Les paroles de l'aveugle l'obsédaient comme un leitmotiv.

— *Avant que le Nil n'ait par cinq fois recouvert la Terre sacrée d'Égypte, vous serez séparés, et de grands bouleversements se produiront.*

Il avait dit vrai. Khâsekhemoui était mort. Sanakht l'avait remplacé, qui les haïssait tous deux, et leurs vies avaient basculé dans le cauchemar. Peu à peu, une haine sans nom se glissa en lui. Thanys allait être livrée à ce chien de Nekoufer. On connaissait sa brutalité malsaine envers les femmes. L'une de ses épouses, ne pouvant plus supporter ses accès de colère, s'était suicidée l'année dernière. Était-ce là le sort qui attendait Thanys ?

Un sursaut de révolte le saisit. Il voulut se redresser, mais la souffrance était trop violente. La respiration coupée, il dut se résoudre à demeurer allongé sur le sol répugnant, parsemé d'immondices.

Soudain, des bruits singuliers attirèrent son attention. Des ordres lui parvenaient de l'extérieur. Des guerriers de la Maison des Armes, à laquelle il appartenait, venaient le chercher avec ses compagnons. Dans un brouillard confus, il perçut quelques paroles. L'armée devait se tenir prête à partir, sous les ordres de Meroura, pour une destination encore inconnue. Et les rebelles devaient y être intégrés, en tant que simples guerriers.

Une vague de désespoir submergea Djoser. Il ne se sentait plus la force de lutter. Une nausée plus forte que les autres le saisit et il vomit.

Jamais plus il ne reverrait Thanys. Sans elle, la vie ne lui importait plus. Alors, il irait au-devant de la mort, et se ferait tuer dans le premier combat.

13

Après l'arrestation de Djoser et de ses compagnons, Thanys avait été emmenée dans la demeure du vieux Hora-Hay, où elle avait passé une nuit agitée.

Assis en tailleur au pied de sa couche, Yereb avait veillé sur elle. Jamais il n'avait vu sa maîtresse dans cet état. Les gardes l'avaient ramenée dans la soirée, à demi évanouie. Un gros homme les commandait, qui avait ordonné qu'elle ne sortît de la demeure sous aucun prétexte. Merneith, bouleversée, avait demandé des explications que l'autre avait refusé de lui fournir. En tant que princesse réprouvée, la jeune femme n'avait pas été conviée au palais et ignorait tout des derniers événements.

Sa fille les lui avait brièvement expliqués, puis s'était réfugiée dans sa chambre, dans le quartier des femmes. Merneith l'avait suivie pour tenter de la consoler, en vain. Pour Thanys, le monde s'était écroulé. Elle ne voulait voir personne. Ses animaux familiers eux-mêmes ne trouvaient plus grâce à ses yeux.

Au début, elle avait failli céder au désespoir. Sa lèvre éclatée la faisait souffrir, mais les parties de chasse avec Djoser lui avaient valu des blessures plus sérieuses. La plaie la plus cruelle était morale. Une bête hideuse et invisible lui mordait l'âme et le cœur sans qu'elle pût lui échapper. Elle avait la sensation oppressante que des murs infranchissables se resserraient inexorablement autour d'elle pour l'écraser.

Puis, peu à peu, une colère froide avait pris le dessus. Jamais elle ne se plierait à la volonté imbécile du roi. Nekoufer ne porterait pas la main sur elle. Par les bavardages des femmes de la Cour, elle connaissait la réputation du chef des gardes. Nul n'ignorait son penchant pour les bières épaisses et les vins forts. Il était souvent ivre lorsqu'il visitait ses femmes, qu'il gardait enfermées dans son palais. Mais les servantes parlaient, évoquaient des visages tuméfiés, des traces de brûlures, parfois des membres brisés. Et chacun avait en mémoire le souvenir d'une jeune Nubienne qu'il avait épousée une année plus tôt, et qui était parvenue à s'échapper de sa demeure, terrorisée par ce qu'elle y avait subi. Les gardes l'avaient pourchassée jusqu'aux rives du Nil où elle avait préféré se jeter au milieu des crocodiles plutôt que de retomber entre les mains de son tortionnaire.

Le lendemain, Nekoufer se présenta à la demeure de Hora-Hay et exigea que Thanys l'accompagnât. Merneith vint la prévenir elle-même. La jeune femme refusa, mais les gardes intervinrent et la contraignirent à les suivre jusque dans la salle de réception. Nekoufer l'accueillit avec un sourire mauvais.

— Tu rejoindras ma demeure dès demain, ma belle. Mais auparavant, je veux que tu assistes à un spectacle qui t'incitera sans doute à te montrer plus docile.

— Où est Djoser ? s'écria Thanys.
— Tu ferais mieux de l'oublier, répliqua sèchement le chef des gardes. Tu es à moi désormais.
Thanys faillit répondre, mais se contint. Elle ne pouvait rien faire. Les guerriers la tenaient solidement.

Au-delà de la porte méridionale de la ville s'étendait une place que les citadins préféraient éviter. C'était là qu'avaient lieu les exécutions capitales. Les Égyptiens, peu portés par nature à la violence, n'appréciaient guère ce genre de spectacle. Cependant, certains y prenaient plaisir et venaient assister à l'agonie des condamnés.
Une sourde angoisse saisit Thanys lorsqu'elle reconnut l'endroit vers lequel les gardes se dirigeaient. Elle redouta un instant que Sanakht, furieux contre Djoser, ne l'eût condamné à mort. Nekoufer le devina et éclata d'un rire cynique.
— Rassure-toi, dit-il. Le roi a fait preuve d'une grande mansuétude vis-à-vis de son frère.
Ils parvinrent sur la place, où un homme au crâne rasé vint se jeter à leurs pieds pour baiser le sol. Un marchand.
— Le serviteur que tu vois te rend grâce, seigneur bien-aimé. La justice d'*Horus dans sa demeure* est grande.
Puis Nekoufer entraîna Thanys devant une fosse où avaient été enfermés une demi-douzaine de chiens affamés, qui grognaient et hurlaient, énervés par la foule qui se pressait sur les bords. Thanys pâlit. Soudain, les gardes amenèrent une jeune femme d'une vingtaine d'années, dont les mains étaient liées derrière le dos. Elle se débattait pour tenter de s'échapper, mais les soldats la tenaient fermement.

— Cette femme est l'épouse du négociant que tu viens de voir. Il y a trois jours, il l'a trouvée en compagnie de l'un de ses bergers. L'homme a été empalé hier. Mais la punition pour une femme infidèle, la voici !

Thanys hurla. Son cri se confondit avec celui de la jeune femme lorsque les gardes la précipitèrent dans la fosse. Thanys se détourna et voulut se boucher les oreilles. Mais Nekoufer la fit tenir par ses soldats et la contraignit à regarder.

La jeune femme se réfugia contre la paroi de l'enclos en gémissant de terreur. Les chiens retroussèrent leurs babines sur des crocs écumant de bave. Puis l'un d'eux se jeta à sa gorge.

Quelques instants plus tard, il ne restait plus de l'épouse infidèle que quelques lambeaux de chair et des débris de vêtements lacérés. De sinistres traînées de sang maculaient le sable de l'arène. Une nausée incoercible s'empara de Thanys. Nekoufer la saisit brutalement par les cheveux et l'obligea à le regarder en face.

— Ainsi traite-t-on les femmes qui trahissent leur maître. Désormais, tu sais ce qui t'attend si tu ne te montres pas soumise.

Tremblant de la tête aux pieds, Thanys n'eut pas le courage de répliquer. Des images abominables refusaient de s'effacer de sa mémoire. Nekoufer ajouta :

— Je fais préparer une chambre pour toi. Dès demain, ainsi que l'a ordonné l'Horus — Vie, Force Santé —, tu seras à moi.

14

Un voile rouge lui obscurcissait la vue. La rage l'étouffait, exacerbée par un insoutenable sentiment d'impuissance. Après le spectacle abominable auquel Nekoufer l'avait forcée à assister, il l'avait ramenée dans la demeure de Hora-Hay, où sa mère l'avait recueillie, totalement anéantie. Une terreur sans nom la faisait encore trembler. Les hurlements de la malheureuse suppliciée, déchiquetée par les mâchoires impitoyables, hantaient son esprit.

Merneith, désemparée, avait tenté de la faire parler, pour savoir ce qui s'était passé. Mais Thanys avait été incapable d'articuler un mot. Elle s'était réfugiée dans les bras du fidèle Yereb, dans lesquels elle s'était prostrée comme un animal pris de panique.

Puis, peu à peu, la terreur avait fait place à la haine. Une haine formidable, d'autant plus douloureuse qu'elle ne pouvait trouver d'exutoire. Elle aurait voulu… sentir des griffes et des crocs lui pousser, son haleine se transformer en un souffle de feu, pour déchiqueter, embraser, anéantir le roi, l'ignoble Nekoufer et tous ces sinistres crétins qui avaient assisté à la mort ignominieuse de la jeune femme. Elle aurait aimé se métamorphoser en Sekhmet, réellement cette fois, et détruire cette Cour imbécile et lâche qui n'avait osé se révolter contre l'injustice de Sanakht. Hormis les loyaux compagnons de Djoser, personne n'avait esquissé le moindre geste pour leur porter assistance. Elle aurait voulu...

Mais son corps demeurait celui d'une fille jeune et belle soumise aux caprices d'un roi tyrannique et d'un fou cruel. De temps à autre, un tremblement convulsif agitait son corps. Yereb redoutait qu'elle ne tombât malade. Son regard fixe l'angoissait. Pas un cri, pas un gémissement ne s'était échappé de ses lèvres depuis son retour.

Recroquevillée sur son lit, Thanys s'était coupée du monde extérieur. Nekoufer avait tenté de l'effrayer. Il n'avait réussi qu'à attiser sa haine. Si ce chien osait poser la main sur elle, elle le tuerait. Elle avait acquis une maîtrise impressionnante dans l'art des armes, et n'hésiterait pas à l'utiliser. Nekoufer l'ignorait, mais il l'apprendrait bientôt à ses dépens. Il ne faisait aucun doute que Sanakht la ferait mettre à mort ensuite. Mais peu lui importait. Le roi savait parfaitement ce qu'il faisait en l'offrant à cet individu abject. Il avait voulu se venger de Djoser, parce qu'il le haïssait depuis toujours. Il n'avait pas supporté la popularité grandissante de son jeune frère, il ne lui avait pas pardonné de l'avoir sauvé après qu'il se fut couvert de ridicule lors de la capture du taureau Apis.

Un moment, elle songea à s'échapper pour se rendre à l'endroit où Djoser était détenu. Mais elle ignorait où le retrouver. Ses amis avaient été arrêtés avec lui, et deux d'entre eux avaient été tués. Plus personne ne l'aiderait à présent. Elle était irrémédiablement seule.

La silhouette d'une servante se dessina à l'entrée de la chambre, ombre noire contre la clarté de la lune pleine. Son visage s'éclaira lorsqu'elle déposa un bol de bouillon à côté de la natte.

— Je n'ai pas faim, grogna Thanys. Tu peux le remporter.

— Tu n'as rien mangé depuis ce matin, maîtresse. Cela te fera du bien.

Thanys ne répondit pas. Ses yeux sombres fixèrent sans la voir la petite lampe à huile que Yereb avait allumée. Quelqu'un s'assit sur la couche et caressa les cheveux noirs qui tombaient jusqu'aux bas des reins.

— Tu es triste, ma fille.

La voix qui avait parlé n'était nullement celle de la servante. Thanys se retourna d'un bloc.

— Merithrâ !

Le visage parcheminé du vieil homme était penché sur elle. Il posa près de lui le bâton sculpté qui disait son rang de sage parmi les sages, et qui l'aidait également à marcher.

— Il ne m'a pas été facile de venir te voir, dit-il. Les gardes surveillent la demeure. Il a fallu que j'insiste pour qu'ils acceptent de me laisser entrer.

La jeune fille se jeta dans ses bras et, parce qu'elles avaient été retenues trop longtemps, des larmes lourdes roulèrent sur ses joues. Le Maître la laissa sangloter un long moment. Il fallait laisser s'évacuer la douleur et le chagrin. Enfin, Thanys reprit son souffle, s'essuya les yeux, maculant ses joues de longues traînées de khôl. Merithrâ lui prit les mains.

— Je me suis rendu aujourd'hui à la Maison des Armes, dit-il. Le général Meroura m'a dit qu'il attendait des ordres du roi. Il ignore encore où Sa Majesté va l'envoyer.

La nuance de mépris de sa voix n'échappa pas à Thanys. Elle se redressa sur sa couche.

— As-tu vu Djoser ?
— Je l'ai rencontré, c'est vrai.
— Comment va-t-il ?

Le vieil homme baissa les yeux, embarrassé.

— Il avait été amené chez les gardes royaux, où il a… reçu des coups de fouet.

L'ombre du dieu rouge à tête de monstre passa devant les yeux de Thanys, qui grinça :

— Que Sanakht soit maudit !
— Meroura l'a fait chercher. Il a été conduit à la Maison des Armes où on lui a prodigué des soins. J'ai pu le voir. Il m'a chargé de te dire la profondeur de son amour pour toi.
— Je pourrais essayer de le rejoindre.
— C'est impossible, ma fille. Les hommes de Nekoufer rôdent aux alentours de la garnison. Tu serais immédiatement arrêtée. Mais Djoser m'a confié un message pour toi. Il souhaite que tu partes.
— Que je parte…
— Il faut que tu quittes l'Égypte. Si tu restes ici, c'est la mort qui t'attend. Nekoufer n'est qu'une brute féroce. Sanakht n'ignore pas que tu te rebelleras contre sa cruauté, et que tu finiras par succomber sous ses coups. Ainsi, sa vengeance sera complète, sans qu'il ait ton sang sur les mains.
— Mais pourquoi me hait-il ? s'insurgea-t-elle. Que lui ai-je fait ?

Merithrâ soupira.

— Certains hommes détestent les femmes et prennent plaisir à les humilier. Peut-être parce qu'elles leur font peur.

— Alors, tout est perdu…

Elle se laissa retomber sur le lit. Merithrâ resta un long moment silencieux, puis déclara :

— Tu dois garder confiance, Thanys. Je suis sûr qu'Isis t'accorde toujours sa protection.

— En permettant que je devienne la concubine de ce chien ? riposta la jeune fille, amère.

— Non ! Pour une autre raison. Écoute-moi ! Tu ne dois jamais perdre la foi que tu as placée dans les dieux. Sinon, ils se détourneront de toi, et tu seras véritablement seule.

— Qu'en sais-tu ? Ont-ils protégé ma mère lorsque Imhotep a été chassé d'Égypte il y a seize ans ?

Merithrâ soupira.

— Ils ne l'ont pas fait, parce qu'elle a douté d'eux à ce moment-là. Je le sais. Elle fut mon élève autrefois. J'ai tenté de lui ouvrir les yeux, mais elle n'a rien voulu savoir. Sa famille l'avait rejetée, et elle s'est repliée sur elle-même. Alors, les dieux l'ont abandonnée.

— J'avais placé toute ma confiance en Isis, ô mon maître. Mais elle ne m'a pas écoutée. Malgré elle, j'ai été séparée de Djoser. Pour toujours.

— Le crois-tu vraiment ?

— Sanakht m'a condamnée à épouser Nekoufer. Que veux-tu que je fasse ? Je ne peux lutter contre la volonté du roi. Je suis si seule…

Un nouveau sanglot la secoua. Merithrâ lui saisit le menton et la força à le regarder.

— La volonté des neters s'exprime parfois de manière imprévisible, ma fille. Ils t'avaient envoyé un signe par la prophétie de cet aveugle. Peut-être les dieux ont-ils d'autres desseins en ce qui te concerne. Peut-être te fallait-il affronter l'épreuve que tu rencontres aujourd'hui. L'aveugle ne t'a-t-il pas dit autre chose ?

Intriguée, Thanys se redressa sur un coude.

— Il a aussi affirmé que, si nous voulions nous retrouver un jour, il nous faudrait marcher dans les traces des dieux ! Mais cela ne veut rien dire, s'insurgea-t-elle.

— Les énigmes adressées par les dieux ne sont pas toujours évidentes à interpréter. Tu dois chercher à savoir ce que cela signifie.

Il laissa passer un silence, puis ajouta :

— Thanys, il t'arrive aujourd'hui ce qui est arrivé à Merneith il y a dix-huit ans, lorsque Imhotep a voulu l'épouser. Sa famille s'est opposée à ce mariage, parce qu'il n'était qu'un jeune noble sans fortune. Personne n'a su voir quel esprit extraordinaire était le sien. Khâsekhemoui l'a contraint à l'exil, et il a obligé ta mère à épouser Hora-Hay. Elle ne l'a pas supporté et s'est détournée des dieux. Je voudrais que tu ne commettes pas la même erreur.

Elle le regarda, étonnée.

— Tu penses que si elle avait continué à leur accorder sa confiance, ils auraient permis à mon père de revenir ?

— J'en suis certain. C'est son attitude qui a tenu Imhotep éloigné d'Égypte. Écoute-moi, petite Thanys. Je vous ai déjà enseigné cela, à Djoser et à toi, et je voudrais que tu ne l'oublies jamais. Les temples, les statues, les rites, les processions, les fêtes rituelles s'adressent au peuple, parce qu'ils constituent une manière tangible de représenter les dieux. Il faut des mythes et des images pour symboliser la puissance divine. Mais la véritable essence des neters se situe bien au-delà de leur figuration sous la forme d'un homme à tête de faucon ou à tête d'ibis. Bien peu nombreux sont ceux qui l'ont compris. Les dieux sont des puissances invisibles avec lesquelles on ne peut communier que par l'esprit et par la foi la plus profonde. Si cette foi disparaît, les dieux ne se manifestent plus. Mais si on leur conserve une confiance pleine et entière, ils répondent. De la nature des pensées, des prières qu'on leur adresse dépend la nature de la réponse. Ainsi, un homme que n'habitent que des pensées mauvaises et destructrices finit toujours par recevoir une réponse analogue, qui se traduit par une vie marquée de malheurs et de catastrophes. Un peu comme l'écho des montagnes renvoie un cri identique à celui que l'on a poussé. Mais c'est exact aussi lorsque l'on adresse des pensées bienveillantes aux dieux. Même si parfois leur réaction peut, *a priori*, paraître néfaste, on s'aperçoit ensuite, avec le temps, qu'elle engendre des événements favorables.

« Les neters ne contraignent pas les hommes à venir vers eux. Ils n'exigent aucune espèce d'adoration, comme se l'imaginent trop souvent les esprits crédules. Ils sont des réserves d'énergie infinies auxquelles chacun peut faire appel, à condition de vivre et de penser en harmonie avec eux. Cela s'appelle la Maât. L'aurais-tu oublié ?

— Non, ô mon maître.

Thanys médita longuement les paroles du vieil homme. Sous l'action de la voix chaude et bienfaisante de Merithrâ, sa colère s'était peu à peu évanouie. Pour la première fois peut-être, elle comprenait vraiment pourquoi on le considérait comme un sage. Il savait ouvrir les yeux de l'esprit.

— Alors, que dois-je faire ?

— Écouter ce que te dictent ton cœur et ta conscience, et agir en conséquence. Laisser parler en toi cette voix subtile que l'on appelle l'intuition, même si ce qu'elle te murmure peut parfois sembler illogique. Car personne n'est capable de t'indiquer clairement le chemin à suivre. C'est une quête que chacun doit mener seul. Et même si ce chemin est parsemé d'embûches, sache que ces obstacles sont autant de marches qui te permettront de te connaître toi-même, et de triompher.

Elle releva le visage vers lui. La tendresse et la chaleur qu'elle lut dans ses yeux la bouleversèrent. Il l'embrassa sur le front, puis s'écarta.

— Petite Thanys, il est possible que nous ne nous revoyions jamais. Alors, garde-moi une petite place dans ton cœur.

— Tes paroles resteront pour toujours gravées en moi, ô Merithrâ.

Le vieil homme se fondit dans la nuit. Thanys resta un long moment immobile, le regard fixé sur l'ouverture sombre de la porte. Puis elle se rassit. Le bouillon tiédissait. Elle hésita, puis l'avala.

Quelques instants plus tard, une nouvelle silhouette entra dans la chambre : Merneith. Son visage marqué disait qu'elle avait pleuré. Elle s'assit près de sa fille.

— Je suis désolée, Thanys. Personne n'aurait cru que le roi prendrait une telle décision. Mais que pouvons-nous y faire ? Il est l'incarnation des dieux.

Elle faillit lui rétorquer que jamais elle n'accepterait de s'unir à Nekoufer. Mais elle comprit que c'était inutile. Sa mère aurait tenté de la convaincre du contraire. Les mots de Merithrâ tournaient dans son esprit. Merneith s'était détournée des dieux. Elle avait cessé de croire en eux et accepté son sort sans lutter. Thanys préféra détourner la conversation sur un autre sujet.

— Ma mère, parle-moi de mon père.
— Maintenant ? Mais il est si tard…
— Parle-moi de lui ! insista Thanys.

Elle n'aurait su dire pourquoi elle éprouvait le besoin d'entendre sa mère lui parler de l'exilé. Peut-être parce qu'il les rapprochait. Les yeux de Merneith se mirent à briller.

— Imhotep était le plus bel esprit qui se puisse imaginer. Personne n'a compris que j'aie pu m'attacher à lui. Il n'était que le fils d'un petit noble sans fortune. Mais il était le plus doux et le plus attentionné des amants. Ses yeux luisaient d'une intelligence profonde et d'une vie extraordinaire, comme si un feu intérieur y brûlait en permanence. Lorsqu'il parlait, une telle passion vibrait dans sa voix que l'on était obligé de l'écouter. Mais ce qu'il disait paraissait tellement fou…

Elle eut un petit rire.

— Il parlait de l'esprit de la pierre, s'enthousiasmait pour le travail des tailleurs, mais il s'intéressait aussi à celui des potiers, des tisserands, des architectes, et même des médecins. Ses connaissances étaient innombrables. Combien de fois a-t-il tenté de me faire comprendre les mystères de ces sciences incompréhensibles qu'il appelait géométrie, ou astronomie… Je n'y comprenais rien, mais j'adorais sa voix, parce qu'elle était chaude et magique. Je me sentais si bien près de lui.

Cette fois, ce fut un sanglot qui lui noua la gorge. Elle s'essuya les yeux, puis poursuivit :

— Imhotep avait toutes les qualités pour attacher une femme. Il était difficile de le comprendre. On ne pouvait que l'aimer. Il y avait en lui un curieux mélange de folie et de clairvoyance. Parfois, on aurait pu le prendre pour un enfant, ou un adulte qui aurait oublié de grandir. Il riait beaucoup, comme si ce qu'il disait était les choses les plus simples du monde. Ses paroles étaient toujours empreintes de la plus grande sagesse. Khâsekhemoui aurait dû en faire l'un de ses conseillers. Mais notre famille n'a jamais admis qu'il désirât m'épouser. On lui reprochait sa modeste condition. Alors qu'il était, par la richesse de son esprit, bien plus fortuné que le plus riche des princes. Alors… ils l'ont contraint à me quitter, et à fuir l'Égypte pour ne jamais revenir.

Thanys respecta le chagrin ruisselant sur les joues de sa mère. Puis celle-ci eut un sourire forcé et ajouta :

— Je n'ai partagé que deux petites années avec lui, ma fille. Mais elles suffisent à remplir mon existence. Tu as eu plus de chance avec Djoser, avec lequel tu as passé toute ton enfance. Son souvenir éclairera ta vie future.

Thanys ignora les dernières paroles et demanda :

— Mais… sais-tu où se trouve mon père, à présent ?

Merneith ne répondit pas immédiatement. Enfin, elle se décida.

— Je me suis enquise de lui auprès de voyageurs. Je sais qu'il a trouvé refuge auprès du roi de Sumer, à Uruk. C'est un pays situé bien loin vers l'orient. Pendant longtemps, nous avons échangé des lettres, portées par des voyageurs. Mais depuis cinq ans, j'ignore ce qu'il est devenu. Peut-être est-il encore là-bas. Je ne sais pas. Je ne sais plus...

Merneith se remit à pleurer. Thanys la prit contre elle. Une bouffée de colère lui revint un court instant. Elle la chassa par un violent effort de volonté. Les larmes ne constituaient pas le meilleur moyen de lutter contre l'adversité. Elle vivait la même aventure que sa mère. Mais elle ne réagirait pas de la même manière. Elle combattrait. Le véritable sens des paroles de Merithrâ lui apparaissait clairement à présent.

Merneith embrassa sa fille et se leva.

— Tu devrais dormir, Thanys. Dès demain, Nekoufer t'emmènera. Je t'en prie, tâche de te montrer docile. Je ne voudrais pas te perdre. Tu es... tout ce qui me reste d'Imhotep.

Thanys faillit lui répondre qu'elle l'avait déjà perdue, mais elle se retint. Il était inutile d'ajouter à sa peine. Merneith l'embrassa à nouveau et s'en fut.

Sa mère partie, elle ne put trouver le sommeil. Une pensée l'obsédait. Malgré tout ce qu'en avait dit Merneith, elle ne pouvait mettre un visage sur le nom d'Imhotep, ce père qui ignorait peut-être qu'il avait une fille. À mesure que la nuit avançait, une idée nouvelle, insensée, s'imposa à elle : elle devait s'enfuir. Merithrâ avait raison. Si elle restait à Mennof-Rê, elle ne pourrait pas échapper aux griffes de Nekoufer. On lui interdirait à jamais de revoir Djoser. D'ailleurs, elle ignorait vers quelle destination l'enverrait Sanakht. Alors elle allait quitter l'Égypte. Mais pour aller où, sinon à Sumer, où elle retrouverait peut-être la trace de ce père qu'elle ne connaissait pas ?

Une violente exaltation s'empara d'elle. Un tel voyage n'était pas sans péril pour un homme. Alors, qu'en serait-il pour une fille de son âge ? Pourtant, ce voyage constituait la seule manière d'échapper à son sort. Une voix intérieure lui soufflait qu'elle devait le tenter. Était-ce l'intuition dont avait parlé Merithrâ ?

Imhotep se trouvait-il encore à Uruk ? Rien n'était moins sûr. Mais elle ne le saurait qu'en allant sur place. Elle savait que l'Égypte entretenait des relations commerciales avec Sumer. Il devait donc être possible de trouver des caravanes qui se rendaient là-bas. Mais cela représentait un grand danger.

Peu à peu, un plan hallucinant se dessina en elle, qui l'emplit d'une nouvelle assurance. Rien ne l'arrêterait. Elle devait réussir. Et puis, ne connaissait-elle pas l'art du combat ? Elle possédait ses propres armes, offertes par Djoser, et dissimulées dans sa chambre. Elle comprenait aujourd'hui pourquoi elle avait tant insisté pour qu'il lui enseignât ce qu'il savait.

Vers le milieu de la nuit, sa résolution était prise. D'un coup, elle se redressa sur sa couche et réveilla Yereb, allongé à ses pieds. Il était le seul désormais sur lequel elle pouvait s'appuyer. Rapidement, elle le mit au courant de sa décision. L'esclave roula des yeux ronds, puis sortit de la chambre, pour aller chercher discrètement ce dont elle avait besoin.

Restée seule, Thanys médita longuement sur ce qu'elle avait projeté. Elle ne reviendrait pas en arrière. Mais, en cette période de fin d'année, la nuit était bien courte. Nekoufer serait certainement là aux premières heures de l'aube.

Alors, n'était-il pas déjà trop tard ?

15

Les lueurs roses de l'aurore coulaient à peine sur la cité lorsque le gros capitaine Khedran se présenta devant la demeure de Hora-Hay.

Depuis plusieurs années, le vieux général n'avait plus tous ses esprits, emportés par le heurt d'un javelot maladroit lors d'une partie de chasse au lion. Son corps autrefois vigoureux et endurci par la rigueur des batailles s'était amolli, à l'instar de son cerveau. La plupart du temps, il se réfugiait dans un état d'hébétude totale, les yeux fixés sur un étrange rêve intérieur. Parfois, il sortait de son engourdissement et poussait de grands cris de terreur. Une réputation d'inclémence lui était attachée. Peut-être fuyait-il les spectres de tous les hommes qu'il avait fait égorger ou massacrer lors d'affrontements sanguinaires. Il ne dormait plus guère, comme s'il voulait fuir le sommeil et ses cauchemars, et profiter à tout prix des derniers souffles de vie qui lui restaient.

Il exigeait avec véhémence qu'on l'installât avant l'aube sur la terrasse aux dalles disjointes qui bordait son jardin, seul endroit où il trouvait encore quelque réconfort. Il demeurait allongé dans un fauteuil que l'on avait fait spécialement fabriquer pour lui. Parce qu'il souffrait d'incontinence, ce siège était percé en son centre, et l'on avait aménagé, à l'arrière de la demeure, un conduit donnant sur un canal relié au Nil.

Khedran écarta sans ménagement le portier nubien et se dirigea vers la terrasse d'un pas conquérant.

— Que Seth te soit favorable, ô Hora-Hay! Nous venons, sur ordre du seigneur Nekoufer, chercher la princesse Thanys.

Le vieux bonhomme le regarda sans comprendre, puis se mit à hurler pour qu'on lui apportât des friandises au miel. Prévenue par le portier, Nerounet, sa première épouse, s'approcha.

— Excuse-le, capitaine. Mon mari n'a plus toute sa lucidité depuis longtemps. Nous allons t'amener Thanys.

Elle donna des ordres à un serviteur, qui revint quelques instants plus tard, affolé.

— Maî... maîtresse. Il n'y a personne.

— Comment cela, personne?

— L'appartement de dame Thanys est vide, maîtresse.

Furieuse, la femme abattit sa badine sur le dos du malheureux qui s'enfuit en courant. Merneith survint au même moment. L'autre l'apostropha :

— Où est ta fille?

— Mais... dans sa chambre. Je l'ai vue encore cette nuit.

— Tu mens, s'égosilla Nerounet.

— Je t'assure...

Khedran n'en écouta pas davantage. Il se précipita dans le quartier des femmes, suivi de ses guerriers.

Pour constater que l'esclave n'avait pas menti. Le visage rouge de fureur, il s'écria :

— Elle s'est enfuie. Gardes, fouillez la demeure !

Mais il fallut se rendre à l'évidence : Thanys avait disparu. Nerounet laissa exploser une colère dont les reins des serviteurs et quelques vases firent les frais et ordonna à Merneith de rester enfermée dans sa propre chambre. En vérité, elle était secrètement ravie de l'incident, qui lui permettait de se venger de sa rivale et d'asseoir son autorité.

Restée seule, Merneith tenta de comprendre ce qui arrivait. Thanys n'avait pu s'échapper ainsi, en pleine nuit. Un mélange d'angoisse et de colère envahissait son esprit. Cette petite écervelée n'en avait fait qu'à sa tête. Sans doute allait-elle se réfugier quelque part et tenter d'apprendre l'endroit où Djoser devait être envoyé pour le rejoindre ensuite. Mais c'était de la folie ; les guerriers allaient la retrouver. Sanakht ne lui pardonnerait jamais un tel affront et la ferait mettre à mort.

Pourtant, elle ne pouvait s'empêcher d'admirer le courage de sa fille. Elle-même n'avait pas eu cette audace bien des années plus tôt. Peut-être aurait-elle pu essayer de s'enfuir avec Imhotep ? Mais elle n'avait pas osé braver les foudres de ses parents et du roi. Et elle l'avait payé bien cher. Alors, elle ferma les yeux et adressa une vibrante prière à Isis afin qu'elle protégeât Thanys.

Furieux de son échec, Khedran s'en prit aux sentinelles qui avaient surveillé la maison. Elles lui confirmèrent que personne n'était sorti pendant la nuit, hormis le sage Merithrâ, qui avait rendu visite à dame Thanys. Mais il était reparti très tôt, avec ses deux gardes du corps. Khedran explosa. Il frappa violemment l'un des soldats et hurla :

— Ce vieux fou lui a certainement apporté de l'aide. Suivez-moi !

Quittant précipitamment les lieux, il se rendit chez le précepteur, dont il bouscula l'esclave qui tentait de lui interdire l'entrée. Dans la salle de réception, Merithrâ se dressa devant lui et l'apostropha sèchement :

— Depuis quand un simple capitaine s'introduit-il de cette manière chez un seigneur de haut rang ? Je t'ordonne de ressortir immédiatement.

La dignité et le ton sans réplique du vieil homme impressionnèrent Khedran. Partagé entre la crainte et la colère, Khedran hésita. Merithrâ avait été l'un des plus proches collaborateurs de Khâsekhemoui, qui l'honorait du titre d'*ami unique*.

— Que le seigneur Merithrâ pardonne à son humble serviteur, grogna-t-il sur un ton qui démentait sa soudaine déférence. Dame Thanys a disparu.

Un léger sourire éclaira le visage parcheminé du vieil homme.

— Disparu, dis-tu ? Et tu penses qu'elle pourrait se cacher dans ma demeure ?

— Elle était l'élève du seigneur Merithrâ, insista l'autre, mal à l'aise.

— Thanys fut mon élève, en effet, tout comme Djoser, le frère du roi. Il est aussi exact que je lui ai rendu visite cette nuit, afin de la consoler de l'injustice dont elle est victime. Cependant, si tu désires fouiller ma demeure, il te faudra revenir avec un ordre signé du roi lui-même. Crois-tu que je me laisserai intimider par un vulgaire soldat, qui empeste l'oignon et la mauvaise bière ? Je t'ordonne de quitter ma maison sur-le-champ.

— Le seigneur Nekoufer sera furieux.

— Tu diras à ton maître que sa colère m'indiffère ! clama Merithrâ.

Khedran ravala sa hargne et s'en fut. Un peu plus tard, une bonne partie de la garde personnelle du roi se répandait dans la ville à la recherche de Thanys. Une fille aussi belle ne devait pas être difficile à repérer.

Dans l'après-midi, Nekoufer en personne se présenta chez Merithrâ, muni d'un ordre signé par Sanakht.

— Je suis sûr que tu la caches ! tonna le chef de la garde royale.

À sa grande surprise, le vieil homme ne fit aucune difficulté pour le laisser fouiller sa demeure. Les soldats s'attelèrent à la tâche avec un zèle digne d'éloges. Mais en vain.

Nekoufer écumait de rage. Il voulait cette fille. Dût-il fouiller la ville demeure après demeure, ses gardes devaient la retrouver. À l'origine, cela n'avait été qu'une vengeance imaginée par le roi, qui désirait écraser son frère et tuer dans l'œuf une popularité grandissante qui risquait un jour de lui porter ombrage.

Jamais Nekoufer n'avait accordé la moindre attention à cette Thanys, que l'on voyait d'ailleurs très peu à la Cour, et toujours en compagnie de son maudit neveu. Il n'éprouvait, à l'instar de son divin frère, qu'un mépris souverain pour cette bâtarde. Mais Khâsekhemoui avait fini par changer d'attitude envers elle. Nekoufer n'avait pas compris pourquoi.

Puis il l'avait vue interpréter le rôle de la déesse Sekhmet. Il avait entendu sa voix d'une pureté cristalline, il avait deviné, sous la fourrure de lionne, ses seins fermes, son corps magnifiquement proportionné, sa peau nue, ses jambes longues et fines. Il avait flairé son odeur féminine et sauvage lorsqu'elle était montée sur la tribune royale. Bien que ses regards ne lui fussent pas destinés, la flamme de ses yeux l'avait embrasé. Il y vibrait une vie, une sensualité qu'il n'avait jamais rencontrées auparavant, qui lui avaient fait entrevoir autre chose, comme l'image d'une extase qu'il pouvait atteindre. Jamais une femme ne lui avait semblé plus belle, et plus désirable. Un terrible sentiment de jalousie s'était alors emparé de lui. Cette fille devait lui appartenir.

Il s'en était ouvert à Sanakht, qui avait aussitôt approuvé son désir. C'était là un moyen imparable d'amener Djoser à se révolter.

Mais elle s'était échappée. *Échappée !* Nekoufer tournait comme un lion en cage. Il s'était montré trop faible. Il aurait dû la faire amener chez lui immédiatement après la mise à mort de la femme infidèle. Il aurait bien su alors lui montrer qui était le maître. Mais elle avait l'air tellement bouleversée, tellement impressionnée. Elle avait émis le désir de revoir sa mère. Il avait cédé. À cet instant, il n'avait pas douté le moins du monde qu'elle se plierait à sa volonté. Il était trop puissant pour elle. Elle ramperait devant lui. Il l'avait cru. Et il s'était trompé. Elle lui avait joué la comédie de la terreur pour mieux préparer son évasion. Et cela plus que le reste lui faisait bouillir le sang. Il rêvait du moment où elle serait enfin à sa merci, où elle se jetterait à ses pieds pour implorer sa clémence. Il lui ferait alors subir un tel châtiment qu'elle n'aurait plus jamais envie de recommencer. Car elle était à lui ! Sanakht la lui avait donnée !

Régulièrement, Khedran le tenait informé de l'évolution des recherches. Mais, vers la fin de la journée, personne n'avait trouvé trace de la fuyarde. Nekoufer hurla :

— Vous n'êtes que des hyènes puantes, des incapables ! Retournez la ville entière s'il le faut, mais ramenez-la !

Khedran tremblait. Jamais il n'avait vu son maître dans un tel état. Mais il n'y pouvait rien. Chaque quartier de la ville avait été fouillé, chaque demeure perquisitionnée. Personne n'avait vu la fille. Elle ne pouvait passer ainsi inaperçue. Il n'y comprenait plus rien.

Harcelant ses guerriers, il reprit ses rondes, bousculant les artisans, malmenant les paysans et les commerçants du marché. Merneith avait été interrogée par le roi lui-même. Elle ignorait tout. Elle avait conseillé à sa fille d'obéir aux ordres de son souverain. Thanys avait semblé se résigner. Mais elle avait disparu. Tout comme son esclave nubien, que personne n'avait revu depuis la veille. Nekoufer envisagea alors qu'elle ait pu recevoir l'aide d'un grand seigneur. Mais c'était peu probable. Qui parmi les dignitaires de l'empire oserait se dresser contre l'autorité toute-puissante du roi en abritant une bâtarde ? Ce vieux chacal de Merithrâ lui-même ne l'avait pas accueillie.

Alors, où se cachait-elle ?

TROISIÈME PARTIE

Le chemin des dieux

16

Indifférent à l'effervescence qui s'était emparée de la ville, le Nil roulait ses eaux vertes. Sur ses rives, les pêcheurs continuaient de réparer leurs filets, de vider leurs poissons, et de préparer leurs barques pour les dernières campagnes de pêche précédant la crue. Lorsque les eaux sombres d'Hâpy seraient arrivées, toute pêche serait impossible pendant plus d'un mois.

En aval de la cité, un petit groupe de pêcheurs mettait quatre felouques à l'eau. Parmi eux, un grand Nubien au visage impassible chargeait quelques sacs de cuir et des gourdes cousues dans des peaux de chèvre. Son compagnon, un jeune homme frêle, se hissa à bord de l'embarcation. Il portait une cape courte de fibres de palme tressées, qui laissait le bras droit en liberté, afin de faciliter les gestes. Sous la cape, on devinait un bandage de lin sali, où apparaissaient par endroits des taches rougeâtres. Le Nubien avait expliqué qu'il avait été vilainement blessé par un crocodile. Personne n'avait envie d'aller y voir de plus près. D'ailleurs, la crasse qui maculait son visage n'inspirait guère confiance.

Pahankhet, le chef des pêcheurs, n'avait accepté d'engager ces deux-là que parce qu'il manquait de bras. On avait recruté de force ses trois fils pour l'armée, et la majorité des esclaves étaient réquisitionnés pour travailler dans les canaux.

Lorsque la felouque quitta la rive, Pahankhet s'aperçut avec plaisir que ses nouvelles recrues connaissaient la navigation. Le jeune homme, malgré ses blessures, manœuvra habilement sa longue rame pour amener la barque vers le milieu du fleuve, là où le courant était plus puissant.

Les quatre petits navires s'éloignèrent de la cité en direction du Delta. Thanys poussa un soupir de soulagement. Peu à peu, Mennof-Rê se noya dans la brume de chaleur qui stagnait sur le miroir couleur de ciel du fleuve. La première partie de son plan avait réussi. Tandis que le maître de l'embarcation la guidait vers l'aval en profitant du courant, la jeune fille se remémora la nuit passée.

Sur son ordre, Yereb était allé chercher quelques provisions et des vêtements masculins. Il lui avait fallu se grimer. Si elle avait quitté les lieux sous son apparence féminine, elle aurait été immédiatement repérée. Son expérience théâtrale s'était alors révélée très utile. Elle avait tout d'abord sacrifié ses longs cheveux noirs, qu'elle avait jetés dans l'égout desservant la maison. Le plus gros problème avait été sa poitrine. Les jeunes hommes vivaient torse nu. Elle avait contourné la difficulté en s'inventant une mauvaise morsure de crocodile. Des bandelettes et un peu de sang prélevé dans les cuisines avaient complété le déguisement. Elle avait débarrassé son visage de toute trace de maquillage, khôl et baume vert de malachite, qu'elle avait remplacé par une couche de boue et de poussière donnant l'illusion de la crasse.

Elle n'avait emporté que le strict minimum, un peu de nourriture sous forme de galettes de blé, quelques fruits secs, un vêtement de rechange, son arc, son carquois et son poignard, qu'elle avait jetés pêle-mêle dans un grand sac de cuir. Elle avait aussi glissé dans une ceinture serrée à même la peau ses bijoux ainsi que quelques anneaux d'or et d'argent grâce auxquels elle pourrait négocier son voyage.

Mais le plus dur restait à faire. Il était hors de question de quitter la demeure par la porte, où veillaient des sentinelles. S'échapper par une fenêtre ou une terrasse comportait autant de risque. Il ne restait qu'une seule issue, à laquelle personne ne songerait : le conduit des eaux usées aménagé à l'arrière de la bâtisse. Il était assez grand pour laisser passer un homme, et menait directement dans un canal relié au Nil. Yereb et elle s'y étaient introduits un peu avant l'aube. Pataugeant dans un magma gras et malodorant, ils avaient suivi le canal déserté par les esclaves, puis avaient rejoint le fleuve, où ils s'étaient mêlés aux ouvriers travaillant sur les quais, surveillés par les contremaîtres.

Longeant la rive vers le nord, ils avaient marché longtemps, jusqu'au moment où ils avaient rencontré un groupe de pêcheurs s'apprêtant à partir pour la région du Delta. Pour dissimuler sa voix trop féminine, Thanys s'était fait passer pour muette. Yereb avait traité directement avec les pêcheurs. Ravi, Pahankhet les avait engagés immédiatement, sans poser de questions. La flottille devait descendre le fleuve durant trois jours, puis revenir ensuite vers la ville en profitant du vent du nord qui annoncerait la crue. Lorsque les gardes royaux commencèrent leurs recherches dans la capitale, les quatre felouques étaient déjà loin.

Tandis que Pahankhet, debout à l'avant de la barque, maintenait devant lui un œuf d'argile en marmonnant des incantations magiques destinées à faire fuir les crocodiles, Thanys et Yereb préparaient les lignes et nasses qu'ils laisseraient bientôt glisser dans l'eau. Un quatrième pêcheur vérifiait l'état de la seine qu'ils utiliseraient lorsqu'on serait arrivé dans la région du Delta.

Des effluves aquatiques emplissaient les poumons de la jeune femme, mêlés aux relents de poisson décomposé imprégnant le bois de la barque. Sous ses yeux se déroulaient les rives du fleuve couvertes de palmeraies, de prés et de champs. Par endroits, des paysans faisaient boire leurs troupeaux. Ailleurs, ils manœuvraient des systèmes d'irrigation à contrepoids afin d'amener l'eau dans un canal surélevé. Parfois, les felouques croisaient les formes sombres de crocodiles dérivant nonchalamment. Des nuées d'ibis ou d'oies sauvages survolaient le miroir calme du fleuve qu'agitaient par moments un léger remous.

La sérénité des lieux contrastait avec la confusion qui habitait l'esprit de Thanys. Une douleur sourde la broyait lorsqu'elle évoquait le visage de Djoser. Elle aurait tellement voulu le revoir une dernière fois. Mais elle ne devait pas y songer. Sans doute Nekoufer ferait-il étroitement surveiller les abords de la Maison des Armes, en espérant qu'elle tenterait de s'y rendre. Mais il n'irait pas imaginer qu'elle ait pu ainsi modifier son aspect pour se mêler à de simples pêcheurs.

La voix qui s'était élevée en elle lui soufflait toujours qu'elle devait fuir l'Égypte. Djoser lui-même le lui avait conseillé. Parvenue en sécurité, elle pourrait lui faire parvenir un message par l'intermédiaire de Merithrâ. De toute manière, il était trop tard désormais pour revenir en arrière. Sanakht ne lui pardonnerait jamais de s'être échappée ainsi. Si elle était reprise, la mort l'attendait.

L'angoisse qui l'étreignait refusait de s'effacer. Elle savait que jamais Nekoufer ne lâcherait prise. Elle ne serait sauvée que lorsqu'elle aurait quitté la terre d'Égypte. De toutes ses forces elle adressa des prières muettes à Isis et Hathor afin qu'elles lui accordassent leur protection. Mais ici, dans cet univers exclusivement masculin, combien de temps tiendrait son déguisement ? Avait-elle commencé à marcher dans les traces des dieux, comme l'avait prédit l'aveugle ?

17

Tandis que des busards planaient au zénith, clamant le milieu du jour, les pêcheurs lançaient leurs pièges dans les eaux vertes. De toute son âme, Thanys remercia son maître, Merithrâ, qui l'avait incitée à apprendre nombre de métiers manuels. Ce savoir se révélait aujourd'hui bien utile. Pahankhet, le patron de la barque, ne douta pas un seul instant d'avoir affaire à de vrais professionnels.

Derrière les felouques traînaient des lignes hérissées d'hameçons, sur lesquels on avait empalé des vers ou embroché des morceaux de viande. On utilisait aussi des nasses flottantes, qu'on laissait dériver dans les eaux glauques.

Afin de ne pas effrayer le poisson, chacun observait le silence, ce qui arrangeait bien la jeune femme. Le visage fermé, elle écoutait le clapotis des vaguelettes contre le flanc de la barque, tout en surveillant ses lignes avec attention.

Dans la matinée, Pahankhet avait tenté de bavarder avec elle, mais elle avait touché ses lèvres d'un geste bref, indiquant par là qu'elle ne pouvait s'exprimer. Afin de donner le change, Yereb parlait pour les deux, improvisant un discours joyeux, fourmillant d'anecdotes inventées au fur et à mesure. Ainsi, l'incident du crocodile qui avait mordu Sahourê — nom adopté par la jeune femme — prit, au travers de son récit, une réalité surprenante. Captivés, Pahankhet et son compagnon l'écoutaient avec intérêt. L'esclave possédait le don de la narration. Il les régala de nombreuses histoires, tirées de ses souvenirs, qui eurent l'avantage d'endormir les éventuels soupçons des pêcheurs. Il leur expliqua, sur le ton de la confidence, que lui seul savait communiquer avec le jeune homme, grâce à des signes convenus entre eux. Avec des accents pathétiques, il raconta comment il avait recueilli Sahourê alors qu'il était encore très jeune, pauvre orphelin abandonné à lui-même. Il l'avait pris sous sa protection, et depuis, ils ne s'étaient plus quittés. D'après lui, ils venaient de la lointaine Haute-Égypte, où ils louaient leurs services aux pêcheurs. Yereb émailla son histoire de détails pittoresques sur les poissons mystérieux que l'on pouvait capturer là-bas, où le Nil s'enfonçait entre des montagnes immenses et désertiques. Pleins d'une curiosité naïve, les deux pêcheurs se laissèrent prendre à la faconde du grand esclave noir. Ils en vinrent très vite à considérer Thanys comme un pauvre garçon sur lequel la vie s'était acharnée. Les deux hommes en avaient presque les larmes aux yeux.

Depuis le matin, nulle agitation suspecte ne s'était manifestée sur le fleuve. Thanys reprit espoir. Un soleil de plomb inondait la surface calme du Nil d'une lumière éblouissante, éclatée en myriades d'ocelles mouvants. Des odeurs puissantes imprégnaient les narines, relents des poissons que les filets gonflés déversaient dans le fond des felouques, parfums des rives couvertes de papyrus et baignées par des eaux quasiment immobiles, remugles d'une carcasse d'animal à demi dévorée par un carnassier.

De temps à autre, des silhouettes sombres et menaçantes affleuraient dans la lumière liquide, une queue monstrueuse fouettait l'eau, puis disparaissait. Sobek, créature de Seth ou bien d'Horus, suivant son humeur, se montrait imprévisible. Ses attaques étaient soudaines et bien souvent mortelles. Aussi le pêcheur égaré dans les champs de papyrus redoublait-il de prudence devant la mort aux crocs impitoyables qui pouvait surgir sous ses pas.

Au début de l'après-midi, une embarcation voisine fit les frais du mauvais caractère d'un saurien. Celui-ci, empêtré dans une nasse, se débattit avec une telle sauvagerie que la felouque chavira. Les hommes tombés à l'eau se mirent à hurler de terreur. Mais l'animal, sans doute impressionné, fila aussitôt après s'être dégagé. La barque de Thanys se porta immédiatement au secours des naufragés, qui eurent tôt fait de regagner leur bord, heureux de s'en tirer à si bon compte.

À bord se trouvaient cinq hommes, dont l'un dévisagea curieusement la jeune femme. C'était un grand gaillard aux muscles flasques et à la dentition fantaisiste. Elle s'en rendit compte lorsqu'il lui adressa un sourire qu'il voulait engageant. Les pêcheurs utilisaient régulièrement leurs dents pour tresser les fibres de palme dont ils fabriquaient les filets, et leur denture s'en ressentait. Bien souvent, les plus âgés n'avaient plus que leurs gencives.

Elle sourit brièvement en retour, mal à l'aise. Le

regard sournois de l'autre ne lui disait rien qui vaille. Il était pourtant impossible qu'il fût averti de sa fuite. Yereb et elle s'étaient engagés dans l'équipe bien avant que l'alarme ne fût donnée.

Peu après l'incident, la flottille rejoignit la rive occidentale. Une fois débarquée, la vingtaine de pêcheurs se regroupa pour manœuvrer la seine. C'était un filet immense, haut comme un homme et long d'une cinquantaine de coudées[1], que l'on étira dans le fleuve. Tandis qu'on le ramenait vers la rive en décrivant un large arc de cercle, des rabatteurs frappaient l'eau avec des bâtons pour effrayer les poissons qui se précipitaient dans les mailles impitoyables. Lorsque l'on tira sur le sable la masse grouillante capturée, des cris de joie explosèrent. La prise était magnifique. Une partie des pêcheurs, dont Thanys, se mit en devoir d'effectuer le tri ; puis on éventra les poissons, que l'on vida avant de les mettre à sécher sur des claies étalées sur le sable. Une odeur écœurante se répandit bientôt. Les doigts souillés de sang et de viscères, le visage maculé de vase, la jeune femme n'avait plus guère à se soucier d'éveiller les soupçons. Peu à peu, ses craintes se dissipèrent. Jamais Nekoufer ne songerait à la faire rechercher dans la peau de ce jeune nomade.

Soudain, son angoisse remonta d'un coup au zénith. Alors que les pêcheurs venaient de retendre la seine, une flotte apparut au sud. Trois navires de grande taille portant chacun une trentaine de guerriers des-

---

1. Une coudée = environ 50 centimètres. Voir les mesures égyptiennes en annexe.

cendaient le fleuve en direction du nord. Thanys espéra qu'il ne s'agissait que d'un convoi militaire à destination des villes septentrionales. Mais son espoir s'évanouit lorsque l'un d'eux obliqua dans leur direction. Tous les hommes cessèrent immédiatement leur travail, à la fois curieux et inquiets. Une bouffée d'adrénaline inonda Thanys. Par chance, Yereb était resté près de la seine. Et l'équipe comportait trois autres Nubiens. Plus morte que vive, elle renforça rapidement son maquillage de sang et de boue. Le capitaine du navire interpella ses compagnons. Pahankhet s'avança.

— Holà ! Nous sommes à la recherche d'une jeune femme, la princesse Thanys, fille bâtarde de Merneith. Elle s'est évadée du harem de notre seigneur, le grand Nekoufer, chef de la garde royale. N'aurais-tu pas aperçu cette fille ?

— La protection d'Horus soit sur toi, capitaine ! À quoi ressemble-t-elle ?

— Très belle, grande, avec de longs cheveux noirs.

Thanys laissa échapper un soupir de soulagement. Il n'avait pas parlé de Yereb. Pahankhet s'inclina avec respect et écarta les bras en signe d'impuissance.

— Puisses-tu me pardonner, capitaine, mais nous n'avons rien vu de semblable depuis ce matin. En fait de demoiselles, nous n'avons croisé que des dames crocodiles. Et elles n'avaient pas les cheveux longs et noirs.

Ses compagnons éclatèrent de rire. Le soldat explosa :

— Te moquerais-tu de moi, chien de pêcheur ?

Soudain mal à l'aise, Pahankhet répondit :

— Je n'y songe pas, seigneur. Mais il n'y a ici que des hommes. Nous n'avons pas aperçu la moindre femme depuis que nous avons quitté Mennof-Rê, hormis quelques paysannes, sur la rive. Peut-être se trouve-t-elle parmi elles.

Thanys souhaita ardemment que le capitaine se contenterait de cette réponse. Mais la plaisanterie de Pahankhet l'avait visiblement irrité. Manœuvrée par les rameurs, le vaisseau guerrier toucha le sable. Le capitaine sauta à terre et s'avança vers les hommes pétrifiés. Le cœur au bord des lèvres, Thanys suspendit son travail, prête à bondir pour s'enfuir. Mais où aurait-elle pu aller ? Le soldat examina les pêcheurs d'un œil soupçonneux. Tout à coup, il se figea devant la jeune femme, l'observant avec curiosité. Thanys fit appel à tout son talent de comédienne pour relever vers lui un visage soumis, espérant qu'il ne s'attacherait pas trop à l'éclat de ses yeux.

— Tu es blessé ? dit-il en désignant son bandage taché de sang.

Pahankhet intervint.

— Ce garçon a été cruellement mordu par un crocodile, seigneur capitaine. Mais il ne peut te répondre. Il est muet.

— Il est muet, mais son odeur parle pour lui.

Il s'approcha et dit :

— Montre-moi cette blessure.

Sans hésiter, Thanys releva légèrement ses bandages, découvrant des côtes marquées par de longues stries sanguinolentes, vestiges d'une morsure qui pouvait avoir été occasionnée par les crocs d'un saurien. Le guerrier cracha sur le sable d'un air dégoûté.

— Tu as de la chance d'en avoir réchappé, mon garçon, grogna-t-il.

Puis il retourna vers son navire à pas lents, satisfait

de la crainte qu'il inspirait aux pêcheurs. Une fois remonté à bord, il clama :

— Le seigneur Nekoufer offre une bonne récompense à quiconque lui fournira une information sur cette fille. Alors, gardez l'œil ouvert. Si vous remarquez quoi que ce soit, avertissez-nous immédiatement.

— Compte sur nous, seigneur, l'assura Pahankhet.

Sous les efforts des rameurs, la felouque militaire quitta la rive et rejoignit les autres. Lorsqu'elle les vit s'éloigner, Thanys poussa un grand soupir de soulagement. Son déguisement ne l'avait pas trahie. Une fois de plus, son intuition ne l'avait pas trompée. Prévoyant qu'un esprit curieux pourrait vouloir vérifier ses dires, elle avait simulé, à l'aide de sang, de miel et de pain, des cicatrices mal refermées, et suffisamment suintantes pour dissuader d'aller y voir de plus près.

Le soir, Pahankhet décida que l'on bivouaquerait sur place. On alluma des feux sur la rive afin d'éloigner d'éventuels prédateurs tels que hyènes ou chacals. La pêche se poursuivrait le lendemain.

Pain et bière circulaient au milieu des conversations et des rires, chacun commentait la journée qui s'était révélée particulièrement fructueuse. N'était-il pas de pays plus beau, où il suffisait de jeter son filet pour ramener ainsi quantité de poissons ? Bien sûr, les citadins préféraient la viande, et le troc du poisson séché ne rapportait guère. Mais au moins, il nourrissait son homme, et l'on était à peu près libre de la rapacité des scribes, qui tenaient un compte scrupuleux des têtes de bétail et des récoltes des champs. Avec la pêche, au moins, on pouvait se permettre de tricher un peu.

Thanys attira Yereb à l'écart pour établir un plan.

La présence de la flotte guerrière l'inquiétait. Pour l'instant, elle ne risquait rien. Mais l'expédition se terminerait le surlendemain. Il était hors de question pour eux de revenir à Mennof-Rê avec les pêcheurs. La petite fortune qu'elle conservait, serrée à même la peau sous son pagne, lui aurait permis de leur acheter une felouque. Mais il était impensable de leur faire la moindre proposition sans donner immédiatement l'alarme. On ne manquerait pas de s'étonner qu'un jeune homme d'apparence aussi misérable possédât une telle richesse. Et l'incident de l'après-midi la dénoncerait aussitôt. Ils décidèrent donc d'attendre la fin de la journée suivante pour fausser compagnie à leurs compagnons durant la nuit et poursuivre par la terre. À ce moment-là, peut-être les navires de la garde royale auraient-ils rebroussé chemin.

Lorsqu'ils revinrent vers les autres, Thanys remarqua que le pêcheur aux dents cassés la dévorait littéralement des yeux. En elle-même, elle l'avait surnommé *Gueule de lézard*. L'individu ne lui inspirait aucune confiance. Après le passage des gardes, elle devait redoubler de prudence. Elle redouta qu'il eût découvert sa féminité. Allait-il la dénoncer ? Mais il se contenta de lui adresser, de loin, des œillades équivoques. Un instant, elle songea à fuir les lieux en profitant de la nuit. Mais cela ne ferait qu'éveiller les soupçons.

Afin de parer à toute éventualité, elle décida de passer la nuit à l'écart. Elle avait repéré, à quelque distance, une petite plate-forme rocheuse qui dominait les eaux sombres. Allongée aux côtés du Nubien, elle tenta de reprendre quelques forces. L'angoisse des deux journées passées l'avait épuisée.

Un peu plus tard, une envie naturelle la réveilla. Elle scruta les parages, puis s'éloigna silencieusement de son compagnon, à la recherche d'un endroit isolé.

Soudain, elle sursauta. Une haute silhouette se dressa devant elle : Gueule de lézard l'observait avec un sourire ravi, sa dentition ébréchée luisant sous la lumière de Thôt. Il l'avait certainement épiée depuis qu'elle s'était éloignée avec Yereb. Il gronda d'une voix rauque :

— Bonjour, mon joli. J'ai pensé que tu aimerais avoir un peu de compagnie.

Thanys ne répondit pas. L'autre réagit.

— Ah, c'est vrai. J'oubliais que tu es muet.

Thanys soupira, soulagée. Il la prenait toujours pour un garçon. Donc, il ne la soupçonnait pas. Mais son attitude ne lui plaisait guère. Elle comprit brusquement la raison de son intérêt lorsqu'il ôta son pagne sans vergogne et apparut, entièrement nu, dans la clarté métallique de la lune. Entre ses jambes graisseuses pendait un pénis énorme, qu'il exhiba fièrement. Comme le vieux Hora-Hay, il préférait les hommes. Elle n'éprouvait aucune antipathie envers les homosexuels. Le brave Moukhar, qui avait été tué en prenant sa défense, affichait des goûts identiques. Mais Gueule de lézard lui répugnait. Il la dépassait de deux têtes. Un début d'érection s'empara de son sexe, qui acheva d'écœurer la jeune femme. Elle ne pouvait appeler sans se trahir. Elle recula, atterrée. L'autre avança en émettant un rire gras.

— Allons, n'aie pas peur, mon tout beau. Tu ne vas pas me faire croire que tu n'aimes pas les hommes. Sinon, que ferais-tu avec ce grand Noir ? Vois, petite chose, ne suis-je pas bien pourvu par la nature ? N'aimerais-tu pas quelques caresses ?

Il effectua un tour complet sur lui-même pour faire admirer son corps. Affolée, elle jeta un coup d'œil alentour. Mais elle était seule. Les autres pêcheurs reposaient près des feux qui rougeoyaient encore, de l'autre côté de l'anse. D'où ils étaient, ils ne pouvaient les apercevoir. Le sac contenant ses armes était resté près de Yereb, qui dormait plus haut sur la rive. D'un geste ferme, elle ordonna à l'autre de partir. Il ricana, puis tout à coup bondit sur elle. Mais Djoser lui avait appris la lutte à mains nues. Elle esquiva son attaque, et riposta d'un violent coup de pied dans les parties. Le membre dont l'autre était si fier se recroquevilla instantanément tandis que son propriétaire se mettait à aspirer désespérément un air qui fuyait ses poumons. Une fraction de seconde plus tard, son nez et sa bouche éclataient sous l'impact d'un pied vengeur. Il roula sur le sol en jurant. Assis sur le sol, l'homme se tenait le visage à deux mains. Un filet de sang coulait entre ses doigts.

Un peu ennuyée, Thanys hésita. L'autre en profita pour reprendre son souffle. Puis, au moment où elle s'y attendait le moins, il bondit, lui saisit la cheville et la fit basculer sur le sol. Elle n'eut pas le temps d'éviter l'assaut. L'instant d'après, une masse graisseuse et suante la clouait au sol. Une odeur acide de transpiration l'agressa, tandis que des mains griffues se plantaient dans ses bras, dans ses muscles, pour l'immobiliser. Elle tenta de se dégager, mais le poids de l'individu l'étouffait. Elle ne pouvait même plus appeler à l'aide. L'haleine fétide de la brute empuantissait ses narines. Au comble de l'abjection, elle sentit son pagne glisser sur ses fesses, tandis que l'autre la contraignait à se retourner sur le ventre. Des doigts avides s'insinuèrent entre ses jambes, fouillèrent son sexe.

Tout à coup, l'autre marqua un temps d'arrêt. Sa voix rauque grogna :

— Mais... tu es une femme !

Ses yeux luisants la détaillèrent, puis il émit un gloussement de plaisir.

— Tu es la fille que recherchent les gardes !

Elle comprit aussitôt qu'il allait alerter ses compagnons. Le capitaine avait parlé d'une bonne récompense. Pendant une seconde, la panique s'empara d'elle. Elle ne pouvait pas se dégager. L'autre la maintenait fermement.

Soudain, le pêcheur poussa un cri de surprise. Deux mains puissantes l'avaient soulevé avec violence. Soudain libérée, Thanys put enfin reprendre son souffle. Elle se retourna. Comme dans un brouillard, elle aperçut Yereb se ruer sur l'homme qu'il venait de rejeter loin d'elle. Avant que celui-ci n'ait pu se relever, le Nubien le frappait du pied en pleine poitrine. L'autre retomba sur le sable, rampa pour s'enfuir. Yereb s'agenouilla brutalement sur son dos, lui saisit la tête d'une prise imparable, et exerça un violent effort de torsion. Il y eut un sinistre craquement. Affolée, Thanys ressentit le soubresaut d'agonie qui l'agitait. Puis le corps de l'homme retomba sur le sol, inerte.

— Tu l'as tué, balbutia-t-elle.

— Que ma maîtresse me pardonne, dit-il sourdement.

Chancelante, elle vint se blottir dans les bras de son compagnon et éclata en sanglots. C'était la deuxième fois, en trois jours, qu'elle assistait à une mort violente. Yereb lui caressa les cheveux avec douceur.

— Le bruit de la lutte m'a réveillé, maîtresse. J'ai vu que tu n'étais plus là. Alors, je suis venu.

Elle ravala difficilement sa salive.

— Il... Il s'est rendu compte que j'étais une femme. Il voulait me livrer aux soldats.

L'esclave cracha sur le cadavre.

— Alors, il méritait deux fois de mourir, grondat-il.

Inquiète, Thanys regarda en direction des feux de camp. Mais tout semblait calme. Apparemment, personne n'avait entendu le bruit de la lutte.

— Qu'allons-nous faire de lui ? gémit-elle.

— Les dieux du Nil nous en débarrasseront, répondit Yereb.

Il hissa le cadavre sur ses épaules et se dirigea vers le fleuve. Quelques instants plus tard, il revenait.

— Le sang va attirer les crocodiles, dit-il. Les autres penseront qu'il a eu un accident. D'ici demain, nous n'avons rien à craindre.

Ils regagnèrent silencieusement leur bivouac. Bouleversée, Thanys se recoucha. Un tremblement convulsif l'avait saisie, qu'elle ne parvenait plus à contrôler. Jamais elle n'aurait imaginé que ce pût être aussi difficile. Depuis qu'elle avait été séparée de Djoser, la mort semblait s'attacher à ses pas. Il y avait d'abord eu cette malheureuse jetée aux chiens affamés, dont les hurlements d'agonie demeuraient gravés dans sa mémoire. Et cette nuit, Yereb avait tué un homme à cause d'elle.

Elle tenta désespérément de trouver le sommeil. Que devait-elle faire ? Si elle fuyait immédiatement, elle signait la disparition du pêcheur. Mais si elle demeurait sur place, les autres se poseraient des questions. Les compagnons du disparu devaient savoir qu'il l'avait suivie. On l'accuserait, et on la livrerait aux soldats.

Soudain, elle se tourna vers le Nubien et déclara :
— Yereb. Il faut que nous partions.
— Mais comment, maîtresse ?
— Nous allons voler une felouque.

L'esclave hocha la tête, puis se leva et réunit leurs affaires.

Quelques instants plus tard, tous deux se glissèrent en silence le long de la rive, jusqu'à l'endroit où avaient été tirées les embarcations. Ils jetèrent leurs sacs à bord et poussèrent l'une d'elles à l'eau. Par chance, aucun pêcheur ne dormait à proximité. La bière de la veille les avait assommés.

Guidant la felouque vers le milieu du fleuve, ils se laissèrent porter par le courant. Avec un peu de chance, ils seraient loin lorsque l'aube se lèverait. Recrus de fatigue, ils s'écroulèrent dans le fond de la barque.

Les premiers rayons de Rê surgissant à l'orient vinrent les éblouir. Instantanément, Thanys s'éveilla. Puis elle poussa un cri d'horreur. Derrière eux, en amont, la flottille guerrière qu'ils avaient dépassée pendant la nuit s'était lancée à leur poursuite. Sans doute les pêcheurs, s'apercevant de la disparition d'une de leurs barques, avaient-ils donné l'alarme. En un clin d'œil, elle évalua la situation. Propulsés par les rameurs, les puissants navires les gagnaient de vitesse. Même en hissant la voile, ils n'avaient aucune chance de leur échapper. Le vent soufflant du nord leur était défavorable.

18

Thanys lança par-dessus bord tout ce que contenait la barque, nasses et filets. Mais cela représentait peu de chose. Les silhouettes des vaisseaux militaires se précisèrent dans la lumière rasante et rosée de l'aube. Déjà, les cris de victoire des guerriers leur parvenaient, portés par l'onde. Tous deux s'arc-boutèrent sur les rames afin de gagner un peu de vitesse. Mais c'était peine perdue. Leurs poursuivants se rapprochaient inexorablement. Une voix les interpella.

— Dame Thanys ! Nous avons découvert ta supercherie. Tu ne peux nous échapper. Rentrez les rames et laissez-nous aborder.

— Jamais ! hurla-t-elle en réponse.

L'un des navires tentait de les doubler par la rive orientale. Soudain, une flèche fondit sur eux, précise et meurtrière. Le Nubien poussa un cri épouvantable. Le trait était venu se ficher dans sa gorge. La jeune femme poussa un hurlement de terreur. Dans un effort surhumain, Yereb tenta de se relever, s'agrippa au mât. Ses yeux se fixèrent sur sa maîtresse, comme pour quêter un secours désespéré. Avec une lenteur effrayante, il tituba, puis bascula dans les eaux glauques du fleuve.

Thanys se précipita pour lui porter assistance. Mais le corps de son compagnon avait coulé à pic. Là-bas, les gardes poussaient des cris de triomphe. La felouque perdait irrésistiblement du terrain. Elle n'avait d'autre ressource que de se rendre, ou de plonger à son tour. Le capitaine des gardes clama :

— Dame Thanys ! C'est le seigneur Nekoufer qui nous envoie. Nous avons ordre de te ramener à Mennof-Rê. Il ne te sera fait aucun mal.

La jeune femme dédaigna de répondre. Jamais elle ne tomberait vivante entre leurs mains. Fébrilement, elle s'empara du sac contenant ses affaires, passa son poignard dans sa ceinture et se laissa glisser dans l'eau.

Le commandant de la flottille ordonna aux rameurs de forcer l'allure et de diriger les navires vers la felouque abandonnée. Scrutant avidement la surface du fleuve, il tâcha de repérer la fuyarde. Il était certain qu'elle se dirigerait vers la rive orientale, plus proche. Une demi-douzaine de gardes plongèrent dans les eaux vertes et commencèrent à explorer les alentours. En vain. Soudain, à bord d'un navire, un garde poussa un cri d'effroi. Une forme inquiétante glissait souplement vers les plongeurs. Il lança un appel affolé à ses compagnons. Mais il était déjà trop tard. L'un d'eux poussa un hurlement de terreur. Une douleur abominable lui broyait la jambe. Son corps fit un bond hors de l'eau, puis s'enfonça dans les eaux sombres, sous les yeux horrifiés de ses compagnons. Un nuage de bulles apparut, puis s'estompa tandis que les eaux se teintaient d'une nappe rougeâtre, que le courant emporta aussitôt.

— La vengeance de Sobek ! gémit un homme resté à bord.

— Remontez ! s'égosilla le capitaine.

Mais le sang avait attiré d'autres sauriens, qui convergèrent vers les plongeurs terrorisés. L'un après l'autre, ils furent attaqués, déchiquetés par les gueules voraces des crocodiles, sous le regard impuissant de leurs camarades. L'un d'eux se mit à vomir par-dessus bord. Le Nil avait pris une couleur pourpre, seul reflet du carnage.

Angoissé, le capitaine scruta le fleuve à la recherche de Thanys. Mais il n'y avait plus rien. Sans doute avait-elle été dévorée, elle aussi. Le sac de cuir en était la preuve. Une brusque montée d'adrénaline lui coupa la respiration. Le seigneur Nekoufer avait exigé qu'on la ramenât vivante. Il redoutait déjà l'instant où il devrait lui annoncer sa mort. Jamais il ne lui pardonnerait.

La colère de Nekoufer fut terrifiante. Chacun des guerriers ayant participé à l'opération fut condamné à cinquante coups de fouet. Le capitaine en reçut cent. Il mourut aux alentours du quatre-vingt-dixième. Mais la fureur du chef de la garde royale ne s'apaisa pas pour autant. Une fureur dirigée autant contre lui que contre ses hommes.

Il avait d'abord pensé qu'elle essaierait de revoir Djoser et avait fait surveiller la Maison des Armes. Mais personne ne l'avait signalée. Il s'était alors imaginé qu'elle avait quitté la ville. Il avait envoyé des patrouilles aussi bien dans le sud que dans le nord. Une flottille l'avait retrouvée non loin du Delta. Mais elle avait échoué. Thanys avait péri sous les mâchoires des crocodiles. À cette évocation, une nausée le saisissait, lui broyant les entrailles. Cette petite imbécile était parvenue à lui échapper. D'une manière définitive. Il en aurait pleuré.

Enfin, ses pensées le ramenèrent vers Djoser. Lui aussi devait être averti de la mort de sa compagne. Et il allait se faire un plaisir de la lui annoncer. Il appela ses porteurs.

— Que l'on me mène à la Maison des Armes, cracha-t-il.

19

Thanys était bonne nageuse. Sa seule chance d'échapper à ses poursuivants consistait à demeurer aussi longtemps que possible sous l'eau, et à ne remonter que pour reprendre une inspiration profonde. En raison de la lumière rasante de l'aube et des remous provoqués par le vent du nord, elle espérait que les autres ne la verraient pas.

Bien que sa barque fût plus proche de la rive orientale, elle se dirigea vers la berge opposée, couverte par une vaste étendue de papyrus. Cependant, son sac de cuir ne facilitait pas sa progression ; elle se résigna à l'abandonner. Ainsi libérée, elle fila plus vite. Elle n'avait pas remarqué la présence de crocodiles dans les parages, mais cela ne voulait rien dire. Peut-être l'un d'eux rôdait-il dans les profondeurs. À tout moment, elle redoutait de sentir une gueule implacable se refermer sournoisement sur elle. Mais elle n'avait pas le choix. Il était hors de question de se rendre.

Soudain, des hurlements d'effroi lui parvinrent, assourdis par les eaux glauques. Elle remonta à la surface. Les gardes avaient plongé à l'endroit où elle s'était débarrassée de son sac, et un groupe de sauriens les avait agressés, lui procurant un répit inespéré. Terrifiés par le spectacle, les gardes restés à bord ne l'aperçurent pas. Elle replongea.

Enfin, hors d'haleine, elle atteignit le rideau de papyrus, au cœur desquels elle se glissa en silence, prenant soin de ne pas effrayer les oiseaux. Puis elle risqua un regard anxieux en direction des navires ennemis, qui s'étaient dangereusement rapprochés. Mais le carnage monopolisait l'attention des guerriers. Dissimulée entre les longues tiges d'émeraude, elle assista à la lutte désespérée entre le dernier guerrier et un monstrueux crocodile. L'homme était parvenu à s'accrocher à une felouque lorsqu'il poussa un cri de douleur. Quand ses compagnons le tirèrent hors de l'eau, l'une de ses jambes avait disparu.

Une terreur rétrospective fit frissonner Thanys, épouvantée, tandis que son cœur se mettait à battre la chamade. Une chance invraisemblable l'avait protégée. À quelques instants près, c'était sur elle que se seraient refermées les mâchoires des sauriens. Une nausée incoercible la saisit. Épuisée par l'angoisse et par l'effort qu'elle venait de fournir, elle se mit à vomir. Puis elle demeura un long moment prostrée, n'osant plus faire un mouvement. Si elle tentait de s'enfoncer plus loin dans le fourré, les myriades d'ibis et de grues qui s'y abritaient s'envoleraient, trahissant sa présence. Elle devait attendre que ses poursuivants fussent partis. Mais elle redoutait la venue soudaine d'un autre reptile.

Dissimulée par l'écran de végétation, elle vit les vaisseaux guerriers descendre le courant, s'approcher de sa felouque, l'aborder. Des regards avides continuaient de scruter la surface. Portés par l'eau, les ordres du capitaine lui parvenaient clairement. Elle poussa un soupir de soulagement lorsqu'elle comprit qu'il la croyait morte, dévorée elle aussi par les crocodiles. Il en voulait pour preuve le sac de cuir qu'ils avaient récupéré. Enfin les navires rebroussèrent chemin, et les appels des guerriers se perdirent dans le vent.

Elle sut alors qu'elle était sauvée et poussa un soupir de soulagement. Désormais, Nekoufer cesserait de la faire rechercher. Elle attendit que les navires fussent hors de vue, puis, lentement, elle se glissa en rampant au cœur de l'épaisseur verte, sur laquelle les rayons rasants du soleil levant allumaient des flaques de lumière. Comme elle l'avait deviné, sa progression déclencha l'envolée de plusieurs dizaines d'oiseaux effrayés, dans un vacarme de battements d'ailes et de criaillements. Mais l'ennemi était désormais trop loin pour le remarquer.

Enfin, elle parvint sur une langue de sable plus clairsemée, qui bordait la rive surélevée. Alors, elle s'écroula, harassée de fatigue. Elle sentit à peine les larmes brûlantes ruisselant sur ses joues. Le visage de son fidèle Yereb la hantait. Depuis sa toute petite enfance, le grand Noir ne l'avait jamais quittée, guidant ses premiers pas, lui apprenant ses premiers mots. Il portait en lui un peu du reflet de la sagesse de son père, Imhotep, dont il avait été l'esclave avant d'être offert à Merneith. Yereb était plus que son serviteur. Il était son confident, son protecteur, son ami. Mais la mort l'avait emporté. Désormais, elle était irrémédiablement seule.

L'endroit où elle se trouvait était désert. Elle entreprit de dénouer son pagne et les bandelettes qui lui enserraient la poitrine et les mit à sécher sur le sable.

Puis elle défit la ceinture de cuir contenant ses joyaux et les anneaux d'or et d'argent. Au moins, elle était parvenue à sauver sa richesse. Mais c'était une piètre consolation face à la perte de son compagnon.

Totalement nue, elle eut l'impression que le sort s'était acharné à tout lui arracher : Yereb, ses amis, sa mère, et surtout Djoser, et la vie lumineuse qu'elle partageait avec lui... Tout cela parce qu'elle avait voulu devenir l'épouse de son prince. Il ne lui restait rien, rien que la douleur et la haine. Un chaos sans nom bouleversait son esprit.

À cause de son orgueil imbécile, Sanakht s'était parjuré pour les détruire. Il avait atteint son but. Ainsi que l'avait prédit l'aveugle, ils étaient séparés.

Au prix d'un violent effort de volonté, elle tenta d'ordonner ses pensées. Peu à peu, une idée nouvelle s'insinua en elle. Non, Sanakht ne les avait pas détruits. Il leur restait encore la vie. C'était comme une force irrésistible qui semblait sourdre de la terre elle-même, de la vase, de l'eau du fleuve proche. Sanakht avait remporté une première victoire. Mais il n'avait pu l'anéantir. Comme il n'avait pu briser Djoser, malgré l'humiliation et le fouet.

Les paroles de Merithrâ lui revinrent. Elle n'avait qu'une alternative. Ou bien elle se laissait sombrer dans la douleur et l'abandon, ou bien elle continuait de lutter. La haine farouche qui avait pris possession de son être l'aiguillonnait. Jamais elle ne baisserait les bras. Elle allait quitter l'Égypte. Mais un jour, elle reviendrait, et Sanakht paierait pour ses crimes. Les dieux lui opposaient des obstacles pour l'éprouver ? Soit. Elle les surmonterait, elle les pulvériserait. Et chacune de ses victoires l'enrichirait d'expérience.

Pleine d'une énergie nouvelle, elle fit le point de la situation. Il était hors de question de revenir en arrière. On la croyait morte ; c'était un atout énorme. Il lui restait son poignard, et la ceinture contenant les anneaux d'or et les bijoux qu'elle avait gardée, serrée sur sa taille. Cela représentait une petite fortune, suffisante pour lui permettre de quitter l'Égypte, si elle parvenait jusqu'au port de Busiris. Mais cette cité était distante d'au moins cinquante miles[1]. Il lui faudrait marcher pendant plusieurs jours pour l'atteindre.

De longues heures passèrent. Dans le ciel limpide passaient des nuées d'oiseaux innombrables, dont les cris vrillaient les tympans de la jeune femme. Enfin, elle remit ses vêtements et comprima de nouveau sa poitrine sous les bandelettes. Il était préférable pour l'instant de conserver son déguisement masculin.

Elle allait regagner la terre ferme lorsqu'un bruit inquiétant se fit entendre derrière elle. Elle se retourna. Émergeant de l'eau sombre baignant les pieds de papyrus, une forme monstrueuse apparut, écrasant les plantes sous sa masse énorme. Les jambes de Thanys manquèrent de se dérober sous elle. Le crocodile dépassait sans doute les dix coudées.

Apercevant la jeune femme, la bête se figea. Thanys savait que le reptile se déplaçait moins rapidement sur la terre ferme que dans l'eau. Mais il était de taille à la rattraper. Lentement, elle dégaina son poignard, déterminée à vendre chèrement sa vie. Pourtant, l'animal ne semblait pas décidé à attaquer. Alors, elle se redressa doucement, sans cesser de le fixer.

---

1. Un mile égyptien = environ 2,5 kilomètres. Voir les mesures égyptiennes en annexe.

Une légende disait que, lorsque l'on prononçait le nom secret d'un dieu, on devenait aussi puissant que lui. Certains habitants du Sud affirmaient même qu'ils étaient immunisés contre les morsures de crocodile, parce qu'ils connaissaient ce nom. Elle s'adressa à la bête d'une voix peu assurée :

— Tu es l'incarnation de Sobek. Je sais que tu viens de me sauver de mes poursuivants. Tu ne peux vouloir prendre ma vie, n'est-ce pas ?

Le reptile la contempla longuement de ses yeux d'or. Thanys n'osait plus bouger. Fiévreusement, elle adressa une prière à Isis et à Hathor, ses déesses favorites. Le crocodile ouvrit soudain une large mâchoire, qu'il referma d'un coup sec. Puis, sans raison apparente, il se détourna et regagna les papyrus dans lesquels il disparut avec fracas.

Plus morte que vive, Thanys reprit lentement son souffle. Puis elle adressa un flot de reconnaissance à Isis et Hathor. À présent, le doute n'était plus permis, les déesses la protégeaient. Elles venaient de lui adresser là un signe évident de leur soutien.

Sans prendre garde aux larmes brûlantes qui ruisselaient sur ses joues, elle monta sur la berge, un peu chancelante. Un chemin longeait le fleuve, qu'elle emprunta en direction du nord. Une succession de champs dans lesquels travaillaient des paysans bordaient la route. Elle répondit à leurs saluts, mais hâta le pas pour éviter leurs bavardages curieux. Elle savait qu'un petit village se dressait vers l'aval. Mais il était plus prudent de s'y rendre lorsque Rê aurait achevé sa course diurne. Thôt, dieu de la lune, serait son allié.

Par moments, elle croisait la demeure somptueuse d'un riche propriétaire terrien. Alors, afin de ne pas attirer l'attention, elle se glissait en contrebas de la rive et marchait à la limite des eaux.

Ce fut cette initiative qui la sauva. Elle s'apprêtait à regagner le chemin lorsqu'elle entendit les éclats de voix d'une cohorte de gardes remontant dans sa direction. Elle plongea aussitôt dans un fourré de papyrus pour attendre qu'ils fussent passés. Mais ils s'installèrent sur place. À leurs conversations, elle comprit qu'ils venaient de troquer de la bière et de la nourriture avec des paysans, et qu'ils comptaient bien se restaurer.

Thanys sentit son estomac se tordre sous l'effet d'une crampe douloureuse. Elle n'avait rien avalé depuis la veille. De son refuge, elle percevait les rires et les plaisanteries des gardes, et surtout le bruit de leurs masticateurs et leurs rots de satisfaction. La douleur se fit plus précise. Mais elle ne pouvait quitter les lieux.

Enfin, les guerriers s'en furent et leurs voix s'estompèrent dans le lointain. Thanys attendit un long moment, puis se risqua sur le chemin. Les mangeurs avaient sans doute abandonné quelques miettes. Avidement, elle scruta le sol. Elle ne s'était pas trompée, çà et là gisaient quelques reliefs chétifs, morceaux de pain, trois dattes à demi pourries, une figue. Elle se jeta sur ces restes et les avala. Mais ils étaient bien insuffisants pour calmer la faim qui lui rongeait les entrailles. Pour la première fois de sa vie, elle découvrait ce que signifiait la famine. Bien sûr, tout comme Djoser, les malheurs des paysans la touchaient et la révoltaient. Mais jamais elle n'en avait pris réellement conscience. Il fallait avoir été privé de nourriture pour comprendre ce que pouvaient ressentir les miséreux. Peut-être les dieux désiraient-ils qu'elle connaisse la valeur de la faim...

Soudain, elle sentit un regard sur elle. Elle se détourna brusquement. Dans un champ proche, un jeune garçon l'observait, un singe sur l'épaule. L'animal poussa un cri perçant. Se sentant prise en faute, Thanys se hâta de regagner l'abri de la berge et se réfugia de nouveau dans l'épaisseur émeraude des papyrus. Quelques instants plus tard, une silhouette apparut. Elle espérait que le garçon croirait avoir eu affaire à un mendiant. Mais sa voix résonna, claire et encourageante :

— Tu es là ? Tu as faim ?

Elle réfléchit. Peut-être cet enfant pourrait-il l'aider... Elle décida de se risquer à l'extérieur. Debout contre la lueur rouge du soleil déclinant, le garçon ne devait pas avoir plus d'une dizaine d'années, comme en témoignait son crâne rasé, à l'exception d'une mèche recourbée et attachée à l'oreille. Le singe bondit à bas de son épaule et se dirigea sans aucune frayeur vers Thanys. Il ressemblait à ces animaux apprivoisés que l'on utilisait pour cueillir les figues, parce que les branches de l'arbre étaient trop fragiles pour supporter le poids d'un homme.

— Pourquoi te caches-tu ? demanda le gamin.

Elle ne répondit pas. Il sauta souplement à bas de la berge et s'avança vers elle. Puis il fouilla dans un petit sac de cuir qu'il portait en bandoulière et en extirpa un gros morceau de pain.

— Prends ! C'est pour toi !
— Mais toi ?
— J'ai déjà mangé. Et puis, mon père dit qu'il faut toujours aider les pauvres.
— Mais je ne suis pas...
— Mange ! Tu es tout pâle.

Elle prit doucement le morceau de pain, puis y mordit à belles dents. Jamais elle n'avait rien goûté d'aussi bon. Lorsqu'elle fut rassasiée, le garçon lui tendit une gourde contenant de l'eau, qu'elle but avec délice. Enfin la faim s'était calmée.

— Comment t'appelles-tu ? demanda-t-elle.

— Nhery, fils de Bakhen. Mon père est le maire de Bârthakhis, le village qui est un peu plus loin, par là.

Il montra le nord.

— Et toi ?

— Je suis… je suis… Sahourê, le mendiant.

Il la regarda, intrigué.

— C'est vrai que tu es couvert de boue, et que tu as faim. Mais je ne crois pas que tu sois un mendiant. Tes mains sont trop soignées pour ça. Et tu as de trop belles dents.

Elle releva les yeux vers lui, soudain méfiante. Mais elle ne lut en lui aucune menace. Il avait un beau visage, des yeux francs et rieurs. Il s'approcha d'elle et posa la main sur sa joue.

— J'ai l'impression de te connaître, dit-il. Je t'ai déjà vu quelque part. Mais tu étais différent.

Soudain, il se redressa, comme si une mouche l'avait piqué.

— Par les dieux ! Tu n'es pas un garçon !

20

Effrayée, elle recula.

— Je sais qui tu es, poursuivit-il. Tu es dame Thanys. Je t'ai vue lors de la fête de la déesse Hathor. Mais tes cheveux étaient plus longs alors.

Une angoisse soudaine baigna le cœur de la jeune fille. L'enfant allait sans doute la dénoncer. Elle ne pouvait tout de même pas le… le supprimer pour l'empêcher de parler. C'était impensable. Mais ses doutes s'évanouirent rapidement. Il ajouta, très vite :

— Il faut que tu te caches. Un pêcheur nous a prévenus que tu t'étais enfuie du palais, parce qu'on voulait t'obliger à épouser le seigneur Nekoufer.

— C'est vrai, admit-elle. J'ai coupé mes cheveux et je me suis déguisée en garçon pour les tromper. Mais quelqu'un m'a trahie, et les gardes ont tué mon esclave, Yereb.

À cette évocation, des larmes lui emplirent les yeux. Nhery déclara :

— Je déteste le seigneur Nekoufer. C'est un mauvais homme. Il a offert une récompense pour ceux qui te dénonceront. C'est pourquoi il faut te méfier. Veux-tu que je t'aide à lui échapper ?

— Oh oui ! Mais je ne sais comment faire. Il me faudrait un bateau pour gagner l'embouchure du Nil.

Le visage du gamin s'éclaira d'un grand sourire Il s'assit à ses côtés.

— Des bateaux, il y en a au village. Mon père acceptera sûrement de t'en donner un. Je suis sûr qu'il voudra te porter secours. Lui non plus n'aime pas le seigneur Nekoufer.

Un regain d'espoir envahit Thanys. Le petit poursuivit :

— Tu sais ce que nous allons faire ? Nous allons attendre l'heure d'Atoum, lorsque le soleil se couchera. Puis je t'amènerai chez moi. Et là, tu parleras à mon père. Tu peux te fier à lui.

Au crépuscule, Nhery entraîna Thanys vers le village, où il se dirigea vers une demeure importante, dont les jardins s'étageaient jusqu'aux rives du Nil. Sur la porte de bois était gravé un cartouche dans lequel elle lut : « *Ami, tu entres dans cette demeure comme quelqu'un qui est loué, et tu en sors comme quelqu'un qui est aimé.* »

— Ta présence dans cette humble maison réjouit le cœur du serviteur que tu vois, dame Thanys. Sois la bienvenue.

Corpulent et jovial, Bakhen, le père de Nhery, inspira immédiatement confiance à la fugitive. Lorsque son fils avait introduit la jeune fille dans la demeure, il avait marqué un instant de stupeur, puis le gamin lui avait expliqué son histoire. Aussitôt, le maire avait vérifié que nul, hormis sa famille, ne pouvait les surprendre, puis il avait invité Thanys à partager son repas.

Tandis que des serviteurs apportaient le pain et la

bière traditionnels, accompagnés d'une oie rôtie, de galettes au miel et de fruits, Bakhen raconta :

— Nous savions que tu t'étais enfuie de Mennof-Rê. Mais l'un de mes amis m'a averti dans la soirée que tu avais été dévorée par les crocodiles.

— J'ai pu me réfugier sur la rive avant qu'ils ne me rattrapent.

— Les dieux soient remerciés. Ma peine était très grande, car je connaissais ta réputation de bonté envers les gens du peuple, et je t'avais vue lors de la fête d'Hathor. Lorsque nous avons appris que le roi t'avait séparée du prince Djoser, nous n'avons pas compris la raison d'une telle injustice.

Il soupira et ajouta d'une voix triste :

— L'Horus Khâsekhemoui n'aurait jamais permis cela. Mais il a rejoint le *Champ des roseaux*[1].

Ils restèrent un long moment silencieux, puis Bakhen reprit :

— Je ne t'aurais pas reconnue sous ton déguisement. Mais mon fils ne s'y est pas trompé.

— Nhery est bon et généreux, Bakhen. Il a partagé son pain avec moi.

— Je lui ai enseigné, comme mon père le fit avec moi, à aider celui qui est dans le besoin. Cependant, tu es en danger si tu restes ici. Que comptes-tu faire ?

— Je voudrais rejoindre le port de Busiris, à l'est du Delta.

Bakhen réfléchit.

— Busiris, dis-tu ? Je peux t'y conduire. Je possède mon propre navire. Je dois me rendre là-bas pour

---

1. Champ des roseaux : autre nom pour désigner le royaume des morts.

livrer des poteries et d'autres objets fabriqués par les habitants du village. Mennof-Rê est plus proche, mais les gens de la capitale paient moins bien depuis le sacre du nouveau roi. Et Busiris est un port prospère, qui commerce avec les pays du Levant. Le troc rapporte deux fois plus sur la côte qu'à Mennof-Rê.

Thanys eut un sourire amer.

— Les habitants de la capitale sont écrasés par de nouveaux impôts. Sanakht prépare la guerre.

— Contre qui ? s'étonna le maire. Nous n'avons pas d'ennemis…

— Je l'ignore, malheureusement. Il veut conquérir de nouveaux territoires.

Bakhen soupira.

— C'est de la folie. Mais c'est une raison de plus pour hâter mon départ. Je comptais me rendre à Busiris après la crue. Je partirai un peu plus tôt, voilà tout. Dès demain, je vais ordonner aux miens de charger ma felouque. Tu resteras cachée ici. Nous partirons après-demain, à l'aube. Je n'emmènerai que mes plus fidèles amis. Mais je pense qu'il serait préférable que tu conserves ton déguisement masculin.

Thanys posa la main sur celle du maire.

— Tu es un brave homme, Bakhen. Mais je veux te payer mon voyage. J'ai emporté quelques biens avec moi.

Il secoua la tête énergiquement.

— Je ne peux accepter, dame Thanys. Là où tu te rends, tu auras besoin d'argent. Ton voyage ne me coûte rien, puisque je devais aller à Busiris, de toute façon.

Cinq jours plus tard, la felouque de Bakhen parvenait à l'embouchure du bras le plus oriental du Nil.

Un spectacle surprenant y attendait Thanys. Au-delà s'étendait un fleuve immense, dont on ne distinguait même pas l'autre rive. Lorsque l'embarcation toucha le sable, elle sauta à l'eau et observa l'étrange phénomène, stupéfaite.

— Voici la Grande Verte, expliqua Bakhen, amusé par son étonnement. Son eau est salée.

— Salée ?

Les voyageurs le lui avaient déjà affirmé. Mais elle ne pouvait le croire. Accompagnée de Nhery, elle s'avança jusqu'au bord de la mer, où de hautes vagues venaient s'écraser sur la grève. Thanys plongea les mains dans l'eau et la goûta, pour la recracher l'instant d'après.

— Pouah ! Ton père avait raison. C'est salé.

Le gamin éclata de rire. Une foule affairée travaillait sur la grève, autour de tréteaux où séchaient des poissons bizarres. Thanys n'en avait jamais vu de semblables.

— Évidemment, expliqua Nhery, ils proviennent de la Grande Verte.

Tandis que les mariniers de Bakhen déchargeaient la felouque, Bakhen rejoignit Thanys et Nhery pour une visite de la ville, construite en bois et en brique. De taille plus modeste que Mennof-Rê, il y régnait cependant une activité intense, partagée entre la pêche et le commerce. Une odeur singulière flottait en permanence, pénétrante.

— Le parfum des algues et des rochers, précisa Bakhen.

Il s'égaya d'un large sourire.

— J'aime cette ville, dame Thanys. Elle se situe à l'endroit où Hâpy rejoint la mer. Je pense que c'est là que vit la Grande Déesse, Neith, la mère de tout ce qui vit dans le monde, dieux et hommes. Peut-être même la mer est-elle son propre corps.

— Alors, d'après toi, ce grand fleuve sans rivage serait… le Noun, d'où Neith est issue ?

— Je ne le crois pas. Le Noun ne contient aucune vie. Mais, après avoir créé le monde, Neith s'est transformée en poisson, et il lui fallait un espace très vaste pour résider. Et elle a choisi la mer sans limite, car c'est de là que provient toute vie.

Thanys médita les paroles de Bakhen. Elle n'était pas sûre qu'il ait raison, mais ses mots vibraient d'une étrange vérité. Elle demanda :

— Comment se fait-il que tu connaisses toutes ces choses ?

— Lorsque j'étais jeune, je fus instruit par les prêtres, dans le temple.

Busiris s'étendait sur la rive orientale de l'embouchure du Nil. Ses demeures de brique étaient bâties en grande partie sur une espèce de plateau élevé. En contrebas se dressaient des maisons sur pilotis, habitées par les pêcheurs. Plus loin sur la grève, on apercevait des bateaux de taille beaucoup plus importante que les felouques.

— Ces navires se rendent jusqu'au levant, expliqua Bakhen.

— Le pays de Sumer ? demanda Thanys.

— Oui, bien sûr.

— C'est là que je veux aller.

Bakhen ne répondit pas immédiatement.

— C'est un voyage extrêmement dangereux pour une femme seule, dame Thanys.

— Mais je ne suis plus dame Thanys. Je suis Sahourê, fils d'un riche négociant.

— Ce voyage sera périlleux aussi pour un jeune homme.

Il se gratta la tête.

— Je ne veux pas te demander pourquoi tu veux te rendre là-bas. Tu dois avoir tes raisons. Mais c'est très dangereux.

Thanys hésita, puis déclara :

— Je veux retrouver mon père, Imhotep.

Le visage de Bakhen devint soucieux.

— Je m'en doutais un peu lorsque tu as parlé de Sumer.

— Tu savais qu'il s'était réfugié là-bas ?

Il resta un moment silencieux, puis déclara :

— J'ai bien connu ton père.

— Mais… comment ?

— Nous avions le même âge. Nous avons travaillé ensemble dans le temple de Mennof-Rê.

Une vive émotion s'empara de Thanys.

— Toi ?

— C'est par moi que ta mère, la princesse Merneith, et ton père ont continué à communiquer, après qu'elle a été mariée de force au général Hora-Hay. Mon bateau transportait leurs lettres.

— Mais alors, tu sais où il se trouve en ce moment.

Le visage de Bakhen s'assombrit.

— Hélas, depuis plus de cinq années, personne n'a plus de nouvelles de lui. J'ignore s'il se trouve encore à Uruk, la capitale du royaume de Sumer.

Thanys prit les mains du maire dans les siennes.

— Il faut que je le retrouve, Bakhen. Il faut que je me rende à Uruk.

Il se gratta de nouveau la tête, signe chez lui d'une intense réflexion. Enfin il déclara :

— Je vais voir ce que je peux faire. De toute manière, tu ne peux rester ici sans t'exposer au danger. Quelqu'un pourrait finir par te reconnaître. Et puis, peut-être les dieux en ont-ils décidé ainsi… Mais il faudrait que tu voyages en tant que marchand.

Le lendemain, Bakhen retrouva Thanys dans la chambre qu'elle avait louée dans une auberge où se retrouvaient les négociants de passage.

— C'est arrangé, dame Thanys. Mon ami Serifert, qui m'achète l'essentiel de mes marchandises, doit envoyer un chargement à Byblos. C'est une ville conquise par les Égyptiens il y a deux siècles, sur la rive orientale de la Grande Verte. J'ai raconté à Serifert que tu étais l'un de mes neveux, et que tu désirais te rendre en Orient pour le négoce. Il accepte que tu veilles sur son fret. Le navire part dans trois jours. À Byblos, tu pourras sans doute trouver une caravane qui t'amènera à Sumer.

— Ô Bakhen, comment te remercier ?

Trois jours plus tard, le navire affrété par Serifert quittait Busiris.

21

Depuis que le cynique Nekoufer lui avait rapporté, avec une satisfaction morbide, la nouvelle de la mort de Thanys, Djoser demeurait prostré, effondré sur le sol humide de son cachot. Un terrible sentiment de culpabilité le taraudait. Quelques jours plus tôt, par l'intermédiaire de Merithrâ, il lui avait suggéré de quitter l'Égypte afin d'échapper aux griffes de Sanakht. Elle avait suivi son conseil. À cause de lui, elle s'était embarquée sur le Nil ; les gardes royaux l'avaient poursuivie, et elle y avait perdu la vie. Son oncle avait pris un malin plaisir à lui narrer la scène, insistant sur la lutte désespérée des guerriers tentant d'échapper aux monstres. De Thanys, on n'avait retrouvé qu'un sac flottant à la surface. Tout autour, les eaux semblaient s'être transformées en une nappe sanglante.

Jamais Djoser n'aurait pu imaginer que l'on pût souffrir autant d'une blessure morale. Le rire frais de Thanys, la douceur de sa peau, leurs longues conversations lui manquaient terriblement. Au début, il avait refusé l'horrible nouvelle de toute son âme, s'accrochant désespérément au fait que l'on n'avait pas retrouvé trace de son corps. Puis les jours avaient passé, et l'idée s'était imposée à lui qu'il ne la reverrait jamais, qu'elle ne dormirait plus dans ses bras.

En lui s'était creusé un vide oppressant, presque insupportable. Une partie de lui-même était morte là-bas, sous les eaux noires du fleuve. Une haine sourde l'avait envahi, dirigée contre son frère, et surtout contre l'ignoble Nekoufer, cet oncle honni qui avait toujours œuvré dans l'ombre pour détourner son père de lui. Nekoufer était un farouche partisan de Seth, en qui il voyait le dieu de la guerre. Rêvant de conquêtes et de hauts faits d'armes, il n'avait pas réussi à convaincre Khâsekhemoui, mais avait trouvé une oreille attentive chez son fils, grisé lui aussi par la perspective de victoires glorieuses. Il n'avait eu aucun mal à devenir l'*ami unique* du nouveau roi, et à encourager la rancœur qu'il nourrissait envers Djoser.

Malgré l'affection dont ils l'entouraient, ses compagnons de captivité se sentaient impuissants. Il ne parlait pratiquement plus, restait des heures les yeux fixés sur un étrange rêve intérieur. Semourê et Piânthy, tous deux également condamnés par le roi, avaient été eux aussi touchés par la mort de Thanys qu'ils aimaient comme une sœur.

À la demande de Meroura, Djoser et ses fidèles avaient été transférés à la Maison des Armes où Sanakht avait ordonné qu'ils demeurassent enfermés jusqu'au départ de l'armée pour la campagne qui se préparait. Grâce au vieux général, ils avaient échappé à la rivalité des gardes royaux, et bénéficiaient ainsi d'une paix relative. Le roi avait exigé qu'ils fussent considérés comme des prisonniers, et traités en conséquence ; mais ils savaient bien que Meroura, qui appréciait leur valeur, leur offrirait rapidement la possibilité d'exercer un nouveau commandement lorsque l'armée aurait quitté Mennof-Rê.

Cependant, cette perspective n'apportait à Djoser aucun réconfort. S'il rêvait des prochaines batailles, c'était pour d'autres raisons. Sa vie lui apparaissait désormais dépourvue de sens. L'aveugle n'avait pas menti : Thanys et lui avaient été séparés. Le message lui apparaissait clairement à présent. Elle avait marché dans les traces des dieux, et gagné le royaume d'Osiris. La mort était pour lui le seul moyen de la rejoindre. Les combats futurs lui en fourniraient l'occasion.

Un matin, un capitaine vint libérer Djoser et ses compagnons et leur rendit leurs armes.

— Le général Meroura désire nous parler, dit-il. L'Horus Sanakht nous envoie au combat.

— Au moins, cela nous permettra de sortir de ce trou à rats, grogna Semourê.

Ils rejoignirent les autres soldats cantonnés dans la vaste cour de la Maison des Armes. Meroura inspectait ses troupes, entourés de ses lieutenants, dont Djoser et ses amis auraient dû faire partie sans la condamnation de Sanakht. Force leur fut de prendre place parmi les simples guerriers.

Enfin, le vieil homme monta sur une estrade et clama :

— Soldats, écoutez-moi. Voilà quelques jours, les tribus du désert de l'Ament ont attaqué des villages situés sur les rives du lac de Moêr. Les survivants sont venus demander justice à l'Horus dans sa demeure, qui leur a accordé une oreille bienveillante. Nous partirons donc dès demain, et nous exterminerons ces chiens. Que chacun se tienne prêt au combat.

Le Moêr, appelé aussi lac de Sobek, le dieu crocodile, fils de Neith, n'était guère éloigné de Mennof-Rê. L'armée de Meroura, forte d'un millier d'hommes, parcourut les trente miles en deux jours. Plusieurs petites agglomérations étaient installées sur les rives de ce lac, né des eaux égarées du fleuve-dieu. La région, abondamment irriguée, se couvrait d'une végétation florissante, dominée par des palmiers, figuiers, sycomores et acacias.

Shedet, une ville de modeste importance, se dressait au cœur de la palmeraie, commandant l'entrée du couloir fertile qui reliait le lac à la vallée. Le nomarque accueillit Meroura avec chaleur et volubilité, expliquant que la milice du nome n'était guère nombreuse face aux hordes de pillards qui le menaçaient depuis plusieurs années.

— Mais jamais ils n'avaient lancé d'attaque de cette envergure, seigneur Meroura, se lamenta-t-il. Trois villages ont été anéantis. Ces chiens sont repartis vers le désert, mais je redoute qu'ils ne s'en prennent à Shedet. C'est pourquoi je remercie l'Horus Sanakht — Vie, Force, Santé — d'avoir accédé à ma demande. C'est un dieu juste et bon. À présent, je suis rassuré.

Meroura, d'un naturel taciturne, ne partageait pas l'optimisme du gouverneur. Leurs crimes commis, les pillards avaient fui vers le désert, et les vents avaient effacé toute trace de leur passage. Il serait très difficile de découvrir leur repaire dans cet enfer de sable et de rocaille. Il les soupçonnait de plus d'entretenir des espions parmi la population.

Le soir, au campement, il fit appeler Djoser et ses compagnons.

— Prince Djoser, malgré ta valeur, je me dois d'obéir au roi et ne peux te redonner ton commandement. Cependant, je connais tes qualités de pisteur, et j'aimerais que tu assures la direction d'un petit groupe d'éclaireurs, avec Piânthy et Semourê.

— Sois remercié, ô Meroura.

— Vous vous rendrez sur les rives du lac. L'armée demeurera à Shedet. Dès que vous aurez une idée de l'endroit d'où sont venus ces pillards, nous nous lancerons à leur poursuite.

Djoser éprouvait un grand respect pour le vieux général. Homme de parole et de devoir, il exigeait beaucoup de ses hommes, mais veillait à ne jamais les sacrifier inutilement. Foncièrement honnête, il avait défendu leurs intérêts avec acharnement auprès des deux rois qu'il avait fidèlement servis, et, depuis qu'il dirigeait l'armée de Mennof-Rê, personne n'avait eu à se plaindre de n'avoir pas touché sa solde. Stratège à la fois rusé et audacieux, il avait été autrefois le chef solide sur lequel Khâsekhemoui s'était appuyé pour vaincre les troupes de l'usurpateur Peribsen. Djoser lui devait toute sa science militaire et sa connaissance du maniement des armes. Malgré son âge avancé, Meroura n'hésitait pas à manœuvrer lui-même la lance et le glaive afin d'instruire les jeunes recrues.

Dans l'après-midi, Djoser et ses compagnons, suivis par une vingtaine de soldats, quittaient Shedet pour le lac de Sobek, ainsi nommé en raison du nombre impressionnant de crocodiles qui hantaient ses rives.

Ils se dirigèrent immédiatement vers Karûn, un village situé à la pointe occidentale, en limite du désert. Cette agglomération l'intriguait. Le nomarque avait affirmé que, contre toute logique, il avait été épargné. Cela pouvait sembler étrange, du fait qu'il se trouvait le plus exposé aux attaques d'une tribu provenant de l'ouest. Or, ses habitants avaient affirmé n'avoir pas aperçu de hordes de pillards depuis plusieurs mois.

— On dirait qu'ils se sont trompés, dit sobrement Semourê lorsque la petite troupe, après avoir longé les bords du lac, parvint sur les lieux.
— Par les dieux ! s'exclama Djoser.

Le spectacle qui s'offrait à eux aurait fait frémir le plus endurci des combattants. Les demeures avaient été incendiées, les troupeaux emportés. Au milieu des ruines noircies avaient été dressés des pieux, sur lesquels les pillards avaient empalé toute la population, sans distinction d'âge ni de sexe. Les traits figés sur des expressions d'horreur, plusieurs dizaines d'hommes, de femmes et d'enfants se tordaient dans des postures grossières, les pieds ballant dans le vide, le corps dénudé. Certains étaient couverts de nuées d'oiseaux noirs, que les guerriers chassèrent à grands cris, découvrant des visages défigurés, aux orbites vides.

Djoser lâcha une bordée de jurons. Un flot de haine se déversa en lui, d'autant plus forte qu'elle se révélait impuissante. La mort dans l'âme, il parcourut les lieux.

— Ce massacre est récent, observa Piânthy. Le feu couve encore sous les cendres.
— Et ces imbéciles de Shedet n'ont rien vu, rien entendu, cracha Semourê avec rage.
— Ils sont trop éloignés, fit remarquer Djoser. Nous avons parcouru plus de cinq miles.

Vers le nord-ouest s'étendait un panorama de rocaille balayée par les vents. Personne n'osait jamais s'aventurer sur les pistes invisibles de ce désert inhospitalier. Pourtant, des tribus vivaient dans cet enfer, dans des oasis introuvables, situées au cœur de dépressions bordées de palmeraies. Certaines n'étaient pas hostiles, et entretenaient avec les Égyptiens des relations amicales, basées sur le commerce. D'autres au contraire ne vivaient que du pillage. Elles étaient très difficiles à localiser en raison de leurs habitudes nomades. Depuis l'aube des temps, une guerre larvée opposait les Deux-Terres à ces hommes sauvages, sur lesquels couraient, non sans raison, les récits les plus effrayants.

Sur l'ordre de leur chef, les soldats recherchèrent des indices, arme oubliée, pièce de tissu ou autre qui auraient pu leur fournir un renseignement sur la tribu d'origine des assaillants. En vain.

— Je n'y comprends rien, déclara Piânthy, s'ils ont attaqué cette nuit, nous devrions trouver des traces de leur passage. Mais rien ! À croire qu'ils sont tombés du ciel.

Soudain, Djoser déclara :

— Ils ne sont pas venus du désert, mais du lac. Regardez !

Suivant la rive vers le nord, il leur désigna une trouée parmi les fourrés de papyrus.

— C'est impossible ! s'exclama Semourê. Ces eaux sont infestées de crocodiles.

— Ils possédaient des bateaux, rétorqua Djoser. Voilà pourquoi ils ont pu attaquer les villages précédents, sans passer par ici. Ils ont dû embarquer en un point situé sur la rive nord. Elle est inhabitée. Ces malheureux ne les ont pas entendus arriver.

— Mais alors, d'où viennent-ils ?

— Peut-être du pays des Rivières-qui-ne-coulent-pas. Suivez-moi !

Prenant la tête de la petite colonne, il se dirigea vers la rive septentrionale du lac, beaucoup moins accueillante que le sud. La bande de végétation y était réduite, et laissait rapidement place à un désert de rocaille. Les pieds meurtris, les soldats parvinrent bientôt jusqu'à un endroit où subsistaient les marques de piétinement d'une troupe nombreuse. Fouillant les alentours, ils découvrirent, habilement dissimulés dans la végétation, une trentaine de petits navires de papyrus.
— Voilà comment ils ont traversé le lac, grommela Djoser. Les pêcheurs ne risquaient pas de repérer ces bateaux, ils ne s'aventurent jamais sur cette rive.
Suivi par ses guerriers, il pista les traces récentes, qui menaient vers le nord-est. Mais bientôt, celles-ci se perdirent dans les sables et les cailloux. Les mâchoires serrées, Djoser observa les lieux. Jusqu'à l'horizon s'étendait un paysage désolé, qui semblait mener jusqu'au bout du monde : le terrible désert de l'Ament, dont les légendes affirmaient qu'il constituait les franges du royaume d'Osiris, la terre des morts. Serait-il possible d'y débusquer des pillards qui se déplaçaient sans cesse ?

22

Placé sous la protection conjointe de la déesse et de l'astre auquel elle était associée, Sedeb, le navire avait pour nom l'*Étoile d'Isis*. Sa proue, regardant vers l'intérieur, représentait une tête de femme surmontée de cornes en forme de lyre enserrant un trône. À l'avant, deux yeux d'Horus le préservaient des mauvais esprits de la mer. Il devait mesurer plus de soixante coudées. Une corde longue et épaisse, appelée drosse, reliait la proue et la poupe, tendue sur de robustes fourches de bois. Elle était destinée à compenser les déformations du navire dues au mouvement des vagues. Le mât, ou bigue, se composait de deux perches réunies au sommet. Une vergue unique et large supportait une grande voile rectangulaire, plus haute que large, en fibres tressées, et dont les laizes étaient assemblées horizontalement. Des haubans rattachaient le mât à l'avant et à l'arrière, tandis que des galhaubans, destinés à le consolider par grand vent, l'amarraient à chaque bord.

Cependant, la voile n'était utilisable que par vent arrière. L'essentiel de la propulsion était assuré par des rameurs esclaves, quinze rangs de trois sur chaque bord, soit quatre-vingt-dix hommes. Leur origine diverse étonna Thanys. On y trouvait des Bédouins du désert de l'Ament, des nomades du Sinaï, des Nubiens, et même quelques Égyptiens, condamnés de droit commun. Tournés vers l'arrière, ils manœuvraient de longs avirons qu'ils plongeaient en cadence dans l'eau bouillonnante, suivant le rythme imposé par le maître de nage. C'était un gaillard puissant, aux yeux sombres et au crâne rasé, qui frappait en cadence sur un large tambour en peau, à l'extrémité arrière de la travée centrale. Derrière lui s'élevait la cabine du commandant.

En haut du mât double se tenait un homme de quart, dont le rôle consistait à surveiller l'état du ciel et la présence éventuelle d'autres navires. La route maritime de l'Orient était fréquentée par des vaisseaux ennemis. On redoutait en effet les attaques de ceux que l'on appelait les Peuples de la Mer, qui parfois quittaient leurs côtes lointaines pour agresser les navires marchands, ou effectuer des razzias sur les côtes du Levant. Aussi l'équipage comportait-il une trentaine de guerriers bien armés. Leur mission consistait également à réprimer une éventuelle révolte de la chiourme.

Dès que le vaisseau eut franchi les larges brise-lames qui protégeaient le port de Busiris, Thanys crut qu'elle allait mourir. Une nausée incoercible s'empara d'elle, menaçant de lui retourner les entrailles. Habituée aux eaux sereines du Nil, elle ne comprenait pas la fureur de ces lourdes vagues bleues qui venaient éclater à grand fracas sur les flancs du navire, l'aspergeant au passage d'embruns salés. Il lui semblait que l'univers entier était pris dans un tourbillon de folie, un mouvement incessant qui faisait basculer l'horizon d'un bord et de l'autre, suivant un pénible va-et-vient de balancier. Elle passa ainsi la première matinée écroulée sur la lisse, jusqu'au moment où le timonier la prit en pitié.

— On dirait que ça ne va pas, mon garçon.

Elle répondit d'un grognement douloureux. Un sourire amusé éclaira le visage de l'homme; il fouilla dans ses poches et en sortit un petit sac de cuir contenant des fleurs séchées de couleur brune, en forme d'étoile, qu'il lui tendit.

— Mâche ces plantes, dit-il, elles atténueront le mal. Et surtout, il te faut respirer profondément et regarder un point fixe. Avec le temps, tu t'habitueras.

Elle bredouilla un vague remerciement et prit les fleurs.

— Mon nom est Qourô, dit-il. Sois le bienvenu à bord de l'*Étoile d'Isis*.

— Je... je m'appelle Sahourê.

Elle porta les fleurs à sa bouche et suivit les indications du timonier. Le remède au goût d'anis ne tarda pas à apaiser ses tourments digestifs. Un peu plus tard, elle s'était accommodée des mouvements agressifs du navire, et s'y déplaçait avec aisance, à la déconvenue des marchands, aguerris aux voyages maritimes, et que l'infortune de ce jeune homme à l'allure efféminée réjouissait grandement.

Parce que Qourô était le seul à bord à lui avoir manifesté de la sympathie, Thanys s'installa à la poupe, non loin de lui. Malgré son aspect maussade et son visage mangé de barbe comme celui d'un berger des marais, il lui inspirait confiance. Ses yeux d'un gris délavé semblaient voir tout ce qui se passait sur le navire.

Elle ne cessait de s'étonner de ce monde nouveau pour elle. Une odeur puissante et fraîche baignait le pont, plus présente encore que dans le port de Busiris. C'était un parfum de vie, fait de milliers d'autres, épais comme un alcool, qui pénétrait jusqu'à la moindre fibre de la chair. Léchant sur ses lèvres les fines perles salées laissées par les embruns, elle prit plaisir à contempler les évolutions étourdissantes des mouettes criardes et des goélands qui accompagnaient le navire, en quête d'une hypothétique nourriture. Parfois, l'un d'eux plongeait au cœur des ocelles de lumière qui constellaient l'étendue changeante, puis rejaillissait, une proie dans le bec. Qourô lui expliqua que les oiseaux guettaient les déplacements des bancs de poissons dérangés par le passage du bateau.

La course immuable des vagues, lente et majestueuse, fascinait Thanys. Elles semblaient toutes identiques, et pourtant, pas une n'était pareille à la précédente. Bercé par les flots sans cesse recommencés, son esprit se dénoua peu à peu de tout relent de frayeur et une paix bienfaisante l'imprégna. Une idée merveilleuse s'imposait à elle : la puissance du roi et l'acharnement de Nekoufer ne l'avaient pas empêchée de s'échapper. Elle avait triomphé. Elle était libre ! *Libre !*

Deux marins placés sous les ordres du timonier dirigeaient le vaisseau à l'aide de deux longs avirons engagés dans des estropes de part et d'autre de la poupe[1]. L'un d'eux ne cessait d'observer Thanys à la dérobée. Sa peau brunie, sous laquelle jouait une mus-

---

1. À cette époque, le gouvernail était inconnu.

culature vigoureuse, contrastait avec l'or délavé de sa chevelure abondante nouée en arrière par un lacet de cuir, dénotant une origine septentrionale. Son insistance l'agaçait. Rien en lui ne trahissait pourtant de tendances homosexuelles. Son regard de chat, aux reflets bleus, semblait la percer à jour. Mais quel danger pouvait-il représenter désormais ? Elle feignit de l'ignorer.

La forme inhabituelle du navire ne laissait pas de la surprendre. À l'inverse des bateaux remontant ou descendant le Nil, qui possédaient un faible tirant d'eau en raison des bancs de sable fréquents, il disposait de cales profondes où l'on avait entreposé la marchandise. Celle-ci se composait essentiellement de meubles, de pièces de vaisselle en faïence, de monceaux de nattes de tissus colorées destinées à agrémenter les murs des demeures, et de nombreuses jarres contenant du vin et de la bière, toutes choses dont les habitants des pays du Levant étaient friands, ainsi que l'expliqua le capitaine Sementourê. Fils aîné de Serifert, il était porté sur la bonne chère et la bière, et arborait fièrement une bedaine confortable, qui aurait pu lui conférer un air avenant si son visage n'avait affiché en toutes circonstances un regard sévère, perçant comme celui d'un aigle. Chargé par son père de convoyer lui-même le fret et de le négocier, le navire lui appartenait.

Il existait entre Qourô et lui une complicité surprenante, due à de longues années de navigation en commun. Sementourê ne tolérait aucun manquement à la discipline sur son navire. Lorsqu'il ne séjournait pas dans la grande cabine située à l'arrière, il arpentait le pont pour surveiller l'état de la mer et le comportement de ses rameurs. Lorsque l'un d'eux n'effectuait pas son travail correctement, il abattait impitoyablement son bâton sur l'échine du malheureux. Cependant, il restait attentif à l'état de fatigue de son équipage. Lorsque l'un d'eux lui paraissait trop épuisé, il le faisait remplacer.

— Je ne tiens pas à les perdre, dit-il à Thanys à qui il fit visiter le navire. Les esclaves valent de plus en plus cher, à notre époque. Il faut dire que le dieu bon Khâsekhemoui n'était guère porté sur les combats. Heureusement, il semble que l'Horus Sanakht — Vie, Force, Santé — envisage d'entreprendre de nouvelles guerres. C'est une bonne chose. Peut-être capturera-t-on enfin de nouveaux prisonniers.

Thanys répondait de manière laconique. Elle avait peine à rendre sa voix plus mâle qu'elle ne l'était. Hormis l'homme de barre, son déguisement et ses cheveux courts paraissaient avoir abusé Sementourê et ses passagers. Les vêtements qu'elle avait adoptés lui avaient facilité la tâche. La longueur de son pagne atteignait les genoux et préservait plus aisément son intimité. Elle avait conservé son bandage autour des seins, mais elle portait également une sorte de cape de cuir souple, retenue sur le devant par une broche de cuivre ouvragé, et qui couvrait le haut de son corps.

Au soir de la première journée, Sementourê invita ses passagers dans sa cabine afin de partager son repas. Celui-ci se composait essentiellement de poissons et de fruits séchés, accompagnés de pain et de bière. Les marchands se rendaient à Byblos, une ville très ancienne tombée sous protectorat égyptien deux siècles plus tôt. Là se formaient les grandes caravanes partant en direction du pays de Sumer.

— Et toi, ô jeune Sahourê, quelle est ta destination ? demanda soudain Mentoucheb, un gros négociant au bavardage joyeux et au visage bouffi.

Tâchant de rendre sa voix la plus grave possible, elle répondit :

— Je me rends à Uruk, où s'est installé mon père.

— Uruk ? s'étonna Ayoun, un autre marchand, aussi maigre que le premier était gras. C'est un long et périlleux voyage pour un adolescent.

— Je sais me défendre, répliqua sèchement Thanys en posant la main sur la garde de son poignard.

Mentoucheb s'esclaffa.

— Ho, ho, ce garçon n'a même pas encore de poils au menton et prétend tenir tête aux redoutables bandits du désert ! Tu ne manques pas de courage, mon jeune ami.

— Je ne crains pas de me battre !

— Mais te rends-tu compte de ce que tu vas devoir affronter ? N'as-tu jamais entendu parler des Démons des Roches maudites ?

— Et de la Bête de Sryth ? renchérit un autre.

— Ici, sur la Grande Verte, les dangers sont innombrables, reprit Mentoucheb. Les Peuples de la Mer n'hésitent pas à attaquer les navires de commerce. Ce n'est pas sans raison que le navire ne s'éloigne pas de la côte.

— Mais il y a plus grave, reprit Ayoun. En haute mer, on risque de rencontrer des monstres terrifiants, comme le Rémora.

— Le Rémora ?

Le bonhomme au visage émacié roula des yeux blancs et précisa :

— C'est un poisson énorme, plus gros encore que

ce navire, dont la tête est couverte d'une ventouse qu'il vient fixer sous la coque. Ensuite, il entraîne sa victime sous les flots, pour la dévorer. Il engloutit tout, bateau et passagers.

Un troisième ajouta :

— On raconte aussi que, bien loin vers l'ouest, il existe des îles maudites où vivent des créatures étranges, dont le corps est celui d'un oiseau et la tête celle d'une femme. On les appelle les Sirènes. Elles attirent les marins par des chants mélodieux, auxquels il est impossible de résister. Mais, lorsque l'on croit les avoir rejointes, le navire est broyé par des récifs invisibles, et les créatures se repaissent du sang et de la chair des marins.

— Tout cela n'est rien comparé au Kraken, repartit Mentoucheb. C'est un serpent de taille colossale, qui vit tout au fond de la Grande Verte. Il est si grand qu'un navire tout entier tient dans sa gueule. Il ne remonte presque jamais à la surface. Mais les jours de grande tempête, il lui arrive de s'aventurer sous les navires en détresse. On ne peut le voir, car il ne se montre pas. Avec son souffle, il déclenche des tourbillons terrifiants, qui aspirent les bateaux vers les profondeurs afin de les avaler. Mais, ce qui est pire, il absorbe aussi les âmes des marins qu'il dévore, et ils ne peuvent retrouver le chemin du royaume d'Osiris.

Sementourê intervint :

— Tout cela est très intéressant, ô Mentoucheb. Cependant, contrairement à ce que tu dis, il m'est arrivé plusieurs fois de m'éloigner de la côte pour me rendre dans les grandes îles de l'ouest. Et je n'ai jamais croisé les monstres abominables dont tu parles.

Le gros marchand se tourna vers lui, la mine inquiète.

— Tu ne devrais pas parler ainsi, Sementourê. Ne crains-tu pas d'offenser les dieux de la mer ?

— Isis nous protège.

— Mais son pouvoir s'étend-il jusque sur la Grande Verte ? rétorqua Ayoun. Te rappelles-tu le capitaine Khasab, qui dirigeait l'*Esprit d'Hathor* ? Lui aussi se moquait bien des démons qui hantent les profondeurs. Mais il a quitté Byblos voici bientôt deux années. Et il n'est jamais arrivé à Busiris. On a retrouvé un marin de son équipage errant sur la côte, non loin d'Ashqelôn. Il était devenu fou. Il racontait que, tout autour de lui, la mer elle-même s'était transformée en une multitude de créatures épouvantables, dont les crocs s'étaient refermés sur ses compagnons. Tous avaient été déchiquetés les uns après les autres. L'eau s'était couverte de sang. Il avait vu le corps sectionné du capitaine Khasab passer tout près de lui. Il lui manquait la moitié du visage.

Mal à l'aise, Thanys prit congé, quitta la cabine et gagna la poupe, où Qourô, assis en tailleur, observait l'horizon, l'œil soucieux. Une lampe à huile était fixée près de lui. Il lui adressa un léger salut de la tête, puis replongea dans sa méditation silencieuse. À l'arrière, le marin blond était seul à son poste. Son compagnon avait dû prendre quelque repos pour la nuit. Lui tournant ostensiblement le dos, elle s'installa aux côtés du timonier.

— Dis-moi, Qourô, est-il vrai que des monstres terrifiants hantent les profondeurs de la mer ?

Il ne répondit pas immédiatement. Elle remarqua alors, devant lui, une douzaine d'amulettes en os de forme allongée. Grattant sa barbe hirsute, il déclara enfin :

— Personne ne le sait, ô Sahourê. Il est vrai que nombre de navires ont disparu sans jamais laisser de traces. Mais dis-toi que ces marchands ont voulu t'effrayer. C'est toujours le cas lorsqu'un homme effectue son premier voyage par mer. On lui raconte toutes sortes d'histoires à faire dresser les cheveux sur la tête.

— Alors, ils ont menti…

— Peut-être. Personnellement, je n'ai jamais rencontré ces créatures. Mais ils ont tort de se moquer ainsi des dieux étranges de la Grande Verte. Ils réservent bien d'autres périls.

Il hocha la tête plusieurs fois, signe chez lui d'une profonde inquiétude.

— Que veux-tu dire ?

Le marin ignora la question et saisit les ossements disposés devant lui. Il les répartit en deux poignées qu'il jeta sur le pont. Il les étudia longuement, puis lâcha un juron.

— J'avais bien dit au capitaine de ne pas partir aujourd'hui, grogna-t-il. Ce n'était pas un jour faste. Des esprits mauvais rôdent.

Un frisson parcourut l'échine de Thanys, qui resserra sa cape autour de ses épaules. Le marin reprit d'une voix sombre :

— J'espère me tromper, mais je pressens qu'une grave menace pèse sur nous.

Il porta la main au nœud Tit qu'il portait au cou et murmura :

— Qu'Isis nous protège.

23

Plus effrayée par l'attitude du timonier que par les récits des marchands, Thanys, réfugiée dans l'entrepont réservé aux passagers, ferma à peine l'œil de la nuit. Au matin cependant, rien ne s'était produit. Elle salua ses compagnons et sortit sur le pont.

Les regards des rameurs esclaves se tournèrent vers elle. Bien qu'elle eût conservé ses vêtements masculins, il se dégageait d'elle une sensualité ambiguë, à laquelle ces hommes privés de femmes n'étaient pas insensibles. Elle redoutait que certains aient deviné sa condition féminine. Gênée, elle évita leurs yeux fiévreux et vint s'accouder à la proue. Au loin, la côte se réduisait à une ligne à peine visible. L'odeur marine apportée par une houle vigoureuse s'était faite plus insistante, pénétrante. Des paquets d'eau salée jaillissaient de l'étrave par instants, lorsque le navire plongeait au cœur d'une vague un peu plus forte. Autour d'elle résonnaient des bruits non familiers, craquements de la coque, grincements des perches du mât double, éclatements des flots contre les flancs du vaisseau, cris des gabiers et des oiseaux, résonnements du tambour du maître de nage…

Le monde semblait s'être réduit au seul *Étoile d'Isis*. Le malaise provoqué la veille par la prédiction funeste du timonier refusait de s'estomper. Elle avait la sensation de se trouver prise dans une spirale infernale, où bouillonnait une violence latente qui pouvait se manifester d'un moment à l'autre. Mais était-ce le fruit de son imagination, ou bien un danger menaçait-il vraiment le navire ? Malgré ses dimensions impressionnantes, il lui paraissait bien petit par rapport à l'immensité qui l'entourait.

Les paroles de Bakhen lui revinrent en mémoire. Cette incompréhensible étendue d'eau salée pouvait-elle être le corps de Neith, la grande déesse mère ? Quelles puissances formidables se dissimulaient dans ses profondeurs ?

Elle leva les yeux. La figure de proue à tête de femme, orientée vers l'intérieur, la fixait de son œil noir d'obsidienne. À mi-voix, elle lui adressa une prière.

— Ô Isis, mère de l'Égypte, toi qui es source de vie, accorde-moi ta protection. Préserve-moi des esprits malfaisants qui rôdent au sein de la Grande Verte.

Soudain, à peu de distance du navire, un phénomène étrange attira son attention. Des animaux marins se rapprochaient, bondissant hors de l'eau pour s'y laisser retomber à grand fracas. Leurs formes élégantes rappelaient celles de gros poissons, mais ils paraissaient différents.

— N'as-tu jamais vu de dauphins ? dit la voix de Qourô derrière elle.

Elle se retourna. Pour la première fois, un vrai sourire éclairait le visage du timonier.

— Ils ne sont pas dangereux ? demanda Thanys, intriguée.

— Au contraire. Ils apprécient notre compagnie. Ils adorent suivre les navires. Jamais je n'ai rencontré de créatures plus intelligentes.

Thanys reporta son regard sur les cétacés, émerveillée par leur souplesse et leur agilité.

— Ils sont magnifiques, dit-elle.

— Il n'est pas rare d'en croiser sur les côtes de Busiris. Ils viennent jouer avec les pêcheurs, comme des enfants. Je suis sûr qu'il s'agit d'esprits bénéfiques. Pour nous, marins, ce sont des animaux sacrés.

Les dauphins se rapprochèrent encore. Stupéfaite, Thanys eut l'impression qu'ils s'adressaient à elle. Un surprenant concert de cliquètements et de sifflements lui parvint.

— Je pense qu'ils ont leur propre langage, précisa Qourô. Quelquefois, on dirait qu'ils essaient de communiquer avec nous.

Thanys resta un long moment à observer les cétacés. Curieusement, ils demeuraient à proximité de l'endroit où elle se trouvait. Une idée la frappa. Ils étaient apparus immédiatement après qu'elle se fut adressée à Isis. S'agissait-il d'une coïncidence, ou bien la déesse lui avait-elle adressé un signe ?

Tout à coup, sans que rien ne le laissât prévoir, les dauphins s'éloignèrent du navire et disparurent. Un sentiment de tristesse envahit la jeune femme. Une brusque saute de vent la fit frissonner. Elle regarda autour d'elle et s'aperçut avec étonnement que, vers l'arrière, l'état de la mer avait changé. Son bleu profond s'était métamorphosé en un gris-vert inquiétant. Venant de l'ouest, un énorme front de nuages sombres dévorait le ciel à la vitesse du vent, semblable à la charge furieuse d'un troupeau de taureaux sauvages.

Une agitation inhabituelle s'était emparée de l'équipage. Le maître de nage avait imposé une cadence effrénée aux rameurs qui crochaient sur leurs avirons de toutes leurs forces, avec des ahanements de souffrance. Sementourê hurlait des ordres qu'elle n'entendait pas à cause du vacarme. Bientôt les gabiers amenèrent la lourde voile et la roulèrent autour de la vergue, qu'ils attachèrent au mât à l'aide de solides cordages. Peu à peu, les vagues s'enflèrent, tandis que leur crête se couronnait d'une écume blanchâtre. La drosse se tendait à craquer sous les pressions imposées par le mouvement des flots, faisant gémir les fourches de soutien.

Thanys comprit que le navire tentait de fuir la tempête naissante en revenant vers la côte. Mais les vents étaient trop puissants. Bientôt, la masse sombre le rejoignit, l'engloutit. Le soleil s'effaça derrière la vague de ténèbres mouvantes. Jamais elle n'avait vu de nuages aussi noirs. À Mennof-Rê, les pluies étaient plutôt rares. D'un bord à l'autre de l'horizon, le monde baignait désormais dans une pénombre blafarde, étouffante, déchirée parfois par la lueur aveuglante d'un éclair.

Une première goutte vint s'écraser sur la joue de Thanys. Quelques secondes plus tard, un enfer liquide s'abattait sur le pont de l'*Étoile d'Isis*. L'angoisse qui étreignait la jeune femme s'amplifia. Était-ce là le cataclysme dont avait parlé Qourô ? Des masses d'eaux furieuses embarquaient par l'avant, inondant les bancs des rameurs. Sementourê, debout près du mât, s'époumonait à hurler des ordres. Les esclaves rentrèrent leurs avirons devenus inutiles. Inquiets, les marchands de Busiris s'étaient réfugiés dans l'entrepont envahi régulièrement par de hautes vagues couvertes d'écume.

S'agrippant fermement à la lisse, Thanys parvint à gagner la poupe, où Qourô s'était emparé lui-même de l'un des avirons de direction. Hors d'haleine, les vêtements dégoulinants, elle se demanda si la mer et le ciel ne s'étaient pas mêlés l'un à l'autre. Cette fois, elle en était sûre, la Grande Verte n'était autre que le Noun, l'Océan primordial, le Chaos. Elle voulut se glisser près du timonier, le seul auquel elle accordait encore quelque confiance. Il lui cria de s'attacher à quelque chose. À la suite d'un mouvement désordonné du navire, elle fut projetée contre la cabine du capitaine, dont elle parvint à saisir un montant. Une courte accalmie lui permit de reprendre son souffle. Mais il lui sembla que le roulis s'amplifiait d'instant en instant.

Soudain, à l'arrière de l'*Étoile d'Isis*, l'horizon de ténèbres liquides s'enfla démesurément. Dans un grondement effrayant, une vague colossale déferlait vers le navire. Thanys poussa un hurlement de terreur. Le temps sembla se décomposer, puis le léviathan percuta le vaisseau avec une puissance prodigieuse. Une terrible poussée écrasa la jeune femme sur le pont, tandis qu'un mur liquide engloutissait la poupe. Des craquements épouvantables firent vibrer les superstructures du navire. Dans un brouillard glauque, Thanys vit la cabine de Sementourê exploser sous l'impact. Puis elle eut l'impression qu'une griffe gigantesque la saisissait, lui broyait le corps. Ses mains s'arrachèrent de la barre à laquelle elle s'était agrippée, et elle fut balayée, avalée par la lame furieuse qui pulvérisa la lisse. Emportée par la fureur des flots, elle fut violemment projetée par-dessus bord. Elle voulut hurler, mais une gifle d'eau salée lui emplit la bouche, étouffant sa plainte dans sa gorge. Au prix d'un effort surhumain, elle parvint à remonter vers la surface bouillonnante. Paniquée, les yeux brouillés, elle vit l'énorme masse grinçante du navire passer non loin d'elle. Comme dans un cauchemar, des cris perçants lui parvinrent, suivis de nouveaux craquements. Une forme longue et sombre oscilla, se renversa, et s'écroula dans l'eau dans un fracas épouvantable, manquant de l'écraser. Elle parvint à saisir une corde à laquelle elle s'accrocha avec l'énergie du désespoir, et tenta de recracher l'eau salée qui la faisait suffoquer.

Progressant avec acharnement le long de la corde, elle réussit enfin à toucher quelque chose de dur. Elle s'aperçut qu'il s'agissait du mât double, auquel avaient été liées la vergue et la voile enroulée à la hâte par les gabiers. La puissance colossale de la lame avait dû l'abattre à la base. L'ensemble constituait un esquif fragile et soumis aux caprices de la tempête, mais il flottait. Elle se hissa sur le radeau improvisé et s'installa tant bien que mal entre les deux perches, sur la toile détrempée. À distance, la silhouette fantomatique de l'*Étoile d'Isis* s'éloignait. Elle se mit à hurler, mais le navire se dilua bientôt derrière un écran de vagues et de pluie. Elle connut un moment de terreur pure. Plaquée contre la voile, elle demeura prostrée, ballottée au gré des lames déferlantes, ruisselant d'une eau salée et écœurante. Perdue au sein de l'immensité liquide, elle faillit plusieurs fois céder au désespoir et relâcher sa prise pour se livrer aux flots déchaînés. Mais l'instinct de survie l'en empêcha. Peu à peu, elle réussit à se convaincre qu'Isis ne l'abandonnerait pas, qu'elle la protégerait. Si elle perdait la foi, le néant l'engloutirait. De toutes ses forces, elle se raccrochait aux paroles mystérieuses de l'aveugle. Elle devait *marcher dans les traces des dieux*. Les dieux étaient issus du Noun, l'océan originel. La mer était le Noun, ou son reflet. Elle devait les imiter, ne pas permettre que la Grande Verte prenne sa vie. Elle refusait de mourir. De toute son âme.

Au bout d'une éternité, il lui sembla que le balancement des vagues s'apaisait. Lentement, la lourde masse nuageuse s'éloignait, laissant derrière elle un ciel de traîne d'un gris métallique. Elle s'aperçut alors que d'innombrables débris flottaient autour de son esquif. Elle distingua également, à distance, quelques naufragés qui surnageaient, agrippés à des pièces de bois. Ils avaient dû être emportés en même temps qu'elle. Soudain, elle reconnut le marin blond, dérivant non loin d'elle. Oubliant son hostilité, elle rassembla ses forces et l'appela.

Le mât était assez grand pour supporter au moins deux personnes. Il abandonna le fragment d'aviron auquel il s'accrochait et nagea dans sa direction. Quelques instants plus tard, il avait pris place à son côté. Son regard couleur turquoise se posa sur elle, et un fin sourire de carnassier étira ses lèvres.

— Par les dieux, j'ai bien cru que cette fois la Grande Verte allait m'engloutir. Mon nom est Harkos. Comment t'appelles-tu ?

— Sahourê. L'*Étoile d'Isis* va revenir nous chercher, n'est-ce pas ? demanda-t-elle avec anxiété.

Il secoua la tête.

— Je crains que non. Il est impossible de retrouver un homme tombé à la mer avec une pareille tempête.

Et puis, il était lui-même en mauvaise posture. Sa seule chance est de tenter de gagner le port le plus proche. C'est la loi de la mer.

— Alors, qu'allons-nous devenir?

— Nous ne devons compter que sur nous-mêmes. Le plus simple serait de gagner la côte. Mais nous en sommes bien loin. Je ne sais pas si j'aurais la force de nager jusque-là.

Peu à peu, les nuages s'effilochèrent, laissant apparaître un ciel d'azur sur lequel couraient des nuées torturées par les vents résiduels. Seule une monstrueuse barre sombre subsista à l'orient, sous laquelle se découpait la ligne grisâtre d'un rivage, devinée entre les mouvements des vagues redevenues bleues. Déjà plusieurs naufragés avaient coulé. Hormis Thanys et Harkos, réfugiés sur le mât, il ne restait plus que huit survivants.

Les autres rescapés les avaient aperçus. Le mât double offrant le seul refuge possible, ils tentèrent de se diriger vers eux, mais la houle encore puissante ne leur facilitait pas la tâche. Parmi eux, Thanys reconnut Qourô. Elle lui adressa des signes véhéments pour l'encourager.

Tout à coup, l'un des naufragés poussa un cri déchirant. Sous le regard affolé des autres, sa tête et le haut de son corps furent traînés à la surface à une vitesse étonnante, soulevant une gerbe d'écume. Puis il replongea sous les flots où il disparut.

— Que se passe-t-il? hurla Thanys, en proie à une panique soudaine.

— Les démons des profondeurs! gémit son compagnon. Nous sommes perdus.

24

— Qu'est-ce que c'est, les démons des profondeurs ? demanda Thanys d'une voix blême.

— Des monstres énormes qui ressemblent à des poissons. Parfois, on les voit rôder auprès des navires. Leurs yeux sont petits, noirs comme la mort. Ils dévorent tout ce qu'ils voient, et leurs crocs sont plus acérés que le plus tranchant des silex.

— Que pouvons-nous faire ?

— Rien, malheureusement, répondit-il d'une voix lugubre. Ils vont nous tuer, l'un après l'autre. L'épaisseur de la voile nous protégera peut-être, mais jusqu'à quand tiendra-t-elle ? Et puis, elle n'est pas assez solide pour nous porter tous.

Un sentiment effroyable envahit Thanys. Harkos avait raison. En admettant que leur radeau résiste, si les naufragés parvenaient à le rejoindre, il faudrait en repousser certains et les sacrifier, sous peine de condamner les autres à mort. Mais comment, sur quels critères les choisir ? Qui avait plus le droit de vivre qu'un autre ? En attendant, il fallait privilégier les plus proches. Seul le timonier semblait capable de les rejoindre pour l'instant. Elle s'époumona :

— Qourô ! Hâte-toi !

L'interpellé redoubla d'efforts. Mais déjà plusieurs ailerons sinistres surgissaient à l'endroit où avait sombré la première victime. Une panique sans nom s'était emparée des autres survivants. Ils en oubliaient de nager, fouillaient désespérément les flots des yeux, afin de localiser le danger perfide qui fondait sur eux. Derrière le timonier, un hurlement déchirant retentit, qui s'éteignit dans un gargouillement ignoble. Terrorisés, les naufragés lancèrent des clameurs angoissées. Pendant ce temps, Qourô était presque parvenu à rejoindre le mât. Thanys et Harkos reculèrent pour lui laisser de la place. Au moins, lui serait sauvé.

Thanys tendit la main pour l'aider à se hisser à bord. Mais soudain, alors qu'il allait les atteindre, il poussa un cri affreux. Avec horreur, la jeune femme vit son visage se déformer sous l'effet de la souffrance. Un flot de sang jaillit de sa bouche, et il s'enfonça à son tour sous l'eau sombre.

— Qourô ! hurla Thanys.

Un bouillonnement abject, écarlate, témoignait du combat désespéré qu'il livrait sous la surface. Muette d'épouvante, elle n'osait plus faire un geste. Tout à coup, le corps du marin reparut. Thanys lâcha un cri de terreur. À la place du bras gauche ne subsistait qu'un moignon de chair sanguinolente et d'os broyés. Les traits figés sur une expression d'horreur totale, il s'enfonça de nouveau sous les eaux, emporté par le prédateur.

Terrifiés, impuissants à leur venir en aide, Thanys et Harkos assistèrent ainsi au massacre lent et impitoyable des autres naufragés. Le sort cruel avait décidé à leur place. Ils n'auraient pas à sacrifier eux-mêmes certains de leurs compagnons en leur refusant l'accès du radeau. Mais cela ne consolait pas Thanys pour autant. Prise de tremblements nerveux, elle s'était recroquevillée dans l'espace exigu situé entre les deux perches. À chaque hurlement qui lui vrillait les tympans, elle avait l'impression que c'était sa propre chair qui s'ouvrait, ses os qui craquaient sous les mâchoires implacables des requins.

Au bout d'un moment, elle n'y tint plus. Elle se redressa et poussa un hurlement de colère démentiel.

— Allez-vous en ! *Allez-vous-en !*

Ses yeux reflétaient un début de folie mêlée d'une panique totale. Alors, le marin la saisit brutalement par l'épaule et la gifla à toute volée. Elle retomba entre les deux perches, hébétée, puis éclata en sanglots. Mais la crise était passée. Bientôt, ils demeurèrent les seuls survivants.

— Pardonne-moi, dit-il. Nous ne pouvions rien faire. Tu n'es pas responsable de leur mort.

À bout de forces, elle s'écroula sur la voile, l'esprit en déroute. Les crocodiles ne lui avaient pas occasionné une terreur aussi grande. Peut-être parce qu'elle était habituée à leur présence. Ces monstres marins étaient encore plus féroces. Elle avait entrevu la gueule de celui qui avait tué le pauvre Qourô. Jamais elle n'oublierait ces yeux vides, sans âme, le regard de la mort elle-même. Une nausée incoercible la saisit et elle se mit à vomir.

Le mât et l'épaisseur de la voile leur offraient une sécurité relative. Par deux fois, un squale les avait heurtés avec violence, mais leur esquif de fortune avait tenu bon. Ils avaient pris le parti de ne pas bouger. Peut-être les démons finiraient-ils par abandonner ?

Mais ils durent déchanter. Tout autour, des ailerons inquiétants avaient entamé une ronde sinistre.

Tout à coup, l'un d'eux s'approcha et vint se frotter nonchalamment contre la toile. Partagée entre la colère et la terreur, Thanys dégaina son poignard. D'un geste puissant et précis, elle frappa le monstre. Celui-ci s'éloigna brusquement, laissant derrière lui une traînée rougeâtre. L'instant d'après, les autres ailerons convergèrent vers lui. Un combat d'une violence inouïe se déroula alors sous les flots, à quelque distance du radeau.

— Ils se dévorent entre eux ! s'écria le marin. Ces bêtes sont maudites.

Soudain, Thanys s'aperçut que les deux perches s'écartaient inexorablement.

— Harkos ! s'exclama-t-elle. La toile s'enfonce. Nous sommes perdus.

Déjà, les ailerons funestes avaient repris leur ronde, se rapprochant de plus en plus. Soudain, un phénomène incompréhensible se déroula sous les yeux des naufragés. L'un des requins fit un bond hors de l'eau, comme projeté par une puissance inconnue. Les autres semblèrent hésiter, puis se regroupèrent, plongèrent, émergèrent plus loin. Une effervescence incompréhensible agitait les flots, reflet d'une bataille furieuse et invisible.

— Il se passe quelque chose, murmura Thanys. On dirait qu'ils se battent.

Quelques instants plus tard, les ailerons réapparurent. Thanys poussa un gémissement angoissé.

— Oh, non ! Ils sont encore là !

Puis elle lâcha un cri de frayeur lorsqu'elle se rendit compte que les monstres convergeaient vers eux.

Elle reprit son poignard. Elle ne succomberait pas sans combattre.

— Non ! s'écria Harkos. Ce ne sont pas les démons. Regarde !

Plus morte que vive, Thanys reconnut alors des dauphins. Elle rengaina son arme.

— Ils ont chassé les poissons-tueurs ! clama le marin. Ils nous ont sauvés. Que les dieux soient remerciés.

— Mais… que nous veulent-ils ? demanda la jeune femme, intriguée par le manège des cétacés.

Ceux-ci donnaient de légers coups de rostre dans la voile, comme pour les inciter à abandonner leur embarcation précaire, qui ne tarda pas à se disloquer. Inquiets, Thanys et Harkos se laissèrent glisser dans l'eau. Deux dauphins vinrent se placer près de chacun d'eux en jacassant d'abondance. Timidement, Thanys posa la main sur la peau du sien. Surprise par la douceur fluide, elle saisit l'aileron de l'animal, imitée bientôt par son compagnon. Alors les dauphins les entraînèrent en direction de la côte.

Bien plus tard, Thanys ressentit avec plaisir la fermeté du sol sous ses pieds. Les dauphins les avaient déposés à proximité d'une plage, vers laquelle ils titubèrent, à la limite de l'évanouissement. À la lisière de la mer et du sable, ils s'écroulèrent, les membres glacés, engourdis par leur trop long séjour dans l'eau. Au loin, les cétacés bondirent plusieurs fois hors des flots, comme pour les saluer, puis disparurent.

— Lorsque nous conterons cette aventure, personne ne nous croira, souffla Harkos. J'avais déjà entendu parler de dauphins sauvant des marins d'un naufrage, mais j'avais toujours cru qu'il s'agissait de mensonges. Voilà pourquoi on dit qu'ils sont sacrés.

Thanys ne répondit pas. Elle ne parvenait pas à se convaincre qu'ils étaient hors de danger. Des visions atroces de mâchoires et de chairs déchiquetées bouleversaient son esprit. Tremblante, elle se replia sur elle-même, moralement et physiquement. La mise à mort ignominieuse de la femme adultère ne dépassait pas en horreur le spectacle épouvantable dont elle venait d'être témoin.

Après avoir réparé ses forces, Harkos s'approcha d'elle et l'obligea à se relever. L'un soutenant l'autre, ils gagnèrent le haut de la dune et étudièrent l'endroit où ils avaient échoué. D'un horizon à l'autre s'étirait une côte désertique, parsemée de dunes couvertes d'herbes jaunies. À l'orient s'étendait une plaine morne et marécageuse, détrempée par la tempête récente. Des collines forestières se dessinaient au loin, comme des aquarelles posées sur une nappe de brume translucide. Plus près, les silhouettes d'arbres d'un vert intense s'élevaient au milieu d'une végétation basse faite de roseaux et de plantes aquatiques. Nulle part ils n'aperçurent la trace d'une présence humaine. Harkos déclara :

— D'après l'orientation du soleil, nous devrions être sur les rivages du Levant. Plus au nord se trouve le port d'Ashqelôn. Avec un peu de chance, nous pouvons le joindre d'ici quelques jours.

Thanys acquiesça d'un signe de tête. Elle serra les dents pour maîtriser les frissons qui l'envahissaient. Malgré sa sollicitude, l'individu l'inquiétait. Elle ne devait pas faire montre de faiblesse. Elle tâta discrètement son ventre. La ceinture de cuir contenant ses richesses était toujours présente. Ses vêtements poisseux de sel et de sable lui collaient à la peau. Éprise de propreté comme tous les Égyptiens, elle aurait donné cher pour prendre un bain et se faire masser. Mais il était douteux qu'elle puisse satisfaire cette envie avant longtemps. Elle s'aperçut que son compagnon la contemplait bizarrement. Elle lui jeta un regard sombre.

— Tu n'es pas un homme ! dit-il enfin.

Ce n'était pas une question. Elle ne répondit pas. Il sourit et ajouta :

— Je m'en étais déjà douté sur le bateau, à ta façon de marcher. Et puis, lorsque nous étions réfugiés sur le mât, tu n'as pas pris la peine de déguiser ta voix. Elle ne peut appartenir qu'à une femme.

Reprise par l'angoisse, elle posa la main sur la garde de son poignard. Il éclata de rire.

— Allons, calme-toi ! Je ne te veux aucun mal. D'ailleurs je comprends pourquoi tu te dissimulais ainsi. Un tel voyage est très périlleux pour une femme seule, surtout quand elle est aussi belle et aussi jeune. Et les démons de la mer ne sont pas les seuls dangers à redouter.

Elle hésita. L'attitude de son compagnon n'avait rien de menaçant. Elle décida de lui accorder une confiance relative.

— C'est vrai, admit-elle, je suis une femme.

— Alors, dis-moi quel est ton vrai nom.

— Il vaut mieux pour toi que tu l'ignores, riposta-t-elle d'un ton rogue.

Elle se mit en route. Il soupira et la suivit. Elle n'avait aucune envie de parler avec lui. Elle n'oubliait pas qu'il l'avait giflée. Bien sûr, il avait instantanément calmé sa crise de folie, mais elle ne pouvait... elle n'avait aucune envie de lui pardonner. Il ne paraissait même pas bouleversé par le massacre auquel ils venaient d'assister. Elle détestait son sourire, son regard bleu pâle, inaccoutumé chez les Égyptiens. Les femmes en raffolaient, et il ne devait plus compter ses bonnes fortunes. Son ton protecteur l'agaçait. Elle connaissait ce genre d'homme. Il ne lui déplaisait certainement pas de se retrouver seul avec elle. Il s'imaginait sans doute avoir affaire à une aventurière, l'une de ces femmes sans attaches qui vivent librement. Elles n'étaient pas rares en Égypte. Cependant, s'il pensait pouvoir s'offrir un peu de bon temps avec elle, il se trompait lourdement.

Elle devinait son regard fixé sur elle, dans son dos. Rageuse, elle força l'allure. Pour constater quelques instants plus tard que le souffle lui manquait. Le sable ne lui facilitait pas la marche. Harkos n'eut aucune peine à la rejoindre. Il écarta les bras en signe d'impuissance.

— Pourquoi me fuis-tu ? Je ne suis pas ton ennemi.

Elle refusa de répondre. Soudain, il la saisit par le bras et la contraignit à s'arrêter.

— Écoute, femme-dont-j'ignore-le-nom, cesse de t'alarmer. Même si je te trouve jolie et attirante, nous avons plus urgent à faire que de conter fleurette, ne crois-tu pas ?

Elle se dégagea brusquement et le fixa dans les yeux. Elle aurait voulu le repousser, le remettre à sa place. Mais ils avaient besoin l'un de l'autre. Après une hésitation, elle déclara :

— Tu as raison, Harkos. Excuse-moi.

Ils poursuivirent leur chemin en silence. Thanys ne

comprenait pas sa propre conduite. Elle aurait voulu pouvoir traiter Harkos comme un camarade d'infortune. Au lieu de cela, elle le rembarrait avec une sauvagerie inexplicable. Dans son esprit, de multiples pensées se livraient un combat insensé, chaotique : réminiscences terrifiantes, angoisse, terreur, incertitude, auxquelles venait se mêler un sentiment incohérent, qu'elle ne parvenait pas à définir. Alors, elle réagissait d'instinct, sans réfléchir.

Pendant les quelques miles qu'ils parcoururent, ils n'échangèrent pratiquement aucune parole. L'angoisse rongeait l'âme de la jeune femme. Par moments, une envie insensée s'emparait d'elle : elle aurait voulu s'arrêter, se blottir dans les bras de son compagnon pour oublier, effacer les visions infernales qui la taraudaient. Mais à chaque fois elle la rejetait violemment ; elle eût été la preuve flagrante de sa faiblesse.

Vers le soir, ils ramassèrent quelques coquillages, récoltèrent des fruits sauvages et s'installèrent dans un creux de la dune, à l'abri du vent. Le bois disponible étant encore trop humide, ils n'avaient pu allumer de feu. Serrés flanc contre flanc pour préserver la chaleur, ils avalèrent leur nourriture avec voracité. Peu à peu, Thanys se détendit. Harkos faisait preuve envers elle d'une délicatesse qu'elle n'aurait pas soupçonnée chez un marin. Il lui ouvrait ses coquillages, lui choisissait les meilleurs fruits. Pour rompre le silence qui les séparait, il entreprit de lui raconter sa vie.

— Je ne suis pas égyptien, dit-il. Je suis né dans un pays montagneux, situé bien loin au-delà de la Grande Verte. Je fus capturé très jeune par un peuple du Nord, les Hyksos. Ils firent de moi un esclave, mais, parvenu à l'âge adulte, je réussis à m'enfuir. Arrivé à Byblos, je me suis engagé comme marin. C'est un métier difficile et dangereux, mais au moins, je suis libre.

Il se tourna vers elle :

— As-tu déjà été esclave ?

— Non, répondit-elle laconiquement.

Il lui conta quelques-unes de ses aventures, dans lesquelles il glissa des notes d'humour qui lui tirèrent quelques sourires. Malgré son visage rude, que l'on aurait pu prendre pour celui d'une brute, il possédait une forme de sagesse forgée sans doute par l'expérience de ses voyages. Mais surtout, elle ressentait en lui un amour immodéré de la vie qui l'amenait à ne rien prendre au tragique. Il éprouvait une grande estime pour Qourô, et sa mort l'attristait, mais il l'acceptait avec fatalisme.

Peu à peu, le sentiment absurde qui hantait Thanys se manifesta de nouveau en elle, sournois, inexplicable. Elle aurait voulu continuer de le détester, mais elle ne parvenait déjà plus à se souvenir de la raison de son ressentiment. Ces quelques heures passées ensemble le lui faisaient paraître plus humain, et aussi plus attirant. Malgré elle, elle dut admettre qu'elle n'était pas indifférente aux petites griffures qui marquaient son visage, à sa peau hâlée par le soleil et le sel, à sa musculature puissante, sculptée par un travail rude. Elle se surprit à aimer son rire lorsqu'il lui narrait une anecdote amusante. Insensiblement, sa voix, la chaleur mâle contre son flanc, son souffle régulier et profond éveillèrent tout au fond de sa chair un désir équivoque, qu'il ressentait certainement. Elle lui fut reconnaissante de feindre d'ignorer l'envie incontrôlable qui lui fouettait les reins.

Était-ce donc si difficile d'être une femme ?

Lorsque, recrus de fatigue, ils s'allongèrent sur le sable, il l'enveloppa de ses bras. Elle le laissa faire, anxieuse, mais aussi trop heureuse de recueillir ainsi un peu de réconfort. Elle redouta un instant qu'il abusât de la situation, mais il n'en fit rien. Son corps collé contre le sien lui diffusait une tiédeur agréable, dans laquelle elle aurait aimé se fondre entièrement. Malgré la saison, un froid insidieux lui mordait les bras et les cuisses. Cependant, elle finit par sombrer dans le sommeil, épuisée par les épreuves de la journée.

Vers le milieu de la nuit, des images cauchemardesques envahirent ses rêves. Des visages défigurés, des corps lacérés passaient devant ses yeux, tandis que retentissaient des hurlements déchirants. Des mâchoires sanglantes tentaient de la happer. Une terrible sensation d'étouffement la saisit, l'oppressa. Haletante, elle s'éveilla, en proie à la panique. Deux bras la saisirent, la ramenèrent au sein d'une chaleur bienfaisante.

— Calme-toi, murmura une voix apaisante. Ce n'était qu'un cauchemar.

L'esprit en déroute, elle se blottit encore plus étroitement contre lui, enserra ses bras autour de son cou. Son haleine tiède lui réchauffait la nuque. Alors, la panique s'évanouit pour laisser place à une trouble émotion charnelle. Elle aurait voulu la chasser, mais il était trop tard. L'odeur du sable et de la mer, mêlée à celle de sa peau, l'enivrait. Elle avait trop besoin de la protection d'un homme.

Ce ne fut pas lui qui prit l'initiative. Plus tard, lorsqu'elle repenserait à cette nuit hors du temps, elle devrait s'avouer qu'elle fut la seule responsable.

Les étreintes de Djoser lui manquaient. Mais il était

si loin. Peut-être ne le reverrait-elle jamais. Son visage était flou, presque inaccessible dans sa mémoire. Et la chaleur qui irradiait son ventre était puissante, impérieuse. Elle aurait voulu ne pas faiblir, mais sa chair se montrait à chaque instant plus exigeante. Alors, vaincue, elle murmura :

— Aime-moi !

Il eut un instant d'hésitation. Puis, avec des gestes lents et doux, il se coucha sur elle, ses mains se posèrent sur ses cheveux, sa poitrine, son ventre. Une fièvre proche du délire gagna Thanys.

Le lendemain, un bien-être nouveau avait chassé le malaise dévorant de la veille. La nuit magique lui laissait un goût étrange au fond de la gorge. Contrairement à ce qu'elle avait imaginé, il s'était montré délicat. Il connaissait les femmes, et savait parfaitement les amener au plaisir.

Cependant, elle ne parvenait pas à s'expliquer comment elle avait pu céder aux impératifs de son corps avec cet homme qu'elle ne connaissait pas. Elle aimait toujours Djoser, et n'avait jamais imaginé pouvoir le trahir. Or, c'était bien ce qui s'était produit. Pourquoi était-elle si fragile ?

— Écoute, dit-elle enfin. Nous ne devons pas recommencer. Un homme m'attend déjà en Égypte. Je ne comprends pas…

— Je sais que tu aimes un autre homme, répondit-il avec un sourire amer. C'est son nom que tu as murmuré cette nuit.

Thanys frissonna. Il la prit par l'épaule avec tendresse.

— Rassure-toi, je n'exige rien de toi. Seul un insensé

ou un orgueilleux pourrait s'imaginer capable d'arracher l'amour du cœur d'une femme. Mais je ne suis ni l'un ni l'autre, et je n'ai pas envie de tenter l'aventure, même si je n'ai jamais rencontré de femme aussi fascinante que toi.

Il laissa passer un court silence, et ajouta :

— Et puis, que peut espérer un malheureux marin de la part d'une princesse d'Égypte ?

Elle le regarda avec étonnement.

— Alors, tu sais qui je suis ?

— Je m'en étais douté avant même que nous fassions naufrage. Il y a une dizaine de jours, des messagers de l'Horus Sanakht sont venus à Busiris nous avertir de la fuite de la princesse Thanys. Puis le bruit de ta mort a couru, et l'on ne t'a plus cherchée. C'était avant ton arrivée. Mais lorsque je t'ai vue sur le pont de l'*Étoile d'Isis*, je me suis dit que tu n'étais peut-être pas aussi morte qu'on le prétendait. Quelle femme, hormis une princesse de haut rang, oserait entreprendre seule un voyage aussi périlleux ?

— Et tu n'as rien dit...

— Je n'éprouve pas une grande sympathie pour les gardes royaux. D'autant plus que l'on m'avait conté ton histoire. Et tu m'en as donné la confirmation cette nuit, en prononçant le nom de Djoser.

Elle se serra contre lui avec affection.

— Ne te sens pas coupable, reprit-il avec un sourire triste. Parfois, des circonstances extrêmes nous amènent à commettre des actes qui nous sembleraient inconcevables en temps normal.

— Quel étrange langage dans ta bouche, ô Harkos. Nos marins ne font pas preuve d'une telle lucidité habituellement. D'où connais-tu si bien la vie ?

— Lorsque j'étais captif chez les Hyksos, on me mit au service d'une vieille femme. Elle dirigeait le Conseil des Mères. C'était une personne très sage et très savante. Elle m'enseigna la langue et les coutumes des Hyksos. J'ai beaucoup appris avec elle, notamment à respecter les femmes.

Thanys ne répondit pas. Elle venait de s'enrichir d'une nouvelle leçon. Elle ne devait pas juger un homme sur son seul rang. Parfois, les individus les plus modestes pouvaient se révéler fort sages.

— Nous allons nous remettre en route, dit son compagnon. Il nous reste encore beaucoup de chemin à parcourir. Mais il vaudrait mieux que tu conserves ton déguisement masculin. Tous les hommes ne sont pas aussi braves que moi.

Elle l'embrassa avec tendresse.

— Tu es un véritable ami, Harkos. Je suivrai ton conseil.

Grelottant de froid la nuit, desséchés par le soleil, le vent et le sel pendant le jour, les deux rescapés poursuivirent leur chemin. Pas une fois ils n'aperçurent âme qui vive.

Il leur fallut cinq jours pour parvenir en vue d'Ashqelôn.

25

Fondée par les Égyptiens trois siècles auparavant, Ashqelôn avait été le premier comptoir commercial établi sur les côtes du Levant. À l'époque, seules de petites barques pouvaient y aborder pour négocier avec les tribus de pêcheurs et de bergers nomades qui vivaient dans l'arrière-pays. Mais la situation du port, installé sur une côte bordée par une monotone succession de dunes, ne convenait guère aux gros vaisseaux. Un siècle plus tard, on lui préféra Byblos. Le comptoir avait subsisté, mais son trafic s'était considérablement ralenti. Rares étaient les navires marchands qui y faisaient encore escale.

Quelques bâtiments de briques crues, malmenés par les vents et les tempêtes, se dressaient dans le voisinage du port. Acacias, sycomores, palmiers et figuiers cernaient la petite cité. La tourmente récente en avait arraché quelques-uns, mais les autres avaient pris un éclat nouveau. Ashqelôn n'avait aucun rapport avec les florissantes cités égyptiennes. Cependant, après la solitude désespérante de la côte sauvage, Thanys et Harkos eurent l'impression que l'endroit était très peuplé.

Des masures de torchis s'agglutinaient le long de

ruelles étroites qui abritaient un peuple de pêcheurs, auxquels se mêlaient des bergers vêtus de couvertures en poils de chèvre tissés. Nombre d'animaux erraient sur les lieux, moutons, chèvres, porcs, chiens, ainsi que quelques ânes. Des artisans fabriquaient des poteries grossières, des vêtements rustiques, bien différents des élégants habits égyptiens. Les hommes portaient de larges robes grises dont un vaste repli protégeait la tête. Le visage des plus âgés s'ornait d'une barbe.

Dès qu'ils arrivèrent, une foule de femmes et de gamins curieux les entoura en jacassant d'abondance. Thanys avait repris sa tenue masculine. Harkos expliqua leur aventure dans le langage local. Aussitôt, on les mena jusqu'au port, protégé par une digue grossière.

— Regarde ! dit soudain Thanys.
— L'*Étoile d'Isis* !

Malgré leur épuisement, ils hâtèrent le pas et se rendirent sur le môle aux dalles disjointes. La profondeur des eaux n'était guère importante, et le navire semblait à demi échoué. De près, ils constatèrent qu'il était bien mal en point. L'absence de mât lui conférait l'allure d'une énorme barque maladroite. La cabine du capitaine n'existait plus, et la lisse avait été emportée sur une grande longueur. Mais apparemment, il était parvenu à se maintenir à flot.

La silhouette de Sementourê se dressa sur le pont dévasté. Il poussa un grondement de joie et sauta à terre pour les serrer dans ses bras puissants.

— Que les dieux soient remerciés ! rugit-il. Ils vous ont conservé la vie.

Il les entraîna ensuite dans l'unique auberge du village, où ils retrouvèrent les marchands de Busiris en compagnie de quelques nomades. On leur servit de la bière égyptienne sauvée de la tempête. Là, ils durent raconter leur odyssée par le menu. Lorsqu'il apprit qu'ils étaient les seuls survivants, le gros Mentoucheb fondit en larmes.

— Mon ami Patenmheb a été emporté lui aussi par la tempête. Nous faisions le voyage vers Byblos depuis plus de vingt ans. C'était le meilleur des compagnons. Il ne méritait pas de mourir ainsi.

Sementourê renchérit :

— Nous avons tous perdu des amis dans cette catastrophe, ô Mentoucheb. Mais nous devons nous réjouir d'être encore en vie, et louer les dieux qui ont sauvegardé Sahourê et Harkos.

Il se tourna vers Thanys :

— Ami Sahourê, malgré les pertes cruelles qui nous ont frappés, sache que nous avons pu préserver la majeure partie de notre chargement, qui était solidement arrimé. Notre mission commerciale n'est donc pas remise en cause. Cependant, l'*Étoile d'Isis* est très endommagé. Il va me falloir de longs jours pour le remettre en état. Je ne vais pas pouvoir me rendre à Byblos, ainsi qu'il était prévu. Mais notre ami Mentoucheb a négocié avec les Amorrhéens. Ils se sont offerts à former une caravane.

Il désigna les nomades, dirigés par un vieil homme aux yeux d'un gris très pâle. Mentoucheb prit la parole :

— Malheureusement, nous ne pourrons emprunter la route qui longe la côte. Les Peuples de la Mer ont investi plusieurs villages entre ici et Byblos, et il est plus prudent de les éviter. Nous rejoindrons donc Byblos par l'intérieur des terres. Le voyage sera plus long, mais nous y gagnerons en sécurité. Ashar, que voici, dirigera le convoi.

Thanys observa le vieil Amorrhéen. Le visage mangé par une longue barbe grise en broussaille, son regard de rapace semblait percer l'âme de ses interlocuteurs. Les hommes plus jeunes qui l'entouraient étaient vraisemblablement ses fils. Il prit la parole dans un égyptien teinté d'un fort accent :

— Nous nous dirigerons d'abord vers la Mer Sacrée, où nous devons acheter du bitume, puis nous remonterons vers la grande piste du nord par la vallée du Hayarden[1]. Le malheur, c'est que nous sommes contraints de passer par le royaume de Jéricho, où vivent les Martus. Ce sont des êtres barbares et cruels. Cependant, nous avons conclu la paix avec eux.

— Mais, pour me rendre à Uruk, que dois-je faire? demanda Thanys.

— On ne peut traverser le terrible désert de l'est, répondit Mentoucheb. La piste se poursuit vers le nord au-delà de Byblos. Elle passe par Ebla, qui est un carrefour important. Là, une route traverse les montagnes de l'Aman et mène vers l'Anatolie, le pays des Hyksos. Une autre se dirige vers l'Orient et rejoint la vallée de l'Euphrate. Le fleuve te mènera d'abord dans le pays d'Akkad, puis dans celui de Sumer. Mais c'est un long et périlleux voyage.

— Certainement pas pire que la traversée de la Grande Verte, répliqua Thanys avec un sourire.

Les marchands s'esclaffèrent. Cependant, la bonne humeur des Égyptiens parut contrarier le vieux nomade.

---

1. Le Jourdain.

— Vous avez tort de rire, gronda-t-il d'une voix gutturale. Ramman, le dieu de l'orage, est irrité de la conduite des hommes. Bientôt, sa colère les anéantira.

Mentoucheb intervint :

— Ami Sahourê, il faut que tu saches qu'Ashar est aussi prophète. Il a prédit qu'une catastrophe effrayante devait détruire le monde.

Le vieil homme leva un doigt menaçant vers le ciel et renchérit :

— Bientôt, la foudre divine frappera les hommes et les balaiera de la surface de la Terre. Croyez-moi, cette tempête n'était qu'un avertissement. Mon garçon, rends grâces à tes dieux de leur clémence à ton égard.

Thanys surprit des sourires discrets sur le visage des Égyptiens. Elle ne partageait pas leur optimisme. Les paroles de l'Amorrhéen résonnaient étrangement dans son esprit. L'aveugle du plateau de Rê avait prononcé des mots similaires, cinq ans auparavant. *De grands bouleversements se produiront dans le monde*, avait-il dit. Faisait-il allusion au désastre prédit par le vieillard ? Elle se rendait compte qu'une atmosphère étrange régnait à Ashqelôn, qui n'était aucunement due aux caprices du temps. Les indigènes demeuraient fermés, hantés par une angoisse incompréhensible, comme s'ils attendaient quelque chose d'effrayant.

Harkos avait repris son poste sur le navire. Sementourê l'avait nommé en remplacement de Qourô. Thanys se retrouva seule en compagnie des marchands égyptiens. Elle élut domicile dans la taverne déjà occupée par ses compagnons. Pendant les dix jours nécessaires à la constitution de la caravane, elle aida les négociants à répertorier les marchandises, dont la plupart, comme l'avait dit Sementourê, avaient été sauvées du désastre. On les avait entreposées dans les bâtiments de brique. La nuit, les guerriers égyptiens les gardaient afin d'éviter tout chapardage.

Mentoucheb avait su gagner la confiance des nomades en leur promettant une part du négoce. L'essentiel serait convoyé à dos d'âne et sur des attelages tirés par de grands chiens. Mais une partie serait transportée à dos d'homme.

Le jour, Thanys errait dans la petite ville, bavardant avec les Amorrhéens, dont elle s'efforçait de comprendre la langue.

Parmi eux se trouvait un groupe d'une douzaine d'individus à l'allure inquiétante. Moshem, le fils cadet d'Ashar, lui expliqua qu'il s'agissait de Hyksos venus des lointaines montagnes du nord pour commercer avec les tribus locales. Barbus, les yeux vifs, les étrangers portaient des casques de cuivre martelé et des arcs courts, d'une précision remarquable. Ayant perdu le sien lors de sa fuite, Thanys se demanda s'il serait possible d'en troquer un avec ces gens.

Les Hyksos passaient le plus clair de leur temps à s'entraîner dans un vaste champ situé à l'extérieur d'Ashqelôn. Thanys aimait les observer. Un jour, l'un d'eux s'adressa à elle dans sa langue rauque. Elle comprit qu'il lui proposait d'utiliser son arme. Un peu méfiante, elle s'approcha. Il lui tendit l'arc et une flèche. Thanys prit l'objet en main, apprécia la qualité du bois, sa courbure élégante, sa légèreté, la finesse et la rectitude de la flèche. Les cibles, situées à une vingtaine de pas, se composaient de vieilles poteries et de crânes d'animaux posés sur un mur de brique.

Thanys fixa la flèche, banda l'arc, visa, et tira. Le

trait décrivit une superbe courbe au-dessus du champ... mais manqua la cible. Des rires goguenards saluèrent son échec. Mais leur chef, un gaillard aux yeux d'émeraude, hocha la tête d'un air dubitatif. Il posa la main sur l'épaule de Thanys et lui tendit une seconde flèche. La jeune femme avait été surprise par la puissance inhabituelle de l'arme. Sa conception était différente des arcs égyptiens et sa précision sans doute supérieure. Djoser lui avait enseigné comment faire le vide dans son esprit et se concentrer sur la cible comme si rien d'autre n'existait. Elle prit une profonde inspiration, s'imprégna de l'idée que l'arme faisait partie d'elle-même. La flèche jaillit et alla pulvériser un crâne de mouton, à la stupéfaction des autres. Le chef éclata de rire à son tour et se moqua de ses compagnons. Il avait immédiatement décelé l'adresse de Thanys. Aussi lui permit-il de venir s'entraîner avec eux. Chaque matin, la jeune femme les rejoignait. En quelques jours, elle acquit une parfaite maîtrise de l'arc hyksos.

Un jour, Raf'Dhen, le chef hyksos, lui proposa un marché. Il avait remarqué, lors des trocs avec les nomades, qu'elle possédait quelques joyaux magnifiques. L'un d'eux excitait particulièrement sa convoitise. C'était une broche d'électrum incrustée de lapis-lazuli, qu'il souhaitait échanger contre un arc. Mais la valeur du bijou était bien supérieure. Thanys hésita. Elle ne pouvait courir le risque de froisser le Hyksos, dont elle avait constaté la susceptibilité. Elle lui proposa alors un concours de tir. S'il gagnait, elle lui offrait la broche. Dans le cas contraire, elle exigeait l'arc et un carquois plein. Elle lui fit admirer le joyau. Les yeux du Barbare se mirent à luire d'envie.

Prévenus comme par magie, les badauds d'Ashqelôn s'agglutinèrent à l'arrière du champ. Sous le regard intéressé de l'assistance, les deux concurrents se postèrent à trente pas et sélectionnèrent chacun trois flèches. Les deux premières atteignirent leur but sans coup férir, ainsi que les deux suivantes, tirées cette fois à quarante pas.

Raf'Dhen se gratta la barbe. Visiblement, ce garçon à l'air efféminé était plus adroit qu'il ne l'aurait imaginé. Il proposa de reculer d'une dizaine de pas. Ce qu'ils firent. Encore une fois, les flèches firent mouche. Mais Thanys avait eu le temps, en quelques jours, de se familiariser avec l'arme. À Mennof-Rê, elle atteignait une petite jarre à cent pas. Avec cet arc, elle était persuadée de renouveler l'exploit. Elle plaça une poterie sur le mur, choisit une nouvelle flèche et compta cinquante pas supplémentaires. Le Hyksos la contempla d'un œil incrédule et jeta une phrase sèche que le vieil Ashar traduisit :

— Il dit que tu n'es qu'un prétentieux, Sahourê. Aucun homme n'est capable d'atteindre une cible à pareille distance.

Thanys ne répondit pas. La corde vibra, la flèche fusa... et fit exploser le récipient. Un hurlement d'enthousiasme jaillit des spectateurs. La jeune femme sourit à son adversaire, qui poussa un épouvantable grognement. Puis il recula à son tour. On plaça une nouvelle poterie. Raf'Dhen ne pouvait faire moins qu'elle. Il visa, tira. La flèche manqua sa cible de peu. De rage, le Hyksos jeta son arme sur le sol. Mais il ne pouvait revenir sur sa parole. Thanys examina un à un les arcs qu'il lui proposait et sélectionna celui qui lui semblait le meilleur. Puis Raf'Dhen lui offrit, de mauvais gré, un carquois plein.

Cependant, la rancune qu'elle décela dans le regard sombre du chef l'inquiéta. Les Hyksos devaient accompagner la caravane. Elle ne pouvait se permettre de s'en faire des ennemis. Elle prit la broche d'électrum et la tendit à Raf'Dhen en demandant à Ashar de traduire ses paroles.

— Dans mon pays, j'étais le meilleur tireur de Mennof-Rê. J'ai gagné cet arc parce qu'il était plus précis que tous ceux que j'ai possédés jusqu'à présent. C'est donc un peu grâce à toi que je t'ai vaincu. Aussi, je souhaiterais que tu acceptes ce cadeau, afin que nous soyons amis.

Le Hyksos demeura un long moment silencieux, puis un sourire éclaira son visage. Il prit le bijou et saisit Thanys par les épaules.

— Par les dieux, je me suis laissé surprendre par ton apparente fragilité, mon garçon. Tu t'es bien joué de moi. Mais je ne t'en veux pas. J'accepte ton présent.

Un grondement de joie et de soulagement secoua l'assemblée. Les Hyksos étaient connus pour leur caractère ombrageux. Il valait mieux ne pas les provoquer.

Un peu plus tard, Ashar attira Thanys à l'écart.

— Ô Sahourê, tu t'es montré bien imprudent avec les Hyksos.

— Pourquoi? Raf'Dhen a accepté mon cadeau.

— Méfie-toi cependant. Ces gens sont orgueilleux. Aujourd'hui, il se prétend ton ami, mais dis-toi que jamais il n'oubliera que tu lui as fait perdre la face vis-à-vis des siens et de mon peuple.

— C'est bien, je l'éviterai.

Le vieil homme hésita, puis ajouta :

— Autre chose : tu es bien jeune, et ton allure rappelle beaucoup celle d'une fille. Alors, prends garde. Dans la caravane, les femmes sont peu nombreuses, et certains hommes, dont les Hyksos, n'hésitent pas à soulager leurs envies avec des adolescents.

Thanys posa la main sur son poignard et répliqua d'une voix sourde :

— Dans mon pays, un pêcheur a tenté d'abuser de moi. Je l'ai tué.

Ashar la fixa dans les yeux. Elle soutint son regard sans faiblir. Enfin, il déclara :

— Les dieux n'aiment pas que l'on prenne la vie de ses semblables. Eux seuls peuvent en disposer. Mais quelquefois, ajouta-t-il en écartant les bras, les circonstances en décident autrement.

Par précaution, Thanys demeura en compagnie des Égyptiens jusqu'au départ. En prévision de la longue route qui s'annonçait, elle troqua l'un de ses anneaux d'or contre un petit âne. De même, elle fit l'acquisition d'une tente de peau et d'une couverture en poils de chèvre.

Le matin du départ, Thanys fit ses adieux à Sementourê et à Harkos. Ce dernier l'entraîna à l'écart.

— Reste sur tes gardes, Thanys. Je suis seul à connaître ton secret, et je n'ai rien dit. Mais le voyage vers Sumer sera long, et d'autres peuvent se douter de ton identité. Une femme telle que toi constitue une proie alléchante.

— Je te promets d'être prudente, Harkos. Et je te remercie d'avoir gardé le silence.

Il eut un sourire triste.

— Le souvenir de ton visage illuminera mes jours jusqu'à la fin de ma vie.

Il la pressa longuement contre lui, comme on étreint un ami avec qui on a enduré de pénibles épreuves. Puis il s'écarta d'elle et rejoignit le navire d'un pas vif, sans se retourner. Un curieux pincement serra le cœur de la jeune femme. Le souvenir de la nuit des dunes la hantait. Même si cette aventure devait rester sans lendemain, elle garderait toujours pour le marin un sentiment trouble.

La caravane progressait lentement, au rythme des petits ânes lourdement chargés. Un troupeau de moutons et de chèvres suivait, surveillé par des lévriers à poils longs. On ne parcourait pas plus d'une dizaine de miles dans la journée. Après la tempête récente, un soleil de plomb inondait de nouveau la piste.

Un phénomène curieux surprit Thanys. Contrairement à la vallée du Nil, qui n'excédait pas quelques miles de largeur de part et d'autre du fleuve, le royaume des bédouins s'étendait dans toutes les directions. Peu après avoir quitté la côte, ils traversèrent des étendues clairsemées, couvertes d'un sol rocailleux, où la végétation se regroupait autour de points d'eau, sous forme d'étangs et de marais. On y croisait des oliviers, des amandiers, des acacias, des arbousiers, ou encore des arbustes comme les lentisques aux feuilles rousses. L'herbe rase faisait le bonheur des moutons et des chèvres, mais elle eût été insuffisante à nourrir des troupeaux de taureaux comme ceux que l'on voyait dans le Delta. Pourtant, dans ce monde baigné d'une lumière éblouissante vivait tout un peuple d'animaux sauvages. On rencontrait ainsi d'innombrables gazelles, qui, pour les nomades, symbolisaient l'amour maternel, des addax masqués de blanc, des oryx, des autruches, des ibex, sortes de bouquetins dont les cornes longues et recourbées étaient fort prisées par les Bédouins. Outre les chats sauvages, les vipères à corne et autres cobras, il fallait se méfier des fauves qui rôdaient la nuit à proximité du campement, comme les loups, les caracals ou les léopards. Malgré la vigilance des bergers et de leurs chiens, plusieurs moutons furent ainsi emportés.

Plus loin, le relief se modifia pour laisser place à une succession de montagnes basses couvertes de vastes forêts de cèdres et de pins, où il fallut se méfier des hordes de loups et même des ours[1].

Ce pays du Levant, où l'on croisait parfois des tribus appartenant à des peuplades différentes, ne laissait pas d'intriguer Thanys. Au travers des conversations, elle finit par comprendre qu'il n'était qu'un vaste territoire où plusieurs ethnies vivaient ensemble, dans un équilibre de paix précaire. On rencontrait ainsi quelques Élamites et Akkadiens venus du lointain Orient, au-delà du désert, de nombreux Amorrhéens, mais aussi des Martus, apparemment détestés par les précédents.

Le fait qu'elle ne comprît pas la langue des nomades gênait beaucoup Thanys. Aussi demanda-t-elle à son ami Moshem de la lui enseigner, ce qu'il fit avec joie, heureux de pouvoir bavarder avec ce jeune homme étrange, dont l'érudition le surprenait. D'une curiosité candide, il l'interrogeait sur l'Égypte, sur sa vie. Afin de se protéger, Thanys avait étoffé son personnage de

---

1. À cette époque, les pays du Levant étaient recouverts par une forêt importante, qui fut lentement détruite par les hommes pour les besoins de l'agriculture et du bois de construction.

fils unique d'un riche négociant. Mais il lui en coûtait de mentir ainsi à son compagnon.

C'était un adolescent au regard intelligent, d'humeur toujours égale. Elle avait remarqué que ses frères, tous plus âgés que lui, lui manifestaient une animosité singulière. Un jour, il lui expliqua qu'ils lui reprochaient d'être le fils préféré de leur père, parce qu'il l'avait eu avec sa dernière femme, pour laquelle le vieil Ashar avait éprouvé un amour passionné. Malheureusement, la mère de Moshem était morte alors qu'il était encore enfant. En raison de ce rejet sournois, Thanys s'était attachée à lui. Ils voyageaient souvent de conserve.

Un jour, elle aperçut un troupeau d'ânes sauvages que les nomades appelaient *péréh*[1]. Moshem lui expliqua que l'on n'avait jamais réussi à les domestiquer. C'était grand dommage, car ils filaient comme le vent.

Parfois, la caravane traversait les terres d'un village d'agriculteurs installé autour d'un point d'eau. On passait alors des heures à palabrer avec les habitants, qui profitaient de l'occasion pour improviser une petite fête.

Le soir, après avoir partagé le repas de ses compagnons égyptiens, Thanys regagnait sa tente, le poignard à portée de main. Elle avait remarqué que certains nomades l'observaient avec intérêt. L'avertissement du vieil Ashar n'était sans doute pas vain. Mais elle redoutait surtout que, malgré toutes ses précautions, ils eussent percé son secret.

---

1. *Péréh* : onagre, ou âne sauvage de Mésopotamie, qui peut atteindre 65 km/h.

Après quelques jours, la succession de collines forestières mena la caravane jusqu'à un relief plus accidenté, qui ralentit sa progression. La végétation se clairsema. Par endroits, les arbres firent place à des plantes cactées, dont certaines donnaient des fruits juteux et sucrés. C'était le royaume des vautours et d'un curieux rapace à tête blanche, que les indigènes appelaient *oiseau-pierre*[1]. Celui-ci se nourrissait d'œufs d'autruches qu'il brisait d'une manière singulière : il sélectionnait de gros cailloux qu'il saisissait dans son bec et laissait choir violemment.

Malgré le relief, la chaleur augmenta encore, provoquant chez les individus les plus faibles des pertes en eau. La piste s'engagea dans une suite de défilés encaissés entre des montagnes escarpées, au relief chaotique.

Une nuit, Thanys fut réveillée par un grondement mystérieux, qui semblait sourdre de la terre elle-même. Sous son corps, le sol vibrait d'une façon étrange. Affolée, elle se redressa, s'enveloppa dans sa couverture de laine et sortit de sa tente. À l'orient, l'aurore illuminait le ciel d'or et de rose. Autour d'elle, les nomades couraient en tous sens, en proie à la panique. Certains tombaient sur la rocaille, déséquilibrés par les mouvements brusques du terrain. Une poussière épaisse s'élevait par endroits, emportée en tornades par le vent du désert. Soudain, comme par enchantement, tout s'immobilisa, et le grondement laissa place au silence.

Hébétés, les voyageurs se regardèrent. Thanys rejoignit Mentoucheb. Les yeux hagards, le gros marchand

---

1. Le percnoptère (genre de rapace).

venait à peine de sortir de sa tente, et semblait ne rien comprendre.

— Que s'est-il passé ? demanda la jeune femme en oubliant de contrefaire sa voix.

Il la regarda bizarrement, puis répondit :

— Parfois, dans ces régions, la terre tremble, comme si un monstre gigantesque tentait de s'échapper des profondeurs du sol. Souvent, cela ne dure pas. Mais il arrive que des failles apparaissent, au fond desquelles coulent des fleuves de feu.

— Serait-ce… une manifestation d'Apophis ?

— Peut-être, Sahourê. Les Amorrhéens attribuent ces phénomènes au dieu de la colère, Daggan, les Sumériens à la divinité de l'outremonde, Kur. Mais il existe des endroits où ils sont encore plus redoutables. On dit même que, dans la presqu'île du Sinaï, la montagne elle-même s'embrase.

Un peu plus tard, la caravane reprit sa route.

Dans la matinée, Moshem invita Thanys à le suivre dans une expédition de reconnaissance. Montés sur leurs petits ânes, ils s'écartèrent de la caravane et se dirigèrent vers un paysage aride, inondé d'une lumière éblouissante. Soudain, Moshem arrêta sa monture et se tourna vers elle.

— Puis-je te poser une question, ô Sahourê ?

— Bien sûr.

— As-tu une sœur ?

Interloquée, elle ne répondit pas immédiatement.

— Non, je suis fils unique. Pourquoi me demandes-tu cela ?

Il hocha la tête d'un air soucieux.

— C'est curieux. Il m'arrive parfois que Ramman me parle dans mes rêves. Cette nuit, peu avant le phénomène effrayant qui a secoué les entrailles de la terre, j'ai fait un songe bizarre.

— Quel songe ?

— Une femme m'est apparue. Il y avait un homme à son côté, que je ne connaissais pas. Devant eux s'étirait un immense champ de blé. Et tous les épis se courbaient dans leur direction, comme pour leur témoigner leur adoration. Mais ces épis étaient aussi des hommes, un peuple tout entier. Et moi-même, je faisais partie de ce peuple. L'homme et la femme souriaient. Mais le plus étrange, c'était que cette femme mystérieuse te ressemblait trait pour trait.

Une vive émotion s'empara de Thanys, qu'elle masqua par un violent effort de volonté. Elle répondit d'un ton rogue :

— Ce n'était qu'un rêve, Moshem. Je n'ai pas de sœur.

Intrigué par sa réaction agressive, il la regarda, puis reprit son chemin en hochant la tête.

Bientôt, ils parvinrent à proximité de surprenantes concrétions pâles et luisantes sous une avancée rocheuse. Ces mystérieuses statues rappelaient vaguement des silhouettes humaines. Thanys les désigna au jeune nomade qui se mit à frissonner. Il conta alors une étrange histoire.

— La légende dit qu'autrefois une ville maudite se dressait dans ce pays, dont les habitants se livraient à toutes sortes de débauches. Un seul homme obéissait aux lois divines. Alors, Ramman vint l'avertir qu'il allait détruire la ville sous un déluge de feu. Il lui recommanda de fuir, avec sa famille, et de ne pas se retourner pour voir la destruction de la cité. Mais sa femme, trop curieuse, ne l'écouta pas et regarda le feu divin embraser la ville. Elle fut alors changée en statue de sel. C'est peut-être elle qui se dresse devant toi.

— Où se trouvait cette ville ?

— Personne ne le sait. Il n'en reste rien, répondit laconiquement le jeune homme, visiblement impressionné.

Puis il dirigea son âne vers la caravane, peu désireux de demeurer dans les parages. Thanys resta un instant en arrière. Au loin, entre le chaos des éboulis, s'étendait une vaste étendue de roche vitrifiée, sur laquelle on ne discernait aucune végétation. Intriguée, elle s'approcha. Il lui sembla deviner, par endroits, le souvenir de ce qui avait pu autrefois être une muraille. Peut-être n'était-ce qu'un effet de son imagination. Mais une angoisse sourde la pénétra. Sans qu'elle pût expliquer pourquoi, une vision se forma dans son esprit, l'image d'une cité orgueilleuse, détruite en quelques instants par un feu effroyable surgi de la terre elle-même. Était-ce un phénomène semblable à celui qu'ils avaient subi à l'aube qui avait anéanti cette ville ?

Mal à l'aise, elle poussa son petit âne pour rejoindre la caravane.

26

Depuis plus de dix jours, l'armée de Meroura avait quitté les rives verdoyantes du lac de Moêr pour s'enfoncer dans le désert de l'Ament. Afin d'économiser ses forces, on voyageait de nuit, sous la clarté blafarde de la lune, qui transformait les rochers en d'inquiétantes silhouettes de monstres endormis.

Pendant le jour, on s'abritait sous les tentes installées à l'ombre précaire offerte par de rares éminences rocheuses. Un soleil impitoyable accablait les guerriers harassés. L'air semblait fait de braises incandescentes qui pénétraient les poumons sous forme d'une poussière impalpable.

Dans cet univers infernal, il n'existait aucune piste véritable. D'un bord à l'autre de l'horizon s'étalait un paysage sauvage, où des monticules déchiquetés par les vents secs et brûlants s'élevaient au milieu d'une immense étendue de crocs de rocaille dont la couleur variait selon les périodes de la journée. À l'aube, lorsque Khepri se gonflait à l'orient, la moindre élévation, la plus petite bosse se découpait en ombre ténébreuse sur le sol d'un ocre lumineux. Au milieu du jour, une lumière éblouissante blessait les yeux, noyant le paysage dans un halo aveuglant. La nuit, lorsque l'armée suivait silencieusement les dépressions sculptées par l'érosion, le désert se révélait en une harmonie claire-obscure de bleus et de gris angoissants, où toute anfractuosité pouvait dissimuler un danger.

Parfois, le *khamsin* se levait, balayant le plateau aride, s'infiltrant en hurlant dans les gorges. Chacun s'abritait dans les anfractuosités de la roche, le visage et les membres griffés par des millions d'aiguilles. L'horizon disparaissait alors derrière un écran de sable qui flottait encore dans l'air surchauffé bien après que le vent infernal se fut calmé.

Pourtant, la vie s'agrippait avec férocité à ce monde redoutable, multipliant les ingéniosités lui permettant de capter la moindre humidité. Les rares plantes avaient la consistance du cuir. Gerboises et fennecs côtoyaient d'innombrables scorpions, lézards et serpents. Dans le ciel tournoyaient de grands oiseaux noirs à l'affût de charognes.

Régulièrement, Meroura envoyait des groupes d'éclaireurs pour tenter de déceler la trace d'une présence humaine. Mais les recherches se révélaient souvent infructueuses. À peine captura-t-on un jour quelques nomades affolés que leur nombre réduit mettait hors de cause.

Un matin, l'armée parvint dans une région étrange, où subsistaient les lits à sec de rivières éphémères, qui ne coulaient que lors de rares averses. Elles se gonflaient alors en de violents torrents de boue qui se dirigeaient vers le lac de Moêr sans jamais l'atteindre, absorbés bien avant par les sables. Ces crues irrégulières entretenaient une végétation chétive, qui abritait tout un peuple de rongeurs, de gazelles, mais aussi de vipères à cornes dont il fallait se méfier à chaque pas.

Par endroits persistaient des nappes d'eau bordées de palmeraies curieusement désertes, mais qui de toute évidence avaient été occupées peu de temps auparavant. Intrigué, Meroura décida d'explorer méticuleusement la région.

Sur son ordre, Djoser et ses compagnons partirent en reconnaissance. S'enfonçant résolument vers l'ouest, ils franchirent une succession de collines desséchées, puis découvrirent une nouvelle vallée au fond de laquelle stagnait une rivière fangeuse menant vers une petite oasis nichée dans une dépression. Cette fois, la population qui l'habitait s'y trouvait encore. Mais elle n'en partirait plus jamais.

Un jeune soldat se détourna pour vomir. Comme à Karûn, des pieux sinistres se dressaient au bord de l'étang, où des corps méconnaissables achevaient de pourrir. Certains étaient déjà réduits à l'état de squelettes. Dérangés par l'arrivée des guerriers, quelques vautours abandonnèrent leurs victimes et s'élevèrent nonchalamment, portés par les courants d'air chaud. Le cœur au bord des lèvres, les guerriers s'avancèrent au milieu des cadavres.

— Ce massacre est ancien, grogna Semourê, certainement plus d'une lune.

— Mais qui a pu faire ça ? s'emporta Djoser. Les pillards se massacrent-ils entre eux à présent ?

Ils entreprirent de fouiller les restes du campement. Soudain, un gémissement insolite attira leur attention, provenant d'un monticule proche, percé d'anfractuosités.

— On dirait qu'il y a quelqu'un là-bas, s'écria un guerrier.

— Il me le faut vivant ! hurla Djoser.

Les armes à la main, ils convergèrent vers l'amas rocheux. Une nouvelle plainte retentit, vite étouffée. Tout à coup, ils découvrirent, tapis au creux d'une cavité, recroquevillés l'un contre l'autre, un enfant et une jeune fille aux yeux emplis de terreur, sans doute les seuls survivants du massacre. Le petit garçon ne devait pas avoir trois ans. Leur maigreur squelettique trahissait leur faim.

Djoser s'approcha de la fille et lui parla avec douceur. Elle eut un pathétique geste de défense, puis se mit à trembler. Il sortit alors quelques fruits secs de son sac et les lui tendit. Elle les prit avec précaution, sans cesser de le fixer, puis les partagea avec le petit. Mis en confiance, ils se jetèrent sur la nourriture avec avidité. Comprenant qu'on ne lui voulait aucun mal, la jeune fille se lança dans un discours incompréhensible. Par chance, Kebi, un guerrier originaire de Shedet, connaissait le dialecte des Bédouins du désert. Il écouta attentivement, puis traduisit :

— Elle s'appelle Lethis, fille du sage Moussef, chef du clan que nous avons découvert. Le petit est son frère. Il y a plus d'une lune, des hommes sont venus de la terre lointaine de Kattarâ, où règne le roi du Peuple des Sables. Ils exigeaient que tous les guerriers valides se joignissent à eux. Moussef a refusé. Alors, ils ont massacré toute la tribu. Lethis a pu s'enfuir et se cacher avec le gamin. Depuis, elle a survécu en chassant des rongeurs et des insectes. Elle redoute le retour de ceux de Kattarâ, mais elle craint aussi que les esprits des morts ne viennent la tourmenter, parce qu'elle n'a pas eu le courage de leur offrir une sépulture.

— Pourquoi les Kattariens les ont-ils tués ?

— D'après elle, le Peuple des Sables a toujours vécu en paix. Seuls certains clans se livraient au pillage. Mais le vieux roi est mort il y a deux ans, sans successeur mâle. Un jeune chef lui a succédé, issu d'une nation belliqueuse. Elle a entendu ce qu'il disait à son père. Après s'être proclamé roi du désert, il a décidé de rassembler toutes les tribus pour mener la guerre contre le peuple du grand fleuve d'orient. Celles qui refusent de se plier à son autorité sont impitoyablement exterminées.

— Voilà pourquoi les nomades ont quitté les oasis des rivières sèches. Ils ont dû rejoindre les rangs de ce chien.

— Cette fille peut nous être utile, seigneur, elle affirme savoir où se trouve Kattarâ. Sa tribu s'y rendait pour le troc.

— Peut-on accorder confiance à une Bédouine ? intervint Semourê, sceptique. Si elle nous attirait dans un piège…

La jeune fille cracha encore quelques paroles.

— Je n'ai pas tout compris, dit Kebi, mais il semble qu'elle cite le nom d'un certain Bashemat en souhaitant que les porcs lui bouffent les intestins.

Djoser se tourna vers Semourê.

— À sa place, n'aurais-tu pas le désir de te venger ?

Lorsque Djoser rejoignit Meroura, celui-ci fit interroger Lethis. De ses paroles, il ressortit que Kattarâ se situait à vingt jours de marche au-delà du pays des rivières fantômes. Elle y avait accompagné son père peu avant la mort du roi Hussir. Une fois par an, les tribus s'y réunissaient pour commercer. C'était une vaste cuvette bordée de collines et de dunes de sable, au fond de laquelle s'étendait un grand lac aux eaux vertes. Au bord du lac se dressait un massif rocheux.

Si les chefs régnaient sans partage sur leurs clans, ils devaient tous, en théorie, obéissance au roi de Kattarâ. Dans la pratique, ces liens de vassalité ne s'exerçaient guère. Le désert garantissait l'indépendance de chaque tribu. Cependant, les massacres récents prouvaient que le roi Bashemat avait su imposer sa loi aux autres.

Dès la tombée de la nuit, l'armée se mit en route, guidée par la petite Lethis. Des guerriers apitoyés avaient pris son jeune frère en charge. Malgré son épuisement, elle marchait fièrement près de Djoser, sans jamais se plaindre.

La journée, au plus fort de la chaleur, elle dormait sous sa tente, roulée en boule, serrant l'enfant dans ses bras. Depuis quelques jours, elle mangeait de nouveau à sa faim, profitant des animaux abattus par les chasseurs, gazelles ou phacochères, et son corps avait déjà retrouvé quelques rondeurs. Malheureusement, il n'en était pas de même pour son frère, dont l'état se dégradait peu à peu. Djoser savait qu'il était condamné. Il n'avait plus que la peau sur les os.

Il ne survécut pas dix jours. Un après-midi, un cri éveilla le jeune homme. Lethis lui jeta un regard suppliant en montrant le gamin, recroquevillé dans une position bizarre. Il se glissa près de lui, mais il était trop tard. La déshydratation avait fait son œuvre. Lethis éclata en sanglots, puis se blottit contre Djoser.

Lorsque les pierres du désert eurent recouvert le corps de l'enfant, Lethis resta un long moment immobile, le regard fixé sur la sépulture. Dans ses yeux luisait une détermination farouche, reflet de la haine qui l'habitait. Elle n'avait plus personne désormais. Ceux de Kattarâ lui avaient tout pris. Sa silhouette rappelait un peu celle de Thanys. Elle devait avoir le même âge. Djoser en éprouva une vive douleur. Il serra les dents pour la chasser. Les combats étaient imminents. Bientôt, tout serait terminé.

Un matin, l'armée ne fut plus qu'à une journée de Kattarâ. Meroura réunit son état-major.

— Nous nous approcherons au plus près la nuit prochaine, et nous attaquerons dès demain, déclara-t-il. Que les hommes réparent leurs forces.

Djoser intervint.

— Une chose m'étonne, ô Meroura. Les villages ont été attaqués à quelques jours d'intervalle. Les pillards campaient donc à proximité du lac. Or, depuis notre départ d'Égypte, nous n'avons rencontré aucun parti ennemi. Il semblerait qu'ils soient revenus à Kattarâ. Mais pourquoi ?

Meroura ne répondit pas immédiatement.

— Ta remarque est juste, seigneur Djoser. Quelle conclusion en tires-tu ?

— Je pense qu'ils voulaient attaquer Shedet, mais ils n'étaient pas assez nombreux pour cela. Ce maudit Bashemat a dû ordonner à ses tribus de se réunir ici, pour préparer une vaste offensive contre les Deux-Terres. Et cette fois, ils ne se contenteront pas de quelques villages. Nous devrions nous montrer vigilants. S'ils sont plus nombreux que nous, nous serons vaincus. Ils possèdent une parfaite connaissance des lieux. Il vaudrait mieux envoyer des éclaireurs pour tenter d'évaluer leurs forces.

Le vieux général fourragea dans sa barbe et répondit :

— Et bien entendu, tu te proposes pour cette mission !

— Avec ta permission, ô Meroura.

— C'est bien. Nous attendrons tes informations.

Djoser réunit aussitôt sa troupe de fidèles. Au moment du départ, Lethis vint le trouver. Elle lui prit fébrilement les mains et prononça quelques mots que Kebi traduisit.

— Elle te demande d'être très prudent, seigneur. Elle dit que tu portes le désir de mort dans tes yeux, parce qu'une peine lourde est dans ton cœur. Elle a peur de ne jamais te revoir.

Djoser ne répondit pas.

Suivant un relief chaotique alternant avec de vastes étendues de rocaille et des ravins creusés par de nouvelles rivières éphémères, la petite troupe se dirigea vers l'endroit indiqué par Lethis. La jeune Bédouine n'avait pas menti. Vers le milieu de l'après-midi, ils parvinrent au sommet d'une colline depuis laquelle ils découvrirent l'oasis de Kattarâ. Dissimulés derrière des replis du terrain, ils étudièrent les lieux. Au centre s'étendait un grand lac bordé de palmiers. À l'est, émergeant de la dépression au sol rougeâtre, s'élevait un massif rocheux creusé de cavernes. Des chemins joignaient les bords du lac aux habitations troglodytiques, aménagées dans les failles naturelles de la roche. Une foule innombrable donnait à l'endroit l'aspect d'une fourmilière. Sur les rives se dressaient plusieurs centaines de tentes.

— Ils sont plus nombreux que nous, remarqua Piânthy. Même en attaquant de nuit, nous ne sommes pas sûrs de vaincre.

— Nous devons anéantir ce nid de frelons, rétorqua Djoser. Nous avons l'avantage de la surprise. Ce chien de Bashemat ne doit pas s'attendre à ce que l'on vienne lui livrer bataille jusque dans son repaire.

Il indiqua le lit incertain d'une rivière à sec qui rejoignait le lac.

— Regardez ! En nous dissimulant au creux de cette ravine, nous pourrons parvenir au cœur de leur campement sans qu'ils nous aperçoivent.

Dans son esprit se formaient déjà les plans de la bataille à venir, avec des lignes d'archers protégeant les troupes d'assaut, des rangs de boucliers et de lances investissant l'oasis, des torches incendiant les tentes. Leur seule chance reposait sur l'effet de surprise.

Ils allaient repartir lorsqu'un phénomène étrange attira leur attention.

— Par les dieux ! murmura Djoser. Que se passe-t-il ?

27

— On dirait que le Noun dévore le désert, souffla un guerrier apeuré.

Au septentrion, bien au-delà de Kattarâ, le ciel subissait une étrange métamorphose. Peu à peu l'azur immuable et profond qui surplombait habituellement le désert se chargeait d'une épaisse barre de nuages qui progressaient inexorablement vers le sud. Une saute de vent brutale bouscula soudain les guerriers, tel le souffle d'une bête gigantesque.

— Tout cela n'est pas normal, murmura Semourê. Il ne pleut jamais sur l'Ament.

Les bourrasques avaient forci, faisant naître des tornades qui parcouraient les étendues de rocaille, soulevant des colonnes de sable et de pierre. Au cœur de la dépression, les Kattariens semblaient pris de panique. Les vents furieux soulevaient de hautes lames qui parcouraient le lac en tous sens. Au milieu des palmiers tordus par les rafales, plusieurs tentes furent emportées par des tourbillons puissants.

Djoser se souvint tout à coup des paroles de l'aveugle. «De grands bouleversements se produiront», avait-il dit. Il n'aurait su expliquer pourquoi, mais il savait que la tempête naissante leur était liée. Mennof-Rê n'avait-elle pas été victime de pluies violentes ces derniers temps, avant même le départ de Thanys ? Certains prêtres y voyaient le signe de terribles cataclysmes.

Il se tourna vers Semourê.

— Tu vas retrouver Meroura et lui rapporter ce que nous avons découvert. Qu'il tente de nous rejoindre.

— Les vents de sable vont nous retarder, objecta le jeune homme.

— Je ne redoute pas les vents, mais les pluies. Prenez garde à ne pas suivre les lits des rivières. Leur niveau risque de monter brusquement.

Semourê acquiesça, puis s'en fut, suivi par quelques guerriers. Djoser et ses compagnons reportèrent leur attention sur Kattarâ. Une véritable folie s'était emparée des habitants, qui couraient partout pour tenter de rattraper les bêtes effrayées ou les tentes arrachées.

— La colère des dieux ! grelotta un soldat tremblant de peur. Le souffle d'Apophis va nous engloutir.

— Cet endroit est l'entrée du royaume d'Osiris, renchérit un autre. Nous sommes perdus.

— Bouclez-la ! leur intima Djoser.

La falaise de nuages poursuivait sa progression inexorable, emplissant lentement le ciel d'un bord à l'autre de l'horizon. La clarté se modifia étrangement, prenant des reflets de safran avant de sombrer dans un gris ténébreux. Bientôt, il ne subsista plus du ciel qu'une bande de turquoise pâle qui se dilua dans les brumes palpitantes du sud. Les courants brûlants ascendants creusaient dans le manteau des nuées d'inquiétants vortex, comme animés d'une vie propre. Vers le nord, une série d'éclairs zébraient le paysage apocalyptique.

Djoser et ses compagnons se tapirent au creux de leurs abris. Soudain, une énorme goutte de pluie éclata sur le visage du jeune homme. Au loin, Kattarâ se dilua derrière un rideau d'averses prodigieuses, qui avançait vers eux à une vitesse stupéfiante. En quelques instants, le déluge les rejoignit, les dépassa, détrempant un sol avide qu'il transforma rapidement en un cloaque immonde. Des odeurs inconnues montaient du sol sous l'effet de la fraîcheur nouvelle. Une demi-nuit déchirée par la foudre les enveloppa.

Soudain, un grondement inquiétant s'ajouta au vacarme de la tempête. Djoser rampa jusqu'à la limite de l'escarpement rocheux. En contrebas s'étirait la rivière. Le bruit se précisa. Vers l'est, une muraille de flots boueux dévalait le lit à sec, charriant dans sa fureur d'énormes blocs de pierre qu'elle roulait vers l'aval. À l'orée de l'oasis, quelques nomades avaient cru s'abriter du vent en s'installant dans la dépression creusée par le cours d'eau. Ils n'eurent pas le temps de s'enfuir. Avant qu'ils n'aient pu comprendre d'où provenait le fracas effrayant qui faisait trembler le sol autour d'eux, la vague fut sur eux, et les emporta sous le regard impuissant et affolé des autres.

Djoser rejoignit ses compagnons. Il n'aurait su dire depuis combien de temps duraient ces trombes d'eau. Enfin, le déluge se calma, se transforma en une pluie résiduelle. Autour d'eux s'élevèrent des colonnes de vapeur qui noyèrent le désert dans un brouillard singulier.

Abasourdi, le jeune homme se demanda si le soldat n'avait pas raison. Ce lieu terrifiant ne pouvait être que l'entrée du royaume des morts. Pourtant, la masse nuageuse s'estompait, abandonnant derrière elle un ciel de traîne déchiqueté, où la lune pleine se couvrait par intermittence de voiles diaphanes que les vents effilochaient. Des étoiles timides apparurent.

Après avoir pris un peu de repos, Djoser et Piânthy se risquèrent de nouveau au bord de l'escarpement. Dans la lumière bleue, Kattarâ offrait un aspect de dévastation. Le lac avait gonflé, envahissant les rives, noyant les campements.

— Le moment serait idéal pour lancer l'attaque, souffla Djoser.

— Il vaudrait mieux attendre Meroura, fit remarquer son ami. Tu ne comptes pas exterminer cette racaille à toi tout seul!

— Je crains qu'il ne soit pas là avant demain. Le déluge le retardera.

Pourtant, vers le milieu de la nuit, l'armée les avait rejoints.

— Les dieux nous sont venus en aide, déclara Meroura. Malgré la pluie, nous avons réussi à passer. Par Osiris, je n'avais jamais subi semblable tempête.

Il se rendit lui-même au sommet de la colline afin d'observer l'ennemi.

— Nous allons attaquer avant l'aube, déclara-t-il. Ainsi, l'effet de surprise sera total.

Djoser approuva et expliqua à Meroura le plan qu'il avait conçu. Le vieux général hocha la tête avec satisfaction.

— Je ne vois rien à redire, ô Djoser, dit-il enfin. L'Horus Sanakht a eu tort de te retirer ton commandement. Parfois, j'ai l'impression que tu n'as plus rien à apprendre de moi. Je vais donc te confier un détachement.

Le vieil homme réunit son état-major et assigna les

missions. Une heure plus tard, s'abritant derrière les blocs de rochers plongés dans l'ombre nocturne, l'armée progressait dans un silence total en direction de Kattarâ.

Préoccupés par les dégâts subis et incapables d'imaginer qu'un millier d'hommes les assailliraient en plein désert, les pillards ne décelèrent leur présence qu'au dernier moment.

Soudain, une armée innombrable sembla surgir du néant pour encercler l'oasis. Suivant les consignes de Djoser, des rangs d'archers se déployèrent de part et d'autre de la rivière de boue, décochant trait sur trait. Puis une troupe de soldats armés de lances se rua sur les défenseurs paniqués, qui n'eurent pas le temps de s'organiser. Des combats farouches éclatèrent un peu partout. Djoser fut le premier à déborder les lignes ennemies. Maniant le glaive et la hache, il prenait des risques insensés, toujours en tête de ses hommes, qu'il entraînait avec fougue vers les affrontements les plus hasardeux. Si le nombre parlait en faveur des Kattariens, la science militaire des Égyptiens compensait largement ce désavantage. Ils eurent tôt fait d'envahir l'oasis. Peu à peu, les pillards survivants furent refoulés en direction du massif rocheux, où s'étaient réfugiés les femmes et les enfants.

Lorsque Rê entama sa longue course dans un ciel de nouveau limpide, l'ennemi avait perdu plus de la moitié de ses combattants. Les archers égyptiens avaient provoqué des ravages dans leurs rangs.

Défendant leurs cavernes avec l'énergie du désespoir, les Kattariens parvinrent à contenir une première vague d'assaut. Aux côtés de Djoser, Piânthy reçut un mauvais coup de lance et s'écroula. Furieux, le prince se rua sur son adversaire et lui fendit le crâne d'un coup de hache. Après s'être assuré que la blessure de son compagnon n'était pas sérieuse, il entraîna ses troupes vers les grottes, se jetant comme un démon au cœur de la mêlée, sans souci de sa propre sauvegarde. Malgré le manque de sommeil, il ne ressentait aucune fatigue. Il lui semblait s'être dédoublé, entraînant ses hommes toujours plus loin, fendant les groupes adverses avec une hargne qui les faisait reculer. Les images des corps empalés ne quittaient pas son esprit.

Pourtant, sa fougue et son imprudence n'amenaient pas le résultat escompté. Alors que nombre de ses hommes avaient été touchés, lui-même ne souffrait d'aucune blessure, comme si un esprit bénéfique le protégeait. Parfois des volées de flèches sifflaient dans sa direction. Aucune ne l'atteignait. Son audace et sa force impressionnaient ses ennemis, galvanisaient ses guerriers. Peu à peu, les pillards débordés reculèrent. Les combats se déplacèrent jusqu'à l'intérieur des grottes.

Soudain, un individu grimaçant se dressa devant Djoser, armé d'un casse-tête. À la richesse de ses vêtements, le jeune homme comprit qu'il avait affaire au roi Bashemat, à l'origine des massacres. Il se rua sur lui avec détermination. Une bataille furieuse s'engagea. Mais le bandit ne possédait pas la force suffisante pour contenir la haine de son adversaire. Sous un coup plus violent que les autres, la hache ruisselant de sang de Djoser s'enfonça dans la face de son ennemi, lui fendant la boîte crânienne. Sous les yeux médusés de ses hommes, Bashemat battit des bras, tituba, puis s'écroula dans la poussière de la caverne. Terrorisés, ils lâchèrent leurs armes.

La journée s'acheva sur une victoire totale. Si les

Égyptiens avaient perdu une centaine de guerriers, ils avaient tué quatre fois plus de pillards. Les survivants furent désarmés et entravés, les troupeaux rassemblés. Le butin fut chargé sur le dos des ânes. Seuls les enfants et les vieillards seraient abandonnés sur place.

Afin d'ôter toute velléité d'évasion de l'esprit des prisonniers, Meroura fit trancher la tête de tous les chefs de tribus qui s'étaient ralliés à Bashemat et les exposa autour de l'endroit où ils avaient été parqués.

Lorsque enfin il put prendre un peu de repos, Djoser rejoignit Piânthy blessé. Par chance, les côtes avaient dévié la lame de la lance. Il en serait quitte pour une superbe cicatrice.

À la nuit tombée, Meroura reçut Djoser sous sa tente. Comme à son habitude, il affichait un visage sombre. S'il avait obtenu la victoire, il déplorait ses guerriers morts au combat, au nombre desquels se trouvaient deux de ses lieutenants.

— Ton plan a parfaitement réussi, ô Djoser. Nos pertes sont lourdes, mais elles auraient pu l'être davantage.

— Ton approbation me réjouit, ô Meroura.

— C'est à toi que nous devons cette victoire. Pourtant...

— Pourtant ?

— Tu as pris des risques stupides, ajouta le vieil homme d'un ton sec. Tu aurais dû être tué cent fois.

Le jeune homme baissa la tête.

— C'est vrai. Les dieux me furent favorables.

Meroura l'observa longuement sans un mot, puis lui posa la main sur l'épaule.

— Alors, tu devrais te fier à leurs signes. Ils ne désirent pas que tu meures.

Djoser releva les yeux sur le général qui l'interrompit d'un geste.

— Ne dis rien, mon fils. Je sais pourquoi tu as recherché la mort aujourd'hui. Mais Osiris n'a pas voulu de toi. Alors, tu dois lutter, reprendre goût à la vie, avec la hargne dont tu as fait montre au cours de ce combat. N'oublie pas que tu es un prince d'Égypte, et qu'elle a besoin de ta valeur.

— Un prince d'Égypte que l'Horus a ravalé au rang de simple guerrier, rétorqua Djoser avec amertume.

— T'ai-je jamais traité ainsi? Si ma loyauté me commande d'obéir au roi, je reste seul maître pour décider de l'emploi de chacun de mes hommes. Sanakht apprendra ta conduite glorieuse de ce jour. Je lui demanderai de te redonner ton grade de capitaine. La belle victoire que nous lui ramenons, le butin et les esclaves devraient infléchir favorablement sa décision.

— Voici deux lunes, j'ai accompli un exploit en sauvant la vie de l'Horus, répondit Djoser avec amertume. Il m'a récompensé en me séparant de la femme que j'aimais. Elle a perdu la vie en fuyant le sort ignoble auquel il voulait la réduire. Je doute qu'il me pardonne ce nouveau triomphe.

— Les circonstances sont différentes, répliqua Meroura. En voulant épouser Thanys, tu te dressais contre sa volonté. Cette fois, tu lui rapportes une victoire qu'il a souhaitée.

— Il me hait. Il fera tout pour me détruire.

— Il ne peut se priver d'un guerrier de ta valeur.

Meroura se tut quelques instants, puis poursuivit:

— Je deviens vieux, ô Djoser. Bientôt, un homme plus jeune devra me remplacer. Toi seul en es capable.

Je ne voudrais pas que l'armée d'Égypte passe sous le commandement d'un individu comme Nekoufer.

Le mépris qu'il avait laissé transparaître en prononçant le nom du chef de la garde royale n'échappa pas au jeune homme.

— Ce Nekoufer se prend pour un grand stratège. Mais c'est un imbécile bouffi d'orgueil qui mènera l'Égypte au désastre si l'Horus lui confie la direction de la Maison des Armes. Voilà pourquoi je veux tout faire pour que tu me succèdes. Dès notre retour, je parlerai au roi.

28

Après avoir traversé le terrifiant désert volcanique, la caravane aborda un plateau rocailleux et accidenté, sur lequel soufflait un vent léger venu du nord. Sa fraîcheur bienfaisante apaisa la pénible sensation d'étouffement due à la chaleur torride qui régnait depuis quelques jours. Moshem vint trouver Thanys.

— Nous allons emprunter le défilé rocheux que tu aperçois là-bas. Mais auparavant, je voudrais te montrer quelque chose.

Quelques instants plus tard, tous deux se dirigeaient vers l'extrémité du plateau. Le paysage était hallucinant. La végétation avait quasiment disparu, tandis que la roche avait pris une couleur d'un blanc éclatant, éblouissant sous les rayons du soleil de midi. Tout autour se creusaient d'innombrables canyons griffés par l'érosion des vents.

Moshem et Thanys parvinrent sur une large avancée montagneuse, qui surplombait un panorama fabuleux. L'adolescent n'avait pas menti. Au pied de la falaise élevée s'étendait une mer étrange, aux reflets de turquoise, dont on apercevait à peine l'autre rive.

Elle s'éloignait vers le sud et le nord, baignée par la lumière aveuglante de Rê.

— Ceci est la Mer Sacrée, commenta le jeune homme. Elle est tellement salée que rien n'y vit, ni poisson, ni plante sous-marine. La coutume veut que l'on se plonge dans ses eaux pour se purifier.

Fascinée, Thanys demeura un long moment dans la clarté merveilleuse qui émanait des lieux. Une nouvelle idée s'imposa à elle. Dans son enfance, elle pensait que le monde se limitait à l'Égypte, vallée prodigieuse arrosée par son fleuve-dieu, et à quelques pays lointains sans grand intérêt. Mais depuis qu'elle avait quitté sa terre natale, elle découvrait qu'il était beaucoup plus vaste qu'elle se l'était imaginé, et qu'il regorgeait de beautés extraordinaires.

Une odeur insolite flottait dans l'air, âcre et entêtante, qui ne ressemblait en rien à celle de la Grande Verte. Par endroits s'étiraient de longues taches étincelantes, dont Moshem lui apprit qu'il s'agissait de plaques de sel. À l'horizon, on devinait de larges flaques noirâtres autour desquelles s'affairaient de petites silhouettes humaines.

— Les gisements de bitume, expliqua le jeune nomade. Nous allons en acheter aux tribus qui les exploitent. Le bitume sert à calfater les navires, ou à rendre les récipients étanches. On prétend aussi qu'il peut guérir nombre de maladies.

Les caravaniers avaient fait halte sur les rives de la Mer Sacrée. Obéissant à une antique tradition, ils s'étaient défaits de leurs vêtements pour se tremper dans ses eaux exceptionnellement claires. Respectant cette coutume, les Égyptiens et les Hyksos se mêlèrent aux Amorrhéens.

— Accompagne-nous, ô Sahourê, dit le gros Mentoucheb. Un jeune homme comme toi ne peut avoir peur de l'eau.

Embarrassée, Thanys répondit :

— Justement, après le naufrage, je... je ne sais pas si j'ai très envie de me baigner. J'ai absorbé assez d'eau voici quelques jours.

Chez les Égyptiens, la nudité était parfaitement naturelle. Les enfants ne portaient pas leur premier pagne avant l'âge de huit ans. Quant aux adultes, ils adoraient se baigner ou se faire masser nus. À Mennof-Rê, Thanys n'y avait jamais accordé d'importance. Cette fois, c'était différent : elle devait préserver son identité. Il lui était déjà difficile de s'isoler le matin pour faire sa toilette.

— Tu as bien tort, répondit Mentoucheb en haussant les épaules.

Cependant, Thanys constata qu'il conservait son pagne sur lui.

— Les Amorrhéens sont très pudiques, expliqua-t-il. Ils ne se montrent jamais nus en public. Étant sur leur territoire, nous devons respecter leurs coutumes. Si tu changes d'avis, je te conseille d'en faire autant.

Thanys hésita. Elle portait toujours les bandages destinés à comprimer sa poitrine. Mais le prétexte de la blessure pouvait les expliquer, et elle ne souhaitait pas attirer l'attention sur elle. Voyant que tous les nomades et ses compagnons étaient déjà dans l'eau, elle abandonna sa cape et s'avança avec précaution. Elle plongea très vite. Stupéfaite, elle constata que son corps ne s'enfonçait guère, comme si la mer la repoussait. Elle recracha la gorgée qu'elle avait failli avaler. Jamais elle n'avait rencontré une eau aussi salée. À ses côtés, Moshem éclata de rire. Amusée, Thanys se laissa flotter, le corps à demi émergé. Il était quasiment impossible de nager.

Elle remarqua soudain que les Hyksos et quelques Amorrhéens se rapprochaient d'elle. Une brusque poussée d'adrénaline l'envahit. Raf'Dhen s'adressa à elle. Moshem traduisit :

— Ils veulent savoir pourquoi tu portes des bandelettes.

— Une blessure, répondit-elle évasivement.

Les autres éclatèrent de leur rire guttural.

— Eau de la Mer Sacrée bonne pour blessure ! insista un jeune Amorrhéen dans un mauvais égyptien. Toi peux enlever.

— Laissez-moi tranquille ! s'écria Thanys.

Les rires redoublèrent. Tout à coup, ils se jetèrent sur elle avec des éclats de voix joyeux. Elle se débattit violemment, mais ils étaient trop nombreux. Elle eut beau appeler, personne ne se manifesta. Il était coutume de chahuter les jeunes hommes qui se tenaient à l'écart, et l'allure hermaphrodite de Thanys ne les incitait pas à la clémence. Des mains agrippèrent ses bandages et tirèrent vigoureusement. Un Hyksos arracha son pagne. Après quelques instants d'une lutte féroce, où ses agresseurs avaient récolté quelques coups de griffe et de dents, ils la lâchèrent, éberlués. Partagée entre la honte et la fureur, elle se dressa, offrant sa silhouette nue à leurs regards avides.

— Toi être une femme ! s'exclama le jeune Bédouin.

Il y eut un instant de flottement. Puis Ashar, Mentoucheb et les autres se rapprochèrent.

— Écartez-vous ! hurla Thanys, au comble de la colère et de l'humiliation.

Énervée, elle récupéra son pagne flottant sur l'eau, le passa d'un geste vif autour de ses hanches, et remonta sur la rive, les larmes aux yeux. Ashar vint la trouver.

— Tu es une femme déguisée en homme ! gronda-t-il. Notre loi l'interdit.

Elle riposta vertement :

— Ah oui ! Et elle autorise peut-être tes gens à me malmener. Dans mon pays, on respecte les femmes.

— On ne parle pas sur ce ton au chef d'une tribu, s'exclama-t-il en levant la main.

Mais il en fallait plus pour impressionner Thanys. Elle le fixa dans les yeux et répliqua :

— On ne parle pas non plus sur ce ton à une princesse égyptienne.

Ashar marqua un instant d'étonnement. Il s'était bien douté que ce Sahourê cachait un secret, et l'avait déjà soupçonné d'appartenir au sexe opposé. Mais il n'aurait pas imaginé un seul instant qu'il fût noble.

— Une princesse égyptienne ?

Thanys hésita. Devait-elle révéler sa véritable identité, ou bien s'en inventer une autre ? Mais elle était désormais loin de l'Égypte, et plus personne ne la poursuivait. Elle opta pour la vérité.

— Je suis dame Thanys, fille de Merneith et du sage Imhotep.

Stupéfait, Mentoucheb intervint :

— Dame Thanys ! Mais on a annoncé que tu étais morte, dévorée par les crocodiles, après avoir tenté de fuir le seigneur Nekoufer.

— J'ai échappé à Nekoufer.

— Qui est cette fille ? demanda Ashar avec insistance, intrigué par le respect soudain que lui témoignaient les Égyptiens

— Dame Thanys est la concubine du seigneur Djoser, frère de l'Horus Sanakht, répondit Ayoun.

— Il devait m'épouser, rectifia-t-elle en s'enveloppant dans sa cape de cuir. Mais Sanakht s'est opposé à ce mariage, bien qu'il eût donné sa parole au roi Khâsekhemoui, son père. Alors, j'ai quitté l'Égypte. Aujourd'hui je veux rejoindre Uruk, parce que c'est là-bas que vit Imhotep.

Elle saisit son poignard et le brandit dérisoirement devant elle.

— Et je tuerai quiconque essaiera de m'en empêcher.

Les Égyptiens affichaient des mines embarrassées. Avec le temps, ils s'étaient attachés à ce compagnon singulier, dont le savoir et le courage les impressionnaient, et dont ils appréciaient la joie de vivre. Bien sûr, il était délicat de s'opposer à la volonté du roi, mais aucun d'eux n'éprouvait l'envie de trahir une femme aussi belle. Même si la Cour la considérait comme une bâtarde, elle n'en était pas moins de sang noble, et ils n'étaient que des marchands. De quel droit auraient-ils pu exiger qu'elle retournât en Égypte avec eux ? Mentoucheb estima qu'il était imprudent de s'immiscer dans les affaires des grands et déclara :

— Nous ne te voulons aucun mal, dame Thanys. Peut-être aurais-tu dû nous avertir...

— Pourquoi vous aurais-je fait confiance, alors que le roi lui-même nous a trahis, Djoser, son propre frère, et moi ?

— Mais pour quelle raison t'es-tu déguisée en homme ? insista Ashar, que ce point tracassait visiblement.

— Pour éviter les ennuis ! Mais ce n'était pas une bonne idée, à voir la façon dont les tiens se sont conduits.

— Ils ignoraient ta nature, riposta fermement le vieil homme. Il est courant que les jeunes gens chahutent entre eux. Il n'y a pas de mal à ça. Tu vois où cette maudite supercherie t'a conduite. Ici, une femme qui se grime en homme est mise à mort.

— Mais je n'appartiens pas à ta tribu, répliqua Thanys. Et je ne demande pas mieux que d'abandonner ce déguisement si on me laisse tranquille.

Ashar hocha la tête. Décidément, ces étrangers n'apportaient que des complications. Il décida de les laisser régler leurs affaires entre eux.

— Que tes compagnons statuent sur ton sort. Mais je ne veux plus de scandale dans ma caravane. Femme tu es, femme tu dois rester, et demeurer à ta place !

— N'oublie pas que je suis de sang noble, Ashar. Je ne suis pas une paysanne ou une esclave. Je me tiendrai à ma place, mais il est hors de question que quiconque me dicte ma conduite.

Ashar eut soudain envie de la gifler. Cette fille effrontée osait remettre son autorité en cause ! Mais les Égyptiens n'apprécieraient certainement pas ce geste. Il préféra rompre la discussion et s'éloigna en ronchonnant. Thanys se tourna vers son fils, qui l'observait avec gêne.

— Je te croyais mon ami, Moshem.

— J'ignorais qui tu étais, noble princesse. Si tu nous avais honorés de ta confiance, rien ne serait arrivé. Il faut dire que ton attitude nous amusait beaucoup.

Thanys bougonna, mais dut convenir qu'il n'avait pas tout à fait tort. Si elle avait vraiment été un homme, son comportement eût été sujet à moquerie.

— J'ai été stupide, ajouta piteusement le jeune Bédouin. Après ce rêve étrange, j'aurais dû me douter que tu cachais un secret. Je désire que tu me conserves ton amitié, insista-t-il.

— C'est bien, rétorqua Thanys d'un ton rogue.

Sa mine penaude balaya soudain sa colère, et elle éclata de rire. Après tout, cette aventure n'avait rien de dramatique, et sans doute valait-il mieux qu'elle voyageât sous sa véritable identité. Raf'Dhen ne la quittait pas des yeux. Elle se planta devant lui,

— À toi aussi, j'avais accordé ma confiance.

Moshem traduisit la réponse.

— Il dit qu'il est rempli d'admiration pour toi. Il s'excuse pour sa conduite et s'offre à devenir ton serviteur. Il ajoute que jamais il n'a rencontré une femme aussi belle que toi.

— Réponds-lui que je n'ai aucun besoin de serviteur, et que, s'il s'avise encore de porter la main sur moi, je manie le poignard encore mieux que l'arc.

Puis, sans attendre de réponse, elle revint vers les Égyptiens, ignorant le regard sombre que lui adressa le Hyksos.

29

Après avoir fait provision de bitume auprès des indigènes, la caravane quitta les rivages de la Mer Sacrée pour suivre une piste remontant vers le nord.

Thanys commençait à éprouver une réelle affection pour le gros Mentoucheb. Il s'était comporté admirablement, racontant aux Amorrhéens qu'elle était une très grande princesse de Mennof-Rê. Il avait ajouté que, lorsqu'il apprendrait qu'elle avait échappé à la mort, le roi lui accorderait certainement d'épouser le prince Djoser, son frère. Il atténua volontairement la disgrâce dont elle était l'objet, avançant une basse intrigue du seigneur Nekoufer, pour lequel il n'éprouvait personnellement aucune sympathie.

Le visage poupin, jovial, fort en gueule, retors en affaire et excessivement bavard, tel était Mentoucheb, qui s'était instauré son protecteur attitré. Thanys l'admirait et ne parvenait pas à s'expliquer comment il pouvait demeurer aussi gros avec la vie qu'il menait. Alors qu'il aurait pu — à condition d'en trouver un à sa taille — effectuer le trajet à dos d'âne, il arpentait la plaine d'un pas solide et régulier, à peine plus essoufflé que les autres. Son obésité ne l'empêchait pas de faire preuve d'une étonnante agilité lorsqu'il fallait escalader des collines de rocaille.

Depuis l'incident de la Mer Sacrée, Thanys éprouvait une nouvelle sensation de liberté. Au fond, elle était soulagée de ne plus porter ces bandages infernaux qui lui comprimaient les seins et l'étouffaient.
L'attitude des caravaniers à son égard se modifia. La tribu l'avait totalement adoptée. Chacun la considérait comme une grande princesse, future épouse d'un prince du sang. Seuls les Égyptiens et Ashar connaissaient la disgrâce qui l'avait amenée à fuir les Deux-Terres, mais tous gardèrent le silence. Sa bonté et son charme naturels avaient séduit jusqu'aux plus méfiants des nomades, pourtant habitués à traiter leurs épouses comme des êtres inférieurs. Leur curiosité s'était muée en un respect teinté de familiarité. Les femmes surtout se rapprochèrent d'elle. Le soir, au bivouac, elles venaient la trouver pour l'interroger sur les vêtements que portaient les Égyptiennes, sur leurs secrets de beauté. En leur compagnie, Thanys maîtrisa très vite leur langue.
Au début, le vieil Ashar feignit de l'ignorer, comme pour lui reprocher sa conduite. Puis, malgré lui, il se laissa prendre à son charisme. Son érudition ne laissait pas de le surprendre. Alors que le savoir des femmes de sa tribu se limitait à la bonne tenue de leur foyer, Thanys possédait des connaissances qu'il était lui-même bien loin de détenir. Intrigué et curieux, il finit par l'inviter à partager ses repas. Ils avaient alors de longues discussions sur les sujets les plus divers.
Il lui parla également de l'étrange prophétie qui pesait sur son peuple. D'après lui, leur dieu principal,

Ramman, le Maître de l'orage, était furieux de l'attitude des hommes. Il était intimement persuadé qu'il allait déclencher ses foudres contre le monde, et s'y résignait avec fatalisme. Il en voulait pour preuve le climat insolite qui s'était abattu sur le pays depuis plusieurs années.

— Les sages de plusieurs tribus ont été visités par des songes mystérieux, dans lesquels ils voyaient s'ouvrir les vannes du ciel. Et les eaux divines engloutissaient tout ce qui se trouvait sur la Terre. Bientôt, le dieu va nous punir, en raison de notre orgueil démesuré et de nos fautes impardonnables.

— Mais quelles fautes ? s'étonnait Thanys. Cela fait à présent trois décades que je vis au sein de ton peuple, ô Ashar, et je n'ai rien vu encore qui me semble à ce point condamnable.

Il lui détailla alors les lois austères qui devaient régir la vie des hommes, des lois que nombre d'individus bafouaient de la manière la plus éhontée. Bien sûr, la plupart étaient des Martus, des êtres ignobles et sauvages. Mais ils devaient eux aussi obéir aveuglément aux commandements de Ramman, car sa puissance, d'après Ashar, s'étendait sur la totalité du monde. Thanys découvrit ainsi la notion de *péché*, qui jusqu'ici ne l'avait jamais effleurée. Elle répondit à son nouvel ami qu'elle estimait cette sujétion à un dieu excessive et injustifiée. Les neters égyptiens n'exigeaient aucunement que les hommes leur fussent ainsi soumis.

— Tu te trompes, ô Thanys. Les dieux ont créé les hommes pour les servir, et leur pouvoir s'étend aussi en Égypte. Leur colère s'abattra aussi sur ton pays[1].

---

1. Cette soumission totale aux dieux correspond à l'esprit de la religion sumérienne, dans laquelle Enki et Ninmah avaient créé l'humanité

Thanys l'écoutait gravement. Cette funeste prédiction rejoignait trop celle de l'aveugle. Les dernières crues du Nil s'étaient révélées désastreuses. Se pouvait-il que ces différents événements fussent liés ?

Les Hyksos demeuraient à l'écart. Raf'Dhen était partagé entre deux sentiments. Désormais, chacun savait que, lors du concours de tir à l'arc, il avait été vaincu par une femme. C'était un affront impardonnable. Mais il ne parvenait pas non plus à effacer de sa mémoire la vision du corps nu de Thanys, sa silhouette mince et élancée, aux membres parfaitement proportionnés. La nuit, il avait peine à s'endormir, brûlé par la fièvre du désir. Dans son clan, les femmes devaient une obéissance aveugle aux hommes. Mais pas une ne possédait la beauté et la grâce de cette princesse égyptienne. Elle hantait ses rêves, et il se réveillait le matin avec des pensées amères. L'envie qu'il avait de la serrer dans ses bras, de la faire sienne, lui dévorait l'âme et le cœur. Plusieurs fois, l'idée lui vint de l'enlever et de l'emporter vers le nord. Mais les Amorrhéens étaient nombreux et ne l'auraient pas laissé agir.

Alors, Raf'Dhen souffrait, comme un loup silencieux et patient, attendant un signe du destin.

---

pour effectuer le travail des Anunnakis, les divinités inférieures — c'est-à-dire semer le grain et élever le bétail. Les peuples soumis à l'influence sumérienne adoptèrent à la longue cette forme de pensée, dont on retrouve l'esprit dans la Bible.

Trois jours après avoir quitté les rives de la Mer Sacrée, la caravane parvenait aux abords de Jéricho, construite sur une éminence rocheuse au milieu d'une vaste plaine où poussaient l'orge et le froment, et où des troupeaux de moutons et de chèvres paissaient dans des prés à l'herbe rase. Une épaisse muraille de brique ceinturait la ville, bordée par un large fossé rempli d'eau. Au centre de la cité s'élevait une tour imposante pourvue d'un escalier. Au sommet se dressait un temple consacré au dieu des Martus, Ammuru. À l'intérieur de l'enceinte se tassaient des maisons basses où vivait tout un peuple d'artisans et de négociants.

Tandis que les caravaniers plantaient leurs tentes dans la plaine, un groupe de gardes se présenta à Ashar, porteurs d'un message de Pothar, le roi de la cité. Le monarque conviait les Égyptiens et les chefs amorrhéens à une fête qu'il désirait donner en leur honneur. L'annonce se terminait par une glorification de la paix qui régnait désormais entre les différents peuples du Levant. Bien entendu, le vieux nomade ne pouvait refuser l'invitation. Cependant, Thanys décela un profond embarras sur son visage raviné par les ans. Elle n'ignorait pas qu'il détestait les Martus, mais elle devinait, derrière sa réaction, une autre raison qu'elle ne s'expliquait pas.

De leur côté, Mentoucheb et les marchands se félicitèrent de la nouvelle. La ville recelait vraisemblablement d'innombrables trésors qu'ils pourraient troquer contre une partie de leurs marchandises. L'Égypte était friande de tout ce qui provenait des pays d'Orient. Mais Ashar tempéra leur enthousiasme.

— Ne vous réjouissez pas trop vite, dit-il. Le roi

Pothar n'ignore pas que vous transportez des meubles de grande valeur. Il espère bien que vous lui ferez présent de certains d'entre eux. Quant à commercer avec les habitants, n'y comptez pas trop. Autrefois, Jéricho fut renommée pour l'habileté de ses artisans et notamment de ses tisserands. Mais, depuis que les Martus l'ont conquise, il règne dans cette cité, comme dans beaucoup d'autres, des mœurs déplorables qui se sont répandues jusque dans le peuple. Vous ne trouverez rien ici qui puisse se comparer avec les fabrications égyptiennes.

— Cependant, nous sommes obligés d'offrir des présents au roi, conclut Mentoucheb avec amertume.

— C'est exact. Il nous accorde l'hospitalité et le droit de traverser son royaume. C'est un grand honneur qu'il nous fait. Mais s'il juge vos cadeaux de trop piètre valeur, il ordonnera à ses gardes de s'emparer de la totalité de vos biens. Encore heureux s'il ne vous fait pas mettre à mort...

— Nous sommes égyptiens, rétorqua Ayoun. Ne craint-il pas des représailles de la part de notre roi ?

Ashar haussa les épaules.

— L'Égypte est bien loin. Et Pothar ne craint pas la colère de votre souverain. Il s'estime aussi puissant que lui.

— C'est faux, repartit Ayoun, Mennof-Rê est au moins dix fois plus grande que cette cité. Jamais l'Horus Sanakht ne laisserait un tel crime impuni.

— Calme-toi, ordonna Mentoucheb. Nous n'avons rien à gagner d'un affrontement avec ce roi. Nous ne sommes pas des guerriers. Nous trouverons bien quelque meuble à lui offrir.

Le lendemain, les chefs amorrhéens et les marchands égyptiens pénétrèrent dans l'enceinte fortifiée. Thanys remarqua aussitôt que celle-ci était écroulée en plusieurs endroits, et que nul ne s'était soucié de la relever. Le palais royal lui-même n'offrait aucun point de comparaison avec les riches demeures de Kemit. L'architecture en était grossière, aucune fresque ou natte peinte ne décorait les murs. Les dalles de la salle du trône se disloquaient, menaçant l'équilibre des invités. Des remugles de viande avariée, de fruits pourris et d'excréments, mêlés à des fragrances d'essences de fleurs, composaient une symphonie écœurante dans ces lieux dont les occupants ne semblaient pas remarquer la saleté. Si toutes les villes du Levant étaient à l'image de Jéricho, Thanys comprenait pourquoi les Amorrhéens préféraient mener une vie errante.

Au fond de la salle, le roi, assis sur un trône rustique, accueillait ses invités. C'était un gros homme d'aspect vulgaire, aux lèvres épaisses, à la barbe sale. Son visage bouffi par les excès se creusait de deux yeux petits et injectés de sang. Sa voix éraillée trahissait des difficultés de respiration. Thanys jugea qu'il ressemblait à une limace, mais son regard sournois et calculateur recommandait la méfiance. Autour du trône, une foule bigarrée observait les arrivants avec une curiosité non dissimulée. Il était rare de voir des Égyptiens à Jéricho. Les négociants qui commerçaient avec le puissant royaume de Sumer empruntaient plutôt la piste de Byblos.

Thanys monopolisait les regards. Un peu plus tôt, elle avait revêtu une robe de lin d'une blancheur immaculée, brodée de fils d'or, que Mentoucheb avait tenu à lui offrir. Il avait déclaré :

— Puisque tu voyages désormais sous ta véritable identité, dame Thanys, tu dois affirmer ton rang. Cela incitera notre hôte à te respecter.

De même, il lui avait donné un miroir d'obsidienne polie et un nécessaire de maquillage, afin qu'elle se présentât dans toute sa grâce. Il l'avait lui-même assistée tandis qu'elle soulignait ses yeux d'émeraude avec le khôl et le baume vert de malachite. Le barbier de Mentoucheb avait taillé sa chevelure courte. Une frange mettait en valeur l'ovale de son visage. Parmi les bijoux qu'elle avait emportés figurait un magnifique diadème d'électrum serti de turquoises et de lapis-lazulis qu'elle avait posé sur ses cheveux.

Ainsi parée, la jeune femme ressemblait à une reine. Dès qu'il l'aperçut, le roi Pothar se redressa en soufflant et, semblable à un hippopotame, s'avança vers elle avec un sourire réjoui. Il prononça quelques mots dans un dialecte que Thanys ne comprit pas, mais auquel Ashar répondit en se prosternant sur les dalles, aussitôt imité par les siens. Les paroles du vieux nomade semblèrent contrarier le monarque, dont le visage se rembrunit. Un silence embarrassé s'installa sur l'assemblée. Ashar se tourna alors vers l'Égyptienne et traduisit :

— Le roi Pothar s'est mépris sur toi, dame Thanys. Il pense que tes compagnons désirent t'offrir à lui comme esclave.

La jeune femme frémit. Si les marchands souhaitaient se débarrasser d'elle, ils tenaient là le moyen rêvé. Qui se soucierait alors de l'arracher aux griffes du roi martu, puisqu'on la croyait morte ? Mais son angoisse tomba immédiatement. Mentoucheb intervint :

— Réponds-lui que dame Thanys est une princesse de sang royal, cousine de l'Horus, qui remplit une mission officielle auprès des souverains de Sumer. Elle s'estime honorée de l'accueil qui lui est réservé. Par sa voix, le grand Sanakht assure le roi de Jéricho de son amitié.

Ashar hocha la tête, puis rapporta ces propos au monarque, qui marqua un instant de stupéfaction et de gêne. Puis il adressa un sourire carié à la jeune femme et s'inclina. Thanys poussa un soupir de soulagement. Habile diplomate, Mentoucheb avait détourné la déception du souverain en flattant son orgueil. Ce n'était plus les chefs d'une caravane qu'il avait invités, mais une représentante officielle de la Cour d'Égypte. Elle décida aussitôt d'entrer dans le jeu et fit un signe en direction de Moshem et de ses frères. Ceux-ci apportèrent les présents destinés au roi, enveloppés dans des couvertures. Afin de ménager les effets, Thanys ordonna aux jeunes nomades de dévoiler d'abord une magnifique collection de nattes colorées destinées à orner les murs du palais. Les épouses du monarque s'agglutinèrent en jacassant d'abondance autour des pièces de tissu, qu'elles s'arrachèrent comme à la foire. Mais Pothar demeura de glace, le regard boudeur. Thanys découvrit alors elle-même un ensemble de vaisselle de faïences bleu et vert, inconnues à Jéricho. Les yeux du roi se mirent à briller. Mais elle avait gardé le plus beau présent pour la fin. Sur son ordre, Moshem apporta un superbe fauteuil de bois d'ébène incrusté de nacre, dont les pieds étaient sculptés en pattes de bœuf et les accotoirs en forme de tête de lion.

— Voici un trône digne d'un grand roi tel que toi,

dit Thanys. L'Horus Sanakht — Vie, Force, Santé — serait flatté que tu l'acceptes.

Pothar exulta et battit des mains d'une manière puérile. Jamais il n'avait contemplé semblable merveille. Il fit signe à ses esclaves, qui s'emparèrent du fauteuil et l'installèrent à la place de l'ancien siège royal, de facture rustique. Pothar s'y assit, caressant avec un plaisir évident les têtes de lion. Puis il se lança dans un long discours, qu'Ashar traduisit, et dont il ressortait qu'il était grandement satisfait des présents offerts par le grand souverain d'Égypte, dont les sujets pourraient désormais traverser son royaume autant de fois qu'il leur conviendrait. Thanys et Mentoucheb échangèrent un regard complice. Ils avaient évité le pire.

Les festivités commencèrent. Sur un signe du roi, des esclaves servirent quantité de plats de viandes grillées dans des écuelles douteuses, d'autres apportèrent des jarres d'une bière amère fortement alcoolisée qui échauffa rapidement les esprits.

Assis aux côtés de Thanys, le vieil Ashar ne décrochait pas un mot. Elle devinait chez lui une profonde inquiétude, presque de l'angoisse. Elle constata qu'il n'avait pas menti lorsqu'il affirmait que les mœurs des habitants de Jéricho différaient grandement de celles de sa tribu. Les lois strictes dont il avait parlé à la jeune femme n'avaient certes pas cours à Jéricho. L'alcool aidant, la fête dégénéra peu à peu en une orgie effrénée. Sans aucune pudeur, les hommes comme les femmes se défirent de leurs vêtements, puis se livrèrent à des relations sexuelles débridées sous les regards ahuris des marchands égyptiens, pourtant habitués aux débordements des festivités de leur pays. Les courtisans tentèrent d'entraîner les invités dans leur débauche, mais le vieil Ashar veillait. Il avait adopté une attitude rigide, dégoûtée, ne touchait à aucune nourriture. En raison de la propreté contestable des écuelles, Thanys l'imita.

Non loin d'elle, un énorme courtisan fut pris d'un hoquet incoercible, qui déclencha l'hilarité de ses compagnons, jusqu'au moment où il se mit à vomir, avant de s'immobiliser, les yeux exorbités. De son nez coulait un filet de sang. Les autres, hébétés, constatèrent qu'il était mort. Le roi Pothar, dont le visage avait viré au carmin, éclata d'un rire stupide, repris servilement par les autres. Des esclaves fatigués vinrent chercher le corps et l'emportèrent.

Ailleurs, trois hommes avaient saisi une jeune esclave qu'ils contraignirent à subir leurs assauts redoublés par toutes les possibilités offertes par la nature. La fille hurla, jusqu'au moment où la fureur démentielle de l'un de ses agresseurs l'étouffa. Son corps fut pris de soubresauts désordonnés, ses mains s'agrippèrent aux cuisses velues de l'homme, qui ne sentait pas le sang ruisseler des lacérations. De loin, Thanys, impuissante et écœurée, assista à la lente agonie de l'esclave.

Mais le comble de l'ignominie fut atteint un peu plus tard. Au fond de la salle, on amena une autre esclave qui ne devait pas avoir douze ans. La fillette hurlait tel un animal que l'on mène au boucher. Pétrifiée par l'épouvante, Thanys vit les gardes lui lier les pieds, puis la suspendre, tête en bas, à une poutre. Un guerrier s'approcha d'elle, brandissant un long couteau. Thanys poussa un hurlement, que les courtisans ivres ne remarquèrent même pas. Elle voulut se lever, intervenir, tenter quelque chose. Ashar la retint par le bras.

— Ne bouge pas ! Nous ne pouvons rien faire. Ils te tueraient, toi aussi.

Fascinée par l'horreur, la jeune femme vit le guerrier empoigner les cheveux de la malheureuse et l'égorger comme il l'aurait fait d'un agneau. Le sang de la sacrifiée s'écoula dans des récipients que des courtisans aux regards déments venaient tendre sous sa gorge dégoulinante. Puis ils les portèrent à leurs lèvres et burent le sang chaud, indifférents aux rigoles écarlates qui maculaient leurs corps nus et flasques. Écœurée par l'obscénité ignoble de la scène, Thanys se détourna pour vomir. Elle n'avait plus qu'une envie : fuir cet endroit abominable, où le plaisir du sexe se conjuguait avec la mort et l'abjection. Elle se serra contre le vieux nomade et murmura d'une voix apeurée :

— Je veux partir, Ashar. Emmène-moi loin d'ici !

— Pas encore ! Nous devons attendre qu'ils soient tous ivres. Sinon, le roi risque de s'irriter. Malgré ton rang d'ambassadrice, il n'hésiterait pas à te faire égorger comme les gardes l'ont fait pour cette esclave.

Il serra les dents et ajouta :

— L'un de mes amis, chef d'une tribu nomade, a tenté d'interrompre une orgie semblable l'année dernière. Le roi Pothar l'a fait écorcher vif sur-le-champ, et a réduit sa tribu en esclavage.

Thanys grinça :

— Qu'ils soient tous maudits. Je les hais !

— Comprends-tu les raisons de la colère de Ramman, à présent ?

Elle acquiesça d'un signe de tête.

— Dans peu de temps, ajouta le vieil homme, il fera couler les eaux du ciel sur ces chiens, et les effacera de la surface du monde.

— Mais que deviendront les tiens ?
Ashar soupira.
— Peut-être notre dieu aura-t-il pitié de nous...
Cependant, sa voix manquait de conviction.

30

— *La fureur d'Hâpy est sur nous !*

La tempête soudaine qui s'était abattue sur l'Ament avait aussi frappé la vallée du Nil. Lorsque l'armée de Meroura fut de retour à Shedet, le nomarque l'accueillit avec force lamentations, narrant par le détail les pluies diluviennes qui avaient gonflé le lac de Moêr, amenant une invasion de crocodiles qui avait fait fuir les villageois encore installés sur ses rives.

L'aspect de la palmeraie s'était métamorphosé. Là où autrefois s'étendaient des champs et des prés stagnait un marécage planté de demeures isolées par les eaux. D'innombrables sauriens rôdaient aux alentours, à l'affût de moutons égarés. Shedet elle-même n'avait pas été épargnée.

Lorsque les guerriers regagnèrent le fleuve-dieu, un spectacle hallucinant les attendait. La crue avait déjà largement débordé les canaux d'irrigation, transformant la vallée en un lac immense dans lequel se reflétait un ciel incertain. De lourds nuages se traînaient à basse altitude, poussés par le vent du nord. En plusieurs endroits, des maisons avaient été englouties par les eaux noires et malodorantes, ne laissant émerger que leur toit plat. Ailleurs, les points élevés avaient formé de petites îles sur lesquelles des troupeaux avaient trouvé refuge.

Les abords de Mennof-Rê disparaissaient sous une vaste nappe argentée dans laquelle se miraient les murailles de brique de la capitale. Une foule de réfugiés se pressait sur les routes afin de quémander le secours du roi. Le retour victorieux de l'armée ne souleva pas l'enthousiasme du peuple, ainsi qu'il était coutume. Une petite haie d'honneur se forma à leur entrée dans Mennof-Rê, mais l'inquiétude suscitée par la crue exceptionnelle accaparait les esprits.

Revenu à la Maison des Armes, Meroura fit enfermer les prisonniers et convoqua les scribes, dont la tâche consistait à recenser leur nombre, et à évaluer le butin rapporté de la campagne. Outre les troupeaux, les soldats avaient découvert une grande quantité de pièces de tissu, du mobilier et d'innombrables bijoux en or, os ou ivoire, et même en argent.

D'humeur morose, Meroura s'enferma avec ses lieutenants dans son quartier général. L'Horus n'avait pas daigné se porter au-devant de lui pour le féliciter. Il grommela :

— Jamais une telle chose ne se serait produite du temps du dieu bon Khâsekhemoui. Ton père respectait ses guerriers, ajouta-t-il à l'adresse de Djoser.

Soudain, des cris retentirent dans la cour. Le jeune homme reconnut la voix de Lethis. Il se précipita dehors. Un scribe au visage inquisiteur ordonnait à deux soldats d'enfermer la jeune nomade avec les autres captifs. Embarrassés, les guerriers ne savaient quel parti adopter. Dans un mauvais égyptien, elle tentait de leur faire comprendre qu'elle attendait le seigneur Djoser. Le scribe ne voulait rien savoir.

— Cette fille est une Bédouine. Elle doit rejoindre les autres. Je vous ordonne de l'emmener.

— Mais elle nous a guidés, objecta l'un des soldats. Elle ne fait pas partie de leur tribu.

— C'est une Bédouine, insista le scribe en la saisissant par le bras.

Lethis se dégagea brusquement et se jeta aux pieds de Djoser.

— Pitié, seigneur ! Lethis pas esclave ! Lethis aider ton peuple pour victoire !

— Ne crains rien ! dit-il en la relevant.

Il s'adressa au scribe.

— Cette fille dit la vérité. Son père était le chef d'une tribu qui n'a jamais combattu l'Égypte. Sans elle, nous n'aurions jamais trouvé Kattarâ. La récompenserons-nous en la réduisant à l'esclavage ?

— Je suis Directeur des esclaves royaux, seigneur Djoser, répondit le scribe d'un ton hautain. J'ai ordre de recenser tous les prisonniers.

Meroura, qui avait suivi Djoser, apostropha rudement le bonhomme.

— Alors, effectue ton travail correctement. Cette fille n'est pas une captive, mais notre alliée. Voudrais-tu arrêter tous les honnêtes étrangers qui foulent le sol des Deux-Royaumes, misérable gribouilleur ?

Le visage de l'autre se figea sous l'insulte. Puis, voyant qu'il n'obtiendrait pas gain de cause, il se drapa dans sa dignité et tourna les talons en grommelant qu'il en référerait à Sa Majesté.

Meroura haussa les épaules et posa la main sur l'épaule de Lethis.

— Que va-t-on faire de toi ? Tu n'as plus personne. Si tu restes seule à Mennof-Rê, les marchands d'esclaves vont s'emparer de toi.

— Il faut la protéger, intervint Djoser.

— Ta proposition est généreuse. Mais où résidera-t-elle ? Je ne peux accepter de femme à la Maison des Armes.

— Je compte acquérir une demeure avec ma part de butin. Elle dirigera mes servantes.

Kebi traduisit. Mais la jeune nomade avait déjà compris. Elle saisit la main de Djoser et la porta à ses lèvres.

Plus tard, Djoser quitta la Maison des Armes pour la demeure de Merithrâ, à qui il avait hâte de conter ses exploits, et la manière singulière dont les dieux avaient refusé sa mort. Lethis, qui l'accompagnait, ouvrait des yeux effarés devant l'animation de la ville. Tout était pour elle sujet d'émerveillement.

Lorsqu'il pénétra dans la salle de réception, Djoser décela immédiatement qu'une atmosphère inhabituelle régnait dans les lieux. Un vieux serviteur se précipita au-devant de lui, la mine défaite. Il avait nom Ousakaf, et occupait le rôle d'intendant. Lorsqu'il reconnut le jeune homme, il éclata en sanglots.

— Ah, seigneur Djoser ! Tu arrives bien tard. Notre maître bien-aimé a rejoint le royaume d'Osiris.

— Merithrâ est... mort ?

— Peu après ton départ, seigneur. Un matin, je suis allé le réveiller, comme j'en avais coutume. Son corps était froid. Anubis l'avait emporté pendant son sommeil.

La nouvelle frappa Djoser comme un coup violent

dans l'estomac. Avec Thanys, Merithrâ constituait ce qu'il considérait comme sa vraie famille. Et tous deux avaient disparu. Une boule lourde se forma dans sa gorge, des larmes lourdes roulèrent sur ses joues. Abasourdi, il se dirigea vers le jardin, que les pluies récentes avaient métamorphosé. Des fleurs innombrables éclataient un peu partout. Des nénuphars couvraient l'étang. Mais, sous le grand cèdre, le siège de son maître était vide.

L'esprit en déroute, il s'y rendit, puis s'assit sur le sol, comme il avait l'habitude de le faire pour écouter les leçons du vieil homme. Il ne parvenait pas à admettre la terrible vérité. Merithrâ allait venir, peut-être un peu plus appuyé sur son *med*. Il allait lui parler, l'écouter, le conseiller.

Peu à peu, la pénible nouvelle se confirma en lui. Il enfouit sa tête dans ses bras et se mit à pleurer comme un enfant, indifférent à la présence de Lethis et d'Ousakaf, qui l'avaient suivi.

Soudain, une main douce se posa sur lui.

— Pas pleurer, seigneur, dit la petite voix de la jeune nomade.

Il serra les dents, essuya ses larmes d'un revers de main et se tourna vers elle. Il esquissa un sourire contraint et dit :

— Tu vois, je suis aussi seul que toi, désormais. L'Horus est mon frère, mais je ne peux pas dire qu'il me porte beaucoup d'affection.

À ce moment, une haute silhouette apparut près de la maison.

— Sefmout ! murmura Djoser, surpris.

Le grand prêtre vint au-devant de lui.

— Mon cœur se réjouit de te revoir sain et sauf,

seigneur Djoser. Je suis allé à la Maison des Armes pour te rencontrer. Le général Meroura m'a dit que je te trouverai ici.

Djoser s'étonna. Il était rare que le plus haut religieux des Deux-Royaumes se déplaçât ainsi. Le prêtre contempla le jardin avec admiration, puis déclara :

— Tu sais déjà que notre ami Merithrâ a rejoint les étoiles il y a près de deux mois. Son tombeau s'élève désormais sur l'esplanade de Rê. Il aurait aimé que tu fusses présent, mais tu étais parti au combat.

— Je me rendrai dès demain près de lui et lui ferai des offrandes. Merithrâ a été comme un second père pour moi, Sefmout. Je l'aimais beaucoup.

— Et il te considérait comme le fils que les dieux ne lui ont pas accordé. Car tu savais qu'il n'avait pas d'héritier.

— Bien sûr.

— Aussi t'a-t-il choisi.

— Comment cela ?

— Peu de temps avant sa mort, Merithrâ m'a fait parvenir des documents rédigés par son scribe. Ces documents stipulaient qu'il te léguait toute sa fortune et ses terres. Tu deviens ainsi le propriétaire de cette demeure, ainsi que du village de Kennehout, situé vers le sud, peu avant la piste menant au lac de Moêr, dans le vingtième nome. C'est une région très riche. On dit que c'est à cet endroit que Rê serait sorti du chaos pour apporter la lumière et l'harmonie.

Stupéfait, Djoser ne sut comment réagir. Sefmout ajouta :

— Étant mort sans héritier, sa fortune devait revenir au roi. Celui-ci a d'ailleurs accueilli la nouvelle avec colère. Puis il a déclaré qu'il acceptait les termes du testament, précisant que le domaine lui reviendrait de droit si tu étais tué pendant les combats.

Le grand prêtre eut un sourire entendu.

— Sans doute l'espérait-il. Mais les dieux t'ont épargné. Désormais, il ne peut plus revenir sur sa parole. Tu es donc ici chez toi.

Djoser fit quelques pas, admirant la beauté du jardin. De multiples pensées se bousculaient dans son esprit, mêlées à des sentiments contradictoires, mélange de peine et de joie. Il prit le prêtre par les épaules.

— Tu as toujours bénéficié de l'estime et de l'amitié de Merithrâ, Sefmout, et je vois que sa décision te réjouit. Je désire donc que tu sois mon ami, comme tu as été celui de mon maître. Cette maison sera la tienne, aussi souvent qu'il te plaira d'y venir.

— Sois remercié, seigneur Djoser. Je connais mal la gestion d'un tel domaine. Mais si mes conseils peuvent t'être utiles, n'hésite pas à me rencontrer. Cela sera toujours une joie.

Dans la soirée, après avoir fait part à Meroura de sa décision de s'installer dans la demeure de Merithrâ, Djoser prit possession de son nouveau domaine. Les serviteurs libres et esclaves lui réservèrent un accueil chaleureux. Ils avaient redouté de voir la superbe propriété réduite en parcelles que se seraient disputées les grands seigneurs avides gravitant autour du roi. Aussi se réjouissaient-ils de servir un maître dont ils connaissaient la réputation de générosité et de justice.

Avec émotion, Djoser parcourut les nombreuses pièces de la maison : les cuisines, où les boulangers et autres écuyers tranchants s'étaient remis au travail avec ardeur, les chambres, que les esclaves avaient nettoyées pour sa venue, les étables, où de jeunes bergers lui présentèrent un magnifique troupeau de chèvres et de moutons. Il s'attarda longtemps dans le bureau de Merithrâ, caressant avec nostalgie les nombreux livres qu'il aimait à consulter. Il lui semblait que l'esprit du vieil homme errait encore dans les lieux, l'encourageant à les faire siens, à leur redonner une vie nouvelle.

Plus tard, il se fit servir un repas dans la petite salle où Merithrâ avait l'habitude de les prendre, et d'où l'on pouvait se réjouir de la vue et des odeurs du jardin. Silencieuse, Lethis avait pris place non loin de lui, respectant sa méditation. Il ne prêta pas attention aux regards brillants qu'elle lui adressait. Pas plus qu'il ne remarqua qu'elle était très jolie.

Pour la première fois depuis longtemps, Djoser éprouvait un sentiment de paix. La douleur de la perte de Thanys ne s'était pas estompée, mais la sensation de vide s'était adoucie, et l'envie de mourir avait disparu. Peu à peu s'installait en lui l'idée qu'il était propriétaire d'un grand domaine, avec toutes les responsabilités qui en découlaient. Il était certain que la décision de Merithrâ n'était pas innocente. Même après sa mort, il avait voulu poursuivre son œuvre. Le jeune homme avait encore beaucoup de choses à apprendre. La direction d'un domaine n'était pas une tâche aisée. Mais il connaissait les serviteurs du vieil homme, et savait pouvoir s'appuyer sur leurs compétences.

Le lendemain, il se rendit sur l'esplanade de Rê afin de visiter le tombeau de Merithrâ. Suivi d'une dizaine d'esclaves, il pénétra dans l'édifice, plus modeste que celui de Khâsekhemoui, et y déposa des fruits séchés et la chair d'un mouton qu'il avait fait sacrifier à l'aube. Il commanda ensuite à un tailleur de pierre qu'il avait amené avec lui de graver une stèle funéraire.

Il visita ensuite le tombeau de Khâsekhemoui, auquel il fit également des offrandes. Une petite foule de fidèles le salua au passage. Il se rendit compte avec satisfaction que les Égyptiens continuaient d'honorer avec dévotion la mémoire de son père.

Parmi les fidèles se trouvaient de nombreux paysans et artisans. Soudain, l'un d'eux s'avança vers lui et s'inclina profondément.

— Seigneur Djoser, permets au serviteur que tu vois de te parler.

— Je t'écoute.

— Depuis ton départ, l'Horus Sanakht a levé de nouveaux impôts. Mais les récoltes ne seront pas bonnes cette année. La crue est trop forte. Ne pourrais-tu intervenir auprès du dieu pour qu'il en tienne compte ? Déjà, certains de mes voisins ont dû revendre leurs terres pour acheter la semence.

— Je sais, répondit Djoser. Je te promets de faire tout ce qui est en mon pouvoir pour infléchir sa décision. Mais tu sais qu'il ne m'écoute guère.

— Hélas pour nous. Pardonne-moi ma franchise, seigneur. Le dieu Neteroui-Inef[1] aurait dû te choisir pour lui succéder. Tu es un homme bon.

Dans l'après-midi, il fut reçu au palais en compagnie de Meroura et de ses lieutenants. Dans la salle du trône se tenaient les courtisans habituels. Affirmant

---

1. Neteroui-Inef : autre nom de Khâsekhemoui.

leur rang d'*amis uniques*, Nekoufer et Pherâ encadraient le souverain. Djoser serra les dents. En lui la colère et la haine ne s'étaient pas éteintes. Jamais il ne pardonnerait la mort de Thanys. Mais il était impuissant à la venger. Quoiqu'il lui en coûtât, il devait se conduire en sujet dévoué.

Pour la première fois, Sanakht arborait un visage satisfait. Le butin important et les esclaves ramenés par les vainqueurs, dûment consignés par ses scribes, l'emplissaient de joie. Meroura lui conta par le détail les différentes péripéties, insistant sur le courage et l'audace de Djoser. Contrairement à ce que le jeune homme avait redouté, son frère ne prit pas ombrage de sa victoire.

— Je suis d'humeur joyeuse aujourd'hui, déclara-t-il enfin. Tes soldats seront récompensés, général Meroura. Quant à toi, mon frère, bien que tu aies provoqué ma colère il y a peu, je suis décidé à te pardonner, en raison de tes exploits. De même, Meroura m'a fait savoir qu'il souhaitait te redonner ton commandement. Je l'approuve et te nomme donc capitaine.

Djoser s'inclina.

— Ton serviteur se réjouit, grand roi.

Nekoufer intervint.

— Nous te savons gré de ta bravoure, mon neveu, dit-il avec une douceur feinte. Cependant, il nous semble que tu as déjà obtenu ta récompense avec l'héritage conséquent laissé par ton maître Merithrâ.

Pherâ insista :

— Il est dommage, que n'ayant pas de fils, il ait préféré te transmettre ses biens plutôt que de les offrir à Sa Majesté.

Djoser ne leur laissa pas le temps de poursuivre.

— Voyons, réfléchis, seigneur Pherâ ! Le roi des Deux-Terres ne peut désirer s'emparer d'un bien qui lui appartient déjà. De par sa condition divine, l'Horus Sanakht ne possède-t-il pas en effet toute l'Égypte, tes domaines y compris ? Il a donc agi avec sagesse en respectant la volonté de l'un des plus fidèles et plus anciens serviteurs du royaume.

Ne sachant que répliquer, Pherâ et Nekoufer pâlirent. Devant leurs mines contrariées, Sanakht éclata de rire. Djoser ajouta :

— De plus, j'ai décidé d'abandonner ma part de butin à mes compagnons. Avec l'accord de mon divin frère, naturellement.

— Qu'il en soit donc ainsi, déclara Sanakht.

Refusant de s'avouer vaincu, Pherâ contre-attaqua.

— Il semblerait pourtant que tu comptes garder pour toi une Bédouine qui devrait faire partie du lot d'esclaves revenant à Sa Majesté. Le Directeur des esclaves s'est plaint à moi de mauvais traitements subis à la Maison des Armes.

Avant que Djoser ait pu répondre, Meroura intervint.

— Excès de zèle de sa part, seigneur Pherâ. Cette nomade n'est pas une esclave. Sa conduite pendant la campagne fut exemplaire, et nous permit de débusquer Bashemat. Son nom est Lethis, fille du noble Moussef, qui a toujours entretenu d'excellentes relations avec le nome de Shedet. Sa tribu fut anéantie par ceux de Kattarâ parce qu'elle refusait de se joindre à eux pour livrer la guerre à l'Égypte. Lethis est la seule survivante. Aussi souhaiterais-je que notre divin souverain lui accorde de devenir égyptienne, et lui offre récompense.

— Où se trouve cette fille à qui, si je dois t'en croire, nous devons la victoire ? demanda Sanakht.

— Elle attend de t'être présentée, ô grand roi !

Sur son ordre, on fit entrer Lethis et Kebi, qui patientaient à l'extérieur. Revêtue d'une longue robe de lin blanc, les yeux soulignés de khôl, la jeune femme s'avança d'une démarche fière qui indiquait son origine noble. Parvenue devant Sanakht, elle s'inclina avec respect.

— Sois la bienvenue, Lethis ! Le seigneur Meroura nous a fait part de l'aide que tu lui as apportée. Il souhaite que je t'élève au rang d'Égyptienne et que je t'offre une récompense. Que désires-tu ?

Par l'intermédiaire de Kebi, elle répondit :

— Le grand souverain d'Égypte me fait beaucoup d'honneur. Je ne désire aucune récompense, sinon de rester au service du seigneur Djoser, s'il veut de moi.

Sanakht hocha la tête.

— Eh bien, qu'il en soit ainsi !

Nekoufer et Pherâ firent grise mine. Sans doute avaient-ils comploté pour tenter de discréditer une nouvelle fois Djoser auprès du roi. Mais celui-ci, ravi de la victoire, ne les avait pas écoutés.

Djoser s'inclina pour remercier son frère. Cependant, l'atmosphère de la Cour lui semblait plus insupportable que jamais. Il avait compris que les riches propriétaires terriens, dirigés par le grand vizir Pherâ, avaient tissé leur toile autour du roi. Il n'éprouvait aucun désir de demeurer en leur compagnie. L'héritage de Merithrâ lui en fournissait l'occasion. Il allait se consacrer désormais à une nouvelle tâche : empêcher que les gens de son domaine ne subissent le sort des paysans dépendant de ces rapaces. Il résolut de se rendre dès que possible dans son village de Kennehout.

31

Au grand soulagement de Thanys, la caravane ne s'attarda pas à Jéricho. Après le spectacle auquel ils avaient assisté, les marchands égyptiens n'éprouvaient plus guère l'envie de commercer avec les habitants d'une ville aussi dépravée. Bien sûr, la légende affirmait que, à l'époque des premiers rois égyptiens, leur mort entraînait celle de leurs serviteurs et de leurs épouses, qui étaient ensevelis aux côtés du monarque afin de continuer à le servir dans le royaume d'Osiris. Mais il s'agissait là d'un rite sacré, qui de toute manière avait été abandonné depuis bien longtemps.

Le convoi reprit la piste du nord, qui longeait le Hayarden. Ce fleuve peu large intrigua beaucoup Thanys ; à l'inverse du Nil, il s'écoulait du nord vers le sud.

Raf'Dhen se montrait plus amical envers elle. Souvent, il lui tenait compagnie, tentant d'engager la conversation dans la langue amorrhéenne, dont il avait saisi les rudiments. Thanys aurait bien voulu écarter cette présence encombrante, mais elle redoutait de froisser son orgueil. Aussi en profita-t-elle pour apprendre avec lui les bases du langage hyksos. Raf'Dhen ne cessait de lui vanter la beauté de son pays, l'Anatolie, dans lequel, assurait-il, il était le chef d'une tribu puissante et redoutée.

— Mais, pour toi, ajoutait-il, je serai un esclave. Commande, et j'obéirai.

Ce dévouement excessif embarrassait beaucoup la jeune femme. Elle avait parfaitement perçu le désir qui brillait dans les yeux sombres du guerrier. Le seul rempart qu'elle pouvait lui opposer était l'ascendant qu'elle exerçait sur lui. À Jéricho, il l'avait vue revêtue de sa tenue princière. Si ce spectacle avait avivé son adoration, il avait également fait naître un respect qui l'empêchait de se montrer trop entreprenant.

Depuis le départ d'Ashqelôn, le temps s'était montré conforme à la saison. Cependant, dix jours après avoir quitté Jéricho, une tempête d'une extrême violence se déclencha. Dans un pays où la pluie ne tombait que rarement à cette époque de l'année, des averses torrentielles s'abattirent sur la vallée, contraignant les caravaniers à s'immobiliser. Abritée sous sa tente détrempée, Thanys se demanda quand elles cesseraient. Elles durèrent deux jours et deux nuits. Au matin du troisième jour enfin, la pluie s'arrêta, mais le ciel resta chargé de menaces.

Le convoi reprit sa route au milieu d'un cloaque qui ne facilitait pas la progression. Un uniforme de boue maculait les voyageurs harassés. Marchant aux côtés de Thanys, le vieil Ashar psalmodiait d'étranges litanies pour exhorter le dieu Ramman à la clémence. Mais il semblait ne plus y croire lui-même. Une sorte de fatalisme s'était emparé des caravaniers. À quoi bon poursuivre, puisque la mort allait s'abattre inexorablement sur le monde ? La jeune femme aurait voulu leur crier de lutter, de ne pas accepter ainsi leur sort. Leur dieu ne pouvait se montrer aussi inflexible. Mais elle savait que personne ne l'écouterait.

La vallée, d'ordinaire desséchée, était inondée. Bientôt, elle se resserra, puis disparut. La caravane franchit une succession de montagnes forestières peu élevées, puis rejoignit la piste côtière. On redoubla de prudence. Heureusement, d'après les tribus locales, les Peuples de la Mer ne semblaient pas avoir débarqué dans les environs. Longeant la côte, la caravane parvint enfin à Byblos.

Cosmopolite et animée, la ville accueillait les représentants de toutes sortes de peuples qui tentaient de communiquer dans autant de langages. Cependant, la grande majorité de la population parlait l'égyptien. Ravie de retrouver une vraie ville, Thanys s'y aventura en compagnie de Mentoucheb et d'Ayoun. Les demeures, bâties en brique crue, s'ordonnaient autour d'un invraisemblable enchevêtrement de ruelles étroites, étagées sur différents niveaux reliés par des échelles. On y croisait des artisans volubiles, des marins de tous horizons, des femmes aux vêtements chatoyants, des esclaves aux yeux tristes, des guerriers aux uniformes hétéroclites. Des myriades d'enfants abordaient les voyageurs pour quémander des cadeaux ou des friandises ; des chèvres folâtres vagabondaient parmi les étals colorés et odorants, en compagnie de moutons et de quelques porcs. On rencontrait aussi d'étranges individus aux yeux bridés, portant moustache, et armés de longs poignards de cuivre. Mentoucheb expliqua à Thanys qu'ils arrivaient du lointain Orient.

Les places de marché regorgeaient d'articles innombrables, de provenances diverses : meubles, pièces de vaisselle, rouleaux de tissus, armes, encens du pays de Pount, bijoux d'ivoire, d'or, turquoises, lapis-lazuli, topazes… On y trouvait aussi des esclaves, des ânes, des jarres énormes contenant des graines, du bitume, de l'huile, des olives, de la bière, du vin… Certaines étaient scellées avec des cachets d'argile indiquant leur contenu. Des scribes barbus et vêtus de longues robes les inventoriaient, puis apposaient sur les cachets l'empreinte de sceaux curieux, en forme de cylindre, surmontés de figurines. Intriguée, Thanys observa les plaquettes d'argile. Elles portaient des motifs répétés, dûs au roulement du cylindre, ainsi que des signes d'écriture inconnus, en forme de griffures. Ailleurs, un homme comptait des animaux, puis introduisait des jetons dans une sphère d'argile creuse, qu'il scellait ensuite.

— Ces gens sont des Sumériens, expliqua Mentoucheb. Ils sont remarquablement organisés. Ainsi, la boule contient autant de jetons qu'il y a d'animaux dans le troupeau. Lorsque celui-ci parviendra à son destinataire, il pourra vérifier le nombre en brisant la boule.

— C'est ingénieux.

— Les Sumériens constituent un peuple remarquable, renchérit Ayoun. On dit que leurs cités sont aussi belles que les nôtres.

— T'es-tu déjà rendu à Uruk ? demanda Thanys.

— Hélas non, répondit Mentoucheb, je ne connais que Byblos. Mais j'avoue que…

Il demeura un moment silencieux, puis se tourna vers la jeune femme.

— Si tu pars pour Sumer avec la prochaine caravane, tu risques de te retrouver bien seule, sans amis pour te protéger. Et après tout, rien ne m'oblige à retourner immédiatement en Égypte. Je pourrais négocier ici d'autres marchandises, que je revendrai à Sumer avec un profit substantiel.

Le visage de Thanys s'éclaira.

— Et tu viendrais avec moi…

— Si tu m'acceptes pour compagnon de voyage.

Pour toute réponse, elle sauta dans ses bras et l'embrassa avec affection. Ayoun, qui était aussi maigre que Mentoucheb était gras, grommela d'un air contrit :

— Eh bien, et moi ? Moi non plus, je ne connais pas Sumer. Voudras-tu aussi du pauvre Ayoun pour compagnie, dame Thanys ?

Elle l'embrassa à son tour, sous les yeux amusés des badauds.

Les jours qui suivirent, Mentoucheb et son compagnon s'employèrent à négocier de nouvelles marchandises avec les Égyptiens fraîchement débarqués. Thanys, peu désireuse d'être reconnue, ne se mêla pas à leurs discussions. De même, elle évita le palais, où ils furent reçus par le gouverneur. Celui-ci étant nommé par Sanakht lui-même, elle redoutait de tomber sur un proche du roi.

Cependant, ses amis lui apportèrent des informations récentes sur la situation en Égypte. Elle apprit ainsi que le souverain avait levé une armée importante contre les pillards de l'Ament. Elle tenta d'obtenir des nouvelles de Djoser, mais on savait seulement qu'il avait quitté Mennof-Rê sous les ordres du général Meroura.

De son côté, le vieil Ashar fit savoir aux Égyptiens qu'il estimait avoir accompli sa tâche, et exigea de toucher sa part sur les marchandises transportées. Mentoucheb et Ayoun durent engager de nouveaux porteurs. Thanys bouillait d'impatience. Il lui tardait d'atteindre Uruk et de retrouver son père. Mais les négociations traînaient en longueur. Le temps n'avait aucune importance pour les caravaniers. Et surtout, le ciel chargé de nuages lourds n'encourageait personne à quitter la sécurité de la cité.

Le soir, les Égyptiens se réunissaient dans la taverne où ils avaient élu domicile, en compagnie des chefs caravaniers. Des esclaves chargés de gobelets de bière et de brochettes de viandes grillées allaient d'un groupe à l'autre. Dans le fond de la salle, des danseuses nues évoluaient sur les notes égrenées par des flûtes et des tambourins. Une autre charmait un cobra par des ondulations lascives.

Dans la lumière des lampes à huile et le brouhaha, les voyageurs évoquaient les dangers de la piste. En dehors des esprits mauvais, des fauves géants et du serpent Sryth, qui hantait les abords du désert, le péril le plus redouté restait les attaques de ces créatures que l'on appelait les Démons des Roches maudites. Les yeux écarquillés d'effroi, un nomade expliqua aux Égyptiens :

— Les Démons ne sont pas des hommes, mais des monstres vomis par les dieux des ténèbres. Ils surgissent toujours au moment où on les attend le moins. Ils ignorent la pitié, et ils courent plus vite que le vent. Leur corps est celui d'un animal gigantesque, doté de quatre pattes, mais leur torse rappelle celui d'un humain. La piste est à peu près sûre jusqu'à Ebla ; ensuite, nous devrons longer le massif d'Aman, où se trouve leur territoire.

Malgré de multiples hésitations, tergiversations et palabres, la caravane prenait lentement forme. Thanys abandonna ses chaussures égyptiennes trop fragiles et troqua un bracelet de cuivre contre des bottes fourrées de mouton, aux épaisses semelles de cuir. Elle eut quelque peine à s'y habituer au début. Depuis sa plus tendre enfance, elle n'avait pratiquement jamais porté de souliers. En Égypte, même les plus hauts personnages allaient pieds nus, suivis par un serviteur porte-sandales. Mais les bottes se révélaient indispensables compte tenu des vastes étendues rocailleuses qu'elle devait traverser.

Un matin enfin, profitant d'une brève accalmie du temps, la caravane s'ébranla, en direction du nord-est. Une dizaine de jours plus tard, après avoir traversé le fleuve côtier Oronte sous une pluie battante, la caravane parvint à Ebla, ville-carrefour entre les routes du Septentrion, du Levant et de l'Orient. Vers l'est la piste menait vers l'Akkadie et Sumer. Au nord, elle traversait les monts d'Aman pour mener vers l'Anatolie, patrie des Hyksos.

Cité frontière entre l'Occident et l'Orient, Ebla avait bâti sa fortune en prélevant une taxe sur toutes les transactions négociées sur son territoire. Son roi, disait-on, était l'un des personnages les plus riches du monde. Dès que le convoi fut arrivé, une théorie de scribes tatillons se répandit dans le campement comme une armée de fourmis afin d'inventorier minutieusement les richesses transportées, en éblaïte et en sumérien. D'innombrables tablettes d'argile furent gravées avec un soin scrupuleux, qui iraient grossir les archives de la ville, orgueil du monarque. Mentoucheb supportait cette inquisition avec un agacement à peine dissimulé.

— Ces gens nous dépouillent, dame Thanys, grognait-il. Que le dieu rouge leur pourrisse les tripes.

À l'origine, les Hyksos avaient prévu de repartir vers leur pays. À Ebla, Raf'Dhen changea brusquement d'avis, provoquant l'incompréhension de ses compagnons. Il ne pouvait leur avouer que Thanys continuait de hanter ses nuits. À maintes reprises, il avait tenté de lui parler, mais elle éludait ses avances maladroites d'un sourire plein de charme et d'indulgence. Cela, il ne pouvait le supporter. De gré ou de force, elle serait à lui. D'une certaine manière, il la redoutait. Il émanait d'elle une personnalité qui s'imposait avec naturel. Il quêtait le moindre de ses regards, le plus fugitif de ses gestes, comme un chien couchant recherche l'attention de son maître. Il la haïssait de se sentir si faible, si désarmé face à une femme, et il se haïssait lui-même.

Il avait imaginé l'enlever et l'emmener avec lui. Mais les Égyptiens veillaient sur leur princesse avec une jalousie féroce et ces propres hommes n'auraient pas risqué leur vie pour l'aider. Alors, il avait décidé de se rendre lui aussi à Sumer, espérant que le temps lui apporterait l'occasion d'assouvir son désir.

Rhekos, l'un de ses compagnons, tenta de le dissuader de son projet. Leur négoce avait rapporté suffisamment. Ils repartaient avec une trentaine d'esclaves et des biens en abondance. Ce voyage était donc inutile. Raf'Dhen se fâcha et refusa de l'écouter. Le guerrier comprit que son chef était habité par une véritable folie. Mais, parce qu'il avait de l'affection pour lui, il se résolut à le suivre.

Enfin, après avoir satisfait aux tracasseries des scribes éblaïtes, la caravane put reprendre la piste. Afin d'éviter le terrifiant désert méridional, dont les pierres tranchantes d'origine volcanique interdisaient toute traversée, la route de Sumer longeait les montagnes crayeuses qui s'élevaient au nord. Au-delà d'Ebla, elle rejoignait la vallée torride de l'Euphrate qui menait vers le pays d'Akkad. À l'inverse de la fertile vallée de l'Hayarden, la piste traversait tantôt une steppe sauvage couverte de vastes étendues de rocaille tantôt des plaines d'herbe rase. Au nord s'élevaient des montagnes couvertes de forêts épaisses, peuplées de pins, de cèdres et de chênes.

Personne ne vivait dans ce territoire hostile, royaume de la pierre et du vent. De temps à autre, les éclaireurs repéraient un petit parti de nomades venus du nord, qui poussaient devant eux quelques chèvres et mouflons à poils longs. Mais ils fuyaient à l'approche de la puissante colonne. Afin de décourager d'éventuelles attaques de pillards, les caravaniers avaient loué les services d'une milice de Byblos, qui comptait une centaine de mercenaires armés jusqu'aux dents.

Comme pour confirmer la prophétie du vieil Ashar, le ciel demeurait lourd et bas, parcouru par des hordes affolées de nuages sombres. Une demi-nuit permanente baignait le monde. Cette incompréhensible détérioration du temps plongeait les nomades dans l'anxiété. D'ordinaire, ces lieux étaient réputés pour leur aridité. Les ouragans avaient redoublé de puissance, balayant les immenses étendues désertiques après avoir dévalé les pentes crevassées des montagnes.

Cette atmosphère hostile avait fait naître dans l'esprit de Thanys une incoercible sensation d'angoisse. Un danger terrifiant rôdait, auquel elle ne pouvait donner de nom. S'agissait-il de la sinistre prédiction des Amorrhéens, qui semblait se matérialiser chaque jour un peu plus dans les ténèbres grises qui avaient envahi le monde ? Mais elle pressentait autre chose, un péril qui paraissait émaner des montagnes elles-mêmes. La couche épaisse des nuages emportés par la tourmente masquait leurs sommets, n'en dévoilant par instants que quelques pics déchiquetés, pareils à des crocs gigantesques.

Le troisième jour, de violentes bourrasques de pluie s'abattirent de nouveau sur les voyageurs, engendrant parfois de véritables lacs de boue qu'il fallait contourner en serrant au plus près les contreforts du massif. L'eau s'infiltrait partout, gifles brutales et glacées des averses incessantes, eau boueuse des lacs gonflés par les inondations, eau perfide qui ruisselait sur les peaux cousues des tentes, dégoulinait dans les yeux, détrempait les vêtements et la nourriture.

La nuit, alors qu'elle tentait difficilement de trouver le sommeil, Thanys écoutait, blottie sous sa tente dans une épaisse couverture de laine, le vacarme des vents furieux s'écorchant sur les amas rocheux. Les hurlements angoissants des loups se mêlaient aux feulements des grands félins qui rôdaient aux alentours du campement. La jeune femme était persuadée que ces fauves insaisissables n'étaient autres que les incarnations des esprits malfaisants qui hantaient les lieux.

Cependant, malgré les ouragans, malgré la boue, malgré les pluies diluviennes qui parfois l'immobilisaient, la caravane continuait d'avancer. Peu à peu, la piste s'enfonça dans des vallées encaissées cernées par d'impressionnantes montagnes d'un blanc sale. Dans le ciel mouvant planaient des aigles et des vautours, à la recherche de rongeurs ou de charognes abandonnées par les prédateurs.

C'était dans ces monts stériles que vivaient les Démons des Roches maudites. Par mesure de précaution, des groupes de miliciens effectuaient des patrouilles de reconnaissance afin de débusquer un agresseur éventuel. Mais ils revenaient régulièrement sans avoir aperçu l'ombre d'un ennemi. Ils retrouvaient parfois les traces d'un campement, ainsi que des empreintes qui rappelaient celles des ânes, mais d'une taille beaucoup plus importante. Sans doute s'agissait-il là d'animaux monstrueux. Ces vestiges, que les intempéries avaient tôt fait d'effacer, entretenaient la légende effrayante selon laquelle les Démons n'étaient pas humains.

Une angoisse latente flottait sur la caravane. Raf'Dhen ne quittait pas Thanys des yeux. Le chef Hyksos avait fait admettre à la jeune femme qu'il valait mieux voyager en queue de caravane. Il estimait qu'un éventuel agresseur attaquerait de préférence la tête du convoi.

Il se trompait.

32

Cela faisait à présent sept jours que la caravane avait quitté Ebla. Depuis la veille, elle s'était engagée dans une gorge profonde, surplombée de parois rocheuses d'un gris marbré de traînées sombres. De hautes colonnes sculptées par les vents s'élevaient par endroits, coiffées de lourdes pierres noires qui les faisaient ressembler à des géants inquiétants. De part et d'autre s'ouvraient des défilés étroits menant vers des sommets à demi masqués par des volutes de brumes mouvantes. La pluie avait cessé, mais des tornades de poussière venaient exploser en hurlant sur les aspérités des falaises.

Le lieu était idéal pour une embuscade. Par prudence, les miliciens encadraient les caravaniers, les armes à la main. On envoya des éclaireurs en reconnaissance, qui ne signalèrent rien d'alarmant. La végétation arbustive n'offrait guère d'abri à une éventuelle armée d'assaillants.

Malgré la crainte qui étreignait les cœurs des caravaniers, la journée se déroula sans incident. Lorsque la clarté crépusculaire coulant du ciel bas commença à décliner, le chef de la caravane décida le bivouac. On alluma des feux afin de lutter contre les ténèbres sournoises qui rampaient au fond de la vallée de pierraille.

Soudain, un violent orage se déclencha, accompagné d'averses diluviennes. Les foyers autour desquels les nomades s'étaient frileusement regroupés eurent tôt fait de s'éteindre. La milice redoubla d'attention. En vérité, la caravane n'aurait rien eu à redouter de la part d'un agresseur classique, disposant des mêmes armes que les mercenaires. Mais, comme l'affirmait la légende, les Démons des Roches maudites n'étaient pas humains. Tout au moins, ce fut la terrible impression qu'éprouvèrent les caravaniers lorsque leurs hordes monstrueuses surgirent, dans un vacarme infernal, des défilés encaissés s'ouvrant à l'arrière-garde du convoi.

Affolés, les voyageurs se bousculèrent dans une confusion totale, les uns pour fuir, les autres pour tenter de saisir leurs armes. Mais les créatures se déplaçaient à une vitesse stupéfiante, comme portées par la fureur de la tempête. En quelques instants, elles furent au milieu du campement. Les récits ne mentaient pas : leur corps ressemblait à celui d'un animal doté d'un torse humain. La bataille fut aussi soudaine que meurtrière. Des vociférations de rage, des chocs d'armes éclataient tout autour de Thanys. Des cris de terreur lui vrillaient les tympans, répercutés par les échos des falaises. L'ennemi fantomatique semblait jaillir des parois rocheuses elles-mêmes.

Au cœur de la pénombre déchirée par les lueurs des feux mourants et des éclairs, la jeune femme rechercha désespérément une arme. Les arcs étaient inutiles au sein d'un tel chaos. À quelques pas, elle repéra une hache abandonnée par un caravanier terrorisé. Elle voulut se précipiter sur elle, mais, dans une vision cauchemardesque, une silhouette démoniaque se dressa devant elle. En une fraction de seconde, elle comprit que les Démons n'étaient autres que des hommes montés sur des animaux puissants, semblables à de grands ânes. Le vacarme assourdissant de leurs sabots se mêlait aux grondements du tonnerre et aux cris de panique. En elle, la peur fit place à la colère. S'ils n'étaient que des hommes, ils pouvaient être vaincus.

Partagée entre frayeur et rage, la jeune femme évita l'assaut du cavalier en roulant sur le sol. Puis elle se rua sur la hache, s'en saisit et la lança de toutes ses forces vers son agresseur. Frappé à la tête, celui-ci poussa un épouvantable barrissement de douleur. Sa monture se cabra et il chuta lourdement sur le sol. L'instant suivant, les deux Hyksos se dressaient aux côtés de Thanys. Raf'Dhen bondit sur le cavalier et lui défonça le crâne d'un puissant coup de masse d'arme.

Courageusement, Thanys fit face, entourée de ses compagnons. Cantonnés à l'avant de la caravane, gênés par les fuyards, les miliciens ne pouvaient intervenir avec efficacité. Avant qu'ils aient pu gagner le lieu de la bataille, plusieurs cadavres jonchaient déjà le sol. Mentoucheb s'était emparé d'une lourde massue et crochetait les assaillants passant à sa portée.

Mais ceux-ci bénéficiaient de l'effet de surprise et d'une rapidité étonnante. Suivant une technique éprouvée, ils parcouraient l'arrière-garde de la caravane en tous sens, décochant flèche sur flèche pour contenir la riposte des miliciens, abattant de lourds casse-tête de pierre sur les crânes. Bientôt, Thanys et ses compagnons se retrouvèrent encerclés par une horde vociférante.

La jeune femme constata que les mercenaires avaient

réussi à organiser une ligne de défense. Elle se prépara à courir pour les rejoindre lorsqu'une main vigoureuse la saisit par le bras. Ayant perdu sa hache, elle se débattit à coups d'ongles et de dents. Un coup brutal l'atteignit à la nuque. Une odeur de sang lui emplit les narines. Sa vue se brouilla. Elle sentit qu'on l'enlevait de terre pour la basculer sur quelque chose de dur, à l'odeur puissante. Dans une brume opaque mêlée de lueurs rouges, elle eut le temps de voir le gros Mentoucheb s'effondrer, frappé par-derrière, puis elle sombra dans l'inconscience.

Lorsqu'elle recouvra ses esprits, une violente migraine lui battait les tempes, tandis qu'une nausée incoercible lui tordait les tripes. Des images invraisemblables défilaient sous ses yeux. Par moments, c'était la vision d'un précipice plongeant dans une nuit déchirée d'éclairs éblouissants, à d'autres, des arbustes lui giflaient le visage et les épaules. Une poigne ferme la maintenait en place. Elle finit par comprendre qu'elle avait été jetée en travers de l'une de ces créatures monstrueuses sur lesquels se déplaçaient les Démons. Ses poignets, liés derrière le dos, la faisaient horriblement souffrir.

Elle n'aurait su dire combien de temps dura cette course effrénée au cœur de la pénombre liquide. Autour d'elle retentissaient des éclats de voix rauques qui hurlaient une probable victoire, mêlés à des hurlements de terreur. En tordant la tête, elle discerna la présence de nombreuses créatures, portant elles aussi des captifs, dont la plupart étaient apparemment des femmes. D'autres transportaient des pièces de tissu, des armes, des sacs contenant sans doute le produit du pillage, quelques brebis qui bêlaient d'épouvante.

La nuit était quasiment tombée lorsque la horde déboucha sur un plateau balayé par les vents et la pluie. Au loin apparurent les lumières tremblotantes de feux de camp, sans doute le bivouac des assaillants. Des cris enthousiastes saluèrent le retour des cavaliers.

Une poigne puissante fit basculer Thanys sur le sol rocailleux. Le sang lui martelait les tempes. Des mains griffues la saisirent, la traînèrent sans ménagement au milieu d'une trentaine de prisonniers, parmi lesquels elle reconnut Raf'Dhen et Rhekos, à demi assommés. Les autres étaient des jeunes femmes et des adolescents.

Étourdie, Thanys reprit son souffle. Puis elle étudia les lieux. La pluie avait cessé, mais un ouragan furieux soufflait en permanence, blizzard féroce jailli de la nuit, qui leur mordait les membres de ses mâchoires glaciales. On avait regroupé les captifs à proximité d'un ensemble de tentes grossières au milieu desquelles s'agitait une foule de silhouettes fantomatiques. Quelques rares femmes hurlaient des cris de victoire, couraient en tous sens, dansant une sarabande effrénée autour du butin rapporté par les guerriers. Thanys s'étonna qu'il n'y eût aucun enfant. Des hommes clamaient leurs exploits à voix tonitruantes. Un mouton et une chèvre avaient été mis à rôtir, sur lesquels les vainqueurs prélevaient des lambeaux de chair juteuse et appétissante. Au-delà s'étendait une nuit impénétrable.

Une angoisse quasiment matérielle s'était emparée des prisonniers. Les deux Hyksos portaient des blessures à la tête et sur le torse. Thanys se rapprocha d'eux. Raf'Dhen ouvrit les yeux et lui adressa un sourire amer.

— Je suis désolé, ma princesse. Je n'avais pas prévu qu'ils attaqueraient l'arrière du convoi.

Elle haussa les épaules.

— Les dieux seuls connaissent le destin, Raf'Dhen. Je ne te tiens pas pour responsable.

Il la fixa de ses yeux rougis où venaient se refléter les flammes du feu proche et déclara d'une voix fiévreuse :

— Ne t'inquiète pas. Nous ne resterons pas longtemps prisonniers de ces monstres. Nous nous enfuirons. Tu viendras avec moi. Nous irons dans mon pays, et tu seras ma première épouse.

Elle répondit d'une grimace.

— Nous verrons cela plus tard. Pour l'instant, il faudrait d'abord savoir où nous sommes.

Le Hyksos ne put s'empêcher de l'admirer. Malgré le froid et la faim, malgré l'épuisement des combats, malgré l'angoisse qu'il devinait en elle face à leur sort incertain, elle conservait une parfaite maîtrise d'elle-même. Elle n'en avait même pas conscience. Il aurait voulu la protéger, mais la force indomptable qui vibrait dans ses yeux le désarçonnait. Il s'était toujours imaginé, avec mépris, que les femmes cédaient à la peur et aux cris dès le moindre danger. Celle-ci lui prouvait le contraire. Elle n'avait pas besoin de lui. Elle possédait de manière innée la faculté de s'adapter à n'importe quelle situation. Une image s'imposa à lui. Thanys lui faisait penser à un félin, un petit fauve inapprivoisable que nul ne saurait dominer sans qu'elle l'ait auparavant accepté. Un sentiment nouveau l'envahit. Au-delà de l'amour inconditionnel qu'il lui portait, il ressentait du respect, et une véritable fierté à l'idée de pouvoir se compter désormais au rang de ses amis.

Curieusement, personne ne semblait se soucier d'eux. Hormis les liens qui entravaient leurs poignets, ils étaient libres de leurs mouvements. Thanys examina la situation. D'un côté s'étendait le campement, de l'autre s'ouvrait l'infini de la nuit montagnarde. Si elle tentait de fuir, qui l'en empêcherait ? Les montures monstrueuses n'avaient pu parcourir une grande distance en si peu de temps. Peut-être était-il possible de rejoindre la caravane…

Profitant du désintérêt apparent de leurs geôliers, elle s'écarta du groupe. Raf'Dhen tenta de la retenir, mais elle lui intima le silence et se glissa dans les ténèbres en rampant. Soudain, elle se figea. Un grondement sourd semblait émaner de la montagne tout entière. À la lueur des feux, elle distingua alors une multitude d'étoiles jaunes et luisantes qui l'observaient. Peu à peu se dessinèrent les silhouettes menaçantes de chiens énormes qui lui interdisaient toute fuite. Frissonnante, elle recula lentement et revint prendre place parmi ses compagnons. Elle comprenait à présent pourquoi ils ne faisaient l'objet d'aucune surveillance.

— Ce sont des dogues, lui souffla Raf'Dhen. Nous autres Hyksos en utilisons pour chasser le loup et le sanglier. Ils te mettraient en pièces en quelques instants.

Bien plus tard, des femmes vêtues de haillons de peaux de bête, apparemment des esclaves, apportèrent des écuelles de bois grossières, emplies d'un brouet infâme, sur lequel les captifs se jetèrent pourtant avec avidité. Thanys avala sa pitance avec dégoût. Mais elle n'avait rien mangé depuis le matin. La nourriture infecte, à base de lait de chèvre et de graisse, combla sa faim. Épuisée, elle s'allongea sur le sol rude. Lorsque Raf'Dhen lui proposa de dormir près de lui, elle accepta. Il la prit dans ses bras pour lui communiquer un peu de chaleur. Elle redouta un instant que le contact de son corps n'éveillât chez le guerrier un désir dont elle se serait bien passée. Mais l'épuisement et l'air glacé devaient calmer ses envies. Il se contenta de la serrer jalousement contre lui. Malgré la froidure et l'angoisse qui lui rongeait les entrailles, elle finit par sombrer dans le sommeil.

Le lendemain, au réveil, elle constata que le camp de leurs ravisseurs comptait plus d'une cinquantaine de tentes installées sur un plateau rocailleux et couvert par endroits de plaques herbeuses et d'arbustes chétifs. Plus loin commençait une forêt épaisse de pins et de cèdres, auxquels se mêlaient des chênes khermès. Au nord s'élevait un rempart de montagnes que l'aurore teintait de mauve. La tempête de la veille avait fait place à un ciel limpide. Seule une falaise de nuages masquait l'horizon à l'orient. L'ouragan avait faibli. Un froid vif broyait les membres des prisonniers. Thanys se rendit compte que les chiens n'avaient pas quitté leur poste de la nuit et continuaient de les surveiller de leurs yeux impitoyables. Plus loin, elle aperçut les montures des Démons, errant librement sur le plateau. Elle ne s'était pas trompée. Elles rappelaient vaguement des ânes, mais leur taille était plus impressionnante. Parfois, l'une d'elles se lançait dans un galop effréné, puis s'arrêtait pour souffler bruyamment.

Malgré leur aspect inquiétant, Thanys ne put s'empêcher de les trouver belles.

— Ce sont des chevaux ! lui souffla Raf'Dhen. Il en existe quelques troupeaux sauvages dans l'est de l'Anatolie. Il nous arrive de les chasser pour leur viande. Mais j'ignorais qu'il était possible de les apprivoiser.

Peu à peu, le mauve illuminant les sommets s'éclaircit en un rose teinté de reflets d'or, qui coula lentement vers le pied des reliefs avant d'inonder le plateau. Alors, le soleil apparut. Un soleil glacé, lointain, bien différent de l'astre incomparable qui illuminait la vallée sacrée des Deux-Royaumes.

Sous la menace de fouets courts, les captifs furent amenés au centre du campement, où la tribu s'était regroupée. L'aspect des guerriers acheva d'effrayer les prisonniers. Vêtus de fourrures rustiques, ils arboraient des moustaches épaisses et tombantes, sous des crânes rasés, ornés d'une longue queue de cheval plantée au sommet de la tête et nouée par des lacets de cuir.

Un colosse à face de brute, vraisemblablement le chef, jeta un ordre bref. Une jeune femme s'avança, la tête baissée. Son visage pâle et amaigri trahissait sa condition d'esclave. Le géant se mit à parler d'une voix gutturale. La fille traduisit ses paroles dans la langue des Amorrhéens.

— Le puissant Pashkab vous fait dire que vous êtes désormais ses serviteurs. Il a droit de vie et de mort sur vous, tout comme le dieu Hassur dispose de tout ce qui vit dans le monde. Toute tentative de fuite sera punie d'une mort atroce. Il ordonne que vous obéissiez à chaque membre de son clan comme à lui-même. Il dit aussi que vous n'êtes que des chiens impurs et indignes du nom d'être humain.

Puis elle se tourna vers le colosse, qui l'écarta de la main comme on rejette un animal avant de retourner sous sa tente.

Un peu plus tard, on conduisit les prisonniers dans une sorte de dépression herbeuse au milieu de laquelle se dressait une tente en piteux état. Là se trouvaient déjà une vingtaine d'esclaves vêtus de peaux de bête déchirées. Une captive se mit à gémir, prédisant d'une voix lugubre qu'ils allaient servir de nourriture aux créatures monstrueuses montées par les Démons des Roches maudites. L'angoisse étreignit Thanys. Se pouvait-il que la nomade eût raison ? Peu désireuse d'écouter ses lamentations incessantes, elle se retira à l'écart, s'enroulant dans ce qui restait de sa cape de cuir.

Soudain, une silhouette s'approcha d'elle et lui tendit une couverture en poils de chèvre, passablement abîmée, mais suffisante pour la réchauffer. Elle s'en enveloppa, puis, intriguée, leva les yeux. Devant elle se tenait la fille qui avait servi de truchement au chef de la tribu. Sa longue chevelure brune encadrait un visage très jeune, agréable. La fille lui sourit et s'adressa à elle dans sa langue.

— Tu es égyptienne, n'est-ce pas ?
— Oui.
— Je l'ai vu à tes vêtements.

Elle parlait avec un accent étrange, un peu chantant.

— Je m'appelle Beryl. Je suis akkadienne. Et toi, quel est ton nom ?
— Thanys.

La fille l'entoura d'un bras amical.

— Ne t'alarme pas ! Cette femme se trompe. Les chevaux ne mangent que de l'herbe.

Elle eut un petit rire cristallin.

— Les nouveaux prisonniers s'imaginent toujours des choses invraisemblables sur ces animaux. En réalité, ils sont beaucoup plus sympathiques que leurs maîtres.

— Comment connais-tu la langue de ces chiens ?

— Cela va faire bientôt deux ans que je suis prisonnière. Autrefois, je fus la compagne de jeux de la princesse Anehnat, la fille du roi de Tell Jokha. Mais un jour, elle s'est fâchée contre moi et m'a vendue à un marchand égyptien. Il m'a enseigné sa langue. Lorsqu'il a quitté l'Akkadie pour retourner dans son pays, il m'a emmenée. Mais la caravane a été attaquée. Mon maître a été tué sous mes yeux. Depuis, je suis captive des Amaniens.

— Les Amaniens ?

— C'est le nom des tribus qui vivent dans ces montagnes.

Elle serra les dents et ajouta :

— Je les déteste. C'est un peuple sauvage et impitoyable. Ils adorent un dieu cruel du nom d'Hassur. Leur grande force réside dans le fait qu'ils ont réussi à apprivoiser les chevaux. Ils leur permettent de se déplacer aussi vite que le vent, et surgissent toujours là où on ne les attend pas. Ils pillent, et ils s'enfuient comme ils sont apparus.

— Pourquoi ne tentent-ils pas de commercer avec les cités du sud ?

Beryl haussa les épaules.

— Ils nous haïssent. Ils affirment qu'autrefois leurs ancêtres régnaient sur les grandes plaines du Levant et sur la vallée de l'Euphrate. Mais nos peuples sont venus, et les ont repoussés vers les montagnes. Depuis, nombre de leurs tribus se sont éteintes. Ils nous considèrent comme des êtres démoniaques. Pour eux, nous valons moins que des animaux.

— Que vont-ils faire de nous ?

— Pashkab l'a dit. Vous serez désormais leurs esclaves.

— Mais pourquoi une majorité de femmes ? Vont-ils nous... prendre de force ?

— Oh non ! Pour eux, les étrangères sont impures. Un Amanien qui aurait une relation avec l'une d'elles serait aussitôt mis à mort par les autres. Ils ne prennent d'épouses que parmi les femmes de leurs clans. Ils me conservent la vie parce que je suis la seule à avoir appris leur langage, mais...

Thanys discerna une fêlure dans la voix de sa nouvelle amie. Elle devina qu'elle ne lui disait pas toute la vérité, mais n'osa pas l'interroger plus avant. Beryl lui plaisait. Tout en elle dénotait une certaine éducation.

— Pourquoi n'y a-t-il pas d'enfants avec eux ?

— Il n'y a ici que des chasseurs. Ils ont emmené quelques femmes pour satisfaire leurs besoins, mais leur village se trouve bien loin vers le nord. Après la campagne de chasse d'automne, ils vont y retourner.

— N'as-tu jamais pensé à t'évader ?

— C'est impossible, soupira l'Akkadienne. Leurs molosses nous guettent sans cesse. Un prisonnier qui parviendrait à s'enfuir en trompant les chiens n'aurait aucune chance d'échapper à ses poursuivants. Les chevaux sont bien trop rapides. Plusieurs d'entre nous ont déjà tenté de leur fausser compagnie. Tous ont été repris, sans exception.

Elle baissa le nez, embarrassée.

— Et alors ? insista Thanys.

— Je connais le sort qu'ils réservent aux fuyards. C'est trop… horrible. Crois-moi, il vaut mieux ne pas essayer.

La mort dans l'âme, la jeune Égyptienne se replia sur elle-même. Ce père mystérieux qu'elle désirait retrouver semblait s'évanouir chaque jour un peu plus, tel un fantôme insaisissable.

Il devait pourtant bien exister un moyen de s'enfuir…

33

Dès le lendemain, on ordonna aux esclaves de démonter les tentes et la tribu leva le camp. Alors commença une longue errance à travers les montagnes, à la poursuite des troupeaux de mouflons, d'aurochs ou de chèvres sauvages.

Thanys se rendit compte très vite que Beryl n'avait pas menti : toute fuite était irrémédiablement vouée à l'échec. Le massif alternait des monts élevés et des vallées profondes où dévalaient des torrents d'ordinaire à sec, mais gonflés par les pluies inhabituelles. En admettant qu'il ait pu échapper aux chiens et aux chevaux de ses poursuivants, un évadé aurait dû affronter, seul, les meutes de loups et les grands félins qui rôdaient la nuit autour du camp. Parfois, leurs silhouettes furtives et inquiétantes apparaissaient, se découpant dans la lumière d'une cime éloignée, ou se faufilaient en silence au fond d'un vallon plongé dans l'ombre. Un homme isolé n'avait aucune chance de survivre dans cet univers sauvage.

Outre la garde des esclaves, les chiens géants des Amaniens protégeaient les chèvres et les moutons contre les prédateurs. Leur gueule large et leur allure massive ne rappelaient en rien celles des élégants lévriers utilisés en Égypte pour la chasse. Pendant la journée, ils avançaient, à longues foulées, de part et d'autre de la caravane. À plusieurs reprises, Thanys assista, de loin, aux combats qui les opposaient à des hardes de loups agressifs, voire à des ours attirés par les troupeaux. Parfois, les guerriers, montés sur leurs chevaux, livraient aux prédateurs une chasse impitoyable. Uniquement armé d'une hache et d'un poignard de silex, chaque adolescent du clan devait faire preuve de sa bravoure en affrontant un fauve seul à seul. Aussi les guerriers portaient-ils avec orgueil une sorte de veste en peau de loup ou de léopard, dont les pattes venaient se croiser sur la poitrine. Les guerriers égyptiens pratiquaient la même coutume.

Les Amaniens ne connaissaient pas le métal. Les seules armes de cuivre en leur possession provenaient de leurs rapines. Ils utilisaient des outils en os ou en pierre taillée, diorite ou silex. Leurs vêtements se composaient de fourrures grossièrement cousues entre elles par des lanières de cuir.

Les jours s'étiraient en de pénibles marches forcées parmi la rocaille sur laquelle les pieds s'écorchaient. Chargés comme des bêtes de somme, les prisonniers transportaient le matériel sur leurs épaules. Impitoyables, les nomades assenaient de violents coups de fouet sur le dos des esclaves, qu'ils traitaient encore moins bien que leurs bêtes. Une seule concession leur fut accordée : chacun avait reçu une peau malodorante, qui néanmoins protégeait du froid. Mais cette précaution n'était aucunement due à une quelconque humanité. Ainsi que l'expliqua Beryl, il n'était pas facile de capturer des esclaves. Les caravanes et les villages installés dans les contreforts du massif étaient bien défendus.

Parfois, Pashkab ordonnait aux esclaves de monter les tentes, et la tribu bivouaquait pendant plusieurs jours. La plupart des chasseurs partaient alors sur leurs chevaux pour de longues traques dont ils ne revenaient jamais bredouilles. Les montures des Amaniens étaient des animaux puissants, dont la robe épaisse leur permettait de résister aux vents glacés qui soufflaient du nord-ouest. Ces battues n'étaient pas sans danger. Par deux fois, les chasseurs ramenèrent le cadavre de l'un d'eux, tué par des fauves. Le soir, la tribu entonnait de longues plaintes lugubres, puis livrait le corps du défunt aux flammes.

Aux prisonniers revenait la tâche de dépecer les animaux, pour la plupart des sangliers, des chèvres sauvages ou des antilopes, mais parmi lesquels on trouvait aussi des renards, des loups, voire de magnifiques léopards. Des bêtes abattues, les prisonniers ne recevaient que les viscères crues. Malgré leur aspect répugnant, les malheureux se disputaient ces lambeaux comme des chiens enragés. Écœurée, Thanys n'aurait jamais cru être abaissée à une telle ignominie. Mais elle souffrait de la faim, et avait rapidement compris que la bataille quotidienne pour la nourriture était une condition indispensable de survie. Seuls les plus forts avaient une chance de subsister. Associée à Beryl et aux deux Hyksos, elle finit par imposer une certaine hiérarchie parmi les captifs, qui se traduisit par un semblant d'ordre. Au bout de quelques jours, elle parvint à éviter ces batailles dégradantes en partageant elle-même la nourriture. Pashkab, le chef amanien, l'observait de loin en silence, sans intervenir.

Malgré ce qu'en avait dit sa nouvelle amie, Thanys redoutait que les Amaniens ne profitassent des captives. Mais il n'en fut rien. Pour eux, elles n'étaient que des êtres inférieurs, tout juste dignes d'accomplir les tâches rebutantes, sous la garde sans faille des dogues. Cette attitude comportait toutefois un avantage. Personne n'avait songé à fouiller la jeune femme. Aussi conservait-elle toujours à même la peau la ceinture de cuir contenant ses richesses.

Cela faisait à présent plus de deux décades que Thanys et ses compagnons avaient été capturés. Comme pour adoucir le sort des prisonniers, le temps se maintenait au beau fixe. La nuit, une magnifique tapisserie d'étoiles s'étalait au-dessus des montagnes. Thanys ne se lassait pas de ce spectacle. Avec Djoser, elle avait passé de nombreuses nuits aux portes du désert, étudiant les constellations et les planètes dont Merithrâ leur avait enseigné les noms. Parfois, il lui semblait qu'il les regardait, lui aussi, au même instant, et qu'elle pouvait communiquer avec lui par la pensée. Elle était certaine qu'il ne l'avait pas oubliée. Elle sentait à peine les larmes brûlantes qui coulaient sur ses joues, aussitôt emportées par le vent. Alors, elle serrait les dents et priait Hathor et Nout, déesse du ciel à la robe étoilée, afin qu'elles leur accordassent de se rejoindre un jour.

Les dogues avaient cessé de l'impressionner. Parfois la nuit, elle se glissait silencieusement dans leur direction. Au début, ils l'accueillirent avec des grognements féroces. Puis ils finirent par s'habituer à sa présence. Sans qu'elle en eût conscience, l'ascendant qu'elle possédait sur les animaux s'exerçait aussi sur eux. Une nuit, l'un d'eux vint la flairer, puis se laissa caresser. Peu à peu, elle parvint à les approcher. Ils venaient alors se coucher à ses pieds pour quêter le contact de sa main. Pour Thanys, cela représentait une petite victoire, remportée au nez et à la barbe de leurs tortionnaires.

Cependant, à mesure que les jours passaient, une inquiétude sourde l'envahit, dont elle ne parvenait pas à déceler l'origine. Puis elle s'aperçut que l'attitude de Beryl s'était modifiée. Au crépuscule, elle observait l'évolution de la lune avec anxiété. La nuit, elle se rapprochait de Thanys, comme pour rechercher sa protection. Un soir, celle-ci lui demanda la raison de son angoisse. Beryl hésita, puis déclara d'une voix blanche :

— Lorsque Sin, fils d'Enlil et de la très belle Ninlil, montrera sa face pleine, l'un de nous mourra.

— Qui est Sin ? demanda Thanys, soudain inquiète.

— Sin est le dieu de la lune, pour nous, Akkadiens. Les Sumériens l'appellent Nanna. Mais les Amaniens y voit la face de leur dieu sauvage, Hassur. Ils croient qu'il se nourrit de sang humain. Ils prétendent que l'odeur de la chair lui est agréable.

— Alors, que va-t-il se passer ? insista Thanys.

Tremblante, Beryl se réfugia contre elle et répéta en sanglotant :

— L'un de nous va mourir. L'un de nous va mourir.

Le surlendemain, la tribu s'établit sur un tertre rocheux cerné de forêts. Pendant la journée, les Amaniennes égorgèrent deux moutons qu'elles mirent à rôtir. Puis le shaman prépara une étrange mixture à base de champignons rouges, dont il tira un liquide épais et noirâtre. Thanys, qu'il avait réquisitionnée pour l'aider, l'observa avec attention. Avec stupeur, elle vit le vieux bonhomme absorber la potion mystérieuse, puis, quelques instants plus tard, uriner dans des récipients qu'il conserva précieusement.

Le soir, alors que Thanys avait rejoint les captifs à l'extérieur du camp, Pashkab s'approcha d'eux, suivi de ses guerriers. Beryl saisit la main de l'Égyptienne et se recroquevilla sur elle-même, évitant de lever les yeux vers les Amaniens. Raf'Dhen se rapprocha insensiblement de Thanys, prêt à intervenir. La jeune femme lui posa la main sur le poignet pour le calmer.

Le regard sombre, le colosse examina les femmes une à une, s'arrêta sur la jeune Akkadienne, puis sur Thanys. Brutalement, il tâta leurs bras, puis les rejeta en grommelant. Les écartant à coups de pied, il se dirigea vers un groupe de nomades terrorisées. Soudain, il pointa un doigt menaçant sur l'une d'elles et jeta un ordre bref. Aussitôt, les guerriers s'emparèrent de la malheureuse et l'emportèrent. C'était une jeune femme de l'âge de Thanys. Beryl se réfugia dans les bras de sa compagne et se mit à pleurer.

— Que vont-ils lui faire ? demanda Thanys d'une voix angoissée.

Grelottant de peur, les yeux hagards, Beryl ne trouva pas la force de répondre. Ignorant les hurlements de leur victime, les Amaniens l'entraînèrent au centre du cercle des feux de camp. Le shaman arracha ses vêtements qu'il jeta aux flammes. Puis on lui lia les membres à quatre piquets qui la maintinrent écartelée.

Les abominables festivités commencèrent avec le découpage des moutons rôtis, dont l'odeur alléchante parvenait jusqu'aux prisonniers. Mais le sort de leur compagne leur coupait l'appétit. Lorsque le dernier rayon de soleil se fut éteint par-delà les monts de l'Ouest, la lune blême illumina les lieux d'une lueur bleue et froide. Le sorcier entama une longue litanie d'une voix rauque, dont les guerriers reprenaient certains passages à pleins poumons, éveillant un vacarme que se renvoyaient les échos des montagnes.

Pétrifiée, Thanys ne pouvait détacher ses yeux du spectacle terrifiant. Elle constata avec dégoût que le sorcier tendait à chaque homme l'un des récipients dans lesquels il avait uriné. Après avoir absorbé l'infâme liquide, les guerriers se mirent à danser en hurlant en direction de la lune. Peu à peu, les voix se déchaînèrent, et une véritable hystérie s'empara des Amaniens, qui tournaient sur eux-mêmes, titubaient, tombaient, se relevaient, les yeux écarquillés sur d'effrayants cauchemars intérieurs.

Soudain, le shaman bondit au centre du cercle de feu et brandit un long poignard de silex en direction de la voûte étoilée. Puis il lança une longue incantation vers le dieu lunaire. La ronde des guerriers s'arrêta et ils se rapprochèrent de leur proie, que leurs rangs dissimulèrent à la vue des captifs. Soudain, les cris de terreur de la malheureuse nomade se muèrent en d'atroces hurlements de douleur. Thanys se dressa à demi.

— Mais qu'est-ce qu'ils lui font ? s'époumona-t-elle.

Raf'Dhen lui saisit la main et la força à se rasseoir.

— Nous ne pouvons rien pour elle, ma princesse. Mais toi, ne te fais pas remarquer.

Le regard halluciné, Beryl se mit à parler d'une voix blanche.

— Que Kur, dieu des Enfers, leur dévore les

entrailles! Ces chiens lui arrachent des lambeaux de peau qu'ils jettent ensuite au feu. Dans quelques instants, ils l'auront entièrement dépecée vivante.

Une nausée soudaine tordit l'estomac de Thanys.

— C'est monstrueux, cracha-t-elle. Ne peut-on rien faire?

Raf'Dhen lui prit la main pour la calmer.

— Que veux-tu que nous tentions? Nous n'avons aucune arme, et ils sont plus nombreux que nous.

Elle le fixa, les yeux exorbités. Un début de folie se lisait dans son regard. À chaque cri poussé par la suppliciée, la population du village exultait en scandant d'une voix hystérique le nom de son dieu maudit. Soudain, Thanys se redressa et hurla :

— J'en ai assez! Je ne peux plus supporter ces horreurs.

Raf'Dhen la saisit par les épaules, la gifla à toute volée. Des larmes perlèrent dans les yeux de la jeune femme. Toutes griffes dehors, elle voulut riposter, mais le Hyksos la maintint fermement et la força à se rasseoir. Brisée, elle s'effondra dans ses bras en pleurant.

— Pardonne-moi, murmura-t-il. Mais je ne veux pas qu'ils fassent une seconde victime ce soir.

— Je voudrais mourir, gémit Thanys.

— Non! s'insurgea-t-il. Pas toi! Je connais ton histoire. Tu as été assez forte pour duper ton roi, tu as triomphé de la Grande Verte et de ses tempêtes. Tu as traversé le désert. Tu m'as vaincu à l'arc. Tu n'as pas le droit de baisser les bras. Tu es une guerrière, ma princesse. Personne ne saurait se dresser contre toi. Et je sais qu'un jour, tu échapperas à ces chiens. Tu les prendras à leur propre piège. Alors, résiste, et bats-toi!

L'esprit en déroute, elle se serra de toutes ses forces

contre lui. Il ne la comprenait pas. Elle avait tellement besoin de protection. Tellement envie d'oublier toutes ces abominations…

Là-bas, le shaman avait mis fin aux souffrances de la malheureuse en lui plongeant son poignard dans la poitrine. Les cris cessèrent instantanément. Raf'Dhen cacha la tête de Thanys contre son torse afin qu'elle ne vît pas la suite. Écœuré, il entrevit le sorcier arracher du poitrail de la fille un organe encore palpitant et dégoulinant de sang, qu'il leva vers les cieux glacés. Il mordit ensuite dans la chair chaude et sanguinolente d'un coup de dents violent avant de le tendre au chef, qui le repassa ensuite à chacun des guerriers. Pétrifiés, les captifs n'osaient plus faire un mouvement. Une telle barbarie dépassait tout ce qu'ils auraient pu imaginer.

Thanys s'écarta soudain du Hyksos et regarda en direction du camp. Puis elle se détourna pour vomir.

Tout à coup, elle prit conscience que ses compagnons de détresse demeuraient fascinés par le spectacle épouvantable. L'horreur avait atteint un tel paroxysme qu'ils ne pouvaient s'empêcher d'en éprouver un soulagement paradoxal : celui de ne pas avoir été choisi pour le sacrifice. Un dégoût sans nom envers l'espèce humaine la saisit. Silencieusement, elle repoussa le Hyksos qui voulait la retenir et se glissa à l'extérieur. L'ayant reconnue, les chiens l'accueillirent avec des grognements amicaux. Anéantie, elle se réfugia contre leur pelage tiède et se recroquevilla sur elle-même, l'esprit en déroute. Bien sûr, en Égypte, la mort faisait partie de la vie quotidienne et les condamnés à mort périssaient dans des tourments atroces. Mais de telles exécutions étaient rares, et réservées aux criminels.

Elle devait absolument trouver un moyen de s'enfuir. N'importe lequel, mais elle ne resterait pas plus longtemps captive de ces abominations humaines. Et si elle était tuée au cours de son évasion, cela valait mieux que de mourir d'une manière aussi abjecte.

Tenaillée par l'angoisse, elle eut toutes les peines du monde à trouver un sommeil qui la fuyait. Des images effrayantes hantaient ses rêves. Enfin, épuisée, elle sombra dans une torpeur douloureuse, peuplée de cauchemars.

Au matin, un violent coup de pied dans les côtes l'éveilla. Devant elle se tenait la silhouette furieuse de Pashkab. Le soleil venait à peine d'apparaître à l'orient. Elle constata qu'elle avait passé la nuit au milieu des chiens. Ceux-ci retroussaient férocement leurs babines en direction de leurs maîtres, comme pour protéger la jeune femme. Mais la voix autoritaire du chef les contraignit à s'écarter d'elle. Pashkab la gifla violemment et se mit alors à hurler d'une voix hystérique. Puis il jeta un ordre bref à l'un de ses hommes, qui revint quelques instants plus tard en traînant Beryl par le bras. La jeune Akkadienne dut alors traduire les paroles de l'Amanien. Épouvantée, elle dit en sanglotant :

— Il dit que tu es un esprit malfaisant et que tu as dévoyé les chiens. Tu dois mourir.

Une brusque poussée d'adrénaline inonda le corps de Thanys. L'image d'un corps sanglant, à la peau arrachée, lui traversa l'esprit.

— Co... comment ? bredouilla-t-elle.
— Il... il dit que tu vas être abandonnée aux loups.
— Nooon ! hurla-t-elle.

Mais les guerriers l'empoignèrent et, après avoir

enfoncé un piquet solide dans le sol, lui lièrent les chevilles. Ainsi pratiquait-on avec les chèvres destinées à appâter les grands fauves.

Les Amaniens retournèrent ensuite vers le camp, dont ils ordonnèrent le pliage. Terrorisée, Thanys vit la tribu quitter les lieux. Bientôt, elle disparut dans l'épaisseur de la forêt profonde. Seule une dizaine de cavaliers demeuraient en arrière, sur le flanc de la colline opposée.

Frissonnante, Thanys inspecta les alentours avec angoisse. Soudain, son cœur faillit s'arrêter de battre. Surgissant en silence d'une ravine profonde, une meute d'une vingtaine d'énormes loups noirs l'observait de leurs yeux jaunes. Alors, à gestes lents, elle se redressa pour leur faire face.

34

Lentement, les fauves se rapprochèrent, menés par un grand mâle à la robe sombre. Une terreur liquide coula le long de l'échine de Thanys. Le souvenir de la femme adultère déchiquetée par les crocs des chiens affamés lui revint en mémoire. Elle tira désespérément sur ses liens. Mais ils étaient résistants. Elle maudit les Amaniens. Elle ne pouvait même pas tenter de s'échapper. Une sorte de résignation l'envahit. Elle ferma les yeux et adressa une prière fervente à Isis afin qu'elle lui évitât de souffrir trop longtemps. Cela ne dura qu'une fraction de seconde. Tout son être se révolta. Elle ne voulait pas mourir, elle le refusait de toutes ses forces.

Les loups avançaient à pas feutrés, dans un silence parfait que troublait à peine le murmure du vent dans la forêt proche, comme si la nature retenait son souffle. Lorsqu'ils furent à quelques pas, le grand mâle se figea, huma l'air, puis fixa Thanys de ses yeux d'or. Curieusement, il ne paraissait pas décidé à attaquer. Ses compagnons s'étaient immobilisés derrière lui, dans une attitude étrangement prudente. Thanys sentit qu'elle devait dissimuler sa terreur, ne pas bouger.

Son expérience de la chasse lui avait enseigné qu'un loup isolé n'attaquait jamais un homme debout. Mais une meute ? Soudain, elle sentit qu'il se passait autre chose, qu'elle ne pouvait expliquer. Sa peur s'évanouit, remplacée par une insolite sensation de paix. Les loups ne lui feraient aucun mal, *parce qu'elle les attirait*. Peut-être Isis avait-elle étendu sa protection sur elle, mais elle n'en était pas très sûre. La force mystérieuse qui amadouait les fauves émanait d'elle-même. Ainsi avait-elle conquis les dogues amaniens.

Elle appela le grand mâle et lui parla doucement, comme elle le faisait pour le lévrier de Djoser. Celui-ci éprouvait une véritable adoration pour elle. Le loup hésita, puis trottina vers elle et vint se frotter affectueusement contre ses jambes en émettant un gémissement très doux. Sans crainte, elle plongea ses mains dans la fourrure épaisse. L'instant d'après, les autres vinrent former un cercle autour d'elle, quêtant ses caresses comme des chiots. Thanys faillit crier de joie. Sans le vouloir, elle venait de jouer un mauvais tour à ses bourreaux.

Au loin, les Amaniens n'en croyaient pas leurs yeux. Pashkab lâcha un épouvantable juron et lança son cheval en direction de la harde. Contrairement à une stupide croyance populaire, le loup est beaucoup moins dangereux que le chien. Redoutant l'homme, la meute aurait dû fuir. Pourtant, les fauves se placèrent devant la jeune femme en grondant, pour la protéger de ses ennemis. Impressionnés, les Amaniens firent halte à quelques pas et crachèrent des injures. Leur nombre ne les assurait pas d'une victoire, d'autant plus que les chiens étaient repartis avec la caravane.

Sur l'ordre de Pashkab, les guerriers armèrent leurs

arcs. Mais les loups avaient senti le danger ; les babines retroussées sur des crocs menaçants, ils bondirent en direction des chevaux. Ceux-ci, affolés, se cabrèrent. Deux hommes basculèrent sur la rocaille et s'enfuirent à toutes jambes tandis que les autres reculaient, maîtrisant leurs montures à grand-peine. Pashkab redoubla de virulence. Mais le shaman lui posa la main sur le bras et proféra quelques mots. Au travers des quelques bribes de langage assimilées, Thanys comprit qu'il la croyait protégée par les divinités de la forêt ; ils ne pouvaient donc rien contre elle. Le chef lâcha une nouvelle bordée d'invectives, puis tourna bride et s'en fut au galop, suivi par ses guerriers. Bientôt les cavaliers se fondirent dans les profondeurs forestières.

Le danger écarté, la meute revint entourer Thanys. Elle ne pouvait en croire ses yeux. Elle avait attendu la mort, et c'était la liberté qui lui tendait les bras. Alors, sous l'effet de la tension nerveuse, elle s'assit et éclata en sanglots. Un museau amical la bouscula avec affection. Le grand mâle couina doucement comme pour la consoler. Elle le prit par le cou et murmura :

— Tu es bien le meilleur ami que j'aie eu depuis longtemps, seigneur loup.

Elle resta un long moment blottie contre la fourrure chaleureuse de l'animal, laissant doucement son esprit reprendre pied. Autour d'elle, les loups ne bougeaient pas, comme s'ils attendaient sa réaction. Puis elle usa ses liens sur une roche aiguisée pour se libérer. Frottant ses chevilles engourdies, elle réfléchit. Bénéficiant de la protection de la meute, elle pouvait tenter de quitter le massif. En marchant vers l'orient, au bout de quelques jours, elle rejoindrait la vallée de l'Euphrate. Mais cette solution ne la satisfaisait pas. Elle ne pouvait se résoudre à abandonner ses compagnons. Avec le temps, elle s'était attachée aux deux Hyksos et à la petite Beryl. Les Amaniens devaient penser qu'elle s'était enfuie et ne la soupçonneraient pas de les suivre. Elle prit rapidement sa décision. Avec un peu de chance, peut-être pourrait-elle intervenir par surprise pour délivrer ses amis. Elle récupéra les cordes de ses liens et se mit en marche sur les traces des nomades. Aussitôt, la meute la suivit.

Une étrange poursuite commença alors. Prenant soin de demeurer hors de vue des Amaniens, elle les pistait sans difficulté grâce aux empreintes de pas innombrables laissées par leur passage, aux vestiges des feux de camp, aux reliefs des repas, dont les loups se régalaient. Lorsqu'ils bivouaquaient pendant plusieurs jours, elle restait à proximité, se dissimulant dans l'épaisseur de la forêt. Tandis que la meute partait chasser, elle s'approchait au plus près du campement, étudiant les allées et venues pour déceler une faille dans la surveillance des esclaves. Mais les dogues ne relâchaient jamais leur garde.

Un jour, parmi les débris abandonnés par les Amaniens, elle retrouva une lame de silex. Utilisant la corde de ses liens, elle se fabriqua un poignard, puis un arc et des flèches. Ainsi armée, elle se sentit moins vulnérable.

Les loups l'avaient adoptée comme l'une des leurs. Elle passait de longues heures à les observer. Malgré une certaine similitude physique, elle comprit qu'ils se différenciaient nettement des chiens. Le grand mâle, qu'elle avait nommé *seigneur loup*, dominait les autres. Toutes sortes de rites réglaient leur existence. La diversité de leurs cris, glapissements, aboiements, hurlements, gémissements et mimiques faciales lui donnait l'impression qu'ils communiquaient. Tout était prétexte à des joutes silencieuses, à de courtes luttes pour affirmer la supériorité de l'un ou de l'autre. Cependant, même au plus fort des jeux, les loups restaient en éveil, à l'affût du moindre signe de danger.

La tendresse qui liait les membres de la meute l'étonna de la part de carnassiers aussi impitoyables. Souvent, les plus jeunes mordillaient les babines des aînés pour quêter un peu de nourriture prémâchée. Les louveteaux faisaient preuve d'indépendance et se battaient souvent entre eux, sous l'œil attentif des femelles. L'attitude de ces dernières surprit Thanys. Chacune d'elles s'accouplait toujours avec le même mâle, image de fidélité extraordinaire, qu'elle n'aurait jamais imaginé rencontrer chez des animaux. La nuit, elle dormait parmi eux, protégée par leurs fourrures épaisses.

Mais le temps passait sans qu'elle pût approcher suffisamment près du campement pour adresser un signe à ses compagnons. Ceux-ci souffraient toujours sous les fouets de leurs bourreaux. Une nouvelle lune pleine amena une autre victime, dont elle retrouva le cadavre dépecé et éventré le lendemain. Épouvantée, elle se força à regarder le visage défiguré par l'horreur, redoutant d'y découvrir celui de Beryl. Mais il s'agissait d'une Amorrhéenne.

Lorsque les loups s'approchèrent pour dévorer le corps, elle voulut les repousser, puis renonça et s'enfuit en hurlant sa haine à pleins poumons. Puis elle éclata en sanglots et tomba à genoux sur le sol de rocaille. Elle ne pouvait en vouloir aux fauves. Ils n'étaient pas responsables de la mort de la fille et ne pouvaient faire la différence entre un cadavre humain et la charogne d'un animal. Mais une étrange vérité se fit jour en elle. Ces loups que l'on redoutait tant étaient en fait moins cruels que les hommes. Ils ne tuaient que pour se nourrir, et non pour satisfaire une croyance religieuse imbécile.

Un profond découragement la saisit. Que pouvait-elle faire contre une peuplade tout entière ? Même si elle parvenait à s'approcher du campement, elle n'aurait pas la force de combattre contre la horde de guerriers. Si elle était prise, elle connaîtrait le même sort que la pauvre nomade. Pourtant, elle ne pouvait se résigner à abandonner. Elle serra les dents, essuya ses larmes d'un revers de main et se remit en route.

Tout à coup, une bourrasque violente la bouscula. Levant les yeux, elle s'aperçut que des cohortes impressionnantes de nuages sombres envahissaient le ciel par le couchant. Elle accéléra le pas. Elle ne devait pas laisser les pluies effacer les traces du passage des Amaniens.

Un matin, elle parvint au seuil d'un chemin menant vers une vallée encaissée, bordée de hautes falaises. À son côté, les loups se mirent à pousser des gémissements craintifs. Elle comprit qu'ils décelaient une présence humaine proche. Redoutant de tomber sur un parti ennemi, elle décida de ne pas s'aventurer plus loin. Suivant la vallée vers l'amont, elle longea les crêtes, accompagnée par sa horde silencieuse. Soudain, une rumeur confuse s'éleva du fond de la vallée. Intriguée, elle rampa jusqu'au bord de la falaise.

Tout au fond s'étendait un village de huttes grossières, dont les toits faits de peaux de bêtes étaient percés d'un trou pour laisser échapper la fumée. De part et d'autre s'ouvraient des cavernes où s'affairait toute une population de femmes et d'enfants. Thanys faillit laisser échapper un cri de triomphe : elle avait découvert le repaire des Amaniens.

Une plainte retentit derrière elle. Elle se retourna : le grand mâle l'observait de ses yeux jaunes. Elle le connaissait assez à présent pour comprendre qu'il avait peur. Elle s'approcha de lui et le caressa. Il lui donna un coup de langue amical, puis poussa un grognement bref. L'instant d'après, la meute disparaissait dans les profondeurs de la forêt.

Thanys demeura un long moment prostrée, l'esprit empli de tristesse. Mais elle avait toujours su qu'un jour viendrait où les loups cesseraient de la suivre. Pour achever de la décourager, une pluie abondante se mit à tomber. Resserrant sa peau de chèvre déchiquetée autour d'elle, elle reprit sa marche vers l'amont. Elle devait absolument découvrir un moyen de s'introduire dans le camp pour délivrer ses compagnons. Environ un mile plus loin, la vallée s'élargissait en une sorte de cirque cerné de falaises, au fond duquel couraient des formes souples et rapides : les chevaux des Amaniens. Thanys s'assit et les observa. Peu à peu, une idée germa dans son esprit. Elle avait étudié la manière dont les guerriers s'y prenaient pour monter ces animaux. Elle était sûre de pouvoir refaire les mêmes gestes. Et si elle y parvenait, elle serait à même de l'enseigner aux autres. Une bouffée de joie l'envahit. Elle savait comment elle allait délivrer ses compagnons.

Inspectant les hauteurs, elle découvrit une sente abrupte qui lui permettrait de rejoindre la vallée sans trop de risques. Elle constata que les chevaux étaient livrés à eux-mêmes. Personne ne les surveillait, hormis une demi-douzaine de dogues dont le rôle consistait sans doute à écarter les prédateurs. Dans l'après-midi, quelques esclaves vinrent ramasser des pierres qu'ils chargèrent dans des paniers de corde. Mais ils ne s'approchèrent pas des chevaux, qui semblaient les effrayer. Pas un guerrier n'apparut.

Le lendemain, malgré la pluie battante, Thanys décida de descendre dans la vallée. Dans un premier temps, elle devait s'assurer de la neutralité des dogues. D'un pas assuré, elle se dirigea vers les chiens. L'un d'eux se mit à grogner, mais ils la reconnurent très vite et vinrent lui faire fête comme des chiots. Elle passa un long moment à les caresser afin qu'ils ne donnassent pas l'alarme. Puis, un peu inquiète, elle s'approcha des chevaux. Habitués à la présence humaine, ils ne manifestèrent aucune inquiétude. Surmontant son anxiété, Thanys les flatta de la main, leur parla. Peu à peu, ils se familiarisèrent. Le premier pas était franchi. Mais elle ne pouvait pas encore les monter. Les Amaniens utilisaient des fourrures de mouton qu'ils fixaient sur leur échine à l'aide de sangles de cuir, et leur passaient une corde dans la bouche. Or, elle ne possédait aucun matériel. Et le seul endroit où elle pouvait en trouver était le village, situé plus bas en aval.

En milieu de journée, un petit groupe d'esclaves fit son apparition. Thanys se dissimula dans un fourré et attendit. Soudain, son cœur se mit à battre plus vite. Parmi eux, elle venait de reconnaître Beryl et Rhekos. Elle se montra. La stupeur se peignit sur leur visage.

— Dame Thanys…, balbutia le Hyksos.

Ayant vérifié qu'aucun guerrier n'était en vue, elle s'approcha. Les autres esclaves eurent un mouvement de recul.

— Tu es morte, dit une femme en grelottant. Tu n'es pas un être de chair, mais un esprit.

Elle éclata de rire.

— Rassurez-vous, je suis bien vivante. Les loups ne m'ont pas dévorée.

Elle conta son aventure et leur fit part de son plan. Beryl renchérit :

— Je ne crains pas les chevaux, expliqua la jeune Sumérienne. L'hiver dernier, j'ai même réussi à les monter.

— Comment cela ? demanda Thanys.

— Les Amaniens l'ignorent. L'hiver dernier, ils les avaient déjà parqués dans cette vallée. Ils m'avaient ordonné de les soigner. Dans la journée, j'étais seule avec eux. J'avais observé comment les guerriers s'y prenaient et j'ai tenté l'expérience.

— C'est difficile ?

— Il ne faut pas montrer que tu as peur. Sinon, ton cheval se débarrasse de toi. Mais il suffit d'une corde passée dans sa bouche pour le diriger. J'avais remarqué une jument avec laquelle je m'entendais bien. J'ai vérifié que personne ne me surveillait, puis je l'ai équipée. Ensuite, je me suis hissée sur elle, comme le font les guerriers. Elle n'a pas bronché. Les chevaux obéissent à des coups de talons légers et à des pressions de corde. Une fois que l'on a eu le courage de les monter, c'est très simple.

— Et tu n'as jamais pensé à t'enfuir ?

— Oh si ! Mais les Amaniens ne sont pas stupides. Cette prairie est cernée de falaises. Les chevaux ne peuvent les franchir. Pour m'échapper, j'étais obligée de passer par le village. Seule, c'était impossible. Si j'avais été prise, j'aurais été mise à mort aussitôt. Mais à présent, si nous apprenons tous à monter...

— Il va nous falloir beaucoup de patience, déclara Thanys. Les chevaux représentent notre seule chance de salut. Tu vas nous enseigner ce que tu sais, et tous les esclaves s'enfuiront. D'abord, il nous faut des cordes, et peut-être des peaux de mouton.

Rhekos se gratta la tête.

— C'est possible. Je sais où ils entreposent tout cela. Il me sera facile de les dissimuler dans les paniers.

— Ensuite, il faut vous organiser pour que tous les captifs viennent ici à tour de rôle. Il y a plus de chevaux que d'esclaves. Tout le monde pourra s'échapper !

— Je ne pourrai jamais ! bredouilla la femme qui l'avait prise pour un fantôme. Ces monstres me font trop peur.

Thanys l'apostropha sévèrement.

— Préfères-tu attendre ton sort sans te battre ? Tu sais parfaitement ce que les Amaniens font subir aux victimes qu'ils sacrifient à leur dieu ! Car tous vous finirez ainsi ! Tiens-tu à ce qu'ils t'arrachent la peau et te dévorent le cœur ?

La femme pâlit et baissa le nez.

— Je ferai ce que tu diras.

La pluie qui tombait sans discontinuer se révéla une alliée parfaite. Après la campagne de chasse, les Amaniens aspiraient au repos et n'accordaient qu'une faible attention aux agissements des esclaves, pourvu que leurs repas fussent servis et leurs cases entretenues.

Rhekos n'eut guère de difficulté à subtiliser peaux et cordes. Les paniers arrivaient chargés de fourrure de mouton et de cordages tressés par les esclaves eux-mêmes, que Thanys stockait dans une petite caverne située en amont, où elle dormait la nuit. Ils repartaient pleins de pierres destinées à consolider les bâtisses amaniennes.

Durant les premiers jours, Thanys apprit elle-même à monter. Comme l'avait dit Beryl, l'élément le plus important consistait à dominer sa propre frayeur. Les chevaux ressentaient l'état d'esprit de leur cavalier et n'hésitaient pas à se débarrasser de ceux qui se montraient incapables de les dominer. Au bout d'une décade, elle montait sans problème. Dès le crépuscule, elle regagnait sa tanière. À la lueur d'une lampe à huile grossière qu'elle avait creusée dans un galet, elle employait le temps qui lui restait à fabriquer des arcs et des haches de pierre, à tailler des flèches.

Le problème se révéla plus délicat avec les autres esclaves. Les chevaux inspiraient à la plupart une terreur quasi maladive. Mais la perspective de la liberté et la crainte de finir sous les couteaux des Amaniens contribuèrent pour beaucoup à vaincre la peur. En revanche, les deux Hyksos n'éprouvèrent aucune difficulté. Au contraire, ils s'étaient découvert une véritable complicité avec les chevaux, et s'arrangeaient pour venir tous les jours. Un mois plus tard, la cinquantaine de prisonniers était capable de monter. Thanys songea à organiser l'évasion.

Elle savait que, la nuit, les Amaniens enfermaient les captifs dans une grotte profonde située au milieu du village, et gardée par trois guerriers armés. Mais les prisonniers disposaient désormais de haches et de poignards. Le moment venu, ils seraient capables de se débarrasser de leurs geôliers.

Malheureusement, la pluie qui, au début, s'était révélée une partenaire efficace, se retourna contre eux. Des orages éclataient en permanence, des vents glacés s'engouffraient dans la vallée. Ces ouragans inhabituels inquiétaient le shaman. Cette inquiétude se mua en une angoisse véritable lorsqu'une tempête violente s'abattit sur le massif. Les nuages sombres explosaient, déclenchant des averses diluviennes, qui se transformaient parfois en tornades de neige fondue. Bientôt, le torrent coulant au fond de la vallée se gonfla, submergea les rives. Une nuit, une crue brutale détruisit les demeures construites trop près du cours d'eau et emporta plusieurs membres de la tribu.

Le sorcier avait beau interroger les oracles dans les boyaux des volailles qu'il sacrifiait chaque jour, aucune amélioration ne se dessinait. Chaque jour, le torrent s'enflait un peu plus, dévastant tout sur son passage. Certains Amaniens avaient dû abandonner leurs bâtisses menacées par les eaux et se réfugier dans les cavernes creusées dans les falaises. Réfugiée dans sa grotte, Thanys en vint à penser que l'apocalypse prophétisée par le vieil Ashar avait débuté.

Un matin, elle prit sa décision. Il fallait profiter de la confusion provoquée par les orages pour fuir. Elle attendit que ses compagnons fussent arrivés et leur expliqua son plan.

— Tout à l'heure, vous allez emporter des armes. Vous attendrez que la nuit soit pleine, et vous tuerez vos gardiens. Vous jetterez les corps dans le torrent afin qu'on ne les retrouve pas, puis vous me rejoindrez ici. Le seul problème, ce sont les dogues.

— Ils sont habitués à nous voir circuler dans le village, répliqua Raf'Dhen. Si personne ne leur donne l'ordre de nous attaquer, ils ne bougeront pas.

— Bien. Nous attendrons l'aube, puis nous lancerons le troupeau au grand galop à travers le village. Les Amaniens ne pourront pas nous arrêter.

Elle leur donna ensuite des haches et des poignards, qu'ils dissimulèrent sous leurs vêtements.

La nuit suivante, Thanys se réfugia dans sa grotte et attendit anxieusement. Le sort en était jeté. Si les Hyksos échouaient à se débarrasser de leurs gardiens, ils seraient mis à mort. Elle ne pouvait même pas les aider.

Vers le milieu de la nuit, une silhouette se profila à l'entrée de la caverne. Raf'Dhen. Elle retint un cri de joie. Ils avaient réussi. Mais, à la lueur de la lampe, elle devina l'inquiétude sur le visage du Hyksos.

— J'ai fait ce que tu as dit, ma princesse. Nos gardiens sont morts. Tous les esclaves attendent près des chevaux.

Il baissa la tête et ajouta :

— Malheureusement… Beryl n'est pas avec nous.

35

Une violente angoisse étreignit la poitrine de Thanys. Elle saisit vivement le bras du Hyksos.

— Pourquoi ? Que s'est-il passé ?

— Ce soir, les Amaniens sont venus la chercher, avec une autre fille. Ils croient que cette tempête est la manifestation de la colère de leur dieu. Ils ont décidé de répandre le sang pour l'apaiser.

La gorge de Thanys se serra. Elle s'était profondément attachée à la petite Akkadienne. L'idée de son corps lacéré par les lames de silex des Amaniens la fit frémir.

— Elles seront sacrifiées demain matin, précisa Raf'Dhen.

Thanys bondit.

— Pourquoi ne le disais-tu pas ? Nous n'allons pas laisser ces chiens commettre une telle abomination. Nous allons les délivrer.

— Mais nous ne pouvons rien faire, ma princesse, s'insurgea le Hyksos. Ils sont dix fois plus nombreux que nous. Et à part quelques adolescents, il n'y a que des femmes parmi les captifs. Veux-tu tous nous faire tuer ?

— Je ne partirai pas sans Beryl. Sans elle, nous

n'aurions peut-être jamais réussi à monter les chevaux. Où est-elle détenue ?

— Mais c'est de la démence, Thanys !

— Où est-elle détenue ? insista-t-elle.

Raf'Dhen poussa un énorme juron, puis déclara :

— Dans une cabane située au milieu du village, et gardée par des guerriers. Tu n'as aucune chance.

— Je sais me servir d'un arc, tu te souviens. J'en ai fabriqué une bonne douzaine et ils sont aussi efficaces que les tiens.

Il tenta une dernière fois de la raisonner.

— Avec ce vent et en pleine nuit, nous n'y parviendrons pas.

— Tu n'es pas obligé de m'accompagner.

— Ah oui ? grogna-t-il. Et tu crois que je te laisserai seule commettre une telle idiotie ?

— Alors, nous serons trois, souffla une voix à l'entrée de la grotte.

La silhouette tranquille de Rhekos apparut. Le visage du Hyksos s'éclaira d'un sourire de fauve.

— Moi aussi, j'aime bien Beryl. De toute manière, si nous échouons, autant mourir en combattant.

Quelques instants plus tard, après avoir ordonné aux autres prisonniers d'équiper les chevaux en prévision de l'évasion, Thanys et ses compagnons prirent la direction du village, au sein de ténèbres liquides quasiment totales. Au prix de mille difficultés, ils parvinrent aux abords de l'agglomération. Les foyers entretenus dans les tholoïs[1] et les cavernes diffusaient

---

1. Tholoï : nom des demeures rondes construites avant l'ère sumérienne en Mésopotamie.

une luminosité très faible qui leur permit de repérer les lieux.

Les silhouettes inquiétantes de trois dogues se dirigèrent vers eux en grondant. Thanys s'accroupit et les appela. Interloqués, ils s'arrêtèrent. L'un d'eux hésita, puis vint se frotter amicalement contre elle. Soulagé, Raf'Dhen souffla :

— Tu possèdes un pouvoir magique sur les animaux, ma princesse. J'ai bien cru qu'ils allaient nous bouffer les fesses.

— Où est Beryl ? éluda-t-elle.

Il désigna une masure en ruine dont une partie du toit avait été emportée par les ouragans. Thanys étouffa un juron. La baraque était située à l'autre extrémité du village. La partie n'était pas gagnée.

Par chance, la violence de la tempête avait incité les Amaniens à demeurer cloîtrés dans les demeures ou les grottes. Seuls deux hommes montaient la garde devant la cabane où étaient détenues les captives. Ruisselant de pluie, Thanys et ses compagnons se mirent à ramper dans la boue et la rocaille. Des branches leur griffaient les membres. Soudain, un frisson saisit Thanys. Une atroce sensation de froid la pénétra. Elle resserra sa peau de bête détrempée sur elle. Par un violent effort de volonté, elle repoussa le malaise insidieux qui l'envahissait. Ce n'était pas le moment de faiblir.

Le cœur battant, ils atteignirent enfin un repli de terrain proche des deux gardes. À quelques pas, la fenêtre d'un tholoï voisin répandait la lueur pâle et mouvante d'un foyer. Si un Amanien s'avisait de sortir à cet instant, ils étaient perdus. À gestes lents, ils bandèrent leurs arcs et attendirent un moment favorable. Ils étaient à moins de vingt pas de l'ennemi, mais ils n'y voyaient guère, et l'ouragan pouvait dévier leurs traits. Soudain, la foudre s'abattit sur les hauteurs, éclaboussant le village de vif-argent. Un fracas assourdissant fit vibrer les échos de la vallée.

— Maintenant ! souffla Thanys.

Les flèches jaillirent simultanément et allèrent se planter dans la poitrine des guerriers. L'instant d'après, les trois captifs bondissaient jusqu'à l'entrée de la demeure. Tandis que les Hyksos achevaient les gardes sans pitié, Thanys écarta le panneau de cuir qui fermait la bâtisse. Le sol de celle-ci était envahi par les eaux. Les prisonnières étaient blotties l'une contre l'autre sous ce qui restait du toit. Beryl reconnut instantanément Thanys. Elle secoua sa compagne, et toutes deux se glissèrent au-dehors. Pendant ce temps, Raf'Dhen et Rhekos avaient basculé les corps des Amaniens dans le torrent furieux.

Anxieusement, Thanys jeta un coup d'œil alentour. Mais rien ne se manifesta. Le vacarme de la tourmente avait couvert les gémissements des gardiens. Sur un signe de la jeune femme, ils reprirent le chemin inverse, puis se fondirent dans la nuit liquide en direction du vallon des chevaux. À présent, songea Thanys, le sort en était jeté. Lorsqu'ils s'apercevraient de la disparition des esclaves et de la mort de leurs compagnons, les Amaniens leur livreraient une bataille sans pitié. Elle adressa une fervente prière à Isis afin que la tempête se poursuivît jusqu'au lendemain.

Celle-ci ne faiblit pas. Lorsqu'un semblant d'aube illumina la vallée à l'orient, la lumière obscure tombant du ciel dévoila un spectacle hallucinant. Le torrent avait encore gonflé et débordait largement de son lit. Le passage étroit menant vers le village s'était encore resserré. Thanys donna l'ordre de se mettre en selle. Mais la compagne de Beryl promise au sacrifice se mit à geindre. Dans cette atmosphère d'apocalypse, sa frayeur des chevaux resurgissait.

— Ces monstres vont me tuer, gémit-elle. Je ne peux pas.

Thanys tenta de la raisonner :

— Tu l'as déjà fait.

Mais elle ne voulait rien entendre. Rhekos opta pour une solution plus énergique. Il assena un coup de poing sur le menton de la fille qui s'écroula, étourdie. Calmement, le Hyksos la chargea sur sa monture.

— Eh bien, toi, tu sais parler aux femmes ! grommela Thanys.

Il écarta les bras avec un sourire contrit, puis se hissa sur son cheval. Thanys rassembla la troupe et donna l'ordre du départ. Les bêtes se ruèrent dans le vallon avec un fracas infernal. En quelques instants, ils furent à la lisière du village au sein duquel ils déboulèrent à toute allure. Le visage dégoulinant de pluie, Thanys vit des guerriers hagards surgir des cavernes. D'autres réagissaient déjà. L'un d'eux hurlait en montrant la caverne désertée par les esclaves. Elle poussa son cheval au grand galop. Quelques hommes se précipitèrent pour tenter d'arrêter le troupeau. Les dogues aboyèrent. Mais il était trop tard. Emportés par leur élan, les chevaux les culbutèrent sans pitié.

Soudain, la silhouette colossale de Pashkab se dressa devant le cheval de Thanys. La reconnaissant, il marqua un instant d'hésitation qui lui fut fatal. L'image des corps dépecés traversa l'esprit de l'Égyptienne. Elle empoigna son casse-tête et frappa avec une rage décuplée. L'Amanien reçut le coup en plein front. Il poussa un barrissement épouvantable et s'effondra sur le sol, le crâne éclaté. Désorientés par la mort de leur chef, les autres se replièrent en hâte devant la horde furieuse, qui traversa le village à un train d'enfer, sous les injures de l'ennemi impuissant. Quelques chiens les suivirent un moment, puis abandonnèrent la chasse, impressionnés par les sabots des chevaux.

Un mélange de peur et d'exaltation avait envahi Thanys. Personne désormais ne pouvait les poursuivre. Cependant, ils n'étaient pas sauvés pour autant. De chaque côté, les parois élevées défilaient à une allure vertigineuse. Emporté par la panique, un cheval trébucha sur un affleurement rocheux et, les jambes brisées, bascula avec sa cavalière dans les eaux bouillonnantes du cours d'eau. Plus bas, le torrent se mua en une rivière tumultueuse qui bondissait par-dessus d'énormes blocs de pierre qu'elle semblait vouloir arracher de leur gangue.

Tout à coup, un pan de falaise miné par les pluies s'effondra devant eux. Une avalanche de rocs et de terre dévala la pente, effrayant les chevaux. Thanys dut tirer de toutes ses forces sur la corde pour diriger sa monture vers la paroi opposée. Elle franchit le passage dangereux en trombe et se retourna brièvement. Elle nota avec soulagement que les autres la suivaient toujours. Elle ralentit alors l'allure.

Si l'ouragan avait favorisé leur fuite, sa violence se retournait à présent contre eux. Des bourrasques infernales les déséquilibraient. Ils avaient peine à contenir leurs montures affolées. Mais il était hors de question de s'arrêter. Il fallait tenir, sortir de cette vallée maudite.

Parfois, ils devaient franchir d'un bond des affluents

qui venaient ajouter leurs eaux écumantes à celles de la rivière en furie. À demi aveuglée par l'eau, Thanys avait remis son sort à l'instinct de son cheval. Les membres fourbus, elle ne savait plus qui dirigeait l'autre. Par moments, il lui semblait que des mâchoires glaciales lui broyaient la poitrine. Elle devait faire appel à toute sa volonté pour ne pas glisser à bas de sa monture.

Ils chevauchèrent ainsi toute la journée, sous une pluie battante. Peu à peu, le relief se modifia. La vallée s'élargit. Vers le soir, elle déboucha sur une plaine immense, traversée par un fleuve puissant, qui par endroits avait envahi les rives. Le déluge avait cessé, mais de lourdes masses de brumes rampaient sur la surface de bronze des eaux glauques.

Le troupeau s'immobilisa. Les fuyards, les os rompus, se laissèrent glisser à terre. Raf'Dhen éclata d'un grand rire sonore.

— Nous avons réussi ! Nous sommes libres, tonna-t-il.

Dans un élan d'enthousiasme, il saisit Thanys par la taille et la souleva du sol.

— Ah, ma princesse ! J'aime tellement ces animaux. Jamais plus je ne pourrai vivre sans eux.

Rhekos réconfortait la jeune nomade qu'il avait été contraint d'assommer.

— Eh bien, ma belle ! Tu ne remercies pas ces braves animaux à qui tu dois la vie ? Comment te nommes-tu ?

— Rachel !

Tremblante, elle se réfugia dans les bras du Hyksos, à qui cette réaction n'eut pas l'air de déplaire. Les autres captifs, abasourdis par l'orage et épuisés par la course, contemplaient les lieux avec ahurissement. Ils avaient peine à comprendre que le cauchemar avait pris fin. Thanys s'approcha de Beryl, qui ne pouvait détacher ses yeux du fleuve.

— Nous sommes sauvés ! dit-elle. C'est un peu grâce à toi. Sans tes conseils, nous n'aurions pu apprendre à monter les chevaux.

La jeune Akkadienne se tourna vers elle, les yeux brillant de larmes.

— C'est à ton courage que nous devons tout, dame Thanys. Tu m'as sauvé la vie. À présent, elle t'appartient. Je veux être ton esclave.

— Mais... ne désires-tu pas être enfin libre ? Vraiment libre ?

La voix de Beryl se fit implorante.

— Ne me repousse pas, dame Thanys. Tu ne peux comprendre, toi, tu es une princesse. Mais moi, je suis née esclave. Que ferai-je de la liberté ? Qui me protégera ? Je ne veux qu'une chose, rester près de toi et te servir. Je t'en supplie, garde-moi !

Elle tomba à genoux et l'enserra de ses bras. Une vive émotion s'était emparée de Thanys. Le souvenir de son fidèle Yereb lui serrait la gorge. Bouleversée, elle releva Beryl.

— Soit, reste avec moi.

Le visage de l'Akkadienne s'éclaira, et elle sauta au cou de Thanys.

— Regarde ! dit-elle. Nous avons atteint la vallée de l'Euphrate. Vers le sud s'étend l'Akkadie, mon pays. Et plus loin encore, c'est le royaume de Sumer.

— Sumer... Uruk... murmura Thanys.

Le nom de son père emplit alors son esprit et une bouffée de joie l'envahit. Mais la route était encore longue.

36

Pendant cette période magique où le Nil quittait son lit pour se transformer en un vaste lac, les paysans se trouvaient généralement libres. C'était l'époque où l'on s'attelait à des tâches d'intérêt commun, comme la construction des routes, des murailles ou des temples. Mais Sanakht se souciait peu de l'état de sa capitale. Les taxes nouvelles dont il avait surchargé les artisans et agriculteurs ne visaient qu'à augmenter le trésor royal dans le but de mener, dès que cela serait possible, une glorieuse guerre de conquête. Si les soldats, grâce à la vigilance de Meroura, avaient reçu une rétribution sur le butin de Kattarâ, la plus grosse partie était allée arrondir les fortunes de nombre de grands seigneurs possédant l'art de la flatterie, auquel Sanakht ne savait résister. Les guerriers mécontents avaient grogné, puis s'étaient résignés. D'autres préoccupations les avaient détournés de leurs revendications. La plupart étant issus de la population agricole, ils avaient quitté la Maison des Armes pour retourner dans leurs domaines afin de lutter contre les inondations catastrophiques.

Djoser s'était attaché les services de Kebi, seul à comprendre la langue de Lethis. Suivant attentivement les leçons du soldat, celle-ci avait fait de rapides progrès en égyptien. Djoser lui avait confié la direction des servantes esclaves, dont quelques-unes, d'origine bédouine, l'avaient acceptée sans difficulté. N'était-elle pas la fille d'un chef renommé ?

On espérait de plus qu'elle saurait distraire le prince de la douleur qui le faisait encore souffrir. Chacun gardait la mémoire de Thanys, qui avait assidûment fréquenté la demeure du seigneur Merithrâ. Mais elle avait rejoint le royaume d'Osiris. Alors, Lethis devait la remplacer. On l'aimait beaucoup. Elle était douce, et savait, comme le seigneur Djoser, fermer les yeux sur les menus larcins commis par les esclaves.

Mais le jeune maître était aveugle. Il semblait ne pas avoir remarqué la beauté de Lethis, la couleur profonde de ses yeux, et les regards qu'elle lui adressait. Pourtant, il aimait s'attarder avec elle le soir, après le repas. Ils avaient alors de longues conversations au cours desquelles il l'aidait à perfectionner son égyptien, et où elle lui contait la vie du désert et ses légendes. C'était un grand plaisir que de s'asseoir non loin d'eux pour les écouter.

En réalité, Djoser n'ignorait pas les sentiments troublants de la jeune femme. Ses yeux parlaient tout seuls. Il avait constaté aussi qu'elle était très belle. Son corps, façonné par la rude vie du désert, lui faisait penser à une gazelle, fragile et souple. Pourtant, il n'avait pas répondu à ses regards, de même qu'il avait repoussé les avances précises de plusieurs femmes de la Cour. Thanys hantait toujours ses pensées.

Parfois, il se traitait de sot. Sa compagne avait disparu pour toujours. S'il voulait reconstruire sa vie, il lui faudrait accepter que des femmes partageassent sa couche. Un seigneur de son rang se devait d'avoir plusieurs épouses et concubines. Mais il n'en éprouvait aucune envie. Au moins pour l'instant.

Quelques jours après son entrevue avec le roi, Djoser quitta Mennof-Rê pour Kennehout. Bien que son frère parût favorablement disposé à son égard, l'atmosphère douteuse de la Cour lui déplaisait. Laissant au vieil Ousakaf le soin de gérer sa demeure, il emmena Lethis et une bonne partie des serviteurs. Peu désireux de demeurer dans la capitale si leur compagnon en était absent, Piânthy et Semourê se joignirent à lui, ainsi qu'une douzaine de guerriers qui avaient servi sous ses ordres, et dont les familles résidaient dans le même nome.

Depuis quelques jours, de nouvelles pluies diluviennes s'étaient abattues sur la vallée. Jamais, de mémoire d'ancien, on n'avait connu de telles trombes d'eau. Djoser profita d'une relative éclaircie pour effectuer le trajet. Le voyage se déroula sous un ciel lourd de menaces.

Les voyageurs parvinrent à Kennehout vers le soir, sous une petite pluie fine qui n'avait pas découragé les habitants, curieux de faire la connaissance de leur nouveau seigneur. Djoser constata que la crue et les intempéries n'avaient pas épargné le village. Prés et champs avaient disparu, ce qui laissait présager de multiples problèmes de bornage lorsque le fleuve réintégrerait son lit. Submergeant les canaux d'irrigation, noyant les palmiers et les vergers, les eaux noires avaient formé d'innombrables petites îles sur lesquelles se dressaient des habitations en péril. La route elle-même était coupée en de nombreux endroits.

Par chance, la demeure de Merithrâ, installée loin du rivage, n'avait pas été touchée. C'était une maison confortable, à l'image de celle de Mennof-Rê, et dotée également d'un jardin magnifique. L'intendant du domaine, un nommé Senefrou, déplut immédiatement à Djoser. Obséquieux jusqu'à l'outrance envers lui, il faisait montre vis-à-vis des serviteurs d'une autorité méprisante qui lui valait la détestation et la crainte des paysans attachés à la propriété.

Après avoir ordonné aux cuisiniers de préparer un repas pour tout le monde, Djoser se fit présenter les gens du domaine. Il y avait là des cultivateurs, des bouviers, des bergers, ainsi que quelques artisans, potiers, tailleurs de pierre, tanneurs et tisseurs, qui vinrent se prosterner devant lui, ainsi que le voulait l'usage. L'œil sévère, Senefrou les nomma individuellement, puis lui désigna les scribes chargés de tenir à jour le registre de ses avoirs. Zélés, méthodiques, indifférents aux difficultés rencontrées par les hommes, ces individus ne vivaient que pour la tenue de leurs livres. Persuadés d'appartenir à une caste supérieure parce qu'ils connaissaient les secrets des signes sacrés, les hiéroglyphes, ils demeuraient farouchement attachés à leurs différents titres : Directeur des greniers, Mesureur de grain, Directeur des troupeaux...

Dès le lendemain, Djoser, suivi de ses proches, effectua une visite complète du domaine. Il apprit ainsi qu'il possédait deux cent vingt-trois bœufs et vaches, dont une centaine de *mères des veaux*[1]. Le bétail com-

---

1. Vaches laitières.

portait également six cent une chèvres, cinq cent quatre-vingt-deux moutons dont trente-trois béliers et quatre-vingt-dix-huit porcs. À ces chiffres, scrupuleusement fournis par le scribe directeur des troupeaux, il fallait ajouter quelques animaux sauvages capturés lors de parties de chasse. Sur les prés, on rencontrait des gazelles, bouquetins, antilopes, ainsi que des bubales aux longues cornes en forme de lyre.

Le soir, Djoser ordonna le sacrifice d'une gazelle en l'honneur de Min, le dieu de la fertilité, et d'une antilope destinée à Hâpy, afin qu'il se montrât clément.

Sans doute le dieu du fleuve devait-il être d'humeur maussade, Les offrandes ne reçurent pas son agrément. Jour après jour, le niveau des eaux noires ne cessait de monter, menaçant sans cesse de nouvelles habitations. Parfois, les flots limoneux charriaient des cadavres d'animaux ou d'humains.

Conscient de l'utilité des digues protégeant les champs surélevés où l'on avait parqué la majorité du bétail, Djoser ordonna à ses ouvriers de les consolider. Lui-même saisit une pelle et se mit au travail, sous le regard stupéfait des esclaves. Galvanisés par son exemple, ils redoublèrent d'ardeur.

À l'écart, Senefrou faisait grise mine. Avait-on jamais vu un seigneur de haut rang s'abaisser ainsi à accomplir le travail d'un esclave ?

Djoser l'aperçut et éclata de rire.

— Tu devrais m'imiter, ô Senefrou. C'est la bonne terre noire de Kemit qui nous offre sa richesse et sa nourriture. N'est-ce pas une belle manière de lui rendre hommage que d'y plonger ses mains et ses pieds ?

L'autre s'inclina servilement.

— Certainement, seigneur. Mais ce n'est point là la tâche d'un prince, et certainement pas la mienne.

Djoser haussa les épaules et se remit à l'ouvrage. Piânthy et Semourê, quant à eux, avaient pris en charge le rassemblement des troupeaux. Le soir, lorsqu'ils se retrouvèrent, tous étaient vêtus d'un même uniforme de boue noire. Lethis leur avait déjà préparé la salle de bains. Débarrassés de leurs pagnes crottés, ils se livrèrent avec plaisir aux mains des petites esclaves nues qui les aspergèrent d'eau avec de grands éclats de rire.

Semourê attrapa deux des filles par la taille et clama :

— Par les dieux, mon cousin, la boue de Kennehout vaut largement celle de Kattarâ, et la pluie qui nous en débarrasse est bien plus agréable.

Depuis son arrivée, il coulait des nuits mouvementées dans les bras des esclaves attachées au domaine, dont il changeait chaque soir. Piânthy n'était pas en reste, et aucun d'eux ne semblait désireux de regagner la capitale, à la grande joie de Djoser.

Après un massage aux huiles parfumées, ils se rendirent aux bords du fleuve. À l'ouest, le soleil disparu illuminait le ciel d'une lumière fabuleuse, faite d'or et de turquoise, sur laquelle l'horizon désertique se découpait en ombres noires. Une symphonie d'odeurs de limon, de végétation et de fleurs emplissait l'air.

Cependant, Djoser constata que le niveau des eaux s'était encore élevé d'une demi-coudée depuis le matin. Inquiet, il observa, à distance, un promontoire transformé en île où s'entassaient quelques habitations. Tout autour, une vingtaine de vaches et autant d'ânes se resserraient sur le souvenir d'un pré.

— Dès demain, dit-il à ses compagnons, il faudra

que nous ramenions ces gens et leur troupeau. Je crains que le fleuve ne continue de monter.

Le soir, alors qu'il s'apprêtait à s'endormir, épuisé par sa longue journée de labeur, un bruit formidable le tira brusquement de sa torpeur. Il bondit hors du lit et se rendit à la fenêtre. Un vent froid venu du nord poussait devant lui une monstrueuse masse nuageuse zébrée d'éclairs. Les échos assourdis de lamentations et de suppliques aux dieux lui parvinrent. Affolés, plusieurs serviteurs étaient sortis dans la cour ou le jardin, pour observer le phénomène angoissant. Il s'agissait sans doute là d'une nouvelle manifestation de la fureur d'Hâpy.

Bientôt, l'orage, d'une violence exceptionnelle, explosa sur le village. Une pluie drue se mit à tomber, crépitant sur la brique sèche du toit plat de la maison. Djoser se rhabilla à la hâte et se rendit dans la grande salle, où l'attendaient déjà quelques esclaves effarés et les scribes, le visage défait. Senefrou se tordait les mains en gémissant.

— Seigneur, Apophis s'est réveillé. Il va tous nous engloutir.

— Cesse donc de dire des sottises, clama Djoser. Cette demeure est à l'abri de la crue.

En revanche, une vive inquiétude l'envahit concernant les habitants du hameau isolé par les eaux. Suivi de Piânthy et de Semourê qui l'avaient rejoint, il sortit de la maison ; ignorant les gifles de pluie et les lueurs aveuglantes de l'orage, il courut aux limites du fleuve. Ce qu'il redoutait était en train de se produire. Là-bas, l'îlot préservé disparaissait lentement sous la montée des eaux noires.

— Nous ne pouvons pas les abandonner ainsi, gronda-t-il.

Il rameuta ses gens, serviteurs libres, paysans et esclaves, et leur ordonna d'amener tous les bateaux disponibles afin de transborder les hommes et les bêtes. Senefrou leva les bras au ciel.

— Tu n'y songes pas, seigneur ! Il fait nuit. Tu vas être emporté par le courant.

Djoser se tourna vivement vers lui.

— Pourquoi n'as-tu pas demandé à ces gens de venir se réfugier ici plus tôt ?

— Des paysans dans ta demeure ? Tu n'y penses pas, seigneur !

— Si, j'y pense, justement ! Par ta faute, ils vont peut-être périr noyés !

La bouche béante comme s'il allait avaler une mouche, l'intendant ne sut que répondre. Mais Djoser s'était déjà détourné de lui. Les esclaves amenèrent quelques longues barques de papyrus. Alors qu'il s'apprêtait à sauter dans l'une d'elles, Lethis survint, les cheveux défaits, détrempés par la pluie.

— Seigneur ! Sois prudent !

Il lui prit la main et sourit.

— Prie tes dieux pour moi, ma belle !

Poussées par de longues gaffes, les barques se dirigèrent vers l'îlot. Les esclaves avaient fort à faire pour lutter contre les remous et le courant violent. Mais, grâce à des efforts redoublés, les embarcations parvinrent jusqu'à l'île, où les accueillit une vingtaine de paysans affolés. L'eau atteignait déjà le seuil des maisons. Se maudissant de ne pas avoir effectué cette opération plus tôt, Djoser ordonna aux femmes et aux enfants de monter les premiers.

— Les hommes resteront en arrière pour aider au transport des bêtes, hurla-t-il.

Sous une pluie battante, l'entreprise ne se révéla pas chose aisée. Les enfants pleuraient, les femmes criaient de peur. On effectua un premier voyage. Puis les bêtes suivirent. Djoser lui-même aida les bergers à faire monter les animaux pris de panique.

Enfin, après plusieurs heures d'un travail acharné, la presque totalité des gens et des bêtes avaient été amenés en sûreté. L'orage avait redoublé de violence. Il ne restait plus sur l'îlot que deux hommes, dont l'un refusait de quitter les lieux sans emmener des animaux auxquels il semblait tenir particulièrement : des oiseaux. Hurlant pour se faire entendre, Djoser dit au paysan :

— Il faut les abandonner ! Monte dans la barque !

— Seigneur ! Je ne peux les laisser ici. Ils assurent ma subsistance.

— Mais personne n'élève des oiseaux, rétorqua-t-il. Il suffit de les chasser.

— On peut les élever comme des moutons ou des chèvres, seigneur, s'obstina l'autre. Une grande famine se prépare, et nous aurons besoin de leur chair. Ces bêtes t'appartiennent. Tu ne peux les abandonner ainsi.

Il ne paraissait pas décidé à s'en aller. Déjà, le niveau des eaux avait envahi les maisons dont deux s'étaient écroulées sous les coups de boutoir des flots furieux.

— Viens voir, seigneur ! dit l'homme.

Il entraîna Djoser vers l'autre côté de l'île. Là, il lui désigna, à la lueur des éclairs, un enclos renfermant une population d'oies, de canards et de pigeons paniqués par les éléments. Un filet supérieur les empêchait de s'évader.

— Ces oiseaux savent nager ou voler ! clama Djoser. Ils ne sont pas en danger. Rends-leur la liberté. Tu les récupéreras plus tard.

En maugréant, le paysan obéit. Libérés, les animaux se ruèrent sur l'ouverture ménagée par l'homme. Déséquilibré, celui-ci bascula en arrière. Soudain, un grondement effrayant naquit de l'immensité noire du fleuve. Surpris, Djoser tenta de distinguer la cause du vacarme, puis un cri se figea dans sa gorge.

37

À quelques pas s'ouvrait la gueule béante d'un énorme hippopotame. Sans doute énervé par l'orage, le monstre avait quitté le lit du fleuve et s'était aventuré sur les terres submergées. Le paysan l'aperçut et se mit à bramer de terreur. L'animal avançait vers lui.

Jetant un rapide coup d'œil alentour, Djoser visa un madrier arraché de la bâtisse à demi écroulée. Il s'en saisit et bondit près du paysan. Avant que l'animal ne se fût hissé sur la terre ferme, Djoser lui assena un coup violent sur la tête. Le bois craqua, le monstre recula, puis poussa un cri épouvantable avant de disparaître sous les eaux noires. Djoser attrapa l'amateur d'oiseaux et le tira vers lui. Pataugeant dans la boue, ils rejoignirent la dernière barque, sur laquelle attendaient deux autres hommes. Ils embarquèrent rapidement et abandonnèrent l'îlot.

Mais l'hippopotame est un animal vindicatif. À peine s'étaient-ils éloignés du bord qu'une masse sombre se coula dans leur direction. Le fragile esquif encaissa le choc de plein fouet. Les quatre hommes basculèrent dans l'eau. Par chance, le monstre s'éloigna, sans doute satisfait de sa vengeance. Un hurlement de terreur vrilla les oreilles de Djoser. Près de lui, le paysan qu'il avait sauvé se débattait dans les remous furieux. Apparemment, il ne savait pas nager. Il se dirigea vers lui. Au prix d'efforts surhumains, il parvint à se porter à sa hauteur et l'agrippa fermement. Mais le flot les avait déjà emportés. Affolé, l'homme s'agitait en tous sens. Djoser n'eut d'autre solution que de le frapper violemment sur la tête pour le faire tenir tranquille. Puis, lui soutenant la tête hors de l'eau, il se laissa porter par le courant, se dirigeant tant bien que mal vers la terre ferme, à peine visible à cause des trombes d'eau. Espérant que l'hippopotame ne reviendrait pas, il finit par arriver en aval du village. Épuisé, il se hissa sur la rive, tirant le paysan derrière lui, toujours assommé.

Soudain, une douleur violente lui broya la cheville. De surprise, il lâcha son compagnon et entrevit, à la lueur d'un éclair, une forme sinueuse qui se faufilait dans les hautes herbes. Une vipère. Il pesta et, ignorant la souffrance, hissa l'homme sur ses épaules, toujours évanoui.

Lorsqu'il parvint sur les lieux, les deux autres avaient réussi à regagner la rive. Senefrou s'égosillait contre eux :

— Bandes de chiens ! Vous avez provoqué la mort du maître ! Vous serez châtiés !

Il brandissait sa canne en gesticulant furieusement. Djoser déposa le paysan sur le sol et s'approcha de lui.

— Au lieu de hurler comme un affrit, fais donc préparer un repas chaud pour ces gens !

— Seigneur ! Tu es vivant !

— Va !

Le dos courbé, l'intendant s'exécuta. Djoser fit signe

à Semourê d'approcher. Sa cheville le faisait horriblement souffrir.

— Une vipère m'a mordu, grommela-t-il.
— Par les dieux ! Rentre vite !

Le soutenant, Semourê l'amena dans sa chambre, aussitôt suivi par Lethis, affolée. Djoser dégaina son poignard et le tendit au-dessus de la flamme d'une lampe à huile. Il examina la morsure, puis, serrant les dents, entailla les chairs d'un coup sec. Pressant ensuite la blessure, il en fit sortir un maximum de sang contaminé. Lethis lui confectionna ensuite un plâtrage à base d'herbes cicatrisantes. Tandis que Semourê regagnait sa chambre, elle prit place sur un siège, tout près du lit.

Tout à coup, Djoser fut saisi d'un frisson, qui lui provoqua une violente nausée. Il lâcha un juron. Malgré son intervention rapide, le venin de la vipère s'était répandu dans son sang. Il ne parvenait plus à aligner deux pensées cohérentes

— Tu es malade, seigneur !
— Je ne peux plus respirer, parvint-il à articuler.

Lethis posa la main sur son front ; il était brûlant. Une vive inquiétude s'empara de la jeune femme. Elle connaissait trop bien la puissance du poison du serpent. Mais le maître était résistant, il allait se battre. Il le fallait.

— Reste près de moi, murmura-t-il.

Son corps était agité d'un tremblement continuel. Lethis appela ses esclaves et leur ordonna de préparer des remèdes à base de plantes pour apaiser la fièvre.

Le lendemain, celle-ci avait empiré. Lethis fit installer une couche dans la chambre afin de le veiller. Pendant plusieurs jours, elle demeura au chevet de Djoser, luttant avec lui contre le poison, dormant à peine. Parce qu'il était incapable de se nourrir seul, elle l'aida à avaler des bouillies qu'elle lui préparait elle-même, à base de lait, de miel et de pain, ou de fruits écrasés. La respiration du jeune homme était lente, pénible. Sa peau luisait de transpiration. Régulièrement, Lethis le forçait à avaler des gobelets d'eau pour éviter la déshydratation.

À l'extérieur de la demeure, les gens du domaine se pressaient, anxieux, afin de demander des nouvelles du blessé. Les femmes se lamentaient. Les dieux leur avaient donné un si bon maître, ils ne pouvaient vouloir le reprendre ainsi. Le visage grave, les hommes attendaient. Parfois, Piânthy ou Semourê sortaient de la maison et leur communiquaient quelques informations qu'ils voulaient rassurantes. Mais leurs visages inquiets démentaient leurs paroles. Bientôt, les paysans et les bergers prirent l'habitude de s'installer devant l'entrée, comme pour apporter le secours de leurs prières aux soins que prodiguait la jeune femme brune qui prenait soin du maître. Senefrou, furieux, voulut les chasser, mais Semourê l'en empêcha.

— Ces gens aiment leur seigneur. Je ne peux en dire autant de toi.

— Leur travail ne se fait pas ! rétorqua l'autre.

— Quel travail ? Les bêtes sont à l'abri, et bien soignées. Nous n'en avons perdu aucune, grâce à leur courage. Quant aux semences, il faut attendre la décrue.

Des sensations de froid intense alternaient avec des bouffées de chaleur étouffantes. L'air refusait de pénétrer ses poumons. D'étranges phénomènes engourdissaient ses membres. Il ne savait plus qui il était, et ce qu'il faisait dans cet endroit mystérieux, qu'il ne reconnaissait pas. Un visage féminin et anxieux flottait au-dessus de lui, prononçant des mots incompréhensibles. Parfois, des mains douces le forçaient à ingurgiter différentes mixtures ou potions.

Un jour — ou était-ce une nuit ? —, il lui sembla percevoir la présence diaphane d'une femme disparue, dont le nom hantait sa mémoire, associée au souvenir d'étreintes chaleureuses. Elle souffrait, elle aussi, elle luttait contre une hydre effrayante qui tentait de les aspirer, l'un comme l'autre, dans le néant. Il aurait voulu la secourir, l'aider. Mais il n'en avait pas la force, sinon celle de lui crier tout l'amour qui l'enchaînait à elle. Mais ses cris ne furent que de lamentables chuintements qui s'échappèrent de ses lèvres.

À son chevet, Lethis épongea son front couvert de sueur. Puis elle s'adressa à Piânthy, venu l'assister :

— Il ne cesse de prononcer ce nom, seigneur.

— Thanys. C'est le nom de la femme qu'il devait épouser. Mais elle est morte.

— J'ai peur. La fièvre refuse de quitter son corps. Cela fait bientôt cinq jours qu'il délire ainsi.

— La morsure d'une vipère est souvent mortelle. Mais le sang du dieu bon Khâsekhemoui coule dans ses veines. Il vaincra le venin.

— Je prie les dieux pour que tu aies raison, seigneur.

Elle revint vers le lit. Soudain, elle trébucha de fatigue. Piânthy n'eut que le temps de la rattraper.

— Tu devrais te reposer, Lethis. Tu n'as presque pas dormi depuis tout ce temps.

— Mais il a besoin de moi ! s'insurgea la jeune femme d'une voix rendue rauque par l'épuisement.

Piânthy sourit.

— Tu l'aimes, n'est-ce pas ?

— Oh oui ! Je ne veux pas qu'il meure. Je veux qu'il soit heureux. Mais il souffre tellement.

Elle releva vers lui des yeux brouillés de larmes.

— Pourquoi n'accepte-t-il jamais de femme près de lui ? Les autres maîtres honorent leurs servantes. Me trouverait-il laide ?

— Je crois qu'une seule femme occupera jamais son esprit, Lethis, soupira Piânthy. Thanys était son reflet, son double. Jamais aucune femme ne pourra la remplacer. Tu dois l'accepter.

— Mais elle est morte...

— Pour lui, elle vit encore.

Le matin du sixième jour enfin, Djoser ouvrit les yeux, baigné par une sensation nouvelle de bien-être. Son corps éprouvait encore une profonde lassitude, mais les cauchemars s'étaient évanouis. Un air frais et léger emplissait sa poitrine sans difficulté, gonflant ses poumons. Il lui sembla que la vie s'engouffrait de nouveau en lui. Par la fenêtre ouverte pénétrait une foule d'odeurs agréables : parfums provenant de la boulangerie proche, senteurs des fleurs du jardin, effluves issus du fleuve, débarrassés des relents nauséabonds des premiers jours de la crue. Il comprit que le niveau des eaux avait commencé à baisser.

Soudain, il sentit, contre son flanc, une présence chaleureuse. Il se redressa et aperçut Lethis, écroulée près de lui, dans la position fœtale où le sommeil l'avait surprise, la tête posée sur sa cuisse. L'odeur de sa chevelure éparse se mêlait à celle du pain chaud. Son pagne avait glissé, dévoilant des jambes fines et dorées. Entre ses bras serrés, il devinait les formes attirantes de ses seins fermes. Alors, pour la première fois depuis longtemps, le désir se manifesta en lui. Il se redressa, posa la main sur les cheveux de la jeune femme. Lethis s'éveilla, cligna des yeux, puis, prenant conscience de l'endroit où elle se trouvait, voulut se relever. Il la retint par le poignet. Elle se figea. Une onde chaleureuse la baigna. Sans un mot, il l'attira à lui, puis ôta doucement ses vêtements. Troublée, elle se blottit contre lui. Lorsque ses mains se posèrent sur elle, elle frissonna, puis s'abandonna. Leurs lèvres se rapprochèrent, s'unirent.

Bien plus tard, lorsqu'il eut recouvré ses esprits, il se leva, entièrement nu, et se tourna vers elle.

— Tu as accompli des prodiges, ma belle. Appelle les serviteurs, pour qu'ils amènent de quoi manger. Je meurs de faim.

Elle éclata de rire, enfila sa robe, et sortit pour claironner partout qu'il était sauvé. La nouvelle de sa résurrection se répandit comme une traînée de poudre à travers le village. Chacun abandonna sa tâche pour venir saluer le maître, qui dut se montrer.

Peu après, Djoser rencontra les rescapés de l'îlot. L'homme qu'il avait secouru se jeta à ses pieds.

— Tu m'as sauvé la vie, seigneur ! Elle t'appartient. Puisses-tu pardonner à ton serviteur d'avoir risqué la tienne.

— Justement, répliqua Djoser. J'aimerais que tu me parles de tes oiseaux.

Les yeux de l'homme s'illuminèrent.

— Ah, seigneur ! Ici, on me prend pour un fou. Il est vrai que les oiseaux ne manquent pas. On peut les chasser facilement avec les filets. Mais il est plus facile de les avoir à portée de main. De plus, ils fournissent des œufs et de la plume en quantité. Mon père pratiquait leur élevage avant moi. Pendant les dures années où la famine a frappé le pays, grâce à eux, jamais nous n'avons manqué de nourriture[1].

— Comment t'appelles-tu ?
— Ameni, seigneur.
— Ton idée me semble bonne. Je te confie donc la tâche de reconstituer ton élevage.

L'homme se jeta de nouveau aux pieds de Djoser.

— Ton serviteur te remercie, seigneur. Tu auras les plus belles oies et les plus beaux canards des Deux-Royaumes.

— Je ne sais si tu as eu raison, grommela Senefrou lorsque Djoser lui ordonna de faire noter par un scribe le décret qui instituait Ameni Directeur des volailles de Kennehout. Il y a ici des oiseaux en quantité suffisante. Il suffit de tendre des filets.

— Cet homme connaît son affaire, rétorqua le jeune homme. Et puis, il a raison. La crue du Nil ne va pas favoriser les récoltes. Je ne veux pas que mes gens meurent de faim.

— Mais, seigneur, ce ne sont que des paysans !
— Ah, cela suffit ! Tu m'ennuies, Senefrou. Exécute mes ordres, ou bien je rechercherai un nouvel intendant.

Le visage de l'autre se figea, puis il tourna les talons, masquant son dépit derrière une expression obséquieuse.

---

[1]. Au début de l'Ancien Empire, on pratiquait peu l'élevage des volailles domestiques.

Quelques jours plus tard, Ameni tint à lui présenter l'enclos qu'il avait fabriqué, et qu'il avait déjà rempli de canards et d'oies.

— Avec ta permission, seigneur, j'en construirai d'autres, où je mettrai des cygnes, des grues, des pigeons, des colombes.

— Agis ainsi que tu l'entends. Tu as toute ma confiance. Et ne permets pas à Senefrou de te causer des difficultés.

Lethis avait pris l'habitude de rejoindre la couche de Djoser toutes les nuits, à la grande joie des paysans, ravis que leur maître ait enfin retrouvé le goût des femmes, indispensable à une belle santé.

On profita du temps libre pour reconstruire les demeures détruites par les eaux. Les artisans qui fabriquaient les briques à partir de l'argile provenant des rives du fleuve travaillaient sans cesse, moulant des rangées entières qu'ils faisaient ensuite sécher à la chaleur du soleil revenu.

Le Nil avait amorcé sa décrue. Très rapidement, il regagna son lit, abandonnant derrière lui des mares et une terre sombre et boueuse. Les eaux avaient déplacé les bornes des champs, et Djoser dut intervenir plusieurs fois pour régler des conflits de bornages entre paysans. Son rang de maître des lieux faisait de lui le juge suprême du village. Lorsque tous ces problèmes furent réglés, il organisa une fête pour célébrer la fin de l'inondation et le début des semailles. Il fit immoler un mouton à la gloire de la déesse serpent Renenouete, la divinité de la terre.

Et l'on se mit à l'ouvrage. Dans un premier temps, il

fallait briser les mottes de terre à l'aide de houes. Puis on laboura les champs à l'aide de charrues tirées par des attelages de bœufs. Selon l'usage, les montants venaient se fixer sur les cornes des bêtes, que dirigeait un guide. Un autre homme appuyait de tout son poids sur l'instrument en répétant un chant lancinant :

— *Pèse sur la charrue ! Fais peser ta main !*

Lorsque les bêtes parvenaient à l'extrémité, il hurlait :

— *Demi-tour !*

Et les bêtes repartaient dans l'autre sens. Au contact des paysans, Djoser apprit qu'ils aimaient et respectaient plus que tout les bœufs et les vaches. Chaque animal avait son nom propre. On aimait à les décorer de colliers de fleurs.

Ensuite eurent lieu les semailles proprement dites. Sous l'œil inquisiteur des scribes méticuleux, les paysans venaient remplir leurs sacs de graines, prélevés dans les silos coniques, puis parcouraient les champs en chantant. On travaillait en musique ; des joueurs de flûte accompagnaient laboureurs et semeurs afin de les égayer de leur jeu. Djoser et ses compagnons aimaient à se joindre aux paysans lorsqu'ils faisaient la pause. Il leur faisait porter des jarres de bière rafraîchissante, des pains et des fruits, provoquant les récriminations de Senefrou.

— Tu es trop généreux avec eux, seigneur ! Gaspiller ainsi toute cette bonne nourriture...

— Cesse de rouspéter, vieux râleur ! rétorquait Djoser avec bonne humeur. Mon maître Merithrâ s'est toujours montré bon envers ses serviteurs et ses esclaves. Il pensait avec raison qu'un homme qui a le ventre plein et qui est satisfait de son sort travaille avec plus d'ardeur. Il a à cœur de donner satisfaction à son seigneur. De plus, j'estime qu'un homme doit recevoir une juste rétribution pour son labeur. Il est coutume, dans les villes, de mépriser stupidement les paysans. Or, c'est grâce à leur courage que nous pouvons manger à notre faim. Aussi, tant que je serai maître de ce domaine, ces gens recevront le salaire qu'ils méritent et auront droit à la considération.

Senefrou s'inclinait en marmonnant. Avec le temps, leurs relations s'étaient améliorées. Malgré ses défauts, Djoser appréciait la qualité du travail de Senefrou. Scrupuleux jusqu'à la maniaquerie, il tenait les comptes du domaine avec une clarté digne d'éloges, et le jeune homme apprit avec lui beaucoup de choses sur la manière de gérer une propriété aussi importante.

L'élevage d'Ameni se développait, avec une conséquence insolite. Soucieux de se gagner les bonnes grâces de la concubine officielle du maître, il lui avait offert une petite oie, destinée dans son esprit à terminer sa vie sous forme d'un délicieux rôti. Mais Lethis s'était liée d'affection pour le volatile, qui la suivait partout, aussi affectueux qu'un chien. De plus, l'animal montait une garde efficace autour de sa maîtresse, chassant les intrus qui l'approchaient de trop près. Amusés, les paysans avaient pris l'habitude de la voir parcourir le domaine en compagnie de son oie.

Intelligente et douce, Lethis avait su s'imposer en tant que maîtresse de maison, surveillant les serviteurs travaillant aux cuisines, ceux qui s'occupaient du ménage, les femmes qui tissaient les vêtements. Mais elle passait le plus clair de son temps en compagnie de

Djoser. Son visage épanoui reflétait les nuits tumultueuses qu'ils partageaient.

Un matin, elle lui annonça qu'elles avaient porté leur fruit. Décontenancé, Djoser la regarda avec stupéfaction. Il ne s'était pas encore imaginé dans le rôle de père. Mais la nouvelle le réjouit, et il décida aussitôt d'organiser une fête pour célébrer la venue prochaine de son fils. Car il ne faisait aucun doute qu'il s'agirait d'un garçon.

Bien sûr, il aurait aimé que sa mère fût Thanys. Lethis ne comblerait jamais le vide laissé par la disparue, mais il s'était attaché à elle, à sa conversation, à sa gentillesse. Elle rayonnait de bonne humeur, s'émerveillait du moindre cadeau qu'il lui offrait. Sa maternité à venir la rendait radieuse.

— Resterons-nous toujours à Kennehout ? lui demanda-t-elle un jour.

— Pourquoi me demandes-tu ça ?

— Un vieux paysan m'a conté une légende. Il affirme que, bien loin dans le Sud, il existe un endroit magique où le Nil bondit tel un bélier entre deux montagnes.

— Merithrâ m'en a parlé, il s'agit de la Première cataracte.

— En ce lieu existent deux îles. Sur la première se dresse un temple. Mais la deuxième est déserte, hormis un tertre mystérieux. La légende dit que c'est en cet endroit que le terrible Seth fit enterrer la jambe gauche du dieu Osiris après l'avoir dépecé.

— C'est exact. Son épouse Isis l'a retrouvée, comme toutes les autres parties du corps de son époux. Elle l'a reconstitué, et lui a insufflé la vie. Telle est la légende.

— Ce vieil homme prétend que cet endroit est

d'une beauté merveilleuse. Je rêve d'y aller, mon seigneur !

Djoser faillit éclater de rire devant l'enthousiasme de la jeune femme.

— Pourquoi pas ! Mais il serait plus prudent d'attendre que notre fils soit né ! La Première cataracte est située à la frontière du pays de Koush.

Souvent, des voyageurs de toutes conditions, seigneurs, riches marchands, soldats ou mariniers, s'arrêtaient à Kennehout. Djoser les invitait alors à partager son repas, et leur offrait l'hospitalité pour la nuit. Par eux, il recevait des informations sur Mennof-Rê, sur le roi, ou sur les autres nomes.

C'est ainsi qu'il apprit que de nouvelles bandes de pillards s'étaient répandues en Basse-Égypte, en provenance cette fois de l'Orient.

38

D'un commun accord, les évadés avaient remis le commandement à Thanys et Raf'Dhen. Après avoir pris le temps de soigner les chevaux épuisés par la longue course qu'ils avaient fournie pendant la fuite, ils suivirent l'Euphrate vers l'aval.

Les pluies diluviennes s'étaient apaisées. Cependant, des hordes de nuages bas continuaient de rouler vers l'orient, poussés par la fureur de l'ouragan. Dans ce pays où régnait d'ordinaire un soleil de plomb, l'horizon trouble apparaissait et disparaissait au gré des brumes mouvantes. La terre et la roche laissaient échapper des fumerolles dansantes que les vents emportaient, comme les manifestations d'esprits démoniaques.

Cette atmosphère de démence n'affectait pas l'humeur rayonnante de Raf'Dhen, qui chevauchait aux côtés de Thanys. Avec flamme, il lui expliqua qu'il avait enfin trouvé sa véritable raison de vivre.

— Ces chevaux constituent une richesse fabuleuse, ma princesse. Je voudrais les ramener dans mon pays. Mais la moitié du troupeau t'appartient. Que comptes-tu en faire ?

L'enthousiasme juvénile du Hyksos amusait la jeune femme.

— Je t'offre les miens, répondit-elle. Là où je vais, je ne pourrai pas les emmener.

La déception se peignit sur son visage.

— Tu veux toujours te rendre à Uruk...

— J'ai quitté l'Égypte pour retrouver mon père. Je ne vais pas abandonner maintenant. Il me suffit de suivre ce fleuve.

— Mais Uruk est encore très loin. Et tu n'es même pas sûre qu'il soit encore là.

— Rien ne m'arrêtera, ô Raf'Dhen.

Il grommela, mais n'osa insister. Il savait au fond de lui qu'il n'avait aucune chance de la persuader de le suivre en Anatolie.

— Le dessein des dieux est bien difficile à comprendre parfois, finit-il par dire. Ils ont jeté le feu dans mon esprit parce que je t'avais vue nue, sur les bords de cette mer étrange. Si je n'avais pas eu l'idée de t'accompagner, je n'aurais pas été capturé, et jamais je n'aurais rencontré ces animaux merveilleux.

Il désigna le troupeau d'un geste exalté.

— Au fond, je devrais en être reconnaissant aux Amaniens ! ajouta-t-il.

— Je doute qu'ils partagent tes sentiments, répondit-elle.

Le Hyksos éclata de rire. Puis il se rapprocha de Rhekos, qui avait pris Rachel en croupe, et lui fit part de ses projets. Thanys l'observa à la dérobée. Depuis qu'il avait appris à monter à cheval, il s'était métamorphosé. Une véritable passion l'habitait, qui illuminait ses yeux sombres et le rendait presque beau. Par moments, il lui rappelait Djoser, dont la curiosité se montrait insatiable.

L'évocation de son compagnon lui serra la gorge. La prédiction de l'aveugle s'était vérifiée. Ils avaient été séparés, et de grands bouleversements s'étaient abattus sur le monde. Une angoisse sourde s'insinua en elle. Avait-elle pris la bonne décision ? Quelle était la signification réelle de l'énigme étrange qu'il leur avait délivrée : *Vous devrez marcher dans les traces des dieux* ? Et si elle s'était trompée ?

Un doute horrible lui rongeait l'esprit. Raf'Dhen avait raison : rien ne prouvait qu'Imhotep fût encore à Uruk. Si elle ne le trouvait pas, que ferait-elle ? Elle était seule, perdue dans un pays immense, bien plus vaste que l'Égypte elle-même, et il ne lui restait pratiquement plus rien de ce qu'elle avait emporté au départ.

Soudain, une bouffée de chaleur l'envahit, suivie d'une sensation de froid glacial. Une violente nausée lui tordit l'estomac et elle faillit glisser à bas de sa monture. Beryl se précipita aussitôt près d'elle.

— Dame Thanys ! Ça ne va pas ?

Thanys se redressa.

— Ce n'est rien !

Mais elle dut se rendre à l'évidence : son séjour dans la petite caverne humide avait provoqué une fièvre insidieuse qui parfois lui bloquait la respiration.

Tout à coup, Rhekos s'écria :

— Regardez ! On dirait qu'il y a un homme, là-bas.

Il désignait un amas rocheux isolé au milieu d'une prairie inondée. Un corps y reposait, les jambes disparaissant sous les eaux du fleuve.

— C'est un cadavre, dit Raf'Dhen.

— Non ! Il me semble l'avoir vu bouger, insista le Hyksos.

S'engageant résolument dans la nappe d'eau, Thanys dirigea sa monture vers l'inconnu, bientôt suivie avec réticence par ses compagnons. Parvenue près de lui, elle s'aperçut qu'il était de taille gigantesque. Elle se laissa glisser à terre, frémit sous la morsure du froid, puis s'accroupit pour examiner l'individu. Couché sur le dos, il respirait encore. C'était un homme jeune, dont la longue chevelure noire encadrait un visage dévoré par une barbe abondante. Une large blessure s'ouvrait sur son épaule. Il ne portait qu'un pagne de fibres tressées, qui révélait une musculature impressionnante.

Soudain, ses yeux injectés de sang s'ouvrirent et la fixèrent. Malgré son épuisement, il trouva la force de se lever, puis recula avec méfiance. Impressionnée, elle le contempla. Jamais elle n'avait rencontré un homme de cette taille. Il devait dépasser largement les quatre coudées. Même Raf'Dhen semblait petit à côté de lui.

— Qui es-tu ? demanda Thanys en amorrhéen.

Visiblement, l'inconnu ne comprenait pas. Il se mit à parler d'une voix rauque. Beryl intervint.

— C'est un Akkadien, dit-elle. Il dit… que le courant l'a emporté. Il a failli se noyer.

L'homme les regarda, puis adressa quelques mots à Beryl.

— Il a faim, traduisit-elle.

Quelques instants plus tard, ils partagèrent avec lui le produit de leur chasse. Tandis qu'il dévorait à belles dents les restes d'un lièvre, il les observa de ses yeux noirs. Sa méfiance semblait s'être apaisée. Par l'intermédiaire de Beryl, il conta son aventure.

— Je m'appelle Enkidu, dit-il. Je… faisais route vers l'Anatolie lorsque le niveau du fleuve a monté brusquement. Mes compagnons… ont été emportés. Je pense que je suis le seul survivant.

Quelque chose dans son attitude intriguait Thanys. Elle sentait qu'il ne disait pas toute la vérité. Cependant, elle n'insista pas.

— Nous descendons vers Sumer, dit-elle. Ce n'est pas ta direction.

Il haussa les épaules.

— Je n'ai pas l'intention de continuer, dit-il. À une journée de marche vers le sud, il y a une cité akkadienne, Til Barsip. Je peux vous y mener.

— C'est entendu.

Thanys nota soudain des traces sanguinolentes sur ses poignets et ses chevilles.

Le soir, ils s'abritèrent dans les ruines d'un village abandonné depuis longtemps, dont seuls quelques murs restaient encore debout. Mais ils étaient suffisants pour les protéger des vents furieux qui dévalaient des monts de l'Ouest. Raf'Dhen parvint à allumer un feu auprès duquel Thanys se réfugia. Le géant s'était installé non loin d'elle. Outre sa taille colossale, elle avait pu constater qu'il était doté d'une force physique stupéfiante. À lui seul, il avait porté un énorme madrier dont ils s'étaient servis pour alimenter le foyer.

L'inconnu l'intriguait. Avec ses mains capables d'assommer un bœuf, on aurait pu le prendre pour une brute. Les marques sur ses membres trahissaient sa condition d'esclave. Pourtant, son comportement dénotait une certaine éducation, qui contrastait avec son allure générale. Son regard noir luisait d'une grande intelligence. Tout à coup, il s'adressa à Thanys dans sa propre langue :

— Tu es égyptienne, n'est-ce pas ?

— C'est exact, répondit-elle avec stupéfaction.

Il lui dédia un sourire plein de charme.

— Je m'en suis douté à ta manière de parler.

— Je suis dame Thanys, fille du sage Imhotep et de Merneith, princesse royale.

— Oh, une princesse !

Visiblement, cela n'avait pas l'air de l'impressionner.

— Où as-tu appris ma langue ? demanda Thanys.

— Avec un vieux maître nubien, qui était l'esclave de mon père.

— Mais n'es-tu pas esclave, toi aussi ?

— Je ne suis pas né esclave, grinça-t-il d'une voix chargée de haine.

Il fixa le feu, puis conta son étrange histoire :

— Je m'appelle Enkidu, fils de Khirgar. Mon père était un riche fermier de Nuzi, une petite cité du nord de l'Akkad. Il m'a fait suivre les cours de l'école sumérienne. L'*ummia*, c'est-à-dire le père de l'école, affirmait que j'étais un excellent élève. J'ai appris à lire, à écrire, à tenir des comptes. Mon père voulait que je lui succède. Mais il y a deux ans, des pillards ont attaqué la ferme.

Il serra les poings.

— Ils étaient près de cinquante. J'en ai démoli quelques-uns. Mais ils ont massacré toute ma famille et ont réussi à m'assommer. Lorsque je me suis réveillé, je pensais qu'ils allaient me tuer aussi. Mais leur chef n'avait jamais rencontré un homme aussi fort que moi. Il a décidé de me garder pour me faire lutter dans les foires. Ils me faisaient combattre contre d'autres géants, contre des lions, des ours.

Il soupira.

— Jamais je n'ai été vaincu. Pourtant, je n'aimais pas combattre. Je rêvais de m'échapper. Mais pour aller où ? Je n'avais plus personne. Et puis, ils ne me libéraient jamais de mes liens. Lorsque nous voyagions, ils me faisaient boire des drogues et ils m'enfermaient dans une cage.

— Mais tu as fini par t'échapper.

— Il y a deux jours, nous faisions route vers Tarse, dans le nord. En traversant l'Euphrate, nous avons été pris dans une violente tempête. Le vent a basculé la cage et elle s'est brisée. Ces chiens avaient oublié de me droguer. Alors...

Il frappa ses poings l'un contre l'autre.

— Alors, j'ai défait mes liens et tué mes gardiens. Les autres m'ont poursuivi. Je ne pouvais lutter contre leurs armes, alors je me suis jeté dans le fleuve et je leur ai échappé. J'ai dérivé pendant une journée entière. J'ai essayé d'atteindre les rives, mais le courant était trop fort. Plusieurs fois, j'ai cru me noyer. Enfin, j'ai réussi à nager jusqu'à ces rochers sur lesquels vous m'avez trouvé. À cause des chevaux, j'ai pensé que vous étiez des Démons des Roches maudites.

— Nous étions leurs prisonniers. Mais nous leur avons échappé en volant leurs montures.

Il sourit.

— Par Shamash, c'est un bel exploit.

Thanys frissonna et se rapprocha encore du feu. Malgré la chaleur, sa fièvre refusait de disparaître.

Le lendemain, lorsqu'elle s'éveilla, elle se rendit compte que ses membres lui refusaient tout soutien. Un tremblement continuel s'était emparé d'elle. Inquiet, Raf'Dhen la prit contre lui sur son cheval. Elle aurait voulu s'enfoncer dans le corps de son compagnon, se noyer dans sa chaleur. Des nausées lui tordaient l'estomac. Peu à peu, elle sombra dans le délire. Son esprit se peuplait de cauchemars effroyables, où des femmes suppliciées hurlaient de douleur et d'angoisse, et finissaient par se confondre avec elle. Parfois, elle avait l'impression qu'on lui arrachait la peau par plaques.

Elle eut vaguement conscience qu'une ville se dessinait devant ses yeux. Elle perçut l'écho des cris d'une foule inconnue, le reflet d'une agitation intense, d'animaux, de constructions étranges. Des soleils écarlates éclataient dans sa tête, mêlés à une âcre odeur de sang. Puis des mains la saisirent, l'emportèrent vers une pénombre rougeâtre. À demi inconsciente, elle sentit qu'on ôtait tous ses vêtements. Elle aurait voulu lutter, s'accrocher à l'éveil, mais elle n'en avait plus la force. Son instinct lui commanda de s'abandonner aux mains énergiques qui la frictionnèrent, la massèrent, tandis qu'une fragrance de camphre et de menthe lui emplissait les narines.

La sensation d'humidité froide et pénétrante s'était estompée. Un parfum de feu de bois flottait autour d'elle. Mais un frisson incoercible la faisait vibrer jusqu'au plus profond de sa chair, tandis qu'une angoisse sourde lui interdisait toute pensée cohérente. Des visages évoluaient au-dessus d'elle, connus et inconnus, mais amicaux, auxquels elle aurait voulu parler. Parmi eux, elle distingua ceux de Beryl et de Raf'Dhen.

Parfois, une voix lointaine murmurait des mots sans suite. Elle l'entendit prononcer :

— J'aurais voulu mourir en Égypte.

Quelqu'un lui entrouvrit les lèvres ; un liquide chaud et amer coula dans sa gorge. Peu après, elle perdit conscience et le temps se dilua dans des brumes inconsistantes...

Elle avait l'impression de flotter dans un état de bien-être total. Alors qu'elle aurait dû en éprouver une frayeur intense, elle se vit elle-même, étendue sur un lit, près d'un foyer où brûlait un feu qui constituait la seule source de lumière. Mais une lueur douce et dorée la baignait, elle, dans cet univers onirique où son corps n'existait plus. Elle ne songea même pas à s'en étonner.

Trois personnes se penchaient sur l'autre elle-même. Elle reconnut Beryl et Raf'Dhen. Le troisième était un étranger. Ils bavardaient dans un langage ignoré. Pourtant, elle comprenait parfaitement ce qu'ils disaient. Elle aurait voulu leur dire de ne pas s'inquiéter, que jamais elle ne s'était sentie aussi bien. Mais aucun son ne voulait sortir de ses lèvres absentes. Avec curiosité, elle se laissa planer au-dessus de son propre corps. Sa bouche était bleue, son teint pâle, presque translucide. Seul un léger souffle s'échappait encore de sa poitrine. Tout semblait si facile, si agréable vu d'ici. Elle fut tentée de rompre les amarres légères qui la reliaient encore à cette écorce charnelle. Mais elle ne pouvait pas. Elle ne voulait pas. Quitter ce corps signifiait renoncer à tout, renoncer à retrouver son père, et aussi un homme, au regard noir plein de tendresse, qu'elle avait abandonné sur les rives d'un fleuve lointain.

Son souvenir se précisa. Au plus profond d'elle-même, une voix lui hurlait qu'il souffrait. Elle aurait voulu le soutenir, tendre la main vers lui... Mais un gouffre de temps et d'espace les séparait. Une terrible sensation de tristesse l'envahit. Elle eut envie de se laisser sombrer dans le néant.

La vision s'estompa. Une toux incoercible la secoua. Un air brûlant pénétrait ses poumons, tandis que des voix assourdies marmonnaient des paroles incohérentes tout près d'elle. Une main douce se posa sur son front ; une voix lui parvint, étouffée :

— Princesse ! Tu dois vivre. Bats-toi ! *Bats-toi !*

Mais elle n'avait plus aucune force. Elle voulait dégorger de son corps l'hydre infernale qui avait pris possession de ses entrailles. Elle était si bien l'instant d'avant.

Un vomissement la saisit. Des mains la soutinrent. Enfin, tremblante, elle parvint à ouvrir les yeux. Trois visages la contemplaient, remplis d'anxiété. L'inconnu parla. Mais elle ne le comprenait plus.

— Le médecin dit que la fièvre a commencé à tomber, princesse, souffla la voix de Beryl.

Elle reprit conscience dès le lendemain. Une fatigue intense lui broyait les membres, mais elle avait retrouvé toute sa lucidité. Beryl était assise à son chevet. Lorsqu'elle vit Thanys ouvrir les yeux, elle s'agenouilla près d'elle en pleurant.

— Dame Thanys ! Tu es sauvée ! Tu es sauvée !
— Où suis-je ?
— À Til Barsip, dans le palais du roi Namhurad.

39

— Sois la bienvenue dans mon royaume, princesse Thanys. Je suis heureux de voir que les mauvais esprits ont été chassés de ton corps !

Dès qu'elle avait été complètement remise, Namhurad, lugal[1] de Til Barsip, avait organisé une fête en son honneur.

— Seigneur, je tiens à te remercier pour le soin que tu as pris de moi et des miens.

— C'est tout naturel. Il est tellement rare qu'une grande dame d'Égypte me fasse le plaisir de visiter mon royaume. Et je n'aurais jamais imaginé que le courage dont tu as fait preuve puisse s'allier à une telle beauté.

Le roi invita Thanys à prendre place à son côté. Le personnage n'inspirait à la jeune femme qu'une confiance mitigée. Les lèvres minces, les yeux petits et rapprochés, tout en lui trahissait un mélange de cau-

---

1. Lugal : littéralement, grand homme. Le lugal était le roi d'une cité-État sumérienne. Élu à l'origine, son titre devint héréditaire. Des luttes d'influence opposèrent ces princes aux *ensis*, prêtres-seigneurs qui gouvernaient depuis la première civilisation d'Uruk. Peu à peu, le pouvoir de ceux-ci s'effaça derrière celui des lugals.

tèle et d'ambition. Son visage se prolongeait d'une barbe grise taillée en pointe, à la mode sumérienne. Des bagues ornées de pierres précieuses chargeaient ses doigts boudinés. Sa vêture se composait d'une robe ample de lin fin, rehaussée de broderies d'or. Bien sûr, elle devait la vie à son médecin, qui avait passé à son chevet les huit jours durant lesquels elle avait lutté contre la mort. Mais elle détestait sa manière de la contempler, comme s'il défaisait du regard la robe magnifique dont il lui avait fait présent.

Ne faisant pas partie de la noblesse, ses compagnons de captivité n'avaient pas été conviés. Seule Beryl avait été admise, en tant qu'esclave princière, et se tenait aux pieds de Thanys. La grande salle aux murs ornés de nattes colorées réunissait les courtisans, les grands propriétaires terriens et les gouverneurs de villages inféodés à Til Barsip. Quelques femmes parées d'or et de bijoux suivaient docilement leurs époux et maîtres. Une nuée de concubines entouraient le lugal de leurs attentions, quêtant servilement un regard ou une faveur.

Sur un signe du roi, les esclaves apportèrent des plats remplis d'oiseaux rôtis, de pièces de gibier, de fruits séchés, des corbeilles de pain au miel ou aux herbes, et des jarres de bière avec leurs supports. Danseuses, lutteurs, montreurs d'animaux et jongleurs se succédèrent devant les convives, rivalisant d'adresse et de force. Thanys avait redouté d'assister à une nouvelle orgie semblable à celle de Jéricho, mais les mœurs barbares des Martus n'avaient pas atteint Til Barsip.

Cependant, l'atmosphère de fête se troublait d'une sensation de malaise inexprimé. L'enjouement des invités sonnait faux, et dissimulait mal une peur latente à laquelle se mêlait une résignation incompréhensible, rappelant celle rencontrée chez les Amorrhéens. Chacun s'appliquait à copier l'enjouement et le cynisme du roi, qui savourait visiblement le pouvoir absolu qu'il détenait sur ses sujets. On lui parlait avec déférence, on le distrayait de bons mots et de plaisanteries.

Au-dehors, la tempête continuait de sévir. Depuis que Thanys avait repris conscience, la pluie n'avait pas cessé. Parfois, le grondement infernal d'un coup de tonnerre faisait vibrer les murs. Alors, les conversations s'arrêtaient un court instant, puis reprenaient de plus belle, comme pour nier la menace inquiétante que la montée des eaux du fleuve faisait peser sur la cité. Et les rires résonnaient plus forts, plus faux...

Seul un vieillard aux traits ascétiques ne participait pas à l'hypocrisie générale. Assis à l'écart sur un trône à pattes de lion, il contemplait l'assemblée d'un œil sévère. Thanys remarqua que Namhurad s'adressait à lui avec respect. Beryl lui chuchota :

— Cet homme est l'*ensi*, le grand prêtre de Til Barsip. Son nom est Ziusudra. Autrefois, son pouvoir était équivalent à celui du roi. Mais, depuis que les grands propriétaires terriens soutiennent le lugal, l'ensi a peu à peu perdu de son autorité. Cependant, les gens du peuple l'aiment, car on le dit homme de grande sagesse.

Une sympathie spontanée porta Thanys vers le grand prêtre, dont l'allure lui rappelait celle de son maître Merithrâ. Elle aurait aimé lui parler, mais Namhurad l'accapara durant toute la soirée, multipliant les compliments et les avances à peine voilées, ignorant le regard haineux de ses épouses. Thanys dut user de toute sa diplomatie pour repousser ses propositions avec douceur. Elle nota cependant que le vieil homme l'observait avec curiosité.

Le lendemain, profitant d'une accalmie, Namhurad tint à lui faire visiter sa ville. Elle avait beaucoup souffert des tempêtes successives. De véritables torrents s'étaient creusés dans les ruelles tortueuses, des toits s'étaient effondrés.

Installée au bord du fleuve, Til Barsip jalonnait une piste qui remontait vers l'Anatolie en rejoignant celle d'Ebla. Un contact permanent avec les caravaniers avait amené nombre d'habitants à baragouiner l'amorrhéen, le hyksos, le sumérien et même quelques mots d'égyptien. Les artisans fabriquaient de très belles poteries peintes et des étoffes tissées à partir de laine de chèvre et de mouflon. Les demeures, érigées sur les ruines de maisons plus anciennes dont les débris avaient fini par constituer des sortes de tertres artificiels, trahissaient l'ancienneté de la ville. Leur architecture curieuse étonna la jeune femme. Bâties en brique crue, elles abritaient plusieurs familles et se divisaient en trois parties. De part et d'autre d'une vaste salle centrale s'ordonnaient des pièces plus petites, chambres, remises à grain et à légumes. Un grand foyer était installé au centre de la grande salle, où l'on faisait la cuisine. Des rampes menaient au toit, sur lequel on dormait en été. Le palais royal lui-même, quoique de dimensions plus importantes, était conçu sur ce modèle[1].

---

1. Cette architecture d'origine inconnue remonte à plus de quatre mille ans avant J.-C. On a retrouvé des maisons semblables à Tepe Gawra et à Tell Madhhur, au nord et à l'est de l'Irak. Elle semble avoir inspiré la construction des temples mésopotamiens, jusqu'à Eridu, sur le golfe Persique.

Un épais rempart ceinturait la ville, destiné à la protéger contre les incursions épisodiques des Amaniens et celles, plus fréquentes, des bandes de pillards venues d'Asie qui harcelaient les caravanes.

Un édifice étrange dominait la cité. Le temple, symbole de la puissance des dieux, se dressait au sommet d'une éminence faite de pierres entassées, dans laquelle on avait tracé un escalier aux dalles disjointes. Lorsque Thanys et le roi passèrent au pied du sanctuaire, une silhouette noire se découpa sur le ciel tourmenté, dans laquelle Thanys reconnut le vieux seigneur-prêtre. Un sourire chargé de mépris étira le visage de Namhurad.

— Ce Ziusudra est un peu fou, dit-il avec ironie. Il se prend pour un messager des dieux. Il faut que je te montre quelque chose.

Par les remparts, ils contournèrent la cité. Thanys se rendit compte que la ville, construite sur une légère élévation du terrain, était pratiquement cernée par les eaux. Du côté du fleuve s'ouvrait un petit port largement submergé. Sous la puissance du courant, nombre de felouques tiraient follement sur leurs amarres. À l'intérieur même de l'enceinte, les bas quartiers avaient été envahis par la crue. Mais ce n'était pas là le plus étonnant. Le long d'un quai inondé, les flots berçaient un navire étrange, aussi grand que l'*Étoile d'Isis*, mais de conception entièrement différente. Sa couleur d'un noir intense indiquait qu'il avait été entièrement calfaté avec du bitume, jusque sur le pont. Un mât ridiculement petit se dressait au-dessus d'une vaste cabine centrale. Stupéfaite, Thanys remarqua que des hommes amenaient toutes sortes d'animaux à bord, ainsi que des vivres, des meubles, des couvertures. Elle se tourna vers Namhurad, qui haussa les épaules.

— Ziusudra est persuadé que le monde doit subir un cataclysme d'une ampleur sans précédent. D'après lui, Til Barsip doit être engloutie sous les eaux. Il prétend que les dieux lui ont ordonné de construire ce navire, afin de sauver ceux qui accepteraient de le suivre.

Il éclata d'un rire cynique.

— Mais, hormis sa propre famille et quelques imbéciles, personne n'a voulu le croire. Ce n'est pas la première crue que la cité doit affronter.

Thanys ne répondit pas. La prédiction du vieillard corroborait celle d'Ashar l'Amorrhéen. Elle leva les yeux vers le ciel, obscurci par des légions de nuages lourds de menaces.

— Et si le grand prêtre disait vrai ? suggéra-t-elle. J'ai entendu une prophétie similaire non loin de la Mer Sacrée, seigneur. Peut-être serait-il prudent de conseiller aux habitants de se réfugier sur les collines...

Il eut un geste d'agacement.

— Ne t'en mêle pas, toi aussi ! Nous ne risquons rien. Ce vieux fou a consacré toute la fortune du temple à construire ce bateau. Mais lorsque la tempête s'apaisera, il pourrira à quai. Il n'y a rien d'étonnant à cela. Chacun sait que ce sont les lugals qui bénéficient désormais des conseils des dieux. S'il existait le moindre danger, ils m'auraient adressé un signe. *À moi, et non à lui !* trancha-t-il d'un ton sans réplique.

Thanys renonça à prolonger la discussion. Mais la vision du navire à la coque noire réveilla en elle une sensation d'angoisse diffuse.

Dans l'après-midi, Raf'Dhen lui fit ses adieux. Accompagnée de Beryl et d'Enkidu, elle sortit de l'enceinte et rejoignit le troupeau qu'il achevait de préparer pour le départ. À ses côtés se tenaient Rhekos et la petite Rachel, qui avait réussi à dominer sa peur des chevaux, et dont le Hyksos avait fait sa compagne. La plupart des nomades échappés des monts d'Aman avaient décidé de les suivre. L'atmosphère de Til Barsip les inquiétait sans qu'ils sussent exactement pourquoi. La plus âgée des Amorrhéennes dit à Thanys :

— Méfie-toi, princesse, la colère de Ramman est sur cette ville.

Mal à l'aise, la jeune femme se tourna vers Raf'Dhen.

— C'est ici que nos chemins se séparent, ma princesse, dit-il. Les habitants de cette ville ne m'aiment guère ; ils craignent que mes chevaux ne dévorent leurs chèvres. Mais je ne voulais pas partir avant de te savoir hors de danger.

— Tu es un véritable ami, Raf'Dhen.

— La vie est compliquée, poursuivit-il. Jamais je n'aurais pensé éprouver pour une femme le respect que l'on doit à un guerrier valeureux. Je suis fier d'avoir été ton ami et j'envie celui que tu aimes. À sa place, je ne t'aurais jamais laissée partir.

Elle sourit tristement.

— Il ne pouvait se dresser contre la volonté du roi. Mais je sais que je le retrouverai un jour.

Elle posa légèrement ses lèvres sur celles du Hyksos.

— Mon cadeau d'adieu…

Le Hyksos la serra longuement contre lui.

— Que les dieux te protègent, ma trop belle princesse.

Puis il s'écarta brusquement et sauta sur sa monture. Rhekos avait déjà pris Rachel en croupe. Sous leur direction, le troupeau se mit en route vers le nord[1]. Bientôt il ne fut plus qu'un ensemble de taches mouvantes qui s'effacèrent derrière les brumes. Une boule lourde serra la gorge de la jeune femme. Ce grand diable de guerrier barbu et son compagnon taciturne allaient lui manquer.

À pas lents, elle emprunta le seul chemin encore émergé et revint vers la ville avec ses compagnons. Elle aussi aurait aimé quitter les lieux au plus vite. Mais que pouvait-elle faire d'autre qu'attendre le départ de la première caravane ? Elle contempla la cité dressée orgueilleusement contre le ciel gris balayé par les vents. La masse sombre de l'épaisse muraille de brique provoqua en elle une désagréable sensation de menace.

La tempête faisait rage. Des éclairs éblouissants crevaient la nuit glauque, inondant la cité de lueurs vertes et éphémères. Un vacarme assourdissant déchirait les tympans. Seule, réfugiée contre le mur du temple battu par l'ouragan, Thanys contemplait le spectacle apocalyptique. Les eaux noires cernaient la ville. Elle voulait fuir, mais aucune issue n'était possible. L'air lui-même avait pris une consistance épaisse, presque pâteuse. Chaque inspiration lui demandait un effort surhumain. Une lassitude extrême engourdissait ses membres alourdis.

Soudain, l'horizon septentrional se déforma. Pétrifiée, Thanys vit une vague monstrueuse se déployer, s'enfler, tandis qu'un grondement épouvantable faisait

---

1. Environ mille ans plus tard, les chevaux constitueront un atout déterminant dans la conquête de l'Égypte par les Hyksos.

vibrer ses entrailles. La lame colossale s'accrut, emplit le monde et le ciel, comme pour tout engloutir. Une idée s'imposa soudain à elle. Ce léviathan aveugle n'était autre que le Noun, l'océan primordial et sans vie, dans lequel tout retournerait au néant. Comme engluée dans une gangue poisseuse, elle détourna les yeux de l'abomination sans nom qui roulait inexorablement vers elle.

Autour d'elle, la cité se précisa, qui ressemblait à Til Barsip. Une ville fragile, vulnérable, dont les habitants en proie à la panique tentaient de s'échapper vers nulle part. Des hurlements lui parvinrent, étouffés par les grondements de la tourmente.

Terrorisée, impuissante, Thanys vit le flot létal déferler en direction de la ville, frapper de sa puissance la muraille de brique qui explosa sous l'impact. Des maelströms furieux envahirent les rues, les engloutirent, emportant les habitants épouvantés. Des corps d'hommes, de femmes, d'animaux ruisselèrent vers le fleuve dément qui recouvrait inexorablement les habitations. Le palais royal s'effondra avec une lenteur terrifiante dans les eaux bouillonnantes. Puis la vague s'élança à l'assaut de la tour du temple, dont elle rongea inexorablement les flancs. Une sensation d'étouffement serra la poitrine de Thanys. Elle voulait crier, mais aucun son ne pouvait sortir de sa gorge. Soudain, elle leva les yeux. Avec horreur, elle vit un énorme pan de mur du sanctuaire se détacher, s'écrouler sur elle. Un hurlement d'épouvante retentit dans la nuit.

Haletante, elle s'éveilla et se dressa sur son lit, la peau gluante de sueur. Le vacarme effrayant n'avait pas cessé. Des roulements de tonnerre ébranlaient les fondations du palais, tandis que le vacarme infernal de la pluie crépitait sur les toits. Par la fenêtre de sa chambre, elle aperçut les lueurs aveuglantes de l'orage qui s'était déchaîné dans la soirée. Une silhouette noire se matérialisa à son côté. Elle sursauta. Beryl la prit dans ses bras.

— Tu as fait un mauvais rêve, princesse.

Thanys avala sa salive.

— Non ! affirma-t-elle. Les dieux m'ont adressé un signe. Cette cité est condamnée. Il ne faut pas que nous restions ici.

La jeune Akkadienne alluma une petite lampe à huile.

— Mais tout va bien. Ce n'est que l'orage. Regarde !

Elle l'enveloppa dans une couverture et l'amena jusqu'à la fenêtre. Au-dehors, le déluge semblait vouloir mêler les eaux du ciel à celles du fleuve. Les ruelles, métamorphosées en torrents tumultueux qui minaient les murs, s'estompaient derrière un rideau de pluie impénétrable. Une sourde hostilité émanait de l'univers entier, comme pour confirmer les prophéties d'Ashar et du vieux prêtre de Til Barsip.

Les images de l'orgie de Jéricho et les atroces sacrifices humains des Amaniens surgirent dans sa mémoire. Un dieu juste pouvait-il désirer cette destruction totale en raison de crimes abominables commis par quelques-uns ? Elle refusait de le croire. Il y avait sans doute une autre explication. Peut-être le Noun tentait-il de nouveau d'engloutir le monde des hommes. Les puissantes divinités protectrices le combattraient. Elle le souhaitait, le désirait de toute son âme. Mais la violence de la tempête démentait son espoir insensé. Un cataclysme effroyable se préparait. Elle en avait l'intime conviction à présent.

— Il faut que je parle au roi, déclara-t-elle avec force.

— Cette idée est absurde, clama le lugal d'une voix aiguë. Pourquoi les habitants de Til Barsip devraient-ils abandonner leur cité ?
— Ce cauchemar était un présage envoyé par les dieux, riposta Thanys. Regarde ta ville, seigneur ! Elle est déjà cernée par les eaux ! Les pluies ont redoublé depuis hier. Bientôt, les cascades qui dévalent des montagnes vont gonfler les cours d'eau, et le niveau du fleuve va encore augmenter. Il faut fuir.
— Jamais ! Til Barsip résistera. Elle existe depuis qu'Enlil a créé le monde. Kabta, le dieu des briques, saura bien fortifier nos murailles ! Quant à toi, je t'interdis désormais de quitter le palais !

Il se renfonça dans son fauteuil avec un sourire suffisant.

— En effet, j'ai décidé de faire de toi ma prochaine épouse. Une alliance entre mon royaume et l'Égypte sera bénéfique pour nos deux peuples.
— Mais il n'en est pas question, s'insurgea Thanys, atterrée.

Namhurad se dressa tel un coq.

— Ici, princesse, je suis le lugal, et le représentant des dieux. Nul ne peut s'opposer à ma volonté. Gardes, emmenez-la !

Avant que la jeune femme ait pu répliquer, une demi-douzaine de guerriers surgirent et l'emportèrent dans sa chambre, dans laquelle ils l'enfermèrent brutalement. Partagée entre la colère et la peur, elle se réfugia dans les bras de Beryl.

— Cet homme est fou ! Le monde est au bord de la

catastrophe, et il veut me prendre pour épouse. C'est totalement insensé.

Un bref sanglot la secoua. Un étau mortel allait bientôt se refermer sur la ville, dont les ruines allaient la broyer inexorablement. Elle ne pouvait même plus tenter de fuir. Quatre gardes armés jusqu'aux dents surveillaient la porte.

— Parfois, j'ai l'impression qu'un dieu malfaisant me poursuit. À peine ai-je réussi à échapper à l'un de ses pièges qu'il en tend un autre sous mes pas, comme s'il voulait m'interdire de rejoindre mon père. Et je ne peux rien faire ! Rien !

Elle en aurait hurlé. Machinalement, elle posa la main sur le nœud Tit, qu'elle conservait encore malgré ses différentes tribulations. Les Amaniens eux-mêmes n'avaient pas osé le lui arracher. L'esprit vide, elle se tourna une nouvelle fois vers Isis, appelant sur elle sa protection.

Dans la soirée, on leur apporta un repas frugal. À l'extérieur, la tourmente avait encore redoublé. Soudain, Beryl poussa un cri :

— Princesse ! Regarde !

Le long des murs, d'étranges serpents luisants se contorsionnaient à la lumière tremblante de la lampe à huile.

— Nous sommes perdues, gémit la jeune esclave.

40

Après un moment de stupeur, Thanys s'approcha, et constata que les serpents n'étaient autres que des rigoles de pluie qui s'infiltraient dans le palais par le toit. Son angoisse se décupla. Elle ne s'était pas trompée : la colère des dieux allait frapper Til Barsip ! Il lui sembla percevoir, très loin, au-delà de la nuit, les forces colossales qui s'amassaient inexorablement pour fondre sur la cité.

Tout à coup, un bruit de lutte résonna dans le couloir adjacent. L'instant d'après, une silhouette gigantesque surgit dans la chambre, armée d'une massue rougie de sang.

— Enkidu ! s'exclama Thanys.

Le géant posa un doigt sur sa bouche.

— Ne faites aucun bruit. Il faut fuir.

Les deux filles ne posèrent aucune question et suivirent le colosse à l'extérieur, où gisaient les corps des quatre gardes. Suivant des couloirs, traversant des pièces désertes, ils se retrouvèrent bientôt devant une porte de bois surveillée par six guerriers armés. Avant qu'ils aient pu intervenir, Enkidu se jeta sur eux et les assomma sans coup férir. Puis il poussa la porte monumentale et les fuyards se glissèrent au-dehors. Des trombes d'eau les détrempèrent instantanément. Les courants violents qui dévalaient les rues entravaient la progression des deux filles. Soudain, le géant en attrapa une dans chaque bras. Elles protestèrent, mais leur poids ne semblait pas le gêner. Il se mit à courir en direction des quartiers bas, indifférent aux torrents de boue qui dévalaient les ruelles en pente.

— Où allons-nous ? demanda Thanys.

Il ne répondit pas. Son souffle puissant résonnait aux oreilles de la jeune femme. Bientôt, elle s'aperçut que des silhouettes menaçantes les poursuivaient, en provenance du palais. Miné par les pluies, un mur s'écroula devant eux dans un fracas infernal. Des gens épouvantés surgirent. Thanys eut l'impression que le monde avait sombré dans la folie. Des éclairs éblouissants inondaient les lieux de lueurs étranges, reflétant les images d'une ville dévastée, dont plusieurs demeures s'étaient déjà effondrées sous la puissance démentielle du déluge.

Enkidu s'engagea dans une rue perpendiculaire, puis rejoignit une place qui menait vers le port englouti. La forme sombre du vaisseau de Ziusudra se détachait le long d'un quai recouvert par des courants furieux. Ce fut vers lui que se dirigea le géant. Derrière eux, une vingtaine de guerriers vociférants se rapprochait inexorablement.

— Pose-nous ! hurla Thanys.

Mais le géant ne l'écouta pas et s'engagea dans le courant jusqu'à mi-cuisses. Elle comprit pourquoi lorsqu'elle vit leurs poursuivants basculer en fulminant dans les flots boueux. La puissance des eaux était telle qu'elles auraient eu peine à tenir debout.

Mais elle n'affectait pas la détermination de l'Akkadien.

De près, illuminé par les éclairs qui zébraient la nuit, le navire était encore plus impressionnant. Sa masse noire tirait sur les énormes amarres qui le retenaient encore au quai. Des hommes attendaient les fuyards. Une passerelle se dessina, sur laquelle le colosse s'engagea sans hésitation, suivi aussitôt par ses alliés.

Parvenu sur le pont, Enkidu accepta enfin de poser les deux filles. Une écœurante odeur de bitume leur emplit les narines. Thanys et Beryl n'eurent pas le temps de reprendre leurs esprits. Une volée de flèches en provenance du quai s'abattit sur le pont, blessant un défenseur. Des archers ripostèrent. Des cris de douleur et des injures fusèrent, étouffés par le vacarme de la tourmente. Une porte s'ouvrit à l'arrière de l'immense cabine noire qui dominait le pont. Enkidu poussa ses protégées à l'intérieur. Une bienfaisante sensation de chaleur sèche les baigna.

Éberluée, Thanys contempla les lieux. Des escaliers descendaient vers le ventre du navire. Elle devinait, au-dessous, plusieurs niveaux grouillant d'une vie intense, dont elle percevait les échos, au travers d'appels humains et de cris d'animaux innombrables. Une puissante odeur d'étable leur emplissait les narines, mêlée à des senteurs de bois brut, de cuir, de fruits et de pain. Elle n'eut pas le loisir de s'étonner plus longtemps ; Enkidu les dirigea vers l'avant de la longue cabine, qui occupait presque toute la longueur du navire. Suivant un corridor central, elles se retrouvèrent dans une pièce large qui se révéla être la passerelle de commandement. Trois fenêtres protégées par des mantelets de cuir ouvraient vers l'extérieur.

Ziusudra se dressa devant elles, entouré par une douzaine d'hommes de tous âges, ses fils et petits-fils. C'était la première fois que la jeune femme le voyait face à face. Une noblesse naturelle émanait du personnage. Malgré son âge avancé, son corps sec et décharné se tenait strictement droit, comme cambré par une fierté ombrageuse qui excluait toute faiblesse. Son visage parcheminé au regard pâle et aigu inspirait un respect qui n'avait rien à voir avec les années. Cependant, ses traits s'éclairèrent d'un large sourire à l'entrée des deux jeunes femmes.

— Sois la bienvenue, princesse Thanys, dit-il d'une voix étonnamment claire. Tu dois être étonnée de te retrouver ici.

— Je m'attendais un peu à ta présence sur ce navire, seigneur, mais je ne sais que penser...

Le vieillard s'installa dans un fauteuil et invita la jeune femme à l'imiter. Une expression de malice égaya ses traits.

— Tu as déjà dû remarquer que Namhurad était un sot, ô Thanys.

Elle acquiesça d'un signe de tête.

— Un sot et un irresponsable, poursuivit le vieil homme en élevant la voix sous l'effet d'une colère qu'il avait peine à maîtriser. Par sa faute, les habitants de cette ville vont périr noyés par la crue de l'Euphrate, et Til Barsip va disparaître. Je l'avais pourtant averti. Il n'a pas voulu m'écouter. Pas plus qu'il n'a tenu compte du message que les dieux t'ont adressé pendant ton sommeil.

Thanys s'étonna. Comment pouvait-il être au courant ? Ziusudra sourit.

— Ne sois pas surprise, Thanys.

Il désigna Enkidu, qui se tenait près de la porte, immobile.

— Ton ami est venu me prévenir. Il m'a conté ta vision, et la décision de Namhurad de t'épouser contre ton gré. Ton rêve m'a confirmé que la fureur divine allait bientôt frapper. J'ai donc chargé Enkidu de te libérer, toi et ton esclave, ce qu'il a fait.

Thanys prit la main du géant et la serra affectueusement entre les siennes.

— Vous nous avez tous deux sauvé la vie. Soyez remerciés !

— Nous ne pouvions t'abandonner. Tu es protégée par les dieux, petite princesse, répondit le vieillard avec douceur. Ils n'auraient pas permis que nous partions sans t'emmener. Nous devions accomplir leur volonté.

Un mouvement brusque fit bouger le navire. Thanys poussa un cri ; Ziusudra la rassura :

— J'ai ordonné aux miens de trancher les amarres immédiatement après ton arrivée. Nous n'attendions plus que toi pour quitter Til Barsip.

— Que va-t-il se passer ? demanda Thanys, inquiète.

— Tous les rameurs sont déjà à leur poste. Le courant va nous entraîner vers le sud. Ensuite, notre sort sera entre les mains d'An et d'Enlil, qui m'ont parlé à l'oreille et m'ont ordonné de construire ce navire.

Thanys approuva, mais adressa une rapide prière muette à Isis afin qu'elle accordât son aide aux dieux sumériens. Devant un tel déchaînement de fureur, ils ne seraient pas trop de trois…

Soudain, un grondement effrayant naquit à l'extérieur. Ziusudra se leva et invita la jeune femme à le rejoindre près d'une fenêtre dont il souleva le panneau de cuir. Au-dehors, la tempête avait redoublé de violence. Porté par les flots rugissants, le navire avait déjà gagné le milieu de l'Euphrate ; lentement, la cité cernée par les eaux s'éloignait.

Thanys eut l'impression de revivre le cauchemar de la nuit précédente. Du fond de la vallée illuminée d'éclairs, une vague gigantesque, inexorable, roulait en direction de Til Barsip. Une onde de terreur pure coula le long de l'échine de la jeune femme. Emprisonnée entre les montagnes, la monstrueuse falaise d'eau et de boue semblait se gonfler à mesure qu'elle fondait sur la ville condamnée. Il lui semblait entendre l'écho des hurlements des habitants.

— C'est abominable, murmura Thanys. Ils vont tous mourir.

— Je le sais, soupira le vieil homme. Mais nous n'y pouvons rien. Les dieux ont décidé. Nous devons nous soumettre à leur volonté. Nous ne sommes que leurs créatures, créées dans le seul but de les servir.

Thanys ne répondit pas. Le fatalisme du vieillard l'effrayait. Peut-être aurait-il dû s'opposer plus fermement à l'autorité de Namhurad. Mais il était trop tard pour en discuter. Partagée entre l'épouvante et la fascination, elle vit la muraille mouvante s'enfler, heurter les remparts qui explosèrent. Des tourbillons infernaux s'emparèrent des demeures qui s'effondrèrent dans les flots, emportant leurs habitants dans le néant. Le palais royal sembla projeté en l'air sous l'action d'une force terrifiante, puis il se disloqua et retomba en une pluie de gravats que le raz de marée avala comme du sable.

La destruction de la cité n'avait duré que quelques instants. Puis la lame poursuivit sa progression inéluctable en direction du navire. La gorge de Thanys se contracta.

— Accrochez-vous ! hurla une voix.

Une poussée formidable plaqua la princesse contre la paroi. Des cris de panique éclatèrent un peu partout, tandis que des craquements inquiétants trahissaient les énormes contraintes auxquelles étaient soumises les superstructures. Beryl rampa jusqu'à sa maîtresse.

— Nous allons mourir ! gémit-elle.

Thanys la serra contre elle. Soumis aux caprices de la tempête, le vaisseau tangua, roula, oscilla, bascula, se redressa, puis finit par se stabiliser. Les grincements s'atténuèrent, mais la sensation de déplacement demeura. Le courant l'avait emporté au centre du fleuve en furie.

Alors commença un voyage incertain vers l'inconnu.

Le lendemain, avec une légitime pointe de fierté, Ziusudra fit visiter son navire à Thanys. Elle s'aperçut que la population à bord était plus nombreuse qu'elle ne l'aurait cru. Plus de quatre cents personnes s'étaient entassées dans les différents niveaux, en compagnie de toutes sortes d'animaux, moutons, chèvres, volailles, bœufs, ânes, autruches, chiens, et même quelques chats.

Les soutes étaient remplies de bêtes, de traîneaux, d'outils, d'armes, de meubles, de jarres, de pièces de tissu, tout ce qu'il fallait pour reconstruire ailleurs une nouvelle cité.

Au-dessus de la ligne de flottaison étaient installés des bancs de rameurs dont le rôle consistait surtout à éviter que le courant n'emportât le bateau en direction des berges. Mais son fond plat lui permettait un faible tirant d'eau et le calfatage de bitume lui assurait une étanchéité parfaite. Un système ingénieux reconduisait les eaux pénétrant par les sabords de nage vers l'extérieur.

— Les dieux m'ont inspiré la conception de ce navire, commentait Ziusudra avec un enthousiasme juvénile. Un soir, il y a plus de deux ans, j'effectuais ma promenade sur les remparts lorsque je fus visité par une vision similaire à la tienne, que Namhurad, à cause de son stupide orgueil, refusa de prendre au sérieux. La nuit suivante, j'eus l'idée de construire ce navire. Son image hantait mon esprit, avec les détails de sa structure. Il me fallait emporter le maximum d'habitants. Je consacrai alors toute la richesse du temple à sa construction. Parfois, j'étais assailli par le doute. Mais quelque chose me poussait à continuer. Lorsque le vaisseau fut achevé, j'y fis entrer toute ma famille, et les fidèles du temple qui avaient accepté de me suivre. Je leur demandai d'amener leurs épouses, leurs animaux, leurs semences, leurs richesses, afin que nous puissions rebâtir une nouvelle ville.

À l'extérieur, le déluge avait atteint une ampleur inimaginable. Le ciel avait pris une couleur de plomb tellement sombre qu'il n'était plus possible de distinguer le jour de la nuit. Des trombes d'eau s'écrasaient sans discontinuer sur le pont. Calfeutrés dans le ventre du navire, les rescapés partageaient leur temps entre le soin des bêtes et de ferventes prières adressées à An, dieu du ciel, Ki, déesse de la terre, et surtout Enlil, dieu de l'air, à qui Ziusudra affirmait devoir sa vision. On implorait également le soleil, Utu, afin qu'il acceptât de revenir illuminer le monde. Mais les nuits succédaient aux jours, et les jours aux nuits sans que le déluge ne cessât.

Thanys passait le plus clair de son temps dans la cabine supérieure en compagnie du vieux prêtre, avec lequel elle avait de longues discussions. Beryl ne la quittait pas. Enkidu mettait sa force herculéenne à la disposition des autres passagers, pour maîtriser les gros animaux nerveux, ou pour réparer les avaries.

Parfois, Thanys observait le paysage extérieur. L'écran liquide lui dévoilait alors un spectacle hallucinant. Jusqu'où la vue pouvait porter, les rives du fleuve avaient disparu, submergeant les bosquets d'arbres dont on apercevait quelques troncs flottant à la dérive, parfois en compagnie de cadavres d'humains et d'animaux. Masquées par le rideau de pluie, les montagnes avaient disparu à l'horizon, comme si les eaux avaient totalement recouvert le monde.

La jeune femme se demandait si le Nil lui-même avait provoqué une inondation d'une telle ampleur. Mennof-Rê existait-elle encore, ou bien une lame gigantesque l'avait-elle engloutie, elle aussi ? La ville d'Uruk résisterait-elle ? Si Imhotep périssait noyé dans ce cataclysme, elle aurait accompli tout ce voyage pour rien, sinon pour pleurer un père qu'elle n'aurait même pas eu le temps de connaître. Parfois, le désespoir la gagnait. Alors, elle prenait le nœud Tit dans sa main et adressait de vibrantes supplices à Isis.

Le matin du septième jour enfin, Ziusudra l'éveilla sans ménagement et la tira de la paillasse où elle avait passé la nuit. Elle sut aussitôt que quelque chose s'était modifié. Une lumière d'or baignait l'intérieur de la cabine, tandis qu'un calme inhabituel avait succédé aux balancements incessants du navire. Ivre d'une joie enfantine, le vieillard l'entraîna vers une fenêtre, dont il écarta le mantelet de cuir.

— Regarde ! dit-il en retenant des larmes de joie.

Éblouie par la luminosité nouvelle, Thanys cligna des yeux, et, fascinée, contempla le spectacle extraordinaire qui s'offrait à elle. Pendant la nuit, la pluie avait cessé, et les nuages s'étaient enfuis. À l'orient, un soleil majestueux éclaboussait la vallée d'or et de rose, dévoilant le large ruban argenté du fleuve assagi. Par endroits subsistaient de vastes nappes d'eau couvertes de brouillards translucides, mais ailleurs, la terre avait repris ses droits. Une immense étendue forestière foisonnait d'arbres de toutes sortes : palmiers, sycomores, abricotiers, figuiers, acacias, etc. Plus loin se dessinaient les contreforts de collines verdoyantes, scintillant sous la lumière nouvelle.

Au côté de Thanys, Ziusudra tomba à genoux.

— Ô Utu, dieu du soleil, prince de lumière, grâces te soient rendues, toi qui as redonné l'espoir et la vie à tes enfants.

Dans la journée, le navire s'échoua sur la rive orientale de l'Euphrate. Éblouis, presque incrédules, les rescapés descendirent à terre, heureux de sentir le sol sous leurs pieds, ferme bien que gorgé d'eau. Certains entamèrent des danses de joie et entonnèrent des chants à la gloire d'Utu et d'Enlil.

Bien plus tard, Ziusudra décida le déchargement du navire. Le niveau des eaux continuait de baisser, et le vaisseau ne pourrait bientôt plus se dégager de la berge sur laquelle il s'était posé. À coups de hache vigoureux, on perça une large ouverture dans le bas de la coque, afin de libérer les animaux que l'on parqua sur les hauteurs proches. Puis, pataugeant dans la boue, les hommes emportèrent leurs biens, tandis que les femmes allumaient des feux en prévision du bivouac.

— Sais-tu où nous sommes ? demanda Thanys à Ziusudra.

Il écarta les bras en signe d'impuissance.

— Malheureusement, je n'en ai aucune idée. Dès que possible, nous formerons une caravane et nous poursuivrons notre route vers le sud. Peut-être les cités de ce pays ont-elles été épargnées par la fureur du fleuve.

Il fallut près de deux jours pour vider entièrement le navire, dont la coque reposait à présent au sec, au milieu d'une prairie désertée par les eaux. Afin d'honorer le dieu Utu, Ziusudra immola un bœuf et un mouton, dont certains morceaux furent jetés dans les flammes d'un brasier afin que leur fumée s'élevât jusqu'aux cieux. Puis on déboucha des jarres de vin et de bière, et l'on organisa un joyeux festin.

Après l'angoisse et la souffrance, après les épreuves partagées, l'allégresse des rescapés explosa en de franches ripailles, en chants et beuveries joyeux. Le vieux Ziusudra lui-même, éméché par les vapeurs d'alcool, se défit de ses vêtements et effectua une danse rituelle dans la lumière bleutée de la lune, sous le regard ému de ses compagnons.

Le lendemain, il vint trouver Thanys en se tâtant le crâne avec précaution.

— Les dieux sont incompréhensibles, grommela-t-il. Plus nous leur offrons de libations, plus ils nous envoient des démons minuscules qui nous dévorent la cervelle.

Thanys, qui elle-même avait sacrifié à l'euphorie, ne songea pas à le contredire. Tant bien que mal, on commença à charger les ânes et les bœufs.

Soudain, une petite troupe en armes surgit, en provenance des collines voisines, entourée de paysans en haillons. Un capitaine coiffé d'un casque de cuivre se présenta, visiblement impressionné par la masse sombre du navire échoué. Ziusudra l'accueillit.

Quelques instants plus tard, il revint vers Thanys.

— C'est stupéfiant, dit-il. D'après ces hommes, nous sommes ici dans le royaume de Kish, dans le sud de l'Akkadie. Cela signifie que nous avons parcouru en sept jours et sept nuits un trajet que les caravanes effectuent habituellement en deux lunes.

— Alors, nous sommes tout près d'Uruk…

— Uruk est située un peu plus au sud, à quelques journées de marche.

Une vive émotion saisit la jeune femme, mélange de joie et d'une angoisse inexplicable qui refusait de s'effacer.

41

À Kennehout, la saison des semailles s'achevait. La plupart des champs avaient été ensemencés. Malgré les étranges intempéries, on pouvait espérer que les récoltes ne seraient pas trop mauvaises. Le ventre de Lethis commençait doucement à enfler. Djoser avait pris goût à sa nouvelle vie, loin des intrigues de la Cour et des sautes d'humeur de son divin frère. Celui-ci semblait l'avoir oublié, et cela lui convenait parfaitement. Il n'était plus retourné à Mennof-Rê depuis plusieurs mois. Piânthy et Semourê avaient effectué quelques voyages dans la capitale, mais avaient préféré revenir près de leur compagnon. L'atmosphère de la vieille demeure de Kennehout leur était beaucoup plus agréable que celle du palais. Djoser avait réuni autour de lui une petite cour de musiciens, de poètes et de danseuses qui égayaient ses soirées.

Le méticuleux Senefrou s'était pris d'affection pour Djoser, auquel il avait appris à pardonner sa générosité maladive. Amoureux des chiffres, il avait constaté que les paysans et artisans, satisfaits de leur sort, travaillaient plus volontiers, et le rendement du domaine s'en ressentait. De plus, son maître fourmillait d'idées. Ainsi, il avait entrepris de faire construire des bateaux pour transporter le grain. De nouveaux canaux avaient été creusés afin de gagner du terrain sur le désert. Le village avait accueilli plusieurs familles chargées de fertiliser ces terres arides.

Les rumeurs selon lesquelles des bandes de pillards venues de l'orient harcelaient les villages du Delta avaient été confirmées par des voyageurs remontant le Nil. En raison de son grade de capitaine de l'armée royale, Djoser s'était attendu à recevoir une convocation de la part du roi. Mais rien ne s'était produit. Accaparé par la gestion de son domaine, il n'avait pas cherché à en savoir plus.

Un après-midi, on annonça l'arrivée d'une grande felouque portant un important personnage. Suivi de ses compagnons, Djoser se rendit sur le port, dans lequel on avait entrepris des travaux d'aménagement afin de le rendre plus opérationnel. Le navire appartenait à la Maison des Armes et servait au transport des troupes sur le Nil. Précédés d'une petite escorte, des esclaves débarquèrent une litière dont l'occupant salua le jeune homme avec chaleur. Il reconnut immédiatement Meroura, dont le visage amaigri et les yeux cernés trahissaient la faiblesse.

— Que la protection des dieux s'étende sur ta maison, prince Djoser !

— Sois le bienvenu à Kennehout, ô Meroura. Cette demeure est la tienne.

Quelques instants plus tard, ils avaient pris place dans le jardin. Tandis que les jeunes esclaves de Lethis apportaient des jarres de bière et des gobelets, Meroura expliqua le but de sa visite.

— Je suis ici de ma propre initiative, ô Djoser. L'Horus Sanakht ton frère n'a pas cru nécessaire de t'avertir de ses difficultés.

— Depuis plusieurs lunes, je n'ai reçu aucune nouvelle de lui. Il m'ignore, et je ne saurais m'en plaindre.

— Mais sans doute as-tu entendu parler des hordes barbares qui dévastent la région orientale du Delta.

— Des voyageurs me l'ont dit, en effet.

— Cette fois, il s'agit d'une affaire bien plus grave que celle de Kattarâ. D'après ce que l'on sait, la ville d'Ashqelôn, sur la côte sud des pays du Levant, a été prise par les Édomites. C'est un peuple qui vient d'un pays désertique situé à l'est du Sinaï. Or, depuis quelque temps, la région était ravagée par les invasions des Peuples de la Mer. Il semble que ceux-ci aient conclu une alliance avec les Édomites et se soient lancés dans une guerre de conquête en direction de l'Égypte. Après avoir pillé Ashqelôn, les envahisseurs ont longé la côte, et détruit plusieurs villes et villages. Ils sont remontés jusqu'à Busiris, dont les habitants n'ont eu que le temps de fuir. Ils sont venus demander du secours à leur souverain, qui décida d'y envoyer l'armée. Par malheur, une mauvaise maladie me clouait au lit, et je crains de ne pas en être débarrassé avant longtemps. J'ai suggéré au roi de te faire appeler pour me remplacer. Mais ton oncle Nekoufer a intrigué pour obtenir le commandement de la Maison des Armes.

Meroura laissa échapper un juron, puis poursuivit :

— C'est un incapable. Il l'a prouvé en réunissant à

la hâte une petite armée, persuadé qu'il anéantirait l'ennemi sans difficulté.

— Et il a été vaincu ! s'exclama Djoser.

— Naturellement ! Il a lancé des hommes sans préparation dans la bataille. Busiris est tombée aux mains des Édomites. Blessé, Nekoufer est revenu à Mennof-Rê pour lever une armée plus importante. Mais il ne peut la diriger lui-même. Il est cloué au lit par une mauvaise fièvre.

— Alors, tu es venu me chercher.

— Mennof-Rê a besoin de toi. Les Édomites et leurs alliés remontent le Nil depuis Busiris, en ravageant tout sur leur passage. Il faut arrêter ces chiens. Mais cela ne sera pas chose facile : d'après les témoignages, ils seraient plusieurs milliers. La capitale est menacée. Le roi a envoyé des messagers à tous les nomarques proches pour leur ordonner de lui fournir des milices. Il veut prendre lui-même la tête de l'armée. S'il s'obstine, nous courons à la catastrophe : il est encore plus mauvais stratège que Nekoufer. C'est pourquoi tu dois me suivre, ô Djoser. Tu es le seul capable de diriger cette armée.

— Mais Sanakht acceptera-t-il de m'en confier le commandement ?

— Il n'a guère le choix. Il nous reste peu de temps, mais il est encore possible de rassembler une armée suffisante pour repousser les envahisseurs. Cependant, tout n'est pas si simple. À Mennof-Rê, la tension est grande. Les habitants capables de prendre les armes sont pressurés par les impôts. Ils rechignent à se battre sans contrepartie. Ils exigent un allégement des taxes.

— Cela me paraît normal.

— De plus, les grands seigneurs répugnent à se séparer de leurs paysans. Ils ont besoin de leurs bras pour les travaux des champs. Profitant de la faiblesse de l'Horus, ils ont négocié les semences à des prix tellement élevés que les paysans sont obligés de revendre leurs terres pour l'acheter. Les scribes les harcèlent sans cesse.

— Mon frère est-il aveugle ? Il lui suffirait de baisser les impôts et d'imposer sa volonté aux grands seigneurs.

— Sanakht ne possède pas l'autorité suffisante pour cela. Ils savent le flatter tout en ménageant leurs intérêts.

— La belle affaire, lorsque les Édomites auront pillé leurs domaines !

— Certains riches propriétaires nous sont acquis, mais ils sont peu nombreux, et cette hyène de Pherâ les tient à l'écart. Il nous faut un homme puissant et admiré pour bouleverser tout cela. Tu es cet homme. On n'a pas oublié tes exploits de Kattarâ. Les guerriers te font confiance et Sefmout t'appuiera.

Djoser hocha la tête, puis déclara :

— Je vais donner des ordres pour que mes soldats se préparent. Nous partirons dès demain. D'ici là, permets-moi de t'offrir l'hospitalité.

La nouvelle avait rapidement fait le tour de Kennehout. Dès qu'ils l'avaient appris, les guerriers démobilisés qui avaient servi sous les ordres de Djoser pendant la bataille de Kattarâ se présentèrent spontanément pour lui offrir leur aide. Piânthy et Semourê étaient ravis. La perspective de nouveaux combats les enchantait. En revanche, elle angoissait Lethis.

— Ma place est près de toi, seigneur !

— Non, ma belle obstinée. Mennof-Rê risque d'être attaquée. Tu seras plus en sécurité ici.

Elle éclata en sanglots, mais elle savait qu'il était inutile d'insister. Il ne céderait pas.

— Promets-moi de te montrer prudent, seigneur !
— Ne t'inquiète pas. Je serai de retour avant la naissance de mon fils.

Le lendemain, le navire de Meroura quittait Kennehout en direction du nord, suivi d'une petite flottille transportant les guerriers ralliés à Djoser. Poussée par le courant, elle atteignit Mennof-Rê dans la soirée. En compagnie de Meroura, Djoser se rendit au palais, où il demanda une entrevue au roi. Sanakht le reçut immédiatement. Hormis ses esclaves, il était seul. Djoser constata à ses traits tirés qu'il avait peu dormi depuis longtemps.

— Le serviteur que tu vois est venu t'offrir son aide, ô grand roi ! Mon ami Meroura m'a appris la défaite de notre oncle Nekoufer.

Sanakht eut un mouvement d'humeur.

— Nekoufer est un imbécile. J'aurais dû prendre moi-même la tête de l'armée. C'est d'ailleurs ce que je compte faire dès que les milices envoyées par les nomes seront arrivées.

— Il leur faudra du temps, rétorqua Djoser. D'ici là, l'ennemi sera aux portes de Mennof-Rê.

Sanakht soupira.

— D'après les derniers messagers, ils remontent le Nil en pillant systématiquement les villes et les villages riverains. Les gens fuient devant l'envahisseur. Des réfugiés arrivent par milliers chaque jour. On[1], la ville sacrée du soleil, est menacée. Les chefs militaires esti-

---

1. Héliopolis.

ment que les Édomites seront en vue dans une dizaine de jours.

— Cela ne nous laisse guère de temps, ô Lumière de l'Égypte. Je te demande l'honneur de diriger la nouvelle armée.

— C'est hors de question, répliqua sèchement Sanakht.

— Permets-moi d'intervenir, ô grand roi, dit Meroura. Tu désires commander toi-même ton armée. Mais as-tu envisagé le cas où tu serais tué ? Mennof-Rê tomberait alors inévitablement aux mains de l'envahisseur, et, sans son roi, l'Égypte serait comme un corps sans tête : elle périrait.

— Je ne serai pas tué ! s'insurgea le roi. Je réduirai ces pourceaux à néant.

— De combien de guerriers disposes-tu ? demanda Djoser.

Sanakht hésita, puis lâcha nerveusement :

— À peine mille. Les paysans renâclent à rejoindre l'armée.

Il se redressa brusquement et clama :

— Mais par les dieux, ne suis-je pas le roi ? Ils me doivent obéissance !

— Ils te doivent obéissance, mais tu les pressures d'impôts, et tes seigneurs les exploitent. Ils sont dépossédés de leurs terres. Pourquoi voudrais-tu qu'ils courent se faire tuer pour toi ? De plus, leurs maîtres n'ont guère envie de les voir partir à cette époque de l'année. Ils ont besoin de leurs bras.

— Je sais, répondit Sanakht d'un ton accablé. Ils ne font rien pour les encourager. Mais les inondations laissent présager de mauvaises récoltes. Il faut redoubler d'efforts.

Djoser faillit s'emporter devant la faiblesse de son frère.

— Il y a plus urgent que les semailles. Si les Édomites envahissent l'Égypte, qu'importe que les récoltes soient bonnes ou mauvaises ? Le pays se morcellera et disparaîtra. Est-ce cela que tu désires ?

— Voudrais-tu m'apprendre ce que je dois faire ? s'insurgea le roi.

— Mais ouvre donc les yeux, mon frère ! Tu es seul. Tes amis sont-ils autour de toi ? Je n'en vois aucun.

— Parce que tu sais, toi, comment combattre l'ennemi ?

— Il faut réunir une armée importante. Pour cela, tu dois alléger les taxes qui pressurent les paysans et les habitants de Mennof-Rê afin de leur donner envie de se battre pour toi. Tu dois aussi exiger que leurs seigneurs acceptent de les laisser partir.

Sanakht voulut riposter, mais il se laissa retomber sur le trône, écrasé par le poids d'un pouvoir dont il s'apercevait qu'il ne le contrôlait pas. Meroura insista :

— Tu connais la popularité du prince Djoser, ô Lumière de l'Égypte. Si l'on apprend qu'il commandera l'armée, beaucoup voudront s'enrôler sous ses ordres.

— Parce que moi, je suis moins populaire que lui, sans doute ? répliqua Sanakht dans un élan de colère.

— Ton rôle est différent, répondit Djoser avec diplomatie. Tu es le dieu vivant des Deux-Terres. Moi, je ne suis que le frère du roi. À travers moi, c'est toi qu'ils acclameront et qu'ils serviront.

— Mais je veux qu'ils me suivent. Je commanderai mon armée, et je la mènerai à la victoire.

Il pointa le doigt sur son frère.

— Quant à toi, Djoser, tiens-toi seulement prêt

avec tes soldats, et attends mes ordres. Je ne veux pas en entendre plus.

Il était inutile d'insister. Le roi se renfonça dans son fauteuil, le visage fermé, les traits creusés par la peur. Djoser le contempla sans mot dire. Pour la première fois, il comprenait que Sanakht n'était pas fait pour exercer un pouvoir qui lui échappait. Il lui suffisait pourtant d'exiger l'obéissance en faisant taire toute récrimination. Mais il n'osait pas. Ses décisions étaient prises sous le coup d'impulsions soudaines. Djoser l'avait haï pour l'avoir séparé de Thanys. Aujourd'hui, un sentiment nouveau se faisait jour en lui : la pitié. Il s'inclina et prit congé.

À la sortie du palais, Meroura ne cachait pas sa hargne.

— Ah, pourquoi le dieu bon Khâsekhemoui nous a-t-il quittés si vite ? Il possédait, lui, l'art de s'entourer de gens efficaces.

Le lendemain, en compagnie de Semourê et de Piânthy, Djoser effectua une visite de la capitale, afin d'étudier ses défenses. Il pesta lorsqu'il remarqua que Sanakht ne s'était pas soucié de consolider la muraille d'enceinte. En plusieurs endroits, elle s'était écroulée, offrant ainsi plusieurs points vulnérables. En revanche, il constata que des représentations du dieu Seth avaient été dressées. Mais elles ne suffiraient pas à assurer la défense de Mennof-Rê.

Une animation intense régnait dans les rues. Partout on commentait les derniers événements avec passion. La ville avait accueilli de nombreux réfugiés de Busiris et des villages menacés. Déjà, certains riches personnages songeaient à fuir et faisaient préparer des navires pour rejoindre leurs terres situées dans le sud.

Vers le milieu de la journée, Mennof-Rê vit arriver le dernier contingent des soldats que Nekoufer avait menés à la défaite. Nombre d'entre eux étaient blessés. Djoser se porta à leur rencontre.

— Ce sont des démons, raconta un guerrier. Nous étions plus de deux mille. Il n'en reste que quelques centaines. L'ennemi s'est attardé à piller Busiris et les autres villes qui longent le Nil. Sinon, il serait déjà ici. Malheur à ceux qui tombent entre les mains de ces chiens. Ils dressent des bûchers, et les font brûler vifs, femmes et enfants compris.

— Combien sont-ils ?

— Au moins cinq ou six fois plus nombreux que nous. Ils ont fait alliance avec les Peuples de la Mer, qui possèdent des bateaux.

— Par les dieux, grogna Semourê, c'est une véritable invasion.

Dans l'après-midi, Djoser et Meroura retournèrent au palais. Cette fois, Pherâ était présent avec ses amis, de même que Nekoufer, allongé sur une litière. Des pansements enserraient son torse. Le visage ruisselant de sueur, il semblait souffrir le martyre. Sanakht s'emporta contre lui, le traitant d'incapable. Sans laisser à l'intéressé le temps de se défendre, Djoser intervint :

— Tu ne peux en vouloir à Nekoufer, ô grand roi ! L'ennemi était bien supérieur en nombre. Il ne pouvait rien faire.

Stupéfait de la position prise par Djoser, Nekoufer ne répondit pas. Le jeune homme insista :

— Bientôt, l'ennemi sera à nos portes. As-tu réuni ta nouvelle armée ?

Sanakht explosa :

— Les nomarques ont envoyé à peine deux cents soldats !

Pherâ en profita pour verser de l'huile sur le feu.

— Ils n'ont pas répondu à ton appel, grand roi. Je pense qu'il faudra envisager de remplacer certains gouverneurs.

Furieux, Djoser lui coupa la parole :

— Ah, c'en est trop ! Où sont donc tes propres troupes, Pherâ ? Et celles de tes amis ?

— Seigneur Djoser...

— Tu dois obéir à ton roi, et libérer tous les hommes qui accepteront de se battre pour lui.

— Mais...

Djoser l'ignora et se tourna vers le roi, l'appelant volontairement par son nom.

— Il est temps que cette comédie absurde prenne fin, Sanakht. Le royaume est en danger, et tes amis ne pensent qu'à leurs seuls intérêts. Est-ce là leur manière de te remercier de tes largesses ?

— Seigneur Djoser, cingla le grand vizir, c'est au roi que tu t'adresses !

— Silence ! tonna le jeune homme. Êtes-vous donc tous aveugles ? Bientôt, si nous ne levons pas cette armée, il n'y aura plus de roi, et plus d'Égypte !

Sanakht voulut répliquer, mais l'autorité de Djoser le cloua sur place.

— Enfin, mon frère, tu es le dieu vivant de l'Égypte ! Accepteras-tu de te laisser dicter ta conduite par des gens qui exploitent ta générosité, mais refusent de t'aider lorsque tu as besoin d'eux ? Ordonne qu'on t'obéisse ! Que tous les hommes en âge de combattre rejoignent la Maison des Armes. Et confie-moi la direction de l'armée, je repousserai l'envahisseur !

L'autre le regarda avec stupéfaction, incapable de réagir. Sefmout, qui se tenait en retrait, intervint.

— Je pense que tu devrais écouter le prince Djoser, ô Lumière de l'Égypte. Lui seul peut sauver la situation.

Djoser poursuivit :

— Nous pouvons réunir une armée de dix mille hommes ! Mais pour cela, il faut revoir la politique vis-à-vis des paysans.

— Comment cela ? demanda le roi.

— Les gens ne se battent pas pour rien. Le prix de la semence doit baisser. De plus, chaque guerrier recevra vingt mesures gratuites !

— Tu n'y songes pas !

— Chaque homme doit être libre de prendre les armes s'il le désire, et non se soumettre aux caprices des grands propriétaires terriens qui leur interdisent de s'enrôler.

Sur sa couche, Nekoufer fulminait, mais n'osait réagir. Il comprenait à présent pourquoi Djoser avait pris sa défense. Usant de son autorité naturelle, il était en train de lui ravir ce poste de général en chef qu'il avait réussi à souffler à ce vieux renard de Meroura. Mais il était mal placé désormais pour le contrer. Malgré des circonstances atténuantes, Sanakht ne lui pardonnait pas sa défaite. Il valait donc mieux se faire oublier.

Pherâ, qui se tenait au côté du roi, tenta de défendre une nouvelle fois les intérêts de ses pairs.

— Nous ne pouvons accepter tes conditions, seigneur Djoser. Le peuple doit obéir au roi. Et il est juste que celui-ci lève de nouveaux impôts pour mener ses glorieuses batailles.

Djoser explosa.

— *Quelles* glorieuses batailles ? C'est vous qui ruinez l'Égypte en amassant des fortunes toujours plus grandes sur le dos des paysans et des artisans. Vous stockez le grain à votre compte et le leur revendez à un prix prohibitif afin de vous emparer des terres qui leur appartiennent encore. Et vous voudriez en outre que ce soit le trésor royal qui paye les soldats ? À quoi vous servira votre richesse lorsque l'ennemi s'en sera emparé ?

Pherâ allait répliquer vertement lorsque Sefmout renchérit.

— Je suis de l'avis du seigneur Djoser, ô grand roi. Il est certain qu'une armée de soldats motivés par l'appât de rétributions substantielles serait mieux à même de repousser l'envahisseur.

Les amis de Pherâ seraient bien intervenus pour le soutenir, mais, comme toujours, on ignorait la réaction du monarque. Nerveux, le roi se leva et fit quelques pas. Visiblement, il lui en coûtait de désavouer publiquement les grands seigneurs, qui constituaient l'essentiel de sa Cour. Djoser comprit que, dans une certaine mesure, il les redoutait. Cependant, certains nobles, qui désapprouvaient la politique du vizir, se rangèrent résolument aux côtés du jeune homme. Une atmosphère de tension se répandit peu à peu dans la grande salle du palais. On attendait avec anxiété la décision du monarque, mais celui-ci se tordait les mains fébrilement, incapable de prendre une résolution.

Tout à coup, un capitaine se fit annoncer, puis se précipita aux pieds du roi.

— Ô Lumière de l'Égypte, l'ennemi a pris Athribis. Rien ne peut l'arrêter. Il sera là dans six jours, peut-être cinq.

Accablé, Sanakht revint s'asseoir. Puis il se tourna vers Djoser.

— C'est bien, mon frère. Il en sera fait selon tes exigences. Réunis ton armée et chasse l'envahisseur !

42

Djoser se rendit immédiatement à la Maison des Armes où il convoqua l'état-major. Des messagers furent envoyés dans la ville et dans les villages voisins. Dès le lendemain, la nouvelle de sa nomination s'était répandue dans la population, ainsi que celle des avantages obtenus par le nouveau général. L'Horus allait diminuer les impôts, et les seigneurs se voyaient contraints de baisser le prix exorbitant des semences. Dans les heures qui suivirent, de nombreux paysans, enfin libérés, à contrecœur, par les propriétaires terriens, se présentèrent.

Se dépensant sans compter, Djoser recevait les arrivants, nommait les capitaines, transmettait ses ordres. Parfois, le découragement l'assaillait. Mettre sur pied une telle armée en moins de cinq jours était un défi inconcevable. Ne s'accordant que quelques heures de sommeil parcimonieuses, il était partout : dans le port situé à l'extérieur de l'enceinte, au palais, où il tenait le roi informé de l'évolution de la situation, sur la muraille, qu'il fallait consolider.

Il était impossible de fabriquer suffisamment de briques pour relever les murs éboulés. Aussi ordonna-t-il que l'on comblât les trouées avec des pierres et des gravats. Galvanisée par sa personnalité, la population de la capitale abandonna ses activités pour se mettre à l'ouvrage, en chantant des hymnes à la gloire de Ptah, dieu protecteur de Mennof-Rê et maître des artisans. Au soir du deuxième jour, la plupart des points névralgiques avaient été résorbés.

Djoser adressa une fervente prière à Horus pour qu'il lui accordât une journée supplémentaire de délai. Le dieu l'écouta. Le soir du cinquième jour, il avait amené ses effectifs à douze mille combattants. Mais beaucoup ne possédaient pas d'armes. Les artisans n'avaient pas eu le temps d'en fabriquer. Alors, chacun avait amené qui un bâton, qui une houe ou une pelle, qui un filet pour capturer les oiseaux.

Mennof-Rê se dressait sur la rive occidentale du Nil. Son port s'établissait le long d'un bras du fleuve qui contournait une île de plus d'un mile de longueur. Sur cette île étaient bâtis des entrepôts où les négociants stockaient différentes marchandises. Djoser décida d'y poster deux mille hommes, qui prendraient les Édomites à revers lorsqu'ils se seraient engagés dans le chenal. Piânthy fut désigné pour les commander.

Il ordonna également à tous les navires à quai de se réfugier en amont, à la pointe sud de l'île, et d'attendre ses ordres. À la tête de l'escadre, il nomma un jeune capitaine, Setmose. Il réquisitionna ensuite une multitude de barques qu'il fit charger avec des jarres d'huile. Les scribes affolés se lamentaient, mais il n'eut cure de leurs récriminations. Il dit à Semourê :

— Tu vas amener ces barques à l'entrée du chenal.
— Que veux-tu faire avec ça ?

— Réserver une mauvaise surprise aux Édomites. Je te rejoindrai dès qu'ils seront signalés.

Dans la soirée, Mennof-Rê reçut le renfort d'un millier de guerriers envoyés par les nomarques de Haute-Égypte. Djoser respira. Cette fois, le nombre des combattants devait être équilibré.

Au soir du sixième jour enfin, un éclaireur affolé vint avertir Djoser que l'ennemi était en vue. Le jeune homme se rendit à l'entrée du chenal. D'une rive à l'autre, une soixantaine de gros navires couvrait la surface du fleuve. Il estima que chacun d'eux pouvait transporter deux cents guerriers. Une rumeur grondante lui parvint, reflet des cris de victoire anticipée s'échappant des poitrines des Édomites. Il attendit que l'ennemi fut assez proche, puis ordonna à ses guerriers de briser les jarres d'huile. Bientôt, une nappe visqueuse se répandit sur les eaux calmes du fleuve, emportée par un faible courant en direction des vaisseaux adverses.

Suivi par une escouade d'archers équipés de flèches enduites de poix, il longea les berges, accompagnant la progression de la nappe d'huile. Avançant à l'abri des fourrés de papyrus, il se porta au plus près des navires ennemis. À présent, il distinguait les visages des assaillants, qui brandissaient leurs armes en bramant, à l'adresse des Égyptiens, des injures destinées à les effrayer. Certains portaient des piques sur lesquelles étaient embrochées les têtes de leurs victimes. Sur le plus gros bateau, un personnage tonitruant lançait ses ordres, sans doute le roi édomite. Inquiets, les guerriers qui accompagnaient Djoser se tenaient prêts à rebrousser chemin.

Le jeune homme se retourna. Au loin, il vit que,

selon ses ordres, ses troupes avaient gagné l'abri des remparts. D'autres avaient pris position sur l'île des entrepôts, prenant soin de se dissimuler à la vue de l'ennemi. Ils ne devaient attaquer que sur son signal.

La nappe d'huile atteignit enfin le premier navire édomite, le dépassa, s'insinua autour des autres. Elle s'étalait sur la quasi-totalité du fleuve. Djoser y avait sacrifié les trois quarts des réserves de la cité. En raison de la lumière réduite du crépuscule, les assaillants ne se rendirent compte de rien. Estimant qu'elle menaçait désormais une grande partie de la flotte adverse, il ordonna à ses guerriers d'enflammer leurs flèches, et fit de même. Les cordes se tendirent, vibrèrent. Dans la lumière rouge du crépuscule, une centaine de points lumineux jaillirent, décrivirent de superbes paraboles, puis retombèrent au beau milieu de la nappe. Sur les vaisseaux retentirent des cris de surprise. En différents endroits, des flammes naquirent, hésitèrent, puis se répandirent inexorablement sur la surface des eaux noires. Bientôt, une muraille de feu se dressa dans un grondement infernal, traversa le Nil, cerna les navires. Plusieurs s'embrasèrent, créant une confusion interdisant à l'ennemi de poursuivre sa route. Des hurlements de fureur jaillirent, qui se muèrent en cris de douleur. Les vêtements en feu, des hommes se jetèrent dans les flammes courant sur les eaux.

Mais la nappe, soumise aux caprices des remous, ne pouvait atteindre la totalité des vaisseaux. Le chef ennemi réagit promptement. Comprenant que la route de la cité était coupée, il donna l'ordre de débarquer. La flotte s'engagea vers la rive. Djoser ordonna aux archers de revenir sur Mennof-Rê au pas de course.

Quelques instants plus tard, les lourdes portes se

refermaient sur eux. Le jeune homme se porta sur les remparts. Le spectacle était hallucinant. Au milieu du Nil, une vingtaine de navires édomites flambait. Les autres avaient dû rebrousser chemin et s'étaient échoués en aval, vomissant des hordes de guerriers surexcités par leur premier échec.

L'ennemi ne faisait preuve d'aucune stratégie. Dans l'anarchie la plus totale, les guerriers se ruèrent vers les murailles en vociférant, brandissant des torches, des piques, des haches, des glaives. Les palmeraies, les vergers, les champs se couvrirent d'une masse d'individus barbus et hirsutes, dont beaucoup avaient la peau noircie par la fumée. Au loin, le fleuve brûlait toujours.

Les premiers assaillants furent accueillis par des volées de flèches enflammées. De lourdes pierres basculèrent par-dessus les murailles. Fauchés par les projectiles, des grappes entières d'Édomites tombèrent, aussitôt piétinés par les suivantes. Des nuées de lances courtes jaillirent des rangs des attaquants, s'abattirent sur les défenseurs, protégés par des boucliers en cuir d'hippopotame. Depuis les remparts, Djoser surveillait les manœuvres de l'ennemi. Plutôt que d'encercler la ville, il concentrait son action sur les portes septentrionales de la cité, pour les enfoncer et pénétrer les lieux.

Équipés de courtes échelles de bois, les Édomites se lancèrent à l'assaut des murs. Bientôt, des combats furieux s'engagèrent sur le chemin de ronde. Les agresseurs n'avaient pas été longs à repérer les faiblesses de l'enceinte et concentraient leurs efforts sur ces points. Mais leurs effectifs avaient beaucoup souffert de l'incendie. Les Égyptiens bénéficiaient d'une petite supériorité numérique, et ils défendaient leur cité.

Pendant une bonne partie de la nuit, la bataille fit

rage. À plusieurs reprises, l'ennemi parvint à prendre pied à l'intérieur. Mais les Égyptiens ne cédèrent pas. Chaque vague d'assaut était impitoyablement repoussée, criblée de flèches, bousculée par d'intenses jets de pierres. Aux rares endroits où les Édomites purent enfoncer les défenses, ils se trouvèrent face à des troupes nombreuses et déterminées qui les massacraient jusqu'au dernier. Une partie de la population, électrisée par la fougue des soldats, s'était jointe à eux, armée de couteaux, de haches improvisées, de bâtons.

À l'aube, les envahisseurs n'avaient pu investir la ville. Ils se décidèrent à battre en retraite, abandonnant plus de deux mille cadavres et blessés derrière eux. Les murailles fragiles de Mennof-Rê avaient tenu bon. Un hurlement d'enthousiasme jaillit des poitrines égyptiennes.

La bataille n'était pas terminée pour autant. De rage, les Édomites s'attaquèrent au port, incendiant les quelques vaisseaux à quai. Mais Djoser avait prévu leur réaction. Il s'agissait de vieux navires qu'il avait sacrifiés afin de donner le change. Les autres étaient en sécurité de l'autre côté de l'île. Ils n'attendaient qu'un signe pour revenir. Mais il était trop tôt.

Dissimulés dans les entrepôts, Piânthy et ses troupes n'avaient pas encore participé aux combats. Lorsque la horde ennemie se précipita à bord des navires pour les détruire, les réserves de l'île entrèrent dans la bataille. Des lignes d'archers prirent position et expédièrent méthodiquement des nuages de flèches sur l'envahisseur. Pris en tenaille entre l'île et les murailles de la capitale, les Édomites durent une nouvelle fois abandonner le terrain et refluèrent en désordre vers l'aval, hors de portée.

Lorsque Khepri-Rê prit son envol, il illumina un spectacle de désolation. Le port n'était plus qu'un enchevêtrement de bateaux incendiés, dont ne subsistaient plus que les armatures consumées, encombrant le lit du fleuve. Des centaines de corps jonchaient le sol, criblés de flèches ; l'eau du Nil avait pris une teinte rougeâtre que les courants incertains emportaient lentement vers l'aval.

Djoser décida qu'il était temps de frapper un coup décisif. Il envoya un messager à Setmose, le capitaine des navires tenus en réserve, sur lesquels un millier d'archers avaient pris place.

Dans la matinée, alors que l'ennemi reprenait des forces à distance, il vit passer plusieurs vaisseaux se dirigeant vers sa propre flotte, laissée à la garde d'un nombre restreint de guerriers. Le roi édomite ordonna alors un repli en direction des bateaux afin d'assurer leur défense. Mais le courant accordait un net avantage aux Égyptiens. Observant scrupuleusement les ordres de Djoser, les mariniers cernèrent la flotte adverse. Des flèches enflammées jaillirent. Avant que les Édomites n'aient pu atteindre leurs bateaux, plusieurs d'entre eux flambaient comme des torches.

Ce fut le moment que Djoser choisit pour attaquer. Il disposait à présent d'une armée supérieure en nombre, et l'ennemi était désorienté. Prenant la tête de ses troupes, il fit ouvrir les portes ; un flot de soldats en jaillit, qui se rua sur les Édomites.

La marée humaine, dans laquelle s'étaient glissés de nombreux habitants bien décidés à faire payer l'envahisseur, fondit sur l'ennemi, déconcerté par cette attaque imprévue. Le choc fut d'une brutalité épouvantable. De terribles combats au corps à corps s'engagèrent, où s'exprimaient de part et d'autre la rage la plus meurtrière, la haine la plus folle.

Très vite, la palmeraie et les champs alentour se transformèrent en une véritable boucherie, résonnant du choc des haches sur les crânes et les membres, du cliquetis des glaives de cuivre. L'herbe se teinta d'écarlate. Des taches de sang vif éclaboussaient les peaux de léopard des soldats égyptiens, maculaient les mains et les torses, excitant les instincts les plus bas. Les hurlements d'agonie des blessés se mêlaient aux vociférations de rage de ceux qui luttaient encore.

Enfin, vers la fin de la matinée, les Édomites, prenant conscience de leur défaite, refluèrent vers les navires rescapés et embarquèrent en hâte, poursuivis par les Égyptiens vindicatifs. Sur les soixante vaisseaux de leur flotte, il n'en restait plus qu'une trentaine, dont plus de la moitié étaient fort mal en point. Afin de protéger la fuite de leur roi, plusieurs centaines de guerriers furent abandonnés à terre. Ils ne baissèrent les armes que lorsque les bateaux se furent éloignés des rives. Djoser adressa à Setmose l'ordre de faire revenir sa flotte.

La bataille de Mennof-Rê s'achevait sur une victoire, mais Djoser n'oubliait pas que l'ennemi tenait encore toute la région orientale du Delta. Il fallait le repousser au-delà des frontières.

Le lendemain, après une nuit de repos bien méritée, une trentaine de vaisseaux emporta près de quatre mille guerriers vers le nord. Sur les rives les attendait une succession de spectacles désolants. Les petits villages d'agriculteurs, d'ordinaire si tranquilles, n'étaient plus que des champs de ruines fumantes. Les riches propriétés comme les plus modestes demeures avaient été systématiquement incendiées. Par endroits, le feu s'était propagé aux vergers et aux palmeraies, qui étiraient leurs troncs noircis non loin des berges.

Çà et là se dressaient les restes de bûchers sinistres sur lesquels avaient péri les habitants qui n'avaient pas eu le temps de gagner Mennof-Rê. Une infecte odeur de chair calcinée se mêlait aux remugles des eaux charriant des cadavres d'hommes ou d'animaux.

Ailleurs on aperçut les carcasses d'un troupeau abattu sans discernement par les Édomites, autant pour se nourrir que pour le plaisir de massacrer. Parfois, des crocodiles s'acharnaient sur des lambeaux de chair impossibles à identifier. Ces visions d'horreur aiguisèrent la colère des Égyptiens.

— Notre victoire ne sera complète que lorsque nous aurons anéanti ces chiens, grinça Djoser à l'adresse de ses compagnons.

Les eaux encore hautes du Nil leur permirent de gagner les environs de Busiris en deux jours. Vers le soir, Djoser fit débarquer ses troupes et ordonna une nuit de repos.

Le lendemain, guidés par des indigènes qui connaissaient parfaitement l'arrière-pays, les Égyptiens traversèrent des marécages recouverts d'épais fourrés de papyrus, et parvinrent en vue de la cité. Forts de leur nombre, ils prirent les Édomites à revers. Ceux-ci ne s'attendaient pas à une attaque aussi précoce, et certainement pas en provenance des marais. Un flot de soldats déterminés envahit les ruines dévastées du petit port, bousculant un ennemi affaibli par sa défaite précédente. Comprenant qu'un nouveau désastre était imminent, le roi des Peuples de la Mer ordonna à ses hommes de rembarquer. Rompant leurs amarres, les navires adverses s'éloignèrent au plus vite.

Lâchés par leurs alliés, les Édomites abandonnèrent le combat et s'enfuirent vers l'est en suivant la côte. Djoser décida de les poursuivre.

43

Lorsque la caravane de Ziusudra s'installa aux portes de Kish, guidée par les guerriers qui avaient tenu à l'accompagner, une nuée de scribes zélés se présenta afin d'inventorier les richesses qu'elle transportait, sur lesquelles ils comptaient bien faire valoir la part royale. Les circonstances climatiques exceptionnelles ne justifiaient pas l'exonération de la taxe prélevée sur tous les convois circulant sur les terres de la cité. Mais rapidement, la curiosité l'emporta sur leur rapacité habituelle. Les voyageurs, ravis de les intéresser à autre chose qu'à leurs marchandises, narrèrent leur étonnante odyssée par le menu, insistant sur la clairvoyance et la sagesse du seigneur Ziusudra, le grand homme aimé des dieux. La présence parmi eux d'une très belle princesse égyptienne, qui avait, disait-on, accompli des exploits extraordinaires, acheva de capter l'attention des comptables tatillons. La description des dangers encourus, l'atmosphère apocalyptique de la tourmente prirent dans la bouche des conteurs des reflets hallucinants, renforcés par le témoignage des guerriers de Kish qui avaient contemplé, de leurs yeux, le fabuleux vaisseau noir. Oubliant leur besogne, les scribes repartaient vers la ville en expliquant à qui voulait les entendre que les arrivants avaient traversé le Kur, le terrifiant monde des Enfers.

Ainsi colportée, l'histoire des rescapés arrivés du Nord lointain englouti sous les eaux fit rapidement le tour de la ville. Lorsqu'elle parvint aux oreilles d'Aggar, lugal de Kish, celui-ci voulut rencontrer ces personnages singuliers.

Dans la soirée, un homme de haut rang se présenta au campement, suivi par une escouade de serviteurs. Masekanna, l'ensi, avait tenu à accueillir lui-même, au nom du roi, les survivants du Déluge. Il attira aussitôt la sympathie de Thanys, qui connaissait désormais suffisamment la langue sumérienne pour suivre la conversation sans difficulté. Replet, le visage rond encadré d'une chevelure noire et orné d'une barbe taillée en pointe, ses yeux reflétaient l'intelligence et la sagesse.

Il remit à Ziusudra, qui occupait les mêmes fonctions que lui, une tablette d'argile portant le sceau du lugal et invitant les notables de la caravane à participer aux réjouissances célébrant l'accession d'Aggar au trône. L'ancien roi, Enmebaraggesi, venait de mourir. Ses funérailles avaient eu lieu quelques jours plus tôt, et la ville le pleurait encore. Masekanna semblait sincèrement peiné par la mort d'un roi avec lequel, malgré la rivalité qui les opposait, il avait réussi à établir des relations de confiance. Il n'en serait peut-être pas de même avec Aggar, confia-t-il, dont la fougue et la volonté de puissance menaçaient de mener la ville vers des guerres de conquêtes, ce dont elle n'avait guère besoin après les inondations subies. Ziusudra promit de lui apporter son soutien.

Lorsque l'ensi fut sur le point de repartir, Thanys l'aborda.

— Seigneur, puis-je te parler ?

— J'ai toujours beaucoup de joie à bavarder avec une jolie femme, dame Thanys. Que puis-je pour toi ?

— Je désire me rendre à Uruk, où vit mon père, le sage Imhotep. Le connaîtrais-tu ?

Le visage de Masekanna s'éclaira.

— Je l'ai rencontré en effet. Le seigneur Imhotep était un ami du lugal Enmerkar et l'un de ses plus proches conseillers. Il est venu plusieurs fois à Kish, en mission diplomatique. C'était un homme surprenant, qui étonnait par l'étendue de ses connaissances. Il se passionnait pour tous les sujets, et notamment pour l'architecture de nos temples. Sa réputation de médecin était telle que nombre de personnes venaient de très loin pour bénéficier de ses soins. Enmerkar possédait en lui un collaborateur précieux.

— L'as-tu vu récemment ?

— Hélas non, dame Thanys, soupira l'ensi. Le roi Enmerkar est mort il y a six ans. Depuis ce temps, on n'a plus aucune nouvelle du seigneur Imhotep.

Une brutale sensation de désespoir s'empara de la jeune femme, dont les yeux s'emplirent de larmes. Embarrassé, Masekanna ajouta :

— Pardonne ma maladresse, dame Thanys. Je ne veux pas dire qu'il soit mort, lui aussi. Je pense pour ma part qu'il a quitté Uruk. Mais pour le savoir, il faudrait te rendre là-bas.

Le lendemain, sous un soleil de plomb, Ziusudra et Thanys, suivie d'Enkidu et de son inséparable Beryl, suivirent Masekanna à l'intérieur de l'enceinte, pour se rendre au palais où devaient avoir lieu les festivités. Si la ville de Kish avait souffert des tempêtes et des pluies torrentielles, sa localisation surélevée, à l'écart des extravagances du fleuve, lui avait évité les inondations dévastatrices qui avaient frappé les autres cités de Sumer et d'Akkad. Cependant, les trombes d'eau incessantes avaient largement endommagé la muraille de brique qui la protégeait. Nombre de demeures s'étaient effondrées, et les ruelles se creusaient de ravines profondes, jonchées d'objets et de meubles brisés. Une odeur de terre à vif flottait dans l'air lumineux.

Après la solitude angoissante des grands espaces, Thanys se retrouva plongée dans un autre monde, un univers grouillant de vie dont la splendeur n'avait rien à envier aux villes égyptiennes. Bâties en brique, les demeures comportaient jusqu'à deux étages, dont les fenêtres larges ouvraient sur des terrasses. Traversant un labyrinthe inextricable de ruelles sinueuses, de larges artères menaient vers les palais des seigneurs ou les temples. Comme à Til Barsip, ceux-ci se dressaient au sommet de tertres artificiels gravis par des escaliers bordés de massifs de fleurs et d'arbustes. Des esclaves s'affairaient à effacer les dégâts causés par les pluies abondantes. Une foule bigarrée et cosmopolite hantait les rues et les places parfois étagées sur plusieurs niveaux. Les hommes portaient des barbes ondulées et de longues robes blanches, noires ou pourpres, ornées de broderies d'or. Les femmes se paraient de riches vêtures et de bijoux de toutes sortes, en os, ivoire, lapis-lazuli, ou turquoise.

Thanys remarqua avec étonnement que certains chariots, tirés par des bœufs, ne se déplaçaient pas sur des patins, mais sur des disques de bois plein fixés sur un axe[1]. L'ingéniosité du système la surprit.

À l'inverse des jours précédents où l'on pleurait la mort du souverain disparu, la population était en liesse. Le roi Aggar avait vidé les caisses de la cité afin d'offrir à ses sujets de grandes réjouissances. Les maisons étaient pavoisées, des chanteurs et danseurs occupaient les petites places, où de joyeux lurons descellaient des jarres de bière et de vin, généreusement octroyées par le lugal ; on avait allumé des feux sur lesquels rôtissaient moutons et chevreaux. Pour la circonstance, les boulangers avaient cuit des pains fourrés au miel et aux fruits. Ravis de l'aubaine, des enfants turbulents couraient en tous sens en criant.

Précédé par sa propre garde, l'ensi mena les invités jusqu'au palais, dont les dimensions et le luxe étonnèrent Thanys. Situé au sommet d'une élévation rocheuse, il dominait la ville de sa masse imposante. Une foule de personnages richement vêtus affluait devant la lourde porte d'entrée, gardée par une escouade de guerriers. Masekanna introduisit Thanys et Ziusudra jusqu'à l'immense salle du trône, ornée des hautes statues des dieux sumériens, dont les yeux d'obsidienne semblaient darder sur l'assemblée bruyante un regard vivant. Il régnait dans les lieux un vacarme assourdissant, fait du brouhaha de multiples conversations et éclats de voix.

Assis sur un trône d'ébène incrusté de nacre et

---

1. L'invention de la roue est vraisemblablement originaire de Sumer, environ 3 500 ans avant J.-C. Peut-être fut-elle inspirée par le tour de potier. Cependant, il faudra attendre encore plusieurs siècles avant que son usage ne se répande. La roue à rayons utilisée sur les chars de guerre n'apparut qu'au XVIIe siècle avant J.-C.

d'ivoire, le souverain accueillait ses invités. Vêtu d'une large robe de lin blanc rehaussée de franges d'or tissé, il était coiffé d'un diadème d'argent serti de pierres fines qui disait sa condition royale. D'une stature plus grande que la moyenne, son corps rompu aux exercices guerriers laissait voir une musculature impressionnante.

On chuchotait qu'il avait attendu avec impatience de succéder à son père, dont le long règne avait enfermé la cité dans un usage pesant. Aggar comptait bien changer tout cela. Des courtisans obséquieux se pressaient à son côté. La mort soudaine d'Enmebaraggesi avait surpris tout le monde, et les relations tissées avec l'ancien lugal se trouvaient d'un coup remises en cause. De multiples intrigues se nouaient dans cette atmosphère un peu délirante, où chacun tentait d'attirer l'attention du roi, dont le regard gris et perçant semblait tout voir, tout surveiller.

Près de lui se tenait une jeune femme d'une grande beauté, dont la longue chevelure noire croulait sur les épaules nues. Un diadème d'électrum orné de turquoises et d'émeraudes mettait en valeur ses yeux d'un noir profond. Une trouble sensualité émanait de tout son être, paradoxal mélange d'une innocence apparente et d'une perversité sous-jacente. Ses gestes déliés et souples, son attitude provocante rappelaient l'allure d'un félin et lui valaient les attentions d'un essaim de jeunes gens avides qui quêtaient le moindre de ses regards. Cependant, elle-même n'avait d'yeux que pour le roi. Thanys la prit pour son épouse, mais Masekanna la détrompa.

— Dame Ishtar est la sœur d'Aggar. C'est une femme ambitieuse et perfide, dont il vaut mieux se tenir à l'écart. Elle rêve de faire de son frère le plus puissant souverain de Sumer et ne lui donne que de mauvais conseils. C'est aussi une amoureuse insatiable, qui change d'amant chaque nuit.

De près, on constatait en effet que des cernes marquaient les traits de la jeune femme, trahissant des abus de toutes sortes. La moue qui marquait ses lèvres témoignait du mépris dans lequel elle tenait la totalité de l'assemblée. L'apparition de Thanys, dont la beauté rivalisait avec la sienne, provoqua sur son visage une légère et fugace crispation de jalousie qui n'échappa pas à l'Égyptienne. En revanche, son regard s'attarda longuement sur Enkidu, dont la stature dominait la salle.

La réaction d'Aggar fut bien différente. Se levant de son siège, il descendit dans la salle pour saluer les arrivants avec chaleur. Son visage carré et volontaire s'éclaira d'un sourire étincelant.

— Par Enlil! rugit-il. La beauté alliée à la sagesse. Seigneur Ziusudra, dame Thanys, soyez les bienvenus à Kish. Considérez ce palais comme le vôtre et acceptez d'y séjourner le temps qu'il vous plaira.

Puis il examina Enkidu, intrigué.

— Par les tripes fumantes du Kur, jamais je n'ai contemplé d'homme aussi grand. Tu as là un esclave magnifique, dame Thanys.

Elle s'empressa de le détromper :

— Enkidu est un homme libre, seigneur. Il est le fils d'un grand fermier de Nuzi.

Elle évita d'ajouter qu'il ne possédait plus rien.

— Qu'il soit le bienvenu également!

Sans lui laisser le temps de le remercier, il prit familièrement Thanys par le bras et invita les nouveaux venus à prendre place à son côté sur l'estrade royale. La jeune femme remarqua l'éclair de rage qui défigura un court instant les traits d'Ishtar. Mais il disparut aussitôt derrière un sourire clair.

— Mon noble frère a toujours pris plaisir aux histoires les plus extravagantes, dit-elle d'une voix chaude, dont les accents rauques devaient troubler les hommes.

Aggar se tourna vers elle et déclara avec bonne humeur :

— Ah, voici ma sœur, Ishtar. Belle femme, mais à laquelle je désespère de pouvoir trouver un époux. Ou bien il faudrait qu'il fût sourd et aveugle : le nombre de ses amants est tel qu'ils ne tiendraient pas tous dans la grande salle du palais !

Il éclata d'un rire retentissant, aussitôt imité par ses compagnons. Ishtar rougit, puis riposta d'une voix douce, sans se départir de son sourire :

— Mon frère aurait-il oublié le nombre de ses concubines ?

— Allez, ne te fâche pas, ma belle, et viens prendre place avec nos invités. Leur histoire est, dit-on, surprenante.

Malgré la complicité apparente de leur relation, Thanys décela derrière les sourires une tension inexprimée qu'elle ne s'expliquait pas. Si Aggar se moquait visiblement des frasques de sa sœur, celle-ci semblait éprouver une incompréhensible jalousie vis-à-vis des femmes qui l'approchaient. Cependant, elle n'eut pas le loisir de se poser la question plus avant. Après que les plus grands seigneurs du royaume eurent pris place au côté du monarque, les réjouissances commencèrent.

Tandis que les esclaves apportaient quantité de mets servis dans des plats d'argent repoussé ou de faïence peinte, des bateleurs, danseuses, jongleurs et montreurs d'animaux firent leur apparition. Dans un vacarme un peu étourdissant, chacun se mit à dévorer. Aggar, friand d'histoires, et attiré par la fraîcheur et le sourire de Thanys, accapara sa conversation. Elle dut lui conter ses aventures par le menu. Il l'écoutait avec attention, exigeait des détails, riait comme un enfant lorsqu'un élément lui plaisait. L'anecdote des loups le séduisit particulièrement.

La soirée était déjà fort avancée lorsque Ishtar, qui avait participé à l'organisation des réjouissances, annonça le clou du spectacle, heureuse de capter ainsi de nouveau l'attention de son frère. Une douzaine de colosses vêtus de pagnes courts pénétrèrent dans la salle, dont on avait dégagé le centre. Parmi eux se trouvaient deux géants qui dominaient les autres d'une bonne tête.

— Ankhar et Sostris, mes deux champions, commenta Aggar pour Thanys. Jamais personne n'a pu leur résister.

Il s'adressa à Ishtar :

— Je ne vois pourtant rien là d'original. Mes lutteurs ne vont faire qu'une bouchée des tiens !

— Garde patience, ô mon frère bien-aimé.

Les courtisans, éméchés par la bière et le vin, applaudirent avec enthousiasme. Sur un signe du roi, les combats commencèrent. Cependant, nul ne pouvait rivaliser avec les deux colosses, qui n'eurent guère de difficulté à se débarrasser de leurs adversaires. Aggar exultait.

— Ankhar et Sostris sont bien les deux meilleurs jouteurs ! s'exclama-t-il avec satisfaction.

Sans se départir de son sourire, Ishtar répliqua :

— Je voulais savoir s'ils étaient toujours aussi forts, mon frère. Car je leur ai réservé une petite surprise. Si tu l'acceptes, bien entendu.

Aggar la regarda, étonné. Ishtar adressa alors un signe à un serviteur, qui revint quelques instants plus tard en compagnie de deux brutes au crâne rasé, en tous points identiques, dont les trognes aux yeux enfoncés reflétaient une bestialité sauvage. Ishtar vint les prendre par la main et les amena devant Aggar.

— Voici mes meilleurs combattants, seigneur, dit-elle. Je les ai gardés pour la fin, pour ton seul plaisir. Ils sont prêts à combattre pour toi.

— Et ils vont se faire étriller comme les autres, s'esclaffa Aggar.

— Peut-être ! Mais je te propose cette fois un combat à mort entre tes champions et les miens.

— Un combat à mort ? répondit Aggar, stupéfait. Ce n'est pas dans les usages...

Mais des rugissements exaltés jaillirent des rangs des courtisans.

— Un combat à mort ! Quelle bonne idée ! Accepte, grand homme ! Accepte !

Ayant ainsi obtenu l'assentiment de ses admirateurs, Ishtar insista :

— Qu'en dis-tu, ô mon frère ?

Pris au dépourvu, Aggar grommela :

— Je dis que ces hommes ne sont pas près de vaincre mes deux champions.

Thanys posa la main sur le bras du roi :

— Seigneur, permets-moi de te faire remarquer que tes hommes viennent de livrer combat. Ils sont épuisés.

— Au contraire, ils sont échauffés, éluda Aggar.

Elle n'osa insister. Visiblement, le roi refusait de perdre la face devant sa sœur. Les quatre combattants lièrent autour de leurs mains des pièces de cuir hérissées de pointes de métal. Le combat commença. Pendant les premiers instants, l'issue de la joute demeura indécise. Les quatre compétiteurs semblaient de force égale. Mais, peu à peu, Ankhar et Sostris donnèrent des signes de fatigue. Les dards de métal avaient déjà déchiré leur chair à plusieurs endroits. Leur peau huilée se teintait d'écarlate. Les deux chauves, plus frais, frappaient, esquivaient, soufflant comme deux taureaux furieux. Leurs regards hallucinés reflétaient une hargne féroce, qui explosait en grondements de triomphe à chaque blessure infligée à leurs adversaires.

Anxieuse, Thanys aurait voulu leur crier de rompre. Mais l'orgueil d'Aggar lui interdisait de céder. Tendu à l'extrême, il s'agitait sur son siège, lâchant des grognements de dépit et de colère. Bientôt, Sostris s'effondra. Son adversaire ne lui permit même pas de se relever. Il l'immobilisa, puis lui assena un coup d'une rare violence derrière la nuque. Un craquement sinistre retentit ; le lutteur s'écroula sur le sol. Il n'eut qu'un léger soubresaut d'agonie, puis son corps retomba, inerte. Un frisson d'angoisse et de plaisir parcourut l'assemblée. Thanys saisit de nouveau le bras du roi.

— Arrête cette boucherie stupide, seigneur ! Il ne te suffit donc pas d'avoir déjà perdu l'un de tes meilleurs champions ?

Ébranlé, Aggar hésita. Dans la salle, les deux brutes s'acharnaient à présent sur Ankhar, qui tentait de se protéger, le torse dégoulinant de sang. Soudain, il tomba à genoux. Thanys secoua l'épaule du roi, qui la regarda, embarrassé, puis se redressa et clama :

— J'ordonne que cesse ce combat !

Ankhar s'écroula sur le dallage, assommé par un dernier coup asséné par l'un des jumeaux. Les deux vainqueurs se tournèrent vers le trône et s'inclinèrent, les mains ruisselant de sang.

Maussade, Aggar s'adressa à Ishtar :

— Je m'incline, ô ma sœur. Tes lutteurs ont mérité la victoire. Épargne la vie d'Ankhar.

Ishtar ne put masquer son sourire de triomphe et ordonna à ses champions de se retirer. Tandis que des esclaves venaient chercher le blessé et le cadavre, elle s'écria en direction de l'assemblée :

— Regardez bien ces hommes ! Ils sont à l'image de Kish ! Bientôt, toutes les autres cités trembleront devant sa puissance.

Puis elle vint s'agenouiller près d'Aggar, faussement contrite.

— Es-tu en colère contre moi, mon frère ?

D'un mouvement brusque, il lui prit le cou d'une main et fit mine de serrer. Ishtar le fixa dans les yeux, sans offrir de résistance. La perversité qui luisait dans son regard humide troubla Thanys. Le semblant de colère du roi fut vaincu par la sensualité qui émanait de la jeune femme. Agacé, Aggar transforma son geste de mort en une caresse équivoque sur la poitrine de la jeune femme, puis la repoussa. Il se redressa et écarta les bras pour obtenir le silence. D'une voix puissante, il s'adressa à l'assemblée.

— Bien qu'elle soit la pire catin que je connaisse, dit-il, ma sœur Ishtar a raison. Sumer n'est qu'un ramassis de petites cités. Il n'existe aucun pouvoir central.

Depuis longtemps, je rêve de changer tout cela, et d'unifier le pays, comme le grand Ménès l'a fait pour les deux royaumes d'Égypte.

Il désigna Thanys.

— Notre invitée peut témoigner de la puissance de son pays depuis cette unification. C'est pourquoi nous devons faire de Sumer un empire aussi redoutable que le sien.

Un tonnerre d'applaudissements salua la déclaration du roi. Cependant, Thanys remarqua que Masekanna ne participait pas à l'allégresse générale. Lorsque Aggar se rassit, elle intervint :

— Ton projet me semble un projet courageux, seigneur. Mais n'existe-t-il pas de solution à une guerre qui affaiblirait Sumer, déjà éprouvée par de graves inondations ?

— Les autres souverains se refusent à toute idée d'unification, grommela-t-il. Il me faut frapper leur imagination en conquérant Uruk, la plus puissante cité du Sud. Les autres se soumettront ensuite sans combattre. Je vais donc ordonner au roi d'Uruk de se déclarer vassal de Kish.

Thanys frémit. Au travers de son grandiose projet d'unification, Aggar n'exprimait que son ambition personnelle, ardemment encouragée par Ishtar. Masekanna déclara :

— Tu sais que je n'approuve pas ce projet, seigneur. Je doute que le lugal d'Uruk se soumette sans livrer bataille. Les récoltes et le commerce souffriraient grandement d'une guerre de cette ampleur.

— S'il me paye tribut, j'épargnerai sa ville, rétorqua Aggar.

— Il ne pliera pas ! intervint Ishtar avec virulence.

Il faut anéantir Uruk. Ensuite, Kish sera la cité la plus puissante de Sumer. Et toi, Aggar, tu deviendras le souverain craint et redouté du plus puissant empire d'Orient.

— Ne sois pas aveugle, grand homme, déclara Ziusudra d'une voix calme. La guerre engendre la haine et la destruction. Uruk est riche et influente. Kish risque de payer lourdement une victoire bien incertaine.

— Les ensis ne pensent qu'à remplir les greniers à blé des temples, riposta Ishtar, furieuse. Ils ignorent la puissance des armes.

Enfoncé dans son fauteuil, Aggar écoutait avec attention.

— Il y aurait peut-être une autre solution, suggéra Thanys.

— Laquelle ? demanda le roi.

— Ne serait-il pas plus sage de proposer aux autres lugals une sorte de pacte d'alliance commerciale qui scellerait leur union et dans lequel chacun s'enrichirait du savoir des autres ? On verrait en toi un homme de grande sagesse, qui aurait donné à Sumer une puissance jamais égalée, et un avenir nouveau.

Masekanna renchérit :

— La princesse Thanys a raison, seigneur. C'est la sagesse qui parle par sa bouche. Le peuple n'est pas prêt à assumer la charge d'une guerre. Cette idée de pacte mérite toute notre attention. Il permettrait de protéger les pistes contre les pillards en formant des milices conjointes, de développer le commerce, de s'ouvrir encore plus vers les royaumes lointains, comme le pays de Pount ou l'Égypte. Sumer deviendrait le carrefour du monde.

— Et il ne faut pas y songer si les cités se livrent des guerres incessantes, ajouta Ziusudra.

Il se tourna vers Thanys.

— Je veux rendre hommage à ta clairvoyance, princesse. Malgré ton jeune âge, tu possèdes une sagesse dont nombre d'hommes d'âge mûr ne disposent malheureusement pas.

Aggar réfléchit longuement en se grattant le menton.

— C'est une belle idée en effet, mais les autres n'accepteront jamais. Il faut un homme fort pour imposer cette unification.

— L'issue d'une guerre est toujours douteuse, seigneur, insista Thanys. Si tu es vaincu, que se passera-t-il ?

— Kish triomphera ! la coupa Ishtar. Mon frère n'a pas de leçon à accepter de la part d'une Égyptienne.

Aggar écarta les bras d'un mouvement agacé pour rompre la discussion et déclara :

— Je ferai ainsi que je l'ai dit. Ce pacte existera, parce que je l'imposerai.

Thanys voulut répliquer, mais Masekanna lui prit la main pour l'inciter à se taire. Découragée, elle obéit. Après tout, elle était étrangère à Sumer, et ce conflit ne la concernait pas. Mais elle demeurait intimement persuadée que les combats n'avaient jamais rien réglé.

Épuisée, elle demanda au roi la permission de se retirer. Une esclave la guida jusqu'aux appartements que le souverain avait fait préparer à son intention dans une aile du palais. Enkidu, inquiet pour sa sécurité, fut installé dans une chambre contiguë. Après un bain réconfortant, Beryl entreprit de la masser avec des huiles parfumées. Peu à peu, sous l'action des mains douces de la jeune Akkadienne, ses pensées sombres se dissipèrent et elle sombra dans une torpeur bienfaisante.

Un vacarme soudain la réveilla. La porte de cèdre s'ouvrit brusquement, livrant passage à Ishtar, entourée d'une demi-douzaine de guerriers.

44

Thanys se redressa, interloquée. La vision du corps nu de sa rivale amena sur le visage d'Ishtar une crispation d'amertume. Les yeux rouges, le souffle court, elle semblait en proie à une vive agitation. Elle ordonna à ses gardes de demeurer derrière elle et s'avança vers l'Égyptienne, menaçante.

— Écoute-moi bien, petite traînée ! Je suis Ishtar, grande prêtresse d'Innana, déesse de la guerre et de l'amour. Ce soir, tu as osé t'opposer à moi. Personne n'empêchera Aggar de conquérir Sumer, et aucune femme ne se dressera entre lui et moi, tu m'entends ? Je suis venue t'avertir de rester en dehors de ma route. Sinon, par l'esprit tout-puissant de la déesse qui me protège, je te tuerai !

Le début de folie qui se lisait dans son regard injecté de sang inquiéta Thanys. Pourtant, elle n'eut pas le temps de répondre. Silencieux comme un loup, Enkidu était venu se placer à son côté. D'une voix parfaitement calme, il déclara :

— Il vaudrait mieux renoncer à tes projets, princesse Ishtar. Si tu touches à la personne de dame Thanys, je te brise les reins.

Il tendit vers elle deux mains énormes. Suffoquée, Ishtar voulut répliquer, mais le regard noir du géant la pétrifia. Le reflet de la mort implacable qu'elle y décela la fit reculer, incapable d'articuler un son. Enkidu la suivit et l'obligea à sortir. Impressionnés, les guerriers n'osèrent intervenir. Le colosse referma la porte sur les intrus et, après avoir adressé un sourire à Thanys, retourna tranquillement dans sa chambre.

Abasourdie, la jeune femme bredouilla un vague merci qu'il n'entendit pas. Elle ne savait plus que penser. Entre Ishtar et elle, la guerre était déclarée. Cependant, il était visible qu'elle venait de pleurer. Sa tentative d'intimidation semblait bien avoir été provoquée par un échec cuisant. Alors, Aggar avait-il changé d'avis ?

L'agitation insolite qui s'était emparée de la cité le lendemain la détrompa. Les rues grouillaient d'officiers recruteurs chargés d'enrôler tous les hommes valides en âge de porter les armes ; ils passaient de maison en maison, faisant miroiter de magnifiques récompenses aux volontaires. L'enthousiasme de la Cour avait gagné les bas quartiers, et nombre d'individus suivaient les guerriers en menant grand tapage.

De tout ceci une chose paraissait claire : elle devait quitter Kish au plus vite. Après avoir pris congé du roi et de Masekanna, Thanys regagna le campement de la caravane. Si elle l'avait pu, elle serait immédiatement partie pour Uruk, en compagnie de Beryl et d'Enkidu. Mais, d'après Ziusudra, la piste n'offrait aucune sécurité. Des bandes de pillards engendrées par les tempêtes hantaient les villages abandonnés et massacraient les voyageurs isolés.

— Nous allons partir dans quelques jours, dame

Thanys. Mon ami Masekanna m'a fait savoir qu'une petite cité située vers le sud-est, Shurrupak, attendait la venue d'un nouveau roi. D'après lui, ses habitants devraient m'élire sans difficulté. Mon peuple et moi comptons nous y installer. Tu voyageras plus sûrement en notre compagnie.
Elle accepta.

La caravane quitta Kish une décade plus tard. Le fleuve avait regagné son lit. Le soleil qui éclaboussait le pays semblait vouloir faire oublier le cataclysme sans précédent qui avait frappé le monde. Seules les ruines des demeures détruites par les eaux témoignaient encore de son passage. Mais les esclaves travaillaient sans relâche à en effacer les traces.

Après quelques jours d'un voyage sans incident, le convoi arriva à Shurrupak, une petite cité protégée par une enceinte de brique, à peine un gros village. Mais les terres qui l'entouraient étaient fertiles. Dès que la caravane fut signalée, une population joyeuse se porta à la rencontre des arrivants. Avertis par un messager que l'ensi de Kish leur adressait un homme de grande sagesse pour devenir leur roi, ils réservèrent un accueil chaleureux à celui dont l'histoire leur était déjà connue, et qu'ils pensaient envoyé par Enlil lui-même.

Ziusudra fit ses adieux à la princesse.

— Notre route s'arrête ici, dame Thanys. Nous sommes dans le royaume de Dilmun, dont le nom signifie : *le pays où le soleil se lève*[1]. Les miens ont

---

1. Ziusudra est le Noé sumérien. Son histoire est tirée d'un poème malheureusement incomplet. Il apparaît également, sous le nom babylonien d'Uthnapishtim, dans l'épopée de Gilgamesh, où, devenu roi de

désormais une nouvelle patrie. Nous allons la faire fructifier. Et ce sera une tâche plus gratifiante que de préparer une guerre.

Une vive émotion envahit Thanys. Pour avoir partagé leurs épreuves, elle s'était beaucoup attachée au vieil homme et à son peuple.

— Que les dieux te protègent, Ziusudra, et qu'ils t'accordent encore de nombreuses années de vie.

Il éclata d'un rire clair.

— Pour cela, ne t'en fais pas. Je ne me suis jamais senti aussi jeune !

Il la fixa dans les yeux.

— Mais toi, ne cède pas au désespoir.

Troublée, elle comprit qu'il avait deviné les pensées moroses qui la hantaient. Il poursuivit :

— Un dieu néfaste t'a entraînée dans ses pièges pour t'empêcher d'atteindre ton but : retrouver ton père. Mais tu as triomphé ! Tu les as déjoués et surmontés les uns après les autres.

— À quoi bon ? soupira-t-elle. Cela fait près d'une année à présent que je suis partie d'Égypte. Mais Imhotep a sans doute quitté Uruk depuis longtemps. J'ai fait de sa recherche le but de ma vie, et elle devient sans objet.

Il la prit affectueusement par les épaules.

— Écoute-moi, petite princesse. Les desseins des dieux sont parfois incompréhensibles. Ton voyage a été plus long que prévu. Mais il a été riche d'aventures et d'enseignements. Peut-être devais-tu affronter

---

Shurrupak après le Déluge, il donne au roi d'Uruk le secret de l'immortalité que lui ont accordée les dieux.

toutes ces épreuves afin de devenir toi-même. Peut-être était-ce là l'objet réel de ta quête. Garde ta confiance aux dieux qui te protègent, Enlil, ou Isis, ta déesse égyptienne. C'est la pureté de la foi qu'ils t'inspirent qui te montrera la route, même si celle-ci peut parfois te paraître obscure.

Des larmes brûlantes roulèrent sur les joues de Thanys. Son cher Merithrâ lui avait dit quelque chose de semblable, une éternité auparavant. Ziusudra ajouta :

— Tu n'es pas une femme comme les autres, Thanys. Tu es bénie des dieux. Et je sais qu'un grand destin t'est promis, parce que tu as l'étoffe d'une reine.

D'un geste doux, il essuya ses yeux, puis la serra longuement contre lui, comme il l'aurait fait pour sa petite-fille. Il la prit ensuite par la main et l'entraîna vers deux ânes que l'on avait chargés de sacs de cuir.

— Ceci est mon présent, petite princesse. Afin que tu arrives à Uruk dans l'équipage qui sied à ton rang.

Elle aurait voulu le remercier, mais les mots refusaient de sortir de sa bouche.

— Sois très prudente, dit-il encore. Je crains que tu ne sois mêlée à un conflit qui ne te concerne pas, et dans lequel pourtant tu t'es déjà fait quelques ennemis. Méfie-toi de cette Ishtar. C'est une vipère sournoise, et elle te hait.

— Enkidu me protège, seigneur !

Il hocha la tête.

— C'est un homme de valeur. Mais je crois qu'il serait sage d'avertir le lugal d'Uruk de ce que trame Aggar. On dit que ce roi est un personnage étonnant. Son nom est Gilgamesh.

45

Uruk se trouvait à deux jours de marche de Shurrupak. Pour y parvenir, il fallait traverser un terrain plat situé entre deux bras de l'Euphrate. Après avoir quitté Ziusudra et les siens, Thanys prit la piste, en compagnie d'une douzaine de marchands, de Beryl et d'Enkidu, dont la présence rassurait les voyageurs.

Elle se rendit compte que la région était beaucoup plus peuplée que le Nord. La piste croisait d'innombrables villages où vivaient des paysans et des éleveurs. De magnifiques troupeaux de bovins et de moutons s'égayaient dans les vastes prairies enrichies par les terres grasses apportées par les crues.

Le long du fleuve naviguaient des files de barques de roseaux transportant des marchandises, de la paille, des jarres. Malgré les intempéries, les champs de blé et d'orge étaient magnifiques, et laissaient présager des récoltes abondantes.

Les paroles de Ziusudra demeuraient gravées en elle. Lorsqu'elle était partie, elle avait voulu rejoindre Uruk au plus vite, afin de rencontrer ce père qu'elle ne connaissait pas. Mais le destin l'avait entraînée dans des aventures hallucinantes, qu'elle n'avait pas souhaitées. Pourtant, comme il l'avait dit, elle avait triomphé. Chaque jour lui avait apporté son expérience, des amitiés nouvelles et enrichissantes. Elle connaissait plusieurs langues. Elle avait découvert une forme d'écriture inconnue, totalement différente de celle des Égyptiens, des divinités étrangères. Elle avait apprivoisé des loups, appris à monter ces animaux fabuleux que l'on appelait les chevaux, échappé au cataclysme effrayant qui menaçait d'engloutir le monde.

Elle avait également beaucoup appris sur elle-même, sur ses propres limites, sur les aspirations de son cœur et de son âme. Sans doute les dieux avaient-ils voulu l'enrichir avant d'atteindre son but. Il ne servait à rien de fuir toujours plus loin, de courir après son destin. Les enseignements les plus riches venaient de l'expérience de chaque jour. Elle comprit alors ce que signifiait la phrase énigmatique de l'aveugle : *marcher dans les traces des dieux.*

Mais elle devinait aussi que son odyssée était loin d'être terminée. D'autres épreuves l'attendaient encore.

Un bruit insolite la tira de sa méditation. Ils venaient de traverser une large étendue herbeuse bordée par un bras peu profond de l'Euphrate, que traversait la piste. À cet endroit poussaient des bosquets de palmiers et de figuiers dominés par quelques sycomores. Inquiet, le chef de la caravane fit arrêter les animaux.

Soudain, plusieurs silhouettes menaçantes surgirent des arbres, leur barrant la route. Thanys reconnut immédiatement parmi elles les deux lutteurs chauves d'Ishtar. Les agresseurs se précipitèrent en vociférant sur la petite caravane. Enkidu brandit son énorme massue et fit face, aussitôt imité par Thanys, armée d'un glaive de cuivre. Une partie des voyageurs s'enfuit en hurlant de terreur. Les autres, confortés par la présence d'Enkidu, saisirent des haches ou des bâtons. Un violent combat s'engagea aussitôt. Mais la jeune femme comprit très vite que les assaillants n'en voulaient pas directement aux caravaniers. Leur attaque se concentrait sur elle. Elle sut alors qu'ils avaient été envoyés par Ishtar pour la tuer.

Cependant, les enseignements de Djoser n'étaient pas restés sans effet. Deux bandits l'apprirent à leurs dépens, auxquels elle ouvrit la panse d'un geste précis. Réfugiée derrière les ânes, Beryl s'était emparée d'un arc et décochait flèche sur flèche. Peu à peu, les assaillants perdirent du terrain.

De son côté, Enkidu affrontaient les brutes jumelles. La rage et la haine habitaient les deux monstres. Mais, outre sa taille, l'Akkadien jouissait d'une force prodigieuse. Inexorablement, il contraignit les lutteurs à reculer. Soudain, un moulinet adroit de la puissante massue percuta l'un après l'autre les crânes des agresseurs. Enkidu se rua sur le premier, l'immobilisa, et lui brisa la nuque d'un coup sec. Mais le deuxième avait déjà repris ses esprits. Il saisit une hache et la brandit. Thanys avait vu le danger. Elle venait de se débarrasser de son dernier adversaire. Elle se précipita pour s'interposer. Stupéfait, le colosse n'eut pas le temps de réagir. D'un mouvement imparable, elle lui planta son glaive dans l'estomac. Le souffle coupé, il la fixa d'un œil ahuri, son bras esquissa un geste pour frapper. Mais ses forces le fuyaient en même temps que l'air qui refusait de pénétrer dans ses poumons. Sa hache tomba sur le sol. Il ouvrit la bouche pour tenter de respirer. Un début de panique l'enlaidit encore, puis un flot de sang jaillit entre ses dents. Thanys arracha son glaive d'un coup sec. Il tituba, parvint à agripper la main de Thanys, puis s'effondra lourdement dans la boue, entraînant la jeune femme dans sa chute. L'instant d'après, Enkidu la relevait, encore tremblante. Elle éclata en sanglots et se réfugia dans les bras du géant. C'était la deuxième fois qu'elle tuait. Mais cette fois, elle avait vu la mort implacable s'emparer de son agresseur. Elle savait que cette vision insoutenable la hanterait pendant longtemps. Enkidu la consola.

— La mort n'est jamais un spectacle agréable, princesse. Mais ces hommes voulaient te tuer.

Beryl et les autres caravaniers l'entourèrent.

— Ne pleure pas, dame Thanys. Nous avons triomphé.

Elle se reprit rapidement.

— C'est moi qu'ils voulaient supprimer. Mais que faisaient-ils ici ? Comment Ishtar pouvait-elle savoir que nous passerions par ici ?

— C'est la seule piste qui mène à Uruk, répondit le chef de la caravane. Sans doute nous ont-ils précédés.

— Cela veut dire qu'Ishtar ne voulait pas que tu préviennes le roi Gilgamesh des intentions d'Aggar, suggéra Enkidu.

— Cela n'a pas de sens. Aggar comptait lui envoyer une délégation pour lui faire part de son intention de soumettre Uruk.

— Alors, elle souhaitait se venger de toi, conclut le géant. Mais elle a échoué.

Thanys hocha la tête. Peut-être Enkidu avait-il raison. Pourtant, son intuition lui soufflait que la vengeance ne justifiait pas à elle seule cette agression.

Pourquoi Ishtar aurait-elle envoyé ses deux lutteurs favoris si loin de Kish puisque sa rivale avait quitté la ville et ne la gênait plus ?

Après avoir pansé les blessés, ils se remirent en route. Engarra, le chef de la caravane, s'était lancé dans un discours enflammé, peut-être suscité par une frayeur rétrospective :

— Il faut éliminer ces bandits qui assaillent les voyageurs. J'ai entendu parler de la proposition que tu as faite au roi Aggar, dame Thanys. Ce pacte commercial serait une bénédiction pour nous. Sumer souffre trop des guerres incessantes qui opposent les différentes cités.

Le lendemain après-midi, Uruk fut en vue. Une émotion profonde s'empara de Thanys. Elle avait atteint la ville où avait vécu Imhotep. En vérité, jamais elle n'avait contemplé plus grande cité. Édifiée à quelque distance de l'Euphrate sur une colline peu élevée, elle s'étendait sur une vaste superficie, protégée par une muraille de brique épaisse et haute. Sans doute était-elle plus importante que Mennof-Rê elle-même. En divers endroits s'élevaient des éminences artificielles au sommet desquelles se dressaient des édifices religieux. Engarra lui désigna les temples d'An, de Ki, de Nanna, dieu sumérien de la lune, et surtout le plus beau d'entre eux, le temple dédié à Innana, déesse de la guerre et de l'amour, divinité la plus vénérée à Uruk. Un immense palais royal était érigé en plein cœur de la cité. De lourdes portes de bois bardées de plaques de cuivre s'ouvraient en différents points, gardées par des escouades de guerriers qui contrôlaient les arrivants. Tout un peuple de nomades vivait hors des murs, installé dans de multiples villages de tentes.

À l'intérieur de la ville régnait une animation intense. Quelques grandes artères reliaient les centres importants de la ville. Des ruelles étroites et tortueuses y débouchaient, menant vers un dédale de venelles, de placettes surpeuplées où s'affairaient des ouvriers besogneux. Comme à Kish, toutes sortes d'animaux hantaient les rues, de même que les chariots aux roues de bois, qui avaient parfois de la peine à se frayer un chemin au milieu des encombrements. Des rigoles centrales et malodorantes évacuaient les eaux usées vers le fleuve.

Les hommes riches, vêtus de robes colorées et ornées de franges d'or, portaient la barbe, ondulée et parfumée à la mode sumérienne. Les esclaves se reconnaissaient à leur pagne court de fibre tressée. Les artisans étaient innombrables, potiers, tisserands, ébénistes, tailleurs de pierre, qui travaillaient le marbre, l'albâtre, le silex. Les joailliers fabriquaient des bijoux en os, en ivoire, en argent repoussé, en cuivre, en or. Des armuriers utilisaient une matière étrange de couleur brun-vert, issue d'un alliage entre le cuivre et l'étain, que l'on appelait le bronze. Ses qualités en faisaient un matériau supérieur encore au cuivre dans la fabrication des armes.

Les ruelles regorgeaient d'échoppes où l'on pouvait se procurer toutes sortes d'aliments, de tissus, ainsi que des esclaves. Sur des estrades, des marchands vantaient les mérites de jeunes femmes exposées nues, dont on pouvait acheter les faveurs pour une nuit. Partout, les scribes, portant calame, encriers et tablettes, surveillaient avidement les transactions.

On croisait également de nombreuses processions

de prêtres qui se dirigeaient vers les escaliers menant aux différents temples, dont les masses sombres dominaient la ville, comme pour rappeler aux hommes qu'ils n'étaient que les créatures des dieux.

Après avoir quitté les caravaniers, Thanys, Beryl et Enkidu se dirigèrent vers la grande place du marché, afin de trouver un endroit où passer la nuit. Engarra les avait informés que plusieurs auberges y accueillaient les marchands venus des pays lointains.

Thanys avait remarqué que les Sumériens étaient au moins aussi superstitieux que les Égyptiens. Nombre d'entre eux portaient autour du cou des amulettes d'os, d'ivoire, de cuir ou de bois, représentant des personnages aux visages grimaçants. On lui expliqua que certains démons étaient bénéfiques pour lutter contre le mauvais sort, comme le monstre à quatre ailes Pazuzu.

Soudain, un cri la fit sursauter :

— Dame Thanys !

Elle aurait reconnu la voix entre mille. Un tel timbre grave et chantant ne pouvait appartenir qu'à...

— Mentoucheb !

La silhouette confortable du marchand s'avança vers elle, la trogne éclairée d'un sourire ravi. Il lui ouvrit les bras, dans lesquels elle se jeta avec affection.

— Dame Thanys ! Quelle joie de te revoir ! J'ai longtemps cru que tu avais été tuée par les Démons des Roches Maudites.

— Tu as été blessé lors de la bataille...

— Bah, une simple égratignure. Mais toi ?

— Je suis parvenue à m'enfuir.

— Alors, ce qu'on raconte est vrai. Des caravaniers en provenance de Kish ont rapporté l'histoire d'une princesse égyptienne qui avait vécu des aventures extraordinaires. Ils donnaient d'elle une description si précise que j'ai pensé qu'il s'agissait de toi. J'attendais ta venue avec impatience.

— Les nouvelles vont vite.

— Plus que tu ne crois. On sait aussi que le roi de Kish, Aggar, veut déclarer la guerre au roi Gilgamesh. Celui-ci est déjà averti.

— Alors, cela m'évitera de le rencontrer immédiatement. La compagnie des lugals de ce pays n'est pas de tout repos.

— Celle des scribes est encore plus déprimante. Ils sont pires qu'à Mennof-Rê. Mais sais-tu où dormir ?

— Je cherchais une auberge.

— Alors, accepte de nous tenir compagnie. Nous avons élu domicile dans une auberge accueillante, où notre ami Ayoun doit se morfondre à m'attendre.

Quelques instants plus tard, tous étaient réunis autour d'une table basse. On commanda un repas pantagruélique et des jarres de bière afin de fêter les retrouvailles.

Mentoucheb et Ayoun se lancèrent dans le récit de leur voyage, qui s'était révélé cependant moins mouvementé que celui de Thanys. Ils étaient parvenus à joindre Uruk juste avant les intempéries.

— En fait, la rapacité des scribes des cités est un fléau plus nuisible que les pillards. Mais nous avons tout de même réalisé quelques bonnes affaires.

Pour cela, elle leur faisait confiance.

— Nous aurions dû repartir depuis déjà quelque temps, mais le déluge nous a bloqués à Uruk.

Ils voulurent ensuite connaître le détail de ses

exploits, mais une question brûlait les lèvres de la jeune femme :

— Mentoucheb, as-tu obtenu des nouvelles de mon père ?

Le visage du gros homme s'assombrit.

— Hélas oui, dame Thanys. Le seigneur Imhotep a bien résidé à Uruk pendant de nombreuses années, dans l'entourage du roi Enmerkar, le père de Gilgamesh. Mais il a quitté la ville depuis près de six ans. J'ai tenté de savoir ce qu'il était devenu, sans succès.

Un profond découragement se peignit sur les traits de la jeune femme.

— L'ensi de Kish m'avait avertie. Je voulais croire qu'il s'était trompé.

— On dit que le roi Enmerkar le tenait en très haute estime parce qu'il l'avait sauvé d'une bien vilaine maladie. Il occupait auprès de lui un poste de conseiller très important.

— Peut-être le roi Gilgamesh pourrait-il te renseigner, suggéra Ayoun. Mais ton père est parti avant son accession au trône.

— Oui, je vais essayer de le rencontrer…

Elle chassa les larmes qui lui brouillaient les yeux.

— Je savais dès le départ que ce projet était insensé, murmura-t-elle comme pour elle-même. Mais il fallait que je fasse quelque chose, que je me donne un but. Je n'avais pas le choix.

Elle prit les mains de Mentoucheb dans les siennes.

— Ma vie n'a plus de sens, ô Mentoucheb. Que vais-je faire à présent ? Je ne peux même pas retourner en Égypte. Sanakht me ferait mettre à mort.

— Isis ne t'a jamais abandonnée, répondit doucement le marchand. Je suis sûr qu'elle t'adressera bientôt un signe.

Thanys toucha la petite amulette rouge qui pendait sur sa poitrine.

— Son pouvoir peut-il s'étendre aussi loin ? Dans un pays où l'on vénère des dieux que nous ne connaissons pas ?

— Les dieux d'Égypte sont partout, dit Ayoun. Rê ne brille-t-il pas aussi sur Sumer ? Garde-leur ta confiance.

— En attendant, que cela ne nous empêche pas de manger ! conclut joyeusement Mentoucheb, qui saisit à pleines mains un canard rôti parfumé à la coriandre.

Soudain, un manège insolite attira leur attention. Les esclaves et les clients de l'auberge se prosternaient en direction de la porte, où venait d'apparaître un groupe d'hommes mené par un colosse aussi grand qu'Enkidu. Sa voix de stentor clama :

— Holà, tavernier ! À boire pour mes compagnons et moi ! J'ai grand soif !

Près de Thanys, une voix chuchota un nom avec un respect teinté d'effroi. Abasourdie, elle comprit que celui qui venait d'entrer n'était autre que le roi Gilgamesh en personne.

46

Les serviteurs s'activèrent aussitôt avec fébrilité, tandis que le propriétaire de l'auberge venait saluer le roi avec empressement. Lui et ses compagnons prirent place sur des sièges et saisirent les gobelets de bière qu'on leur avait emplis. Gilgamesh but, rota, réclama un autre verre et lança de joyeuses bourrades dans les côtes de ses camarades. Le monarque paraissait de bonne humeur. Les autres clients avaient repris leur repas. Apparemment, les visites du roi n'avaient rien d'exceptionnel. Gilgamesh parlait haut et fort.

— Il paraît que le petit lugal de Kish veut soumettre Uruk.

Les autres éclatèrent de rire, imités aussitôt par les convives.

— Qu'il vienne, seigneur ! Nous saurons l'accueillir, déclara un jeune homme roux avec véhémence.

— Nous combattrons tous à tes côtés, renchérit un deuxième.

— Holà, mes jeunes fauves ! Calmez-vous ! Il me faut d'abord obtenir l'accord des vieux singes de la Chambre des Anciens. Vous savez qu'ils se feront tirer l'oreille.

— Mais les Hommes libres marcheront tous derrière toi, seigneur, reprit le roux. Leur soutien t'est acquis.

— Bah, nous verrons cela demain. Si je parviens à me défaire de la maudite garce qui me harcèle depuis trois jours. À cause d'elle, j'ai dû fuir mon propre palais pour trouver compagnie plus distrayante.

— Elle ne demandait pourtant qu'à se distraire avec toi, insinua un homme maigre au visage de fouine.

— Si cette donzelle t'agrée, je te la laisse, ami Hohgâr. Mais assez parlé de cette catin. Je...

Soudain, il se tut. Son regard venait de se poser sur Thanys, qui l'observait avec stupéfaction, fascinée par le personnage.

— Ah, rugit Gilgamesh, mais voilà une beauté qui me semble beaucoup plus attirante ! Approche, ma belle !

Embarrassée, Thanys se leva et s'avança au-devant du roi, qui la contempla avec une satisfaction évidente.

— Ne sois donc pas si farouche, fillette. Je ne vais pas te manger.

Il éclata de son rire tonitruant.

— Prends place parmi nous, et dis-moi quel est ton nom !

Thanys s'assit.

— Je suis dame Thanys, princesse égyptienne, fille de Merneith et du sage Imhotep, seigneur. Je viens d'arriver à Uruk, où je comptais te rencontrer.

Le visage du souverain marqua l'étonnement et le doute.

— Imhotep ? Par les tripes fumantes de Kur ! Serait-il possible que tu sois la fille de cet homme ?

— En vérité, seigneur. C'est pour le rejoindre que je suis venue d'Égypte.

Gilgamesh hocha la tête.

— Ouais ! Peut-être est-ce la vérité. Mais qui me dit que tu n'es pas une gourgandine qui se fait passer pour ce qu'elle n'est pas ? J'ai bien connu celui que tu prétends être ton père. Jamais il n'a parlé de toi.

— Il a dû fuir l'Égypte avant ma naissance.

— Je connais son histoire.

— Je n'ai aucune raison de te mentir, seigneur.

— Moi non plus, répliqua-t-il en éclatant de rire. Mais j'ai peine à te croire. Qu'importe, je te trouve à mon goût. Ce soir, tu dormiras au palais, avec moi.

Thanys se releva d'un bloc.

— Non, seigneur ! Je ne puis faire cela ! Je suis déjà liée au prince Djoser, frère de l'Horus Sanakht.

Gilgamesh la dévisagea d'un regard noir qui aurait fait reculer le plus brave des guerriers. Mais elle l'affronta sans ciller. Gagné par un début de colère, il tonna :

— Holà, sais-tu bien qui je suis ? Jamais une femme n'a osé me parler sur ce ton !

— Il faut un commencement à tout, seigneur. Je ne suis pas une catin que l'on peut s'offrir selon son bon plaisir.

La salle s'était pétrifiée dans un silence total. Gilgamesh poussa un rugissement épouvantable, puis se dressa de toute sa taille devant la jeune femme, qu'il dépassait de trois têtes.

— Tenterais-tu de me résister ?

— Est-ce là toute la séduction que tu emploies avec les femmes, seigneur ?

Furieux, Gilgamesh la saisit par le bras.

— Tu seras à moi si je le désire. Ton avis m'importe peu.

À ce moment, Enkidu se leva et vint se placer derrière Thanys.

— Pardonne-moi, seigneur. Je ne peux te laisser traiter ainsi la princesse Thanys.

— Qui es-tu, toi ? l'apostropha Gilgamesh.

— Enkidu, fils de Khirgar. Je suis l'ami de dame Thanys.

Gilgamesh, impressionné par la carrure de l'Akkadien, lâcha la jeune femme et recula d'un pas pour examiner le géant. Le jeune homme roux au sang impétueux intervint.

— Comment oses-tu t'adresser ainsi au lugal d'Uruk, chien d'étranger ? Tu mérites la mort !

— Ferme-la, Enmekali ! Cet homme me plaît.

Il écarta le rouquin d'un geste brusque et se planta devant Enkidu.

— Voilà enfin un adversaire à ma taille ! clamat-il. Étranger, jusqu'ici, j'ai vaincu sans mal tous les lutteurs que j'ai combattus. Je pourrais te faire tuer par mes gardes pour ton insolence. Mais j'admire ton courage et ta loyauté. Aussi, je te donne une chance. Nous allons combattre à mains nues. Si tu es vainqueur, ta princesse sera libre. Si je te bats, elle sera ce soir dans mon lit. Cela te semble-t-il raisonnable ?

— Je déteste me battre, seigneur. Mais tu ne me laisses guère le choix. Sache cependant que je ne ferai pas grâce.

— Ne ménage pas tes coups. Je compte bien moi-même te faire mordre la poussière.

Blême, Thanys s'interposa.

— Ton attitude me déçoit, seigneur. J'attendais

une autre conduite de la part d'un roi dont j'avais entendu tant de bien.

— Ici, ma belle, ce sont les hommes qui décident. Les femmes ont le devoir d'obéir. Alors, place-toi dans un coin et prie tes dieux afin qu'ils te protègent.

L'effervescence gagna la salle. On recula les tables. Des curieux, attirés du dehors, entrèrent. Un cercle se forma rapidement tandis que les deux colosses se défaisaient de leurs vêtements, ne gardant sur eux qu'un pagne court. Gilgamesh interpella ses compagnons :

— Eh bien, mes amis, cette soirée me convient de plus en plus. Préparez-moi un gobelet de bière.

— Je suis prêt, seigneur, dit Enkidu.

Gilgamesh le fixa dans les yeux.

— Écoute-moi, étranger. Un songe m'a averti qu'un homme viendrait à Uruk, plus fort que moi, et qu'il me vaincrait. Peut-être es-tu celui-là. Mais si tu ne l'es pas, je te briserai les membres pour ton insolence.

Enkidu dédaigna de répondre. Les deux hommes se mirent en garde. Soudain, ils se ruèrent l'un vers l'autre comme deux taureaux. Les coups se succédèrent, tous plus violents les uns que les autres, faisant résonner les poitrines des deux colosses et vibrer le cœur de Thanys. Les muscles se tendaient sous la peau, faisant saillir les veines, injectant les yeux de sang. Pourtant, la résistance des deux combattants était stupéfiante. Ni l'un ni l'autre ne faiblissait. Les spectateurs, médusés, commençaient à se passionner pour cette lutte de titans ; certains prirent même des paris. Ce n'était plus un roi et un Homme libre qui combattaient, mais deux forces de la nature. Tous deux possédaient totalement l'art de la lutte.

Cependant, un phénomène étrange prit peu à peu le pas sur la rage qui avait dominé dès le début. Au-delà du combat lui-même, une relation insolite s'établit entre les deux adversaires, qui tenait de l'admiration et du respect mutuel. Parfois, des sourires joyeux éclairaient leurs visages tuméfiés. Une arcade sourcilière de Gilgamesh avait éclaté, tandis qu'une superbe balafre ornait la pommette d'Enkidu. Leurs membres étaient couverts d'égratignures. Parfois, les deux lutteurs chutaient lourdement sur des tables qu'ils réduisaient avec conscience en bois d'allumage sous l'œil désolé du propriétaire des lieux et la mine goguenarde des spectateurs. L'angoisse de Thanys s'était curieusement envolée. Son intuition lui soufflait que quelque chose d'inattendu était en train de se passer.

Les deux colosses joutaient depuis plus d'une heure lorsque Gilgamesh rompit soudain le combat. Il mit les poings aux hanches, reprit son souffle et éclata d'un grand rire sonore.

— Par les dieux, souffla-t-il, tu es l'adversaire le plus redoutable que j'aie jamais affronté, compagnon. Cela mérite une trêve. Viens près de moi et buvons un gobelet de bonne bière égyptienne. Holà, belles servantes, apportez de quoi boire !

Les esclaves se précipitèrent. Les deux hommes burent, puis se dévisagèrent avec un plaisir évident. Soudain, Gilgamesh prit son rival par l'épaule.

— Ami Enkidu, tonna-t-il, je crains que nous ne parvenions jamais à nous départager. Mais j'estime malgré tout que c'est toi qui as vaincu. Non par la force, mais par l'amitié et le courage. Par Innana la très belle, jamais je n'ai rencontré un lutteur aussi courtois et aussi loyal que toi. Je désire que désormais, tu sois mon ami. Si tu acceptes, mon palais sera ta demeure, aussi longtemps qu'il te plaira d'y séjourner.

— Ta proposition m'honore et me comble de joie, seigneur. À partir de ce jour, tu n'auras pas d'ami plus dévoué que moi.

— À nous deux, nous serons invincibles! clama Gilgamesh.

Les deux hommes tombèrent dans les bras l'un de l'autre et s'administrèrent des claques aussi vigoureuses que familières sur les épaules. Puis le roi se tourna vers Thanys.

— Dame Thanys, ô toi la plus belle parmi les beautés d'Égypte, sois également la bienvenue à Uruk. Mon palais sera également le tien. Ce soir, j'ai peut-être perdu la joie de passer une nuit en compagnie de la plus jolie fille du monde, mais j'ai gagné le plus précieux des amis. Buvons donc à l'amour, l'amitié et la joie.

Un tonnerre d'applaudissements salua les propos dithyrambiques du souverain. Tandis que les filles apportaient des vasques d'eau tiède pour laver les visages tuméfiés des lutteurs, on apporta de nouveaux sièges — destinés à remplacer ceux que leur enthousiasme combatif avait réduit en miettes. Beryl et les Égyptiens se joignirent à l'assemblée. On déboucha des jarres, et la bière coula à flots.

Thanys vibrait d'impatience. Elle aurait aimé interroger le roi sur Imhotep, mais le moment était mal choisi. Gilgamesh désirait qu'on lui narrât par le menu les différentes aventures traversées par ses nouveaux amis. Enkidu dut raconter sa vie, sa famille, ses origines, la façon dont il avait faussé compagnie aux pillards qui l'avaient transformé en esclave de combat.

— Mais j'ai toujours été un homme libre, seigneur, grogna-t-il.

— Personne n'osera plus jamais s'en prendre à toi, mon compagnon, répondit Gilgamesh. Désormais, tu seras mon conseiller, et tu ne me quitteras plus.

À son tour, Thanys expliqua pourquoi elle avait quitté l'Égypte, l'amour indéfectible qui la liait à Djoser, mais que son propre frère Sanakht avait tenté de détruire. Les mots passionnés qu'elle employa amenèrent des larmes de compassion dans les yeux de son auditoire déjà embrumés par la bière. Mais Gilgamesh exigea aussi qu'elle contât en détail son voyage et ses différentes aventures.

L'aube déroulait sa palette d'or et de mauve à l'orient lorsque l'on regagna le palais, passablement éméché. Trois hommes encore à peu près valides soutenaient Enkidu qui ronflait comme une forge. Titubant, Gilgamesh prit Thanys contre lui et grogna d'une voix pâteuse :

— Viens me voir dans la journée ! Nous parlerons de ton père.

Puis il saisit deux jeunes esclaves par la taille et les entraîna d'un geste péremptoire. Il avait tout de même trouvé des âmes compatissantes avec lesquelles finir la nuit.

47

Lorsque Thanys s'éveilla, elle eut quelque peine à se souvenir de l'endroit où elle se trouvait. De fugaces visions de batailles et de joyeuses beuveries lui revenaient en mémoire, associées à l'image d'un roi tonitruant qui l'avait invitée dans son palais. Le reste demeurait confus. La bouche pâteuse, elle cligna des yeux et reconnut dans un brouillard douloureux la chambre confortable dans laquelle Beryl et elle avaient échoué à l'aurore, guidées par des esclaves discrets munis de lampes à huile. Elle bouscula sa compagne écroulée à son côté, se traîna jusqu'à la fenêtre, et constata que Rê avait déjà accompli plus de la moitié de sa course.

Elle se dirigea ensuite vers la salle de bains attenante où elle s'aspergea d'eau fraîche. Les idées remises en place, elle se fit la remarque qu'elle avait un peu tendance à abuser de la boisson depuis qu'elle avait traversé le Déluge sur le bateau de Ziusudra. Elle sourit au souvenir du vieil homme éméché dansant pieds nus dans la boue. Sa propre arrivée à Uruk ne manquait pas d'originalité, elle non plus. Mais elle s'était liée d'amitié avec le roi Gilgamesh, qui allait lui fournir des renseignements sur Imhotep. Cela valait bien une petite migraine.

Peu après, des servantes se présentèrent en pouffant pour lui proposer un bain et des massages qu'elle accepta avec joie. Ayant revêtu la superbe robe de lin blanc que lui avait offerte Mentoucheb, elle demanda à être conduite auprès du roi. On la mena jusqu'à son bureau. Gilgamesh y était déjà installé, en compagnie de ses conseillers. Lorsque la jeune femme fut annoncée, il l'accueillit avec un large sourire. Apparemment, il avait mieux supporté qu'elle les agapes de la veille.

— Nobles seigneurs, dit-il à ses proches, voici la princesse Thanys, fille d'Imhotep, le grand ami de mon père.

Les conseillers s'inclinèrent devant elle, puis se retirèrent. Gilgamesh prit familièrement Thanys par l'épaule et l'amena près de la fenêtre, par laquelle on découvrait la ville. Au pied du palais s'étendait une vaste place animée. Au milieu des étals flânait une foule de badauds de toutes origines. Leurs cris et leurs appels se fondaient en une rumeur joyeuse et mouvante, semblable aux battements d'un cœur prodigieux, le souffle de la ville elle-même. Des odeurs innombrables s'élevaient des ruelles, parfums des encens, arômes de fleurs et de fruits, relents agressifs des égouts à ciel ouvert qui suivaient les ruelles en leur milieu, senteurs chaleureuses des jarres d'épices…

Thanys éprouva une brusque et profonde affection pour cette ville fantasque et colorée où, pour la première fois depuis très longtemps, elle se sentait bien. Soudain, le roi déclara :

— Depuis ce matin, j'ai repensé à toi, à ton histoire. Je suis vraiment désolé de ne pouvoir t'annoncer que ton père est encore parmi nous. Mais voici près de six années qu'il nous a quittés. C'était peu après la mort de mon père, Enmerkar, dont il était l'ami le plus fidèle. Je me souviens encore de ses paroles : il m'a dit que, malgré l'affection qu'il éprouvait pour moi, il lui serait trop triste de demeurer plus longtemps dans une ville où mon père ne serait plus.

— Parle-moi de lui ! Comment était-il ?

— Par Enlil, il y aurait tant à dire ! Lorsqu'il est arrivé à Uruk, une douzaine d'années auparavant, j'étais à peine un adolescent. Mais je me souviens bien de lui. C'était un homme fort sage et très savant. À l'époque, mon père souffrait d'une vilaine maladie dont ses médecins s'étaient déclarés incapables de le guérir. Imhotep a mis son savoir au service d'Enmerkar, et a chassé la maladie. En remerciement, mon père a fait de lui son principal conseiller. Le temps les a unis bien mieux que deux frères. Je me rappelle leurs longues conversations, et j'entends encore l'écho de leurs éclats de rire. Car ils étaient tous deux de bons vivants, qui aimaient la vie et en jouissaient de belle manière. J'aimerais tellement connaître un jour l'amitié que nos pères éprouvaient l'un pour l'autre…

Il se tut un court instant, puis poursuivit :

— Imhotep a apporté beaucoup à Uruk. Sur ses conseils, on a consolidé la muraille qui la protège. Il a établi aussi les plans du nouveau temple dédié à Innana, notre déesse de l'amour, avec ses colonnes colorées. L'étendue de ses connaissances était stupéfiante. Il s'informait de tout, recevait les astrologues, les médecins, les tailleurs de pierre, il visitait les artisans, comparait leur travail à celui des ouvriers d'Égypte. Il y avait quelque chose de… magique en lui. Il savait regarder les choses différemment de chacun de nous, discerner la beauté, les formes, l'équilibre. Il aimait la vie et les fleurs. Pour lui, le monde était une fête perpétuelle, comme un rêve qu'il semblait capable, en quelques mots, de transformer à sa guise. Oui, c'était bien un magicien.

— Mais il est parti…

— Il désirait visiter le Pays des Encens, bien loin vers le sud. Un matin, il est monté à bord d'un navire qui partait négocier de l'ivoire et de l'ébène. Depuis tout ce temps, je n'ai reçu aucune nouvelle de lui. Mais je sais qu'il rêvait de retourner en Égypte. Souvent, il évoquait le souvenir de ta mère. Il la décrivait si bien que j'ai l'impression de la connaître. Hier, lorsque tu m'apparus, j'aurais dû me douter que tu étais sa fille. Mais mon esprit était perturbé par les derniers événements, et par la présence d'une indésirable.

— Qui donc oserait troubler la paix de ton cœur, ô Gilgamesh ?

Il allait répondre lorsque des éclats de voix retentirent hors du bureau.

— Tu ne vas pas tarder à le savoir. La démone est de retour, grommela-t-il.

Les battants s'écartèrent pour laisser passage à une femme magnifiquement vêtue, qui s'avançait avec la certitude que personne n'oserait s'opposer à elle. Avec stupéfaction, Thanys reconnut Ishtar. Le regard noir de celle-ci se figea lorsqu'elle aperçut Thanys. Puis elle reprit aussitôt son emprise sur elle-même. Une moue de mépris déforma sa bouche.

— Seigneur Gilgamesh, je commence à comprendre

pourquoi l'idée de m'épouser ne t'inspire guère. Dois-je en déduire que tu préfères la peau molle et les odeurs fortes des Égyptiennes ?

— Tu insultes mon invitée, rugit Gilgamesh.

— Ton invitée ? Une putain que tu as glissée dans ton lit, cingla-t-elle avec mépris.

L'injure était tellement inattendue qu'elle coupa le souffle de Thanys. La bouffée de colère qui l'avait envahie se mua en une soudaine envie de rire. La conduite d'Ishtar était trop grotesque. Furieuse, celle-ci poursuivit :

— Tu mérites beaucoup mieux que cela !

— Ah oui ? Une garce dans ton genre, peut-être ? clama le roi, exaspéré.

Il marcha sur elle, semblable à un taureau. Mais, bien qu'il la dominât de trois têtes, Ishtar ne recula pas. Le visage rouge de colère, elle semblait une panthère prête à griffer. Gilgamesh se planta en face d'elle, croisa les bras et tonna :

— Crois-tu que je m'abaisserais à épouser une femelle connue dans tous les royaumes de Sumer et d'Akkad pour le nombre d'amants avec lesquels elle s'est vautrée dans la fange ? Avant d'être une princesse de sang royal, tu es une vile catin, que je ne voudrais toucher de ma vie. Je préfère encore les prostituées des ports, car elles n'ont pas ton arrogance et ton orgueil.

Pétrifiée, Thanys aurait aimé se trouver ailleurs.

— Et dans quel port es-tu allé pêcher celle-ci ? riposta Ishtar en fixant la jeune femme d'un regard chargé de haine.

— Tais-toi, vipère ! hurla Gilgamesh. Tu n'es même pas digne de la poussière qu'elle foule au pied. Je t'ordonne de quitter Uruk sur-le-champ, et de ne jamais y revenir !

— Mon frère te fera écorcher vif pour les paroles que tu viens de prononcer ! cracha Ishtar.

— Ton frère sera certainement enchanté de connaître les propositions honteuses que tu as osé me faire, garce immonde !

— Parce que tu penses qu'il te croira, pauvre imbécile ?

Il leva une main énorme au-dessus d'elle. Ishtar recula.

— N'oublie pas que je suis ici en qualité d'ambassadrice, riposta-t-elle d'une voix moins assurée.

— Disparais de ma vue, hyène puante !

Les yeux luisant de colère, Ishtar sortit du bureau, en lançant au passage un coup de pied à l'esclave portier qui n'eut pas le réflexe de s'écarter. Lorsqu'elle eut disparu, Gilgamesh reprit son souffle.

— Les dieux savent combien j'aime les femmes, Thanys, grogna-t-il. Mais cette vermine résume à elle seule tout ce qu'elles peuvent comporter de plus bas.

— Pourquoi une telle fureur, seigneur ?

— Cette femelle hystérique s'est présentée à moi il y a trois jours, envoyée par son frère Aggar. Elle était chargée de me transmettre ses exigences, que tu connais. Mais immédiatement après, elle m'a proposé de trahir ce frère qu'elle hait en devenant mon épouse. Elle prétendait que son frère la traitait comme une chienne.

— Il est vrai qu'Aggar l'a humiliée publiquement, confirma Thanys. J'étais présente.

— Comment veux-tu que j'accueille dans ma couche une femme dont la perversité est connue par tout le pays et même au-delà ? Elle désirait que je lève une armée et que j'aille soumettre Kish avant que ses troupes ne fussent prêtes. Elle n'exigeait rien moins que la tête d'Aggar et celles de tous les ennemis qu'elle s'est faits là-bas. Bien entendu, j'ai repoussé son offre. Il y a toutes les raisons de se méfier d'une femme résolue à trahir son frère et sa cité. Je connais sa réputation de débauchée. Alors, elle n'a cessé de me harceler. Elle est allée jusqu'à se mettre totalement nue devant moi. Hier soir, je l'ai retrouvée dans mon lit. C'est pourquoi j'ai fui le palais.

Il se laissa tomber lourdement dans un fauteuil qui gémit sous le poids. Thanys vint prendre place à son côté. La personnalité hors du commun de Gilgamesh la séduisait. Excessif, buveur, fort en gueule, amateur de femmes, il savait aussi faire preuve d'une grande lucidité.

— Cette garce est une calamité, grinça-t-il. Elle ne rêve que de conquêtes et de supplices.

— Et elle a tenté de me faire assassiner, ajouta Thanys.

— Comment cela ?

Elle lui conta l'attaque dont elle avait été victime, et l'intervention d'Enkidu. Le visage de Gilgamesh s'éclaira.

— Ce géant est un homme courageux. Je ne te remercierai jamais assez d'avoir été l'occasion de notre rencontre.

— Il a promis de la tuer si elle s'attaquait à moi. Il vaudrait mieux qu'il ignore sa présence dans ton palais.

Gilgamesh sourit.

— Elle n'y séjournera pas longtemps. Avant ce

soir, il faudra qu'elle ait quitté Uruk. Mais elle va attiser la haine de son frère contre moi.

— Aggar n'accorde pas grande confiance à sa sœur.

— Si je refuse de me soumettre, ce sera la guerre entre nos deux cités.

Thanys posa la main sur le bras de Gilgamesh.

— Le conflit n'est peut-être pas inéluctable. J'ai tenté de dissuader le roi de Kish en lui proposant un pacte d'alliance commerciale avec toutes les cités de Sumer et d'Akkad.

— Une sorte de ligue de négoce...

— Chacun aurait à y gagner, seigneur. Sumer ne constitue pas un véritable empire, mais un ensemble de cités déchirées par de petites guerres qui perturbent le commerce et détruisent les récoltes. Autrefois, avant l'avènement du grand Horus-Ménès, l'Égypte était divisée ainsi en de multiples royaumes.

Gilgamesh hocha la tête.

— Une ligue commerciale..., poursuivit-il, songeur. Ta suggestion me paraît intelligente.

Il leva les yeux vers elle.

— Tu es une femme étonnante, Thanys. Tout ceci ne devrait pas troubler l'esprit d'une aussi jolie fille. D'autant plus que ton pays n'est même pas concerné.

— Seigneur, j'ai traversé suffisamment d'épreuves pour comprendre que les hommes souffrent autant, quel que soit leur pays. Les guerres sont néfastes. Elles sont souvent le fait d'une poignée d'individus qui y voient leur seul intérêt. Les véritables combats que les peuples doivent mener se situent sur un autre plan. Il leur faut affronter les inondations, la famine, les épidémies, la sécheresse, les tempêtes, les nuages de sauterelles.

— Tu penses donc qu'il serait plus sage d'admettre la suzeraineté d'Aggar ? s'étonna-t-il.

— Non, seigneur ! S'il provoque cette guerre, il faudra défendre Uruk. Mais Aggar est guidé par un idéal. Il souhaite unifier Sumer comme Ménès l'a fait pour les Deux-Terres. Il doit être possible de lui faire admettre que la création d'une ligue regroupant les cités du Nord et du Sud serait une réalisation bien plus grandiose qu'une guerre stupide qui affaiblirait vos deux cités. Mais pour cela, tu dois lui montrer la puissance d'Uruk, et constituer une armée capable de le recevoir.

— Alors, il me faut préparer la guerre...

— Pour garantir la paix.

Gilgamesh la contempla avec admiration.

— Une telle sagesse dans la tête d'une femme si jeune..., dit-il enfin. Si je ne savais pas que tu aimes déjà un prince d'Égypte, je t'aurais demandé de m'épouser, Thanys.

— Ta proposition me flatte et m'honore, seigneur. Mais je ne peux l'accepter. Je n'ai pas perdu espoir de revoir un jour Djoser. Malgré le temps et les événements qui nous ont séparés l'un de l'autre, il me semble que jamais je ne l'ai aimé autant.

Gilgamesh emprisonna les mains fines de Thanys dans ses poignes épaisses et déclara avec une pointe de regret :

— Heureux l'homme qui est aimé par une femme aussi belle et aussi fidèle. J'envie ton Djoser.

Il s'écarta brusquement et ajouta :

— Allons, il me faut à présent rassembler cette armée qui doit nous éviter la guerre. Mais cela ne sera pas chose facile.

— Pourquoi ? Tu es le lugal d'Uruk.

— C'est exact. Mais ne crois pas que je sois le maître absolu. Il me faut l'accord des deux assemblées. La première, celle des Anciens, représente les grands propriétaires terriens. Je sais qu'ils seront favorables à la soumission, parce qu'ils craignent de voir leurs domaines dévastés par les combats. L'Assemblée des Hommes libres au contraire n'acceptera pas la reddition sans combattre.

Il adopta une position familière, le poing gauche posé sur la hanche et le menton reposant sur la main droite. Comme pour lui-même, il poursuivit :

— Malheureusement, l'accord des Anciens est de loin le plus important. Ils possèdent la plus grande partie des richesses de la cité. Sans eux, je ne peux rien faire.

— Qui appelles-tu les Hommes libres ?

— Les artisans, les ouvriers, les marchands, les bateliers. Ils n'ont rien à gagner d'une domination étrangère. En vérité, Kish est la cité la plus puissante des royaumes du nord de la vallée. Elle est la principale rivale d'Uruk, qui exerce une influence prépondérante sur les villes du Sud et domine l'ouverture vers l'Abzu.

— L'Abzu ?

— La mer méridionale. C'est par elle que nos vaisseaux commercent avec le pays de Pount, les nations de l'Orient lointain et avec l'Égypte. Bien plus loin vers le sud, on dit qu'elle mène vers le Kur, le royaume des morts.

— Uruk a subi de graves dommages à la suite des inondations, déclara Thanys après un silence. Mais Kish a souffert également.

— Aggar s'en moque. Je l'ai rencontré à l'époque

où mon père régnait encore. C'est un être dévoré d'ambition. Comme sa sœur !

— Je le crois plus sensé qu'elle. L'idée d'une alliance l'a fait réfléchir. Mais il subit l'influence d'Ishtar. Si nous parvenons à le convaincre de la grandeur d'un tel projet, je crois qu'il se laissera fléchir.

— Que les dieux t'entendent, Thanys, dit-il en se levant.

Gilgamesh ne s'était pas trompé en ce qui concernait la réaction des deux assemblées. Si les Hommes libres se rangèrent à l'unanimité derrière leur lugal pour, comme ils disaient, *frapper Kish de leurs armes*, les Anciens à l'inverse se perdirent en de longues palabres et petites intrigues d'où il ressortit qu'ils estimaient plus sage d'accepter la suzeraineté d'Aggar.

— Nous avons trop souffert des inondations, seigneur ! dirent-ils. Une guerre détruirait nos récoltes, et la famine s'installerait.

— Ils se moquent totalement de la famine, grommela Gilgamesh lorsqu'il retrouva Thanys. Elle ne les empêchera pas de vendre leurs grains à Kish, avec de substantiels bénéfices.

— Alors, passe outre leur refus, seigneur ! suggéra-t-elle. Si le peuple d'Uruk te suit, qu'as-tu à faire des grands propriétaires ?

— Ils possèdent la richesse.

— Chaque homme valide est assez riche pour s'armer lui-même. Et ils t'ont fait savoir qu'ils étaient prêts à se battre. Appuie-toi sur leur loyauté plutôt que sur l'hypocrisie des grands propriétaires ! Ce ne sont pas eux qui combattront, n'est-ce pas ?

Enkidu, qui assistait à l'entretien, renchérit :

— Dame Thanys a raison, seigneur. Chaque Homme libre, artisan ou paysan, désire lutter à tes côtés. Jamais ils n'auront eu meilleur chef que toi. Ta présence les galvanisera.

— Par les dieux, clama Gilgamesh avec enthousiasme, que n'ai-je autour de moi des conseillers aussi avisés. Je ferai comme vous l'avez suggéré. Ce chien d'Aggar va avoir une mauvaise surprise[1].

Pendant les jours qui suivirent, la fièvre s'empara de la ville. Forgerons et armuriers travaillèrent sans trêve pour fabriquer de nouvelles armes, haches de pierre, arcs et flèches, poignards et glaives martelés dans cet alliage nouveau que l'on appelait le bronze.

Des sacrifices d'animaux furent offerts à la déesse Innana dans son temple, le plus beau d'Uruk. En compagnie de Gilgamesh, Thanys gravit les escaliers menant vers l'imposant édifice. À la suite de la procession des prêtres, elle pénétra à l'intérieur du sanctuaire. Une idée s'imposait à elle : ce temple avait été conçu par ce père qu'elle ne connaissait pas. Elle avait l'impression de le découvrir au travers de son œuvre. Émerveillée, elle se fit la réflexion que l'Égypte elle-même ne comptait pas de monument aussi impressionnant. Le toit était soutenu par d'immenses colonnes de quatre coudées de diamètre, ornées de cônes rouges,

---

1. Ce conflit entre Kish et Uruk n'est pas une invention. Il est relaté dans un poème gravé sur onze tablettes en partie détruites, datées d'environ 2700 avant J.-C. Le plus surprenant dans ce poème est le fait qu'il confirme l'existence de deux « chambres » représentatives des classes, indiquant ainsi un esprit démocratique avant la lettre, que l'on retrouvera bien plus tard en Grèce et à Rome.

noirs et blancs. Le plafond s'élevait à plus de vingt coudées. L'entrée du temple donnait sur une salle plus importante, dans laquelle officiaient d'innombrables prêtres portant l'inévitable barbe parfumée. Au fond de la salle éclairée par de hautes fenêtres se dressait une statue gigantesque de la déesse Innana, dont le visage était un masque de marbre blanc aux yeux de lapis-lazuli. Outre les animaux promis à Innana, Gilgamesh avait fait fabriquer par ses plus habiles orfèvres deux vases magnifiques sur lesquels étaient figurées des offrandes consacrées à la déesse[1].

Peu à peu, Uruk se préparait à l'affrontement. Si une partie des citadins ressentait une certaine frayeur à l'idée de la venue prochaine d'une armée d'invasion, l'enthousiasme du roi avait gagné tous les hommes en état de tenir une arme. On en arrivait à souhaiter que l'ennemi fût déjà là.

Un matin, des éclaireurs signalèrent son arrivée.

---

[1]. Il s'agit des deux vases dit de « Warka », découverts dans les ruines d'un temple d'Uruk, qui furent vénérés dans toute l'Antiquité.

48

Une agitation fiévreuse gagna aussitôt la cité. Artisans et commerçants abandonnèrent leurs échoppes et s'emparèrent de leurs armes et de leur bouclier. La détermination de Gilgamesh avait fortifié les courages. La milice traditionnelle d'Uruk s'était grossie d'hommes de tous âges, bien décidés à défendre chèrement leur ville. Les paysans vivant hors des murs s'étaient réfugiés à l'intérieur avec leurs troupeaux. Les lourdes portes commandant les entrées de la cité avaient été fermées.

Prévenue par Enkidu, Thanys rejoignit Gilgamesh sur les remparts. Armés jusqu'aux dents, les citadins s'étaient portés sur le chemin de ronde, qui s'étendait sur plus de quatre miles.

Vers le milieu de la journée, une troupe innombrable apparut à l'horizon, qui se déploya dans la lumière éblouissante du soleil en rangs serrés. Les casques de cuivre étincelaient, les lances menaçantes hérissaient les différentes phalanges regroupées sous de nombreuses banderoles. Apparemment, le lugal de Kish avait battu le rappel de ses alliés des petites cités voisines. Au centre de la formation adverse, il hurlait des ordres à ses capitaines. Près de lui se tenait Ishtar, coiffée elle aussi d'un casque.

Lorsque les lignes ennemies eurent pris position, Aggar s'avança en direction des remparts d'Uruk, vers l'endroit où se tenait Gilgamesh. Une importante délégation le suivait. Un gros homme affublé d'une barbe qui lui descendait jusque sur le ventre portait des tablettes d'albâtre. S'arrêtant hors de portée de flèche, Aggar interpella Gilgamesh :

— Salut à toi, ô lugal d'Uruk. Tu vois derrière moi la plus puissante armée jamais réunie. Nos astrologues ont prédit que la déesse Innana me serait favorable et qu'elle m'accorderait la victoire en cas de bataille. Aussi, pour la dernière fois, je t'adjure d'écouter mes exigences. Accepte de devenir mon vassal et de me verser un tribut régulier, qui fera de Kish la plus grande cité de Sumer. Ces tablettes confirmeront ton serment d'allégeance. Si tu me reconnais pour ton suzerain, mon armée se retirera sans dommage pour ton royaume. En revanche, si tu refuses, tu porteras la responsabilité de la destruction totale de ta ville. Jamais elle ne pourra résister à la fougue de mes guerriers. Tous les habitants d'Uruk qui ne seront pas massacrés seront réduits en esclavage pour le restant de leur vie.

À ces mots, un grondement assourdissant jaillit des poitrines des soldats de Kish. Visiblement impatients d'en découdre, ils brandissaient leurs armes, tendaient le poing d'un air menaçant. Sur les remparts, quelques défenseurs les défièrent ; d'autres, impressionnés par la masse compacte de l'ennemi, suggérèrent des négociations. Gilgamesh leva les bras pour obtenir le silence.

— Ton orgueil t'aveugle, ô Aggar. Les habitants

d'Uruk sont libres de toute vassalité, et ils ont choisi eux-mêmes de prendre les armes pour défendre leur liberté. Je ne peux donc aller contre leur décision, et je repousse ta proposition insultante. Jamais Uruk ne pliera devant toi. Libre à toi de livrer bataille, mais prends bien garde : les remparts de cette cité sont épais et solides ! Tes guerriers s'y briseront les dents. Tu ferais mieux de retourner dans ton royaume pour éviter une défaite cuisante que tes sujets pourraient ne jamais te pardonner !

— Ton obstination sera la cause de la perte d'Uruk, Gilgamesh. Tes remparts ne tiendront pas. Si nous les franchissons, tous les citadins d'Uruk périront et leurs femmes appartiendront à mes guerriers ; nous pénétrerons dans tes murs, les richesses des temples seront emportées à Kish, les demeures pillées, et j'aurai plaisir à te trancher moi-même la gorge.

Gilgamesh pointa le doigt sur Aggar et répliqua d'un seul mot :

— Si...

Aggar voulut répondre, mais, après un geste de fureur, il tourna les talons et revint vers ses troupes qui piaffaient d'impatience.

Une sensation de malaise envahit Thanys. Avec l'apport des cités alliées, l'armée adverse réunissait deux fois plus de combattants qu'Uruk, qui ne devait compter que sur ces seules forces. Bien sûr, les remparts offraient un avantage relatif, mais l'affrontement s'annonçait incertain. Et surtout, elle avait l'impression d'une immense stupidité. Avec un peu de bonne volonté de part et d'autre, le conflit aurait pu être évité. Nombre d'hommes allaient mourir pour rien.

Soudain, un grondement formidable monta des lignes ennemies, qui, sur un ordre d'Aggar, déferlèrent en masse vers les murailles de la cité. Des volées de flèches cueillirent les premiers assaillants. Mais leur nombre était tel qu'elles ralentirent à peine leur progression. Des guerriers portaient des échelles grossières, qui vinrent bientôt prendre appui sur les murs hauts de près de douze coudées. En quelques instants, des combats d'une effrayante sauvagerie se déclenchèrent. Des grappes d'hommes vociférants s'élançaient à l'assaut de l'enceinte, vaillamment repoussés par les défenseurs. En plusieurs endroits pourtant, ils parvinrent à prendre pied sur les murailles. Alors, Gilgamesh et Enkidu, luttant côte à côte, se portaient sur les lieux et culbutaient les agresseurs par-dessus les remparts. Des flèches enflammées jaillirent des rangs ennemis, qui vinrent se ficher dans les toits des demeures proches, abandonnées par les habitants. Avec courage, les femmes luttèrent contre les flammes, établissant des chaînes de seaux d'eau.

Pendant la journée entière, la bataille fit rage, provoquant des morts et des blessés de part et d'autre. Chaque ennemi tombant aux mains des citadins était immédiatement taillé en pièces sans aucune pitié. Vers le soir, l'adversaire se retira enfin, laissant de nombreux cadavres derrière lui. Dans la lumière du soleil couchant, Aggar fit regrouper les quelques prisonniers blessés tombés des remparts. On les amena devant les murailles, hors de portée de flèche. Puis, sur un ordre du lugal, les guerriers les égorgèrent devant les yeux des Urukiens. Des hurlements de fureur et d'épouvante répondirent à l'ignoble massacre.

— Tel est le sort que connaîtront tous ceux qui oseront s'opposer à moi, tonna Aggar.

Près de lui, Ishtar clamait sa haine à grand renfort d'insultes :

— Demain, Uruk ne sera plus que cendres ! hurlait-elle. Je ferai sauter moi-même la tête de l'Égyptienne !

Sur les remparts, Thanys chuchota à Gilgamesh :

— Si seulement elle se rapprochait un peu, j'aurais plaisir à lui clouer le bec d'une flèche.

La nuit apporta un calme relatif, sans pour autant apaiser les esprits. Les combats reprirent de plus belle le lendemain, puis le surlendemain. Au bout de cinq jours, les pertes s'étaient alourdies des deux côtés sans apporter de décision. Malgré l'acharnement des assaillants, les remparts avaient tenu bon. Des coulées d'huile bouillante et des lâchers de lourdes pierres avaient empêché les Kishiens de percer les défenses urukiennes.

Au soir du cinquième jour, Aggar avait perdu beaucoup plus d'hommes que Gilgamesh. La sagesse aurait dû lui commander de lever le camp et de renoncer à ses prétentions. Mais, aveuglé par l'orgueil et harcelé par la haine de sa sœur, il ne pouvait accepter une défaite.

Cependant, la chaleur écrasante du soleil et la lassitude commençaient à diminuer l'ardeur des combattants. La grogne s'était installée chez les agresseurs. En différents points, ils refluaient sous les pluies de flèches sans même livrer bataille.

Aggar décida alors d'utiliser une autre tactique. Au matin du sixième jour, l'armée ennemie commença à établir un large cercle autour d'Uruk.

— Ils veulent nous assiéger pour nous affamer, dit Gilgamesh. C'est stupide. Nos réserves peuvent nous permettre de tenir longtemps.

— Cette guerre est ridicule, grommela Thanys. Je suis persuadée que Aggar aurait déjà levé le camp sans la présence de sa sœur. Il a perdu de nombreux guerriers.

— Nous aussi.

— Cela ne peut plus durer. Je vais aller lui parler.

— Toi ?

— Étant égyptienne, ma position officielle est neutre.

— Tu es inconsciente, Thanys. Ishtar te hait. Elle te fera mettre à mort dès que tu auras atteint les lignes ennemies.

— Il faut que Aggar sache qu'elle a voulu le trahir.

— Ce sera sa parole contre la tienne.

— Je connais Aggar. C'est un guerrier, mais il est intelligent. Il a déjà compris qu'il ne parviendra pas à vaincre Uruk. Je suis persuadée que si nous lui proposons un moyen de sortir honorablement de cette bataille, il acceptera.

— Je ne peux te laisser y aller seule. J'irai avec toi.

— C'est trop dangereux. Si tu es tué, Uruk sera perdue.

— Alors, je l'accompagnerai, intervint Enkidu.

Gilgamesh soupira, puis hocha la tête.

— C'est bien. J'accepte.

Quelques instants plus tard, on ouvrit les portes de la cité. Entourés par quelques guerriers, Thanys et Enkidu se dirigèrent vers les rangs ennemis. Ceux-ci s'écartèrent pour les laisser passer. On les mena jusqu'à la tente d'Aggar, qui les reçut, assis sur son trône d'ébène. La jeune femme remarqua la fatigue intense qui griffait le visage du roi. Il n'avait guère dû dormir depuis six jours.

— Princesse Thanys! s'exclama-t-il. Tu aurais été plus avisée de demeurer près de moi à Kish. Bientôt, Uruk sera la proie des flammes, et je crains que mes valeureux guerriers ne fassent pas la différence entre les Urukiens et les Égyptiens. À moins que Gilgamesh ait accepté de se rendre.

— Non, seigneur. Tu sais bien que tu ne parviendras pas à soumettre Uruk. Ton armée est nombreuse et puissante, mais il te faudrait au moins trois fois plus d'hommes pour déborder les murailles. Ne compte pas non plus affamer la ville. Elle dispose d'importantes réserves.

Ishtar intervint.

— Qu'elle soit mise à mort, cracha-t-elle. C'est la putain de Gilgamesh !

Thanys frémit, mais Aggar leva la main.

— Ma sœur, cette femme est venue pour parlementer. Je t'ordonne de te taire.

— Cela vaut mieux pour elle, seigneur, riposta vertement Thanys. Je suppose qu'elle ne s'est pas vantée de la proposition honteuse qu'elle a faite au roi Gilgamesh.

— N'écoute pas cette chienne! s'égosilla Ishtar.

— Quelle proposition? demanda Aggar, intrigué.

— Tu l'avais envoyée à Uruk pour négocier une reddition sans combat.

— C'est exact.

— Je suppose qu'elle a dû te raconter que Gilgamesh l'avait traitée comme la dernière des prostituées.

— Il sera châtié pour ça ! grinça Aggar. Ishtar est une catin, mais elle est ma sœur.

— Ta sœur, oui, qui n'a pas hésité à te trahir en proposant au roi d'Uruk de devenir son épouse pour qu'il lève une armée contre Kish.

— Elle ment ! cracha Ishtar.

Thanys sortit alors les gantelets hérissés de pointes de métal qu'elle avait prélevés sur les corps des gladiateurs chargés de la tuer et les jeta aux pieds d'Aggar.

— Qu'est-ce que c'est ? demanda-t-il sèchement.

— Demande donc à ta sœur ce que sont devenus les deux lutteurs qu'elle a envoyés pour m'abattre ! Elle craignait sans doute que je risque de témoigner contre elle. Malheureusement, ses deux champions n'étaient pas de force contre Enkidu.

Le géant précisa de sa voix tranquille :

— Tu en as tué un toi-même, dame Thanys.

Un éclair amusé passa dans l'œil du roi.

— Toi, une femme, tu as tué l'une de ces brutes ?

— C'est vrai. Mais il n'en reste pas moins que ta sœur a voulu m'éliminer pour m'empêcher de parler, et parce qu'elle me hait.

— C'est faux ! hurla Ishtar.

— C'est la vérité ! riposta Thanys. Elle est dévorée de jalousie. Et tu ferais bien de te méfier d'elle, Aggar ! Tant qu'elle sera près de toi, tu ne pourras prendre d'épouse ! Sais-tu pourquoi elle s'offre à autant d'amants ?

— Ne l'écoute pas, Aggar ! hurla Ishtar. Ne vois-tu pas qu'elle essaie de t'attirer dans un piège ? Il faut la tuer !

— Pourquoi ? demanda le roi à Thanys, le visage crispé.

— Parce qu'elle ne peut avoir le seul homme dont elle soit vraiment amoureuse ! Cet homme, c'est toi, Aggar, son propre frère !

Avant que personne n'ait pu réagir, Ishtar, au comble de la fureur, saisit un poignard et se précipita sur Thanys. Mais la jeune femme était sur ses gardes. Elle esquiva habilement la lame et agrippa le bras de son adversaire qu'elle tordit d'un geste brusque. Les articulations craquèrent, Ishtar hurla de douleur et lâcha son arme. L'instant d'après, Thanys lui assenait une vigoureuse paire de gifles qui l'envoya rouler au sol. Étourdie, Ishtar porta les doigts à ses lèvres éclatées et se mit à pleurer. Pétrifiés, les guerriers n'osèrent réagir. Si un homme avait eu le même comportement, il eût été abattu aussitôt. Mais une femme...

Un silence pesant s'installa, qu'Aggar rompit en éclatant de rire.

— Par Enlil, voilà un geste qui me démangeait depuis tout à l'heure.

Il se tourna vers sa sœur.

— Ishtar, je t'ordonne de te retirer.

Elle lui jeta un regard noir, puis, ravalant sa rage, s'éloigna. Aggar se leva et prit Thanys par l'épaule. Son visage refléta un soudain abattement.

— Tu ne m'apprends rien, Thanys. La nuit qui a suivi la fête de mon accession au trône, je l'ai retrouvée, nue, dans mon lit. Elle prétendait que pour satisfaire Innana, il fallait que sa grande prêtresse s'unisse au roi de Kish. Bien entendu, je l'ai chassée. Ishtar est ma sœur.

— Voilà pourquoi elle semblait avoir pleuré lorsqu'elle est venue me voir.

— Te voir ?

— Elle a forcé la porte de ma chambre et m'a menacée de mort.

— Au détriment de toutes les lois de l'hospitalité, grommela Aggar.

— C'est elle qui t'a poussé à entreprendre cette guerre, seigneur, Mais il existe une autre solution.

— Laquelle ?

— Tu dois te retirer du royaume d'Uruk la tête haute. Dans ce conflit, il n'y aura ni vainqueurs, ni vaincus, mais de futurs alliés.

— Explique-toi ! insista Aggar, intrigué.

— J'ai parlé avec le roi Gilgamesh. Te souviens-tu de la ligue commerciale dont je t'ai parlé ? Il était prêt à en discuter avec toi, afin de favoriser le négoce entre vos deux cités, mais aussi avec toutes les autres villes de Sumer et d'Akkad.

— Une ligue ?

— Seule la haine et la désolation résulteraient d'un prolongement de ce conflit stupide. La seule manière d'en sortir est de conclure une paix honorable, et de construire cette alliance qui fera de Sumer un royaume puissant, bien plus puissant que l'ensemble des petites cités qui le composent. Et ton nom restera comme celui qui en aura été l'inspirateur. Gilgamesh reste prêt à négocier avec toi les termes de ce pacte.

Aggar médita quelques instants, puis déclara :

— Dame Thanys, sache que j'aurais aimé avoir une sœur qui te ressemblât. Nous aurions évité tous ces morts inutiles. Tu vas répondre à Gilgamesh que j'accepte de le rencontrer.

— Bien, seigneur.

Elle s'inclina, puis sortit de la tente. À l'extérieur, Ishtar avait repris ses esprits. Apercevant Thanys, elle se mit à hurler.

— Chienne d'Égyptienne, dis bien à ce chacal d'Urukien que je n'aurais de cesse de m'être vengée. Il saura ce que signifie la colère d'Ishtar, grande prêtresse d'Innana. J'en appellerai aux dieux.

Puis elle s'éloigna d'un pas vif sans attendre de réponse[1].

Dans la soirée, les deux lugals s'avançaient l'un vers l'autre, sans armes, suivis par une foule de conseillers. Malgré son origine étrangère, Gilgamesh avait tenu à ce que Thanys fût à son côté. Aggar ouvrit les bras à son adversaire.

— Je rends hommage à la bravoure des Urukiens, seigneur Gilgamesh ! dit-il. Sans les mauvais conseils de ma sœur, cette guerre aurait pu être évitée.

— Seigneur Aggar, tu es venu en ennemi, tu repartiras en ami. Et de cette amitié naîtront des relations fraternelles entre nos deux royaumes.

Aggar se tourna ensuite vers la jeune femme.

— Je tiens à exprimer tout mon respect à dame Thanys pour son courage et sa clairvoyance. Je t'envie d'avoir à tes côtés une femme dont l'intelligence n'est surpassée que par la beauté. J'aurais dû écouter ses suggestions plus tôt.

Les deux souverains imprimèrent ensuite leurs sceaux-cylindres sur les tablettes hâtivement gravées

---

1. Dans l'épopée de Gilgamesh, Ishtar est le nom babylonien d'Innana. Furieuse d'avoir été éconduite par le roi d'Uruk qui lui reproche le nombre de ses amants, elle envoie contre la cité un taureau gigantesque d'origine divine, qui sera tué par Gilgamesh et Enkidu.

par les scribes, qui jetaient les bases de la future Ligue sumérienne[1].

L'armée de Kish quitta Uruk dès le surlendemain. Avec la paix revenue, la vie avait repris un cours normal. Si certaines familles pleuraient la mort d'un père ou d'un frère, on se consolait en pensant que la ville aurait pu être détruite, et sa population emmenée en esclavage. Mais elle avait vaillamment résisté, et chacun en conservait un vif sentiment de fierté. Pour les citadins, la fondation de la Ligue commerciale était le reflet de la victoire d'Uruk, même si on n'en prononçait pas le terme. Kish n'avait pu en venir à bout, et les négociations avaient apporté un certain nombre d'avantages non négligeables en ce qui concernait les taxes et la constitution d'une milice qui assurerait la sécurité des pistes.

De nouvelles caravanes se formaient, en direction de Kish, Sippar, Mari et Byblos. Mentoucheb et Ayoun firent leurs adieux à Thanys.

— Ton souvenir restera gravé en nous, princesse. C'est toi qui fus à l'origine de cette paix qui nous permettra de regagner l'Égypte sans avoir à redouter les pillards.

— Le pouvoir de la Ligue sumérienne ne s'étend pas jusqu'à Byblos, répondit Thanys en souriant. Soyez prudents.

---

[1]. En fait, malgré l'existence de cette Ligue commerciale, Sumer demeura une mosaïque de cités-États divisées par des guerres incessantes. Cette discorde continuelle provoquera, quelques siècles plus tard, l'effritement de la puissance sumérienne au profit des Akkadiens. Cette nouvelle civilisation, qui verra l'émergence des fabuleuses cités de Babylone et de Ninive, conservera cependant la richesse étonnante de l'héritage sumérien.

— Mais toi, que vas-tu faire ? demanda Ayoun.

— Le roi Gilgamesh m'a dit que mon père était parti pour le pays de Pount voici plus de cinq années. Je vais me rendre là-bas pour tenter de savoir ce qu'il est devenu. Peut-être les dieux éclaireront-ils ma route. De toute manière, je ne peux retourner en Égypte pour l'instant.

— J'aurais aimé te convaincre de rester à Uruk, dit Gilgamesh. Tu es digne de gouverner un pays, et j'aurais été le plus heureux des hommes si tu avais accepté de devenir ma reine.

Il soupira.

— Mais je sais que je n'aurai pas la force de lutter contre ta volonté. Il y a en toi quelque chose qui te donne une force mystérieuse, capable de vaincre les dieux eux-mêmes. Tu es comme un rayon de lumière qui passe, une étoile resplendissante qui illumine tout ce qu'elle touche, et qui laisse lorsqu'il s'évanouit le reflet du regret. Mon palais retentira encore longtemps de l'écho de tes rires, Thanys.

La jeune femme sourit devant l'éloge flatteur mais sincère.

— Merci, seigneur ! Je garderai dans mon cœur le souvenir de ces moments partagés, et de l'amitié qui nous a rapprochés.

— Un navire doit quitter Eridu pour le Pays des Encens. J'ai adressé un message à son capitaine afin qu'il t'accueille à son bord avec tous les égards qui te sont dus. Et je souhaiterais que tu acceptes ceci.

Il frappa dans ses mains. Des esclaves se présentèrent, portant une petite cassette que Gilgamesh ouvrit devant Thanys. Elle contenait des bijoux d'argent, d'électrum et d'ivoire, ainsi que quelques anneaux d'or.

— Ceci te permettra de poursuivre ton voyage.

— Je ne peux accepter, seigneur.

— Ton courage a ramené la paix à Uruk, et tu ne possèdes plus rien. Une princesse ne peut voyager en si pauvre équipage. Accepte ces présents, ils te sont offerts avec la gratitude de mon peuple.

— Sois-en remercié, seigneur. Mais toi, que feras-tu ?

— Ma ville manque cruellement de bois pour fabriquer les navires et les meubles. Mon ami Enkidu affirme qu'il existe dans le Nord une forêt magnifique, où poussent les cèdres les plus beaux. Il dit aussi qu'elle est gardée par une tribu barbare qui honore un dieu sauvage du nom d'Huwawa. J'ai l'intention de monter une expédition afin de nous procurer ce fameux bois.

Quelques jours plus tard, Thanys et sa fidèle Beryl arrivaient à Eridu, dont la splendeur n'avait rien à envier à celle d'Uruk. La ville vibrait d'une vie intense. Des hommes venus de tous les horizons s'y rencontraient : Sumériens, Akkadiens, Élamites, Amorrhéens, ainsi que quelques Égyptiens, des négociants en provenance ou en partance pour le lointain pays de Pount. Dans le port sommeillaient de puissants navires de toutes origines, que des esclaves chargeaient d'animaux : chèvres, mouflons, ânes.

Dans les bâtiments du port, Thanys fut accueillie par un homme aux cheveux argentés et bouclés tombant sur les épaules, dont le regard de rapace semblait ignorer le sourire : le capitaine Melhok. Lorsque la jeune femme lui remit la lettre de recommandation portant le sceau de Gilgamesh, il ronchonna :

— Emmener des femmes dans une expédition pareille ! C'est de la folie !

— Je désire rejoindre mon père, expliqua Thanys avec diplomatie. Nous ne te créerons pas de difficultés.

— Je l'espère bien. Où sont tes bagages ?

Thanys désigna les quatre serviteurs offerts par le roi avant son départ, qui portaient chacun des sacs de cuir.

— Tu vois, nous ne sommes guère nombreux.

Elle lui glissa une bourse contenant des anneaux d'or. Melhok les compta avec satisfaction et grogna :

— C'est bon, je t'accepte à mon bord. Mais sache qu'il ne te sera réservé aucun traitement de faveur.

Une silhouette émergea de l'ombre, le visage éclairé d'un large sourire. C'était un homme encore jeune, aux cheveux d'un noir de jais retenus par un bandeau de cuir, richement vêtu d'une cape de lin brodé. Instinctivement, Thanys eut un mouvement de recul. La démarche souple et silencieuse de l'individu rappelait celle d'un fauve. Le regard qu'il posa sur elle la troubla beaucoup plus qu'elle ne l'aurait voulu. Il lui sembla être devenue un oiseau victime d'un chat. Elle ne pouvait se détacher de ses yeux.

Elle frissonna, se traitant intérieurement de sotte. Cependant, elle dut convenir qu'elle n'avait jamais croisé d'homme aussi beau. Il devait connaître le pouvoir de son charme, et ne se privait pas d'en user. Sa voix au timbre chaud résonna, amplifiée par les murs larges :

— Ne fais pas attention aux récriminations de ce vieux bonhomme, princesse Thanys. Il ne cesse de bougonner contre tout.

— D'où connais-tu mon nom ? répliqua-t-elle, mal à l'aise.

— Les nouvelles vont vite à Eridu. Je sais que tu es cette grande dame égyptienne qui a imposé la paix entre Kish et Uruk.

Il posa la main sur sa poitrine et s'inclina avec une élégance naturelle.

— Je suis le seigneur Khacheb, négociant de Djoura, capitale du pays de Pount. Je dois participer à l'expédition. Deux de mes navires sont à quai, prêts à appareiller.

— Peut-être connais-tu mon père, seigneur, demanda Thanys. Son nom est Imhotep.

Le marchand réfléchit un instant.

— En effet, ce nom me dit quelque chose. Mais je ne saurais t'affirmer qu'il se trouve là-bas en ce moment.

— C'est pourquoi j'ai l'intention de me rendre à Djoura.

— Que les dieux soient remerciés, s'exclama-t-il joyeusement. Il sera tellement plus agréable de voyager en compagnie d'une jolie femme.

Il lui prit familièrement le bras et l'entraîna à l'extérieur. Il lui désigna fièrement deux bateaux bercés par la houle, autour desquels s'affairaient des porteurs et des marins.

— Voici mes deux navires. Je serais très honoré si tu acceptes mon hospitalité à bord. Il ne t'en coûtera rien, sinon la lumière de ton sourire.

Embarrassée par la courtoisie excessive de l'autre, Thanys répondit :

— Ton invitation me touche, et je t'en remercie, mais j'ai déjà payé mon voyage au capitaine Melhok. De plus, je préfère rester seule.

Il eut une moue de dépit comique, puis s'inclina de nouveau.

— Comme il te plaira, princesse. Mais ma proposition reste valable, au cas où tu te lasserais de la compagnie de ce vieux râleur.

Elle acquiesça d'un signe de tête.

— De toute manière, je voyagerai moi aussi sur son navire, ajouta-t-il. Plusieurs de mes hommes y ont été engagés comme marins. J'aurai donc le plaisir de te voir souvent.

Il s'inclina encore, et s'éloigna en direction du môle, aussitôt rejoint par une demi-douzaine de serviteurs. Intriguée, Thanys le suivit du regard, puis revint vers le capitaine Melhok, dont le visage s'était encore creusé de nouvelles rides. Visiblement, il n'aimait pas Khacheb. Cependant, il ne fit aucun commentaire. Il indiqua, près des deux vaisseaux de Djoura, trois grands navires dont le plus important, le sien, portait le nom de *Souffle d'Éa*. Les deux autres étaient affrétés par des marchands sumériens.

Le surlendemain, les cinq navires quittaient la côte marécageuse et prenaient la direction du mystérieux pays de Pount.

49

Après la bataille de Busiris, les Édomites, abandonnés par leurs alliés, n'avaient cessé de fuir devant la hargne des Égyptiens. Les troupes qui avaient suivi Djoser constituaient le noyau de l'armée royale. Ses éléments étaient entraînés, et bien décidés à capturer un maximum de prisonniers. Mais la tâche n'était pas aisée. L'ennemi refusait le combat. Bientôt, la côte marécageuse se transforma en une étendue de rocaille balayée par les vents marins. Quelques escarmouches violentes opposèrent encore l'armée à des groupes épars, mais la grande majorité de l'ennemi s'était dispersée dans le désert. Au terme d'une poursuite féroce, Djoser renonça et remonta vers la côte en direction d'Ashqelôn. Là, les Édomites avaient laissé quelques troupes fraîches renforcées par l'équipage de deux navires des Peuples de la Mer. Mais elles étaient trop peu nombreuses pour opposer une résistance suffisante aux Égyptiens. Djoser encercla la petite cité, puis lança ses hommes à l'assaut. Après quelques heures d'un affrontement violent, la ville était libérée, et les ennemis capturés. Mais la population d'Ashqelôn avait disparu, enfuie ou exterminée par les envahisseurs.

Djoser décida de laisser une garnison sur place afin de protéger les navires égyptiens d'un éventuel retour des Édomites, puis il reprit le chemin de l'Égypte. Il ramenait avec lui une colonne de plus de trois cents esclaves.

Dans les rues de Mennof-Rê, le retour des vainqueurs donna lieu à une fête spontanée, qui fleurit au coin de chaque demeure. On avait effacé les traces des combats récents, donné une sépulture aux morts.
Entouré de ses compagnons et suivi par une population enthousiaste, Djoser eut quelque difficulté à se frayer un chemin jusqu'au palais royal. Ce fut comme un raz de marée humain qui convergea vers la grande place, sur laquelle Sanakht s'était fait porter.
Arrivé devant son frère, Djoser se prosterna selon l'usage. Le roi, le visage orné de la fausse barbe, portait le fléau et la crosse, insignes de son titre. Sur sa tête étaient posées les deux couronnes rouge et blanche, décorées de l'uraeus.
D'une nature versatile, Sanakht s'étonnait aujourd'hui de la haine qu'il avait autrefois éprouvée pour ce demi-frère qui lui avait une nouvelle fois prouvé son dévouement et son efficacité. Il s'était réjoui du défilé incessant des prisonniers, qui iraient grossir les rangs des esclaves. On lui avait déjà conté en détail les péripéties de la bataille de Busiris, puis de celle d'Ashqelôn. Le roi était heureux. Ce triomphe était le sien, il affirmait au peuple tout entier sa clairvoyance et sa puissance. Aussi releva-t-il Djoser avec un large sourire.

— Une fois de plus, mon frère a prouvé sa valeur. En ce jour, Seth a guidé son bras et nous a offert une grande et belle victoire. Désormais, tu ne seras plus simple capitaine, mais général. Que ceci soit écrit et accompli.

Accroupi à son côté, un scribe nota scrupuleusement les paroles du roi. Djoser s'inclina de nouveau. Un grondement de triomphe jaillit de toutes les poitrines.

Quelques instants plus tard, portée par les hommes de la garde royale, la litière de l'Horus quittait le palais pour effectuer une promenade triomphale dans les rues de Mennof-Rê. Une foule enthousiaste se massa sur son passage. À droite de Sanakht marchait Djoser, accompagné de ses capitaines, parmi lesquels Semourê et Piânthy.

Vers le soir, alors que le roi avait regagné son palais pour les festivités organisées en l'honneur de la victoire, Pherâ aborda Sanakht :

— La popularité du seigneur Djoser ne cesse de croître, ô Lumière de l'Égypte.

— Il l'a méritée, n'est-ce pas ? Sans lui, Mennof-Rê serait tombée aux mains des Édomites.

— Le seigneur Djoser n'a pas remporté la victoire à lui seul, grand roi. C'est *ton* armée qui a vaincu. Mais tu lui as permis une nouvelle fois de prouver sa valeur. Et je redoute qu'un jour prochain, de gros problèmes ne se posent.

Sanakht le regarda avec stupéfaction.

— Que veux-tu dire ?

Pherâ hésita, puis déclara :

— Regarde comme tes sujets l'admirent et le respectent. Un roi sage et puissant se doit de prévoir toutes les éventualités. Djoser ne partage pas tes convictions religieuses. Ne crains-tu pas qu'il vienne à l'esprit de ton glorieux frère l'idée d'imiter l'usurpateur Peribsen ?

— Mais le peuple m'aime ! N'as-tu pas vu comme il m'a acclamé cet après-midi ?

— Parce que tu as cédé aux exigences exorbitantes de ton frère, ô grand roi. Il t'a dicté sa loi, et tu lui as obéi. Ce n'est donc pas toi qu'ils ont acclamé, mais bien lui.

Sanakht contempla longuement les courtisans. Pherâ avait raison. C'était vers Djoser qu'ils se tournaient désormais, et non vers leur roi. Un flot de colère chassa d'un coup la bonne humeur qui l'avait habité tout au long de la journée.

— Tu n'as pas encore d'héritier, insista le grand vizir. Si Osiris t'appelait à lui, les deux couronnes reviendraient à Djoser.

Sanakht ne répondit pas immédiatement. Il en voulait à Pherâ de lui avoir gâché la joie de sa victoire avec ses propos alarmants. Mais ils sonnaient terriblement juste. À la place de Djoser, n'aurait-il pas été tenté, lui-même, de profiter de cette gloire ? À la réflexion, il détestait ce frère qui ne lui avait apporté que des ennuis, jusqu'au rejet de son père peu avant sa mort.

— Que me suggères-tu ? demanda sèchement Sanakht.

— Tu dois redoubler de prudence et le faire surveiller.

— Il m'a dit qu'il souhaitait retourner dans son domaine de Kennehout. Il veut être présent lors de la naissance de son fils.

— C'est parfait. Mais au cas, j'espère improbable, où Djoser deviendrait un danger pour le royaume, il faudrait que tu aies près de toi un homme capable de s'opposer à lui. Meroura est âgé, et sa santé se détériore. Seul ton oncle Nekoufer est capable de le remplacer, et il t'est fidèle.

— Il a essuyé une défaite, répliqua Sanakht.

— Parce qu'il ne disposait pas d'une armée suffisamment importante. Djoser lui-même aurait été vaincu.

— C'est vrai.

— Il faut nommer Nekoufer général en chef de la Maison des Armes. Ainsi, il sera maître de la garde royale et de l'armée, et Djoser sera placé sous ses ordres.

Sanakht hésita, puis déclara :

— Tu as peut-être raison, Pherâ. Je vais agir ainsi que tu l'as dit.

Il fit appeler son scribe.

QUATRIÈME PARTIE

La lionne

50

Propulsé par leurs nombreux rameurs, les navires longeaient un univers désertique et désolé, fait de côtes rocailleuses élevées, à la végétation chétive, et battues par des vents chauds qui desséchaient la gorge. Nulle cité ne se dressait le long de ces rivages inhospitaliers. Seuls quelques misérables hameaux de pêcheurs s'abritaient au creux d'anses protectrices. Mais leurs habitants, redoutant sans doute d'être capturés, fuyaient vers les hauteurs dès l'apparition de la petite flotte.

Outre quelques meubles et des pièces de poterie, l'essentiel de la cargaison de troc se composait de moutons et de chèvres, dont les habitants du pays de Pount étaient friands. Le tout serait échangé contre de l'encens récolté par les indigènes, de l'or, de l'ivoire et de l'ébène provenant des forêts profondes de l'intérieur.

Chaque soir, afin d'éviter les écueils des ténèbres, les navires s'abritaient dans de petites criques afin de passer la nuit. Les jours s'écoulaient, sans fin, rythmés seulement par les bruits des avirons qui plongeaient en cadence dans les eaux bleues. Un soleil ardent brûlait la peau, éblouissait les yeux, reflété par les vagues comme des myriades de miroirs vibrants. Assise sur le pont, Thanys devait parfois lutter de toute son âme pour ne pas céder à l'accablement. L'inactivité lui pesait. Les aventures traversées lui semblaient lointaines, presque étrangères, des souvenirs échappés de la vie d'une autre personne. Seuls demeuraient des visages, des regards, quelques images furtives... Le vieil Ashar et ses funestes prédictions; Raf'Dhen, dont les yeux d'émeraude trahissaient le désir; les sacrifices abominables perpétrés par les Amaniens, la fuite éperdue sur ces créatures merveilleuses dont le Hyksos était tombé amoureux; Ziusudra et son bateau noir, l'effondrement de Til Barsip; l'ambitieux Aggar et l'orgueilleuse Ishtar, le rire tonitruant de Gilgamesh, la force tranquille d'Enkidu...

Un doute insidieux lui dévorait l'esprit, chaque jour plus corrosif. Cette expédition était une folie. Imhotep avait quitté Uruk depuis bien longtemps. Bien sûr, le seigneur Khacheb lui avait affirmé avoir entendu parler de lui. Mais rien ne prouvait qu'il se trouvait encore dans le pays de Pount. Alors, vers quel destin inconnu l'emportait ce voyage interminable, à la recherche d'un fantôme qui toujours semblait la fuir? N'eût-il pas été plus sage de demeurer à Uruk?

Dans ces moments d'incertitude cruelle, elle se raccrochait à l'intuition obscure qui lui soufflait de poursuivre sa route, de ne pas céder au découragement. Mais n'était-ce pas une manière de fuir? Fuir cette Égypte qu'elle aimait et dont les images brûlantes éveillaient en elle une douloureuse nostalgie; fuir le souvenir d'un homme dont les traits demeuraient gravés dans sa mémoire; fuir toujours plus loin, se raccrocher à un rêve, un but chimérique, parce qu'elle refusait de s'avouer que le désespoir la rongeait. Désespoir de rencontrer un jour ce père inconnu ; désespoir de retrouver un amour qui refusait, malgré le temps et les épreuves, de s'effacer de sa mémoire. Djoser continuait de la hanter. Son enfance et son adolescence étaient pleines de ses yeux, de ses rires, de sa voix, de l'odeur de sa peau... Son souvenir demeurait incrusté en elle plus profondément qu'une pierre précieuse dans sa gangue.

Lorsque la souffrance devenait trop aiguë, elle prenait en main le nœud Tit et adressait une prière fervente à Isis. Alors, les braises de l'espoir se rallumaient, et elle rêvait au jour où elle retrouverait les Deux-Royaumes et son compagnon. Beryl ne la quittait pas d'une semelle, lui offrant le secours de son affection inconditionnelle. Traitée comme une amie, la jeune Akkadienne s'obstinait pourtant à se considérer comme une servante.

Les relations avec les autres passagers demeuraient ambiguës. La présence de deux femmes à bord n'était pas coutumière et nombre d'hommes, parmi les rameurs esclaves ou les voyageurs, les observaient avec des yeux brillant de convoitise. Afin d'éviter tout incident, elles ne quittaient pas l'arrière du navire, où se dressait une petite cabine mise à leur disposition par le capitaine Melhok. Avec le temps, l'humeur de ce dernier ne s'était guère améliorée. Cependant, ainsi que l'avait exigé le roi d'Uruk, il veillait à leur confort et à leur sécurité. Brun de peau, blanc de poil, Melhok dirigeait son vaisseau avec une poigne énergique, et il ne serait venu à l'idée de personne de discuter son autorité. La vingtaine de guerriers placés sous ses ordres lui étaient dévoués corps et âme.

Une douzaine de négociants accompagnés de leurs serviteurs voyageaient sur le *Souffle d'Éa*. C'était pour la plupart des habitués des expéditions lointaines. Ils provenaient de cités différentes comme Lagash, Sippar, Éridu, Kish, et même la septentrionale Mari. Trois des marchands, originaires d'Uruk elle-même, s'étaient liés d'amitié avec la princesse, qu'ils avaient eu l'occasion de croiser dans le palais royal. Ils venaient parfois lui tenir compagnie à la poupe. L'un d'eux ne se séparait jamais d'un jeu constitué d'un plateau de bois sur lequel il fallait faire progresser des pions vers la ligne adverse[1]. Pour tromper le temps, Thanys s'y était initiée.

Ainsi qu'il l'avait indiqué avant le départ, le seigneur Khacheb se trouvait souvent à bord du *Souffle d'Éa*. Il avait prétexté la présence à bord de plusieurs de ses marins, mais Thanys eut très vite l'impression qu'il agissait ainsi pour se trouver en sa compagnie. Bien entendu, les autres marchands partageaient souvent leurs conversations, mais elle sentait que ses discours ne s'adressaient qu'à elle. Conteur remarquable, il possédait l'art inné de captiver l'attention, de susciter le rire ou l'angoisse. Au début, ce manège l'agaça, mais elle dut s'avouer qu'elle ne restait pas insensible à la séduction qui se dégageait du personnage. Pour satisfaire sa curiosité, Thanys accepta de lui narrer ses propres aventures.

Khacheb s'arrangeait souvent pour se trouver seul avec elle, et déployait des trésors de drôlerie pour la

---

1. Il s'agit du jeu d'Ur, très lointain ancêtre du jacquet.

distraire. Malgré les réticences de la jeune femme, sa gaieté naturelle et son enthousiasme avaient le don de balayer sa morosité. Il la divertissait d'histoires de voyages, d'anecdotes farfelues dont la véracité demeurait sujette à caution, mais qui avaient le mérite de la détourner de son ennui. Elle découvrit également qu'il était instruit et parlait un égyptien très pur. Elle lui demanda s'il était originaire des Deux-Terres. Il répondit évasivement qu'il était né sur les rives du Nil, mais qu'il en était parti très tôt et avait vécu la majeure partie de sa vie dans le pays de Pount.

Peu à peu, involontairement, elle se laissait prendre au charme qui émanait du personnage. Une sorte de mystère l'auréolait. Malgré sa faconde, il parlait peu de lui, comme s'il cherchait à se préserver.

Régulièrement, il renouvelait son invitation. Aussi régulièrement, elle refusait, sans provoquer autre chose qu'un petit sourire triste et patient. Mais elle savait qu'elle finirait par accepter. Sa présence lui manquait les rares jours où il regagnait ses navires.

Un jour, mue par une impulsion soudaine, elle finit par céder. Profitant d'une escale, elle abandonna Beryl à la garde du capitaine Melhok et rejoignit le navire de Khacheb, qui la reçut avec une joie non dissimulée. À l'inverse du *Souffle d'Éa* où régnait l'austérité, sa cabine reflétait un luxe inouï, inattendu sur un navire de négoce. L'origine disparate des objets la surprit. Il y avait là des coffres égyptiens, des meubles sumériens, des vases akkadiens, des tissus amorrhéens, des bijoux de toutes provenances. Khacheb fit préparer pour elle un repas abondant, composé de viandes grillées et de sucreries. Il fit déboucher une jarre contenant un délicieux vin égyptien, digne de la table d'un roi.

La chaleur du vin aidant, Thanys oublia peu à peu sa méfiance. Elle savait parfaitement pourquoi Khacheb l'avait conviée à son bord. Cette perspective l'effrayait un peu, mais elle devait s'avouer que le regard fascinant de son hôte ne la laissait pas indifférente. Depuis combien de temps n'avait-elle pas connu la douceur de la peau d'un homme contre la sienne ? En dehors de Djoser, elle gardait le souvenir d'un marin obscur sur les côtes du Levant. Elle avait repoussé les avances de Raf'Dhen le Hyksos, et celles du roi Gilgamesh. Mais cet homme lui plaisait. Il se dégageait de lui une sensualité animale, une intense soif de vivre qui éveillait dans le creux de ses reins une chaleur équivoque. Ses gestes étaient souples et déliés, sa bouche charnue, ornée d'une fine moustache qui le faisait un peu ressembler à un chat. Il redoublait d'attentions envers elle, alternant la patience et les avances précises qu'il masquait d'un rire frais et séducteur.

Parce que l'image de Djoser la hantait encore, elle résista. Mais le charme de l'homme agissait malgré elle, et il le savait. L'envie de Thanys croissait à mesure que le jour tombait et que l'esprit du vin enfiévrait son esprit. Lorsque le crépuscule inonda la cabine d'une lueur d'or rouge, il lui sembla que le temps s'était arrêté, qu'un phénomène mystérieux l'avait emportée ailleurs, dans un monde différent. Elle finit par succomber au désir. Sans qu'elle y prît garde, ses vêtements glissèrent doucement sur sa peau, et elle se retrouva nue contre le corps avide de l'homme. Ivre d'avoir trop attendu, elle s'abandonna alors à un tourbillon brûlant qui dévasta ses dernières résistances. Parce qu'elle avait été trop longtemps sevrée de caresses, elle répondit à celles de son amant avec une frénésie proche de la violence, exigeant, se livrant, tour à tour possessive et offerte. La tiédeur de la nuit océane lui apportait des odeurs mêlées d'algue et d'iode, de coriandre et de menthe qui parfumaient leur haleine. Leur union dura longtemps, épuisante, éreintante, proche du délire et de la folie.

Elle remarqua à peine que le navire s'immobilisait pour la nuit. Recrue de fatigue, elle finit par s'endormir, blottie contre le torse épicé de l'homme.

Lorsqu'elle s'éveilla, elle se demanda un instant où elle se trouvait. À la lumière dorée des lampes à huile suspendues, elle reconnut la cabine, les éclats des vasques de cuivre martelé. Assis en tailleur, Khacheb l'observait, les yeux luisants et fixes. Avec une pudeur un peu tardive, elle ramena ses vêtements sur elle et sourit. Il lui répondit d'un regard farouche et déclara d'une voix à peine audible :

— Tu es faite pour l'amour, Thanys. Jamais une femme ne m'a donné autant de plaisir.

La lueur sauvage et possessive qui brillait dans ses yeux la fit frissonner. Partagée entre la volupté de se sentir ainsi désirée et la frayeur de succomber à des chaînes dont elle ne voulait pas, elle resserra ses vêtements autour d'elle. D'un bond souple, il la rejoignit et la prit dans ses bras.

— Écoute-moi, Thanys. Je suis encore plus riche que tu ne peux l'imaginer. En fait, je suis le roi d'une petite cité qui a nom Siyutra. Je... je voudrais que tu en sois la reine.

Stupéfaite, elle le dévisagea.

— Je ne peux accepter. Je suis déjà promise à un prince égyptien.

— Je sais ! Tu m'as raconté ton histoire. Mais cela

fait plus d'un an que tu as quitté l'Égypte. Crois-tu que ton prince t'ait attendue ?

— Bien sûr !

— Comme toi qui viens de te donner à moi ?

Sa réponse la mit mal à l'aise.

— Je suis libre, Khacheb, se défendit-elle.

— Je ne te le reproche pas. Mais ton prince l'est aussi. Sans doute a-t-il déjà aimé d'autres femmes. Si tu le revois un jour, penses-tu qu'il se souviendra de toi ?

— Djoser ne peut m'avoir oubliée.

Son ton manquait d'assurance. Khacheb s'écarta lentement d'elle avec un sourire.

— Peut-être dis-tu vrai. Mais rien n'est moins sûr. Moi, je t'offre mon royaume. J'aimerais que tu acceptes de demeurer sur mon navire.

— Il faut… il faut que je réfléchisse.

Il lui adressa un regard suppliant.

— Je ne veux pas t'effrayer, Thanys. Tu es libre de repartir. Mais sache que tu auras toujours ta place à mes côtés.

Il fouilla dans un petit coffret dont il sortit un collier d'or orné de pierres qu'il noua autour de son cou.

— Ce n'est qu'un modeste présent. Mais la reine de Siyutra possédera des bijoux encore plus beaux.

Ce fut alors qu'elle nota, sur ses poignets, les traces rosâtres de cicatrices anciennes, comme s'il avait porté des liens ayant entamé les chairs. Il remarqua son étonnement et son visage s'éclaira d'un sourire amusé.

— Ces marques t'intriguent, n'est-ce pas ? Je les dois à des pirates.

— Des pirates ?

— Il en existe quelques repaires le long de ces côtes. C'est d'ailleurs pourquoi les expéditions comportent plusieurs navires. Ils m'ont capturé alors que j'étais encore très jeune. Mais j'ai réussi à leur fausser compagnie.

Thanys regagna seule le *Souffle d'Éa* dès le lendemain. Un trouble profond s'était emparé d'elle. Elle aurait voulu confier son aventure à sa fidèle Beryl, mais elle n'osa pas. Cependant, la jeune servante n'eut pas besoin de poser de questions pour comprendre ce qui était advenu.

Thanys passa la journée dans la cabine, touchant à peine à la nourriture proposée par le capitaine Melhok. Un conflit la déchirait. Jamais elle ne se serait imaginée capable d'éprouver pour un autre que Djoser des sentiments aussi puissants. Khacheb avait éveillé en elle une sensualité trouble, perverse, qui avait pris possession de son corps. Elle ne parvenait pas à chasser le souvenir de ses mains sur sa peau, de sa bouche sur la sienne. Par moments, elle avait cru perdre la tête, sombrer dans une spirale infernale de plaisir et de désir. Ce démon paraissait la deviner, la percer jusque dans ses délires les plus secrets. Elle n'avait pas souvenance d'avoir vécu avec Djoser des instants aussi intenses. Et cela plus que tout la mettait mal à l'aise.

Elle avait envie de retrouver son compagnon d'enfance, de se fondre dans ses bras. Simultanément, son corps lui hurlait de retourner sur le navire de Khacheb, de réclamer une nouvelle étreinte sauvage, brûlante, dévastatrice. L'éclat de son regard fiévreux ne quittait pas son esprit.

Elle lutta ainsi pendant trois jours. Mais l'image de Djoser se faisait imprécise, remplacée peu à peu par la flamme dévorante du souvenir de la soirée magique. Au matin du troisième jour, alors que les cinq navires s'apprêtaient à quitter le rivage auprès duquel ils avaient passé la nuit, elle rejoignit le vaisseau de Khacheb.

Au-delà d'un large détroit que les Sumériens avaient nommé la *Porte du Kur* s'ouvrait le grand océan du Sud. Les vaisseaux contournèrent, pendant plus de deux décades, un immense massif montagneux, puis ils suivirent, vers l'ouest, des rivages mornes, sans relief, frontière hostile entre l'océan et les sables impitoyables de l'intérieur. Thanys comprenait pourquoi les Sumériens assimilaient cette grande mer du Sud aux confins du royaume des morts. Tout semblait démesuré, inaccessible, ouvert sur un infini à la dimension des dieux.

Mais elle s'en moquait. En fait, elle se moquait de tout. Peu lui importait l'endroit où l'emportait le navire. Elle ne voulait plus penser, plus réfléchir. Elle ne vivait que dans l'attente des moments où Khacheb la rejoignait dans la cabine, où elle se livrait à sa fougue, à ses exigences. Elle ignorait si elle l'aimait. Mais elle ne pouvait plus se passer de ses mains, de ses yeux brillants qui la contemplaient longuement lorsque la fureur des sens les laissait épuisés, le souffle court.

Parfois, elle se disait qu'elle aurait dû être heureuse. Pourtant, un malaise obscur demeurait incrusté en elle. Pour une raison inexplicable, cette aventure passionnée lui laissait dans la gorge une curieuse sensation d'inachevé. Parfois, son plaisir se doublait d'une étrange sensation de souffrance, comme si elle recherchait désespérément dans l'exaltation de son corps quelque chose qui continuait de la fuir sans cesse. Leurs joutes amoureuses ressemblaient à des combats sauvages, où la rage le disputait à l'amour. Elle en conservait sur la peau des marques sanguinolentes dont elle ne prenait conscience qu'une fois la passion apaisée. Mais son amant gardait lui aussi les traces de leurs étreintes. Cela la faisait sourir, mais elle aurait voulu que se glissât dans ces relations sulfureuses la quiétude de la tendresse. Il n'existait entre Khacheb et elle aucune complicité.

Dans ses rares moments de lucidité, elle éprouvait l'envie de fuir, de l'oublier, de retourner auprès de sa fidèle Beryl. Elle s'en voulait d'être devenue ainsi esclave de la volupté qu'il lui offrait. Mais il suffisait qu'il posât le regard sur elle pour qu'elle cessât de penser.

Un soir, alors que les navires avaient fait halte dans une petite baie cernée de dunes de sable balayées par les vents, elle lui demanda :

— Quand serons-nous à Djoura ?

Le visage de son compagnon se ferma. Il répondit de manière évasive :

— Dans une lune, peut-être deux.

Il laissa passer un long moment, puis rétorqua sèchement :

— Tu espères toujours retrouver ton père...
— Bien sûr !
— Et tu partiras.
— Je... je ne sais pas.

Il se tourna brusquement vers elle.

— Je ne veux pas que tu me quittes, Thanys. Tu dois venir avec moi à Siyutra.

La violence de sa voix la désarçonna. Elle répliqua d'un ton buté :

— Je *dois* retrouver mon père.

— Il a disparu depuis si longtemps. Il ne vit sans doute plus à Djoura. Tu n'as plus rien à faire là-bas !

— Je veux en être sûre.

— Et moi, je veux que tu viennes avec moi, insista-t-il.

Une colère brutale enflamma la jeune femme.

— Mais je ne t'appartiens pas ! Qui es-tu pour me parler de la sorte ?

— Je suis le roi de Siyutra. Je veux que tu sois ma reine !

Effrayée par l'éclair de démence soudaine qui luisait dans son regard, elle recula. Il eut un geste pour la retenir. Elle se dégagea et se dirigea à la hâte vers le capitaine Melhok et ses guerriers, l'esprit en déroute. Elle crut qu'il allait la suivre, l'empêcher de rejoindre les autres, mais il ne fit pas un geste. Bouleversée, elle se réfugia dans les bras de Beryl et éclata en sanglots.

Le lendemain matin, elle embarqua à bord du *Souffle d'Éa*. Depuis son départ, deux mois auparavant, le navire avait longé les côtes. Au grand étonnement de Thanys, il changea de cap et se dirigea plein sud, vers le grand océan. Inquiète, elle interrogea Melhok.

— C'est dans cette direction que se trouve le pays de Pount, répondit-il.

— Comment peux-tu en être sûr ?

— Nous autres marins, nous avons nos repères sur la côte : une montagne d'une forme particulière, certains courants. Dans cinq jours, peut-être quatre, nous atteindrons notre destination.

51

À mesure que la côte s'éloignait, une sorte de vertige imprégnait Thanys, comme si le repère immuable que constituait la terre ferme se diluait peu à peu dans l'incertitude. Malgré la confiance qu'elle accordait au capitaine Melhok, elle avait le sentiment d'être emportée, sans pouvoir reculer, vers un inconnu effrayant qui n'était pas le pays de Pount, mais un territoire ignoré d'elle-même, qu'elle découvrait avec angoisse. Les hautes vagues qui malmenaient le navire reflétaient la confusion de son esprit. Elle avait l'impression que Khacheb l'avait dépossédée d'elle-même. Par moments, elle était soulagée d'avoir échappé, grâce à un sursaut d'orgueil, à son emprise perfide. À d'autres, en revanche, la souffrance s'insinuait en elle, éveillant dans son ventre une doucereuse nostalgie. Elle était persuadée que Khacheb souffrait, lui aussi. Alors, elle s'accoudait à la lisse et observait longuement les deux navires de son amant qui évoluaient à distance.

Ce déchirement permanent lui donnait parfois la sensation de glisser lentement vers la folie. Jamais elle n'avait éprouvé de sentiments aussi violents, aussi douloureux. Incapable de maîtriser son émotion, elle se recroquevillait sur le pont et serrait fortement le nœud Tit en implorant Isis de la protéger. Peut-être s'agissait-il d'une nouvelle épreuve envoyée par les dieux...

Pour la première fois, le capitaine Melhok se montrait bon avec elle. Lui d'habitude si indifférent s'était ému de sa souffrance, et lui tenait souvent compagnie, lui contant ses nombreux voyages sur la grande mer du Sud. Ce soutien inespéré, allié à l'affection inconditionnelle de Beryl, lui permit d'apaiser son angoisse.

Quatre jours plus tard, la flotte parvenait en vue d'une côte rocheuse éclaboussée d'un soleil aveuglant. Une agglomération apparut, dont l'aspect déconcerta Thanys. Elle s'était attendue à découvrir un port avec des bâtiments de briques, des entrepôts, de riches demeures identiques à celles rencontrées au Levant, en Akkad ou à Sumer.

La cité inconnue ne ressemblait à rien de tout cela. Les maisons n'étaient que des cases rondes de différentes tailles, aux toits de chaume coniques dont le sommet était surmonté d'un capuchon de bois destiné à empêcher la pluie de pénétrer à l'intérieur.

— Voici Hallula, commenta Melhok. C'est ici que vivent les meilleurs récoltants d'encens. Celui-ci provient d'un arbre appelé le *boswellia*, qui s'accroche au flanc des falaises abruptes de ces côtes. Les indigènes pratiquent d'abord une incision dans l'écorce pour que la sève s'écoule, puis ils reviennent plus tard rechercher les grumeaux de résine ainsi formés. C'est un travail dangereux, pour lequel il vaut mieux ne pas être sujet au vertige.

— Dans combien de temps serons-nous à Djoura ? demanda Thanys.

— Après Hallula, nous repartirons vers le couchant. Djoura se trouve à environ dix jours de navigation. Nous y achèterons de la myrrhe, de l'orseille, des aromates, de l'ébène, de l'ivoire, de l'or, des esclaves.

Il se tourna vers elle, hésita, puis déclara :

— Tu devrais te méfier de cet homme, princesse. Il y a en lui quelque chose d'inquiétant.

— Il s'est montré bon envers moi. Il n'est pas responsable de ce qui nous arrive.

— Je ne veux pas parler de ça. Il a introduit ses hommes sur chacun de nos trois navires. Et ces gens ne m'inspirent pas confiance. Ils effectuent leur travail correctement, mais ils ne se mêlent pas à mes marins.

— Pourquoi ces soupçons ? Khacheb m'a dit être le roi d'une petite cité appelée Siyutra.

— Justement ! Je navigue sur ces mers depuis bientôt trente années, et je n'ai jamais entendu parler de cette ville. Pas plus que je n'ai rencontré le seigneur Khacheb à Djoura. En fait, je l'ai vu à Éridu pour la première fois.

Troublée, Thanys ne répondit pas. Mais sa perplexité s'effaça bientôt devant le spectacle de la côte de Pount, ce pays si lointain qu'il semblait issu d'une légende. Dès que les navires furent à proximité, la plage fut le siège d'une activité de fourmilière, puis la mer se couvrit d'une multitude de points noirs qui convergèrent vers l'escadre. Bientôt, celle-ci fut entourée d'une flottille de pirogues à balancier, portant des hommes à la peau d'un noir profond, qui pagayaient en scandant un chant rythmé. Leur chevelure crépue et épaisse leur composait comme une auréole. Melhok rassura les deux jeunes femmes, effrayées par le vacarme.

— N'ayez crainte, ils viennent seulement nous souhaiter la bienvenue. Les *Habashas*[1] sont très hospitaliers. Ils passent leur temps à rire et à chanter. Mais ce sont aussi de fiers guerriers.

Il hésita, puis ajouta :

— Cependant, il faudra te montrer prudente, princesse. Ces gens n'ont certainement jamais vu d'Égyptienne. J'ignore quelle sera leur réaction. Chez eux, la femme appartient à l'homme. Le vieux roi, Mouzania, possède plus de cent épouses.

— Je n'ai aucune envie d'attirer l'attention, répondit-elle. Ces gens m'effraient.

Escortés par les rameurs exubérants, les vaisseaux se dirigèrent vers la plage bordant le village. Aidés par les indigènes, les occupants débarquèrent. À terre, l'accueil tourna au délire. Visiblement, Melhok n'était pas un inconnu. Peu désireuse de revoir Khacheb, qui avait lui aussi mis pied à terre, Thanys demeura près du capitaine. En revanche, sa défiance envers les indigènes disparut très vite. Une ribambelle d'enfants nus et bavards, aux sourires étincelants, vint leur prendre la main pour les mener jusqu'à la plus grande case du village, devant laquelle se tenait un vieux bonhomme au ventre proéminent. La peau plissée en cascades, les membres interminables et pliés à des endroits inhabituels, le roi Mouzania rappelait une pieuvre. Mais son visage aux yeux vifs pétillait de malice.

---

1. Abyssins.

Thanys et Beryl, étroitement surveillées par les marins, attisaient la curiosité. Ainsi que l'avait supposé Melhok, les Habashas n'avaient encore jamais vu de femmes à peau blanche. Comme l'expliqua le vieux souverain en se tordant de rire, il avait fini par penser que les Sumériens se reproduisaient entre mâles. Intrigué, il vint examiner les deux filles, tâta familièrement leurs bras, toucha leur longue chevelure. Enfin, il déclara qu'elles étaient beaucoup moins belles que les filles de Pount, mais que, malgré tout, elles étaient les bienvenues. Puis il décida d'organiser une fête pour célébrer le retour de son ami Melhok.

Thanys redoutait que Khacheb vînt la rejoindre. En fait, il ne chercha même pas à la rencontrer. Il se contenta de demeurer sur la plage en attendant le début du troc. La jeune femme en éprouva un paradoxal mélange de dépit et de soulagement. Mais après tout, sans doute valait-il mieux qu'ils ne se revissent pas.

À Hallula comme ailleurs, le temps comptait peu. Il n'était pas question d'engager des opérations de commerce avant la fin des festivités. Elles débutèrent dès le premier soir et s'étalèrent sur plusieurs jours. Le roi Mouzania avait fait aménager deux cases, l'une destinée au capitaine et aux marchands, l'autre réservée à Thanys et Beryl. La princesse avait vite compris qu'elle n'avait rien à redouter de ce peuple doux et accueillant, pour lequel tout était prétexte à rire. Un peu farouches au début, les habitants s'enhardirent et entamèrent, par signes, la conversation avec les deux jeunes femmes. On les invita à visiter le village. L'un des marins, Lodingra, qui connaissait la langue locale, s'offrit à leur servir de truchement.

Fascinée, Thanys découvrit alors un pays bien différent de l'Égypte ou de Sumer. Tout était sujet d'étonnement : les vêtements, la nourriture, l'architecture simple des demeures, les coutumes. On lui montra ainsi un homme en larmes, accroupi sur le seuil de sa case, sous l'œil amusé de ses voisins. On lui expliqua qu'il pleurait sa fille disparue. Thanys imagina que sa mort attristait le pauvre homme et estima que les autres se montraient bien cruels envers lui. Mais un gamin hilare lui apprit qu'elle avait été enlevée par son fiancé, avec son consentement, mais bien évidemment sans l'accord de son père. Depuis, elle vivait dans un autre village, où elle avait épousé son promis qui avait ainsi économisé la dot. Devant la perplexité de Thanys, Lodingra l'éclaira :

— La coutume habasha veut que l'on offre des présents au père en échange de la fiancée. On compense ainsi la perte de son travail. Mais il arrive qu'un jeune homme sans fortune désire épouser une fille. Si celle-ci y consent, il l'enlève, et le père ne peut rien dire.

— Dans ce cas, pourquoi n'agissent-ils pas tous ainsi ? s'étonna Thanys. Ils éviteraient ainsi cette dot.

— C'est une question de fierté. Un jeune homme qui peut offrir de belles bêtes en échange de sa fiancée prouve ainsi sa valeur et sa fortune. La taille de leurs troupeaux reflète leur importance sociale. Ils ne les vendent jamais. C'est d'ailleurs pourquoi nous leur apportons des animaux en échange de leurs produits. En réalité, ce n'est pas sa fille que ce brave homme pleure, mais les deux ou trois chèvres qu'elle aurait dû lui rapporter. Et cela fait rire les autres.

Certains hommes portaient au poignet un objet

étrange, en bois, qui n'était autre qu'un chevet sur lequel ils posaient la tête pour dormir. Les guerriers arboraient fièrement de multiples scarifications sur les membres et le torse, reçues à l'adolescence, lors d'une cérémonie de passage à l'âge adulte. Elles étaient destinées à éloigner les mauvais esprits et à éprouver le courage.

Une autre coutume intrigua beaucoup Thanys. Les Habashas vouaient un grand respect à leurs morts. La tradition exigeait qu'on leur offrît régulièrement de la nourriture et des vêtements. Aussi les riches chargeaient-ils les plus pauvres d'aller porter des offrandes aux âmes des défunts. Bien entendu, ceux-ci gardaient habits et aliments pour eux, mais la tradition était respectée, et chacun avait la conscience tranquille.

Outre la récolte de l'encens, Hallula vivait également de la pêche d'éponges et de perles, ce qui expliquait la petite flottille de pirogues. Thanys, qui accompagna les pêcheurs un matin, constata avec effarement que des ailerons menaçants hantaient les abords des côtes. Elle crut revivre le cauchemar du naufrage sur les côtes du Levant. Les requins n'avaient pourtant pas l'air d'inquiéter les plongeurs qui se glissaient dans l'eau sans hésitation. Parfois, un squale s'approchait, puis faisait rapidement demi-tour.

— Ils les éloignent en s'enduisant le corps d'un onguent dont l'odeur les fait fuir, expliqua Lodingra.

Les requins effrayaient d'autant moins les Habashas qu'ils constituaient l'un de leurs mets préférés, sous le nom de *pintade de mer*. La base de la nourriture locale était la *doura*, un pain de maïs et de millet. On mangeait également des fèves rouges, assaisonnées de coriandre, de poivre ou de cumin. Le bétail ne fournissait pas de viande. On se contentait de traire les femelles dont on consommait le lait.

On ne sacrifiait des animaux que dans des circonstances bien particulières, comme par exemple la naissance d'un enfant. Ainsi Thanys fut-elle invitée, en sa qualité de princesse égyptienne, à assister à la naissance d'un enfant dans une case voisine. Le père était un haut dignitaire, proche du roi Mouzania. Aidée par ses compagnes, toutes épouses du personnage, la parturiente mit au monde un superbe garçon dont les poumons vigoureux clamèrent bientôt son mécontentement. Selon la coutume, le père lia lui-même le cordon ombilical avec le crin d'une vache qui deviendrait ainsi la propriété du nouveau-né, premier signe extérieur de sa richesse future. Sitôt après l'accouchement, on sacrifia un mouton, dont la chair fut mise à griller pour les agapes qui allaient suivre.

Ensuite eut lieu une cérémonie étrange au cours de laquelle apparut un individu d'une maigreur effrayante, plus vieux encore que le roi Mouzania. Les côtes saillantes, la jambe héronnière, le visage squelettique, on se demandait comment la vie pouvait encore s'agripper à cet être chétif. Mais la puissance inquiétante qui émanait de ses yeux mobiles et la vigueur de ses gestes démentaient cette fragilité apparente.

Katalbha, grand sorcier de Hallula, entra solennellement dans la case du nouveau-né, écartant les curieux d'un mouvement vif de son sceptre orné de plumes. Le silence se fit. Outre les innombrables scarifications qui striaient son corps, les amulettes de toutes sortes accrochées à des boursouflures de chair, le shaman arborait des oreilles aux lobes troués, tellement longs qu'ils pendaient sur ses épaules frêles. Stupéfaite,

Thanys vit le sorcier prendre le nouveau-né dans ses mains aux doigts interminables, cracher sur lui, l'élever vers le toit de la case, puis l'introduire dans le lobe de son oreille gauche. Tout en psalmodiant une litanie rauque scandée d'onomatopées, le shaman fit ainsi passer le bébé par le singulier anneau de chair tendu à l'extrême. Curieusement, l'enfant demeurait muet.

On expliqua à Thanys que cette cérémonie étonnante était destinée à protéger le nourrisson contre les démons. Lorsqu'il eut accompli son office, le sorcier écarta la foule, puis se dirigea vers la sortie. Soudain, son regard perçant et sévère se fixa sur Thanys. Il la dévisagea longuement, puis pointa un doigt inquiétant sur elle et prononça quelques mots que Lodingra traduisit :

— Katalbha désire te voir ce soir dans sa case, princesse. Il a des révélations à te faire.

Peu avant le crépuscule, Thanys se rendit chez le sorcier, accompagnée de Beryl et du marin. L'intérieur de la demeure révéla un capharnaüm invraisemblable de fioles de terre cuite, d'amulettes multicolores, de tapis, de fourrures, de calebasses peintes ou vernies, d'ossements blanchis. Il y régnait une odeur étrange, faite d'un mélange surprenant d'aromates, de cannelle, de poivre et d'encens. Un oiseau au plumage bariolé se tenait sur un perchoir. À leur entrée, il poussa un cri épouvantable. Puis il se mit à jacasser de la même manière que le sorcier.

— Mais... on dirait que cet oiseau parle, fit remarquer Beryl.

Le sorcier balaya leur curiosité d'un geste agacé et

invita sèchement Thanys à prendre place sur une natte poussiéreuse. Il avait l'air d'une araignée affairée et de mauvaise humeur. Il observa la jeune femme, hocha la tête, puis s'empara d'une calebasse dans laquelle stagnait un liquide verdâtre et épais. Il porta le récipient à ses lèvres, puis le tendit à Thanys, réticente. Par peur d'indisposer le bonhomme, elle se résolut à boire. La boisson révéla un goût âcre et amer, aux reflets fruités, finalement pas désagréable. Peu après, une chaleur étrange s'empara de ses entrailles, comme si une puissance étrangère prenait lentement possession de son corps. Elle connut un instant de panique, puis le monde se recomposa différemment, nimbé d'une mystérieuse transparence. Il lui sembla se dédoubler, flotter dans un état proche de l'apesanteur, sa sensibilité s'accrut et son esprit parut s'enfler, imprégner la case tout entière, et le village au-delà.

Sous ses yeux hallucinés, le sorcier saisit dans ses mains nues des braises reposant dans un petit brasero. Il les fit passer prestement entre ses doigts, puis agrippa fermement les poignets de la jeune femme. Avant qu'elle n'ait pu réagir, il glissa les pierres rougeoyantes dans ses paumes, qu'il referma d'un mouvement vif. Pour une raison incompréhensible, elle ne ressentit aucune sensation de brûlure. Il la contraignit ensuite à rouvrir les mains. Les braises tombèrent en pluie sur le sable, dessinant une constellation inconnue, sur laquelle il jeta une pincée d'une poudre blanche. Une fumée épaisse aux senteurs alliacées se dégagea, pénétrant les narines de Thanys. Le regard perçant du shaman se fixa dans les yeux de la jeune femme et il se lança dans un monologue agité et rapide, que le marin eut toutes les peines du monde à suivre.

— Il dit… que des signes extraordinairement puissants te protègent. Mais il dit aussi que des esprits démoniaques s'attachent à tes pas pour te détruire… parce que tu menaces l'équilibre établi, et… parce que tu seras la cause d'un profond bouleversement… Il voit sur toi peser le crime et la mort. Tu dois te préparer à affronter une épreuve effroyable, qui peut te rejeter pour toujours dans les ténèbres. La seule manière d'en triompher sera de… devenir toi-même l'image d'une déesse indomptable… Mais tu devras te méfier : cette déesse porte en elle-même sa propre malédiction, car elle n'est que haine et destruction… Il faudra… l'intervention de deux puissantes divinités pour t'empêcher de sombrer dans le néant.

— Simba… Simba, répéta le vieil homme.

— Je crois qu'il invoque l'esprit du lion, traduisit Lodingra.

Le sorcier marmonna ensuite quelques mots incompréhensibles, puis farfouilla dans une besace de cuir, dont il sortit un collier de cuir orné d'une amulette constituée d'une statuette grossière représentant un nain ventripotent, à laquelle était liée une plume blanche. Il se pencha et passa le collier autour du cou de Thanys.

Il jeta ensuite un regard glacé en direction de Beryl, puis prononça quelques mots d'une voix à peine audible. Une angoisse brutale envahit le cœur de l'Égyptienne. Avant même que le marin eût traduit les paroles, elle les avait comprises : le signe de la mort était sur la jeune Akkadienne.

52

Les échanges commerciaux effectués, le *Souffle d'Éa* avait quitté Hallula, suivi par les quatre autres navires. Depuis le départ, Khacheb ne se montrait plus. Cette indifférence agaçait Thanys. Bien sûr, leur dispute avait mis un terme à des relations tumultueuses qui les détruisaient l'un comme l'autre. Mais était-ce une raison pour ne pas conserver des relations amicales ? À plusieurs reprises, elle avait espéré le revoir, mais il passait le plus clair de son temps sur ses navires, et, de son côté, elle n'éprouvait nullement l'envie d'y remettre les pieds.

Elle se sentait comme une convalescente sortant d'une maladie profonde et épuisante. Jamais elle n'aurait pensé que l'amour pût engendrer de telles souffrances. Parfois, elle songeait qu'elle aurait dû être soulagée d'avoir échappé à cette passion dévastatrice. Pourtant, un malaise insidieux lui rongeait toujours l'esprit. En fuyant jusqu'au bout du monde, elle avait cru parvenir à semer les démons qui l'avaient poursuivie depuis son départ d'Égypte. Mais ils n'avaient pas perdu sa trace.

Contemplant les flots pendant des heures, elle tentait

de comprendre la raison de cet acharnement. Peu à peu, une autre explication lui apparut. En vérité, s'agissait-il d'esprits néfastes ? Les paroles du sorcier habasha corroboraient la prédiction de l'aveugle de Mennof-Rê. Elle devait *marcher dans les traces des dieux, devenir l'image d'une déesse.* Un destin exceptionnel l'attendait, au cours duquel elle retrouverait Djoser, elle en était intimement persuadée. Mais ce destin, elle devait le mériter, et vaincre les obstacles dressés sur son chemin. Elle devinait que le dernier était imminent.

Sa liaison avec Khacheb ne l'avait pas laissée indemne. Elle n'osait imaginer de quelle nature serait la prochaine épreuve. Mais son intuition lui soufflait qu'elle ne pourrait l'éviter sous peine d'être irrémédiablement détruite. Elle devait la subir et en triompher. Alors, inconsciemment, tout en elle se liguait pour la préparer à cet ultime obstacle.

Son angoisse avait une autre origine. Le shaman avait vu la mort planer sur sa fidèle Beryl. Avec le temps, elle s'était profondément attachée à la petite Akkadienne, qui était devenue comme la jeune sœur que les dieux ne lui avaient pas accordée. Aussi demeurait-elle constamment en alerte. Pourtant, quel péril redouter ? Le temps demeurait clément. Les falaises calcaires longées par le navire se révélaient désertes. Et Khacheb n'avait pas tenté de la reprendre sous sa domination. Dans moins d'une décade, la petite flotte parviendrait à Djoura, et peut-être retrouverait-elle enfin Imhotep.

Un matin, Khacheb monta à bord du *Souffle d'Éa*. Il s'inclina devant Thanys comme si de rien n'était et s'adressa au capitaine :

— Ami Melhok, nous approchons de Siyutra. Mes navires doivent y faire escale après une si longue absence. J'aimerais t'y accorder l'hospitalité, ainsi qu'aux deux navires sumériens qui m'ont fait le plaisir de naviguer en ma compagnie depuis Éridu.

La proposition embarrassa visiblement Melhok, mais il eût été délicat de la repousser. Il demanda néanmoins :

— J'ignorais l'existence d'une ville sur ces côtes.

— Peu de gens la connaissent, répondit Khacheb avec un large sourire. Il s'agit d'une petite cité très récente, et parfaitement abritée, comme tu vas pouvoir en juger par toi-même.

Puis il se tourna vers Thanys :

— Princesse, j'aimerais tant te présenter ce royaume dont je t'ai parlé.

Elle aurait voulu répondre, mais les mots se bloquaient dans sa gorge. Elle avait cru que l'attirance irrésistible qui la poussait vers lui s'était atténuée. Mais il n'en était rien. Elle acquiesça d'un signe de tête.

Lorsqu'elle revint près de Beryl, elle remarqua que la jeune Akkadienne avait perdu sa gaieté coutumière. Une profonde tristesse semblait l'accabler.

— Qu'as-tu ? demanda Thanys.

— Je... je ne sais pas, princesse. Cet homme me fait peur.

— Peur ? Mais pourquoi ?

— Je n'aime pas la façon dont il te regarde.

Thanys sourit intérieurement. Beryl se montrait-elle possessive à son égard ? Cela ne lui ressemblait guère. Mais elle devait admettre qu'elle l'avait abandonnée durant plusieurs jours. Elle répliqua avec douceur :

— Le seigneur Khacheb est le roi de Siyutra. Refuser son invitation serait un affront.

Beryl releva vers elle des yeux brillants où perlaient des larmes.

— Mais qu'est-ce que c'est, Siyutra ?

Thanys ne répondit pas. La dernière question de sa suivante l'inquiétait sans qu'elle pût expliquer pourquoi. L'angoisse latente qui la troublait depuis le départ de Hallula rejaillit d'un coup. Mais c'était ridicule ! Khacheb s'était toujours montré courtois envers elle. Quel mal pouvait-il lui faire, à part lui proposer une nouvelle fois de devenir sa reine ?

Cependant, un souvenir obscur la hantait, qu'elle ne parvenait pas vraiment à fixer. L'image de poignets marqués par des liens...

Dans l'après-midi, Khacheb, demeuré à bord du *Souffle d'Éa*, désigna une sorte de faille, bordée par de gigantesques piliers rocheux, derniers vestiges des falaises rongées par les flots.

— Derrière ces colonnes se trouve une anse sablonneuse, dit Khacheb. Elle offre un refuge sûr pour les navires. Encore faut-il la connaître. Ceci explique que nombre de capitaines ignorent son existence. Mais bientôt, elle deviendra un port important.

Luttant contre les remous qui formaient comme une barre liquide, les vaisseaux s'engagèrent l'un derrière l'autre entre les deux énormes pylônes de pierre blanche qui défendaient l'accès à la crique, et se retrouvèrent dans une sorte de petit port naturel, cerné par une couronne de murailles rocheuses creusées d'innombrables grottes et galeries.

— Voilà Siyutra ! s'exclama joyeusement Khacheb.

Une multitude de petites embarcations jalonnaient la plage, dans lesquelles une foule enthousiaste prit place. Des hurlements jaillirent des poitrines pour saluer le retour du seigneur des lieux. Pourtant, l'angoisse ne quittait plus Thanys. Derrière elle, les piliers de calcaire semblaient se refermer comme les mâchoires d'une gueule gigantesque. Comme s'il avait perçu son trouble, Khacheb s'approcha d'elle.

— Tu n'as rien à redouter, Thanys, dit-il. Les gens de Siyutra sont très hospitaliers.

Manœuvrés en douceur par les rameurs, les navires vinrent s'échouer sur la plage de sable. Les indigènes restés à terre les entourèrent aussitôt pour accueillir les arrivants. Khacheb prit la main de Thanys pour l'aider à descendre. Bientôt, les marchands sumériens se retrouvèrent au sein d'une multitude grouillante qui acclamait son seigneur. Seuls les marins et les guerriers étaient restés à bord des trois navires d'Éridu.

Khacheb invita ses hôtes à le suivre vers les premières demeures, construites au pied des falaises. La cité s'organisait le long d'un large couloir rocheux qui remontait en pente douce vers les sommets de la falaise, en direction de l'ouest. Perchée sur un éperon rocheux dominant la petite baie, une vaste demeure de brique se dressait, encastrée entre deux murailles abruptes.

Des représentants de tous les peuples du monde semblaient s'être regroupés là. Des hommes à peau noire côtoyaient des Asiatiques au crâne rasé rappelant les Amaniens. Thanys reconnut aussi des Amorrhéens, des Hyksos, des Sumériens et même quelques Égyptiens. Soudain, elle remarqua que les petites embarcations de Siyutra convergeaient rapidement vers les vaisseaux de Sumer. Intriguée par leur manège, elle saisit brusquement le bras du capitaine.

— Regarde ! On dirait qu'ils vont attaquer les navires !

Obéissant à un signal invisible, les Siyutrans se lancèrent tout à coup à l'assaut des bateaux. Ce fut seulement à ce moment que Melhok comprit qu'il était tombé dans un piège. Partagé entre la colère et l'incrédulité, il se tourna vers Khacheb.

— Que signifie ceci ?

L'autre éclata d'un rire sonore.

— Cela signifie que vos superbes navires et leur chargement vont tomber entre mes mains, ami Melhok.

Le Sumérien dégaina aussitôt son glaive de bronze. L'instant d'après, une douzaine de guerriers siyutrans l'encerclait. Sans ménagement, ils le désarmèrent. Stupéfaits, les marchands se regroupèrent craintivement, cernés par une population dont l'accueil avait subitement viré à l'hostilité la plus totale. Les femmes et les enfants crachaient des insultes, lançaient des pierres sur les captifs.

Terrorisée, Beryl se blottit contre Thanys. Sur les trois navires sumériens, le combat faisait rage. Chaque équipage comptait une vingtaine de soldats aguerris. Mais le nombre des assaillants ne laissait planer aucune incertitude sur l'issue de l'affrontement. Armées de casse-tête, de lances et de poignards de silex, des grappes humaines escaladaient les coques des vaisseaux, tombant par paquets sur les défenseurs. La bataille fut aussi brève que meurtrière. Très vite, l'équipage succomba sous la multitude.

Après la fureur des combats, un calme étrange s'abattit sur la crique infernale. De nombreux cadavres flottaient dans les eaux rougies. Plus de la moitié des équipages avaient été tués, mais les pirates avaient perdu une trentaine de combattants. On entrava les survivants que l'on poussa sans ménagement à terre. Khacheb ordonna à ses hommes d'emprisonner les marins dans une caverne située à niveau d'eau, au fond de la crique. Puis il revint vers Thanys, atterrée.

— Ne crains rien, ma princesse. À toi il ne sera fait aucun mal.

— Mais pourquoi ce massacre ? s'insurgea-t-elle.

— Ne t'avais-je pas dit que tu serais la reine de Siyutra ? Aurais-tu accepté de me suivre si je n'avais pas attiré tes amis sumériens dans un piège ?

— Tu es complètement fou, Khacheb !

Il éclata de rire.

— Moi, fou ? Ne me juge pas si vite, et si mal. Tu ignores qui je suis.

— Tu es un pirate, rétorqua-t-elle violemment.

— Bien sûr, un pirate. Le roi des écumeurs de ces côtes.

Il lui tendit ses poignets.

— Regarde ! Tu m'as demandé d'où provenaient ces marques, te souviens-tu ? Je les ai reçues à l'époque où j'étais esclave dans les mines d'or du désert de Koush. Sais-tu ce que cela signifie ? ajouta-t-il avec une lueur de démence dans les yeux.

Effrayée, elle recula.

— Des liens de cuir qui te mordent la chair, des coups de fouet qui s'abattent sur ta peau brûlée par un soleil impitoyable, la gorge desséchée par la soif, tes compagnons qui meurent les uns après les autres pour extraire un minerai qui ira enrichir le dieu humain qui gouverne les Deux-Terres. Aucune issue sinon la mort. Mais je suis parvenu à m'échapper. J'ai libéré mes compagnons et nous avons traversé le désert, erré le long des côtes pendant de longs mois. Un soir, un bateau marchand a fait escale non loin de l'endroit où nous nous trouvions. Nous avons tué ses occupants et nous nous sommes emparés de leur vaisseau. Pendant des années, nous avons ainsi attaqué plusieurs navires commerçant avec Pount. Un jour, nous avons découvert Siyutra, et nous nous y sommes installés. D'autres, des pillards, des esclaves en fuite, sont venus nous rejoindre peu à peu. Et Siyutra est devenue une véritable cité dont je suis le roi.

Il caressa doucement ses cicatrices.

— Mais ces marques ne se sont jamais effacées. Et je continue de les faire payer aux Égyptiens, aux Sumériens, à tous !

Il lui prit fiévreusement les mains.

— Mais toi, Thanys, tu n'as rien à redouter de moi. Je veux que tu sois la reine de Siyutra. Tu régneras sur mon peuple.

Tremblant de peur, elle n'osa répondre. La lueur qui brillait dans ses yeux noirs trahissait la mégalomanie qui l'habitait. Elle devinait en lui un être extraordinairement intelligent, mais perverti par une haine qui jamais ne s'éteindrait. Il insista :

— Toi aussi, tu hais le roi d'Égypte. Tu m'as conté ton histoire. Grâce à moi, tu pourras te venger.

— Non... non, parvint-elle à articuler.

Il la prit brusquement contre lui.

— Tu ne peux refuser, Thanys. Tu m'appartiens. Tu es à moi. À moi !

Elle tenta de se dégager, mais le désir décuplait les forces de l'homme. Avec sauvagerie, il posa sa bouche sur la sienne. Le souvenir de l'odeur de sa peau la troubla un instant, son esprit chavira. Puis un sursaut de dégoût la fit réagir et elle lui mordit cruellement les lèvres. Il la lâcha et hurla :

— Chienne !

Une gifle brutale percuta la joue de la jeune femme, qui roula sur le sol. Essuyant le sang qui ruisselait sur son visage, Khacheb appela ses hommes :

— Conduisez-la au palais avec sa suivante !

Des mains empoignèrent vigoureusement les deux captives et les entraînèrent vers le village sous les quolibets de la foule. Encadrées par les guerriers, elles furent emmenées vers les hauteurs. Elles suivirent d'abord un dédale de ruelles escarpées, imbriquées les unes dans les autres, où grouillait un peuple inquiétant sur lequel ne semblait régner aucune loi sinon celle du plus fort. Plus haut, le couloir se resserrait en une seule artère, qui menait à une sorte d'esplanade cernée de galeries et de murailles calcaires, et bordée en direction de la baie par un éperon à pic, dominant les eaux de près de deux cents coudées. Sur l'éperon se dressait une demeure de brique à l'architecture approximative, dont l'entrée était gardée par une double porte de bois épais. L'intérieur était sombre. De part et d'autre de l'entrée donnaient des pièces de dimensions modestes où quelques serviteurs s'affairaient. Au fond s'ouvrait une grande salle dont le plafond était soutenu par six colonnes rondes de type sumérien, ornées de cônes de couleur. Les pirates y poussèrent brutalement les deux jeunes femmes, puis se retirèrent dans les salles adjacentes, leur interdisant toute velléité de fuite. Abasourdie par les événements, Thanys étudia les lieux. De hautes ouvertures donnant sur la baie éclairaient l'endroit, prolongé sur le promontoire rocheux par une terrasse.

Un désordre indescriptible encombrait la grande salle, composé d'un amoncellement de richesses provenant des rapines de Khacheb. Partout s'entassaient des piles de nattes de couleur, des vases d'albâtre, de grès, des poteries, des meubles de toutes origines. Des coffres ouverts débordaient de tissus polychromes, de statuettes, de joyaux. Combien de malheureux Khacheb avait-il fait massacrer pour entasser de tels trésors ? Au souvenir de ses mains sur elle, de ses caresses, une nausée la saisit. Cet homme était un démon, un affrit envoyé par Seth le maudit pour l'entraîner vers sa propre destruction. À présent, elle le haïssait. Mais elle se haïssait plus encore d'avoir succombé à sa séduction. Jamais plus elle ne lui permettrait de la toucher.

— Que vont-ils faire de nous ? demanda Beryl d'une voix angoissée.

— Khacheb veut que je devienne la reine de Siyutra. Mais cela ne sera pas. Nous trouverons le moyen de nous enfuir.

— Et comment ? Il n'y a d'autre issue que la passe des colonnes. Nous ne sommes que deux. Nous ne pouvons nous emparer d'un navire. En admettant même que nous parvenions à libérer le capitaine Melhok et les marchands, les pirates auraient tôt fait de nous rattraper.

Thanys prit la jeune Akkadienne contre elle.

— Ne désespère pas, Beryl. Nous avons triomphé d'autres épreuves, rappelle-toi. Il faut garder confiance.

— Oui, princesse.

Mais le ton de la jeune femme trahissait une étrange résignation qui glaça le sang de Thanys.

Soudain, un grondement insolite attira leur attention, en provenance de la baie. Elles sortirent sur la terrasse protégée par un parapet. Au pied de la falaise à pic s'étendait la baie bordée par sa plage de sable. D'où elles étaient, elles devinaient la partie basse du village, où régnait une intense agitation. Des feux avaient été allumés sur la plage, où rôtissaient déjà des moutons et des chèvres. Un vacarme assourdissant montait de la foule en liesse, répercuté par les échos de la ceinture rocheuse. Le soleil bas éclaboussait les flancs des falaises de lueurs sanglantes contrastant avec la pénombre qui baignait déjà le fond de la baie. Thanys distingua la silhouette de Khacheb, suivi de ses capitaines et d'une cohorte de femmes vociférantes. Soudain, un phénomène effrayant attira son attention.

— Princesse, regarde ! lâcha soudain Beryl, épouvantée.

En contrebas, une douzaine de corps nus et écartelés étaient liés à des piquets. Thanys chercha anxieusement à reconnaître parmi eux le capitaine Melhok ou un négociant, mais ils semblaient absents.

— Ce sont les marins sumériens, souffla-t-elle, partagée entre la colère et l'angoisse.

— Que vont-ils leur faire ? gémit sa compagne.

La terrible réponse ne se fit pas attendre. Tandis que les ombres du crépuscule coulaient au creux de la crique, les prisonniers furent livrés à la foule déchaînée des femmes et des enfants, armés de cailloux et de bâtons taillés en pointe. Pendant ce temps, les guerriers avaient débouché plusieurs jarres de bière et de vin sumériens et s'enivraient consciencieusement. Les hurlements d'agonie des suppliciés se mêlaient aux cris hystériques de leurs tortionnaires et aux rires gras des buveurs. Horrifiées, les deux jeunes femmes revinrent dans la salle obscure et se recroquevillèrent contre une pile de fourrures.

— Ils vont tous nous tuer, gémit Beryl en tremblant.
— Non, tenta de la rassurer Thanys. Khacheb ne me veut pas de mal. Il l'a affirmé.
— À toi, oui, princesse ! Mais moi, je ne suis qu'une esclave.

Elle éclata en sanglots. Thanys la serra contre elle. Au fond d'elle-même, elle redoutait le pire. Tout à coup, elle avisa, sur un meuble, un magnifique poignard de bronze. Elle s'en empara et revint prendre place près de sa compagne, dissimulant l'arme sous ses vêtements.

Une longue attente commença alors, éprouvante, marquée par les cris effrayants montant de la baie. Épuisées, les deux filles finirent par sombrer dans un sommeil entrecoupé de cauchemars.

Des éclats de voix les éveillèrent. Khacheb se dressait devant elles, entouré de ses lieutenants. Tous avaient visiblement abusé de la boisson. Des guerriers allumèrent des lampes à huile et des torches qu'ils disposèrent dans des supports. Peu à peu, une lumière jaunâtre illumina la grande salle. Thanys se releva et affronta le pirate.

— Pourquoi as-tu fait massacrer ces pauvres marins ? s'exclama-t-elle.

Il éclata de rire.

— Il faut bien que mon peuple se distraie, éluda-t-il.
— Tu es ignoble ! cracha-t-elle.

Il s'approcha d'elle d'une démarche incertaine.

— Mais toi, tu n'as rien à craindre. Tu es la souveraine de cette cité.

— Jamais ! cingla-t-elle.

Khacheb s'arrêta, son visage s'étira sur un sourire amical. Il feignit de lui tourner le dos, puis, pivotant sur lui-même, la frappa brutalement au visage. Étourdie, Thanys s'écroula sur la pile de fourrure. Furieuse, Beryl se rua sur le pirate, qui la cueillit d'une gifle imparable. Puis il la saisit par un bras et la jeta à ses lieutenants qui s'en emparèrent avec des rires gras. S'approchant de Thanys, il hurla d'une voix démente :

— Tu dois savoir une chose : à Siyutra, les femmes doivent une obéissance aveugle aux hommes. Ici, tu n'es plus une princesse égyptienne hautaine qui peut se permettre de s'offrir à qui bon lui semble lorsque l'envie lui prend. Tu m'appartiens, et tu seras à moi chaque fois que je le désirerai !

Elle se releva et l'affronta de nouveau.

— Tu ne me fais pas peur, Khacheb. Plutôt la mort que de souffrir encore une seule fois que tu m'approches !

D'un geste vif, elle dégaina le poignard de bronze et le pointa vers la poitrine du pirate. Il ne bougea pas et rétorqua d'une voix soudain suppliante :

— Pourquoi n'acceptes-tu pas de devenir ma compagne ? Aurais-tu déjà oublié le voyage sur mon navire ? Tu m'as aimé, Thanys. Tu ne peux le nier.

— J'ignorais qui tu étais. À présent, ta vue me donne envie de vomir, et je me déteste à l'idée que tu aies pu me toucher. Tes mains sont couvertes de sang, et ta bouche ne profère que des mensonges. Tu disais offrir l'hospitalité aux Sumériens, et tu les as attirés vers la mort. Comment pourrais-je te croire désormais ?

Il fit un pas. Elle l'arrêta d'un mouvement du poignard.

— Méfie-toi ! Tu sais que je manie parfaitement les armes.
— Mais tu vas lâcher ce poignard ! dit-il calmement.
— Jamais !

Il recula, puis se tourna vers ses lieutenants, qui tenaient toujours Beryl prisonnière.

— Cette fille est à vous ! Faites-en ce que vous voulez !
— Nooon ! hurla la jeune Akkadienne.

Des griffes déchirèrent ses vêtements. Ivre de rage, Thanys bondit pour la défendre. Quatre hommes se dressèrent devant elle, lui barrant le chemin. Khacheb intervint :

— Attendez, ordonna-t-il à ses guerriers.

Ils obéirent aussitôt. Le pirate tendit la main vers Thanys.

— Donne-moi cette arme ! Je te promets qu'ils laisseront ta suivante tranquille.

Thanys hésita.

— J'ai ta parole ?

Il sourit.

— Tu l'as !

La mort dans l'âme, Thanys regarda Beryl, à demi nue, les yeux trempés de larmes, le visage décomposé par l'épouvante. Alors, elle lança son poignard aux pieds de Khacheb. Celui-ci s'en empara et dit en secouant la tête :

— Tu as dit toi-même que tu ne pouvais plus avoir confiance en moi, Thanys !
— Quoi ?

Il fit un signe aux autres, qui se saisirent de Beryl. La jeune femme hurla de terreur. Furieuse, Thanys se rua sur Khacheb auquel elle assena un violent coup de poing. Il voulut riposter, mais la rage décuplait les forces de la jeune femme. Le pirate hurla à ses guerriers d'intervenir. Aussitôt, une demi-douzaine d'hommes encerclèrent Thanys. Des mains brutales l'agrippèrent, l'immobilisèrent malgré ses efforts pour se dégager. Les cris de Beryl redoublèrent. Khacheb s'approcha, le visage déformé par un rictus de folie.

— Ne t'avais-je pas dit que tu serais à moi ? gronda-t-il d'une voix sourde.

Elle lui cracha au visage. Lentement, il lécha la salive tombée près de sa bouche. Puis il ordonna aux guerriers de la coucher sur le tas de fourrures. Écartelée par les poignes solides qui lui enserraient les poignets et les chevilles, Thanys ne pouvait se dégager. Lentement, le pirate s'allongea sur elle, déchirant ce qui restait de ses vêtements.

— Tu as toujours ressemblé à une lionne, ma belle, gronda-t-il en posant des mains avides sur sa poitrine.

Une nausée saisit la jeune femme. Suffoquant de rage et de terreur, elle se débattit comme un chat sauvage, elle hurla, mordit, griffa. Mais ses efforts étaient inutiles. Un goût âcre de sang chaud emplit sa bouche. Une abominable sensation de froid glacial la pénétra jusqu'au cœur. Les cris stridents de Beryl lui parvenaient, déformés par sa propre angoisse. Des griffes bestiales écartèrent ses cuisses. Elle se tordit comme un serpent, en vain. Au-dessus d'elle, le visage triomphant de Khacheb s'enfla, se déforma. Son haleine empuantie par l'alcool lui emplit la gorge. Des doigts glacés parcouraient ses seins, son ventre. Elle hurla comme un animal pris au piège.

L'abjection pénétra en elle...

Plus tard, bien plus tard, elle s'éveilla, l'esprit vidé, brisé. Une sensation d'avilissement total l'imprégnait. Elle aurait voulu nier l'horreur qui s'était emparée de son corps tout entier, fuir sa chair, fuir son âme détruite. Sur sa peau restait incrustée l'odeur du pirate, un parfum subtil qui l'avait troublée autrefois, dans une autre vie, mais qui lui donnait à présent envie de vomir. Elle aurait voulu se plonger dans une baignoire d'eau bouillante, laver cette fange ignoble. Mais elle savait déjà qu'elle demeurerait incrustée en elle à jamais.

Peu à peu, elle reprit conscience. Le souvenir de sa compagne lui revint. Deux torches éclairaient encore les lieux d'une lueur falote, sépulcrale. Elle parvint à se redresser, chancelante. Ses membres, son sexe la faisaient horriblement souffrir. Protégeant dérisoirement son corps nu de ses bras endoloris, elle fit quelques pas, puis appela :

— Beryl !

Personne ne répondit. Elle constata alors que la salle était vide. Khacheb et ses guerriers avaient disparu. Elle tituba jusqu'à la terrasse. À l'orient, le ciel pâlissait déjà ; une lumière aux reflets de sang étirait des ombres gigantesques dans la baie maudite, encore noyée dans les ténèbres nocturnes.

Soudain, elle ne put retenir un hurlement angoissé. Beryl gisait contre le muret de brique, la tête reposant sur l'épaule dans une position bizarre. Thanys se précipita vers elle, espérant follement qu'elle n'était qu'endormie. Mais l'horreur la figea sur place. Une ignoble flaque sombre de sang séché inondait le ventre de sa compagne, s'élargissait sous ses cuisses ouvertes. Surmontant son émotion, elle s'accroupit. Les yeux ouverts sur l'éternité, la peau glacée, Beryl ne respirait plus. Épouvantée, Thanys constata qu'elle tenait encore à la main le tesson de poterie avec lequel elle s'était entaillé les veines.

53

La jeune femme laissa échapper un gémissement de souffrance et de désespoir. La terrible prédiction du sorcier s'était réalisée. L'esprit bouleversé, le corps meurtri, elle demeura longtemps prostrée, incapable de faire un geste. Puis, lentement, irrésistiblement, une haine incoercible, froide, implacable, monta en elle, refoulant la honte et le dégoût, chassant jusqu'au souvenir de l'humiliation et de la douleur.

Dans la matinée, quelques guerriers apparurent. Leur chef, un individu au visage de fouine et aux yeux globuleux, remarqua le corps de la jeune Akkadienne. Il ordonna à ses hommes de l'emporter. Recroquevillée contre le muret, Thanys les regarda faire. Le lieutenant la contempla un moment, puis s'en fut à son tour.

Quelques instants plus tard, Khacheb survint. Thanys n'avait pas quitté son refuge. Elle ne lui accorda aucun regard. Embarrassé, il esquissa un geste pour s'approcher, mais ne l'acheva pas. Enfin, il déclara :

— Écoute, Thanys, je suis désolé pour ton esclave. Mais ton refus m'a rendu fou. J'avais un peu bu. Pardonne-moi !

Elle demeura aussi immobile qu'une statue. Soudain, il hurla :

— Mais enfin, réponds-moi !

Il s'avança vers elle, leva la main pour la frapper. Mais son bras retomba. Il poussa un gémissement d'animal blessé et se mit à parler d'une voix hachée :

— Quel est donc ton pouvoir ? Je devrais te faire tuer, à présent ! Tu n'es qu'une maudite femelle. Je pourrais te prendre de nouveau, t'offrir à mes guerriers, te détruire !

Il la saisit brutalement par le bras et la souleva de terre.

— Tu entends ? Tu n'es rien, rien qu'une femme. Tu m'appartiens. Je peux faire de toi ce que je veux !

Il la laissa retomber et poursuivit d'un hurlement plaintif :

— *Mais je ne peux pas ! Je ne peux pas !* Je veux... je veux que tu oublies tout cela, que tu reviennes vers moi comme avant, que tu m'aimes. *Que tu m'aimes !*

Elle leva vers lui des yeux luisants, chargés d'une telle haine qu'il recula d'un pas. Il eut la soudaine impression de se trouver face à un chat sauvage, avec lequel aucune communication n'était possible. Il recula encore et insista :

— Je veux que tu oublies tout cela, Thanys. Je... je comprends qu'il te faudra du temps pour chasser ce... cette nuit de tes souvenirs. Mais je désire toujours que tu deviennes la reine de Siyutra. Tu es libre d'aller où bon te semble. Les miens ne t'importuneront pas. Choisis de nouveaux vêtements dans les coffres. Fais-toi belle.

Il écarta les bras, déchiré par son sentiment d'impuissance.

Devant son mutisme, il poussa un grondement de

rage, puis frappa violemment sur le parapet. Il se haïssait de se montrer si faible devant une femme. Il aurait voulu la frapper, l'obliger à l'aimer, effacer ce regard fixe, accusateur. Mais elle exerçait sur lui un pouvoir terrifiant contre lequel il se sentait désarmé. Il lui avait déjà fait trop de mal. Il n'avait pas voulu ce drame... Ce n'était qu'un accident. Désemparé, furieux de sa maladresse, il bredouilla :

— Je... je dois m'occuper de mes navires.

Il tourna les talons et disparut en soupirant. De nouveau le palais se trouva désert. Une rumeur montait de la baie, faite de cris et d'appels. Comme s'éveillant d'un long cauchemar, Thanys se releva et observa la cité. Les corps des suppliciés avaient été emportés. Il ne restait aucune trace des massacres abominables de la veille. Siyutra ressemblait à présent à n'importe quel autre port. Des enfants couraient dans les ruelles du bas, des esclaves déchargeaient les navires. La vie avait repris ses droits, indifférente aux cauchemars de la nuit.

Thanys contemplait toutes ces scènes d'un œil vide. Non loin d'elle subsistait la tache du sang de Beryl, seule trace tangible de sa mort. Curieusement, elle n'éprouvait plus aucune peine. Son esprit se situait au-delà. En elle brûlaient une froide détermination et une haine incommensurable, qui avaient définitivement chassé le dégoût d'elle-même ressenti après la nuit abjecte. Son corps ne lui importait plus. Désormais, il ne devait plus lui servir qu'à accomplir la terrible vengeance qu'elle ruminait. Dût-elle y laisser la vie, elle anéantirait ce repaire de porcs immondes et tuerait le scélérat qui les dirigeait.

Peu à peu les forces lui revinrent. Elle se décida à

rechercher des vêtements dans le capharnaüm de la grande salle. Elle redoutait que Khacheb ne revînt la voir. Mais il ne se montra pas. Peut-être ne résidait-il pas dans le palais et se contentait-il d'y entasser ses butins les plus précieux. Elle finit par dénicher une robe de lin à la mode sumérienne qu'elle passa à la hâte. Il lui tardait de prendre un bain pour laver la souillure dont elle avait été victime la veille. Elle repéra plusieurs armes, glaives, arcs, lances, poignards. Elle hésita à s'en munir, puis renonça. Que pouvait-elle faire contre une population entière ?

Enfin, elle sortit du palais. Au-dehors, une foule hétéroclite s'affairait. On l'épia comme un animal curieux, mais personne n'osa l'approcher. Apparemment, les Siyutrans redoutaient l'autorité de leur seigneur. Sans un regard pour eux, elle se dirigea vers la ruelle menant vers la cité basse.

Elle parvint à l'endroit où l'artère unique s'élargissait en un dédale invraisemblable. À flanc de falaise s'ouvrait une caverne profonde où étaient enfermés plusieurs dizaines de prisonniers ; quatre guerriers en armes les gardaient. Parmi eux, elle repéra Melhok et les marchands sumériens, ainsi que d'autres esclaves dont la maigreur trahissait la durée de leur captivité. Le capitaine l'aperçut et lui adressa un signe discret, auquel elle ne répondit pas. Mais elle avait enregistré le nombre des guerriers et la disposition des lieux.

Elle s'engagea ensuite dans le labyrinthe aux demeures en étages. Les femmes la dévisageaient, mais détournaient les yeux lorsqu'elle posait sur elles son regard farouche. Même les enfants n'osèrent l'approcher.

Forte de sa relative liberté, elle gagna la plage, s'éloignant le plus possible. À l'abri d'un rocher, elle ôta sa robe et se plongea dans l'eau froide et salée. Lorsqu'elle regagna le palais, un repas lui avait été servi, qu'elle se força à avaler, malgré son manque d'appétit. Elle devait conserver ses forces.

Elle mit à profit les jours suivants pour visiter la cité de fond en comble. Si, au début, les Siyutrans arrêtaient leurs activités pour la regarder, personne ne s'aventurait à l'aborder. Le seigneur Khacheb avait promis la mort à quiconque l'importunerait. Des esclaves lui servaient régulièrement des repas dans le palais, que personne ne partageait jamais. Le chef des pirates passait le plus clair de son temps avec ses lieutenants auprès des navires. Thanys l'évitait. Lui-même ne semblait pas désireux de la revoir.

Thanys constata que le village se composait essentiellement de demeures de pisé aux armatures de bois, qui prolongeaient les cavernes naturelles aménagées par les occupants. L'artère principale se resserrait à mi-hauteur et se terminait par la plate-forme sur laquelle avait été bâti le palais. Une muraille calcaire cernait cette espèce de nid d'aigle, ouvert au nord sur la baie. Dans la paroi se creusaient des grottes dans lesquelles Khacheb avait fait entreposer le fruit de ses pillages. Il s'était arrogé un droit de propriété absolu sur la totalité des marchandises volées, qu'il redistribuait au gré de sa fantaisie.

La seule issue vers le monde était la porte maritime gardée par les deux colonnes. De hautes falaises inaccessibles interdisaient toute fuite vers l'intérieur des terres. Cependant, sur l'esplanade où se dressait le palais, elle remarqua un sentier abrupt qui rejoignait le sommet. Son escalade pouvait se révéler dangereuse, mais possible. Malheureusement, une douzaine de gardes stationnaient en permanence à proximité. De toute manière, elle ne désirait pas s'enfuir avant d'avoir trouvé le moyen de détruire ce nid de frelons.

Elle estima le nombre des pirates à quelques centaines, en comptant les femmes et les enfants. Ceux-ci n'étaient pas les moins cruels, qui s'amusaient à poursuivre les captifs avec des lances de faibles dimensions, à l'extrémité acérée. Les femmes crachaient sur les esclaves ou leur jetaient des cailloux. Parfois, les guerriers qui dirigeaient les prisonniers chassaient les intrus à coups de fouet. Mais, telles des mouches obstinées, ils revenaient quelques instants plus tard harceler leurs victimes.

Chaque jour, les prisonniers étaient soumis à des travaux pénibles, nettoyage des demeures, des rues empuanties de fumier, transport des marchandises. Thanys les observait à distance. Un jour, elle décida de braver leurs gardiens, et rejoignit le capitaine Melhok. Un guerrier voulut la repousser. Elle lui adressa un regard noir qui le désarçonna. Il recula en grommelant, puis s'éloigna. Le Sumérien observa longuement Thanys, puis murmura :

— Par les dieux, que t'ont-ils fait, princesse ?

— Beryl est morte, répondit-elle sourdement.

Il baissa la tête.

— C'était une fille courageuse.

— Je veux détruire ces chiens, Melhok, souffla-t-elle. Es-tu prêt à m'aider ?

Il la contempla avec des yeux ronds.

— Toi ? C'est de la folie ! Tu n'as aucune chance. Te rends-tu compte de leur nombre ?

— Es-tu prêt à m'aider ? insista-t-elle.

Sa voix froide et déterminée le décontenança.

— Je serai avec toi, répondit-il enfin. Plutôt mourir libre que sous les fouets de ces hyènes. Comment comptes-tu t'y prendre ?

— Je ne sais pas encore. Mais je trouverai.

— Je crains malheureusement que nous ne soyons seuls, princesse, soupira-t-il. Mes guerriers ont tous été tués, et les marchands tremblent de peur devant ces chiens.

— Prends patience, chuchota-t-elle.

Pendant plusieurs jours, Thanys échafauda d'innombrables plans, qui tous s'avéraient irréalisables. Elle se heurtait toujours au même obstacle : seuls Melhok et trois négociants sumériens étaient décidés à tenter l'aventure. Les autres préféraient subir leur sort avec résignation.

Peu à peu, le désespoir gagnait la jeune femme. Sa liberté n'était qu'illusoire, limitée par les murailles hostiles qui cernaient la baie. Seule la haine incoercible qui la hantait lui évitait de sombrer dans la folie. Elle était devenue sa seule raison de survivre. Lorsqu'elle s'endormait le soir, dans la grande salle du palais désert, il lui semblait entrevoir encore le cadavre ensanglanté de sa fidèle compagne. Elle entendait l'écho de ses hurlements déchirants.

Un matin, elle constata que les navires avaient quitté le port. Khacheb était reparti vers de nouveaux pillages. Une bonne partie des guerriers s'étaient embarqués avec lui. Ceux qui restaient, commandés par l'homme au visage de fouine, redoublaient de vigilance. Profitant de la nuit complice, elle aurait pu tenter de s'enfuir. Mais elle n'y songeait pas.

La flotte revint un mois plus tard, grossie de deux navires sumériens. De nouveaux esclaves vinrent rejoindre les prisonniers. Parmi eux se trouvaient une vingtaine de guerriers habashas, capturés sur les côtes de Hallula.

Le soir même, Khacheb monta jusqu'au palais, où Thanys passait désormais le plus clair de son temps. Il l'observa en silence, puis déclara :

— Les jours m'ont semblé bien longs sans toi, Thanys.

Elle ne répondit pas. Soudain, il explosa :

— Te décideras-tu enfin à me parler ? Je crois avoir fait preuve de suffisamment de patience. Je suis ton maître ! Tu es à moi. Sache que je peux te prendre quand je le désire !

Elle leva les yeux vers lui et s'allongea sur le sol, offerte. Il se précipita sur elle, déchira sa robe. Elle ne réagit pas. Son regard fixe, d'où toute frayeur, toute passion étaient absentes, le décontenança. Il se redressa, leva la main pour la gifler. Mais il n'acheva pas son geste.

— Je devrais te tuer, grinça-t-il.

Elle ne cilla pas. Il étouffa un bref sanglot, laissa échapper un grondement de rage, puis se redressa. Tendant le poing vers elle, il gronda :

— Un jour... un jour tu me paieras tout ce... mépris. Bientôt, Siyutra possédera la plus puissante flotte de la mer de Pount. Elle supplantera Djoura, et je deviendrai le maître de ce pays.

Il fit quelques pas nerveux et ajouta :

— Demain, j'organiserai une fête à Siyutra, pour célébrer ma nouvelle victoire. Tu y assisteras à mon côté. Je veux que les miens voient celle qui sera leur reine !

Thanys se releva sans le regarder. Il lâcha une bordée de jurons, puis s'en fut.

Le lendemain, sous les fouets des gardiens et les harcèlements des gamins, les esclaves remontèrent le butin conquis dans les cavernes de l'esplanade. Il se composait d'une quantité impressionnante de jarres scellées de toutes tailles, dont les plus grosses pesaient plus lourd qu'un homme. Thanys quitta le palais pour les observer. Une odeur familière attira son attention. Elle n'avait pas besoin de déchiffrer la plaquette d'argile pour deviner ce qu'elles contenaient : du bitume.

Les prisonniers avaient chargé les jarres sur des traîneaux rudimentaires, qu'ils poussaient et tiraient à l'aide de cordes, jusqu'au repaire du chef pirate. L'homme au visage de fouine surveillait les opérations avec une satisfaction évidente, abattant de temps à autre son fouet sur les épaules des malheureux.

Soudain, une pierre déséquilibra l'un des traîneaux. Une jarre bascula et se brisa sur le sol, laissant échapper un liquide sombre et malodorant. Ivre de rage, la fouine bondit sur l'esclave responsable, qu'il saisit par les cheveux et frappa au visage à coups redoublés de sa cravache, sous le regard impuissant des captifs. Lorsqu'il lâcha le corps du malheureux, la tête n'était plus qu'une masse sanguinolente.

Une puanteur écœurante imprégna le village tandis que le bitume répandu coulait inexorablement vers le bas de la ruelle. Les fouets s'abattirent cruellement sur le dos des prisonniers, qui reprirent leur travail avec docilité, pataugeant dans la boue grasse. À l'écart, Thanys marqua un court instant d'hésitation. Puis un sourire féroce éclaira brièvement son visage. Elle tenait sa vengeance.

54

Précédant les esclaves, Thanys remonta jusqu'au palais. Désormais, les Siyutrans, habitués à sa présence, ne lui accordaient plus guère d'attention. Pendant ses longues périodes de solitude, elle avait inventorié les trésors du pirate, et n'avait pas été longue à découvrir, parmi eux, quelques poignards de cuivre et de bronze, qu'elle avait aussitôt dissimulés dans la pièce adjacente à la grande salle, et dont elle avait fait sa chambre. Peut-être s'agissait-il d'un oubli de la part de Khacheb, mais sans doute estimait-il qu'elle ne représentait pas, à elle seule, un grand danger.

Elle enveloppa les armes dans des linges et dissimula le tout dans un panier qu'elle recouvrit de pain doura et de fruits. Pendant ce temps, les esclaves étaient parvenus sur l'esplanade et commençaient à entreposer les jarres dans les cavernes. Thanys repéra Melhok et se dirigea vers lui. Un garde voulut s'interposer, mais elle le foudroya du regard.

— Ce soir, le seigneur Khacheb fera de moi la reine de Siyutra, gronda-t-elle. Si tu ne veux pas que je provoque sa colère contre toi, laisse-moi passer. Je désire offrir des fruits à ces malheureux.

L'autre hésita, puis s'écarta. Ce n'était pas la première fois qu'elle agissait ainsi. Profitant de la pénombre régnant dans la caverne, elle se glissa auprès de Melhok, auquel elle tendit un pain et des figues. Puis elle vérifia que les guerriers ne les écoutaient pas et chuchota :

— Je sais comment nous allons nous enfuir.

Elle lui confia son idée en quelques phrases. Le capitaine l'observa avec effarement, puis hocha la tête.

— Je crois que tu es folle, princesse. Nous n'avons aucune chance de parvenir jusqu'au palais de Khacheb.

— Nous devons agir cette nuit. Ces chiens seront occupés par la fête. Avec les Habashas, nous sommes sûrs de réussir.

— Il faudra d'abord nous débarrasser des gardiens.

— Ils ne sont que quatre...

— Mais ils possèdent des armes.

— Nous aussi ! répondit-elle sèchement.

Elle lui montra, au fond du panier, six magnifiques poignards.

— Où as-tu trouvé ça ?

— Aucune importance.

— Tu es très imprudente. Si ces chiens l'apprenaient, ils te tueraient.

Elle balaya sa remarque d'un geste.

— Souhaites-tu toujours m'aider ?

Il hésita, puis répondit :

— Oui ! Les Habashas sont prêts à se battre. Mais, à part les Sumériens, les autres sont trop faibles.

— Risquent-ils de donner l'alarme ?

— C'est possible !

— Alors, il faudra les convaincre de vous suivre, ou les éliminer.

Il la regarda avec stupéfaction, puis acquiesça lentement. Elle sortit alors discrètement les poignards et les lui remit. Puis elle revint vers les gardes, qu'elle gratifia de quelques dattes afin de détourner leur attention. Mais celle-ci était déjà occupée par l'arrivée d'un nouveau traîneau.

Éprouvant du doigt la lame d'un poignard, Melhok observa Thanys avec un mélange de crainte et d'admiration. Il avait ressenti presque physiquement la haine qui transparaissait à travers chacune de ses paroles, la dureté de sa voix, l'implacabilité de son regard. Il n'osa imaginer les souffrances qu'elle avait dû endurer pour se métamorphoser ainsi.

Il se souvint de sa première impression lorsqu'il l'avait rencontrée, à Éridu : elle rayonnait d'une beauté surnaturelle, qui attirait et fascinait à la fois. Un charme irrésistible se dégageait d'elle, un amour de la vie qui éclairait ses traits d'une lumière éclatante, auquel lui-même, le vieux loup de mer, avait fini par succomber. Il se souvint de leurs longues conversations sur le *Souffle d'Éa*, au cours desquelles elle l'avait stupéfait par l'ampleur de son savoir. À présent, elle n'émettait plus que des phrases sèches et courtes, dépourvues d'âme. Une bouffée de colère l'envahit contre le destin impitoyable qui l'avait frappée avec une telle cruauté. Les étoiles qui autrefois illuminaient son regard s'étaient éteintes, remplacées par la flamme glacée d'une haine aveugle.

Ce qu'elle voulait accomplir était effrayant. Son plan avait peu de chances de réussir, mais il lui obéirait. De toute manière, seule la mort l'attendait s'il ne tentait pas de s'enfuir.

De l'extérieur, Thanys constata qu'il distribuait les

poignards aux Habashas, qui les dissimulèrent prestement sous leurs haillons. Alors, elle revint vers le palais.

Plus tard, Khacheb la rejoignit. Son haleine fleurait l'odeur du vin égyptien. Il fouilla dans l'un des coffres, dont il sortit une robe de lin fin, rehaussée de fils d'or, qu'il lui ordonna de passer. Le visage glacial, elle ôta ses vêtements sans un mot. Lorsqu'elle fut nue, il s'approcha, puis la prit sauvagement dans ses bras. Malgré la nausée qui la saisit, Thanys se laissa faire, concentrée sur l'idée de sa vengeance imminente. Rageur, il la bascula sur le sol et s'allongea sur elle. Un sursaut de dégoût la saisit. Elle aurait voulu hurler, lui arracher les yeux, lui déchirer la gorge. Mais le flot de sensualité qui la submergea soudain étouffa la violence qui bouillonnait en elle. Elle se haït d'éprouver de nouveau cette ivresse indomptable qui troublait sa chair sans qu'elle pût la contrôler. Lorsqu'il eut déversé en elle le flot de son plaisir, il se retira et se releva. Elle se recroquevilla sur elle-même en gémissant, des larmes de honte et de fureur dans les yeux. Il la contempla avec satisfaction, certain de l'avoir une nouvelle fois dominée, et déclara :

— Je te l'avais dit, Thanys, tu es faite pour l'amour. Bientôt, c'est toi qui me réclameras. Et je te posséderai chaque fois qu'il me plaira. Tu es à moi ! *À moi !*

Puis il s'éloigna en lui ordonnant de le rejoindre dès qu'elle serait prête.

Dès le début de la nuit, la majeure partie de la population se dirigea vers la grève, où des feux avaient été allumés. Khacheb avait fait installer une estrade sur laquelle les esclaves avaient disposé deux trônes. Il fit asseoir Thanys sur le premier et prit place sur le second. La jeune femme, le visage fermé, dut assister à la fête célébrant la nouvelle victoire des pirates. Peut-être parce qu'il avait voulu la ménager, il n'y eut pas de nouveaux sacrifices de prisonniers. Khacheb, ignorant son mutisme, la présenta à son peuple comme la reine de Siyutra. Elle dut supporter les ovations, les bavardages grossiers des guerriers dont les esprits s'échauffaient avec l'avancée de la nuit. De courtes bagarres éclataient, saluées par des rires gras. Sans aucune pudeur, des hommes s'accouplaient avec des femmes sur le sable, sous l'œil des enfants.

Le milieu de la nuit était déjà bien dépassé lorsque Khacheb vit Thanys se replier sur elle-même et se mettre à vomir. Passablement imbibé de bière, il se pencha vers elle.

— Accorde-moi de regagner le palais, souffla-t-elle.

Il hésita, puis adressa un signe à l'un de ses guerriers.

— Je crois que je pourrai remonter seule, dit-elle.

Il haussa les épaules, puis se désintéressa d'elle. Elle se fondit alors au milieu des buveurs et se dirigea vers la cité quasiment déserte. Dès qu'elle fut seule, elle accéléra le pas et rejoignit la caverne où étaient enfermés les esclaves. L'obscurité était presque totale, troublée seulement par les lueurs tremblantes de quelques torches. Quatre guerriers engourdis par leur longue veille montaient une garde nonchalante. Elle avait pris soin de se munir de fioles de vin, qu'elle leur offrit généreusement. Ils acceptèrent avec joie, sans se douter qu'ils n'auraient guère l'occasion de le savourer. Dès qu'elle se fut éloignée, Melhok et les Habashas rampèrent silencieusement jusqu'à eux et les poignardèrent sans pitié.

Les corps furent promptement tirés à l'intérieur. Les fuyards s'emparèrent de leurs armes et se glissèrent au-dehors. Thanys les attendait non loin de là. Elle fit signe aux captifs de la suivre. Longeant la paroi rocheuse, ils contournèrent les demeures assombries et désertes.

Évoluant d'ombre en ombre, ils parvinrent sans encombre sur la plate-forme du palais, gardée par une demi-douzaine de pirates. En quelques instants, les Habashas leur ouvrirent la gorge sans qu'ils aient pu donner l'alarme. Une fois maîtres des lieux, Thanys et ses compagnons pénétrèrent dans la caverne où étaient entreposées les lourdes jarres de bitume. Il y en avait près d'une centaine. Ils les amenèrent avec précaution jusqu'au départ de la ruelle, les couchèrent sur le flanc et les laissèrent rouler vers le bas de la pente. Entraînés par l'inertie, les énormes récipients explosèrent contre la paroi, contre les baraques de bois, réveillant les échos des falaises. D'autres suivirent, qui transformèrent peu à peu le couloir en un torrent gluant de bitume et de débris d'argile. Surpris par le bruit, quelques Siyutrans éméchés sortirent de leur demeure. Leurs pieds nus s'engluèrent dans le liquide nauséabond. Les pesantes bonbonnes les culbutèrent avant d'éclater l'une après l'autre, emportant leurs victimes dans un magma visqueux qui s'écoulait vers le bas du village. Attirés par les cris, des guerriers qui festoyaient encore remontèrent en titubant. Ils se heurtèrent à une marée lente et huileuse qui entrava leur progression. Parmi eux, Khacheb comprit ce qui se passait et laissa exploser sa rage.

— La chienne ! hurla-t-il. Elle m'a joué la comédie. Elle a libéré les esclaves.

Ivre de fureur, il prit la tête de ses hommes, bien décidé à égorger les captifs lui-même. Galvanisée par sa hargne, une foule vociférante entreprit alors d'atteindre le palais tenu par les prisonniers, en évitant tant bien que mal les lourds projectiles.

Tandis que ses compagnons continuaient à basculer les jarres, Thanys s'accroupit à l'entrée de la ruelle et les regarda arriver. La meute hurlante fut bientôt à portée de flèche. Un sourire glacial étira ses lèvres un bref instant. Elle savait que le bitume brûlait, mais s'enflammait difficilement. Mais la caverne recelait également de l'huile. Sur son ordre, de nouvelles jarres roulèrent vers le bas, explosèrent. Une couche grasse et translucide se mêla à la première.

Apercevant Thanys, Khacheb se mit à hurler comme un dément. Les pieds englués dans le mélange de bitume et d'huile, il lui adressa des injures ordurières, décrivant par le menu le supplice qui l'attendait lorsqu'il l'aurait rejointe. Elle lui adressa un regard chargé d'une haine si intense qu'il marqua un instant d'arrêt. Puis il voulut se ruer vers elle et s'écroula dans le liquide gluant qui imprégna ses vêtements.

Lorsqu'elle jugea qu'une quantité suffisante d'huile avait été répandue, Thanys s'empara d'une torche qu'elle montra au pirate. Emporté par la rage, celui-ci ne parvenait pas à rester debout. Il comprit soudain son intention et regarda autour de lui, épouvanté. La quasi-totalité des siens était prise au piège du magma gluant et pestilentiel, qui s'était répandu jusqu'à l'intérieur des fragiles demeures de pisé et de bois. Il sut qu'il n'aurait jamais le temps de la rejoindre ou de fuir. Sa voix se fit alors suppliante.

— Thanys ! Tu ne peux pas faire ça ! *Thanys, écoute-moi !* Je t'aime ! *Je t'aime !*

Pour toute réponse, la jeune femme déposa calmement la torche dans la mare d'huile. Une flamme s'éleva, hésitante, puis elle s'enfla et se répandit avec une lenteur majestueuse sur la nappe de bitume. Un rideau de feu se dressa alors entre les pirates et les évadés. Des grondements de fureur jaillirent en contrebas, qui se muèrent rapidement en cris de terreur, puis en hurlements de douleur. La vague de feu rejoignit bientôt les pirates, les dépassa, les noya dans le brasier. Les dents serrées, Thanys vit la silhouette de Khacheb tenter de fuir, se débattre, puis se transformer en torche vivante. En quelques instants, les assaillants furent pris dans le torrent de flammes, qui continuait de couler vers la grève,

— Ils ne pourront plus nous rejoindre à présent, murmura Melhok, impressionné par le spectacle infernal.

— Alors partez, répondit Thanys d'une voix sourde.

— Tu ne viens pas avec nous, princesse ?

— Non !

— Mais pourquoi ? Que comptes-tu faire ?

— Je reste encore, grinça-t-elle.

— C'est de la folie. Je ne partirai pas sans toi !

Elle se tourna brusquement vers lui.

— Je ne veux plus voir personne ! Toi pas plus que les autres. *Partez !* hurla-t-elle.

Elle n'avait plus figure humaine. Le reflet des flammes où brûlaient des êtres humains faisait luire ses yeux d'une lueur de démence. Les vents nocturnes ramenèrent vers eux une fumée épaisse et âcre. L'infecte odeur de chair grillée et de bitume saisit Melhok à la gorge. Il suffoqua, puis recula. Elle ne bougea pas. Hésitant, il se dirigea vers l'éboulis de la falaise, qu'il entreprit d'escalader. Thanys ne lui accorda aucun regard et reporta son attention sur le fleuve de feu qui dévorait Siyutra. Certains tentaient de fuir la mort ardente qui les poursuivait. Mais la gorge encaissée n'offrait aucune possibilité de refuge, sinon vers l'aval. Affolés, les pirates se piétinaient, rattrapés inexorablement par le torrent de feu liquide. Les demeures de pisé s'embrasaient comme de l'étoupe, s'effondraient sur leurs occupants. Quelques-uns parvinrent à s'abriter à l'intérieur des cavernes, mais les vapeurs létales dégagées par l'incendie les asphyxièrent. Bientôt, la ruelle ne fut plus qu'une longue coulée incandescente dans laquelle s'agitaient quelques silhouettes ardentes, qui s'écroulaient les unes après les autres dans des hurlements terrifiants.

Ignorant les volutes noires qui montaient du brasier, le visage impénétrable, Thanys éprouvait une jouissance malsaine devant le spectacle infernal. Dans ses yeux dansaient les flammes monstrueuses de l'incendie. Les images abjectes de la nuit du viol la hantaient, lui dévoraient l'âme et le cœur. Le visage de Beryl, son ventre couvert de sang, son regard sans vie ouvert sur le néant se superposaient aux visions des corps des marins suppliciés. Puis le souvenir des étreintes sauvages qu'elle avait partagées avec Khacheb lui revint. C'était un être immonde et cruel, qui se dissimulait sous un masque de séduction auquel elle n'avait pu résister.

Elle l'avait détruit, et elle avait anéanti son repaire de crapules sanguinaires. Pourtant, cette victoire lui laissait dans la gorge un goût âcre, écœurant. Elle sentit à peine les larmes qui ruisselaient sur ses joues. Elle aurait voulu continuer de haïr le pirate. Mais l'ampleur de sa vengeance avait effacé les images douloureuses. La haine et l'amour étaient-ils si proches l'un de l'autre ? La première n'était-elle que le reflet obscur du second ?

Furtivement, elle s'éloigna, gagna le palais désert épargné par les flammes. Dans sa chambre, elle récupéra les autres armes qu'elle y avait dissimulées : un arc, un poignard et le glaive de bronze avec lequel elle s'était déjà défendue. Puis elle se fondit dans la nuit. Le brasier s'étendait désormais jusqu'à la grève, dévorant impitoyablement le labyrinthe de maisons de la partie basse. Les silhouettes effarées de ceux qui avaient réussi à échapper à l'enfer couraient en tous sens.

Thanys gravit sans effort l'éboulis rocheux. Une silhouette se dressa devant elle : Melhok. Derrière lui se tenaient les trois marchands sumériens. Les Habashas s'étaient déjà enfuis.

— Te voilà enfin, princesse. J'étais si inquiet pour toi...

— Je t'avais dit de partir.

— Je ne pouvais te laisser. Viens avec nous !

Sans répondre, elle se mit en marche vers le sud.

— Mais où comptes-tu aller ? hurla-t-il. Pour rejoindre Djoura, il faut longer la côte.

Il voulut se lancer derrière elle, mais l'un des marchands le retint.

— Laisse-la suivre son destin, ami Melhok. Tu ne peux aller contre sa volonté. Elle ne fait déjà plus partie du monde des vivants.

Le capitaine regarda la petite silhouette s'éloigner

sur le plateau à la végétation clairsemée, illuminé par la lune. La mort dans l'âme, il se résolut à suivre ses compagnons.

Thanys avançait d'un pas rapide, courant presque, comme pour nier la fureur destructrice dont elle avait été à l'origine. Elle fuyait vers nulle part, vers le néant. Elle aurait voulu se fuir elle-même, s'arracher de son corps, de sa vie, oublier toute cette abjection. Le souffle court, elle ignorait les pierres coupantes qui lui meurtrissaient les pieds, le goût de sang qui lui emplissait la gorge. Enfin, hors d'haleine, elle s'écroula sur le sol de rocaille, et laissa échapper un long hurlement d'animal blessé, pour dégorger le poison violent qui lui rongeait les entrailles.

L'horreur de son acte, le souvenir des hurlements d'agonie la hantaient. Parce qu'on lui avait fait trop de mal, elle avait répondu à la violence par une violence encore plus grande, un acte de barbarie terrifiant, qui avait semé la mort et la destruction. Combien d'innocents avaient péri dans cette catastrophe ? L'ampleur de sa revanche dépassait tout ce qu'elle avait pu endurer. L'esprit en déroute, elle se recroquevilla contre un rocher, tremblant comme une feuille, les yeux fixes.

Bien plus tard, lorsqu'elle reprit conscience, un soleil rouge dardait ses rayons sanglants à l'orient. Elle se redressa, hésita, puis suivit sans y penser la direction d'un massif montagneux qui se dressait vers l'ouest.

En elle s'était ouverte une blessure qui jamais plus ne se refermerait. Elle abhorrait les hommes et leur lâcheté. Elle se haïssait elle-même. Elle ignorait vers où, vers quoi elle fuyait. Elle n'avait plus d'endroit où aller. La vie lui faisait horreur. En cet instant précis, la mort lui sembla plus douce, et elle se surprit à l'appeler.

À l'instant même où Rê resplendissait au zénith, inondant le désert d'une lumière aveuglante, un grondement retentit derrière elle. Elle se retourna. Une lionne énorme surgit d'un fourré, la gueule ouverte sur une rangée de crocs menaçants.

55

Thanys aurait dû avoir peur, tenter de fuir ou songer à se défendre. Elle n'eut aucune de ces réactions. Son esprit était vidé de toute substance, toute velléité de survie. Si le fauve bondissait sur elle, elle espérait seulement qu'elle périrait rapidement. Mais la lionne ne paraissait pas décidée à attaquer. Elle semblait hésiter entre une fuite incompréhensible et une étrange attirance. Elle avait cessé de grogner et émettait de petits gémissements plaintifs. Son manège intrigua Thanys. C'était un animal jeune, peut-être inexpérimenté. Son attitude lui rappela soudain celle des loups des Monts amanes, qui l'avaient épargnée pour une raison inexplicable. Elle semblait exercer sur les bêtes une fascination singulière qui tenait en respect même les plus dangereuses.

Lentement, elle s'approcha de l'animal en lui parlant avec douceur. Celui-ci marqua tout d'abord un mouvement de recul, puis s'immobilisa. Lorsque la jeune femme fut près de lui, elle remarqua qu'un filet rougeâtre coulait de sa gueule. Délicatement, elle posa la main sur le mufle de la bête. Sans cesser de parler, elle examina la mâchoire impressionnante, et repéra un petit os fiché dans la gencive. Le félin ouvrit la gueule en grognant, comme pour quémander son aide. Avec précaution, elle saisit l'os et tira d'un coup sec. Du sang pourpre coula, tandis que la lionne laissait échapper un gémissement de soulagement. Lorsque Thanys la caressa, elle se frotta affectueusement contre ses jambes.

Au contact du pelage rude, une sensation bizarre envahit la jeune femme, comme si un lien immatériel s'était brusquement tissé entre le fauve et elle. Elle s'accroupit et prit l'animal par le cou. Tout à coup, une vingtaine de félins de tous âges surgirent en silence du lit asséché d'un torrent. Se dressant entre Thanys et la horde, la jeune lionne poussa un grondement menaçant. Avertis, les autres ne firent preuve d'aucune agressivité. Des lionceaux curieux s'approchèrent timidement, flairant la nouvelle venue, lui donnant de légers coups de pattes pour l'inciter à jouer. Puis les femelles suivirent, quêtant des caresses comme de gros chats affectueux. Seuls les mâles hautains demeurèrent à l'écart. Le plus puissant secoua sa crinière, poussa un rugissement impressionnant, puis s'allongea et bâilla pour bien montrer qu'il se désintéressait de la question.

Pendant les jours qui suivirent, Thanys s'intégra totalement à la horde. Les fauves semblaient l'avoir adoptée comme l'une des leurs. À l'instar des loups amaniens, elle les attirait et les fascinait. Les lionceaux chahutaient avec elle comme ils le faisaient avec leur mère. Les lionnes ne s'éloignaient jamais d'elle. Au début, les mâles feignirent de l'ignorer et l'évitaient systématiquement. Lorsqu'elle tentait de les approcher, ils s'éloignaient à pas lents. Puis la curiosité prit le dessus et ils finirent par rechercher eux aussi sa compagnie. Parfois, de courtes luttes les opposaient lorsqu'ils quêtaient le contact de sa main.

Mais elle conservait des liens privilégiés avec la jeune femelle qui l'avait accueillie. La lionne la suivait partout, aussi fidèle qu'un chien. Lors des parties de chasse, auxquelles les mâles ne participaient pas, une complicité insolite les unissait. Thanys adorait ces moments hors du temps où elle rampait comme un animal dans les hautes herbes de la savane pour s'approcher au plus près des troupeaux d'antilopes ou de gazelles qui constituaient le gibier de la horde. L'odeur sèche de la terre et des épineux lui emplissait les poumons. La poussière s'incrustait dans sa peau. Elle sentait monter en elle une joie primitive, sauvage, qui se répandait dans son corps, dans ses membres, dans son esprit engourdi. Elle aimait l'instant fugitif où l'assaut allait se déclencher, où ses pieds s'ancraient fermement dans le sol, où ses muscles se tendaient. Soudain, comme obéissant à un signal mystérieux, les lionnes bondissaient et se ruaient sur leurs victimes, qu'elles pourchassaient sans trêve jusqu'à ce que leurs pattes redoutables crochetassent une proie. Thanys les suivait à longues foulées souples, s'accroupissait, décochait ses flèches, puis repartait, le corps couvert de sueur et de sable, les jambes griffées par les arbustes épineux. Une exaltation formidable imprégnait tout son être, la réconciliant avec la vie.

Parfois, elle allumait un petit foyer pour y cuire sa part de viande. Mais elle se surprit à dévorer la chair crue, encore tiède, sans en éprouver le moindre dégoût.

Un soir, après une partie de chasse au cours de laquelle elle avait tué deux gazelles, elle fut prise de vomissements incoercibles et ne put rien avaler. Elle passa la nuit prostrée près de sa compagne féline qui la veilla comme une mère l'aurait fait de son petit. Le lendemain, le malaise avait disparu. Elle le mit sur le compte de la chair crue.

Les félins passaient de nombreuses heures à dormir, abrités de l'ardeur du soleil par les acacias ombellifères. Thanys se blottissait alors contre sa lionne et sombrait dans un sommeil sans rêve. Lorsqu'elle laissait les pensées envahir son esprit, des visions abominables jaillissaient, des corps dévorés par les flammes, des visages déformés par la terreur, des hurlements épouvantables résonnaient à ses oreilles. Elle ressentait encore dans son ventre, dans ses reins, la mémoire des étreintes sauvages de Khacheb. Mais la seule image qu'elle conservait de lui était celle de la terrible nuit du viol, de son visage enlaidi par l'alcool, qui avait effacé la violence enivrante des nuits sur le navire. Elle ne pouvait nier l'attirance infernale qui l'avait aspirée vers lui. Mais la passion qu'elle avait partagée avec lui n'était que de l'amour-souffrance, un amour dévastateur qu'elle rejetait de toute son âme. Elle voulait le fuir, l'oublier.

Alors, elle se repliait sur elle-même et balayait les images funestes. D'instinct, elle s'assimilait à une lionne, vivant intensément l'instant présent, rejetant ses réminiscences brûlantes dès qu'elles se manifestaient.

Elle n'avait pas su au début pourquoi elle avait fui le monde des hommes. Elle avait obéi à une impulsion irrationnelle. Peu à peu, elle comprit que le fait de demeurer parmi eux eût signifié la folie. Sans qu'elle s'en rendît compte, ce retour à la vie animale cicatrisait lentement les blessures profondes dont souffrait son esprit. Elle n'avait d'autre souci que de dormir, boire, cueillir les fruits offerts par la savane, et tuer pour se nourrir.

Parfois, une lueur de lucidité lui venait ; elle se demandait combien de temps elle resterait ainsi, au milieu de ses lions. Des images douloureuses, pleines de nostalgie, lui apparaissaient : le large ruban du fleuve-dieu inondant les prés autour de Mennof-Rê, les parties de chasse et de pêche ; des visages oubliés surgissaient du passé, à la fois proches et lointains, les artisans, les petits marchands des échoppes, les traits parcheminés du vieux Merithrâ, dont les yeux reflétaient toute la sagesse du monde. Mais le souvenir de Djoser dominait tous les autres. Souvent, son image devenait si précise que des larmes ruisselaient sur ses joues. Pourtant, tout son corps se révoltait lorsqu'elle évoquait furtivement leurs étreintes. La face grimaçante de Khacheb se superposait au visage de son compagnon et une terrifiante sensation de souffrance et d'horreur se substituait au plaisir de l'amour enfui. Dans ces moments de désespoir, elle était persuadée que plus aucun homme jamais ne pourrait la toucher. Alors, elle chassait ces pensées sombres et s'abîmait dans la contemplation de la savane. Il lui faudrait du temps pour panser ses plaies.

Un matin, une agitation insolite attira son attention. Un groupe d'une vingtaine d'hommes apparut à l'entrée de la vallée asséchée menant vers les montagnes dont les lions avaient fait leur domaine. Elle frémit de colère. Jamais elle ne laisserait des humains envahir ce territoire. Ils n'avaient rien à faire dans le désert. Elle rampa jusqu'au bord d'une plate-forme rocheuse pour les observer.

À mesure qu'ils approchaient, sa rage décupla : à leur accoutrement, elle venait d'identifier des pirates de Siyutra. Sans doute s'agissait-il de survivants. Elle pensa un instant qu'ils étaient à sa recherche. Mais c'était impossible. Plus d'une lune s'était écoulée depuis son évasion. Ceux-là étaient des chasseurs. Lorsqu'ils furent à portée de flèche, elle se redressa, l'arc prêt à tirer. À son côté, sa lionne gronda férocement. Les autres félins vinrent l'entourer. Des cris de stupeur jaillirent des rangs des envahisseurs, qui se muèrent rapidement en cris de fureur. Ils l'avaient reconnue.

Sa première flèche, d'une précision imparable, vint se planter dans la poitrine de celui qui semblait les commander. Elle ne laissa pas aux autres le temps de réagir. Bondissant à bas de son rocher, elle chargea, suivie aussitôt par la horde de félins. Paniqués, les chasseurs s'enfuirent en courant. Mais les fauves étaient trop rapides. En quelques instants, une douzaine d'hommes tombèrent sous leurs coups mortels ou sous les traits de Thanys. Suivie de sa lionne, elle se lança à la poursuite des survivants, qu'elle pourchassa impitoyablement jusqu'à l'orée de la vallée. Seuls deux d'entre eux parvinrent à s'échapper.

Quelques jours plus tard, elle chassa de la même façon une petite caravane de nomades qui traversait son territoire. L'apparition de cette femme aussi belle que dangereuse, entourée d'une horde de fauves déterminés, sema la terreur chez les voyageurs, qui s'enfuirent en abandonnant une partie de leurs marchandises sur place.

Parce que la vie sauvage l'avait écartée de ses préoccupations ordinaires de femme, elle ne se rendit pas immédiatement compte du changement insolite qui s'était produit en elle. Un matin pourtant, après avoir assisté à la naissance de deux magnifiques lionceaux mis au monde par sa compagne féline, elle s'étonna de l'absence de son flux mensuel. Elle n'avait pas accordé d'importance aux nausées dont elle souffrait de temps à autre. Soudain, la vérité lui apparut dans toute son horreur. La semence du pirate Khacheb avait germé en elle. Elle demeura quelques instants abasourdie, puis elle poussa un hurlement de fauve blessé. La terrible malédiction s'était incrustée jusque dans sa chair. Elle en conserverait une trace ineffaçable sa vie entière.

Puis tout son être se révolta : elle ne voulait pas de ce bébé. Comme prise de démence, elle se frappa sur le ventre, pour en extraire l'hydre innommable qui s'y était lovée.

Les jours qui suivirent, elle s'épuisa à pourchasser le gibier, jusqu'à en perdre l'haleine, espérant que ses excès finiraient par arracher de son corps cet enfant qu'elle rejetait de toute son âme. Mais rien n'y fit, le fœtus voulait vivre, et demeurait solidement accroché.

Accablée de terreur, elle dut accepter l'inéluctable : elle mettrait au monde l'enfant de son tortionnaire.

56

De retour à Kennehout, Djoser et ses compagnons furent accueillis par un village en liesse. On connaissait déjà les exploits accomplis par le jeune maître, mais on ne se lassait pas d'en réclamer le détail aux guerriers qui l'avaient accompagné, et qui tous faisaient figures de héros. Lethis rayonnait ; son ventre s'était beaucoup arrondi durant l'absence de Djoser. Sa maternité prochaine lui conférait l'allure d'une jeune reine dont on prenait le plus grand soin. On aurait bien étonné les paysans en leur rappelant qu'elle était originaire du désert : ils l'avaient adoptée comme l'une des leurs. Elle avait su séduire jusqu'au maniaque Senefrou, qui, après des débuts difficiles, avait fini par succomber à son charme et à sa gentillesse.

Les troupeaux de bovins avaient gagné les grands marécages du Delta, emmenés par les bergers barbus en compagnie desquels Djoser aimait à chasser lorsqu'il était plus jeune. La saison des récoltes était proche. Dès son arrivée, Djoser sacrifia un mouton en l'honneur de Renenouete afin qu'elle se montrât généreuse. Mais l'importance de la crue ne laissait rien présager de bon. Il fallait redoubler d'ardeur.

Le domaine de Kennehout pratiquait différentes cultures : oignons, concombres, melons, fruits variés, orge. Mais sa production principale, comme dans toute l'Égypte, restait le blé, dont il existait plusieurs variétés : froment, épeautre, *sekhet* blanc ou vert. Avançant en rangs serrés, les paysans coupaient les tiges à l'aide d'une faucille courte, laissant derrière eux un chaume très haut atteignant la hauteur du genou, afin de faciliter le travail ultérieur du battage. Tandis que les enfants glanaient les épis tombés, les gerbes étaient liées en javelle double, puis chargées dans de grands paniers que les ânes transportaient à proximité de l'aire de dépiquage. Mais le travail des animaux ne s'arrêtait pas là. Afin de séparer le grain de la paille, on répandait les gerbes sur l'aire, et les âniers poussaient leurs animaux à les piétiner.

Ensuite, les femmes récupéraient le grain qu'elles lançaient en l'air à l'aide de grands vans. Le vent emportait la balle et laissait retomber le grain, plus lourd. Elles se coiffaient alors de grands foulards pour se protéger de la fine poussière.

Après un dernier travail de tamisage, les grains étaient stockés, sous l'œil inquisiteur des scribes armés de leurs calames, dans de grands silos de forme conique, que l'on chargeait par le haut. Une autre ouverture était pratiquée dans le bas pour extraire la semence.

Comme toujours, des joueurs de flûte accompagnaient l'ouvrage, soutenant de leurs notes aigres les chansons traditionnelles des ouvriers. Les intempéries de l'époque des semailles n'étaient plus qu'un mauvais souvenir, et Rê inondait la vallée d'une chaleur accablante. Aussi les paysans étaient-ils heureux lorsque Djoser et Lethis leur rendaient visite, suivis de leurs esclaves apportant les aimables cruches pointues contenant la bière fraîche.

Djoser avait pris goût à l'administration de son domaine. Les terres conquises sur le désert grâce aux nouveaux canaux avaient compensé la pauvreté de la récolte. Il n'y aurait pas de famine cette année à Kennehout.

Il n'en serait pas de même dans toute la vallée du Nil. Les nouvelles colportées par les voyageurs affirmaient que les moissons se révélaient le plus souvent catastrophiques, aussi bien en Basse-Égypte que dans la vallée supérieure. Là n'était pas le plus grave. Sanakht n'avait pas tenu les promesses faites aux paysans qui avaient combattu pour défendre Mennof-Rê. Seules les vingt mesures de grains avaient été versées aux combattants. Mais les seigneurs, amis de Pherâ, s'étaient fait tirer l'oreille pour revoir le prix de la semence à la baisse. Encore une fois, nombre de paysans avaient dû vendre une partie de leurs champs pour acquérir de quoi semer. Les grands propriétaires avaient ainsi agrandi leurs domaines.

Nehouserê, père de Semourê et gouverneur du nome de Menat Khufu, situé plus au sud dans la haute vallée, vint rendre visite à Djoser. C'était un homme âgé, au visage sec et au parler vigoureux. Nommé autrefois par le roi Khâsekhemoui, dont il était le cousin par alliance, il n'était presque jamais retourné à Mennof-Rê depuis son départ pour les étoiles, ainsi qu'il le confia au jeune homme.

— Je n'apprécie guère tous ces seigneurs maquillés comme des femmes, qui ne vivent que dans l'espoir d'une nouvelle faveur de l'Horus. Et celui-ci — pardonne-moi, ô Djoser — n'a d'oreille que pour leurs basses flatteries. Leur objectif est clair ! Ils veulent faire disparaître les terres appartenant aux paysans pour engraisser leur fortune. Leurs scribes sont partout, plus enragés que des chiens affamés et plus dévastateurs qu'un nuage de sauterelles. Les Égyptiens ont toujours constitué un peuple libre. Mais ils deviennent peu à peu des esclaves enchaînés au service de maîtres indignes.

Djoser ne pouvait le contredire.

— Je l'avais dit à ton père, poursuivit son invité. Je lui avais suggéré de faire de toi son héritier. Mais il ne m'a pas écouté, et nous voyons aujourd'hui le triste résultat. Sanakht est un faible qui n'a pas l'étoffe d'un grand roi.

Il se tut un moment, puis ajouta :

— Ma visite doit rester secrète, ô Djoser. Ce que j'ai à te dire est très délicat. Nombre de mes amis désapprouvent la politique de Sanakht. Les impôts sont trop lourds et ne tiennent aucun compte des récoltes. Pour glorifier le dieu rouge, le roi veut à toute force constituer une armée puissante et livrer des guerres de conquêtes. Mais contre qui livrer ces guerres ? Et comment, avec un peuple affamé ?

Djoser ne répondit pas. Il avait déjà deviné la raison de la visite de Nehouserê. Le nomarque écarta les bras dans un geste d'impuissance, puis se décida.

— Nous sommes très inquiets, seigneur Djoser. Beaucoup pensent... que tu serais plus digne de régner que ton frère. Je suis venu te voir pour connaître ton avis sur ce sujet.

Djoser prit le temps de méditer sa réponse.

— Je te remercie de la confiance dont tu m'honores, ô Nehouserê, mais je ne suis pas Peribsen. Les dieux ont agréé Sanakht, et je ne me sens pas prêt à le remplacer. Ce que tu me *proposes* se traduirait par une guerre civile qui déchirerait l'Égypte. Après une année de moissons désastreuses, elle n'a pas besoin de cela.

— Veux-tu laisser sa population tomber lentement dans l'esclavage ? s'indigna le vieil homme.

— Non, bien sûr. Mais mon frère subit l'influence de mauvais courtisans, et surtout celle du grand vizir, dont l'appétit de richesse est insatiable. Ce sont eux qu'il faut combattre.

— Que comptes-tu faire ?

— Le roi m'accorde une grande confiance depuis que j'ai repoussé les Édomites hors des frontières d'Égypte. Je vais aller lui parler, et tenter de le convaincre d'obliger Pherâ et les siens à respecter leurs engagements.

Le vieil homme hocha la tête d'un air dubitatif.

— Tu respectes ton roi, ô Djoser, et c'est une bonne chose. Je prierai les dieux pour qu'ils t'accordent leur soutien. Mais... s'il ne t'écoute pas ?

— Il m'écoutera. Je partirai pour Mennof-Rê immédiatement après la naissance de mon fils.

Celle-ci eut lieu quelques jours après le départ de Nehouserê. Un matin, Lethis fut prise de violentes douleurs. Affolé, Djoser appela immédiatement les esclaves, ainsi qu'une vieille paysanne bougonne, aussi large que haute, qui avait aidé tous les enfants du village à venir au monde. Au bout de son collier était pendu une figurine de schiste vert à l'effigie d'une déesse très ancienne, Taoueret[1], que l'on représentait

---

1. Taoueret : nom hiéroglyphique de Toueris, déesse hippopotame qui présidait à la naissance des dieux. Vraisemblablement issue de la période prédynastique, elle ne fut réellement honorée que bien plus tard, essentiellement sous le Nouvel Empire.

sous la forme d'un hippopotame levé sur ses pattes de derrière.

La vieille femme, Sokhet-Net, écarta tout le monde sans ménagement, puis examina longuement Lethis dont les yeux affolés tentaient pourtant de rassurer Djoser. Celui-ci, impuissant à la soulager, décida de demeurer dans la chambre, malgré la mauvaise humeur chronique de l'accoucheuse.

— Ce n'est pas la place d'un homme, seigneur ! grommela-t-elle.

Mais il s'obstina. La sage-femme leva les yeux au ciel en maugréant, puis commença une longue litanie en agitant autour de la parturiente un objet curieux, destiné à éloigner les mauvais esprits. C'était une lame d'ivoire recourbée en forme de faucille, et terminée par l'effigie d'un renard. Sur la lame était reproduite la représentation de Taoueret.

Quelques heures plus tard, un cri perçant déchira l'air. Sokhet-Net éleva bien haut un petit être sanguinolent au visage fripé et déformé par la fureur d'avoir été arraché à son nid chaud et confortable.

L'accoucheuse se tourna vers Djoser en déclarant fièrement :

— Voilà ton fils, seigneur !

La main sur l'estomac, le seigneur afficha un sourire verdâtre pour saluer l'arrivant. La grosse paysanne avait bien raison : ce n'était pas la place d'un homme.

Mais le malaise fut de courte durée. Après avoir bondi hors de la chambre pour clamer par tout le village la naissance de son héritier, Djoser fêta celle-ci dignement et consciencieusement en compagnie de Piânthy, Semourê, Senefrou, auxquels se joignit bientôt une grande partie de la population. On déboucha de nombreuses jarres de bière et de vin. La nuit suivante, Djoser était de nouveau malade, mais pour une autre raison.

Le lendemain, le petit garçon reçut le nom de *Nefer-Sechem-Ptah* c'est-à-dire protégé par le dieu Ptah. Mais, suivant la coutume égyptienne, ce nom un peu compliqué fut raccourci en *Seschi*.

Cependant, Djoser n'avait pas oublié la promesse faite à Nehouserê. Après avoir abreuvé Lethis de recommandations pour qu'elle prît le plus grand soin du plus-beau-bébé-qu'on-ne-vît-jamais, il quitta Kennehout pour Mennof-Rê.

57

Après avoir découvert la terrible vérité, Thanys avait pensé se donner la mort. Pendant plusieurs jours, elle avait tenté de se débarrasser du fœtus. En vain. Si elle s'était trouvée dans le monde des hommes, elle n'aurait pu supporter la perspective de donner la vie à cet enfant issu de l'abjection d'un viol. Mais la compagnie de ses lions lui procura un réconfort inattendu. Indifférents aux contingences humaines, ils continuaient de lui apporter la chaleur de leur affection sincère et désintéressée.

L'amour des femelles pour leurs petits, la tendresse qu'elles leur prodiguaient, les jeux incessants qui les opposaient en joutes amicales, reflets de l'apprentissage de la vie, finirent par modifier l'esprit de Thanys.

Lentement, elle prit conscience que l'enfant qu'elle portait n'était aucunement responsable des crimes de son père. Chaque jour, elle le sentait s'éveiller en elle, organiser sa vie si fragile et si forte à partir de sa propre chair. Une chair qu'elle apprit à lui offrir volontiers, avec l'amour instinctif et merveilleux que toute femme porte en elle. Bien avant même qu'il ait vu le jour, la haine qu'elle avait éprouvée envers lui se mua en une tendresse inéluctable, qui la poussait à se ménager, à laisser ses lionnes chasser pour elle. Comme si elles avaient compris son état, les femelles se montraient plus douces avec elle, et lui apportaient une part du gibier abattu.

Cet enfant n'était pas celui de Khacheb ; il ne l'avait pas désiré. Mais il serait le sien. Elle l'aimerait. Elle l'aimait déjà. Alors qu'elle croyait avoir perdu tout espoir, le bébé à venir lui offrait une raison nouvelle de continuer de lutter, non pour elle, mais pour lui.

Un matin, des douleurs incoercibles la saisirent, à intervalles réguliers. Au début, elles furent espacées dans le temps, puis se rapprochèrent. Thanys avait trouvé refuge dans une caverne abritée des vents parfois violents du désert. Les lionnes établirent un cercle autour de la grotte, pour la protéger. Sa compagne attitrée s'était allongée à son côté, comme pour lui prodiguer ses encouragements. La chair dolente, la peau couverte de sueur, Thanys crut que la mort allait la saisir. Plusieurs fois, la panique s'empara d'elle.

Dans l'après-midi, les contractions se firent plus violentes. Elle retrouva alors d'instinct les gestes inscrits dans ses gènes par la nature. Sa respiration s'adapta aux poussées sans qu'elle y prît garde. Allongée sur le lit d'herbe coupée qu'elle avait préparé, elle aida le bébé à sortir, et l'expulsa. Un cri déchira le silence de la caverne. Les yeux embués de larmes, Thanys essuya le nouveau-né avec des poignées de foin, puis le coucha sur son ventre. Les douleurs se calmèrent aussitôt, et le bébé cessa de pleurer. Obéissant toujours à l'intuition naturelle, elle rejeta le placenta, puis trancha le cordon ombilical avec ses dents.

Bien plus tard, lorsque la fatigue de l'accouchement se fut quelque peu effacée, elle se releva, serrant jalousement l'enfant contre son sein, et se dirigea vers le point d'eau près duquel vivait la horde. Elle le lava, puis se rendit compte qu'elle n'avait même pas pensé à examiner son sexe.

Elle venait de mettre au monde une magnifique petite fille.

58

Dès son arrivée à Mennof-Rê, Djoser, flanqué de ses deux inséparables compagnons, remarqua dans le port trois navires magnifiques, nouvellement construits. Fabriqués à partir de bois de cèdre importé du Levant, ils s'ornaient de dorures et de fines tentures de lin. Le pont et les mâts étaient peints de couleurs vives. Visiblement, ces vaisseaux étaient destinés à l'apparat. Un marinier le renseigna. Ils appartenaient à des seigneurs proches du grand vizir.

— Voilà donc où passent les impôts ! s'exclama Djoser, furieux. Pendant que les Égyptiens crient famine, les nobles se font construire des bateaux de loisir.

— Que veux-tu, mon cher cousin, dit Semourê avec cynisme, c'est le privilège du pouvoir.

Cependant, le dernier comportait de larges traces noires à la proue, que des ouvriers tâchaient d'effacer. Leur chef s'approcha de lui, l'air embarrassé.

— Pardonne l'audace de ton serviteur, seigneur. Ne serais-tu pas le prince Djoser ?

— En effet ! Qu'est-il arrivé à ce navire ?

— Une histoire bien triste, seigneur ! Ce bateau est

la propriété du grand vizir, le seigneur Pherâ. Il y a dix jours, des paysans ont tenté de l'incendier. Les gardes royaux sont intervenus aussitôt et les ont arrêtés. La justice du roi les a condamnés à être livrés aux crocodiles dès le lendemain.

Djoser pâlit. Autour d'eux, les ouvriers avaient cessé le travail. Tout le monde l'avait reconnu. Un petit attroupement se forma. Dans les regards se lisait un mélange de crainte et d'hostilité. Le contremaître hésita, puis poursuivit :

— Ces paysans étaient des Égyptiens libres, dont les terres faisaient partie du domaine du seigneur Pherâ, mais elles leur appartenaient. À l'époque des semailles, celui-ci leur a vendu le grain tellement cher qu'ils ont été obligés de lui céder la totalité de leurs champs. Alors, ils se sont révoltés. Mais leur maître n'a rien voulu savoir. Il a constitué une milice armée qu'il rémunère grassement. Celle-ci a chassé les rebelles du domaine, avec leurs familles. À la suite de cette révolte, ils n'ont retrouvé de place nulle part. Le grand vizir avait fait connaître leur conduite.

— Alors, pour se venger, ils ont mis le feu à son navire ! conclut Djoser.

— Ils étaient désespérés, grogna l'artisan. Dès le lendemain, ils ont été dévorés par les crocodiles. Les grands propriétaires pensaient que cet exemple servirait de leçon.

Bouleversé, le jeune homme ne répondit pas. Ainsi, les accusations de son ami Nehouserê étaient fondées. Le roi n'avait pas tenu ses promesses.

— Tu dois nous protéger, prince Djoser, lança un homme dans la foule. Les nobles veulent s'emparer des terres des Égyptiens libres.

— Moi aussi, j'ai été dépossédé de mes champs, clama un paysan entouré de sa famille.

Un grand gaillard apostropha le jeune homme :

— Tu nous avais promis une diminution des impôts si nous acceptions de nous battre. Nous avons lutté à tes côtés, mais les taxes ont encore augmenté, et les princes se font construire des navires somptueux. L'Horus les soutient et refuse de nous recevoir. Partout on a renforcé les milices. Ici même, à Mennof-Rê, la garde royale a été doublée.

Le paysan spolié ajouta d'une voix forte :

— Les Égyptiens aiment la terre noire de Kemit, seigneur. Mais on nous l'arrache. Que deviendrons-nous sans nos champs et nos prés ?

Djoser leva les bras pour apaiser la foule. Il n'avait pas voulu accorder un crédit trop important aux paroles de Nehouserê. En principe, la terre d'Égypte tout entière appartenait au roi, qui était l'incarnation vivante d'Horus. Dans les faits, elle était morcelée en d'innombrables petites parcelles appartenant à des agriculteurs qui l'exploitaient sous la tutelle des nobles. Ceux-ci avaient toujours respecté la propriété de leurs paysans.

Cette fois pourtant, le malaise semblait beaucoup plus grave qu'il ne se l'était imaginé. La ville était en effervescence. Se pouvait-il que son frère fût assez aveugle pour ne pas l'avoir remarqué ? Mais sans doute le grand vizir et ses amis lui déformaient-ils la vérité.

— Écoutez-moi ! déclara-t-il d'une voix forte, on m'a déjà fait part de vos griefs. Je suis revenu à Mennof-Rê pour rencontrer le roi, mon frère, et lui demander d'honorer sa parole.

Une ovation formidable lui répondit. Personne n'avait oublié son courage lors de la guerre contre les

Édomites, quelques mois plus tôt. Lorsqu'il quitta le port pour pénétrer dans la ville, une escorte nombreuse se forma. Des gens couraient en avant en hurlant :

— *Le prince Djoser est revenu ! Le prince Djoser est revenu !*

Quelques gardes royaux se montrèrent, mais n'osèrent intervenir, impressionnés par la vague humaine qui grossissait d'instant en instant. Traversant la cité pour gagner sa demeure, Djoser constata que des groupes bavardaient avec chaleur autour des échoppes des artisans. Dès que l'on annonçait son arrivée, des hommes, des femmes, des vieillards venaient se joindre au cortège en l'acclamant.

Arrivé devant sa demeure, Djoser fut accueilli par son intendant, Ousakaf, qui se mit à trembler en découvrant la foule grondante.

— Seigneur, ton serviteur est heureux de ton retour ! Mais que se passe-t-il ?

— La colère de Mennof-Rê, mon ami, répondit Djoser. Mais elle n'est pas dirigée contre moi. Fais préparer un repas solide pour mes compagnons et moi. Ce voyage nous a creusé l'estomac.

Le vieil homme s'empressa de rentrer dans la maison, trop heureux de fuir cette multitude qui l'angoissait. Soudain, une puissante escouade de gardes royaux apparut à l'extrémité de la place pour disperser l'attroupement. Quelques échauffourées éclatèrent. Djoser s'interposa. Les bagarres cessèrent aussitôt. Dans le capitaine des gardes, le jeune homme reconnut Khedran, l'âme damnée de Nekoufer, celui qui avait pris plaisir à le fouetter jadis. Il en gardait encore quelques cicatrices sur le dos. Il se planta devant l'individu.

— Je t'ordonne de quitter la place, gronda-t-il. La colère de ces gens est légitime.

— J'ai reçu pour consigne de disperser tout rassemblement, riposta l'autre avec arrogance. Et je n'ai pas d'ordre à recevoir de toi. Je n'obéis qu'au seigneur Nekoufer, maître de la garde royale et directeur de la Maison des Armes.

— Nekoufer a été nommé général en chef? s'étonna Djoser.

— Exactement! Il est ton supérieur, et tu dois lui obéir, toi aussi.

Djoser serra les dents, puis se tourna vers la foule.

— Rentrez chez vous! Dès demain, je parlerai en votre nom au roi.

Il y eut quelques instants de flottement, puis l'assemblée se retira, sous l'œil triomphant de Khedran, aussi vaniteux qu'un paon. Djoser lui tourna ostensiblement le dos et rentra dans sa demeure.

Plus tard, Djoser, Semourê et Piânthy avaient pris place dans la petite salle ouvrant sur le jardin qu'affectionnait Merithrâ. Les esclaves avaient déposé sur les tables de pierre des plats contenant de la viande rôtie, des fèves, des fruits et des pains de forme différente. Un joueur de flûte s'était assis dans un coin pour distraire le maître des lieux.

— Je crois que tu vas au-devant de gros ennuis, déclara soudain Semourê, en arrachant un pilon d'oie avec gourmandise. Ta générosité t'a jeté dans la gueule de Seth, mon cousin.

— Je ne peux me dérober, répliqua Djoser. J'ai donné ma parole à ces gens.

— Je sais, tu n'as plus le choix. Tu ne peux plus

reculer sans te désavouer vis-à-vis des Égyptiens. Mais tu vas te heurter à la garde royale. Sanakht te fera arrêter parce que tu auras osé le défier. Ce ne serait pas la première fois.

Djoser serra les poings.

— Je n'ai pas l'intention de reculer !

Semourê se tourna vers Piânthy.

— Compagnon, je pense que nous devons nous préparer à connaître de nouveau la paille des cachots. Car nous sommes assez fous pour le suivre, n'est-ce pas ?

Piânthy haussa les épaules.

— Bien entendu !

Le lendemain matin, avant de gagner le palais, Djoser revêtit sa tenue de général, qui lui semblait la mieux appropriée pour rencontrer le roi. Piânthy, qui attendait devant la lourde porte de bois, déclara :

— J'ai l'impression que nous ne serons pas seuls.

Il désigna, au-dehors, une importante troupe en armes, qui semblait attendre la sortie du maître des lieux. Djoser s'avança à la rencontre des soldats. Il reconnut parmi eux plusieurs capitaines qu'il avait dirigés pendant la bataille de Mennof-Rê.

— Nous te saluons, prince Djoser, dit l'un d'eux. Nous avons appris ta présence et nous savons ce que tu veux faire. Alors, nous sommes venus t'apporter notre soutien. Le roi a nommé Nekoufer à notre tête, mais pour nous, tu es toujours le général qui nous a menés à la victoire. Toute la Maison des Armes est derrière toi.

Une violente émotion s'empara de Djoser. Le soutien de l'armée constituait un atout formidable dans la partie qui allait s'engager. Mais cet appui ne risquait-il pas de l'entraîner bien plus loin qu'il ne l'aurait souhaité ? Sa démarche pouvait dégénérer en un conflit dont il ne voulait pas.

— Il est bon de vous revoir, mes compagnons, dit-il. Votre aide réchauffe mon cœur.

Derrière les guerriers se tenait une foule importante. Un grondement d'enthousiasme jaillit de toutes les poitrines. Djoser leva les bras pour obtenir le silence.

— Écoutez-moi ! Je désire que le roi respecte ses promesses. Mais je veux à tout prix éviter un affrontement entre la garde royale et l'armée. Êtes-vous prêts à me suivre ?

Une nouvelle clameur d'approbation lui répondit.

Lorsqu'il se mit en marche, plus de cinq cents guerriers marchaient derrière lui. Très rapidement, la foule grossit à mesure qu'elle s'approchait du palais. Lorsqu'il parvint sur la grande place, elle comptait plusieurs milliers de personnes, des citadins, artisans, ouvriers, mariniers, ainsi que nombre de paysans privés de leurs terres. Une assurance nouvelle envahit Djoser. À cause de tous ces gens qui lui vouaient une confiance aveugle, il n'avait pas le droit d'échouer.

Averti par les patrouilles, un cordon de gardes royaux se tenait déjà devant l'entrée de la demeure d'Horus, dirigé par le gros Khedran. Djoser se dirigea vers eux, escorté de ses capitaines.

— Je désire parler au roi, clama-t-il d'une voix forte.

Khedran riposta vertement :

— L'Horus ne veut pas te voir, seigneur Djoser !

— Alors, il faudra que tu l'expliques à mes guerriers et au peuple de Mennof-Rê ! Te sens-tu assez fort pour contenir leur colère ?

Un grondement menaçant emplit soudain la place. Khedran pâlit.

— Pardonne-moi, seigneur. J'ai reçu des ordres.

Djoser dégaina son glaive, aussitôt imité par tous les soldats. Le grondement s'amplifia. Impressionné, Khedran céda.

— Je vais prévenir Sa Majesté de ton arrivée, seigneur.

— Il est déjà prévenu ! répliqua Djoser sèchement. Tu vas nous mener à lui immédiatement.

L'autre serra les dents, puis baissa la tête, l'invitant à le suivre. Accompagné de ses capitaines, Djoser pénétra à l'intérieur du palais. Dans la salle du trône, Sanakht, alerté, avait pris place sur son siège, orné de la fausse barbe de son rang et de ses insignes, la crosse et le fléau. À son front luisait l'uraeus, le cobra femelle d'or destiné à effrayer ses ennemis, symbole de la déesse lionne Sekhmet. Pourtant, le roi n'arborait pas un visage de vainqueur. Djoser remarqua aussitôt ses traits tirés, son teint pâle et ses yeux brillants. Il devina qu'une mauvaise maladie le rongeait. Près de lui se tenaient Pherâ, Nekoufer et leurs amis.

— Que la paix d'Horus soit sur toi, mon frère, clama Djoser.

Sanakht eut un sursaut de colère.

— La paix, dis-tu ? J'entends derrière toi les aboiements de la foule.

— Je ne suis pas responsable de la fureur de ton peuple, ô Soleil de l'Égypte. Celui-ci n'attend qu'une chose : que tu tiennes les engagements pris à la veille de la bataille de Mennof-Rê. Tu avais promis une baisse des impôts, ceux-ci se sont alourdis. Tu avais promis que les grands propriétaires ne pratiqueraient plus de prix exorbitants sur la semence, ils t'ont désobéi. Aujourd'hui, nombre de familles ont été obligées de leur céder les terres héritées de leurs ancêtres, et des Égyptiens libres se trouvent ravalés au rang d'esclaves. Je suis venu te demander d'honorer la parole donnée à ton peuple.

Le roi se leva, pris d'une fureur soudaine. Il pointa un doigt menaçant sur Djoser.

— Qui es-tu pour oser parler sur ce ton au dieu vivant d'Égypte ?

— Je suis ton frère, Sanakht, et héritier légitime des deux couronnes au cas où il t'arriverait malheur. Ne l'oublie jamais !

À l'extérieur, la rumeur menaçante avait repris de plus belle. Soudain mal à l'aise, le roi se rassit.

— Envisagerais-tu de me tuer ? s'exclama-t-il.

— Je ne désire pas ta mort, mon frère ! Mais je ne serai pas assez puissant pour empêcher le peuple de déchaîner sa colère.

Embarrassé, Sanakht ne sut que répondre. Pherâ lui vint immédiatement en aide.

— Sa Majesté n'a pas à écouter tes paroles, prince Djoser. Personne, pas même toi, ne peut détourner l'Horus des grands desseins qu'il nourrit pour les Deux-Royaumes.

Djoser rétorqua :

— Dois-je comprendre que le roi, une nouvelle fois, refuse de tenir ses engagements ?

Sanakht s'insurgea :

— Je t'ordonne de te taire, Djoser. Tu as exigé de moi des conditions inacceptables en profitant de l'extrême péril où se trouvait le royaume. Mais le danger est écarté à présent. Ne pense pas cependant que tu as accompli un exploit. Nekoufer aurait pu triompher de ces chiens d'Édomites s'il avait dirigé les troupes. Il demeurera donc général de l'armée royale. Quant à toi... il vaut mieux que tu retournes dans tes terres.

— Pas avant d'avoir obtenu ta promesse de baisser les taxes énormes dont tu écrases ton peuple.

Au comble de la fureur, Sanakht se dressa tel un coq :

— N'oublie pas que tu as déjà connu la prison, Djoser. Un simple général ne peut dicter sa loi au roi d'Égypte ! Alors, pars avant que je ne te fasse arrêter par mes gardes.

Nekoufer s'approcha, déjà prêt à lancer ses hommes. Blême de colère, Djoser recula. Il lui sembla être revenu deux ans en arrière, lorsque son frère lui avait refusé la main de Thanys. Mais les conditions étaient différentes. Lentement, dans un silence impressionnant, les compagnons d'armes de Djoser se regroupèrent derrière lui, faisant face au roi et à ses fidèles. Prudemment, quelques nobles s'écartèrent, affichant ainsi leur neutralité. Nekoufer adressa un signe aux gardes royaux, qui investirent la grande salle. Mais les capitaines étaient nombreux, et leurs troupes stationnaient au-dehors. Ils dégainèrent leurs glaives. Nekoufer s'exclama :

— Je suis votre général. Vous devez m'obéir ou redouter ma colère. Lâchez vos armes et livrez-nous le prince Djoser, qui a osé défier le divin roi d'Égypte !

— Le prince Djoser est notre chef, riposta un capitaine, aussitôt soutenu par ses camarades.

— Tu as conduit les nôtres à la défaite de Busiris ! attaqua un autre. Mon frère y a péri. Tu n'es pas digne de nous commander !

Nekoufer blêmit et ragea intérieurement. À l'extérieur, les clameurs s'amplifiaient ; le peuple était prêt à secourir son héros. Il comprit qu'à la moindre initiative malheureuse, les soldats envahiraient le palais. Déjà, quelques personnes étaient sorties pour les avertir. Furieux, Nekoufer arrêta ses gardes d'un geste. La tension montait d'instant en instant. Djoser regarda ses compagnons avec gratitude. Ils ne l'abandonneraient pas. Il se tourna vers le roi.

— Ne crains rien, Sanakht. Je n'ai pas l'intention d'agir comme l'usurpateur Peribsen. Mais j'exige que le roi d'Égypte ne devienne pas parjure à sa parole. Dans le cas contraire, je ne pourrai rien faire pour contenir la colère légitime de ton peuple.

Pherâ voulut répliquer, mais s'abstint. Un vacarme soudain fit exploser la tension. Des soldats pénétrèrent dans la grande salle du trône, les armes à la main, et se portèrent au-devant des gardes. Il y eut quelques brefs affrontements. La voix de Djoser tonna, répercutée par les hauts murs.

— Cessez le combat !

Aussitôt, les soldats lui obéirent. Les gardes royaux, vaincus par le nombre, se replièrent près de leur chef. Partagé entre la rage et la peur, Sanakht ne parvenait pas à articuler un son. S'il refusait d'alléger les taxes, la vindicte des soldats et des citadins allait se manifester. Et c'était sur lui seul que reposait la décision. Mais comment accepter de céder ainsi ? N'était-il pas le dieu vivant de l'Égypte ?

Les regards étaient fixés sur lui, inquiétants, effrayants. Peu à peu, l'angoisse prit le pas sur la colère. Il imaginait déjà la foule se ruant dans le palais, égorgeant ses gardes, le massacrant. Il se mit à trembler. Pourquoi ne possédait-il pas la force de ce frère qu'il haïssait, aujourd'hui plus que jamais ?

— J'attends ta réponse, ô grand roi ! gronda Djoser.

Soudain, Pherâ se pencha vers lui et murmura quelques mots. Il lui fallut un long moment avant d'en comprendre le sens. Enfin, il se redressa et déclara d'une voix pas très assurée :

— La sagesse s'est manifestée par la bouche du grand vizir. Il affirme que les récoltes de cette année souffrent de l'importance de la crue. Il est donc nécessaire que, pour l'année prochaine, les champs soient bien ensemencés. Aussi, je veillerai à ce que le prix des grains soit baissé.

Il se racla la gorge, jeta un regard glacial à son frère, puis poursuivit :

— De même, avant de constituer une armée puissante, il convient de développer le commerce et l'artisanat. Aussi les impôts de Mennof-Rê seront-ils diminués. Que ceci soit écrit et accompli.

Il se laissa retomber sur le trône, pris d'une fatigue soudaine. Le scribe royal se précipita aux pieds du roi et prit note des décisions. Dans la salle bondée de monde, on n'entendait plus que le bruit du calame sur le rouleau de papyrus.

— Ce n'est pas tout, ajouta Djoser. Il faut que les terres volées aux paysans leur soient restituées !

Pherâ s'insurgea :

— C'est impossible ! Elles ont servi à payer les semences de cette année.

— Silence ! tonna Djoser.

Il s'avança vers le grand vizir d'un air menaçant.

— C'est toi et les tiens qui êtes à l'origine de la colère des Égyptiens, c'est vous qui avez abusé de votre rang pour dépouiller vos gens, et les transformer en des hommes errants, à peine plus libres que des esclaves. Vous devez leur rendre ce que vous leur avez volé !

Dans la salle, une clameur formidable répondit aux paroles de Djoser. Effrayé, Pherâ céda :

— C'est bien ! Nous rendrons ces terres !

Djoser se tourna de nouveau vers le roi, qui confirma d'une voix lasse :

— Que ceci soit écrit et accompli.

Une ovation salua ces mots. Djoser revint vers lui.

— En ce jour, tu as ramené la paix et l'espoir dans le pays d'Égypte, grand roi ! Ton peuple t'attend à l'extérieur. Tu dois le rencontrer et faire annoncer ta décision.

Sanakht voulut riposter, mais Djoser ne lui laissa pas le temps de réagir. Il fit appeler les esclaves porteurs de la litière royale. Tandis que Nekoufer, humilié et furieux, faisait sortir ses gardes, le souverain, épuisé, prit place. On le souleva. Peu après, un cortège imposant sortait du palais, face à la foule impatiente. Le roi apparut, précédé d'un homme qui lut à voix forte les décisions prises par le souverain. Lorsque le porte-parole eut terminé son discours, des hurlements enthousiastes lui répondirent. Djoser marchant à son côté, Sanakht fut emmené dans la ville, où l'annonce fut répétée en différents endroits. Plusieurs personnes se prosternèrent face contre terre pour remercier le roi.

— Vois comme ton peuple t'aime, mon frère, dit Djoser. As-tu été assez aveugle pour écouter les mauvais conseils de ce maudit Pherâ !

Sanakht, qui avait quelques instants plus tôt cru perdre la vie en raison de la colère du peuple, était soudain ému par la spontanéité de l'hommage rendu. Mais il ne parvenait pas à comprendre l'attitude de son frère. En ce jour, Djoser n'aurait eu qu'un mot à dire pour déchaîner les guerriers contre lui et s'emparer ainsi du trône d'Horus. Pourtant, il n'en avait rien fait. Bien plus même, il l'avait protégé de la fureur des Égyptiens, et le présentait aujourd'hui comme un bienfaiteur.

De retour au palais, il se retrouva quelques instants seul avec lui. Il ne savait plus quelle attitude adopter. Enfin, il déclara :

— Ton intervention a ramené la paix à Mennof-Rê, Djoser. Tu m'as fait comprendre que mon peuple m'aimait. De cela je te remercie.

Djoser s'inclina. Sanakht poursuivit :

— Pourtant, tu as imposé tes exigences par la force. Tout à l'heure, tu aurais pu déclencher la fureur de l'armée contre moi, et me faire tuer. Le trône d'Égypte te serait revenu. Pourquoi ne l'as-tu pas fait ?

— Tu es celui que les dieux ont désigné, mon frère. Le roi des Deux-Terres ne peut être un usurpateur illégitime, comme le fut Peribsen. Un tel acte aurait provoqué une guerre où l'Égypte se serait déchirée elle-même. Tant que tu vivras, tu seras le seul véritable souverain. Et si tu cessais d'écouter les avis désastreux de Pherâ et de ses amis, tu deviendrais un grand roi.

Sanakht ne sut que répondre. Un lent travail se fit en lui. Peu à peu, il comprit les raisons de ce comportement qu'il n'aurait peut-être pas eu lui-même. Le respect que Djoser portait à son roi n'était pas feint, comme c'était le cas de nombre des nobles de la Cour, et notamment de Pherâ, le détestable Pherâ, qui l'avait amené à parjurer sa parole pour servir ses seuls intérêts. La haine qui l'avait élevé contre son frère s'estompa. Il se surprit soudain à éprouver pour lui une estime véritable.

Ébranlé, il demanda :

— Penses-tu vraiment ce que tu dis ?

— Entoure-toi de gens compétents ! Abandonne ces idées de conquête. C'est le commerce et non la guerre qui enrichira le Double-Pays. Tu peux faire de Mennof-Rê la plus belle ville du monde connu, habitée par un peuple heureux. Alors, tu seras vraiment un souverain puissant.

Sanakht ne répondit pas. Les dernières paroles de Djoser lui ouvraient de nouvelles perspectives. Il s'abîma dans ses pensées. Soudain, une toux sèche le saisit, qu'il eut peine à maîtriser.

— Tu es souffrant, s'inquiéta Djoser.

Sanakht eut une grimace ironique.

— La maladie me ronge depuis quelque temps. Et les médecins sont incapables de me guérir. Finalement, tu hériteras peut-être de ce trône que tu ne convoites pas.

— Il en sera ainsi qu'en décideront les dieux, ô grand roi.

Sanakht soupira de lassitude, puis, pour la première fois de sa vie, il adressa à Djoser un sourire sincère.

— J'ai été injuste envers toi, mon frère. Thanys est morte par ma faute. Si…

Il toussa de nouveau, puis poursuivit :

— S'il m'arrive de rejoindre bientôt le royaume d'Osiris, j'espère que mon âme ne pèsera pas plus lourd que la plume de la Maât, en raison des torts que je t'ai causés. Pardonne-moi !

Vivement ému, Djoser lui prit les mains et les serra avec affection. Les deux frères se regardèrent longuement, puis Sanakht déclara :

— J'aurais dû t'écouter depuis longtemps, Djoser.

À partir de ce jour, je veux que mon peuple m'aime. Je ne vais plus écouter les méchants conseils du grand vizir. Tu peux repartir pour Kennehout avec la paix dans le cœur, mon frère. Je vais agir de manière à devenir un grand roi.

— Rien ne me réjouira davantage, Sanakht.

Cependant, lorsqu'il quitta le palais, une inquiétude sourde tenaillait Djoser. Sanakht avait fait preuve de sincérité. Mais saurait-il trouver en lui-même assez de force de caractère pour repousser l'influence néfaste de Pherâ et de ses comparses ? Il savait par expérience qu'il n'était qu'un être faible, soumis à l'influence de celui qui avait parlé le dernier. Peut-être devrait-il revenir s'installer à Mennof-Rê.

Peu après le départ de Djoser, Pherâ demanda une audience au roi. Celui-ci l'accueillit avec une animosité qui incita le grand vizir à la prudence.

— Je devrais te faire condamner ! attaqua Sanakht avec la hargne que peuvent adopter les faibles lorsqu'ils ont trouvé une victime. Ce sont tes mauvais avis qui ont amené cette situation.

— Je n'ai fait que défendre les intérêts de mon souverain, ô Lumière de l'Égypte, répliqua Pherâ avec onctuosité.

— Et surtout les tiens !

— La popularité de ton frère est très grande, ô Lumière de l'Égypte. Aujourd'hui, il t'a épargné parce que tu as cédé à ses exigences.

— C'est toi qui me l'a conseillé, te rappelles-tu ? riposta vertement le roi.

— Bien sûr, grand roi. Il fallait gagner du temps.

Mais la gloire de Djoser devient alarmante. J'ai vécu assez longtemps pour vivre les événements liés à l'usurpateur Peribsen. Tu n'as pas encore d'héritier. Or, l'armée ne jure que par ton frère, et le peuple le vénère. Il t'a forcé la main en imposant ses conditions. Qu'exigera-t-il demain ? Ta largesse ne risque-t-elle pas de favoriser son arrogance ? Oublierais-tu la manière dont il t'a humilié aujourd'hui ? Tu as cédé à ses exigences devant le peuple entier.

Tremblant de rage, Sanakht éclata :

— Ah oui ? Eh bien, écoute-moi, sinistre rat ! Ces exigences étaient justifiées. J'avais fait des promesses aux Égyptiens, que je n'ai pas tenues à cause de toi et de tes semblables ! Djoser est venu me les rappeler. L'armée le suivait, tu m'entends ? Et le peuple grondait derrière lui. Il aurait pu s'emparer du trône, s'il l'avait voulu. J'aurais été massacré, et toi avec ! Il n'avait qu'un mot à dire ! Mais il ne l'a pas fait !

Il répéta avec obstination :

— Il ne l'a pas fait !

Puis il se mit à tousser. Une toux sèche, persistante, inquiétante, qui l'empêcha de s'exprimer plus avant. Reprenant sa respiration, il pointa un doigt menaçant sur Pherâ et ajouta :

— J'ai été aveugle trop longtemps ! Je ne veux plus t'écouter ! Tu as fait trop de mal. À partir de ce jour, tu n'es plus vizir. J'exige que tu quittes ce palais et que jamais tu n'y reviennes.

Pherâ blêmit. Comprenant que cette fois, il n'aurait pas gain de cause, il s'inclina et sortit. Une colère blanche le tenait, dirigée contre Djoser et contre Sanakht.

Revenu chez lui, il rumina son échec. Tout n'était

pas perdu. Il ne pouvait rien tenter dans l'immédiat. Il avait perdu la confiance du roi, mais ce dernier était versatile. Il fallait attendre qu'il changeât d'avis. En revanche, la popularité de Djoser constituait un obstacle dangereux.

Peu à peu, de nouvelles idées naquirent en lui, effrayantes. Il frissonna de plaisir devant les perspectives qu'elles lui faisaient entrevoir. Mais il était risqué de les mettre à exécution dans l'immédiat. Il devait encore patienter.

59

Le port de Djoura,
deux mois plus tard...

— À coup sûr, il s'agit d'une divinité malfaisante, dit l'homme. Les nomades qui ont traversé le massif disent qu'elle possède le corps d'une lionne et le torse d'une femme. Mais elle n'a pas figure humaine. Elle crible de flèches tous ceux qui approchent son territoire. Désormais, plus personne n'ose aller chasser là-bas.

Son interlocuteur rétorqua :

— D'autres affirment qu'il s'agit d'une femme d'une grande beauté.

— Parce qu'elle a le pouvoir de changer d'aspect, seigneur Merthôt. Seuls les dieux sont capables d'un tel prodige, ne le savais-tu pas ?

Merthôt hocha la tête d'un air dubitatif. C'était un homme d'âge mûr, au visage intelligent, dont les yeux griffés de petites pattes-d'oie reflétaient un mélange de charme et de malice. Il émanait de lui une autorité naturelle qui s'imposait sans contrainte. Un début de calvitie tendait à le vieillir, mais la souplesse élégante de ses gestes démentait cette impression. Sa carrure solide contrastait avec celle de l'homme qui l'accompagnait, dont la taille ne dépassait pas les deux coudées.

Les membres torses, la peau d'un noir bleuté, Ouadji

était un Zendé atteint de nanisme, qui occupait dans sa tribu les fonctions de sorcier. Le seigneur Merthôt l'avait rencontré quelques années auparavant pendant l'un de ses nombreux voyages. Une sympathie spontanée avait très vite rapproché les deux hommes, tous deux passionnés de magie et de médecine. Au cours de longues discussions, ils avaient échangé leur savoir, comparant leurs méthodes, se chamaillant parfois sur leurs points de désaccord. Merthôt avait évoqué l'Égypte, qu'il avait quittée depuis bien longtemps. Il avait expliqué à son insolite compagnon qu'il souhaitait y retourner pour y finir sa vie. Attiré par les beautés évoquées, Ouadji avait décidé de quitter sa forêt natale pour suivre son nouvel ami jusqu'au royaume des Deux-Terres.

Ainsi le marchand égyptien s'était-il retrouvé flanqué de ce personnage étrange, qui ne cessait de s'émerveiller et de s'inquiéter de tout. À ses réactions, on aurait pu le croire simple d'esprit. Il détenait en réalité un savoir impressionnant, héritage de la connaissance des plantes et de la nature accumulée par ses ancêtres depuis l'aube des temps. Au contact de Merthôt, il avait appris le langage égyptien, qu'il émaillait d'expressions fleuries traduites de son idiome maternel. À la fois rusé et crédule, courageux et effrayé d'un rien, Ouadji possédait le don inné de ressentir les maladies en imposant les mains sur le corps d'un malade. Il n'avait pas son pareil pour calmer les angoisses d'une femme sur le point d'accoucher.

Le seigneur Merthôt dirigeait une caravane parvenue à Djoura quelques jours auparavant, en provenance des côtes méridionales du pays de Pount. Il ramenait avec lui une impressionnante quantité d'or, d'ivoire, d'ébène, d'encens, et des coffrets renfermant de magnifiques pierres précieuses. Le tout constituait une fortune considérable qui faisait de lui un homme immensément riche. Cette opulence avait excité la convoitise des pillards, mais ceux-ci avaient renoncé devant la centaine de guerriers redoutables qui la gardaient. Leurs origines disparates avaient surpris les habitants de Djoura. Il y avait parmi eux des Nubiens, des Sumériens, des Élamites, des Égyptiens et même quelques Asiatiques au crâne rasé. Tous vouaient à leur seigneur un attachement inconditionnel.

Le roi de Djoura, Palakhor, avait reçu le seigneur Merthôt avec tous les égards dus à son rang. Le voyageur lui avait fait part de son désir de former une nouvelle caravane pour l'Égypte, et le monarque, enchanté par cette proposition, lui avait offert son aide. Il rêvait de développer les échanges commerciaux avec ce pays pour lequel il nourrissait une grande admiration.

Un certain mystère planait sur la personnalité du seigneur Merthôt. On disait qu'il avait voyagé bien plus loin que les plus audacieux des navigateurs. De même, il aimait se mêler aux marchands, aux artisans, aux ouvriers, avec lesquels il discutait longuement, s'intéressant à leur métier. Un esclave le suivait comme son ombre, portant calame et feuilles de papyrus, sur lesquelles il prenait d'innombrables notes.

Depuis son arrivée, il avait été intrigué par la légende de la déesse-lionne, qui circulait dans les tavernes de Djoura, où se réunissaient les marins et les nomades en provenance des pays lointains. L'individu qui venait de l'évoquer devant lui semblait particulièrement tenir à sa version d'un monstre hybride.

— Je suis allé chasser moi-même dans cette région, seigneur. Sur ma vie, je n'y retournerai jamais ! On dit qu'elle dévore le cœur et les intestins de ses victimes. Il n'en reste que les os !

— Foutaises ! clama une voix rauque.

Le chasseur se tourna vers l'insolent qui l'avait grossièrement interrompu.

— Comment cela, foutaises ? Peut-être as-tu vu de tes yeux cette créature ?

Merthôt dévisagea l'inconnu. C'était un homme aux cheveux gris, au visage marqué par le soleil. Malgré l'heure matinale, il semblait déjà passablement imbibé de bière. Il s'approcha du trio et déclara d'une voix pâteuse :

— Non seulement je l'ai vue, mais je l'ai connue. Ce n'est pas un monstre, mais une femme. Une femme d'une beauté fabuleuse, la plus magnifique que j'aie jamais rencontrée, ajouta-t-il avec nostalgie.

— J'ai déjà entendu cette version, intervint Merthôt.

— Mais tu ne connais pas la véritable histoire, répliqua l'autre.

— Ne l'écoute pas, seigneur ! s'indigna le chasseur. Tu vois bien que cet homme n'a plus toute sa raison. Depuis qu'il est arrivé à Djoura, il n'a pas dessoûlé.

Merthôt eut un sourire indulgent.

— J'aimerais pourtant entendre son récit.

L'ivrogne le regarda, puis toisa le chasseur.

— Je ne parlerai qu'à toi, seigneur !

Masquant sa désapprobation, le chasseur s'écarta.

— Je t'écoute.

— Mon nom est Melhok, seigneur. Je suis sumérien. Il y a encore quelques lunes, j'étais le capitaine du *Souffle d'Éa*, un fier navire. Je fus chargé par mon souverain, le grand Gilgamesh d'Uruk, de conduire une princesse égyptienne ici même, à Djoura. Malheureusement, nous fûmes victimes d'une horde de pirates qui s'empara de mon vaisseau. Tous mes compagnons furent tués. Quant à la princesse, elle fut réduite en esclavage, comme moi et les quelques marchands que j'avais pris à bord. J'étais persuadé de périr dans cet endroit infernal. Et pourtant, grâce à elle, nous avons réussi à nous échapper. Elle a détruit le village de ces maudits pirates.

— Voilà une femme pleine de ressources ! admit Merthôt, étonné et amusé. Comment s'y est-elle prise ?

— Elle avait remarqué que les pirates possédaient une grande quantité de jarres de bitume. Elle s'est débrouillée pour récupérer des armes. Une nuit, nous avons déversé ce bitume dans le village, et nous y avons mis le feu. La plupart de ces chiens ont péri dans l'incendie. Ensuite, nous nous sommes échappés. Quelques jours plus tard, nous avons atteint Djoura.

— Qu'est devenue la princesse ?

Melhok baissa douloureusement la tête.

— Elle a refusé de nous suivre. Elle s'est dirigée vers les montagnes.

Il serra le poing, puis l'abattit lourdement sur son genou, tandis qu'un bref sanglot secouait sa poitrine.

— La malédiction du Kur est sur moi, seigneur Merthôt ! Jamais je n'aurais dû la laisser partir seule. À présent, je n'ose même plus retourner à Éridu. Le roi Gilgamesh ne me pardonnera jamais de l'avoir abandonnée et me fera mettre à mort.

— Mais pourquoi a-t-elle agi ainsi ? Elle aurait été en sécurité à Djoura.

Melhok hésita, puis ajouta dans un souffle :

— Le chef des pirates avait abusé d'elle d'une manière ignoble. Il avait tué sa servante, pour laquelle elle éprouvait une grande affection. Je... je crois qu'elle est devenue folle de douleur. C'est pourquoi je pense qu'elle a trouvé refuge dans les montagnes. Elle voulait fuir le monde des hommes. Elle avait trop souffert.

Il se mit à pleurer.

— Que voulais-tu que je fasse ? Je ne pouvais lutter contre sa volonté.

— Pourquoi penses-tu que cette princesse pourrait être la femme-lion qui terrorise la région ?

Melhok haussa les épaules.

— J'en suis persuadé. Avant de la rencontrer à Éridu, j'avais déjà entendu beaucoup d'histoires sur son compte. On disait qu'elle avait apprivoisé une meute de loups, et dompté ces créatures infernales qui courent plus vite que le vent, que l'on appelle les chevaux. Alors, pourquoi n'aurait-elle pas été capable de dominer une horde de lions ?

Merthôt hocha la tête, puis répondit :

— Peut-être as-tu raison, mon ami. Mais je crains qu'une jeune femme ne puisse survivre ainsi dans le désert. Ta princesse a sans doute péri.

— C'est elle, seigneur, j'en suis sûr ! Si j'avais le courage, je partirais à sa recherche et je tenterais de la ramener. Mais... je crains qu'elle ne me reconnaisse pas, et qu'elle ne me tue, moi aussi.

— Que faisait donc une princesse égyptienne à bord de ton navire ?

— Elle était à la recherche de son père.

— Son père ?

— Elle m'a dit son nom : il s'appelait Imhotep. Elle pensait le retrouver dans le pays de Pount.

Le visage de Merthôt marqua un instant de stupeur, puis reprit son masque impassible.

— Et comment s'appelait-elle ?

— Thanys. Aurais-tu connu son père, seigneur ?

L'Égyptien hésita, puis répondit :

— En effet, je l'ai connu voici bien longtemps.

Il demeura un long moment silencieux, visiblement en proie à une vive émotion. Enfin, il déclara :

— Je dois rencontrer cette femme qui vit au milieu des lions. S'il s'agit de la princesse Thanys, peut-être pourrais-je la ramener à son père.

Le nain se lamenta.

— Ouh la la, seigneur ! Dans quelle aventure invraisemblable vas-tu encore entraîner le pauvre Ouadji ? Si cette femme était une méchante déesse ? Elle nous tuera et nos pauvres os blanchiront dans le désert.

— Tu n'es pas obligé de m'accompagner, mon ami.

— Seigneur, pleurnicha-t-il, tu sais bien qu'Ouadji te suivra partout. Et d'ailleurs, comment feras-tu sans moi ? Tu auras besoin de mes pouvoirs.

— Alors, nous partirons dès demain.

60

Sanakht souffrait. Depuis quelque temps, sa toux ne faisait qu'empirer. Parfois, d'étranges douleurs lui broyaient la poitrine. Alors, une fatigue intense alourdissait ses membres, et il demeurait prostré dans son lit. Les médecins se succédaient à son chevet, tous incompétents. Les remèdes prescrits ne lui faisaient aucun effet.

Pourtant, le roi était satisfait. Il avait su se défaire de l'influence de Pherâ. Il en tirait un orgueil presque infantile. Souvent, lorsque son état le lui permettait, il effectuait une longue promenade dans sa ville, pour le simple plaisir de recevoir l'hommage de son peuple. Il avait tenu promesse. Les terres avaient été rendues aux paysans et les impôts avaient été allégés. La satisfaction qu'il lisait depuis dans les yeux des citadins le confortait dans sa décision de régner par lui-même.

Il sentait grandir en lui de nouvelles idées. Il avait convoqué ses architectes pour étudier avec eux les plans d'une nouvelle muraille, d'un nouveau palais, d'un port plus grand. Djoser avait raison, Mennof-Rê pouvait devenir une cité magnifique. Il frémissait d'excitation lorsqu'on lui présentait des projets. Dans ces moments, la présence de son frère lui manquait. Mais il était reparti pour Kennehout.

Pour se concilier ses bonnes grâces, Pherâ lui avait adressé son meilleur praticien. Le verdict que celui-ci transmit au grand vizir n'était guère rassurant.

— Le mal est à l'intérieur des poumons, seigneur. Il résiste à tous les traitements. Je crains que la vie de l'Horus ne soit en danger.

Pherâ blêmit.

— Es-tu sûr de cela ?

— Nul ne connaît les desseins des dieux, seigneur. Mais j'ai plusieurs fois rencontré de tels symptômes. La maladie ronge notre roi de l'intérieur. Il peut vivre encore, mais elle ne fera qu'empirer. Malheureusement, je ne peux rien faire pour le guérir. Pardonne-moi.

— Tu es un incapable !

Le médecin s'inclina, puis sortit. Resté seul, Pherâ se plongea dans ses pensées. La nouvelle était inquiétante. Sanakht n'avait pas encore d'héritier. S'il venait à rejoindre le royaume d'Osiris, Djoser lui succéderait. Or cela était inacceptable.

Se frottant lentement les mains, geste chez lui d'une profonde nervosité, l'ex-grand vizir repensa à ce qu'il avait imaginé peu après l'intervention de ce maudit Djoser. Il ne fallait à aucun prix qu'il accédât au trône.

Nekoufer ferait un bien meilleur roi que ce chien. Pherâ hocha la tête lentement, tandis qu'un léger sourire éclairait son visage gras. Il devait le rencontrer.

61

    Le massif montagneux où vivait la femme-lion se situait à quelques jours de marche de Djoura, en direction du sud-est. Merthôt avait emmené avec lui une vingtaine de ses guerriers, commandés par un Nubien gigantesque du nom de Chereb. Il avait également engagé un guide nomade, qui avait eu l'occasion d'affronter la créature. C'était un individu d'esprit simple, qui conservait de son aventure un souvenir terrifié. Il s'était fait prier, mais la récompense promise par l'Égyptien avait vaincu ses réticences.
    La colonne traversa un plateau creusé de vallées sèches, où les rivières coulaient irrégulièrement, lorsque les pluies rares se déversaient sur les montagnes. La végétation se composait d'acacias et d'épineux, où vivait tout un peuple de singes curieux, de phacochères et de rongeurs. Des hardes d'antilopes et de gazelles s'enfuyaient à leur approche.
    — Je comprends pourquoi les habitants de Djoura viennent chasser sur ces terres, remarqua Merthôt.
    Le guide roula des yeux blancs.
    — Désormais, elles sont maudites, seigneur ! La femme-lion a étendu son pouvoir sur ce pays.

— À quoi ressemble-t-elle ?

— C'est une créature abominable. Elle surgit lorsque l'on ne s'y attend pas. Son corps est celui d'une lionne, mais il est prolongé par un buste de femme. Elle possède un arc bien plus puissant que les nôtres. Je l'ai vu atteindre un homme à plus de cent pas, seigneur. Sur ma vie, c'est la vérité.

— Elle est exceptionnellement adroite.

— Bien sûr, c'est une démone ! grelotta le nomade.

Le nain se mit à gémir :

— Seigneur, le pauvre Ouadji va mourir et ce sera ta faute.

— Arrête de te plaindre !

— Il a raison, seigneur, insista le guide. Elle va nous tuer et nous dévorer. Ses lions sont gigantesques, avec des yeux jaunes qui lancent des flammes.

Vers le soir pourtant, la colonne n'avait subi aucune attaque.

— Pardonne ma curiosité, seigneur, dit Ouadji, mais je ne te comprends pas.

À l'horizon, les derniers feux du soleil allumaient de flamboyantes lueurs mauves ourlées d'or sur des filaments nuageux. Les flammes du foyer faisaient étinceler les yeux du nain à la peau couleur d'ébène. Entre le seigneur Merthôt et lui s'étaient tissés des liens de complicité et d'amitié qui leur autorisaient une grande franchise. L'Égyptien sourit devant la mine effarée de son compagnon, qui poursuivit :

— Parfois je me demande si tu n'es pas plus fou que le pauvre Ouadji. Nous avons traversé des forêts terrifiantes, où nous avons manqué mille fois de nous faire dévorer par des monstres, nous avons réussi à échapper aux hommes à la peau couleur de cendre et aux Nyam-Nyams mangeurs d'hommes. Tu as découvert le gisement le plus extraordinaire de ce métal jaune auquel tes semblables semblent tellement tenir. Le pauvre Ouadji a cru mourir mille fois à ton côté. Mais tu l'as amené dans le pays des hommes à la peau d'ivoire, où tu es certainement le plus riche.

— Alors, dis-moi ce qui te préoccupe, mon vieux compagnon !

— Pourquoi avoir quitté cette ville où tu as été accueilli comme le roi des rois en personne, pour retrouver cette démone à corps de lion ?

Merthôt ne répondit pas immédiatement.

— Tu as raison, dit-il enfin. Je suis immensément riche. Je possède plus d'or que le roi d'Égypte, de l'ébène, de l'ivoire, des émeraudes, des diamants. Mais tout cela ne remplacera jamais un trésor que j'ai perdu voici bien longtemps.

— Quel trésor, seigneur ?

— L'amour d'une femme.

— Et tu penses que tu vas le retrouver dans ce désert maudit ?

Merthôt soupira.

— Il n'est plus qu'un mirage dans mon esprit. Mais je cherche... une réponse à ces voyages insensés que j'accomplis depuis bientôt vingt années. Et la réponse existe peut-être là-bas, dans ces montagnes à la couleur d'argent.

Il désigna le relief chaotique dessiné à l'orient par la lune.

Un matin, ils atteignirent les contreforts de monts arides où la végétation se faisait rare. Depuis la veille, le nomade proclamait d'une voix geignarde à qui voulait l'entendre qu'il ne reverrait jamais ses femmes et ses nombreux enfants, qu'il avait commis une folie en acceptant ce travail dangereux.

Soudain, un concert de grondements retentit, en provenance d'une faille rocheuse menant vers le sommet d'une colline desséchée. Les guerriers armèrent leurs arcs. Merthôt leur enjoignit de ne tirer que sur son ordre. Puis il appela :

— Thanys ! Je sais que tu es là. Montre-toi !

Une silhouette féminine apparut sur une plate-forme rocheuse, entourée par un groupe de lions. Stupéfait, il remarqua qu'elle portait un bébé de quelques mois sur le dos, à la manière des femmes indigènes. Les fauves grondèrent de plus belle, mais semblaient attendre un signe de leur maîtresse pour attaquer.

— Va-t'en ! hurla la jeune femme. Tu n'as rien à faire sur mon territoire.

— Écoute-moi, Thanys. Je sais que tu étais à la recherche de ton père, Imhotep. Je suis venu pour te mener à lui.

Interloquée, elle marqua un instant de silence, puis cracha :

— Tu mens !

— C'est la vérité. Désires-tu toujours le retrouver ?

Elle ne répondit pas. Merthôt leva alors la main pour ordonner à ses guerriers de ne rien tenter, puis il s'avança lentement en direction de la jeune femme. Celle-ci arma son arc, puis le pointa vers l'Égyptien. Mais elle ne put tirer. Une force étrange retenait son bras. La voix chaude de l'inconnu éveillait en elle une émotion qu'elle ne parvenait pas à contrôler. S'il était capable de la mener vers Imhotep, alors peut-être n'aurait-elle pas vécu toutes ces aventures pour rien. Depuis plusieurs mois, elle s'était résolue à ne plus jamais retourner dans le monde des hommes, à demeurer dans le désert avec sa fille. Mais le regard brillant de l'inconnu la troublait. Près d'elle, les lions grondèrent de plus belle. Pourtant, ils ne bougèrent pas.

— Va-t'en ! répéta-t-elle d'une voix mal assurée. Tu ne peux rien pour moi.

— Oh si, je le peux ! Regarde-moi, Thanys ! Regarde combien tu me ressembles.

— Je ne te crois pas ! gémit-elle.

— Dans le pays de Pount, on me connaît sous le nom du seigneur Merthôt. Mais autrefois, je fus Imhotep, celui qui aima Merneith, ta mère. Tu es ma fille, Thanys.

62

Une vive émotion s'empara de Thanys. Pendant près de deux ans, elle avait cherché ce père inconnu, affrontant pour cela des épreuves qui l'avaient marquée au fer rouge. Après le carnage de Siyutra, elle avait totalement perdu l'espoir de le retrouver. Et voici qu'un concours de circonstances inexplicable le mettait en sa présence. Elle avait su qui il était dès le moment où il était apparu. Elle ne savait comment réagir. Chancelante, elle descendit du rocher et s'approcha d'Imhotep. Les lions ne bougèrent pas. Aucun mot ne pouvait traduire ce qu'elle ressentait. Elle avait l'impression de reconnaître ses traits. Elle aimait déjà sa calvitie naissante, son regard pétillant de malice, sa voix chaude et grave. Sans y penser, elle se retrouva dans ses bras.

Il caressa avec tendresse la lourde crinière brune qui n'avait pas connu de peigne depuis bien longtemps. Alors, elle éclata en sanglots. Trop de souvenirs, de douleurs, de remords affluèrent en elle, dégorgeant leur poison. Elle eut l'impression de régresser, de redevenir la petite fille qu'elle avait été, bien longtemps auparavant. Elle aurait voulu qu'il la gardât ainsi toujours, pour la protéger, lui apprendre la vie, la tenir par la main. Puis ses pleurs se calmèrent, emportant ses chagrins et ses épreuves comme le reflux des vagues sur la grève efface les marques sur le sable. Une nouvelle idée se fit jour en elle : elle n'était plus seule. Elle s'écarta de lui, posa les mains sur son visage encore jeune, doré par le soleil, un sourire brilla à travers ses larmes.

— Mon père ! Tu es mon père, murmura-t-elle.

— Tu es encore plus belle que ta mère ne me l'avait dit dans ses lettres, souffla-t-il, vivement ému.

Les intonations caressantes de sa voix profonde la pénétrèrent. Elle comprit pourquoi sa mère était amoureuse de lui. Il émanait de lui un charme irrésistible, et surtout une sensation de force et de sagesse, qui incitait à rechercher son affection et sa protection.

Elle saisit le bébé emprisonné dans une couverture prélevée aux caravaniers et le présenta timidement à Imhotep.

— Elle s'appelle Khirâ. Je... je ne l'ai pas voulue. Mais elle est là, et je l'aime.

— Je sais ! répondit-il doucement.

En cet instant, elle l'aima, lui aussi, plus que tout. Ses yeux semblaient tout comprendre, tout accepter. Il n'avait prononcé que deux mots, mais ils signifiaient qu'il connaissait son histoire, ses souffrances passées, qu'il les admettait, et qu'il serait là désormais, pour les protéger, sa fille et elle.

Un léger rugissement retentit derrière eux. Les fauves regardèrent longuement Thanys, puis s'éloignèrent d'un pas lourd. La jeune lionne resta la dernière, émit un gémissement plaintif, quasiment humain, et disparut à son tour. Une boule lourde creusa l'estomac de la jeune femme. Les félins s'étaient retirés, comme s'ils avaient compris que le temps était venu pour elle de retourner parmi les siens.

Le soir, au bivouac, tandis que le bébé tétait avidement le sein gonflé de sa mère, Thanys tenta de remettre de l'ordre dans ses idées. Sa réclusion volontaire dans le désert avait duré plus d'une année. Sans l'apparition inattendue de son père, jamais elle n'aurait accepté de revenir dans le monde des hommes. Machinalement, elle toucha l'amulette du sorcier habasha. Ses paroles lui revinrent :

« *Tu dois te préparer à affronter une épreuve effroyable. La seule manière d'en triompher sera de devenir toi-même l'image d'une déesse indomptable, qui porte en elle-même sa propre malédiction, car elle n'est que haine et destruction.* »

Une sensation étrange l'envahit, comme si soudain sa vie tout entière prenait un sens nouveau. Elle sut alors qu'elle avait triomphé des épreuves imposées par le destin. *Elle était devenue le reflet d'une déesse.* Le souvenir de la pièce religieuse lui revint, dans laquelle elle avait incarné une divinité hantée par la colère, dévastatrice, qui avait semé la mort et la désolation sur son passage.
Peut-être ne s'agissait-il que de coïncidences...
Comme elle, elle n'était plus que haine et destruction. Elle avait anéanti un peuple dans un brasier infernal. Puis, comme elle, elle s'était retirée dans le désert, épouvantée par son crime. Elle comprenait à présent pourquoi les lions l'avaient acceptée parmi eux :

elle était de leur race, elle était devenue la lionne Sekhmet.

« *Il faudra l'intervention de deux puissantes divinités pour t'empêcher de sombrer dans le néant.* »

Katalbha avait-il réellement le don de pressentir l'avenir ? À la lueur du foyer, elle examina le talisman. Il représentait un personnage grossier sculpté dans l'ébène, lié à une plume par du crin de vache. Sekhmet avait été ramenée vers son père, Rê, par Thôt et Bès. La plume ne pouvait que symboliser le dieu de la lune, également maître de l'Écriture et de la Connaissance. S'était-il incarné dans l'esprit de son père, Imhotep ? Son étrange compagnon aux membres torses était-il habité par le nain Bès ?

Elle repensa à Merithrâ. Elle comprit qu'Isis ne l'avait jamais abandonnée, qu'elle avait toujours été présente à ses côtés. Une sensation de paix infinie descendit en elle. Elle savait désormais que ses épreuves avaient pris fin, qu'une vie nouvelle s'offrait à elle. Une vie dans laquelle elle allait bientôt retrouver Djoser. Les yeux brillants, elle regarda Imhotep, puis lui demanda :

— Parle-moi de toi, mon père !

Il sourit, puis commença une longue histoire :

— Voilà plus de vingt années que j'ai quitté l'Égypte. Mes parents étaient morts, ma fortune était trop modeste pour que je pusse prétendre épouser une princesse de sang royal. Mais j'étais encore très jeune, et je ne comprenais pas la haine manifestée à mon encontre par la famille de Merneith. Elle m'aimait, et je l'aimais ; pour moi, c'était suffisant. Lorsque l'Horus Khâsekhemoui m'ordonna l'exil, je ne savais où aller. En vérité, je m'en moquais. Sans Merneith, la vie me paraissait bien sombre. J'ai imaginé l'enlever et l'emmener avec moi. Mais elle refusa. Les pays inconnus l'effrayaient. Alors, je me suis embarqué, seul, pour les pays du Levant, accompagné de mes plus fidèles serviteurs. Chereb se trouvait parmi eux.

Il désigna le grand Noir qui dirigeait les guerriers. Troublée, Thanys remarqua alors qu'il ressemblait étrangement à son esclave nubien. Imhotep poursuivit :

— Son frère, Yereb, accepta de demeurer près de Merneith afin de la protéger.

— Chereb est le frère de Yereb ?

— Son jumeau, oui. Qu'est-il devenu ?

La gorge serrée, elle lui conta son évasion, au cours de laquelle le malheureux esclave avait trouvé la mort. Ils demeurèrent un long moment silencieux. Puis Imhotep continua son récit.

— Pendant plusieurs années, j'ai parcouru de nombreux pays, sans jamais me fixer nulle part. J'ai rencontré des rois, des érudits, des peuples différents. J'ai appris leurs langages, leurs coutumes ; je me suis passionné pour tout ce que je découvrais : l'architecture, l'artisanat, la médecine. C'était pour moi une manière de moins souffrir de l'absence de Merneith. Je savais que je devais l'oublier, mais je ne pouvais m'empêcher de lui écrire. Notre correspondance dura des années. Je confiais mes lettres à des marchands. Elle me répondait, en cachette de son mari. C'est ainsi que j'appris ta naissance. Elle te décrivait avec tant de détails que je crois bien que je t'aurais reconnue les yeux fermés. Elle me racontait aussi la manière honteuse dont on vous traitait, elle et toi, parce que tu étais l'enfant d'un noble de basse extraction. Pendant longtemps, j'ai détesté Khâsekhemoui. Puis le temps a fini par effacer ma rancœur.

« Un jour, je suis arrivé à Uruk, où régnait le lugal Enmerkar. Avec les années, j'avais acquis une solide réputation de médecin. Or, le monarque souffrait d'une affection que ses docteurs ne parvenaient pas à soigner. En désespoir de cause, il me fit demander à son chevet. J'eus la chance de le guérir. En remerciement, il fit de moi son plus proche conseiller, et je devins son ami. C'était un homme remarquable, auquel je m'attachai profondément. Je décidai donc de m'installer à Uruk, où je fus traité comme un grand seigneur. La faveur du lugal me permit d'amasser en quelques années une véritable fortune. Ayant appris mes connaissances en architecture, Enmerkar me proposa de faire construire un temple à la gloire d'Innana, la grande déesse d'Uruk.

— Je l'ai vu, père. L'Égypte n'en possède pas de plus beau.

— Pas encore ! Mais j'ai quelques idées.

Il se tut un instant, le regard plongé dans un rêve intérieur.

— Lorsque Enmerkar mourut, voici quelques années, je ne souhaitai pas demeurer à Uruk. Il était devenu pour moi comme un frère. Alors, malgré l'amitié qui me liait à son fils, Gilgamesh, je préférai partir. Le monde est vaste, et j'en connaissais bien peu de chose. Je me dirigeai alors vers ce mystérieux pays de Pount, d'où nous provenaient l'or, l'ivoire et l'encens. J'y découvris un peuple bien différent de tous ceux que j'avais rencontrés jusque-là. Je fus intrigué par leurs étranges pratiques médicales. Leurs sorciers m'enseignèrent les secrets des plantes, ceux du corps de l'homme et de la femme. En échange, je partageai avec eux ce que j'avais appris au cours de mes voyages. Mais je prenais soin de noter toutes mes découvertes, mes réflexions. Je possède aujourd'hui une fortune considérable en or et en pierres précieuses ; pourtant, la plus grande richesse à mes yeux, ce sont ces écrits. Avec la protection de Thôt, j'écrirai un grand livre de médecine auquel les docteurs pourront se référer plus tard. Il n'y a pas au monde d'occupation plus noble que de soulager ceux qui souffrent. La mort et la maladie ne sont pas inéluctables. Je suis persuadé que la nature détient les remèdes à tous les maux. Mais nous avons encore tellement à apprendre…

Thanys l'écoutait avec passion. L'exaltation et l'amour de la vie qui vibraient dans la voix de son père la pénétraient profondément. Ses yeux reflétaient un extraordinaire mélange de malice et d'émerveillement. Il se dégageait de lui un sentiment de générosité qu'elle n'avait encore jamais rencontré, sauf peut-être chez Djoser.

— Ces pays me fascinaient, poursuivit-il. J'y ai découvert des paysages d'une beauté inimaginable, des savanes immenses, des forêts luxuriantes peuplées d'arbres gigantesques, de fleurs aux couleurs merveilleuses, des fruits inconnus, des animaux étonnants. Bien loin vers le sud, j'ai rencontré des tribus dont nous autres Égyptiens n'imaginons même pas l'existence. Je me liai d'amitié avec tous. Ma réputation d'homme-médecine me précédait. Et toujours mes pas m'emportaient plus loin, plus profondément à l'intérieur de ce pays extraordinaire, bien plus grand que les Deux-Royaumes. Peut-être s'étend-il jusqu'au bout du monde.

« Un jour, après avoir franchi des montagnes et traversé des vallées noyées par les pluies, j'arrivai au bord d'un lac immense, où vivait un peuple surprenant. Ce lac était si vaste que je me suis demandé s'il ne s'agissait pas de la mer intérieure dont parlent les légendes, d'où nous parviendraient les crues d'Hâpy. J'y ai assisté à des phénomènes bien étranges. Par moments, d'énormes colonnes mouvantes naissaient des eaux et se déplaçaient à leur surface comme des tornades hautes de plusieurs centaines de coudées. Les indigènes pensaient qu'il s'agissait des esprits de leurs dieux qui s'élevaient vers le ciel[1].

« Le roi de ce pays était fort triste, car beaucoup de ses femmes mouraient lorsqu'elles mettaient leurs enfants au monde. C'est ainsi que je fis la connaissance d'Ouadji. Passionné lui aussi par la médecine, il avait compris de quel mal elles souffraient, mais le grand sorcier de la tribu refusait de l'écouter et menaçait de déchaîner les mauvais esprits sur lui. Lorsqu'il apprit que j'étais moi-même un médecin réputé, le roi me demanda d'examiner ses épouses. En vérité, elles souffraient de certaines fièvres que j'avais appris à combattre. Ouadji connaissait lui aussi des remèdes efficaces contre ces fièvres, et, à nous deux, nous parvînmes à guérir ces pauvres filles. Le roi me récompensa en m'offrant de l'or et des pierres. Mais le pauvre Ouadji avait provoqué la colère du sorcier et redoutait sa vengeance. Je le pris sous ma protection. Lorsque je quittai ce pays, je l'emmenai avec moi.

« Vers le nord s'ouvrait la vallée d'un fleuve puissant qui coulait en direction de l'Égypte. J'ai imaginé

---

1. Il s'agit en fait de gigantesques nuages de mouches.

suivre son cours. Mais le roi me le déconseilla. Il n'existait aucune piste. De plus, en aval vivaient des tribus hostiles, à la peau grise, dont le territoire était hanté par un fléau terrifiant. Tous les hommes qui y pénétraient étaient frappés par une maladie incurable, qui provoquait un sommeil dont ils ne pouvaient plus s'éveiller. Ils cessaient de s'alimenter, et finissaient par mourir. Alors, je décidai de revenir vers les rivages du pays de Pount. C'est ainsi que je parvins à Djoura, voici deux lunes.

« Là, on me conta l'histoire d'une femme mystérieuse, qui vivait au milieu des lions. Certains la décrivaient comme une fille d'une beauté fabuleuse, d'autres au contraire comme une créature monstrueuse, mi-humaine, mi-lionne. J'avais déjà entendu tellement d'histoires invraisemblables que celle-ci m'amusa comme les autres. Mais un vieux marin ivrogne me parla d'une princesse capturée par les pirates, qui aurait bien pu être cette femme. Une princesse qui portait le nom de ma fille, Thanys. Il m'expliqua également qu'elle était à la recherche de son père, un certain Imhotep. Je suis parti dès le lendemain.

Thanys prit la main de son père et la serra avec affection.

— La vie est bien étonnante parfois. J'ai quitté l'Égypte pour te retrouver. Et finalement, c'est toi qui es venu vers moi.

Il la serra affectueusement contre lui, puis déclara avec humour en désignant le bébé :

— J'étais presque sûr que tu étais cette fille que je ne connaissais pas. Mais les dieux sont étranges, qui m'ont fait du même coup découvrir que j'étais grand-père. Je ne pensais pourtant pas être si vieux que ça !

Ils ne dormirent guère cette nuit-là. Pour lui, elle revécut ses voyages fabuleux, évoqua d'innombrables visages, des villes, des paysages. Ce fut comme si sa mémoire s'ouvrait de nouveau, la réconciliant peu à peu avec son passé. Imhotep connaissait tous les lieux qu'elle avait traversés. À plusieurs reprises, des évocations communes les rapprochèrent, tissant entre eux une tendre complicité. Autour d'eux, les guerriers dormaient. Ouadji avait fini par succomber lui aussi au sommeil. La savane faisait entendre les appels des prédateurs nocturnes, fauves ou rapaces, les cris des rongeurs, le bruissement du vent dans les feuilles sèches des acacias. Éclairés par la lumière bleue de la lune et les reflets rougeoyants du foyer mourant, ils n'entendaient rien. Entre eux s'effaçait une absence qui avait duré trop longtemps, des liens se nouaient, puissants, indéfectibles.

Ils s'aperçurent à peine que le ciel se teintait de rose à l'orient, colorant un ciel où les nuages bas s'étiraient en de longues traînées lumineuses, comme les rives de continents ignorés. Pour la première fois depuis une éternité, Thanys éprouvait un sentiment de paix totale, une plénitude qu'elle n'avait connue qu'entre les bras de Djoser.

— Qu'allons-nous faire à présent ? demanda-t-elle enfin.

Il ne répondit pas immédiatement.

— L'Égypte me manque, Thanys. J'ai décidé de braver l'interdiction et d'y retourner.

Elle s'émut.

— Sanakht te fera mettre à mort, père.

— C'est un risque à courir. Mais je ne crois pas.

J'ai beaucoup appris au cours de mes voyages. Je suis très riche désormais, et je ramène avec moi quelques idées qui devraient le séduire.

Il entreprit de lui narrer ses projets. Fascinée, Thanys buvait ses paroles. Lorsqu'il s'arrêta, l'affection de la jeune femme s'était doublée d'un sentiment nouveau : elle ressentait une immense fierté à être la fille d'un homme dont le génie était capable de concevoir des projets aussi grandioses.

Pour elle, la question ne se posait pas : elle allait le suivre en Égypte. À cette idée, son cœur fit un bond dans sa poitrine. Le visage de Djoser s'imposait à elle irrésistiblement. Elle était certaine désormais qu'elle allait le retrouver. Imhotep et lui deviendraient de grands amis. Leurs passions étaient communes. Djoser rêvait de rebâtir Mennof-Rê.

Mais il n'était pas roi des Deux-Terres…

63

    Djoser avait longuement hésité à retourner à Men-nof-Rê. Lorsqu'il avait quitté la capitale, il avait vu, sur le bateau qui le ramenait à Kennehout, les murailles fatiguées qui la protégeaient. Elles étaient à l'image du souverain d'Égypte, lasses, usées. Il avait redouté que son départ ne favorisât un retour de Pherâ et de ses comparses auprès du roi.

    Mais les nouvelles apportées ensuite par les voyageurs l'avaient rassuré. Le roi n'avait pas fléchi devant les nobles. Les impôts avaient diminué, et un décret royal avait contraint les seigneurs récalcitrants à restituer aux paysans les terres dont ils les avaient spoliés. Le grand vizir avait été éloigné du palais. Dans l'entourage du roi, on ne parlait plus de conquêtes, mais d'architecture et de grands travaux.

    Tranquillisé, Djoser se consacrait désormais entièrement à son domaine, qu'il songeait à agrandir encore en fertilisant le désert proche.

    Toute la journée, il s'était penché sur les plans de nouveaux canaux à creuser, en compagnie de Senefrou. Avant de rejoindre sa chambre, où l'attendait Lethis, il eut envie d'y jeter un dernier regard. À la lueur de la lampe à huile, il déroula les papyrus couverts de dessins complexes, méticuleusement annotés par les scribes architectes. Au-dehors retentit l'appel d'un chacal. Une ombre fine apparut derrière lui.

— Tu es fatigué, mon beau seigneur, dit la voix de Lethis. Pourquoi ne viens-tu pas me rejoindre ?

Djoser lui montra les plans.

— Ces canaux vont nous permettre d'irriguer toute la partie méridionale du village. L'année prochaine, au moins vingt familles pourront s'y installer, déclara-t-il avec enthousiasme. Regarde !

Amusée, elle se pencha sur les papyrus. La passion qui brûlait dans les yeux de son compagnon faisait couler dans ses veines un flot incandescent. Une passion qu'il apportait à tout ce qu'il entreprenait. Il se tourna vers elle et la prit dans ses bras.

— Comment va mon fils ?

Elle soupira :

— Ton fils dort enfin. Il me laisse tellement peu de temps pour me consacrer à mon seigneur.

Elle noua ses bras autour de son cou.

— Et toi, tu passes le plus clair de tes journées avec ce vieux râleur de Senefrou, reprocha-t-elle.

— Et pourtant, sa compagnie est moins agréable que la tienne, dit-il.

Il se pencha et posa ses lèvres sur la bouche de la jeune femme. Soudain, l'appel du chacal se fit de nouveau entendre. Intrigué, Djoser releva la tête.

— C'est étrange, dit-il. On aurait dit qu'il était tout proche. Pourtant les chacals ne s'approchent jamais du village.

Il haussa les épaules.

— C'est peut-être mon imagination qui me joue des tours, dit-il enfin.

Tout à coup, le monde bascula dans l'horreur. Des cris terrifiants déchirèrent le calme de la demeure endormie. Sous les yeux hallucinés de Djoser, une demi-douzaine de silhouettes firent irruption dans son bureau, bondissant par les fenêtres. Lethis hurla. Dans un cauchemar éveillé, Djoser vit l'un des agresseurs armer un arc, le bander. La flèche jaillit en direction de sa poitrine. Mais la jeune femme avait vu le danger. D'instinct, elle s'interposa. Avant qu'il ait pu réagir, son corps se trouvait devant le sien. Il y eut un choc léger, un cri, une vibration abjecte. Puis il vit le trait planté dans la poitrine de sa compagne. Il hurla :

— Nooon !

Mais déjà, les autres se ruaient sur lui. Son instinct de conservation lui sauva la vie. Il bondit par-dessus la table où s'étalaient les plans, puis la bascula sur l'ennemi. D'autres hommes pénétraient dans la salle. Il chercha une arme des yeux, avisa son glaive posé sur un coffre. Il s'en saisit et fit face.

L'instant d'après, la meute était sur lui. Acculé dans un angle de la pièce, il repoussa l'assaut, éventra un agresseur. Une estafilade lui entailla le bras. Soudain, la porte s'ouvrit, livrant passage à Semourê et Piânthy, suivis des guerriers. Un combat furieux s'engagea entre les inconnus et les soldats. Mais le nombre parlait en faveur de ces derniers. Comprenant qu'ils n'auraient pas le dessus, les agresseurs refluèrent vers les fenêtres et s'enfuirent. Menés par Piânthy, les guerriers les poursuivirent. Semourê s'approcha de Djoser.

— Tu es blessé !
— Ce n'est rien.

Il se précipita auprès de Lethis. Une large tache écarlate maculait la poitrine de la jeune femme, qui respirait avec difficulté. Elle leva sur lui des yeux brillants. Il la prit doucement contre lui.

— Je ne voulais pas qu'ils te tuent, dit-elle dans un hoquet.

— Ma petite Lethis, murmura-t-il, la gorge nouée.

Elle toussa. Du sang apparut à la commissure de ses lèvres.

— J'ai mal, seigneur.

— Le médecin va venir. On est allé le prévenir.

— Je ne vais pas mourir, n'est-ce pas ?

— Non !

Sa main se crispa sur celle de Djoser, qui lui maintenait la tête. Il avait trop vu mourir ses compagnons pour ne pas deviner qu'elle était perdue. Elle le comprit et esquissa un sourire douloureux. Sa voix devint un souffle.

— J'aurais tant voulu... voir le fleuve bondir entre les rochers comme un bélier, là-bas, dans le Sud... juste avant l'île du dieu... Osiris.

Elle ne poussa qu'un léger cri, puis sa tête retomba contre l'épaule de Djoser. Celui-ci sentit à peine les larmes brûlantes qui ruisselaient sur ses joues.

— Tu vas rencontrer Osiris, ma petite Lethis, et tu vivras éternellement sur les rives du Nil céleste.

Le visage déchiré de souffrance, il se tourna vers Semourê, bouleversé.

— Mais pourquoi ? Qui étaient ces hommes ?

À l'extérieur retentissaient les échos d'une bataille furieuse. Abandonnant Lethis aux esclaves affolés survenus entre-temps, Djoser bondit au-dehors, suivi de Semourê. Piânthy et les soldats avaient acculé les agresseurs dans la cour de la demeure, leur interdisant toute fuite.

— Il m'en faut un vivant ! hurla Djoser en se jetant dans la mêlée.

L'ennemi se battait avec l'énergie du désespoir, conscient de s'être laissé enfermer dans un piège. Mais les guerriers avaient tous vu le corps de Lethis baignant dans son sang. Il n'y eut aucune pitié. L'un après l'autre, les assaillants tombèrent sous les coups redoublés des Égyptiens. Enfin, leur chef blessé fut maîtrisé par quatre guerriers ivres de rage. Djoser dut intervenir pour qu'ils ne le tuassent pas aussitôt. Tous les autres, au nombre d'une vingtaine, avaient été massacrés.

— Amenez-le à l'intérieur ! clama Djoser.

L'homme fut traîné sans ménagement dans la grande salle de la demeure, sous les regards chargés de haine des serviteurs, qui avaient porté leur maîtresse sur un lit. La vêture grossière de l'ennemi rappelait celle des Kattariens.

— Un pillard du désert ! gronda Semourê.

Djoser dut accomplir un terrible effort sur lui-même pour ne pas étrangler l'homme de ses propres mains. Il s'approcha du prisonnier et le gifla à toute volée.

— Parle ! Qui es-tu ? D'où viens-tu ?

L'autre ne répondit pas.

— Laisse-le-moi, seigneur, dit la voix de Kebi.

Le soldat se planta devant le captif. Depuis plus d'une année que Lethis vivait à Kennehout, il s'était tissé entre eux des liens privilégiés. Il lui avait enseigné l'égyptien, mais il leur arrivait souvent de bavarder dans le langage du désert. Pour Kebi, Lethis était plus qu'une maîtresse, elle était une amie, et la plus belle femme qu'il ait jamais connue. Comme beaucoup dans le village, il était un peu amoureux d'elle. Et ce chien l'avait tuée. Il dégaina son poignard, souleva le pagne de l'homme et empoigna ses parties génitales d'un geste brusque.

— Qui es-tu ? clama-t-il en kattarien.

La lame froide se posa sur la peau tendre. Un filet de sang ruissela le long des cuisses de l'homme. Il se mit à couiner de terreur.

— Parle ! rugit Kebi.

Affolé, l'autre commença un discours volubile, les yeux rivés sur la lame de cuivre qui lui entaillait la chair. Kebi se tourna vers Djoser.

— Il ne vient pas du désert. Il dit qu'il s'est échappé avec ses compagnons voici quelques jours. Ils ont tué leurs gardiens et se sont enfuis de Mennof-Rê.

Le prince remarqua alors que les poignets et chevilles de l'homme portaient la marque de cordes. Peut-être disait-il la vérité. Pourtant, l'explication du pillard ne lui suffisait pas. S'ils avaient réussi à s'enfuir, pourquoi n'avaient-ils pas regagné aussitôt le désert de l'Ament ? Au contraire, ils avaient suivi le Nil vers le sud. Par l'intermédiaire de Kebi, Djoser posa la question :

— Pourquoi s'est-il attaqué précisément à nous ?

— Il dit qu'ils ont marché plusieurs jours en bordure du désert depuis Mennof-Rê, afin d'échapper à leurs poursuivants. Ils avaient appris que celui qui avait tué leur roi résidait dans un village du nom de Kennehout. Ils désiraient le venger en le tuant, avant de retourner à Kattarâ où ils seraient accueillis comme des héros.

Djoser serra les dents. Quelque chose lui soufflait que le pillard ne lui disait pas toute la vérité. Mais il savait qu'il n'en tirerait rien de plus. Il saisit son poignard et le plongea d'un coup dans le cœur de l'homme.

Érigé sur un tertre rocheux à l'orée du désert, le petit tombeau où reposait Lethis dominait les terres nouvelles conquises l'année précédente. Plus loin, derrière la palmeraie, se dressaient le village et la vaste demeure où elle avait mis son fils au monde, quatre mois auparavant. À l'horizon, on devinait le large ruban du fleuve, sur lequel évoluaient quelques felouques chargées de blé remontant vers la capitale.

Djoser déposa avec soin les offrandes de fruits et de viandes qu'il avait fait préparer pour le kâ de sa compagne. Il était seul. Une peine lourde lui rongeait les entrailles. Depuis la nuit du drame, une dizaine de jours auparavant, le sourire et l'humeur toujours égale de Lethis lui manquaient. Bien sûr, elle n'avait jamais effacé le souvenir de Thanys. Mais il s'était toujours senti parfaitement bien en sa compagnie. Il ne pouvait imaginer qu'il ne la reverrait plus. Lorsqu'il errait dans la vaste demeure où les esclaves et serviteurs passaient comme des ombres pour ne pas le troubler, il lui semblait qu'elle allait apparaître, le petit Seschi dans les bras, le sein lourd du lait dont elle le nourrissait.

Il ne désirait plus rester à Kennehout. Trop de souvenirs le hantaient, qu'il préférait fuir. Senefrou était tout à fait capable de diriger le domaine sans lui, comme il l'avait fait du temps de Merithrâ. Les plans des nouveaux canaux étaient prêts. Il allait partir pour Mennof-Rê, où Sanakht aurait certainement besoin de lui.

64

Dès leur retour à Djoura, Imhotep se mit en devoir de constituer une caravane puissante à destination de l'Égypte. Deux possibilités s'offraient à lui : soit remonter la grande mer du Sud jusqu'au golfe menant à proximité de Mennof-Rê, ou pénétrer à l'intérieur des terres pour rejoindre le Nil au sud de la Haute Vallée. En vérité, Imhotep ne tenait pas à arriver par la capitale. Ce que Thanys lui avait raconté sur Sanakht l'incitait à se montrer prudent. Sans doute serait-il plus judicieux de descendre le Nil depuis la Nubie. Ainsi pourrait-il se rendre compte de l'accueil que lui réserveraient les nomarques.

Il décida donc que la caravane longerait d'abord les côtes d'Érythrée, jusqu'à une piste qui suivait les cours de fleuves le plus souvent asséchés. Cette route était empruntée par les marchands qui commerçaient avec le pays de Pount. Malheureusement, ces expéditions étaient rares, car la distance, près de mille miles, décourageait les plus audacieux. Mais la petite armée réunie par Imhotep rassurait les voyageurs. Jamais un convoi aussi important n'aurait gagné l'Égypte.

À Djoura, Thanys retrouva le capitaine Melhok, qui

pleura de joie en la revoyant. Imhotep lui confia un petit coffret de cèdre contenant de l'or et des pierres et déclara :

— Voici de quoi te faire construire un nouveau vaisseau, Melhok.

— Mais, seigneur...

— Tu peux désormais retourner à Uruk la tête haute. Tu diras à mon ami Gilgamesh que la princesse Thanys a retrouvé son père, et ceci grâce à toi.

— Grâce à moi...

— Si tu ne m'avais pas parlé de la princesse qui se trouvait à bord de ton navire, jamais je n'aurais eu l'idée de la rechercher. Les dieux ont guidé nos pas l'un vers l'autre.

Quelques jours plus tard, la caravane quitta Djoura et remonta vers le nord-ouest, le long des côtes sauvages de l'Érythrée. Peut-être des bandes de pillards hantaient-elles ces rivages, mais la petite armée qui protégeait le convoi devait les décourager. Aucun obstacle ne se dressa sur leur route.

Thanys et Imhotep passaient le plus clair de leur temps à bavarder. Chacun possédait une mine de souvenirs intarissable, qu'ils prenaient plaisir à partager. La jeune femme adorait écouter son père. Près de lui, elle se sentait en sécurité. Lorsque des pensées moroses la chagrinaient, il savait les balayer avec humour et tendresse. Son charisme faisait de lui un véritable meneur d'hommes. Elle comprenait pourquoi ses guerriers auraient donné leur vie pour lui. Il les traitait avec dignité et respect, comme des compagnons de route avec lesquels il avait partagé d'innombrables aventures. Son autorité n'en était que plus grande. Il ne régnait pas sur eux par la peur et la puissance, mais par l'affection que chacun d'eux éprouvait pour lui.

Il lui avait offert le Nubien Chereb, dont le visage lui rappelait son fidèle Yereb. Le grand Noir s'était pris d'affection pour la petite Khirâ, et s'était institué son garde du corps attitré. Imhotep avait également acheté deux jeunes esclaves pour décharger Thanys des soins du bébé. Une princesse d'Égypte ne pouvait continuer à porter ainsi son enfant à la mode indigène. Elle refusa cependant d'engager une nourrice. Elle tenait à allaiter la petite elle-même.

Un jour qu'elle la nourrissait ainsi, elle s'étonna du nom par lequel les caravaniers s'adressaient à son père.

— Merthôt veut dire aimé de Thôt, expliqua-t-il. Ce nom me fut donné en plaisantant par un ami égyptien qui était stupéfait de l'étendue de mon savoir. Il m'a amusé, et je l'ai gardé. C'est sous ce nom que je compte regagner les Deux-Terres, afin de ne pas éveiller les soupçons.

Il ajouta, avec un sourire :

— C'est peut-être grâce à lui que j'ai retrouvé la déesse Sekhmet sous les traits de ma fille.

— Mais je ne suis pas une déesse, protesta-t-elle.

— Non, bien sûr. Mais je crois que la vie de chaque être humain est marquée par des signes qui donnent un sens à son destin. Il est souvent difficile de les comprendre et de les interpréter. Bien souvent, l'homme reste aveugle aux symboles qui se dessinent devant lui. Il les ignore et s'écarte ainsi de la Maât. Il ne vit pas en harmonie avec ce qu'il est profondément. Ainsi s'expliquent ses malheurs. Je suis persuadé que tu es promise à un avenir exceptionnel, Thanys. Aussi, les dieux ont voulu t'éprouver, pour te rendre digne de ton destin. Tu as dû surmonter des obstacles effrayants, vivre des expériences douloureuses, mais chacune t'a enrichie. Tu as acquis de la force, de la résistance et de la générosité.

— Mais le massacre de Siyutra...

— Il était voulu par les dieux. Tu n'as fait que leur obéir en détruisant un repaire de bandits qui tous avaient du sang sur les mains. Ce n'est pas seulement toi que tu as vengée, mais tous ceux qu'ils avaient tués.

Le visage de Thanys s'assombrit.

— Tu sais ce que j'ai vécu là-bas. J'ai... j'ai l'impression que jamais plus je ne supporterai qu'un homme me touche.

— Le baume du temps effacera le souvenir de ce cauchemar. Il cicatrise toutes les blessures, même les plus cruelles. Un jour, un homme viendra vers toi et te fera oublier cette nuit infernale.

— Il faudrait qu'il soit magicien, répliqua-t-elle.

65

À son arrivée à Mennof-Rê, Djoser se rendit tout d'abord dans sa demeure, où le vieil Ousakaf l'accueillit avec joie. Mais le visage fermé de son maître le désarçonna. Le jeune homme le mit en quelques mots au courant du drame de Kennehout.

— Toi qui es à l'affût de toutes les nouvelles, tu as dû entendre parler de cette évasion d'esclaves. Ils prétendent avoir tué leurs gardiens.

— Pardonne-moi, seigneur, j'ignore tout de cette évasion. Mais peut-être le Directeur de la Maison des esclaves royaux a-t-il étouffé cette affaire, craignant d'encourir la colère du roi.

— Oui, c'est possible.

Cependant, un doute ne cessait de tarauder Djoser. Il ne pouvait s'empêcher de penser que ces hommes avaient été envoyés pour le tuer. Or, le coup ne pouvait venir que de ses deux plus grands ennemis, Pherâ ou Nekoufer. Malheureusement, il serait impossible de rien prouver.

Dès le lendemain, il se rendit au palais. Il redoutait que le roi ait changé d'attitude à son égard. Mais il n'en fut rien. Sanakht le reçut avec un plaisir non dissimulé.

— Mon frère ! Sois le bienvenu.

Djoser remarqua que le visage du roi s'était émacié depuis leur dernière rencontre. Sa peau avait pris une vilaine teinte jaunâtre et des cernes sombres lui agrandissaient les yeux. Ses mains étaient de la couleur du vieil ivoire.

— Comment se sent mon divin frère ? demanda le jeune homme.

— Comme tu le vois, la maladie me ronge lentement, comme un feu qui me brûlerait de l'intérieur. Chacun de nous porte sa propre douleur.

Il marqua un temps d'arrêt, puis ajouta :

— Nous avons appris le deuil qui t'a frappé dernièrement et nous compatissons à ta peine.

— T'a-t-on conté les circonstances de la mort de Lethis, ô grand roi ?

— En effet, le Directeur des esclaves m'a fait part de la disparition d'une vingtaine de prisonniers que tu ramenas de Kattarâ voici deux ans. Il semble qu'ils aient voulu venger leur roi en s'attaquant à toi.

Djoser avait redouté que Sanakht pût être mêlé à l'agression, mais sa méfiance fut prise en défaut. Le roi était sincèrement peiné par la mort de Lethis, et convaincu que l'évasion des prisonniers n'avait rien de suspect. Le jeune homme constata soudain que Pherâ ne figurait pas parmi les courtisans qui entouraient le roi. En revanche, Nekoufer semblait avoir pris de l'importance. Il s'adressa directement à Djoser :

— Nous nous réjouissons de ta venue, mon neveu.

Le ton aimable du chef des armées surprit le jeune homme. Il connaissait trop le rancunier Nekoufer pour savoir qu'il ne lui pardonnait certainement pas l'humiliation subie quelques mois plus tôt. Mais l'autre poursuivit :

— Je comptais en effet te demander de reprendre ton commandement à la tête d'une armée. Tu es le seul qui puisse mener à bien la mission délicate que Sa Majesté désire te confier.

— Laquelle ?

Sanakht soupira :

— Le pays de Koush s'est révolté. Metharâ, le nomarque que j'avais désigné pour diriger cette misérable province a été tué par un rebelle venu du Grand Sud.

Nekoufer ajouta :

— Il se nomme Hakourna, et s'est proclamé roi de Nubie. C'est lui que tu dois combattre.

Djoser ne répondit pas immédiatement. Il connaissait Metharâ pour être un fidèle de Pherâ. S'il avait appliqué en Nubie la politique du grand vizir, il n'était pas étonnant que la population se fût soulevée. Mais il garda ses réflexions pour lui.

— C'est bien, grand roi, je partirai pour la Nubie.

— Et tu nous rapporteras la tête de ce chien, gronda Nekoufer.

— En attendant, je voudrais te montrer quelque chose, Djoser, dit le roi. Suis-moi.

Sanakht se leva avec peine, les membres alourdis par une fatigue intense. Djoser lui proposa son bras, sur lequel il s'appuya. Marchant d'un pas lent, le roi entraîna le jeune homme dans son bureau, où des rouleaux de papyrus encombraient une grande table. Un petit groupe de scribes s'affairaient autour des documents. Ils se prosternèrent à l'entrée du monarque.

— Ah, que ne t'ai-je écouté plus tôt, mon frère ! J'aurais dû comprendre que la guerre devait céder le pas à la rénovation de Mennof-Rê. À présent, je crains de ne jamais voir la réalisation de toutes ces merveilles.

Sur son ordre, un scribe déroula les plans de la nouvelle muraille. Djoser examina les études et hocha la tête.

— Je me réjouis de cette décision, ô Lumière de l'Égypte.

— J'ai ordonné également la construction de mon mastaba, reprit Sanakht. Il passe en priorité, car je redoute de devoir bientôt emprunter la barque d'Osiris.

Il s'assit pesamment sur un siège avancé par un esclave et regarda son frère.

— Je n'ai toujours pas d'héritier, Djoser. C'est donc à toi que reviendra de poursuivre l'œuvre que j'aurai commencée.

— Je prie les dieux pour que tu puisses admirer cette œuvre, grand roi.

Plus tard, alors que Rê-Atoum descendait lentement sur le désert de l'ouest, inondant la capitale d'une lumière d'or et de pourpre, les deux frères se retrouvèrent quelques instants seuls.

— Notre père avait raison, Djoser, déclara soudain Sanakht. C'est toi qui aurais dû lui succéder. L'idée de ces grands travaux vient de toi.

— Mais tu as su la comprendre et la mettre en route. Par elle, tu resteras un grand roi dans la mémoire du peuple égyptien.

Sanakht eut un sourire crispé.

— Il est trop tard, Djoser. Mes jours sont comptés. Je regrette sincèrement tout le mal que j'ai pu te faire.

J'étais aveuglé par une haine imbécile, parce que je ne t'avais pas pardonné d'être plus fort et plus intelligent que moi.

Il observa un court silence, puis ajouta :

— Mais la clairvoyance ne m'est pas venue seule. C'est la souffrance provoquée par cette maudite maladie qui l'a engendrée. À ce moment, j'ai compris que je n'étais pas un dieu, mais un mortel, et j'ai aussi compris la futilité des grands seigneurs qui m'entouraient. Je savais déjà qu'ils ne me comblaient de flatteries et de cadeaux que pour mieux servir leurs intérêts. Mais je refusais de le voir, et j'étais trop faible pour lutter contre leur volonté. Dans mon aveuglement, j'ai commis des injustices.

« C'est toi qui m'as ouvert les yeux lorsque tu m'as contraint, par la force, à modifier ma politique. Ce jour-là, tu aurais pu me renverser, et t'emparer du trône. L'armée et le peuple t'auraient suivi. Mais tu ne l'as pas fait. Je me suis rendu compte alors que tu savais, toi, ce que signifiait le véritable poids du pouvoir. La maladie me rongeait déjà, et m'a permis de regarder mon règne avec d'autres yeux. J'ai alors constaté la vanité de mon comportement, et j'ai haï ma faiblesse. La douleur a affaibli mon corps, mais elle a renforcé mon esprit. Grâce à elle, j'ai trouvé l'audace de repousser les mauvais conseils de Pherâ, qui aujourd'hui ne paraît plus à la Cour. J'ai écouté les suggestions que tu m'as faites ce jour-là, et je les ai trouvées bonnes. Malheureusement, je n'en verrai pas l'accomplissement. Peut-être les dieux ont-ils voulu me punir ainsi de mon orgueil.

Il se tourna vers Djoser et lui prit la main.

— C'est étrange, mais ce mal m'aura appris le courage. Je ne redoute pas la mort, puisqu'elle me mènera vers les rives merveilleuses du Nil céleste. Mais je serai triste de quitter une vie que je commençais seulement à découvrir.

Une boule lourde serrait la gorge de Djoser. Son père, le dieu bon Khâsekhemoui, lui avait avoué son affection peu avant de mourir. Aujourd'hui, la haine stupide qui l'avait depuis toujours séparé de son frère avait disparu, mais Sanakht était condamné, lui aussi.

Le roi ajouta :

— J'espère vivre assez longtemps pour saluer ta prochaine victoire, mon frère. Prends bien garde à toi. Si tu disparaissais dans cette bataille, le trône reviendrait à notre oncle. Mais c'est un guerrier, incapable de devenir le dieu vivant d'Égypte. Tous nos projets seraient voués à disparaître.

— Je te promets de revenir le plus rapidement possible, mon frère.

Quelques jours plus tard, une trentaine de navires transportant plus de cinq mille guerriers quittaient Mennof-Rê, poussés par le vent du nord qui s'engouffrait dans les hautes voiles.

Debout à l'avant du vaisseau amiral, Djoser, entouré de Piânthy et de Semourê, songeait qu'il allait bientôt voir *le Nil bondissant comme un bélier entre deux rochers*. Mais Lethis ne serait pas à ses côtés.

66

Après avoir quitté la côte érythréenne, la caravane se dirigea vers l'ouest, suivant la vallée aride d'un fleuve irrégulier, qui la mena aux confins du terrible désert de Nubie où elle dut affronter Habub, le dieu sauvage qui se manifestait sous la forme de violentes tempêtes de sable. Couverts de poussière, harassés par la chaleur, la gorge desséchée, les voyageurs progressaient avec peine.

Un jour enfin, ils parvinrent dans une plaine sablonneuse encombrée d'énormes blocs de granit d'un brun grisâtre. Une herbe jaunie couvrait le sol desséché par les vents et l'ardeur du soleil. Plus loin vers l'ouest, elle se resserrait en une vallée étroite. Imhotep déclara :

— Les Égyptiens ont bâti plusieurs cités dans le pays de Koush, au-delà de la Première cataracte. Si notre guide ne s'est pas trompé, nous devrions arriver dans la région de Tutzis.

Peu à peu, la vallée s'élargit, et s'ouvrit sur une plaine large et fertile, cernée par de hauts massifs montagneux et secs. Au milieu coulait un fleuve aux eaux bleues. Une vive émotion s'empara d'Imhotep.

— Le dieu Hâpy, murmura-t-il.

Tandis que des cris d'enthousiasme montaient de toutes les poitrines, il resta un long moment à contempler le spectacle fabuleux, les yeux brillants. Thanys lui prit la main en silence.

Malgré l'épuisement, les caravaniers accélérèrent l'allure. Ils rejoignirent bientôt l'étendue verdoyante qui bordait le fleuve. L'endroit paraissait inhabité, mais la Nubie n'était guère peuplée. Avec de grands rires de joie, les voyageurs prirent à pleines mains la terre grasse et noire, s'en enduisirent le torse et les membres. Puis chacun se défit de ses vêtements et se plongea avec délice dans l'eau merveilleusement fraîche.

Le lendemain, la caravane se remit en marche vers le nord. Vers le milieu de l'après-midi, une petite cité apparut sur la rive occidentale du fleuve, cernée par une muraille de brique, et entourée de palmeraies : Tutzis. Imhotep poussa un cri de contentement.

— Ce soir, nous dormirons dans un vrai lit, ma fille. Nous allons traverser le Nil pour rencontrer le nomarque. Il ne peut manquer de nous offrir l'hospitalité.

Soudain, un éclaireur revint en courant, en proie à une vive agitation.

— Seigneur ! Une troupe armée se dirige vers nous.
— Qui sont-ils ?
— Je ne sais pas, seigneur !

Imhotep donna à ses guerriers l'ordre de se tenir prêts au combat. Chereb les posta par petits groupes autour des caravaniers qui se resserrèrent près du fleuve, gagnés par la panique. Depuis leur départ de Djoura, ils n'avaient croisé que des tribus d'éleveurs nomades, trop peu nombreuses pour inquiéter la puissante milice qui les protégeait. Les seuls adversaires contre lesquels ils avaient dû lutter étaient les tempêtes de sable, la sécheresse et la soif.

Anxieuse, Thanys arma son arc. Peut-être avaient-ils affaire à une bande de pillards, de celles qui attaquaient parfois les mines d'or des montagnes de Koush. En général, elles ne comptaient que quelques dizaines d'hommes. La vue des guerriers d'Imhotep devrait suffire à les éloigner. Cependant, il était étrange d'en rencontrer une aussi près d'une cité, où la garnison l'aurait aussitôt prise en chasse.

Mais il ne s'agissait pas de pillards. Bientôt, une troupe importante apparut. À leur peau d'un noir bleuté, Thanys reconnut des Nubiens. Des bracelets de cuivre ou de bois ornaient leurs bras, tandis que de nombreuses scarifications marquaient les torses et les visages, symbolisant les ennemis abattus. Ils brandissaient de longues lances à pointe de silex ou d'os, et des casse-tête de pierre taillée. Lorsqu'ils aperçurent la caravane, un long ululement jaillit de leurs rangs, qui glaça le sang dans les veines des voyageurs. Quelques guerriers se précipitèrent vers les Égyptiens, l'arme haute. Mais un ordre bref claqua, lancé par un homme de haute taille qui semblait les commander. Les assaillants s'arrêtèrent, se contentant de menacer les caravaniers de leurs lances. Imhotep intima aux siens l'ordre de ne pas répliquer.

L'armée adverse comportait nombre de blessés. Visiblement, elle venait de livrer un rude combat. Contre qui ? De l'autre côté du fleuve, la ville paraissait calme. Le chef de la troupe interpella Imhotep :

— Tu es un chien d'Égyptien ! Les tiens ont envahi notre royaume.

— Mais la Nubie fait partie de l'Égypte, rétorqua Imhotep.

— Plus maintenant ! Notre roi, le grand Hakourna, a chassé l'envahisseur du Nord. Il a tué le nomarque, cette hyène qui nous écrasait de taxes, et il a libéré le pays de Koush.

Imhotep ne répondit pas immédiatement. Si l'homme disait vrai, ils se trouvaient désormais en territoire ennemi. Mais il sentait que les Nubiens ne paraissaient pas décidés à affronter les armes redoutables dont disposaient les caravaniers.

— Il ne manquait plus que ça, dit-il à Thanys. J'ignorais que la Nubie était en guerre contre l'Égypte.

— L'Horus Sanakht rêvait de nouvelles conquêtes, répondit-elle. Sans doute a-t-il constitué une armée pour ramener de nouveaux esclaves. Il a dû écraser les nomes lointains de nouveaux impôts, et la Nubie s'est révoltée.

— Si au moins nous savions où se trouvent les troupes égyptiennes... Mais peut-être pourrais-je obtenir le droit de passage auprès de ce roi Hakourna en lui cédant une partie de nos richesses.

Il s'adressa au capitaine nubien.

— Écoute-moi ! Je suis un marchand, pas un guerrier. Les caravanes ont depuis toujours traversé la Nubie. Je suis prêt à te payer un droit de passage.

— Le roi Hakourna décidera de ton sort, répondit l'autre. D'ici là, celui qui tentera de s'enfuir sera tué.

— Alors, restez à distance, répliqua Imhotep. Le premier guerrier qui approchera sera criblé de flèches.

Il avait compris que les Nubiens hésitaient à attaquer ; ils avaient dû subir une défaite. Leur armée, à peine deux fois plus nombreuse que la milice dont disposait la caravane, était épuisée et affaiblie. Un affrontement occasionnerait trop de pertes de part et d'autre. Il y eut bien quelques mouvements belliqueux dans les rangs adverses, mais la plupart des hommes respectèrent les consignes de leur chef. Cependant, leur position interdisait aux Égyptiens de poursuivre la route. Imhotep revint vers les siens.

— Nous pourrions tenter de passer en force, mais je pense qu'il vaut mieux négocier, glissa-t-il à sa fille. Par chance, le capitaine qui les dirige me semble intelligent. Nous allons attendre l'arrivée du roi Hakourna.

Dans un climat de tension extrême, les deux partis établirent leurs campements. Dans les hordes nubiennes, certains guerriers au regard féroce piaffaient d'impatience. Il ne faisait aucun doute que seul leur nombre réduit leur interdisait d'exterminer les caravaniers. À plusieurs reprises, ils vinrent les narguer en leur lançant des pierres. Le capitaine nubien dut les rappeler plusieurs fois à l'ordre.

Vers le soir, on alluma des feux dans une atmosphère d'angoisse. Chaque camp se surveillait mutuellement. Autour des foyers ennemis, les guerriers faisaient cuire de la viande. Soudain, Thanys poussa un cri de dégoût.

— Par les dieux! On dirait qu'ils mangent leurs chiens!

Dans la journée, elle avait aperçu chez l'ennemi des troupeaux de chèvres et de moutons, ainsi que quelques chiens. Elle avait pensé qu'ils étaient là pour garder les troupeaux. Mais elle se rendit compte que les guerriers à peau bleue en avait tué trois avant de les dépecer et de mettre leur chair à rôtir.

— Ce sont des Nyam-Nyams[1], expliqua Imhotep. Apparemment, cet Hakourna a fait appel à plusieurs tribus lointaines. Les Nyam-Nyams sont des cannibales du sud de la Nubie. Ils élèvent des chiens qui ne savent pas aboyer, au même titre que des moutons; ils mangent aussi du serpent et du rat. Mais surtout, ils dévorent leurs ennemis.

— Quelle horreur!

De fait, l'armée nubienne rassemblait différentes ethnies. Elle comptait même des hommes de race blanche, peut-être originaires des nomes du sud de la Haute-Égypte, et qui avaient rallié le camp nubien. Le capitaine ennemi était un métis.

Cependant, malgré leurs craintes, les caravaniers ne subirent aucune attaque surprise durant la nuit. Sans doute la garde vigilante montée par les miliciens découragea-t-elle les ardeurs belliqueuses de l'ennemi.

Le lendemain, sous un soleil impitoyable, une large felouque traversa le Nil. Un personnage vêtu d'une peau de léopard et ceint d'une couronne d'électrum en descendit, suivi d'un groupe de conseillers : le roi Hakourna. C'était un homme encore jeune, au visage rond, quelque peu enfantin, mais dont les yeux reflétaient une grande détermination. Imhotep s'avança au-devant de lui.

— Je suis le seigneur Merthôt, dit-il. Je reviens du lointain pays de Pount et désire regagner les Deux-Terres.

---

1. Peuplade de l'ethnie des Zandés, localisée à la frontière éthiopienne, qui demeura anthropophage jusqu'au siècle dernier.

— Tous les Égyptiens sont des chacals, clama Hakourna. Ils doivent périr.

Un concert de hurlements menaçants salua ses paroles.

— Écoute-moi, grand roi ! Je ne suis pas responsable de cette guerre. Je ne demande que le passage sur ton royaume. Je suis prêt à t'offrir une partie de mes richesses.

— Alors que je peux me servir moi-même après avoir fait massacrer les tiens ?

Les cris redoublèrent. Cependant, malgré la hargne affichée par nombre de ses guerriers, Hakourna ne semblait pas décidé à donner l'ordre d'attaquer. Imhotep comprit alors qu'il avait peur.

— La victoire ne t'est pas encore acquise, seigneur. Les miens sont bien armés. Il y aura de nombreux morts de chaque côté. Peut-être ton armée parviendra-t-elle à nous anéantir... Mais si nous sommes vainqueurs, rien ne nous empêchera alors de traverser le Nil et de nous emparer de ta ville. Je ne vois guère de guerriers sur l'autre rive.

Hakourna eut un geste d'agacement. Imhotep insista :

— Serait-ce tout ce qui reste de ton armée, Hakourna ? Les Égyptiens seraient-ils sur le point de prendre Tutzis ?

L'autre rétorqua crânement :

— Mon armée est bien plus importante. Elle est en train de repousser l'envahisseur au-delà de la Première cataracte.

— C'est faux ! Je ne crois pas que tes troupes soient victorieuses. Sinon, tu n'aurais aucun scrupule à ordonner à tes hommes d'attaquer. *Mais tu as besoin d'eux pour défendre Tutzis.*

— Tais-toi !

— L'armée de l'Horus approche, n'est-ce pas ?

Le teint du roi nubien vira au gris. Imhotep avait vu juste. Il poussa son avantage.

— Ces hommes sont les seuls qui te restent, Hakourna. Tu ne peux risquer de les perdre en nous livrant bataille. Ordonne-leur de traverser le Nil, et laisse-nous partir. Nous sommes des marchands. Nous ne combattrons pas contre toi.

L'autre eut un mouvement de rage impuissante, puis son visage refléta l'accablement.

— Tu as deviné juste, grinça-t-il à l'adresse d'Imhotep. Les Égyptiens ont pris Talmis et Taphys. Ces hyènes puantes ont mis mes guerriers en déroute. Seuls ceux-ci sont parvenus à s'enfuir. J'ignore où sont les autres.

De rage, il cracha sur le sol et ajouta :

— Mes troupes étaient pourtant plus nombreuses que celles des Égyptiens. Mais l'homme qui est à leur tête est un véritable démon.

— Connais-tu son nom ? demanda soudain Thanys.

Le Nubien la contempla d'un œil mauvais, scandalisé qu'une femme ose se mêler d'une conversation entre guerriers. Mais la jeune femme soutint fièrement son regard. Impressionné par son courage, il répondit d'une voix lasse :

— Ce chien s'appelle Djoser. D'après ce que l'on dit, il serait le propre frère du roi d'Égypte.

Le cœur de Thanys fit un bond.
— Quel nom viens-tu de prononcer ?
— Djoser !
Les mots se bloquèrent dans sa gorge. Elle eut soudain l'impression que ses jambes refusaient de la soutenir. Lorsqu'elle avait quitté l'Égypte, Djoser était enfermé dans une prison, séparé d'elle par la haine du roi. Près de deux années s'étaient écoulées depuis son départ, et il lui semblait avoir vécu plusieurs vies. Pourtant, par un mystère incompréhensible, un hasard extraordinaire le remettait sur sa route. Elle voulut y voir un signe des dieux. Mais n'était-ce pas un mirage ?

Hakourna la ramena brusquement à la réalité.
— Tu le connais ?
Elle devait résister, ne pas faire montre de faiblesse. Elle respira profondément et répondit :
— Oui, je le connais. Écoute, Hakourna. Je suis la princesse Thanys, fille du seigneur... Merthôt. Permets-moi de rencontrer ce général égyptien. Si c'est moi qui le lui demande, peut-être acceptera-t-il de négocier une paix honorable.
— Avec toi ? Mais tu es une femme !

Elle le fixa dans les yeux.

— Ne mésestime pas le pouvoir des femmes, Hakourna ! Sache que j'ai établi la paix entre deux grandes cités du lointain royaume de Sumer. Je crois que tu n'es pas en position de force. Le fait que tu épargnes cette caravane incitera Djoser à se montrer magnanime. Mais je suis la seule à pouvoir obtenir sa clémence.

Hakourna se tourna vers ses compagnons avec lesquels il entama une longue discussion. Imhotep glissa à sa fille :

— Tu m'effraies, Thanys. Ce que tu proposes est courageux, mais tu n'as pas revu ce prince depuis bien longtemps. Peut-être t'a-t-il oubliée...

— Djoser ne peut m'avoir oubliée, père, affirma-t-elle sans cesser de regarder le roi nubien. Si tel était le cas, je préférerais mourir. De toute manière, c'est notre seule chance.

Imhotep soupira, puis secoua la tête. Sur le plan de l'audace, sa fille n'avait rien à lui envier. Un mélange de fierté et d'angoisse l'envahit lorsqu'elle quitta les rangs égyptiens pour s'avancer, seule, en direction de Hakourna.

Il y eut un instant de flottement. Dans les deux camps, les arcs s'armèrent, prêts à tirer. Mais le roi nubien écarta ses guerriers d'un geste. Il étudia longuement la jeune femme, qui soutint bravement son regard. Il ne put s'empêcher d'admirer son courage. Lorsqu'elle fut devant lui, il baissa la tête.

— Peut-être es-tu envoyée par les dieux, princesse Thanys, dit-il enfin. Je suis las de cette guerre, dont mon peuple a trop souffert. En vérité, il est sans doute déjà trop tard : Djoser a presque vaincu. Il marche sur

Tutzis à la tête de ses troupes. Il sera là dans deux jours au maximum, et ces hommes sont tout ce qui reste de mon armée.

— Djoser est ton adversaire, répliqua Thanys, mais c'est un homme bon et juste. Il m'écoutera.

Hakourna hocha la tête, puis déclara :

— Je vais conclure un accord avec toi. La caravane restera à Tutzis. Si tu parviens à éviter la prise de ma ville, j'épargnerai tes compagnons. Mais dans le cas où tu échouerais, je n'aurais plus rien à perdre, et mes guerriers massacreront les tiens jusqu'au dernier. Alors, n'oublie pas que ton père est mon prisonnier.

Thanys frémit. La gorge nouée, elle répondit :

— Quelle que soit la décision de Djoser, Hakourna, je reviendrai partager le sort des miens. S'il refuse de m'écouter, la vie me sera un fardeau.

Le roi la contempla, puis un léger sourire éclaira son visage. Il avait compris.

— On dit parfois que l'amour est plus puissant que tout. Alors, que les dieux t'accordent leur protection !

Le lendemain, Rê avait à peine commencé sa course qu'une petite troupe quittait Tutzis en direction du nord, longeant le Nil par la rive orientale. Au côté de Thanys, montée sur un âne, marchaient Chereb et une demi-douzaine des guerriers. Une petite troupe de Nubiens les escortait.

D'innombrables pensées se bousculaient dans l'esprit de la jeune femme. La prophétie de l'aveugle n'avait pas menti : elle avait marché dans les traces des dieux. Aujourd'hui, elle allait enfin retrouver Djoser. Mais une angoisse sourde l'étreignait : seraient-ils capables de se reconnaître, de se rejoindre, malgré le temps écoulé et les épreuves traversées ?

À différentes reprises, ils croisèrent des guerriers en déroute qui fuyaient l'avance d'un ennemi encore invisible. Nombre d'entre eux étaient blessés. Par endroits, des cadavres abandonnés par de précédents fuyards jonchaient le sol, sur lesquels s'acharnaient des vautours et des nuages de mouches voraces.

Dans l'après-midi, une armée importante apparut à l'horizon. Un flux d'adrénaline inonda le corps de Thanys, mélange de joie et de peur. Elle prenait conscience qu'elle avait engagé là un pari insensé. Djoser avait déjà pratiquement vaincu les Nubiens, et elle venait vers lui pour négocier la paix. Imhotep avait raison : en deux années, Djoser pouvait avoir changé. Peut-être avait-il rencontré une autre femme et l'avait-il oubliée. Il pouvait la repousser sans accepter de traiter. Mais un refus de sa part condamnerait son père et sa fille Khirâ à mort. Elle n'avait donc pas le droit d'échouer.

Frissonnant malgré la chaleur, elle regarda la troupe égyptienne se rapprocher. Une odeur de poussière et de sueur pénétra ses narines. Elle distingua les casques de cuivre, les longs boucliers en cuir d'hippopotame, les queues de léopard et de loup qui ornaient les ceintures des guerriers, les lances nombreuses. Tous ces hommes paraissaient déterminés, certains que la victoire finale était proche. À leur tête marchait un homme jeune à la stature imposante, à l'allure résolue, dont la vue la bouleversa. Avec le temps, sa musculature, rompue aux rudes exercices guerriers, s'était encore développée.

Violemment émue, elle mit pied à terre et s'avança vers lui. Des groupes de guerriers encerclèrent aussitôt la petite troupe, l'air menaçant. Djoser les arrêta d'un geste. Derrière lui se tenaient Piânthy et Semourê, la bouche béant d'étonnement. Le temps sembla s'arrêter de couler. Le visage marqué par la stupeur, Djoser dévisagea Thanys. Elle avait revêtu une robe magnifique offerte par Imhotep, de lin blanc et vert, décorée de fils d'or. Un diadème d'électrum serti de lapis-lazuli et d'émeraude retenait sa longue chevelure brune.

Elle avait tellement rêvé de cet instant. Elle avait pensé qu'ils tomberaient dans les bras l'un de l'autre. Mais un gouffre de temps les séparait, pendant lequel tous deux avaient vécu des vies différentes, affronté la mort et les dangers. Elle s'était imaginé qu'il l'aimerait toujours, que rien jamais ne pourrait les désunir.

La gorge trop sèche pour articuler un son, la jeune femme adressa un sourire timide à son ancien compagnon. Mais il ne répondit pas à son sourire. Son regard reflétait une dureté qu'elle ne lui connaissait pas. La force brutale qui en émanait la désarçonna. Ce n'était plus devant elle l'adolescent passionné qu'elle avait aimé, mais un homme rompu à la guerre et au commandement.

— Qui es-tu ? demanda-t-il d'une voix cassante.

Elle sentit à peine les larmes qui lui montaient aux yeux. Se pouvait-il qu'il ne l'ait pas reconnue ? Avait-elle changé à ce point ?

— Djoser, je suis Thanys ! répondit-elle d'une voix nouée par l'émotion. Ne te souviens-tu pas de moi ?

— Thanys est morte ! gronda-t-il. Elle fut tuée lorsqu'elle a tenté de s'évader de Mennof-Rê. Alors, es-tu un affrit envoyé par les sorciers de ce pays pour me tromper ?

— Je ne suis pas un affrit, Djoser ! On a cru que

j'avais été dévorée par les crocodiles. Mais je suis parvenue à leur échapper.

Le jeune homme se figea. Depuis deux ans, il avait appris à vivre avec l'idée qu'il ne reverrait plus jamais cette compagne qu'il avait aimée plus que tout. Et la vie s'était poursuivie, lui apportant d'autres aventures, d'autres joies, d'autres douleurs. Mais elle surgissait tout à coup devant lui, plus belle que jamais, les yeux encore plus brillants, le visage plus fin, plus émouvant.

— Je t'ai obéi, Djoser, insista-t-elle. J'ai fait ce que tu avais suggéré à Merithrâ lorsqu'il te rendit visite dans ta prison. J'ai quitté l'Égypte, et je me suis rendue à Sumer, où mon père, Imhotep, avait vécu. Et... enfin, je l'ai retrouvé dans le pays de Pount. C'est une très longue histoire.

Djoser ne pouvait détacher ses yeux de ce visage merveilleux qui réveillait en lui tant de souvenirs oubliés. Mais tout cela était si brutal, si inattendu. Sans doute fallait-il y voir l'intervention des dieux. Il porta la main à sa poitrine et toucha le nœud Tit offert autrefois par son vieux maître. Thanys l'imita.

— Nous avons triomphé, Djoser, dit-elle doucement. Nous avons marché dans les traces des dieux, et Isis nous a réunis.

— Pourquoi es-tu revenue ? demanda-t-il, encore méfiant.

Elle faillit répondre : « Pour te revoir ! » mais elle se retint.

— Mon père désirait revenir en Égypte. Il espère obtenir le pardon de l'Horus. Il est devenu très riche. Et il apporte avec lui des idées extraordinaires, qu'il désire lui soumettre.

— Où est-il en ce moment ?

— Nous ignorions que la Nubie était en guerre contre les Deux-Terres. Hakourna le retient prisonnier. Il m'a révélé le nom du général égyptien qui a vaincu ses troupes. Je lui ai avoué que je te connaissais, et je lui ai proposé de te rencontrer pour négocier la paix.

— La paix ? Alors qu'il est déjà presque vaincu ? C'est de la démence !

— Il tient la vie de mon père entre ses mains, Djoser. Mais Hakourna n'est pas un mauvais homme. Il s'est révolté contre la tyrannie du nomarque, qui écrasait son peuple de taxes.

— Il s'appelait Metharâ. Hakourna l'a tué.

— À sa place, ne te serais-tu pas rebellé, toi aussi ? répliqua Thanys.

La voix de la jeune femme le bouleversa. Elle avait deviné juste. N'avait-il pas lutté contre Sanakht pour les mêmes raisons ? Il se détendit quelque peu.

— Cette histoire est incroyable, dit-il.

Il s'approcha d'elle. Timidement, il posa la main sur son visage, essuya ses larmes. Un bref sanglot la secoua, qui éveilla en lui une foule de souvenirs. Alors, n'y tenant plus, il la prit dans ses bras et la serra à la briser. Il lui sembla, en une fraction de seconde, qu'une partie de lui-même, arrachée une éternité auparavant, venait de nouveau se fondre à lui. L'odeur de la peau de la jeune femme, le parfum de ses cheveux le pénétrèrent, comblant les vides intolérables creusés par l'absence.

— Pardonne-moi, ma sœur ! murmura-t-il. Ta présence en ces lieux est tellement inimaginable que j'ai cru un instant que Seth me jouait un mauvais tour.

Il s'écarta d'elle, la dévora des yeux. Un vrai sourire illumina son visage.

— Tu es encore plus belle qu'autrefois, Thanys.
Il éclata de rire. Alors, Piânthy et Semourê s'approchèrent. Thanys se jeta dans leurs bras.

Quelques instants plus tard, Djoser ordonnait à ses guerriers de dresser le camp pour la nuit. Tandis que l'on allumait des foyers, il entraîna Thanys sous sa tente. Ils avaient tant de choses à se raconter. Jusque tard dans la nuit, elle lui relata les innombrables événements qui l'avaient conduite à Sumer, puis dans le lointain pays de Pount où elle avait enfin retrouvé Imhotep. Djoser l'écoutait avec passion. Pour lui, elle revécut son naufrage sur les côtes du Levant, le voyage de la caravane qui l'avait menée sur les rives de la Mer Sacrée, à Jéricho, puis à Byblos ; elle lui parla de sa captivité chez les Amaniens, lui conta l'anecdote des loups, les chevaux et son évasion, sa maladie, la destruction de Til Barsip, le fabuleux voyage sur le navire de Ziusudra. Elle évoqua la bataille d'Uruk, le roi Gilgamesh, puis son départ pour le pays de Pount.

Cependant, elle n'osa lui parler de sa liaison passionnelle avec le pirate Khacheb, du viol et de ses conséquences. Elle se contenta d'avouer qu'elle avait de nouveau connu la captivité, puis s'était évadée.

Lorsqu'elle eut terminé, il la regarda longuement avec une lueur d'admiration dans les yeux. Il mourait d'envie de la prendre dans ses bras, de renouer les liens fantastiques qui les avaient unis autrefois. Mais il n'osait pas. La femme qui se tenait devant lui n'était plus celle qu'il avait connue. Il devinait qu'elle ne lui avait pas tout dit. Il y avait en elle quelque chose de différent, une facette impénétrable et froide, comme si une part d'elle-même avait été meurtrie et brisée. Elle en paraissait à la fois plus forte et plus fragile, et tellement plus attirante.

Embarrassée par son silence, elle lui adressa un sourire gêné.

— Mais toi, raconte-moi.

Il soupira.

— Les dieux ne m'ont pas épargné. Pendant ces deux années, je t'ai cru morte. J'aurais dû tenter de m'enfuir avec toi. Mais il était déjà trop tard. J'ai agi comme un imbécile en défiant la puissance du roi.

Il lui conta sa volonté de mourir après que le sinistre Nekoufer lui eut appris sa disparition, la victoire inespérée qu'il avait remportée à Kattarâ ; il lui apprit la mort de Merithrâ, l'héritage qu'il lui avait laissé ; il lui narra la bataille de Mennof-Rê, celle de Busiris ; il lui parla de Lethis, du fils qu'elle lui avait donné avant de tomber sous la flèche d'un pillard.

La douleur qu'il éprouvait à l'évocation de la petite nomade la bouleversa. Elle comprit qu'il l'avait sincèrement aimée. Pourtant, ce sentiment n'éveilla en elle aucune jalousie. Au contraire, elle était reconnaissante à Lethis d'avoir su lui apporter la douceur d'une présence féminine. Et puis, la coutume exigeait qu'un grand seigneur d'Égypte eût plusieurs concubines.

Il évoqua ensuite le conflit qui l'avait opposé à Sanakht, et la réconciliation qui avait suivi.

— Il m'a demandé de lui pardonner, dit-il enfin. Aujourd'hui, je sais qu'il t'accueillerait avec joie. Mais j'ignore s'il sera encore en vie à mon retour. La maladie le ronge.

La nouvelle émut Thanys plus qu'elle ne l'aurait

imaginé. Elle conservait du roi une image funeste, mais ce souvenir s'était estompé avec le temps. Elle comprit qu'elle lui avait pardonné, elle aussi.

— Nous devons retourner près de lui au plus vite.

— Mais avant cela, il me faut soumettre la Nubie, soupira-t-il.

— Soumettre ?

— Hakourna a défié le roi d'Égypte. On m'a ordonné de rapporter sa tête.

— Pourquoi désires-tu sa mort ? Tu m'as dit avoir lutté toi-même contre la tyrannie des amis de Pherâ. Tu peux donc comprendre la révolte d'Hakourna.

— Oui, je peux la comprendre. Mais Sanakht acceptera-t-il de lui pardonner ?

— Cette guerre meurtrière n'a que trop duré. Accorde-lui ta clémence, et sauve mon père. Je t'en supplie, Djoser. Le massacre des Nubiens te donnerait la victoire, mais il provoquerait la haine et la volonté de vengeance. Hakourna désire la paix, lui aussi. Je pense qu'il ferait un bon nomarque pour la Nubie. Il connaît tous les peuples qui la composent. Peut-être pourrais-tu le maintenir à son rang, en lui faisant jurer fidélité au roi. Il t'en serait reconnaissant et deviendrait ton allié.

Il la regarda avec un sourire amusé.

— Par les dieux, quelle ambassadrice ! Voudrais-tu renouveler ton exploit d'Uruk ?

— Il ne s'agit pas d'un exploit. Avec un peu de bon sens et de bonne volonté, toutes les guerres pourraient être évitées. Elles sont synonymes de mort, de haine et de vengeance. Les hommes ne sont pas faits pour la mort, mais pour la vie.

— Que dirait mon frère ?

— Sanakht t'a envoyé pour ramener la paix dans le pays de Koush. Elle ne s'obtient pas forcément par un massacre, Djoser. Une paix honorable, conclue avec un adversaire que tu respectes, t'assurera sa loyauté.

Il soupira.

— Oui. Peut-être as-tu raison.

Un long silence s'installa. Ils étaient seuls sous la tente de commandement. De l'extérieur parvenaient des voix mâles, et les appels des prédateurs nocturnes, chacals, hyènes, rapaces...

Djoser la regarda avec émotion. Il savait déjà qu'il allait suivre son conseil. Lui aussi était fatigué de ces combats incessants, où chaque jour il voyait tomber ses guerriers, des hommes jeunes et pleins de vie. Une vie qu'une lance ou une simple flèche pouvaient leur arracher. Au fond, il avait l'impression d'un immense gâchis. Les Nubiens étaient aussi des Égyptiens, et cette guerre n'aurait pas existé sans l'imbécillité de ce Metharâ. Il n'avait eu que ce qu'il méritait.

Au sourire qu'elle lui adressa, il comprit qu'elle avait deviné ses intentions. Alors, il se rapprocha d'elle et la prit contre lui. Le cœur battant, elle se laissa faire. Des mains douces et possessives glissèrent sur sa peau. Les gestes se firent précis.

Soudain, il la sentit se raidir. Elle s'écarta brusquement de lui et se mit à trembler.

— Pardonne-moi ! Pardonne-moi !

Elle éclata en sanglots. Il se redressa, stupéfait.

— Que se passe-t-il, Thanys ?

Elle se recroquevilla sur elle-même, les yeux remplis de terreur. Il avança la main vers elle ; elle se tassa encore plus.

— Par les dieux, murmura-t-il, que t'a-t-on fait ?

Elle aurait voulu parler, mais les mots refusaient de sortir de sa bouche.

— Tu peux tout me dire, Thanys, dit-il doucement. La prédiction de l'aveugle s'est réalisée : nous sommes ensemble. Désormais, rien ni personne ne pourra nous séparer.

Au prix d'un violent effort, elle se calma. D'une voix hachée, elle lui révéla la liaison tumultueuse qu'elle avait eue avec Khacheb alors qu'elle croyait avoir tout perdu, puis le viol ignoble dont elle avait été victime, la mort de Beryl, la manière terrifiante dont elle s'était vengée. Elle lui raconta sa fuite dans le désert, l'accueil étrange que lui avaient réservé les lions, son angoisse quand elle avait compris qu'elle attendait un enfant, et enfin la naissance qu'elle avait menée seule à terme, dans une caverne entourée de fauves.

— Khirâ est ma fille, Djoser. Lorsque j'ai ressenti sa présence en moi, je l'ai haïe. Mais elle était innocente de la conduite odieuse de son père. Alors, je l'ai aimée. *Je l'ai aimée !*

Sa voix résonnait comme un défi. Un moment, elle crut qu'il la haïssait, qu'elle l'avait perdu pour toujours. Mais il lui prit la main, caressa ses cheveux avec tendresse.

— Tout cela n'est pas ta faute, Thanys.

Elle leva sur lui des yeux emplis de reconnaissance. Elle avait oublié sa nature généreuse. Il ne portait aucun jugement. Il la comprenait, comme s'il avait partagé ses souffrances et ses doutes. Alors, surmontant son angoisse, elle se blottit contre lui.

— J'aimerais tellement… oublier toute cette horreur, que tout redevienne comme avant. J'ai envie d'être contre toi, de sentir tes mains sur moi. Mais il y a quelque chose en moi qui se révulse. Je ne peux plus supporter qu'on me touche. J'ai peur...

Il lui releva le menton.

— Je comprends, ma sœur bien-aimée. Mais les dieux ont permis que nous nous retrouvions. Il faudra seulement du temps, et j'aurai la patience d'attendre.

Il prit une couverture et l'enveloppa avec douceur.

— Reprends des forces, ma belle princesse. Dès demain, nous irons tous les deux porter un message de paix au roi Hakourna.

68

Le lendemain, dès l'aurore, l'armée se remit en route en direction de Tutzis. Thanys marchait en tête au côté de Djoser. Chereb et les autres membres de la délégation suivaient en retrait.

Lorsqu'ils parvinrent devant les murailles de la cité, ils constatèrent que les troupes rescapées avaient traversé le Nil et s'étaient massées sur les remparts, abandonnant la caravane d'Imhotep. Sur la rive orientale, des voyageurs leur adressèrent des signes rassurants. Hakourna les avait donc épargnés. Thanys poussa un soupir de soulagement.

Le roi nubien avait préféré regrouper ses soldats à l'intérieur de l'enceinte en prévision de l'affrontement final. Cependant, les murs éboulés en plusieurs endroits n'offraient pas une sécurité suffisante pour contenir la puissante armée égyptienne.

— Tout serait si facile, murmura Djoser. Il suffirait de lancer l'assaut.

Il haussa les épaules.

— Mais c'est toi qui as raison, Thanys. Je dois éviter un nouveau massacre. Trop d'hommes sont déjà morts dans ce conflit stupide.

— Laisse-moi parler au roi Hakourna, dit-elle. Il comprendra ainsi qu'il peut te faire confiance.

Il hésita, puis la prit dans ses bras.

— J'accepte. Mais dis-lui bien que s'il touche un seul de tes cheveux, sa ville sera totalement rasée et ses habitants massacrés jusqu'au dernier.

— Il n'y aura pas de massacre, répondit-elle avec un sourire.

Il la contempla, puis hocha la tête.

— J'en suis persuadé, Thanys. Qui pourrait te résister ? Je n'en suis pas capable moi-même.

Elle lui adressa un regard complice, puis se dirigea vers la porte principale de la cité, suivie de Chereb et des soldats d'Imhotep. Inquiet, Djoser vit la petite silhouette s'éloigner, pénétrer dans les murs. Discrètement, il donna à ses hommes l'ordre de se tenir prêts à charger. Mais il n'attendit guère. Bientôt, une délégation guidée par la jeune femme ressortait de Tutzis et se dirigeait vers l'armée égyptienne. Djoser ne put retenir un cri d'admiration. Le courage et la détermination de sa compagne avaient évité de nouveaux combats.

Un homme à la peau noire se présenta devant lui : le roi Hakourna. Djoser ressentit aussitôt pour lui un élan de sympathie. Malgré sa défaite, il conservait toute sa dignité.

— Tu as vaincu, seigneur, dit-il. Prends ma vie si tu le souhaites, mais épargne les miens. Ils ont déjà trop souffert.

— Je ne désire pas ta vie, Hakourna. Tu as combattu vaillamment. La paix doit revenir en Nubie. Aussi, je te demande de libérer tous les prisonniers que tu détiens, et de jurer fidélité à l'Horus Sanakht.

— Tu es généreux, prince Djoser, mais tu connais

les raisons de notre révolte. Le roi nous accable de taxes et se montre incapable de nous protéger contre les incursions des pillards du désert. Ils ravagent nos villages, ruinent les mines d'or et de cuivre. Pourtant, ce n'est pas contre eux qu'il a envoyé ses troupes, mais contre nous, parce que nous ne pouvions plus payer les impôts exorbitants dont il nous frappe.

— J'ai obtenu de lui une diminution des taxes, Hakourna. Ta révolte n'a plus de sens.

— Si le roi nomme un nouveau gouverneur à l'image du précédent, elle en aura encore. Mon peuple a trop souffert de sa tyrannie.

— Aussi vais-je demander à mon frère de te désigner comme nomarque de Tutzis. Et je laisserai des troupes ici, afin de vous protéger.

Le Nubien le regarda avec stupéfaction.

— Le roi acceptera-t-il de confier la Nubie à son ancien ennemi ?

— Il m'accorde sa confiance. Je parlerai pour toi et lui expliquerai qu'il ne peut faire de meilleur choix. Toi seul connais bien ton peuple et ton pays.

Abasourdi, Hakourna ne sut comment réagir. Embarrassé, il déclara :

— On m'avait dit que tu étais un homme juste, seigneur. Aussi est-ce à toi que je jure fidélité. Tu es digne de régner sur l'Égypte.

Embarrassé, Djoser ne répondit pas.

Ravie, la population de Tutzis accueillit les Égyptiens, soulagés de ne plus avoir à livrer combat. Une sorte de folie s'empara de la cité épargnée. Depuis plusieurs jours, les habitants vivaient dans la crainte de l'anéantissement. L'ennemi qui approchait était devenu d'autant plus redoutable qu'on ne le connaissait qu'au travers des récits des guerriers parvenus à lui échapper. Auprès des indigènes, le nom de Djoser était devenu synonyme de destruction. Et voilà que le terrible vainqueur accordait sa mansuétude et proposait son alliance. On l'avait redouté et haï, ce jeune général égyptien devant lequel l'armée du roi avait plié et reculé. Lorsqu'il défila dans les ruelles poussiéreuses de Tutzis, la haine et la rancœur s'étaient envolées, laissant place à la stupéfaction. Chacun admirait sa prestance et son port de tête royal. Les femmes le trouvaient beau. Au nom de l'Horus Sanakht, il reçut le serment d'allégeance du roi Hakourna. Lorsque celui-ci se prosterna devant lui, il le releva et le serra contre lui, comme il l'aurait fait d'un ami. La population apprécia hautement ce geste symbolique.

La paix était conclue. Tandis qu'on libérait les prisonniers, Thanys et Djoser traversèrent le Nil. La jeune femme bouillait d'impatience de retrouver sa fille et son père. Les caravaniers les accueillirent avec des hurlements de joie.

Pour la première fois, Djoser et Imhotep se trouvèrent face à face. Une sympathie mutuelle naquit immédiatement entre eux. Djoser n'avait pas oublié les souvenirs égrenés par Merneith lorsqu'elle évoquait son compagnon exilé. Il avait déjà l'impression de le connaître. De son côté, Imhotep éprouvait le même sentiment. Pendant le long voyage qui les avait ramenés de Pount, il ne s'était pas passé une journée sans que Thanys ne parlât de Djoser.

La jeune femme avait récupéré Khirâ, qu'elle avait présentée à Djoser, partagée entre l'embarras et la fierté. Mais celui-ci avait dissipé sa gêne en prenant la petite fille dans ses bras. Elle avait oublié qu'il aimait les enfants.

À présent, assise à l'écart, elle allaitait la petite, entourée de ses deux esclaves. Une sensation de plénitude la baignait, qu'elle n'avait pas éprouvée depuis longtemps. Par moments, elle n'osait croire au miracle qui s'était produit. En revenant en Égypte, elle espérait, au fond d'elle-même, retrouver Djoser. Mais elle n'y croyait pas vraiment. Pourtant, la prédiction de l'aveugle s'était pleinement réalisée : ils étaient de nouveau réunis. Bien sûr, il lui restait encore un dernier obstacle à vaincre : se débarrasser de la terrible blessure qui avait marqué sa chair. Mais elle savait qu'elle y parviendrait. L'amour qu'elle portait à Djoser serait plus fort que tout.

Le lendemain, Djoser fit rédiger une lettre pour Sanakht, dans laquelle il expliqua sa victoire et la manière dont il avait conclu la paix. Il l'adjurait également de lui accorder sa confiance en nommant Hakourna gouverneur de Tutzis. Il vanta les qualités et la sagesse du roi vaincu, puis annonça qu'il attendrait sa réponse à Yêb, ville située au nord de la Première cataracte. Il fit ensuite appeler Semourê.

— Je te charge de remettre ce papyrus au roi lui-même, mon cousin. Dis-lui bien que la paix est enfin revenue en Nubie, et qu'il n'aura désormais ici que de fidèles serviteurs. Et reviens vite me porter de ses nouvelles.

Le jeune homme partit immédiatement, escorté d'une vingtaine de guerriers.

Quelques jours plus tard, l'armée quittait Tutzis en direction du nord. Djoser avait laissé une centaine de guerriers sur place. Dans l'attente de la décision royale, Hakourna faisait officieusement fonction de nomarque. Ainsi Djoser était-il sûr que la paix régnerait en Nubie.

Derrière l'armée suivait la caravane d'Imhotep. Elle ralentissait les guerriers, mais Djoser n'était guère pressé : il n'avait aucune envie de quitter Thanys. Il passait le plus clair de son temps en compagnie de la jeune femme et de son père. Le personnage le fascinait. Imhotep avait gardé intacte sa faculté de s'émerveiller d'un rien. Un insecte, un animal, une roche de forme curieuse pouvaient attirer son attention. Il posait sur le monde un regard différent, qui distinguait ce que les autres ne voyaient pas.

Le soir, au bivouac, de longues conversations réunissaient les deux hommes. Thanys avait toujours pensé que Djoser et Imhotep étaient faits pour se comprendre. Mais la réalité dépassait ce qu'elle avait imaginé. Depuis qu'elle les avait présentés l'un à l'autre, ils ne se quittaient plus.

À la dérobée, elle observait les deux hommes, réunis par une conversation enthousiaste à quelques pas. En raison du tumulte environnant, elle ne saisissait que quelques bribes, mais cela n'avait aucune importance. Leurs visages rayonnaient. À l'aide d'un morceau de bois, Imhotep dessinait des plans éphémères dans la terre noire, qu'il effaçait ensuite pour en tracer d'autres. Parfois, ses mains esquissaient dans les airs la forme de monuments invisibles, ses doigts indiquaient des éléments imaginaires sur lesquels Djoser posait des questions.

L'esprit d'Imhotep fourmillait de projets étonnants. Il expliqua ainsi à Djoser la construction du temple d'Innana, la déesse d'Uruk. Ce temple, édifié au sommet d'un tertre artificiel, lui avait donné une idée.

— Mennof-Rê ne comporte pas de grand centre religieux, dit-il, un lieu sacré où les dieux et les hommes seraient en harmonie selon la Maât. Cet endroit serait seul digne de recevoir la grande fête de l'Heb Sed, qui couronne les vingt-cinq années de règne du roi.

Et il se lança dans une description enthousiaste, évoquant des chapelles, un immense tombeau, qui serait à la fois la sépulture du roi, le symbole de sa puissance, et le lien mystérieux qui relierait le monde des hommes à celui des neters. La construction de ces monuments ne reposerait plus sur la brique, mais sur la pierre.

— Un tombeau de pierre ? s'étonna Djoser. Mais on n'a jamais rien construit de tel. Ne risque-t-il pas de se briser sous son propre poids ?

— On emploie déjà le calcaire ou le granit pour les linteaux, les dallages ou les revêtements muraux. Mais actuellement, l'essentiel repose sur la brique crue. C'est une erreur. La pierre est plus solide. Imagine qu'on la taille à la manière d'énormes briques d'argile. Crois-moi, ce monument défiera le temps !

Il entreprit de lui expliquer la manière dont devraient travailler les ouvriers, les machines étonnantes qui permettraient de transporter les lourds matériaux.

— Il existe, sur la rive orientale du Nil, un petit

village du nom de Tourah. Là se trouve une carrière d'où les tailleurs tirent un calcaire fin dont ils fabriquent des vasques et des tables. Autrefois, je l'ai visitée. Cette carrière est très riche. C'est d'elle que nous ferons surgir la nouvelle Mennof-Rê.

Djoser écoutait Imhotep avec passion. Au travers de ses paroles se dessinait une ville nouvelle, telle que lui-même l'avait rêvée à l'époque où il suivait encore les enseignements du vieux Merithrâ.

À quelques pas, bercée par la respiration régulière de sa fille, Thanys avait sombré dans une douce somnolence, sans se douter que, à quelques pas, deux hommes hors du commun étaient en train d'élaborer les premières esquisses d'une architecture audacieuse, qui allait bouleverser le visage de l'Égypte.

Une dizaine de jours après avoir quitté Tutzis, la caravane parvint en vue de la Première cataracte. En amont s'étiraient deux îles magnifiques, semblables à des joyaux cernés par l'écrin des eaux bleues du fleuve. Troublés par la beauté du site, Djoser, Thanys et Imhotep voulurent les visiter. Un vieux prêtre proposa de les y conduire.

La grande île était consacrée à Isis. Un petit temple s'y dressait, autour duquel se pressaient quelques pèlerins[1]. En compagnie d'Imhotep, ils effectuèrent des offrandes à la *Grande Initiatrice, Régente des Étoiles*.

Avec émotion, Djoser prit la main de Thanys et ils se prosternèrent devant l'effigie de la déesse. Une

---

[1]. Il s'agit de l'île de Philae, qui deviendra l'un des plus fameux sanctuaires consacrés à Isis. Plus tard, un grand temple y sera construit, qui fonctionnera jusque bien après l'avènement du christianisme. Aujourd'hui, Philae repose sous les eaux du lac d'Assouan. Les temples ont été démontés et reconstruits sur une île voisine.

image leur revint, celle d'une aube lumineuse de Mennof-Rê près de sept années auparavant, où ils avaient appelé sur eux la protection d'Isis contre l'inquiétante prophétie de l'aveugle. Ils eurent la sensation que le temps s'était aboli. De nouveau, ils n'étaient que deux enfants, face au visage énigmatique de la divinité. Ils avaient été séparés, comme l'avait prédit le vieil homme du désert. Mais ils étaient de nouveau réunis. Et rien désormais ne les éloignerait l'un de l'autre. Sur le visage de marbre de la déesse, il leur sembla percevoir comme l'ombre d'un sourire. Mais peut-être n'était-ce que le reflet de la lumière de Rê sur le dallage ancien.

Lorsqu'ils ressortirent du temple, une impression étrange les habitait, qu'ils avaient déjà éprouvée bien des années plus tôt, sur l'Esplanade de Rê. Une atmosphère troublante baignait les lieux. Ils avaient la sensation qu'ils n'avaient pas accompli ce pèlerinage pour rien.

La barque les mena ensuite jusqu'à la deuxième île, dépourvue de végétation. Seule une herbe rase en revêtait les rives. En son centre se dressait un tertre élevé.

— Ceci est l'*Abaton*, expliqua le vieux prêtre. C'est ici que Seth le rouge enterra la jambe gauche d'Osiris après qu'il l'eut découpé en morceaux. Mais Isis la retrouva et reconstitua le corps de son époux. On dit que l'esprit d'Osiris erre encore sur cette île sous la forme d'un oiseau.

Tandis qu'Imhotep s'entretenait avec le prêtre, Djoser et Thanys firent le tour du monticule. Un vent léger ébouriffait les cheveux de la jeune femme. Soudain, leur attention fut attirée par un manège insolite. Au nord de l'île, une forme s'agitait à l'abri d'un rocher. Intrigués, ils s'approchèrent. Ils remarquèrent alors un jeune rapace maladroit, qui tentait désespérément de s'envoler. Mais l'une de ses ailes semblait blessée. Thanys s'accroupit près de l'oiseau.

— C'est un faucon ! dit-elle.

— L'esprit d'Osiris, murmura Djoser. Les dieux nous adressent un signe.

Il prit doucement l'oiseau dans ses mains. L'animal se débattit, puis se laissa faire. Djoser constata que la blessure ne présentait aucun caractère de gravité. Imhotep et le prêtre les rejoignirent.

— Le faucon, l'oiseau sacré d'Horus, fils du grand Osiris, souffla le vieil homme, impressionné. Ici, on l'appelle Saqqarâh.

Imhotep examina l'oiseau et déclara :

— Je peux le soigner ! D'ici quelques jours, il n'y paraîtra plus.

Immédiatement après les îles, le courant s'accélérait, provoquant des remous et des tourbillons. Le cours du fleuve se resserrait entre deux massifs rocheux qu'il fallut contourner. Lorsqu'ils parvinrent de l'autre côté de la cataracte, Djoser se recueillit devant les flots bondissant hors de l'étranglement rocheux, *tel un jeune bélier*. Le souvenir de Lethis le hantait.

— Elle rêvait de voir cet endroit, avoua-t-il à Thanys, qui l'avait accompagné.

Elle lui prit la main.

— J'aurais aimé qu'elle fût là, dit-elle soudain. Elle t'a donné un fils. Elle avait sa place près de toi.

— Elle a donné sa vie pour me sauver. Souvent, j'ai repensé à cette nuit infernale. Je suis persuadé que ces Kattariens ne se sont pas enfuis. On les a libérés pour qu'ils viennent me tuer. Sans l'intervention rapide de Semourê et de Piânthy, j'aurais succombé.

Il serra les poings.

— Je n'ai aucune preuve, mais je ne serais pas surpris d'apprendre que Pherâ est derrière ce crime. Ce chien me hait, surtout depuis que Sanakht l'a écarté du pouvoir.

Sur la rive occidentale se dressait la cité de Yêb, ville-frontière entre le premier nome de Haute-Égypte et la Nubie. Véritable citadelle cernée de fortins où stationnait toujours une garnison importante, elle était aussi le lieu où se rencontraient les marchands d'ivoire et d'or venus de Nubie et de Pount.

69

Après la rude campagne qu'ils avaient menée, les guerriers furent heureux de trouver le repos. Ancien compagnon d'armes de Khâsekhemoui lors de la guerre menée contre l'usurpateur Peribsen, le nomarque Khem-Hoptah s'était lié d'amitié avec Djoser, lors de son arrivée de Mennof-Rê, quelques mois auparavant. À son retour de Nubie, le vieil homme l'accueillit en vainqueur. Il lui fit préparer dans son palais des appartements magnifiques, dignes du roi lui-même. Le jeune homme s'y installa en compagnie de Thanys et d'Imhotep.

Une grande fête fut organisée pour célébrer la victoire. La noblesse locale, éloignée des intrigues de la Cour royale, se réjouit de la présence du frère de l'Horus. On n'ignorait pas que celui-ci souffrait d'une maladie grave et apparemment incurable. Djoser devenait donc son successeur immédiat. Aussi se vit-il entouré de mille prévenances, et avec lui Thanys et le père de celle-ci.

La jeune femme rayonnait. Djoser l'avait présentée comme sa concubine officielle. Dans l'esprit des seigneurs locaux, Khirâ ne pouvait être que leur fille. On offrit à l'enfant de somptueux cadeaux, qu'elle accepta avec une totale indifférence ; à six mois, elle se montrait plus sensible à la présence de sa mère qu'aux attentions dont elle était l'objet.

Djoser ne fit rien pour détromper les généreux donateurs, ce dont Thanys lui fut reconnaissante. Il avait adopté la petite, avec laquelle il s'attardait souvent à jouer. À cause de cette générosité merveilleuse, Thanys l'aimait, sans doute encore plus qu'avant.

En quelques jours, la complicité qu'ils avaient partagée jadis s'était de nouveau manifestée. Afin de ménager sa compagne, Djoser dormait seul. Mais chaque soir, Thanys demeurait de longs moments à son côté, pour bavarder de tout et de rien, évoquant leur vie passée, leurs projets. Il lui raconta la vie simple de Kennehout, qu'il promit de lui faire visiter. Cependant, il projetait de s'installer dans la capitale, afin d'être plus proche de son frère.

— Ce n'est plus le même homme, dit-il avec chaleur. Désormais, toute rancœur s'est effacée entre nous. Je suis certain qu'il deviendra un grand roi.

Il se tut, puis ajouta tristement :

— Si Selkit lui accorde le souffle de la vie.

Thanys, quant à elle, n'était guère pressée de retourner à Mennof-Rê. Malgré ce qu'en disait Djoser, la dernière image qu'elle conservait de Sanakht était celle d'un visage déformé par la fureur et la haine, une voix qui avait décrété leur séparation. Et puis, elle aimait Yêb et ses ruelles si vivantes. Ici, on ne la considérait pas comme une bâtarde, mais comme la princesse qui devait épouser le frère du roi.

Une nuit, ils évoquèrent ainsi des souvenirs plus que précis sur leurs relations d'autrefois. La pénombre complice s'était refermée sur eux, les isolant du monde. Tout autour, le palais était plongé dans un profond silence, troublé seulement par les appels de prédateurs nocturnes au loin. Les esclaves s'étaient endormis devant la porte. Thanys n'avait aucun désir de regagner sa propre chambre. De son côté, Djoser n'espérait qu'une chose : la garder près de lui le plus tard possible. Aux subtiles hésitations de sa voix, au trouble qu'il percevait en elle, il savait qu'elle souffrait de dormir seule. Redoutant de la brusquer, il n'osait cependant lui demander de rester. Elle devait encore vaincre la peur sournoise qui rampait encore en elle.

La lueur déclinante d'une lampe à huile faisait briller le regard de Djoser. Depuis quelques instants déjà, ce qu'il disait n'avait plus d'importance. Thanys l'oubliait sitôt les mots prononcés, sensible seulement à la douceur de sa voix grave. Des ondes de chaleur parcouraient son corps, qu'elle avait cru ne plus jamais connaître. En elle se livrait un combat acharné. Elle avait envie de sentir sa peau contre la sienne, de goûter à la douceur de ses mains, de respirer son odeur. Pourtant, elle hésitait encore.

Soudain, elle prit sa résolution. Elle seule pouvait trouver la force de chasser le spectre hideux du viol. Djoser et elle éprouvaient le même désir, la même souffrance. Il s'était toujours montré délicat avec elle. Il l'aiderait à triompher.

Elle le regarda longuement. Ils n'avaient nul besoin de parler pour se comprendre. Il lui prit la main, elle acquiesça d'un sourire. Ils se dirigèrent sans un mot vers le lit confortable, dont les pieds représentaient des pattes de lion.

Djoser savait qu'elle risquait de se bloquer de nouveau. Mais c'était aussi un défi à relever. Il sut user d'une patience infinie, respectant ses hésitations, ses doutes, ses craintes. Peu à peu, ils redécouvrirent les jeux équivoques qui les avaient rapprochés depuis leur enfance, et qui autrefois leur arrachaient des rires. Des rires qui surgirent de nouveau, depuis le lointain passé où ils étaient restés enfouis. Thanys sut alors qu'elle allait guérir.

Lorsque enfin il entra en elle, elle se mordit les lèvres pour contenir son angoisse. De toute sa volonté, elle repoussa le souvenir abject qui la taraudait. Et celui-ci s'effaça, se dilua dans le néant, comme si elle n'avait pas vécu elle-même cette terrifiante expérience. Rien ne pouvait s'opposer à la puissance irrésistible qui l'entraînait vers son compagnon, le seul qu'elle eût jamais vraiment aimé. Le redoutable Khacheb n'avait été qu'une sinistre erreur, un piège dans lequel l'avait jetée le désespoir.

Au matin, les démons qui la hantaient avaient disparu. Une sensation de bien-être et de force invincible l'imprégnait. C'était comme si une carapace trop lourde était enfin tombée de ses épaules, libérant son corps tout entier. Cette fois elle avait totalement triomphé des épreuves imposées par les dieux.

Djoser hésitait sur la conduite à tenir. Logiquement, il aurait dû ramener son armée à Mennof-Rê et rendre compte de son action au roi. Mais le nomarque l'avait averti de récentes attaques de pillards contre les mines d'or de Nubie et lui avait demandé son aide. Il décida donc de demeurer encore quelque temps à Yêb. Malgré ses allures militaires, c'était une cité agréable, où se rencontraient les Égyptiens du Nord à peau blanche et les peuples du lointain Sud, à peau noire. Le marché y était aussi animé qu'à Mennof-Rê; les artisans n'avaient pas leurs pareils pour fabriquer des plats de faïence bleue ou verte, ainsi que des vases peints.

Outre les temples consacrés aux divinités principales, Osiris, Isis, Ptah, Horus et Hathor, le dieu favori des habitants était Khnoum, représenté par un bélier. Le vieux maître du temple l'évoqua avec une telle chaleur que Djoser se prit d'admiration pour cette divinité qu'il ne connaissait pas encore, et qui lui rappelait Ptah, le *Parfait de visage*, pour lequel il éprouvait une grande affection. Comme lui, Khnoum symbolisait le travail de l'artisan.

— Khnoum, expliqua le vieux prêtre avec enthousiasme, rassemble en lui la force de la Lumière de Rê, celle de Shou, l'air, celle d'Osiris, la terre inférieure, et celle de Geb, la terre du dessus, qui nourrit les hommes. C'est Khnoum qui fait pousser les arbres, éclore les fleurs et germer le blé. Il est le potier des dieux. Il modèle toutes les créatures vivantes à partir de l'eau et de l'argile. C'est lui qui préside à la naissance, car il a reçu de Neith, la mère de tous les dieux, le don d'insuffler l'âme, l'influx vital dès le moment où la vie apparaît.

Djoser se souvint alors que, dans le langage des signes sacrés, les mots bélier et âme étaient semblables.

Lorsqu'il ressortit du temple en compagnie de Thanys, il constata que le monument souffrait d'un manque d'entretien. En souvenir de Lethis, qui avait désiré voir le Nil bondir entre deux rochers *tel un jeune bélier*, il lui vint l'envie de faire bâtir un nouveau temple en l'honneur de Khnoum, le dieu artisan. Mais seul le roi, prêtre suprême de l'Égypte, pouvait décider d'une telle construction. Il se promit d'en parler à Sanakht dès son retour.

De son côté, Imhotep profitait de son temps libre pour se livrer à l'une de ses innombrables passions : l'étude de la course des astres. Les instruments qu'il utilisait se composaient d'une baguette fendue au sommet par un cran de mire, le *bay*, et un fil à plomb, le *merkhet*. Il employait également une clepsydre à eau pour mesurer le temps[1].

La limpidité de la voûte étoilée de Nout, la grande déesse de la nuit, lui permettait des observations précises, sur lesquelles il comptait pour percer les mystères de la résurrection des rois. Ne disait-on pas en effet que ceux-ci, après leur mort, s'élevaient vers le ciel où l'on pouvait encore les admirer, sous forme d'étoiles ?

Secondé par l'un de ses scribes, il accumulait les notes et les comparait à celles relevées tout au long de ses vingt années d'errance. Ainsi avait-il remarqué que certains phénomènes étranges se renouvelaient à périodes régulières. En se livrant à de savants calculs, il était même possible de les prévoir.

Djoser avait tenté de s'intéresser à ces travaux fastidieux, mais il avait renoncé devant la complexité des

---

[1]. L'invention de la clepsydre à eau, que les Égyptiens utilisaient parallèlement au cadran solaire, remonterait à 3000 ans avant J.-C.

opérations. De plus, il avait d'autres soucis. On avait repéré un campement de pillards, contre lequel il envoya Piânthy.

Grâce aux soins d'Imhotep, le jeune faucon, Saqqarâh, s'était totalement remis de sa blessure. Il ne quittait pas l'épaule de Djoser, et les habitants avaient pris l'habitude de les voir se promener, l'un portant l'autre, dans les rues de la cité. Thanys marchait au bras de son compagnon, suivie par ses deux esclaves et la petite Khirâ. Le peuple se réjouissait de leur présence. On avait découvert en Djoser un homme généreux et bon, qui aimait à s'entourer d'artistes et de poètes. De plus, il formait avec sa compagne le plus beau couple qu'on eût jamais vu.

Deux décades plus tard, Piânthy revint en vainqueur, suivi par une centaine de pillards qui allèrent grossir les rangs des prisonniers affectés au travail des mines. Suite à cette nouvelle victoire, Djoser décida qu'il était temps de regagner la capitale. Il ordonna à ses soldats de se préparer à partir.

Ce fut alors que lui parvinrent des nouvelles dramatiques.

CINQUIÈME PARTIE

L'envol du faucon

70

Deux jours avant le départ, un navire se présenta dans le port, portant les couleurs de la Maison des Armes. Il ne faisait aucun doute que Semourê était à bord, porteur d'un message du roi. Ravi de retrouver son cousin, Djoser se rendit sur le quai pour l'accueillir. Mais très vite, l'étonnement se peignit sur ses traits. Lorsque Semourê mit pied à terre, un homme le suivit, dans lequel Djoser reconnut Kebi, son fidèle guerrier de Kennehout, qui portait Seschi dans ses bras.

— Tu as ramené mon fils? s'inquiéta-t-il.

Ils ne répondirent pas immédiatement. Leurs visages sombres laissaient augurer de mauvaises nouvelles. Semourê le prit dans ses bras avec affection.

— Pourquoi cette figure chagrine, mon cousin? demanda Djoser.

Mais il avait déjà deviné la vérité. Sa gorge se noua.

— Mon frère…

— Je suis désolé, Djoser. De graves événements ont eu lieu à Mennof-Rê durant ton absence. L'Horus Sanakht a rejoint les étoiles. La maladie a eu raison de lui pendant que nous combattions les Nubiens.

Une violente émotion s'empara de Djoser. Il revit

le visage affaibli de son frère, leurs dernières conversations, au cours desquelles tous deux avaient appris à s'apprécier, à s'aimer enfin. Il retint les larmes qui lui brûlaient les paupières.

— Malheureusement, ce n'est pas tout, poursuivit Semourê. Sanakht n'ayant pas d'héritier, les deux couronnes auraient dû te revenir. Mais ton oncle Nekoufer a intrigué auprès des grands seigneurs pour se faire élire roi à ta place.

— Quoi ? s'écria Djoser.

— Influencés ou menacés, un grand nombre se sont ralliés à lui. D'autres, comme le grand prêtre Sefmout, ont défendu ton parti. Ils ont été arrêtés.

— Meroura…

— Lui aussi a rejoint les dieux, deux jours après Sanakht. Lorsque je suis arrivé à Mennof-Rê, le drame était déjà noué. Le roi était mort, et Nekoufer avait été couronné. Il m'a reçu avec l'arrogance que tu lui connais. Je lui ai fait part de ta victoire et de ta décision d'épargner Hakourna. Il est alors entré dans une rage folle. Il a ordonné que tu reviennes immédiatement dans la capitale, pour lui faire ta soumission, en lui apportant la tête du Nubien.

— Il est fou ! Je ne trahirai pas la parole donnée à Hakourna, s'insurgea Djoser.

— Officiellement, c'est pour te transmettre ce message que je suis ici. Officieusement, je suis revenu me placer sous tes ordres. Redoutant une possible manigance de ton oncle, j'ai préféré mettre ton fils à l'abri en l'emportant avec moi. Après avoir quitté Mennof-Rê, j'ai fait escale à Kennehout. Senefrou n'a fait aucune difficulté pour me le confier.

— Tu es un ami précieux, Semourê.

Djoser prit son fils dans ses bras. Depuis trois mois qu'il ne l'avait pas vu, l'enfant avait pris de la vigueur. Semourê poursuivit :

— Nekoufer redoute ta réaction, et il est bien décidé à ne te laisser aucune chance. Il a envoyé des messagers à tous les nomarques pour leur ordonner de le reconnaître comme roi et leur interdire de te porter assistance. Il s'est également assuré le soutien de l'armée, dont il a pris le commandement et à la tête de laquelle il a placé ses créatures. Tes fidèles capitaines ont été dégradés ou jetés au cachot. De plus, il a formé de puissantes milices à partir d'esclaves affranchis. Grâce à une indiscrétion, j'ai appris avant mon départ qu'il se portait à ta rencontre, afin de t'ôter toute velléité de rébellion. Ses troupes sont beaucoup plus nombreuses que les nôtres. Sans compter qu'il réquisitionnera les garnisons des provinces qu'il traversera.

Djoser ne répondit pas.

— Nekoufer est un usurpateur, insista son compagnon. Tu es le seul vrai roi des Deux-Terres à présent. Tu dois le combattre !

— Mais tu sais ce que cela signifie ? riposta le jeune homme.

— Une guerre civile, oui. Mais tu n'as pas le droit d'abandonner l'Égypte aux mains de ce chien !

À pas lents, Djoser prit la direction de la ville, tenant son fils dans les bras. Partagé entre la colère et la douleur, il ne savait plus que penser. Au loin, il vit arriver la petite silhouette de Thanys, suivie par Imhotep et Khem-Hoptah.

Comme Semourê, Thanys estimait qu'il n'y avait pas d'alternative : ils devaient affronter Nekoufer et le contraindre à abandonner le trône. Pour elle, Djoser se trouvait dans la même situation que son père avant lui. Mais un doute terrifiant hantait le prince. Au soir du deuxième jour après le retour de Semourê, une vive discussion l'opposa à sa compagne.

— Khâsekhemoui était le fils de Sekhemib-Perenmaât! riposta-t-il aux propos de Thanys. Le trône lui revenait. C'est pourquoi il a combattu victorieusement Peribsen. Les dieux se sont ralliés à lui. Mais je ne suis que le demi-frère de Sanakht. Nekoufer est notre oncle. Je n'ai pas plus de prétentions que lui aux deux couronnes.

— Ne m'as-tu pas dit que Sanakht t'avait désigné pour lui succéder lors de votre dernière rencontre? s'obstina la jeune femme.

— Il n'a pas établi de document officiel, rétorqua Djoser.

— Peut-être l'a-t-il fait. Mais Pherâ a dû le faire disparaître. Cela lui ressemblerait assez.

— Nous n'avons aucune preuve. À présent que l'assemblée des nobles a élu Nekoufer, ai-je vraiment le droit de me dresser contre leur décision?

Les yeux de Thanys flamboyèrent. Elle ne comprenait pas les hésitations de son compagnon. Elle reprit:

— Ne sois pas aveugle, Djoser! Nekoufer est un être ignoble! Il a été nommé à la suite de basses intrigues indignes d'un roi. Si tu acceptes ces machinations sans réagir, Pherâ et ses acolytes auront beau jeu d'imposer leur politique absurde et l'Égypte sombrera dans le chaos. Tu dois combattre Nekoufer et lui reprendre ce trône qu'il t'a volé!

— Avec quelle armée?

— La tienne! Celle qui t'a suivi fidèlement depuis que tu as repoussé les hordes édomites hors des frontières. Et même avant, lorsque tu as vaincu les pillards de Kattarâ.

— Un tel conflit déchirera les Deux-Royaumes. Nombre d'Égyptiens vont mourir pour servir ma seule gloire. Qui suis-je pour décider que mes prétentions au trône sont légitimes ?

— Tu es le nouvel Horus ! Et tu dois l'admettre !

Djoser serra les dents. Pour la première fois, une violente dispute l'opposait à Thanys. Depuis l'annonce de la mort du roi, elle ne décolérait pas. S'il n'avait tenu qu'à elle, les soldats se fussent déjà mis en route pour combattre les légions de l'usurpateur. Mais Djoser, tenaillé par ses scrupules, hésitait.

— Je suis un guerrier, Thanys. Je peux mener une armée à la victoire. Mais je ne ressens pas en moi la capacité à diriger ce pays.

— Crois-tu que Nekoufer en soit plus digne que toi ? Il n'est guidé que par l'attrait du pouvoir.

— Toute la Cour s'est rangée derrière lui.

Thanys soupira. Elle savait, elle, combien Djoser était qualifié pour diriger le Double-Pays. Il ne se rendait même pas compte de l'ascendant qu'il exerçait sur les siens. Tous, depuis ses capitaines jusqu'au plus modeste de ses guerriers, étaient prêts à donner leur vie pour le servir. Mais il doutait de lui.

Elle se força à retrouver son calme. Il ne servait à rien de s'épuiser en vaines querelles. Djoser devait prendre conscience de l'étendue réelle de ses qualités, et du besoin impératif de s'opposer à l'usurpateur. Elle devait l'aider à découvrir sa voie. Elle lui prit la main et déclara :

— Pourquoi crois-tu que notre maître Merithrâ ait fait de toi son héritier ? Il voulait que tu apprennes à gérer un domaine, afin de te préparer à ce rôle de roi. N'oublie pas les paroles de ton propre père, Khâsekhemoui, juste avant son départ pour le royaume d'Osiris. N'a-t-il pas dit qu'il aurait souhaité te voir lui succéder à la place de Sanakht ?

Il se dégagea brusquement.

— Ce ne sont que des paroles, Thanys.

Elle le toisa et ajouta d'une voix cinglante :

— La vérité, c'est que tu as peur !

Furieux, il la saisit par les épaules.

— Je t'interdis de me parler ainsi, Thanys. À de multiples reprises, j'ai prouvé mon courage au combat. Mais toi, d'où te vient ce désir de me voir combattre Nekoufer ? Ne serait-il pas guidé par ton désir de devenir la première dame d'Égypte ? L'ambition t'aveuglerait-elle, toi aussi ?

Elle le contempla avec stupéfaction. Puis, révoltée par son accusation injuste, elle rétorqua sèchement :

— Moi, ambitieuse ? Me connais-tu si mal, Djoser ? Si l'ambition m'avait dévorée, comme tu le dis, j'aurais pu accepter de devenir la reine d'Uruk, en épousant Gilgamesh, ou celle de Kish, en m'offrant à Aggar. Mais je ne désire qu'une chose : demeurer à tes côtés. Depuis mon départ d'Égypte, je n'ai rêvé que de te retrouver. Ma seule ambition était de vivre près de toi le temps que les dieux m'accorderaient, partager tes joies et tes peines dans ton domaine de Kennehout, et te donner d'autres enfants. Des enfants que nous aurions enfin eus ensemble. Que tu sois roi ou simple guerrier m'importe peu.

Son regard brillant de larmes fit fondre la colère de Djoser comme par enchantement. Il la relâcha, mal à l'aise. Son accusation était sans fondement, et il le savait. Thanys redressa fièrement la tête et se réfugia près de la fenêtre, lui tournant le dos ostensiblement. Par l'ouverture, on découvrait le cours majestueux du fleuve inondé de la lumière dorée du soir. Il la suivit. Conscient de lui avoir fait du mal, il murmura :

— Pardonne-moi ! Je n'ai pas voulu te blesser. Mais je refuse de sacrifier les miens pour servir mes seules prétentions. Or, Semourê affirme que les troupes de Nekoufer sont cinq à six fois plus nombreuses que les nôtres.

Les colères de Thanys étaient aussi soudaines et violentes que l'orage, mais elles disparaissaient aussi vite que lui. Sa rancune s'évanouit devant le visage contrit de son compagnon.

— Pardonne-moi, toi aussi, dit-elle avec un sourire. Jamais je n'ai douté de ton courage. Mais tu as raison : j'ai une ambition : celle d'offrir à l'Égypte un roi digne de ce nom, afin qu'elle ne devienne pas la proie de quelques seigneurs assoiffés de pouvoirs et de richesses, qui écraseront ses habitants de leurs injustices. Les Égyptiens sont des hommes libres, Djoser, unis par l'esprit de la Maât. Et Nekoufer est inspiré par le dieu rouge. Il conduira Kemit à la guerre et à la destruction. C'est de cet enfer que je veux la préserver. Et toi seul es capable de le faire. Les dieux t'ont choisi pour ce destin. Tu n'as pas le droit de te dérober.

— Mais comment vaincre avec une armée aussi faible ?

— Tu ne seras pas seul. Tu as des partisans à Mennof-Rê. Et je doute que tous les nomarques soient favorables à Nekoufer. Il faudrait t'assurer des alliances.

Il ne répondit pas immédiatement.

— Oui, tu as peut-être raison. Il faut que je réfléchisse à tout cela.

Émue par son désarroi, Thanys se blottit contre lui.

— Écoute-moi, Djoser. Pendant plus de deux années, un démon s'est attaché à mes pas. Tu sais quelles épreuves j'ai dû affronter. Mais je suis parvenue à les surmonter. Bien sûr, tu m'as aidée. Pourtant, c'est en moi seule que j'ai puisé la volonté de vaincre. De ces épreuves, je suis sortie meurtrie, mais aussi plus forte. Aujourd'hui, tu te trouves face à un choix difficile. Alors, écoute attentivement les avis de chacun. Mais tu devras prendre ta décision seul. Elle doit venir du plus profond de ton âme.

Il lui releva le menton et la contempla avec admiration. Un crépuscule rouge embrasait les collines désertiques de l'ouest, que les derniers reflets d'Atoum ourlaient de traînées sanglantes. La lumière flamboyante ciselait le profil de la jeune femme, la rendant plus belle que jamais. Il se rendit compte qu'il n'avait plus devant lui la petite compagne qui avait partagé son enfance, mais une femme mûrie par l'expérience, à la fois solide et lucide. Elle était digne de devenir la reine d'Égypte.

Elle sourit et ajouta :

— Quelle que soit ta décision, je serai à tes côtés, mon frère.

Elle l'embrassa et se retira. Il eut un geste pour la retenir, mais ne l'acheva pas.

Il revint à pas lents vers la grande table d'albâtre qui lui servait de bureau. Les souvenirs des deux derniers jours se bousculaient en lui. Lorsqu'il avait appris l'élection de Nekoufer, le vieux Khem-Hoptah s'était indigné. Il n'avait pas masqué son hostilité envers celui qu'il considérait comme un usurpateur. Il avait aussitôt offert à Djoser le soutien de ses milices.

De même, tous ses guerriers, par l'intermédiaire de leurs capitaines, s'étaient déclarés prêts à mener le combat à ses côtés. Il n'était pas jusqu'aux prêtres de Yêb qui avaient encouragé le jeune homme à prendre les armes pour faire valoir ses droits.

Mais il répugnait à lancer son armée, épuisée par une longue campagne, dans une aventure aussi hasardeuse, dans laquelle elle n'avait aucune chance de triompher. Alors, avait-il le droit de sacrifier la vie de ces hommes qui lui avaient voué une confiance totale pour tenter de conquérir un trône dont il n'était peut-être pas digne ? Il ne ressentait pas dans son esprit la présence de la puissance divine qui, selon lui, devait habiter le souverain des Deux-Terres.

Pourtant, le vieux maître du temple de Khnoum lui avait rendu visite le matin même, et lui avait conté le songe étrange qu'il avait fait la nuit précédente.

— Les dieux se sont adressés à moi, seigneur. Dans cette vision, l'image du faucon sacré m'est apparue, semblable à celle de cet oiseau merveilleux que tu as sauvé. Ce faucon est un signe, seigneur, le signe d'Horus. Tu es son double, son âme, son esprit. Il te désigne clairement pour devenir le nouveau roi d'Égypte et fonder une nouvelle dynastie.

Troublé, Djoser avait éludé les affirmations du vieil homme.

Jamais il ne s'était senti aussi seul. Ses compagnons, depuis les nobles jusqu'au plus humble de ses soldats, tous s'étaient tournés vers lui. On n'attendait qu'un signe de sa part pour courir au combat. Mais, pour la première fois, personne ne se situait au-dessus de lui pour lui indiquer la voie à suivre. Sans qu'il le voulût, il était devenu celui qui détenait le pouvoir, la décision, celui dont on attendait tout.

— Je ne suis pas prêt, murmura-t-il pour lui-même.

Une voix résonna non loin de lui.

— Tout au moins, tu le crois !

— Imhotep !

Il contempla la haute silhouette du père de Thanys, qui venait d'entrer dans son appartement.

— Que veux-tu dire ? demanda-t-il.

— Le doute te ronge l'esprit, mon fils, je le vois. Tu te crois indigne de devenir le nouveau roi d'Égypte.

— C'est la vérité !

— En es-tu si sûr ?

— Les choses auraient été plus faciles si Sanakht m'avait désigné officiellement pour lui succéder. Mais il ne l'a pas fait.

— La maladie ne lui a pas laissé le temps de le faire, rectifia Imhotep. Ou bien il s'agit d'une basse manœuvre de Nekoufer et de Pherâ.

Djoser ne répondit pas immédiatement.

— Penses-tu que les dieux m'aient choisi, Imhotep ?

— Je pense que tu dois combattre ce Nekoufer et le chasser du trône dont il t'a dépossédé.

Djoser allait répliquer, mais Imhotep balaya ses objections d'un geste.

— Oh non, mon fils, je connais déjà tes arguments. Tu ne crois pas à ta légitimité simplement parce que tu n'es que le frère de Sanakht. Et tu as raison.

Devant le regard étonné de Djoser, il sourit et poursuivit :

— Nul ne peut se prétendre roi simplement pour des raisons de liens familiaux. À ce titre, Nekoufer est aussi digne que toi de devenir le nouveau roi d'Égypte. Mais cela ne prouve rien. En réalité, ce trône te revient pour d'autres raisons. Le fait même que tu t'inquiètes pour tes soldats et pour le sort du pays parle en ta faveur. Ce n'est pas à toi que tu penses, mais à ceux dont, intuitivement, tu sais avoir la charge. Les guerriers de ton armée, bien sûr, mais aussi ceux d'en face, et que tu redoutes de combattre, parce qu'ils sont, eux aussi, des Égyptiens. Nekoufer n'a pas semblable scrupule. Il ne songe qu'à son triomphe, à son appétit de pouvoir. Or, le pouvoir exige une absence totale d'égoïsme et le sacrifice de sa personne. Il réclame de l'humilité et de la lucidité. Toutes qualités que tu possèdes, et qui feront de toi un grand monarque.

« Le peuple croit en toi. Ce n'est pas le frère de l'Horus défunt qu'il admire, mais l'homme que tu es au plus profond de toi, celui qui a vaincu les Kattariens, celui qui a pris la défense de Mennof-Rê contre l'envahisseur édomite, celui qui est parvenu à infléchir la politique de Sanakht grâce à son courage et à sa générosité, celui qui n'hésite pas à se jeter à l'eau pour sauver l'un de ses paysans menacé par un hippopotame.

« Tu souffres à l'idée qu'un seul habitant de ce pays puisse périr pour servir ta gloire. Mais dis-toi que c'est un choix que chacun aura fait, parce que, en son âme et conscience, il aura décidé de te suivre, et parce qu'il sera persuadé que tu incarnes ce à quoi il aspire. Ce n'est pas pour ta personne que ces hommes donneront leur vie, mais pour l'Égypte telle qu'ils la conçoivent, et telle que tu la représentes.

— Mais je ne suis qu'un homme.

— Un homme qui accorde autant d'importance au

plus humble de ses sujets qu'à lui-même. Celui-là est digne de régner. Et je suis prêt à t'apporter le soutien de ma fortune pour chasser l'usurpateur.

— Tu ferais cela ?

Imhotep haussa les épaules.

— Je n'ai guère le choix, je crois. Sanakht m'aurait peut-être pardonné d'être revenu d'exil. Nekoufer me fera mettre à mort, tout comme Thanys, à moins peut-être qu'elle accepte de se donner à lui. Mais je doute qu'elle s'y résolve.

Les yeux de Djoser s'enflammèrent.

— Si ce chien la touche, je le tuerai !

— Il est désormais le véritable roi d'Égypte, riposta Imhotep avec malice.

— Non ! s'emporta Djoser.

— Tu viens d'apporter la réponse à ta question. Tu dois le combattre, non pour t'emparer du trône, mais pour chasser l'usurpateur qui s'y est installé, comme ton père le fit avant toi avec Peribsen.

Djoser le regarda longuement.

— Mais suis-je vraiment l'élu des dieux ?

— Je le crois, mon fils. Toi seul peux donner le jour à toutes ces belles idées dont nous avons parlé. Penses-tu que Nekoufer se souciera de faire bâtir de nouveaux temples, de redresser les murailles protégeant les cités ? Pourtant...

— Pourtant ?

— Pourtant, tu ne pourras pas agir tant que tu n'en seras pas persuadé toi-même. Placés devant un choix difficile, nous éprouvons tous des doutes, simplement parce que nous avons conscience de nos propres limites. Les avis extérieurs comptent peu s'ils ne vibrent pas en harmonie avec la conviction intime de ton cœur. La réponse est déjà en toi. Toi seul peux la découvrir.

— Mais comment ?

Imhotep eut un sourire amusé.

— Il n'est pas facile de voir clair en soi. Lorsque l'on est emporté par les flots du Nil, il est préférable de se laisser porter par le courant, plutôt que de lutter contre lui et d'y épuiser ses forces. On finit par se noyer. Ainsi vont les événements. Ils te portent à combattre Nekoufer. Obéis-leur, et demeure attentif aux signes que t'adresseront les dieux.

Après le départ d'Imhotep, Djoser médita longuement ses paroles. En lui transparaissait toute cette sagesse qu'il avait rencontrée chez Merithrâ. Il regretta l'absence de son vieux maître. Mais celui-ci aurait sans doute eu la même réaction qu'Imhotep. Il devait combattre l'usurpateur. S'il était vraiment l'élu des dieux, ceux-ci lui apporteraient la victoire. Mais dans le cas contraire, il serait vaincu. Et avec lui seraient condamnés tous ceux qui croyaient en lui. Cela plus que tout l'angoissait.

Désirant rester seul, il s'allongea sur un lit que les serviteurs avaient installé dans son bureau. Il eut peine à trouver le sommeil. Comment pouvait-il espérer vaincre une armée cinq fois supérieure à la sienne ? Des images terrifiantes le hantaient, dans lesquelles Thanys, désespérée, se tuait plutôt que de tomber entre les mains de Nekoufer. Il voyait ses guerriers s'écrouler sous les flèches impitoyables des troupes de l'usurpateur, et chacun des traits semblait pénétrer sa chair. Son ami Imhotep lui-même était mis à mort sous le regard cruel d'un Nekoufer triomphant.

« *La réponse est déjà en toi* », avait dit son ami. Pendant longtemps, il tenta de percer le mystère de ces mots énigmatiques. Sans succès. L'angoisse qui le tenaillait lui interdisait de plonger lucidement en lui-même. Il finit par sombrer dans un sommeil entrecoupé de cauchemars.

71

Le lendemain matin, Piânthy fit irruption dans les appartements de Djoser.

— Seigneur, une armée importante se dirige sur Yêb.

Une angoisse soudaine l'étreignit. Il était impossible que l'armée de Nekoufer fût déjà là. Mais Piânthy précisa :

— On dirait des Nubiens. Ils viennent de Koush.

Après s'être habillé à la hâte, Djoser se rendit sur les murailles de la cité. Une troupe nombreuse avait contourné la Première cataracte et fait halte à distance. Les deux fortins qui commandaient la piste du Sud étaient en état d'alerte. Des archers avaient pris position sur les remparts. Mais les Nubiens ne semblaient pas animés d'intentions belliqueuses. Une petite délégation quitta bientôt leur camp et se dirigea vers la ville, dirigée par un homme de haute stature : le nomarque Hakourna. Quelques instants plus tard, son ancien adversaire se présentait devant lui.

— Des voyageurs m'ont averti de la mort de l'Horus Sanakht, seigneur Djoser. Ils ont dit aussi qu'un homme s'est institué roi d'Égypte en te volant le trône.

— C'est la vérité.

— Ils ont ajouté qu'il exigeait que tu lui apportes ma tête, et que tu as refusé.

— Je t'ai donné ma parole, Hakourna. Nekoufer est un usurpateur. Je dois le combattre et le chasser du trône.

— Voilà qui est parler. C'est pourquoi je suis venu t'offrir mon soutien et mon alliance. C'est à toi que j'ai fait serment d'allégeance. Pour moi, tu es désormais le seul vrai souverain des Deux-Terres. Nous avons interrogé les oracles. Aux yeux des Nubiens, tu es la nouvelle incarnation d'Hor-Nedj-Itef, le défenseur d'Osiris. Ta compagne, la belle Thanys, est Tasent-Nefert, la sœur parfaite. Elle est aussi Nefert'Iti, la belle qui est venue. C'est sous ce nom que l'on désigna la déesse-lionne Sekhmet à son retour du désert. Elle est un autre visage d'Hathor, déesse de l'amour et épouse d'Horus. Le fils qui naîtra de votre union sera Panebtaouy, le maître des Deux-Terres. Ainsi ont parlé les dieux à nos prêtres.

Décontenancé, Djoser ne répondit pas immédiatement. Le vieux prêtre de Khnoum ne lui avait-il pas dit quelque chose de semblable, la veille ? Ces songes mystérieux étaient-ils des signes adressés par les neters ? Dans ce cas, il devait leur obéir.

— J'accepte ton offre généreuse, Hakourna, déclara-t-il enfin. Toi et les tiens, soyez les bienvenus !

Dans la journée, les Nubiens pénétraient dans Yêb, acclamés par la foule. Dans un grand mouvement d'enthousiasme, les deux armées qui, peu de temps auparavant, se combattaient, fraternisèrent dans l'allégresse.

Sur la terrasse du palais de Khem-Hoptah, Djoser leva les bras pour obtenir le silence.

— Compagnons ! Vous savez tous désormais qu'un usurpateur s'est installé sur le trône d'Horus. J'ignore si je suis celui qui doit prendre sa place, mais je suis sûr de ceci : Nekoufer ne doit pas demeurer roi d'Égypte. Il envoie son armée contre nous. Aussi, que chacun se tienne prêt. Nous allons marcher sur Men-nof-Rê pour le combattre. Les dieux seuls décideront du sort de la victoire.

Une ovation formidable lui répondit.

Deux jours plus tard, les guerriers embarquaient sur les navires qui les avaient amenés du Nord quelques mois auparavant. Sur le vaisseau amiral, Djoser, le visage fermé, contemplait le large ruban du fleuve divin inondé de soleil. Outre les troupes de Nekoufer, il redoutait de devoir affronter les milices des nomes qu'ils allaient traverser. L'usurpateur leur avait ordonné de ne lui accorder aucun soutien. Peut-être les nomarques observeraient-ils une stricte neutralité, en raison de la puissance de son armée. Mais il laisserait alors derrière lui des troupes prêtes à le prendre à revers lorsqu'il se trouverait face à Nekoufer.

Pourtant, à sa grande surprise, Behedou[1], capitale du deuxième nome situé directement au nord de Yêb, lui réserva un accueil chaleureux. Selon la légende, c'était à Behedou qu'avait eu lieu la naissance d'Horus, fils posthume d'Osiris, tué par Seth, mais ressuscité par l'amour d'Isis.

---

1. Behedou, nom hiéroglyphique d'Edfou.

La ville, cernée de murailles, lui ouvrit ses portes sans difficulté. Djoser ne savait plus que penser. Visiblement, on attendait sa venue avec impatience. Dans les rues de la cité, une foule enthousiaste se pressait sur son passage pour l'acclamer et lui jurer fidélité.

Le nomarque et les prêtres l'accueillirent comme la nouvelle incarnation du Maître du ciel, *celui aux plumes multicolores*. Le faucon perché sur son épaule n'était-il pas le signe évident de la protection d'Horus, *celui qui éclaire le monde de ses yeux* ?

— Lumière de l'Égypte, déclara le grand maître du temple, tes enfants se réjouissent de ta présence. Ils savent que tu t'apprêtes à livrer bataille au dieu rouge incarné en la personne de l'usurpateur Nekoufer. Nombreux sont ceux qui désirent combattre à tes côtés. Ne les refuse pas.

— J'ai au contraire besoin d'eux. Qu'ils se joignent à nous !

Le sanctuaire consacré à Horus n'était en réalité qu'une modeste chapelle de brique, édifiée sur le lieu même où, selon la tradition, s'était déroulée la naissance divine. Un petit bâtiment lui était accolé, nommé *mammisi*, ou maison de la naissance, dans lequel on avait représenté Isis allaitant Horus enfant. Émerveillé par la beauté du lieu, Djoser se promit de faire ériger à sa place un temple dont Imhotep dessinerait les plans[1].

---

1. Il s'agit du temple d'Horus, à Edfou. Il sera reconstruit à l'époque de Toutmôsis III, environ douze siècles plus tard, puis sous le règne de Ptolémée III Évergète, en 237 avant J.-C. Mammisi est en réalité un terme copte. Curieusement, cette image d'Isis allaitant Horus n'est pas sans rappeler la Vierge Marie nourrissant l'Enfant Jésus.

Sans qu'ils s'en rendissent compte, leur légende précédait Djoser et Thanys. On connaissait leurs exploits, colportés par les guerriers et les voyageurs. Ces derniers devançaient l'armée pour annoncer leur arrivée dans les nomes successifs. Peu à peu, les craintes de Djoser se dissipaient. Les gouverneurs de chaque cité lui réservaient une hospitalité chaleureuse. Comme à Behedou, on acclamait en lui le seul véritable successeur du dieu bon Sanakht. Partout des miliciens et des paysans offraient leurs services. Insensiblement, l'armée s'enrichit de nouveaux guerriers.

La fortune d'Imhotep, chargée sur trois navires qui suivaient la flotte guerrière, souffrait peu de ces nombreux engagements. Seule la foi poussait les hommes en âge de porter les armes à se ranger aux côtés de celui qu'ils considéraient comme leur dieu vivant.

Cette ferveur commençait à ébranler Djoser. Il avait cru au début que cette réaction était due à la présence de son armée, à laquelle les faibles milices de chaque nome ne pouvaient s'opposer. Mais les acclamations n'étaient pas feintes, de même que la haine affichée envers Nekoufer.

À Denderah, capitale du sixième nome, une grande fête fut organisée en leur honneur. La ville abritait un sanctuaire dédié à Hathor, déesse de l'amour et épouse d'Horus. L'épouse du nomarque elle-même était la grande prêtresse. Après avoir déposé des offrandes aux pieds de la divinité, Djoser et Thanys se rendirent au palais, où le gouverneur les reçut comme il l'eût fait pour le couple royal.

Parmi les bateleurs, jongleurs et autres montreurs d'animaux se produisait Ramoïs, un jeune garçon d'une douzaine d'années. Virtuose de la flûte, il enchanta Djoser qui lui proposa de l'emmener avec lui à Mennof-Rê. L'enfant accepta et vint prendre place près de lui. La grande prêtresse d'Hathor y vit un signe supplémentaire de la divinité du prince et de sa compagne. La légende n'affirmait-elle pas que Horus et Hathor constituaient avec un enfant musicien nommé Ihy une triade divine ?

Cela faisait à présent plus d'un mois que l'armée avait quitté Yêb pour remonter vers le nord. Après Denderah, elle se dirigea vers Thys[1], ancienne capitale de Haute-Égypte. C'était dans cette ville-sanctuaire que, selon la légende, avait été enterré le corps d'Osiris, Maître du monde.

Beaucoup plus puissante que les cités précédentes, elle était de taille à offrir une résistance à l'armée. Pourtant, comme les autres, elle ouvrit ses portes dès l'arrivée de Djoser. Le grand prêtre du temple d'Osiris le reçut en tant que nouveau roi d'Égypte.

Au cours d'une cérémonie rituelle, il fut consacré image vivante d'Horus, dixième élément de l'Énéade, celui qui synthétise à lui seul toute l'œuvre des neters, et symbolise le retour à l'unité primordiale. Lorsqu'il apparut à la foule, tenant l'Ankh dans sa main gauche et un sceptre royal dans la droite, des hurlements d'enthousiasme le saluèrent.

Pourtant, malgré ce déferlement de joie, Djoser ne pouvait s'empêcher de penser que seule sa gloire lui valait tous ces honneurs. Le doute insidieux subsistait en lui, dont il ne pouvait se défaire.

1. Abydos.

— Les acclamations d'un peuple ne suffisent pas à faire un souverain, se plaignit-il à Thanys le soir, lorsqu'ils se trouvèrent enfin seuls.

— Tu n'as plus le droit de douter, ô Djoser. Ne comprends-tu pas que la prédiction de l'aveugle du désert continue de se réaliser. Tu marches dans les traces des dieux. Horus t'a reconnu pour son fils.

— Je voudrais en être sûr, ma sœur bien-aimée. Jusqu'à présent, personne ne s'est opposé à nous. Mais il en sera autrement lorsque nous nous trouverons face à l'armée de Nekoufer. Malgré l'apport de nouveaux soldats, elle reste bien plus puissante que la nôtre.

— Les éclaireurs que tu as envoyés en aval n'ont rien signalé. Nekoufer est encore loin.

— Nous ne sommes que dans le huitième nome de Haute-Égypte, qui en compte vingt-deux. Désormais, le pays est coupé en deux, et nous n'en contrôlons qu'une faible partie.

— Je ne te comprends pas, soupira Thanys. Les Égyptiens t'ont prouvé leur confiance. Si toi-même doutes de ta foi en Horus, il t'abandonnera.

— Je crois en sa puissance. Mais je ne suis pas sûr que mon combat soit légitime.

— Il est voulu par les dieux. Tu devrais les interroger.

Le lendemain, il s'en ouvrit à Imhotep.

— Thanys a raison, mon fils. Tu dois chasser le doute de ton cœur. Tu deviendras un très grand roi. La preuve en est que tu refuses de te laisser aveugler par cette gloire dont le peuple te comble. Mais il te reste à prendre pleinement conscience de ce que tu es.

— Comment le puis-je ? À chaque heure du jour,

je suis sollicité par l'un ou par l'autre, le nomarque, le grand prêtre, mes capitaines, et jusqu'aux gens du peuple qui veulent me voir, me toucher. J'ai l'impression d'être porté par la foule comme par les flots du Nil en crue. La nuit, lorsque enfin je me retrouve seul pour quelques rares heures de sommeil, je tente de comprendre ce qui m'arrive. Mais je n'y parviens jamais.

— Seule la solitude et la méditation peuvent t'apporter la réponse.

Il réfléchit un instant et déclara :

— Il y a peut-être un moyen.

— Lequel ?

— Sous le temple d'Osiris existe une crypte que l'on appelle l'*adyra*. Seuls les initiés peuvent y pénétrer. Tu devras y séjourner trois jours et trois nuits, sans boisson et sans nourriture. Là, les dieux t'accorderont la lumière.

— On va s'étonner de ma disparition.

— Non ! N'oublie pas que le roi est aussi le prêtre suprême de l'Égypte. Il semblera naturel que tu te retires dans un lieu sacré pour méditer avant de livrer combat aux forces destructrices du dieu rouge.

— C'est bien ! Je ferai ce que tu proposes.

Dès le lendemain, après avoir remis le commandement entre les mains de Semourê et de Piânthy, Djoser se dirigea vers le temple, où le grand prêtre, averti de son intention, le reçut, entouré de ses proches.

Après qu'il se fut débarrassé de ses vêtements, ne gardant qu'un pagne court, on le mena dans une longue galerie creusée dans la roche, sous le temple d'Osiris. Seules quelques torches éclairaient l'endroit d'une lumière parcimonieuse. Une sensation de froid mordit les membres du jeune homme. Au bout de la galerie, une lourde porte de bois s'ouvrit, révélant une grotte de petites dimensions, dépourvue de tout mobilier. Seule une natte permettait de s'allonger sur le sol.

Djoser pénétra dans la caverne. La porte se referma sur lui, le plongeant dans l'obscurité la plus totale. Il s'installa en tailleur sur la natte. Malgré les ténèbres, il ne ressentait aucune angoisse. Après le tumulte qui l'avait entouré depuis son départ de Yêb, la paix parfaite du lieu lui fit du bien.

Pendant les premières heures, il ne ressentit pas les effets de la privation. Puis, insidieusement, des douleurs sourdes s'emparèrent de son corps. Il les chassa par concentration de l'esprit, comme il le faisait pour une blessure reçue au combat. Toujours elles revenaient, tenaillantes, oppressantes, lui interdisant de fixer ses pensées sur autre chose. Par moments, il avait envie de se ruer sur la porte pour réclamer de l'eau, seulement un peu d'eau. En lui s'élevait alors une brusque colère dirigée contre la faiblesse de son corps. Il devait tenir.

Il s'obligeait à garder la bouche fermée, afin de conserver le peu d'humidité qui y restait encore, mais ses lèvres étaient aussi sèches que le sable du désert, et sa langue avait la consistance de la pierre ponce. L'air froid de la crypte pénétrant ses poumons se transformait en langues de feu.

Il lui vint l'idée de mordre sa chair pour en boire le sang. Mais il la repoussa par un violent effort de volonté. S'il n'était pas capable de supporter cette épreuve, il n'était pas digne de monter sur le trône d'Horus.

Il ignorait depuis combien de temps il se trouvait isolé au cœur des ténèbres. Une éternité sans doute. Le monde avait cessé d'exister autour de lui. Thys avait disparu, et avec elle l'Égypte. Sa gorge n'était plus qu'un brasier, une souffrance intolérable lui tordait l'estomac. Pourtant, il résistait encore.

Parfois, d'étranges lueurs flamboyaient autour de lui, fugaces, générées par son délire. Bandant sa volonté, il repoussait la terreur qui l'incitait à appeler à l'aide. Il devait vaincre, lutter jusqu'à ce que le grand prêtre revînt le chercher. À ce prix seulement il découvrirait la réponse à ses questions.

Peu à peu, il s'aperçut que les souffrances engendrées par la faim et la soif demeuraient supportables. Au-delà de son délire, une sérénité mystérieuse s'installa en lui. Il eut l'impression que son corps et son esprit se dissociaient, que le second se détachait insensiblement du premier, pour flotter à son côté, impalpable, immatériel. Il aurait voulu qu'apparût devant lui l'image du dieu à tête de faucon, afin de l'interroger, et recevoir enfin cette réponse qu'il désirait de toute son âme. Mais rien ne se manifesta. Il connut un moment de désespoir. Puis les paroles de son vieux maître Merithrâ lui revinrent :

« Les neters ne sont pas des statues. Celles-ci ne sont que leurs représentations, destinées aux esprits simples. Ils sont des principes d'énergie puissants et invisibles. On peut connaître leur existence. Mais pour la comprendre, il faut leur ouvrir son esprit totalement, intimement, pour ne plus faire qu'un avec eux. »

Alors, Djoser ouvrit son esprit…

Insensiblement, il eut la sensation d'une présence extraordinaire, faite de milliers d'autres, une multitude qui se fondait en une seule. Comme dédoublé, il perçut, au-delà de la roche, l'énergie vitale qui palpitait dans la ville proche, l'écho du fleuve divin qui roulait ses eaux sombres à distance. Il sentit qu'un lien invisible et puissant le reliait, l'enchaînait à tout ce qui l'entourait. Sa vie elle-même prit un autre sens. Il n'était pas un corps isolé. Il participait d'un ensemble bien plus vaste, un univers à la dimension de l'infinité divine, régi par une harmonie parfaite. Ainsi prit-il conscience de la réalité extraordinaire de ce que l'on appelait la Maât.

Une exaltation nouvelle s'empara de lui. À travers ses lèvres desséchées, il souffla d'une voix intense :
— Ô Merithrâ ! J'ai accompli le chemin de l'Initié. Je suis Makherou ! *Je suis Makherou !*

Il sentait à présent clairement la force extraordinaire du *Maître du ciel* imprégnant son esprit tout entier. Les songes des prêtres se vérifiaient. Tout se mit en place dans son esprit.

Thanys avait vu juste. Parce qu'il doutait, il était demeuré aveugle aux signes innombrables adressés par les dieux, et qui pourtant lui crevaient les yeux. Parmi eux dominait celui du faucon sacré qu'il avait sauvé, Saqqarâh. Le faucon, animal symbole d'Horus. Mais il y en avait d'autres.

Jusqu'à la disparition de Sanakht, il n'avait été qu'un guerrier obéissant aux ordres. Pourtant parfois s'était manifestée une puissance obscure qui l'avait poussé à outrepasser son rang pour défendre les intérêts de ceux dont il avait pris la charge. Son autorité naturelle lui avait permis d'infléchir la politique du roi envers les Égyptiens non nobles. Mais qui lui avait offert cette autorité, sinon les dieux eux-mêmes ?

Le vieil homme du désert n'avait pas menti. Thanys et lui avaient marché dans les traces des dieux, ils avaient enduré des épreuves et des souffrances, et ils avaient triomphé. De ces expériences, ils sortaient plus riches, plus épanouis, plus sages, plus lucides.

Thanys symbolisait l'amour, tout comme la très belle Hathor aux quatre visages. Hathor, l'épouse et la mère, Bastet, déesse de l'amour tendre, Ouadjet, la femme merveilleuse et séductrice, et surtout Sekhmet, la terrible lionne dont le souffle pouvait détruire des pays entiers. Hathor, l'épouse d'Horus…

Il n'était rien sans la présence de Thanys à son côté. Comme Hathor était unie à Horus, Thanys devait devenir son épouse.

Il voyait encore plus loin désormais. Un péril planait sur l'Égypte. Il comprit alors qu'il avait un rôle important à jouer pour maintenir l'équilibre menacé. Nekoufer n'était pas digne de régner. Il avait toujours intrigué pour instaurer le culte unique de Seth à Mennof-Rê. Lui-même, Djoser, désirait le rétablissement de celui d'Horus. Il devait combattre ses légions. Mais leurs luttes futures ne reflétaient-elles pas un nouvel affrontement entre les deux divinités antagonistes ?

Une énergie formidable l'imprégnait jusqu'à la moindre fibre de sa chair. Il n'avait pas le droit de se dérober au destin que les neters lui avaient attribué. Ce n'était pas pour lui qu'il devait combattre, mais pour l'Égypte tout entière. Il *était* l'Égypte, dont il ferait un pays puissant, à l'image des dieux qui la gouvernaient.

Le doute perfide qui le rongeait avait disparu. Il était désormais le souverain légitime des Deux-Terres, et il comprenait pleinement ce que cela signifiait. Ce pouvoir absolu n'était pas un droit, mais un devoir, le devoir de se donner totalement au peuple qui l'avait choisi pour le diriger, parce que ce peuple croyait en lui, en sa générosité, en sa justice, en sa puissance. Des images flamboyantes jaillissaient en lui, dans lesquelles il voyait défiler toutes les cités qu'il avait traversées depuis Mennof-Rê, des villes échelonnées le long du ruban prodigieux du fleuve-dieu. Il vit apparaître des temples, des murailles, des édifices inconnus et mystérieux, tout ce dont son esprit avait rêvé depuis son plus jeune âge, et qui métamorphoserait le visage du Double-Royaume. Avec Thanys, il fonderait une nouvelle dynastie qui marquerait le pays de son empreinte.

Imhotep ne lui avait pas menti. Les dieux lui avaient apporté la réponse qu'il souhaitait : en lui vibrait l'esprit merveilleux d'Horus.

Bien plus tard, il prit conscience qu'une lueur venait d'apparaître au cœur de la nuit. La lourde porte de la crypte s'était ouverte, livrant passage à des silhouettes floues. La lumière d'une torche l'aveugla un instant, puis il reconnut Merekoura, le grand prêtre. Il tenta de se redresser, mais ses jambes lui refusèrent tout soutien. Comme dans un rêve, il sentit qu'on lui glissait dans la bouche une bouillie liquide qui lui provoqua la nausée. Pourtant, peu à peu, les forces lui revinrent.

À pas lents, il sortit enfin de la crypte sombre. Un

sentiment de plénitude l'imprégnait. Il avait triomphé. Parvenu dans le temple, il murmura :

— Écoute-moi, Merekoura. J'ai rejoint les dieux du firmament. Je suis Horus, le degré suprême, la perfection transcendante, la Lumière de l'âme. Mon seul souci est la beauté de mon vol.

— Ton vol sera magnifique, ô Soleil de l'Égypte, répondit le vieux prêtre. Il l'est déjà.

Puis il se prosterna devant lui, imité aussitôt par ses compagnons.

Lorsqu'il se releva, il déclara :

— En ce jour, l'Égypte a un nouveau souverain.

72

Après l'épreuve de l'*adyra*, et malgré l'insistance de Merekoura et d'Ouser, le nomarque, Djoser refusa de recevoir officiellement l'investiture royale.

— L'Égypte ne peut avoir deux rois, dit-il. Les festivités du couronnement n'auront lieu que lorsque les deux pays seront de nouveau réunis, et que l'usurpateur aura été chassé du trône suprême.

Devant les mines déçues de ses interlocuteurs, il ajouta :

— Cependant, le temps est venu pour moi d'épouser ma concubine Thanys. Et c'est à Thys que je veux la prendre pour épouse.

La joie remplaça la déception sur les visages.

— Ceci est un nouveau signe, seigneur ! s'exclama Merekoura. Tu ne pouvais faire de meilleur choix : dans quelques jours aura lieu la Fête des Bonnes Retrouvailles, qui célèbre les noces d'Horus et d'Hathor.

— À cette occasion, les habitants de Behedou amènent la statue d'Horus, ajouta Ouser. Ils doivent être déjà en route.

— Alors, que tout soit prêt au plus vite ! Il nous reste peu de temps avant l'arrivée des légions de Nekoufer.

Dans les rues de Thys bondées de monde avançait une longue procession. En tête avançait une centaine de jeunes filles agitant des sistres de métal en forme de papyrus.

Venue de Behedou, lieu de naissance d'Horus, une effigie à l'image du dieu était installée sur une imposante litière portée par une vingtaine de prêtres, en direction du temple d'Hathor. Derrière la litière suivaient Djoser et Thanys revêtus tous deux d'une longue robe blanche du lin le plus fin. Un diadème orné de l'uraeus, symbole de la puissance royale, ornait leur front. Ainsi que le voulait la tradition, Thanys avait été nommée prêtresse d'Hathor. Autour de son cou pendait un étrange collier garni de trois rangées de perles, le *menat*, équilibré par un contrepoids. Ce collier, symbole du corps de la déesse, était censé préserver de la maladie et permettre d'accéder à l'immortalité. Dans la main gauche, Thanys portait une croix ankh dont la boucle contenait un magnifique miroir d'or poli, offrande qu'elle réservait à la déesse. Djoser tenait devant lui la Semat-Taouy, un objet de bois sculpté représentant la ligature emblématique du Papyrus du Nord et du Lotus du Sud, réunion entre les deux divinités antagonistes, Horus et Seth.

Ensuite venaient Imhotep et Ouser, ainsi que les grands seigneurs de Thys, de Denderah et de Behedou, qui avaient accompagné Djoser dans son expédition. Le peuple suivait, chargé de présents que l'on déposerait au pied de la statue d'Hathor.

Le grand prêtre Merekoura accueillit le jeune couple devant l'effigie de la déesse. Après avoir prononcé les paroles rituelles du mariage, il noua leurs poignets avec une cordelette rouge, symbole de leur union, puis adressa une fervente incantation en direction de la statue, devant laquelle on avait installé celle du dieu Horus,

Ainsi que l'avait prédit le roi nubien Hakourna, Thanys reçut son nom de femme, Nefert'Iti[1], qui affirmait qu'elle était l'incarnation de Sekhmet, revenue du lointain désert sous l'aspect de la déesse Hathor.

Ensuite, suivant le rite, Thanys, en tant que grande prêtresse, offrit une coupe de lait à Djoser, nouvelle incarnation d'Horus. Ce geste rappelait ainsi la naissance et la nourriture offerte au dieu.

Soudain eut lieu un événement qui marqua profondément l'assistance. Saqqarâh, le jeune faucon, avait été laissé à la garde de Kebi, promu depuis peu capitaine. Alors que Djoser buvait lentement la coupe de lait, l'oiseau, sans doute mécontent d'avoir été séparé de son maître, faussa compagnie au malheureux guerrier qui lui ordonna en vain de revenir. Planant dans l'air surchauffé de la cité, le rapace repéra très vite le jeune homme. Alors, devant la foule stupéfaite, un éclair sombre jaillit du plus haut du ciel à une vitesse étonnante, ses ailes s'écartèrent, et il se posa familièrement sur l'épaule de Djoser, comme il avait coutume de le faire. Un silence formidable s'abattit sur l'assistance, puis Merekoura tonna.

— Prosternez-vous ! Le faucon sacré d'Horus est venu se poser sur l'épaule du roi. Il lui manifeste ainsi sa protection et son soutien.

Les festivités se prolongèrent trois jours et trois

---

1. Ce nom chargé de symboles sera également porté, bien plus tard, par l'épouse d'Akhénaton, le pharaon hérétique.

nuits, pendant lesquels Djoser et Thanys durent recevoir personnellement tous les personnages importants du nome et de ceux qu'il avait déjà traversés. On leur offrit des cadeaux de toutes sortes, bijoux somptueux, meubles, ainsi que de nombreux animaux. On connaissait l'amour que la jeune reine leur portait. Le palais de Thys se peupla bientôt de gazelles, d'oiseaux et de singes de différentes espèces, d'autruches, de guépards, et même d'un lion, que Thanys n'eut aucune difficulté à apprivoiser.

— Nous les amènerons à Mennof-Rê, dit-elle, ravie, à Djoser. Mon père leur fera construire un endroit où ils pourront vivre, et où chacun viendra les admirer.

Djoser ne manquait pas d'activité. À ces réceptions, il dut aussi ajouter les décrets que lui portaient les scribes mandatés par les juges. En effet, en tant que souverain, il se devait de prendre en personne toute décision concernant un jugement ou une nomination.

Imhotep, sans le concours précieux duquel rien n'aurait été possible, fut nommé premier ministre, et *second d'Égypte après le roi.* Habilement, il s'entoura d'hommes efficaces auxquels il confia des titres honorifiques, mais auxquels il incombait de se charger, au nom du roi, d'expédier les affaires courantes.

Djoser bouillait d'impatience. Il aurait voulu quitter Thys afin de se porter à la rencontre de Nekoufer, qui devait poursuivre sa progression depuis Mennof-Rê. Mais il était délicat d'abandonner soudainement cette ville qui l'avait si bien accueilli. Cependant, dès la fin des festivités, il ordonna à Piânthy et Semourê de préparer l'armée au départ.

Ce fut alors que les événements se précipitèrent. Un matin, des éclaireurs revinrent à la hâte. Les légions de Nekoufer avaient été signalées à moins de cinq jours de marche de Thys.

73

    Djoser réunit à la hâte son état-major. Il n'aimait pas ce qui se préparait. Cette fois, ce n'était pas un ennemi extérieur qu'il allait devoir combattre, mais des Égyptiens. Bien sûr, la chose s'était déjà produite par le passé, à l'époque de Peribsen, mais il ne pouvait s'empêcher de penser que nombre d'hommes allaient périr pour servir la gloire de quelques illuminés assoiffés de pouvoir.
    Dans la grande salle du palais, Djoser écoutait attentivement les suggestions de ses généraux. La situation n'était guère brillante. Malgré l'apport des milices des nomes traversés depuis Yêb, les troupes de Nekoufer demeuraient quatre fois plus nombreuses que les siennes. En toute logique, on allait au-devant d'une défaite. Un instant, il songea à adresser à son oncle un défi personnel. Semourê lui fit remarquer que Nekoufer n'accepterait jamais une telle proposition alors qu'il possédait une supériorité numérique incontestable. Seuls restaient le courage et la détermination des guerriers, et l'habileté stratégique de leurs chefs. Les soldats, installés à Thys depuis plusieurs jours, avaient

eu le temps de se familiariser avec le site. Mais cela constituait un bien maigre atout.

Lorsque enfin les généraux se retirèrent, Imhotep demeura près de Djoser. Celui-ci se tourna vers lui et déclara :

— Je redoute le pire, mon ami. Comment vaincre un ennemi jouissant d'une telle supériorité ?

Imhotep observa un court silence, puis déclara :

— Il y a peut-être un moyen.

— Lequel ?

— Tu as décidé de te porter à la rencontre de Nekoufer. C'est une erreur.

— Comment agir autrement sans condamner Thys ? soupira Djoser. Si nous demeurons dans la ville, elle sera détruite. Ses murailles ne sauraient résister à l'assaut d'une telle armée.

— Par les dieux, mon fils, garde ta foi en Horus, il ne t'abandonnera pas, s'écria Imhotep.

— Mais que dois-je faire ? s'emporta Djoser.

— Écoute-moi ! Le port de Thys est situé à quatre miles de la ville. C'est à cet endroit exactement que tu attendras l'ennemi.

— Pourquoi ?

Imhotep sortit son *bay*, le bâton cranté avec lequel il observait les étoiles, et répondit :

— À cause de ceci !

Djoser le contempla avec stupéfaction.

— Je ne comprends pas.

— Il faut impérativement que la bataille ait lieu dans quatre jours.

Il se lança alors dans une explication compliquée où revenaient régulièrement les noms des dieux Rê et Thôt. Abasourdi, Djoser se demanda si son ami ne frisait pas la folie. Lorsque Imhotep eut terminé, il s'exclama :

— Ce que tu me proposes est démentiel.

— Pas plus que de vouloir affronter un adversaire quatre fois supérieur en nombre.

— Que se passera-t-il si tu te trompes ? Mes propres soldats se détourneront de moi.

— Alors, il ne nous restera plus qu'à mourir bravement. Mais je ne me trompe pas. Il y a ici un vieux prêtre qui partage la même passion. Je lui ai parlé. Il approuve mes conclusions. Et puis, n'oublie pas que tu es l'incarnation d'Horus. Il t'aidera à vaincre.

Djoser soupira, puis se leva.

— De toute manière, je n'ai guère le choix. Mais tout cela me semble tellement... extravagant !

Imhotep le prit par les épaules.

— Garde confiance, ô Djoser. Dans le monde des hommes s'exprime le dessein des dieux. Rien n'existe par hasard. Les neters sont partout, dans le souffle du vent, dans le battement d'ailes d'un papillon, dans la terre fertile du Nil, dans les pierres elles-mêmes. Ce n'est pas pour rien qu'ils ont provoqué notre rencontre. Ils désirent que tu deviennes le roi du Double-Pays. Tu dois donc leur garder ta foi. Mais leur volonté restera sans effet si tu n'accordes pas la tienne sur la leur. Ou alors, cela voudrait dire que l'*adyra* ne t'aurait rien appris.

Djoser se redressa et le regarda longuement.

— Pardonne-moi, mon ami. C'est toi qui as raison. J'agirai ainsi que tu le diras.

Dès le lendemain, Djoser réunit ses généraux et leur expliqua la situation.

— Nous attendrons les légions de Nekoufer sur les

rives du Nil, à la hauteur du port de Thys. Dans quatre jours, l'ennemi sera là. Vous devrez alors faire ce que je dirai, même si cela vous semble… étonnant. Le jour de la bataille, mon père Horus nous viendra en aide. Avec un peu de chance, nous remporterons la victoire sans que le sang égyptien ne soit versé.

Semourê se leva.

— Nous diras-tu ce que tu comptes faire, mon cousin ?

— Non ! La seule chose que je puisse vous dire, c'est de garder intacte votre foi en Horus, le Maître du ciel.

Interloqués, les généraux ne surent que répondre. Mais personne n'osa insister. Chacun sentait confusément qu'il se préparait un événement extraordinaire. Djoser n'était pas seulement leur roi, il était aussi un dieu. Il devait savoir ce qu'il faisait. Le jeune homme précisa :

— Que chacun se tienne prêt. Lorsque Nekoufer sera là, je m'avancerai vers lui, seul.

— Seul ? s'indigna Piânthy. C'est de la démence !

— Rê-Horus marchera à mon côté. À ce moment-là, aucun des soldats ne devra regarder le dieu en face. Est-ce bien compris ?

— Oui, seigneur ! répondirent-ils.

En prévision des combats, les artisans avaient fabriqué quantité d'arcs supplémentaires. Djoser avait eu l'occasion de vérifier plusieurs fois leur efficacité. Lui-même s'arma d'une lance et d'un glaive à lame de bronze, ramené par Imhotep de son voyage à Sumer. Le troisième jour, les sentinelles annoncèrent l'arrivée des légions de Nekoufer. L'armée se porta alors sur les rives du Nil et se posta en aval du port, occupant chaque accident de terrain pouvant offrir une protection.

— Ils seront là dès demain, confirma Imhotep, qui avait tenu à accompagner Djoser. La volonté des dieux est manifeste. Si ton cœur ne faiblit pas, tu remporteras la plus surprenante des victoires.

Djoser ne répondit pas. Si parfois le doute insidieux revenait le hanter, il ne concernait que le sort réservé aux siens en cas d'échec. Mais le visage confiant de Thanys, qu'il avait quittée quelques heures plus tôt, l'encourageait. Bien qu'elle ignorât l'étrange secret que lui avait transmis Imhotep, elle ne doutait pas de l'issue du combat.

— Horus ne peut connaître la défaite, ô Djoser, avait-elle dit. Il a déjà vaincu Seth. Il le vaincra encore.

Au matin du quatrième jour, l'armée adverse apparut sur la rive occidentale du Nil. En quelques instants, l'horizon se couvrit d'une multitude de guerriers aux casques étincelants. Nekoufer les précédait, sur une litière portée par douze soldats. Près de lui marchaient ses généraux.

Djoser, posté sur une élévation de terrain, observa sa progression, en jetant des coups d'œil anxieux en direction du soleil, qui éclaboussait la vallée d'une lumière aveuglante. Un doute effrayant s'empara de lui, qu'il chassa par un violent effort de volonté.

— Pardonne-moi, mon père, murmura-t-il.

Derrière lui, ses guerriers avaient pris position, occupant tous les postes stratégiques possibles, dépressions, amas rocheux. Thys, située à quatre miles vers l'ouest, était invisible. En amont, le port abritait les vaisseaux de la flotte, ainsi qu'une dizaine de navires marchands. Mais Djoser n'y avait laissé qu'une défense symbolique.

Bientôt, les deux armées se trouvèrent face à face. Nekoufer adressa quelques mots à l'un de ses généraux, qui s'avança en direction de Djoser, suivi par quelques guerriers.

— Le dieu vivant des Deux-Terres m'envoie vers toi, ô prince Djoser, pour t'ordonner de lui faire ta soumission. Il te somme de te rendre à lui, accompagné de tes seuls capitaines. Pour avoir osé te dresser contre lui, tu connaîtras l'emprisonnement. Si tu lui résistes, tous tes guerriers seront impitoyablement massacrés jusqu'au dernier.

Djoser ne répondit pas immédiatement. La proposition de Nekoufer était délibérément inacceptable. Il tenait visiblement à faire un exemple en écrasant dans un bain de sang ce qu'il considérait comme une révolte, afin de faire la démonstration de sa puissance.

— Tu diras à ton maître qu'il n'est qu'un usurpateur. Le dieu bon Sanakht m'avait désigné pour lui succéder. Nekoufer doit donc abandonner ce trône qu'il m'a volé. Qu'il vienne lui-même faire sa soumission au véritable roi d'Égypte. Alors peut-être l'épargnerai-je. Mais qu'il prenne garde s'il me désobéit : Horus, le Maître du ciel, combattra à mon côté.

— Dois-je comprendre que tu refuses de te soumettre ? grogna l'émissaire.

Djoser leva les yeux vers le soleil et faillit laisser échapper un cri de joie. Horus ne l'avait pas abandonné. D'une voix forte, il tonna :

— Exactement !

Il descendit de son promontoire et s'avança en

direction du général adverse. Interloqué, celui-ci ordonna à ses guerriers de ne pas bouger.

— Djoser! Que fais-tu? hurla Semourê.

Mais Imhotep le retint par le bras. Djoser s'adressa à ses soldats :

— Que personne ne quitte son poste!

Puis, lentement, il s'avança vers l'armée de Nekoufer. Celui-ci, à la fois intrigué et amusé, attendait la suite des événements. Parvenu à portée de flèche, Djoser s'arrêta et clama :

— Écoutez-moi, guerriers d'Égypte! Celui qui vous dirige n'est pas le vrai souverain des Deux-Terres. Horus m'a seul désigné pour monter sur le trône suprême. Et je vais vous en apporter la preuve.

Il leva les bras vers le soleil, sur lequel apparaissait déjà une petite tache sombre.

— Ô Rê-Horus tout-puissant, manifeste devant tous ta volonté en voilant ta face étincelante. Installe la nuit sur l'Égypte afin de soumettre les incrédules. Aveugle ceux qui refusent de croire en ma divinité, et accorde ta pitié aux autres!

Impressionnés par le courage du jeune homme, les guerriers de Nekoufer n'osaient réagir. Celui-ci se redressa sur sa litière, furieux.

— Emparez-vous de lui! hurla-t-il.

Mais l'un de ses généraux s'exclama :

— Regardez! Rê lui obéit! Rê lui obéit!

Avec un bel ensemble les soldats levèrent les yeux vers le soleil. Lentement, une ombre mystérieuse dévorait le disque resplendissant. La luminosité commença à baisser. Des cris de panique jaillirent des rangs adverses, tandis que des hommes épouvantés

s'enfuyaient, abandonnant leurs armes sur le terrain.
Au côté de Djoser, le général se prosterna :

— Pardonne à ton serviteur, Lumière de l'Égypte.

Ivre de rage, Nekoufer tenta de rameuter ses troupes. Mais il était trop tard. Les guerriers effarés affolaient les indécis. Bientôt, une marée humaine reflua vers l'aval, s'écartant ostensiblement de son suzerain. Une nuit étrange s'installa sur la vallée. Des hurlements de douleur retentirent. Des soldats étonnés fixaient le soleil à présent entièrement masqué par un disque noir. Mais sa couronne luisait d'une lueur insoutenable. Aveuglés, ils s'effondrèrent sur le sol, sous l'œil halluciné des partisans de Djoser, aussi impressionnés que leurs adversaires. Cette fois, il ne faisait plus aucun doute que Djoser était bien un dieu, et l'on était bien heureux de se trouver de son côté. Les guerriers, dûment chapitrés par leurs capitaines, ne risquèrent pas un regard en direction de Rê.

Ivre de rage, Nekoufer tenta de lever les yeux vers l'éclipse, puis se détourna vivement en bramant de douleur.

— Djoser ! Sois maudit, hurla-t-il d'une voix de dément.

Épouvantés, ses soldats tombèrent à genoux, puis se prosternèrent sur le sol, implorant la pitié du dieu vivant qui se tenait toujours immobile face à eux. Alors, Djoser leva les bras et tonna :

— Ô divin Horus ! Aie pitié de tes enfants ! Redonne-leur la lumière dont tu les as privés.

Presque aussitôt, la nuit mystérieuse commença à se dissiper. Des cris de stupéfaction jaillirent des troupes adverses. Djoser interpella Nekoufer :

— Toi qui te prétends roi d'Égypte, je te somme

d'abandonner les insignes de ce pouvoir auquel tu n'as pas droit.

— Ce n'est qu'une éclipse, bande d'imbéciles, glapit Nekoufer, au comble de la fureur. Je vous ordonne de tuer cet homme !

Mais ses porteurs, affolés, lâchèrent la litière qui bascula sur le sol, entraînant l'ex-monarque dans sa chute. Nekoufer se releva et s'empara du glaive d'un soldat. Autour de lui ne restaient plus que les esclaves édomites qu'il avait affranchis. Peu à peu ils s'éloignèrent de lui, l'abandonnant à la merci de son vainqueur. Les guerriers de Djoser s'avancèrent lentement, les armes hautes. Les troupes de Nekoufer se replièrent en désordre, n'ayant aucune envie d'affronter un roi investi de pouvoirs si puissants. Peu à peu, les guerriers de Djoser encerclèrent la litière de Nekoufer. Le jeune homme s'approcha de lui.

— Je t'ordonne de déposer tes armes, mon oncle.

— Jamais ! cingla l'autre. Je suis ton roi.

— Emparez-vous de lui ! clama Djoser.

— Non ! riposta Nekoufer. Écoute-moi, espèce de chien ! Tu crois m'avoir vaincu. Mais tu ignores la vérité.

— Laquelle ?

— Tu devras me combattre toi-même, parce que tu ne peux agir autrement. Ta colère te jettera sur moi. Alors, je te tuerai, de mes propres mains ! Et l'Égypte me reconnaîtra pour son seul souverain !

— Et pourquoi devrais-je te combattre ?

Nekoufer eut un sourire empli de cynisme.

— C'est moi qui ai fait libérer les Kattariens.

Bouleversé, Djoser fit signe à ses hommes de ne pas bouger.

— Que dis-tu ?

— Te rappelles-tu ces esclaves qui ont tué la traînée que tu avais glissée dans ton lit ? Je leur avais donné l'ordre de t'éliminer. Mais ils ont échoué. Alors aujourd'hui, je veux le faire moi-même ! À moins que tu n'aies peur de me combattre...

Une violente bouffée de colère envahit Djoser. Ainsi, il ne s'était pas trompé. L'attaque de Kennehout n'était pas le fruit du hasard. Nekoufer avait voulu le supprimer, et Lethis avait été tuée à sa place.

— Misérable ! gronda-t-il.

Imhotep retint Djoser par le poignet.

— Prends garde, mon fils ! Cet homme joue là son dernier atout. La rage ne doit pas t'aveugler. S'il te vainc, il reprendra le contrôle de la situation, et c'est l'Égypte entière qui sera perdue.

Djoser se tourna vers lui et hocha la tête.

— N'aie crainte ! Je saurai dominer ma colère.

Il affermit sa prise sur son glaive de bronze et s'écria :

— Que personne n'intervienne ! Ceci est un combat à mort.

Puis il marcha sur Nekoufer, qui s'était armé d'une hache de cuivre. L'usurpateur laissa échapper un cri de triomphe et se rua sur le jeune homme, l'arme haute.

— Tu vas périr, mon neveu ! rugit-il.

Mais Djoser possédait totalement l'art du combat rapproché. Il esquiva l'attaque ; l'autre roula sur le sol, puis se redressa en ricanant. Pendant plusieurs instants, les deux adversaires s'observèrent, les yeux luisant de haine. Par un violent effort de volonté, Djoser parvint à étouffer la sienne. Mais la bataille serait rude. Nekoufer n'avait plus rien à perdre. Si son âme était sombre, il ignorait la lâcheté et jouissait d'une solide réputation de combattant. Sa force et sa rapidité avaient rarement été mises en défaut.

Le combat reprit. Un silence effrayant s'était abattu sur le champ de bataille, déchiré seulement par les heurts des armes. Des coups d'une rare violence se succédaient, que les deux antagonistes paraient à l'aide de leurs boucliers en cuir d'hippopotame. Pendant un long moment, l'affrontement demeura indécis. Djoser avait été atteint à l'épaule, mais son glaive avait touché plusieurs fois les membres de son adversaire. Du sang ruisselait sur le corps des deux ennemis, éclaboussant la terre noire de Kemit. Insensiblement, le combat se déplaça vers les bords du Nil, jusqu'à un surplomb rocheux qui dominait les eaux tumultueuses d'une vingtaine de coudées.

Soudain, sous un coup d'une extrême précision, le bouclier de Nekoufer se fendit en deux. L'avant-bras brisé, l'usurpateur hurla, puis bascula sur le sol. Djoser hésita. Répugnant à tuer un adversaire à terre, il attendit que l'autre se redressât. Se traînant sur le sol, Nekoufer rampa jusqu'à la limite du promontoire. Puis il lâcha, essoufflé :

— Tu as vaincu, Djoser. Ma vie t'appartient.

— Relève-toi, et meurs en soldat !

Il s'avança. Tout à coup, Nekoufer saisit une poignée de terre et la projeta avec violence en direction du visage de son adversaire. La terre épaisse frappa Djoser en pleine face, pénétra ses yeux. Il recula, hurla, s'essuya rapidement. Avant que personne n'ait pu réagir, Nekoufer se releva et se rua sur le jeune homme, le glaive brandi. Malgré sa vue brouillée, Djoser avait perçu le danger. Il esquiva la charge d'une feinte précise qui frappa violemment Nekoufer dans les reins. Mais son arme lui échappa des mains. Son adversaire se releva avec difficulté, sous les regards haineux du cercle de guerriers. Tous étaient prêts à le tuer de leurs propres mains. Titubant, la hache levée pour le frapper, Nekoufer s'avança vers Djoser, aveuglé et désarmé.

Soudain, Semourê saisit la main de Djoser et y glissa sa lance. Le jeune homme hurla :

— Ne le touchez pas !

Puis il affermit sa prise sur la lance. Il n'y voyait pratiquement plus rien. Seule une silhouette floue et menaçante chancelait à quelques pas de lui. Le souvenir de Lethis expirant dans ses bras s'imposa à lui ; Lethis, qui ne verrait jamais le bélier bondissant entre les deux rochers de la Première cataracte. Une bouffée de colère l'envahit. De toute sa haine, il projeta la lance. Nekoufer la reçut dans l'épaule. Sous la violence du choc, la pointe ressortit dans son dos. Il ouvrit la bouche sur un cri qui ne pouvait plus jaillir. Puis, avec une lenteur terrible, il tituba jusqu'à l'extrême limite du promontoire et bascula dans les eaux glauques du fleuve. Les guerriers s'approchèrent. Le corps de Nekoufer fut agité de quelques soubresauts, s'immobilisa, puis le courant l'entraîna vers une vaste étendue de papyrus où il disparut. Soudain, les masses sombres et inquiétantes d'énormes crocodiles apparurent à la surface du Nil et glissèrent silencieusement en direction du bouquet végétal. Une violente agitation s'empara des longues tiges d'émeraude fouettées par les queues puissantes des sauriens. Quelques instants plus tard, les reptiles repartaient, emportant dans leur gueule monstrueuse les lambeaux sanguinolents du corps de l'ex-roi.

— Ainsi périssent les traîtres, grommela Piânthy au côté de Djoser.

Aveuglé par la terre, Djoser se tenait le visage. Semourê se précipita pour le soutenir. Près de lui, il entendit Hakourna murmurer :

— Me-Khenty-Irty !

— Que veux-tu dire ?

— Au cours d'un combat, il est dit que Seth arracha les yeux d'Horus. Mais le dieu magicien, Thôt, réussit à redonner la vue au Maître du ciel. C'est pourquoi, dans le sud, nous appelons aussi Horus Me-Khenty-Irty, le dieu qui est à la fois voyant et aveugle. Il voit par la lumière de l'esprit !

— Mais Djoser ne va pas rester aveugle ! rétorqua Semourê.

— Seule l'intervention de Thôt peut le sauver ! répondit Hakourna d'une voix lugubre.

74

Si Djoser avait perdu la vue, le combat s'achevait néanmoins sur une victoire totale. Impressionnés, les guerriers de Nekoufer avaient déposé les armes et s'étaient placés sous le commandement des généraux du jeune roi. Chacun connaissait la légende du combat qui avait opposé les deux divinités. Ne disait-on pas que les hordes de Seth, *dissimulées sous le ventre de l'hippopotame*, avaient été transpercées par la lance du dieu Horus ? Ainsi avait péri Nekoufer. Djoser, à la fois aveugle et voyant par l'esprit, était bien l'incarnation du Maître du ciel.

Sitôt après le combat, Piânthy et Semourê avaient guidé le jeune homme auprès d'Imhotep, qui avait examiné la blessure. Installé sur une litière, Djoser avait été ramené en hâte à Thys.

À présent, il était allongé dans sa chambre, sous la garde d'Imhotep. Près de lui, Thanys se lamentait.

— La crapule, grondait-elle. J'aurais aimé le tuer de mes mains !

— Il est mort, ma fille, répondit son père. Les crocodiles l'ont emporté. Il a ainsi perdu tout espoir de vie éternelle. Sans doute les dieux l'avaient-ils déjà condamné.

Dans le temple d'Hathor, le grand prêtre Merekoura avait ordonné le sacrifice d'un taureau en l'honneur des dieux. Piânthy avait réuni les généraux des deux armées dans le palais du nomarque. Les capitaines de l'armée de Nekoufer se prosternèrent devant lui, parce qu'il était le commandant en chef des armées royales.

— Nekoufer nous a trompés, clamèrent-ils. Épargne-nous la colère de l'Horus Djoser, seigneur.

— Lui seul décidera de votre sort ! répondit-il. Vous devrez attendre sa guérison. D'ici là, vous demeurerez à l'intérieur du palais, avec interdiction de rejoindre vos troupes. Celles-ci passeront sous mon commandement direct.

Pendant plusieurs jours, Imhotep dut faire appel à toutes ses connaissances médicales pour soigner les yeux meurtris de Djoser. Nekoufer n'avait pas manqué sa cible. La terre noire d'Égypte avait provoqué des lésions et des infections qu'il combattit avec l'aide d'Ouadji. Thanys ne quittait pas le lit sur lequel reposait son époux. Régulièrement, ses deux petites esclaves lui apportaient Khirâ, qu'elle continuait d'allaiter. Plongé dans les ténèbres, Djoser ne percevait que les gazouillis du bébé et les paroles apaisantes de sa mère. Il pestait de rage contre lui-même. Il s'était laissé surprendre stupidement. Il connaissait pourtant Nekoufer, et savait qu'il était capable de ce genre de fourberie.

Peu à peu pourtant, sa vision revint, trouble au début ; puis, à chaque fois qu'Imhotep refaisait son pansement, après d'abondants lavements à base de camomille et de thym, sa vue devenait plus nette.

Dans la cité, la nouvelle de la cécité de Djoser avait alarmé la population. Les temples ne désemplissaient plus, chacun tenant à apporter son offrande à son dieu favori pour demander la guérison du roi. Mais on faisait confiance à l'homme étrange qui l'avait pris en charge, et dont la réputation de médecin était si grande.

Autour d'Imhotep étaient apparus des médecins en provenance des nomes voisins, aussi bien du Nord que du Sud, venus quémander ses conseils.

Enfin, au bout de neuf jours, lorsque Imhotep retira le bandeau de Djoser, celui-ci poussa un soupir de soulagement. En dehors d'une faible douleur résiduelle, qui s'estomperait avec le temps, son acuité visuelle était redevenue normale.

Lorsqu'il apparut sur la terrasse du palais du nomarque, une foule immense l'attendait. Derrière lui se tenaient Imhotep, qu'il avait nommé premier ministre, Piânthy, général en chef de la Maison des Armes, et Semourê, promu commandant de la garde royale. Près de lui, Thanys portait dans ses bras Seschi et Khirâ. Parce qu'ils formaient ainsi l'image d'une famille unie, qui plaisait particulièrement aux Égyptiens, une grande ovation les salua. L'avènement d'un nouveau roi était toujours l'occasion d'une renaissance du pays, et chacun se réjouissait de voir la jeunesse du couple. Aucune femme ne pouvait se comparer à la très belle Thanys. Le visage volontaire, les yeux brillants de Djoser trahissaient la bonté et la générosité. Jamais l'Égypte n'avait eu un si bon roi. Lorsqu'il étendit les bras, un silence complet se fit.

— Peuple d'Égypte, clama-t-il. Les dieux ont manifesté clairement leur volonté en permettant que je remporte une victoire complète sur mes adversaires. Mais ils ont fait plus encore, car cette victoire a été obtenue sans que ne coule le sang des Égyptiens. Seul a été versé celui de l'usurpateur qui s'était emparé du trône suprême à la suite de basses intrigues. Aussi, pour respecter cette volonté divine, j'accorde à tous les généraux et les soldats qui s'étaient dressés contre moi une grâce totale, à condition qu'ils me jurent fidélité. Les Deux-Terres doivent demeurer indissolublement unies, ainsi que le voulut le grand Horus-Ménès.

Une explosion de joie accueillit ces paroles. Les généraux de Nekoufer, réunis par Semourê sur une aile de la terrasse du palais, se prosternèrent front contre terre. L'un d'eux clama :

— *Gloire à toi, ô vivante image d'Horus ! Que ton nom perdure par-delà les siècles, et que ta lumière inonde l'Égypte pour toujours !*

Quelques jours plus tard, après avoir rendu leur indépendance aux milices fournies par les nomarques du Sud, Djoser prit la tête de l'armée royale de nouveau réunifiée et s'embarqua en direction de Mennof-Rê.

La flotte royale devant s'arrêter dans chaque nome, le voyage dura plus de deux mois. Djoser et Thanys recevaient alors l'hommage des citadins, et assistaient aux festivités organisées en leur honneur.

À Kennehout, Djoser retrouva avec plaisir le vieux Senefrou, venu le saluer en compagnie de tous les paysans de son domaine.

Lorsque la flotte parvint enfin à Mennof-Rê, la quasi-totalité de la population avait envahi les rues pour venir admirer le nouveau roi. Retenu en chemin par les différents nomarques, Djoser avait dépêché Semourê afin de faire libérer Sefmout et ses partisans, et emprisonner Pherâ et ses complices.

Aussi le grand prêtre Sem reçut-il Djoser en personne dès son arrivée sur le port. Des larmes de joie brouillaient la vue du vieil homme. Il se prosterna selon l'usage.

— Ô divin roi, vivante image d'Horus, permets à ton serviteur de te souhaiter la bienvenue dans ta capitale.

Dédaignant la litière, Djoser s'approcha de lui et le releva.

— Mon cœur est gonflé de joie de te revoir sain et sauf, ami Sefmout. J'ai appris le sort monstrueux que l'on t'avait réservé parce que tu avais pris mon parti.

— Ton divin frère, le dieu bon Sanakht, m'avait fait part de ses intentions. Sentant venir sa fin, il m'avait confié un document par lequel il manifestait son désir de te voir lui succéder. Malheureusement, Pherâ s'en est emparé et l'a fait disparaître.

— Il paiera pour ses crimes.

Le lendemain, il fit amener l'ancien vizir et ses compagnons dans la grande salle du trône. Tous voulurent se jeter à ses pieds pour implorer son pardon. Mais les gardes les tenaient solidement. Certains pleuraient comme des enfants. Après les avoir longuement contemplés, Djoser déclara :

— Vous méritez la mort pour avoir voulu vous dresser contre la volonté des dieux. Toi particulièrement, Pherâ, qui as volé le document par lequel mon frère Sanakht exprimait son désir de me voir lui succéder.

— Accorde ton pardon à ton serviteur, Lumière de l'Égypte. Je pensais…

— Tu n'auras plus à penser désormais ! le coupa Djoser. Voici ma sentence : bien que vous méritiez la mort, j'estime que le sang a trop coulé. Aussi, je vous confisque, à tous, la totalité de vos biens.

— Majesté…

— Silence, misérable ! tonna Djoser. Ils seront distribués à mes loyaux serviteurs. Quant à vous, vous ne serez plus que des mendiants, condamnés à quémander votre nourriture pour survivre, ainsi que vous avez voulu le faire pour les Égyptiens libres que vous avez spoliés. Que ceci soit écrit et accompli !

Tandis que le scribe royal notait scrupuleusement les déclarations du monarque, Pherâ laissa échapper une plainte.

— Tu ne peux faire ça, noble fils de Rê.

— Gardes ! Qu'on leur ôte leurs vêtements ! Qu'ils ne gardent sur eux qu'un pagne, et que je ne les revoie plus jamais !

Un concert de protestations s'éleva dans les rangs des condamnés, aussitôt couvert par les acclamations de la Cour. Pherâ et ses amis furent dépouillés de leurs superbes habits, puis jetés hors du palais par les gardes, trop heureux de pouvoir se venger enfin des humiliations subies sous le règne de l'ex-grand vizir.

Quelques jours plus tard eut lieu le rituel solennel du couronnement. Avant la cérémonie, le corps de Djoser fut oint de ladanum, une pommade à base de résine symbolisant la protection d'Horus, qui ainsi entourait sa chair dans sa totalité. Deux prêtres portant, l'un un masque de faucon à l'image d'Horus, l'autre un masque de monstre à l'effigie de Seth, le présentèrent aux statues des différentes divinités afin qu'elles le reconnussent pour l'un des leurs.

Puis une longue procession amena le jeune roi jusqu'au temple d'Horus, où Sefmout lui posa sur la tête les deux magiciennes, les couronnes rouge et blanche de Basse et de Haute-Égypte. Il lui remit ensuite le nekhekha, le fléau, et le heq, la crosse pastorale symbolisant le pouvoir royal[1].

— *Noble fils de Rê, tu es né à cause d'Horus, tu es né à cause de Seth*, entonna le vieux prêtre, aussitôt repris par la foule. Ton rôle est le maintien de l'équilibre cosmique.

À quoi Djoser répondit :

— *Je suis le fils d'Osiris, son protecteur, et l'enfant issu de lui.*

Ensuite eut lieu une *course autour des murs* de la cité, perpétuant ainsi le rituel instauré par le légendaire Ménès, et qui symbolisait la réunion des deux pays. Pendant ce temps, des scribes inscrivirent la titulature des noms royaux de Djoser, qui seraient perpétués dans les rameaux de l'arbre sacré Isched, où étaient conservés les noms des souverains qui l'avaient précédé. Djoser reçut ainsi le nom royal de Neteri-Khet.

Les fêtes du couronnement comportaient aussi des visites dans tous les temples de la cité. Celui de Min, dieu de la fertilité, auquel Djoser fit sacrifier un taureau. À l'occasion, quatre oies furent lâchées, qui étaient censées s'envoler vers les quatre points cardi-

---

1. Ces insignes, fléau et crosse pastorale, résument à eux seuls les deux activités principales de l'Égypte, l'agriculture et l'élevage.

naux afin de porter la nouvelle de l'avènement aux autres dieux de l'Égypte. Le prêtre lecteur déclama :

— *Horus, le fils d'Isis et le fils d'Osiris, a ceint la couronne blanche et la couronne rouge. De même, Djoser a ceint la couronne blanche et la couronne rouge !*

Selon la légende, Horus lui-même aurait utilisé des oies pour annoncer aux autres dieux son accession au trône.

Enfin, Djoser se rendit, dans sa litière portée par douze soldats, sur l'esplanade de Rê, où il rendit hommage à ses ancêtres. Selon la tradition, il coupa avec une faucille d'or une gerbe de blé qu'il déposa devant l'effigie de son père, Khâsekhemoui, et devant celle de son frère Sanakht. Ce geste symbolisait l'abondance des récoltes qui seraient faites sous son règne.

Se tenant debout, seul, devant les tombeaux de ses prédécesseurs, il resta un long moment à méditer, sous les regards fervents de ses proches. Tout bas, il murmura :

— Mon père, ta volonté est aujourd'hui respectée. Les dieux m'ont offert le trône d'Horus, comme ils te l'avaient confié. Et toi, mon frère bien-aimé, avec lequel je n'ai pu partager longtemps l'affection qui était née entre nous, sache que je poursuivrai l'œuvre que tu avais commencée. Une nouvelle Mennof-Rê verra le jour bientôt. Depuis le merveilleux royaume d'Osiris où tu vis aujourd'hui en paix, tu la contempleras, et tu l'aimeras, parce qu'elle sera à l'image de ce que tu as rêvé.

Un profond sentiment de paix descendit sur Djoser. Il savait que les dieux lui accorderaient leur soutien dans la lourde tâche qui l'attendait.

Soudain, un éclair sombre traversa les airs sous les yeux de l'assistance médusée. Djoser éclata de rire. Comme à son habitude, son faucon était venu se poser sur son épaule. Il se tourna vers la foule et écarta les bras.

— Horus vient une nouvelle fois de manifester sa volonté, déclara-t-il. Cet animal porte le nom sacré de Saqqarâh. Aussi, à partir de ce jour, c'est le nom que portera ce plateau dédié à Rê, et où reposent les corps de tous les Horus qui se sont succédé depuis le grand Ménès. Que ceci soit écrit et accompli !

Tandis qu'une formidable ovation saluait les paroles du roi, un scribe se précipita pour les noter. Puis la procession reprit lentement le chemin de Mennof-Rê.

Quelques mois plus tard, Imhotep élut domicile à On où il avait souhaité reprendre possession de la demeure de ses parents, tombée entre les mains d'un complice déchu de Pherâ. Il emmena avec lui ses plus fidèles compagnons, ainsi que les tailleurs de pierre, charpentiers, menuisiers et autres métallurgistes qu'il avait sélectionnés avec soin parmi les artisans de Mennof-Rê.

Ce n'était pas sans raison qu'il avait choisi ce lieu. Outre la valeur sentimentale qu'elle représentait pour lui, la maison familiale était construite sur un réseau de galeries utilisées autrefois pour stocker les vivres et le grain, mais abandonnées depuis plusieurs générations. Enfant, Imhotep les avait explorées avec quelques compagnons aussi intrépides que lui, que le temps avait dispersés. Ce labyrinthe en partie écroulé était aujourd'hui oublié de tous.

Sitôt sur place, il en révéla l'accès à ses guerriers et leur demanda d'effectuer le nettoyage des lieux personnellement, à l'insu des artisans, des esclaves, et même de son inséparable Ouadji. Hormis ses soldats et lui-même, tout le monde devait ignorer l'existence du labyrinthe. Les guerriers accomplirent leur tâche sans poser de questions. Ces hommes d'origines très diverses avaient depuis longtemps pris l'habitude d'obéir aveuglément aux ordres d'un maître pour lequel ils se seraient fait tailler en pièces. Certains vivaient dans son ombre depuis plus de vingt années. Imhotep savait pouvoir compter totalement sur leur loyauté.

Lorsque l'endroit fut dégagé, il leur fit installer son bureau dans une crypte fermée par une épaisse porte de bois, devant laquelle deux guerriers montèrent la garde en permanence.

Une lumière dorée baignait la salle taillée dans la roche, éclairée par des lampes à huile. Devant Imhotep s'alignaient les coffres de cèdre dont il ne se séparait jamais, et qui contenaient les nombreux livres sur lesquels il avait accumulé ses réflexions et observations tout au long de ses voyages.

Les images d'un pays lointain, peuplé de hautes montagnes enneigées, traversèrent un instant son esprit. Sa vie prenait aujourd'hui tout son sens. Il comprenait enfin pourquoi il avait effectué ce voyage au bout de l'impossible, traversé toutes ces épreuves. Il savait aussi pourquoi il était revenu en Égypte. La tâche qui l'attendait l'exaltait.

Il ouvrit le plus petit des coffres, dont il sortit quelques feuilles de papyrus couvertes de notes mystérieuses, incompréhensibles pour tout autre que lui, et se plongea dans leur étude. Au-delà des signes hâtivement griffonnés se dessina alors, dans son imagination fertile, le reflet d'une cité fabuleuse, dont l'architecture ne serait plus basée sur la brique, mais sur la pierre. Cette cité sacrée serait le symbole de la puissance du roi, et le lieu où le monde des hommes et celui des neters seraient en communication et en harmonie. Au cœur de cette ville sainte s'élèveraient un édifice merveilleux, tel que le monde n'en connaissait pas encore : un tombeau royal gigantesque en forme de pyramide dont les niveaux symboliseraient l'escalier grâce auquel le roi s'élèverait vers les étoiles lorsque son temps serait venu.

En accord avec le roi, Imhotep avait choisi le lieu où s'élèverait le monument : l'esplanade de Rê que Djoser avait rebaptisée du nom du faucon sacré, Saqqarâh.

Cependant, l'accès de la crypte resterait interdit même aux architectes qui collaboreraient à l'ouvrage, et qui ne disposeraient que de données fragmentaires. Personne ne devait connaître les plans dans leur totalité, car la conception de la cité reposait sur une science étonnante, fondée sur les règles fantastiques et secrètes qui régissaient l'univers tout entier, des règles dont seuls quelques rares initiés avaient connaissance.

Et Imhotep savait qu'il devait se montrer vigilant, car son intuition lui soufflait que des forces néfastes allaient se liguer pour l'empêcher de réaliser son projet.

Un projet dont dépendait l'avenir de l'Égypte…

FIN DU TOME UN

Appendices

GLOSSAIRE

ÀABET : L'orient, où se lève le soleil.
AFFRIT : Esprit malfaisant du désert.
AMENT : Le désert de l'Ouest, où la tradition situait le royaume des morts, parce que le soleil se couchait dans cette direction.
CALAME : Poinçon de roseau destiné à l'écriture sur le papyrus, le bois, ou des tablettes d'argile.
LES DEUX MAGICIENNES : Les deux couronnes royales. Blanche pour la Haute-Égypte, rouge pour la Basse-Égypte.
HEQ : La crosse pastorale, l'un des deux insignes du pouvoir royal.
KÂ : Double spirituel de l'homme.
KEMIT : Nom ancien de l'Égypte, symbolisant le limon fertile noir apporté par les crues.
KOUSH : La Nubie, pays situé au sud de la Première cataracte.
MAKHEROU : État de l'initié parvenu en parfaite harmonie avec les dieux. (Au féminin : Makherout.)
MED : Bâton sacré symbolisant le rang.
MEDOU-NETERS : Les hiéroglyphes, signes sacrés de l'écriture.
MÉNÈS : Roi légendaire de Haute-Égypte qui unifia les deux pays. Identifié parfois avec Narmer et/ou Aha.
MESURES ÉGYPTIENNES :
  1 mile égyptien = 2,5 km.
  1 coudée = 7 palmes = 0,524 m par excès.
  1 palme = environ 7,5 cm.

NEKHEKA : Le fléau ou flabellum, l'un des deux insignes du pouvoir royal.

NETER : Dieu égyptien.

LE NIL : Explication des crues du Nil :

Malgré sa superficie importante (l'Égypte actuelle compte un million de km^2), la surface fertile se concentre essentiellement le long du Nil. Avec un peu plus de 34 000 km^2, elle représente à peine la superficie des Pays-Bas.

Le débit de ce fleuve singulier, cerné par les déserts de Libye à l'ouest et d'Arabie à l'est, ne doit rien aux précipitations locales, puisque dans la région de Louqsor, elles ne sont que de quatre millimètres par an. Le Nil prend sa source au-delà du lac Victoria, région ou il pleut en abondance toute l'année. Ces eaux pluviales lui assureraient un débit constant s'il ne recevait également celles d'un affluent nommé le Nil bleu, qui descend des hauts plateaux d'Éthiopie. Ceux-ci, arrosés en saison par la mousson, déversent leurs eaux dans le cours de cet affluent, qui se transforme alors en une rivière puissante, chargée de limon fertile, dont bénéficie toute la vallée jusqu'au Delta. Ces crues saisonnières régulières, autrefois considérées comme la manifestation de la faveur du dieu du fleuve, Hâpy, provoquaient, vers la fin juillet, une élévation importante du niveau du fleuve (jusqu'à huit mètres au-dessus du niveau de l'étiage au Caire). De nos jours cependant, elles sont fortement contrariées par le barrage d'Assouan.

NŒUD TIT : Amulette de couleur rouge symbolisant la protection d'Isis.

NOMARQUE : Gouverneur d'un nome.

NOME : Division administrative de l'Égypte, vraisemblablement issue des petits royaumes de l'époque prédynastique.

PILIER DJED : Colonne symbolisant la résurrection du roi, lors de la fête du Heb-Sed.

POUNT : Pays mystérieux, qui englobait vraisemblablement la Somalie, l'Éthiopie et le sud de l'Afrique.

SCRIBE : Fonctionnaire dont le rôle consistait à noter par écrit les édits du roi, ou tenir à jour les livres d'une exploitation agricole. Les scribes représentaient une caste très puissante.

LES DIEUX DE L'ÉGYPTE ANTIQUE

ANOUKIS OU ANQET : Patronne de l'île de Sehel, qui s'étend après la Première cataracte. Mère de Satis.
ANUBIS : Dieu à tête de loup. Fils de Nephtys et d'Osiris, élevé par Isis. Guide des morts.
APIS : Incarnation de Ptah en taureau.
APOPHIS : Serpent de Seth. Autre forme du dieu rouge qui cherche à dévorer le soleil à l'aube.
ATOUM : *Celui qui est et qui n'est pas.* Il se crée lui-même à partir de Noun, le Chaos. Engendre de lui-même Shou, l'Air, et Tefnout, le Feu. L'une des formes de Rê, le dieu soleil.

BASTET : Déesse de l'amour, de la tendresse et des caresses. Autre forme d'Hathor.
BÈS : Le dieu Nain, qui préside à la naissance.

LA DAT OU DOUAT : Royaume des morts, ou Terre inférieure.

GEB : La Terre supérieure, dont les fruits nourrissent les hommes.

HÂPY : Dieu hermaphrodite symbolisant la crue du Nil.
HATHOR : Épouse d'Horus. Symbolise l'amour mais aussi l'enceinte sacrée où s'élabore la vie.
HEKET : La déesse grenouille. Assiste aux accouchements.
HORUS : Fils d'Isis et d'Osiris. L'un des dieux principaux

d'Égypte. Les rois des premières dynasties, dont ils étaient l'incarnation, l'associaient à leur nom.

ISFET : Le Désordre (en opposition avec la Maât).

ISIS : Épouse d'Osiris et mère d'Horus. L'Initiatrice, la Maîtresse du monde.

KHEPRI : Le Scarabée. Dieu de l'aube. L'une des formes de Rê, le dieu soleil.

KHNOUM : Dieu potier à tête de bélier. Originaire de Yêb (Éléphantine).

MAÂT : La vérité, la justice et l'harmonie.

MIN : Dieu de la fécondité.

MOUT : La mère et la mort. Symbolisée par un vautour.

NEKHBET : Déesse de la couronne blanche de Haute-Égypte. Protectrice du roi, figurée par un vautour blanc.

NEITH : La Mère des mères. Déesse issue de l'océan primordial, mère de tous les autres dieux.

NEPHTHYS : Sœur d'Isis et amante d'Osiris, mère d'Anubis.

NOUN : L'océan primordial. Réserve inerte contenant la vie en potentialité.

NOUT : Déesse des étoiles. Le ciel.

OSIRIS : Le premier ressuscité. Père d'Horus, époux d'Isis, et dieu du royaume des morts.

OUADJET : La séduction, autre visage d'Hathor.

OUPOUAOUET : Dieu loup, gardien du secret. Il détient les clés du cheminement initiatique.

PTAH : Dieu des artisans. Divinité principale de Mennof-Rê.

RÊ OU RÂ : La lumière. Le soleil à son apogée.

RENENOUETE-THERMOUTHIS : Déesse des moissons et de la fertilité. Représentée par un serpent.

SATIS : Fille d'Anoukis. Déesse de la Première cataracte. Divinité des femmes et de l'amour.

SECHAT : Épouse de Thôt. Symbolise l'écriture. Préside à la construction des temples.

SEKHMET : Déesse de la colère, représentée par une lionne. Autre forme d'Hathor.

SELKIT : Déesse scorpion. La respiration.

SETH : Le dieu rouge. Dieu du désert, qui donnera plus tard le Shaïtan de l'islam et le Satan du christianisme.

SHOU : L'Air, qui sépare la Terre (*Geb*) du ciel (*Nout*).

SOBEK : Le dieu crocodile, symbolisant tour à tour Seth, Horus ou Osiris.

TEFNOUT : Le Feu.

THÔT : Dieu magicien à tête d'ibis. Neter de la Connaissance et de la lune.

TOUERIS (ou TAOUERET) : Déesse hippopotame. Préside à l'accouchement et à l'allaitement, avec le nain Bès dont elle est parfois l'épouse.

BIBLIOGRAPHIE

Atlas historique de la Mésopotamie, Casterman,
Atlas historique des pays de la Bible, Casterman,
Atlas historique de l'Égypte antique, Casterman,
Les Bâtisseurs de pharaon, de Morris Bierbrier, Éditions du Rocher,
La Civilisation égyptienne, d'Erman et Ranke, Payot,
Les Déesses de l'Égypte pharaonique et *L'Invisible présence*, de René Lachaud, Éditions du Rocher,
Her-Bak Pois Chiche et *Her-Bak Disciple*, de Scwaller de Lubicz, Éditions du Rocher,
L'Histoire commence à Sumer, de Samuel Noah Kramer, Flammarion,
Le Livre mondial des inventions de Valérie-Anne Giscard d'Estaing, Fixot,
Merveilleuse Égypte des pharaons, d'A.C. Carpececi, Inter-Livre,
La Quadrature du cercle et ses métamorphoses, de Roger Begey, Éditions du Rocher,
Le Mystère des pyramides, de Jean-Philippe Lauer, Presses de la Cité,
Saqqarâh, une vie, Entretiens avec Jean-Philippe Lauer, de Philippe Flandrin, Payot.

Avant-propos	13
Personnages principaux	19
PREMIÈRE PARTIE La prédiction	21
DEUXIÈME PARTIE Les amants déchirés	73
TROISIÈME PARTIE Le chemin des dieux	169
QUATRIÈME PARTIE La lionne	529
CINQUIÈME PARTIE L'envol du faucon	709
APPENDICES	
Glossaire	771
Les dieux de l'Égypte antique	773
Bibliographie	776

DU MÊME AUTEUR

Aux éditions du Rocher

CYCLE DE PHÉNIX

PHÉNIX, 1986, *prix Cosmos 2000 1987, prix Julia Verlanger 1987*
GRAAL, 1988
LA MALÉDICTION DE LA LICORNE, 1990
LA PORTE DE BRONZE, 1994, *prix Julia Verlanger 1995.*

CYCLE LES ENFANTS DE L'ATLANTIDE

LE PRINCE DÉCHU, 1994
L'ARCHIPEL DU SOLEIL, 1995
LE CRÉPUSCULE DES GÉANTS, 1996
LA LANDE MAUDITE, 1996

CYCLE LA PREMIÈRE PYRAMIDE

LA JEUNESSE DE DJOSER, 1996
LA CITÉ SACRÉE D'IMHOTEP, 1997
LA LUMIÈRE D'HORUS, 1998

Composition Interligne.
Impression Bussière Camedan Imprimeries
à Saint-Amand (Cher), le 7 juin 1999.
Dépôt légal : juin 1999.
Numéro d'imprimeur : 992594/1.
ISBN 2-07-040504-4./Imprimé en France.

85829